„BÜCHER SIND WIE FALLSCHIRME. SIE NÜTZEN UNS NICHTS, WENN WIR SIE NICHT ÖFFNEN.“

Gröls Verlag

Redaktionelle Hinweise und Impressum

Das vorliegende Werk wurde zugunsten der Authentizität sehr zurückhaltend bearbeitet. So wurden etwa ursprüngliche Rechtschreibfehler *nicht* systematisch behoben, denn kleine Unvollkommenheiten machen das Buch – wie im Übrigen den Menschen – erst authentisch. Mitunter wurden jedoch zum Beispiel Absätze behutsam neu getrennt, um den Lesefluss zu erleichtern.

Um die Texte zu rekonstruieren, werden antiquarische Bücher von Lesegeräten gescannt und dann durch eine Software lesbar gemacht. Der so entstandene Text wird von Menschen gegengelesen und korrigiert – hierbei treten auch Fehler auf. Wenn Sie ebenfalls antiquarische Texte einreichen möchten, finden Sie weitere Informationen auf www.groels.de

Viel Freude bei der Lektüre wünscht Ihnen das Team des Gröls-Verlags.

Adressen

Verleger: Sophia Gröls, Im Borngrund 26, 61440 Oberursel

Externer Dienstleister für Distribution & Herstellung: BoD, In de Tarpen 42, 22848 Norderstedt

Unsere „Edition | Werke der Weltliteratur“ hat den Anspruch, eine der größten und vollständigsten Sammlungen klassischer Literatur in deutscher Sprache zu sein. Nach und nach versammeln wir hier nicht nur die „üblichen Verdächtigen“ von Goethe bis Schiller, sondern auch Kleinode der vergangenen Jahrhunderte, die – zu Unrecht – drohen, in Vergessenheit zu geraten. Wir kultivieren und kuratieren damit einen der wertvollsten Bereiche der abendländischen Kultur. Kleine Auswahl:

Francis Bacon • Neues Organon • **Balzac** • Glanz und Elend der Kurtisanen • **Joachim H. Campe** • Robinson der Jüngere • **Dante Alighieri** • Die Göttliche Komödie • **Daniel Defoe** • Robinson Crusoe • **Charles Dickens** • Oliver Twist • **Denis Diderot** • Jacques der Fatalist • **Fjodor Dostojewski** • Schuld und Sühne • **Arthur Conan Doyle** • Der Hund von Baskerville • **Marie von Ebner-Eschenbach** • Das Gemeindekind • **Elisabeth von Österreich** • Das Poetische Tagebuch • **Friedrich Engels** • Die Lage der arbeitenden Klasse • **Ludwig Feuerbach** • Das Wesen des Christentums • **Johann G. Fichte** • Reden an die deutsche Nation • **Fitzgerald** • Zärtlich ist die Nacht • **Flaubert** • Madame Bovary • **Gorch Fock** • Seefahrt ist not! • **Theodor Fontane** • Effi Briest • **Robert Musil** • Über die Dummheit • **Edgar Wallace** • Der Frosch mit der Maske • **Jakob Wassermann** • Der Fall Maurizius • **Oscar Wilde** • Das Bildnis des Dorian Grey • **Émile Zola** • Germinal • **Stefan Zweig** • Schachnovelle • **Hugo von Hofmannsthal** • Der Tor und der Tod • **Anton Tschechow** • Ein Heiratsantrag • **Arthur Schnitzler** • Reigen • **Friedrich Schiller** • Kabale und Liebe • **Nicolo Machiavelli** • Der Fürst • **Gotthold E. Lessing** • Nathan der Weise • **Augustinus** • Die Bekenntnisse des heiligen Augustinus • **Marcus Aurelius** • Selbstbetrachtungen • **Charles Baudelaire** • Die Blumen des Bösen • **Harriett Stowe** • Onkel Toms Hütte • **Walter Benjamin** • Deutsche Menschen • **Hugo Bettauer** • Die Stadt ohne Juden • **Lewis Caroll** • *und viele mehr….*

Karl May

Der blaurote Methusalem

Zuerst erschienen:

1892

Inhalt

Erstes Kapitel

Im Pfeffergäßchen.

Mein lieber Leser, hast du vielleicht den „blauroten Methusalem“ gekannt? Ganz gewiß, nämlich wenn du in der betreffenden Universitätsstadt geboren bist oder, wenn auch nur für einige Tage, als Gast dort geweilt hast. Er war das lebendige Wahrzeichen der dortigen Alma mater. Niemand konnte an ihm vorüber sehen, und wer ihn einmal erblickt hatte, dem war es unmöglich, ihn jemals wieder zu vergessen.

Er wohnte seit wer weiß wie vielen Semestern im Pfeffergäßchen und studierte – ja, wer konnte das wohl sagen! Wem es eingefallen wäre, ihn danach zu fragen, dem hätte er mit der Klinge geantwortet, und er war als der beste Schläger bekannt und gefürchtet.

Zur ganz bestimmten Minute trat er aus dem Hause, in dessen Parterre der chinesische Theehändler Ye-Kin-Li einen prächtig eingerichteten Verkaufsladen besaß, schritt, gefolgt von seinem Wichsier, die Straße entlang, bog rechts in die Humboldtstraße ein und verschwand dort in der Thüre des „Geldbriefträgers von Ninive“. So nämlich nannten die Studenten dieses vielbesuchte Bierlokal. Genau zu einer ebenso bestimmten Minute verließ er dasselbe, um nach seiner Wohnung zurückzukehren.

Das geschah täglich dreimal: Vormittags, Nachmittags und des Abends, und zwar mit solcher Regelmäßigkeit, daß die Anwohner der Humboldtstraße und des Pfeffergäßchens es sich angewöhnt hatten, ihre stehen gebliebenen oder falsch gehenden Uhren nach ihm zu richten.

Eines Tages aber warteten sie vergeblich auf sein Erscheinen. Man wunderte sich; man schüttelte den Kopf. Als er auch am nächsten Tage nicht erschien, begann man, bedenklich zu werden. Am dritten Tage beschloß man, Frau Stein, seine Wirtin, zu interviewen, und erfuhr auf diesem Wege, daß er die Miete auf zwei Jahre vorausbezahlt habe und dann verschwunden sei. Wohin? Das war nicht zu erfahren. Erst später sprach es sich herum, daß er den Sohn der Wirtin mitgenommen habe. Diese mußte das Ziel der Reise kennen, und da sie sich nicht ein darauf bezügliches Wort entlocken ließ, so handelte es sich jedenfalls um ein Geheimnis, dessen Enthüllung man der Zukunft überlassen mußte.

An jenem Vormittage, an welchem der „blaurote Methusalem“ zum letztenmal im „Geldbriefträger von Ninive“ gesehen worden war, hatte er selbst keine Ahnung davon gehabt, daß er am Nachmittage nicht wiederkommen und sogar für viele Monate sich fern von hier befinden werde.

Wie gewöhnlich schritt er in gravitätischer, bärenhafter Langsamkeit die Humboldtstraße zurück und ergötzte sich im stillen über die Aufmerksamkeit, welche er heute wie stets erregte. Seine Erscheinung war freilich auffallend genug.

Er war von hoher, breiter, wahrhaft hünenartiger Gestalt und trug sein Hektoliterbäuchlein mit dem Anstande eines chinesischen Mandarinen erster Klasse.

Sein Gesicht war von einem dunklen, wohlgepflegten Vollbarte eingerahmt und zeigte die Fülle und Farbe eines braven Germanen, der sich darüber freut, daß die deutschen Biere längst ihren Triumphzug um die Erde vollendet haben. Quer über dieses Gesicht zog sich eine breite Narbe, die Nase in zwei ungleiche Hälften teilend – aber was für eine Nase! Ursprünglich war sie wohl das gewesen, was man eine Habichtsnase nennt; nach und nach aber hatte die Schärfe ihres Schnittes sich gemildert, um einer Fülle zu weichen, die von Semester zu Semester bedenklicher geworden war. Dazu war eine Färbung getreten, welche mit der Zeit alle zwischen dem lieblichen Fleischrot und einem tiefen Rotblau liegenden Nuancen durchlaufen hatte. Der Besitzer dieser Nase behauptete freilich, daß die Säbelwunde an dieser Färbung schuld sei; seine Corpsbrüder hingegen waren andrer Meinung. O Jugend, bewahre dich vor ähnlichem Ungefähr!
Mag dem nun aber sein, wie es wolle; dieser Nase und der Anzahl seiner Semester hatte er den Namen der „blaurote Methusalem" zu verdanken.
Er trug einen blausamtenen Schnurenrock, eine rote Weste, weiße Lederhosen und hohe, lacklederne Stulpenstiefel, an denen ungeheure Sporen klirrten, welche mexikanischen Ursprunges waren und deren Räder einen Durchmesser von drittehalb Zoll besaßen. Aus den lang herabwallenden, dichten Locken saß ein rotgoldenes Cerevis. Die Hände trug er weltverächtlich in den Hosentaschen. Zwischen den Zähnen hielt er das Mundstück einer persischen Wasserpfeife, deren Rauch er in dicken Schwaden von sich stieß.
Vor ihm her schritt gewichtig ein riesiger Neufundländer, welcher das zwei Liter fassende Stammglas seines Herrn im Maule trug.
Hinter dem letzteren folgte der Wichsier, in der linken Hand die Wasserpfeife tragend, deren Kopf wenigstens ein Pfund Knaster faßte. Ihr vier Ellen langer Gummischlauch führte nach dem Munde des qualmenden Studenten. In der rechten Hand, geschultert wie ein Schießgewehr, hielt der Wichsier einen langen, dünnen Gegenstand, in welchem die Begegnenden zu ihrem Erstaunen eine – – Oboe erkannten.
Dieser Pfeifen- und Oboenträger schien, ganz ebenso wie sein Herr, ein Original zu sein. Er hatte eines jener Gesichter, deren Alter sich nicht bestimmen läßt. Es war von unzähligen kleinen Runzeln und Furchen durchzogen, so daß von eigentlichen Zügen keine Rede sein konnte. Sah man ihn in stolzem Ernste, nur auf seinen Herrn achtend, hinter diesem herschreiten, so war man versucht, ihn für weit über vierzig Jahre alt zu halten. Fand man jedoch privatim die Gelegenheit, das listige Blinzeln seiner kleinen Aeuglein zu beobachten, seine gewandten Bewegungen zu bemerken und sich von seiner stets schlagfertigen geistigen Munterkeit zu überzeugen, so schätzte man ihn nicht viel über zwanzig Jahre. Auf darauf bezügliche Fragen antwortete er nie. Er hielt sein Alter ebenso wie die Semester seines Herrn und Gebieters in ein undurchdringliches Dunkel gehüllt.

Seine lange, schmale Gestalt war fast genau so gekleidet wie der „Methusalem", nur daß ihm anstatt des Cerevis eine weißleinene, schirmlose Mütze, wie Köche und Konditoren sie tragen, auf dem kurz geschorenen Haupte saß.

So schritten sie die Humboldtstraße und dann das Pfeffergäßchen entlang, voran der Hund, dann der Herr und hinter diesem der Wichsier, einer gerade so würdevoll und gemessen wie der andre. Lächelnd blickte man ihnen nach.

Eben als sie in den Flur des heimatlichen Hauses einbiegen wollten, wurde die Thür des chinesischen Ladens geöffnet und der Besitzer trat heraus, in die weite, originelle Tracht des „himmlischen Reiches" gekleidet. Er hatte mit dem Studenten Freundschaft geschlossen, von ihm sich in der deutschen Sprache, die er, als er sich hier niederließ, nur gebrochen sprach, unterrichten lassen und ihm dafür so viel vom Chinesischen beigebracht, daß der „Methusalem" desselben recht leidlich mächtig war.

„Tsching!" grüßte der Theehändler, indem er sich verneigte.

„Tsching tsching, mein lieber Ye-Kin-Li!" antwortete der Student in seinem tiefen Bierbasse. „Wollen Sie ausgehen?"

„'s sche tsche, Tschu – ja, Herr. Auf die Polizei."

„Zur Polizei? Was haben Sie denn mit den Herren dort zu thun? Haben Sie einen verlorenen Hausschlüssel gefunden? Oder sollen Sie wegen gefälschten Thees in Strafe genommen werden?"

Der Chinese ließ seinen Zopf zärtlich durch die Hände gleiten, zog die haarlosen Brauen empor und antwortete in verbindlichem Tone: „Es gefällt Ihnen, zu scherzen! Ye-Kin-Li wird niemals Strafe zahlen, denn alle Waren sind echt, rein und spottbillig. Ich habe einen Brief aus der Heimat erhalten, den ich abgeben soll. Da der Name des Empfängers nicht im Adreßbuche steht, so muß ich mich im Einwohneramt erkundigen."

„Dessen bedarf es nicht, mein Verehrtester. Das zuverlässigste Adreßbuch ist hier vorhanden" – er deutete nach seiner Stirn – „ich bin nicht umsonst Methusalem genannt. Viele wurden geboren, und viele starben; Tausende kamen als grüne Füchse und gingen fort als bleiche Philister; ich allein blieb stehen als Fels im fliegenden Sande, und ihre Namen sind eingetragen in den noch ungedruckten Annalen meines Genius. Wie lautet denn die Adresse?"

„So!"

Der Theehändler zog einen Brief aus seinem weiten Aermel und zeigte denselben hin.

Die Chinesen benutzen bekanntlich die Aermel als Taschen. Der Brief trug weder Marke noch Stempel; er war also jedenfalls als Einlage nach Deutschland gelangt. Die nicht mit Feder, sondern mit Pinsel geschriebene Adresse lautete: „Dem Volksschullehrer Joseph Ferdinand Stein oder dessen Verwandten, früher wohnhaft Obergasse 12 parterre."

Der Student blickte nachdenklich und kopfschüttelnd auf das Papier.

„Hm!" sagte er. „Der Mann ist also nicht im Adreßbuche zu finden?"

„Nein."

„Auch ich weiß, daß kein Lehrer dieses Namens hier angestellt ist. Wahrscheinlich ist der Adressat verstorben und – ah! Heureka! Vielleicht ist meine Wirtin seine Witwe! Vertrauen Sie mir den Brief auf einige Augenblicke an, lieber Freund! Ich reite im Galopp hinauf und bringe Ihnen dann per Extrazug Bescheid."
Er eilte davon, ins Haus hinein. Hund und Wichsier waren mit ihm stehen geblieben. Beide waren auf diesen plötzlichen Aufbruch ihres Herrn nicht gefaßt gewesen. Der Neufundländer sprang rasch zur Seite; der Wichsier aber war weniger geistesgegenwärtig. Der „Methusalem" hatte während der Unterredung den Pfeifenschlauch ergriffen und nun beim Forteilen die Spitze desselben wieder in den Mund gesteckt. Wäre der Wichsier sofort nachgesprungen, so hätte er das folgende Unglück vermieden, so aber zögerte er einen Augenblick, der Schlauch wurde angespannt und ihm dadurch die Wasserpfeife aus der Hand gerissen. Er wollte, um sie zu retten, nach ihr greifen, gab dadurch aber ihrem Falle eine solche Richtung, daß sie auf den Neufundländer flog und dann zur Erde stürzte, wo das Wasserbassin in Scherben zerbrach. Der Kopf hatte seinen glühenden Inhalt auf den Kopf des Hundes ergossen; der übrige Teil wurde von dem eilfertigen Studenten mit bis zur halben Treppe gerissen. Dann bemerkte der letztere, daß hinter ihm nicht alles in Ordnung sei. Er blieb stehen und drehte sich um.
Da sah er, daß er nur den Schlauch mit dem Fuße der Pfeife im Besitze hatte. Der Hund heulte laut, denn seine Kopfhaare begannen zu glimmen, und der Wichsier war über ihn weggestürzt und lag mit der Oboe an der Erde. Dabei stand der Chinese, schlug die Hände zusammen und rief erschrocken: „O Nieou-nieou-nieou! Chi-tchin! Chi-nieou!"
Das alles machte einen so drolligen Eindruck, daß der Student gar nicht an den Verlust der teuren Pfeife dachte, sondern lachend von der Treppe herabrief: „Aber, Gottfried von Bouillon, was hast du da angerichtet!"
Der Wichsier des „Methusalem" wurde nämlich aus später zu erwähnenden Gründen von sämtlichen Studenten „Gottfried von Bouillon" genannt. Er sprang von der Erde auf und antwortete mehr zornig als verlegen: „Wat ich angerichtet hab'? Als wie ich? Da hört mir Allens off, Allens, und die Umdrehung der Erde dazu! Wer hat mich denn die wässerige Hukah aus der Hand jerissen und mir mit samt der Oboe parterre jebracht, so daß sogar der Pelz des Neufundländers in sechs Scheunenbrände jeraten ist? Da jeht man in aller Würde und Feierlichkeit von Jott Bachussen zu seine heimischen Penaten, und kaum ist man in das Ostium jetreten, so steht ein Mann des Zopfes da und schreit einen mit Nieou an! Wat hat des zu bedeuten?"
Diese zornige Frage war an den Chinesen gerichtet. An dessen Stelle antwortete der Student: „Nieou heißt zu deutsch Ochse. Dreimal hintereinander bedeutet es also dreifacher Wiederkäuer."
„Schön! Und Chi-tchin?"
„Ein Tölpel, ein langsamer Sancho Pansa."

„Noch schöner! Herr Ye-Kin-Li, Sie wollten sich soeben zur Polizei bejeben; det haben Sie nicht nötig, denn ich werde Ihnen hinführen lassen. Sie werden arretiert. Vorher aber will ich Sie zeigen, wie ein musikalisch approbierter Europäer auf solche Beleidigungen mit seinem Lieblingsinstrumente antwortet."
Er hob die Oboe vom Boden auf, fällte sie wie ein Gewehr und drang dann mit derselben auf den Chinesen ein. Dieser war keineswegs ein Held und hielt es für das beste, das Hasenpanier zu ergreifen. Er floh in seinen Laden und riegelte die Thür desselben hinter sich zu.
„So, da ist er mit jütiges Verschwinden hinter seine Coulissen retiriert," lachte Gottfried von Bouillon. „Ich habe jesiegt, verzichte aber darauf, Viktoria schießen zu lassen und werde mir lieber bemühen, diese Ueberreste einer seligen Vergangenheit einem glücklichen Verjessensein entjegenzuführen."
Er suchte die Scherben zusammen. Sein Herr warf ihm den Wasserschlauch zu und ging nach oben, um bei seiner Wirtin einzutreten.
Diese bewohnte ein Stübchen, an welches ein kleines Schlafgemach stieß. Die andren Räume ihrer Wohnung hatte sie an den Studenten vermietet, um dadurch ihre dürftige Lage ein wenig zu verbessern. Sie war die Witwe eines Lehrers und bezog eine sehr kärgliche Pension, welche nicht einmal für Salz und Brot ausreichte. Darum mußte sie manche Nacht hindurch am Nähtischchen oder Stickrahmen sitzen, um die Not von sich und ihren drei Kindern fern zu halten.
Erst von dem Tage an, an welchem der „Methusalem" zu ihr gezogen war, hatte ihre gedrückte Lage eine Aenderung zum Besseren erfahren. Die vorherigen Mieter waren keine guten Zahler gewesen und hatten der braven Frau manche schwere Sorge bereitet; er aber war reich und besaß ein sehr gutes Herz. Er bezahlte nicht nur seine Miete sehr regelmäßig, sondern ließ seiner Wirtin auch sonst manche unerwartete Einnahme zufließen. Er hatte gar bald eine herzliche Zuneigung zu den wohlgesitteten Kindern gefaßt, hörte es gern, wenn sie ihn in zutraulicher Weise Onkel nannten und schien sich im stillen die Aufgabe gestellt zu haben, wie ein wirklicher Verwandter für ihr Wohlergehen Sorge zu tragen.
Richard, der älteste Sohn der Witwe, war ein sehr begabter Knabe. Seine Lehrer liebten ihn und rieten seiner Mutter, ihn studieren zu lassen. Leider aber war sie dazu zu arm. Das stimmte sie traurig. Sie wußte sehr wohl, daß das Handwerk einen goldenen Boden habe, doch empfand ihre Mutterliebe es mit stillem Kummer, daß sie dem Knaben nicht eine seinen Anlagen entsprechende Erziehung und Zukunft bieten könne.
Da war eines abends der „Methusalem" zu ihr gekommen und hatte sich mit ihr über dieses Thema in seiner kurzen, bestimmten Weise ausgesprochen. Sie hatte seinen Antrag, obgleich derselbe sie mit Entzücken erfüllte, bescheiden abgelehnt; er aber hatte das vertrauliche Gespräch zum Schlusse gebracht, indem er in entschiedenem Tone erklärte: „Meine liebe Frau Stein, Sie werden bemerkt haben, daß ich nicht gern von mir und meinen Verhältnissen spreche; heute will ich einmal von dieser Gepflogenheit

abweichen. Mein Vater war ein reicher Brauer. Er hatte den Ehrgeiz, sich eines gelehrten und berühmten Sohnes rühmen zu wollen. Ich sträubte mich dagegen, denn ich wollte nichts andres werden, als was auch er geworden war, ein Brauer. Mein Sträuben half nichts. Ich mußte Faba, die Bohne, deklinieren, obgleich mir der Hopfen über alle Bohnen ging. Ueber das Weitere will ich schweigen. Der Vater verwandelte seine Brauerei in ein Aktienunternehmen und hinterließ mir ein bedeutendes Vermögen. Ich aber habe es nur bis zum bemoosten Haupte gebracht, das heißt, zu einem akademischen Schlachtenbummler, welcher dem wirklichen Streiter verächtlich erscheint. Ich beginne nun nachgerade die ganze Leere dieses zwecklosen Daseins schmerzlich zu empfinden. Ich schäme mich meiner selbst. Ich will nicht länger ein unnützes Mitglied der menschlichen Gesellschaft sein. Ich will Thaten thun, und meine erste That soll darin bestehen, daß ich in Ihrem Sohne Ersatz biete für meine verlorene Studienzeit. Er soll studieren, und ich zahle für ihn. Das ist das Wenigste, was ich thun kann. Und das darf Sie nicht bedrücken, denn nicht Sie werden mir dadurch etwas schuldig, sondern ich tilge eine Schuld, welche mir schwer auf dem Herzen liegt. Es ist meine Ueberzeugung, daß Sie kein Recht besitzen, mich mit meinem Antrage abzuweisen. Indem Sie Ihren Sohn glücklich machen, leisten Sie mir einen hohen Dienst, den ich Ihnen niemals vergessen werde. Also sagen Sie ja; schlagen Sie ein, und damit mag die Sache beschlossen und genehmigt sein!"

Seit jener Zeit besuchte Richard das Gymnasium, und der „Methusalem" wachte über ihn, wie eine Henne über ihr einziges Küchlein wacht. Dieses Küchlein war jetzt siebzehn Jahre alt geworden und gab sich alle Mühe, die Hoffnungen der Mutter und des „Onkel Methusalem" zu erfüllen.

Als der letztere jetzt eintrat mit dem Briefe aus China in der Hand, fiel sein Blick auf ein Bild stillen Familienfleißes. Frau Stein war mit einer Plätterei beschäftigt. Der Gymnasiast saß tief auf eine Landkarte gebeugt, deren Linien er mit der Spitze seines Bleistiftes folgte. Seine jüngere Schwester war an der Nähmaschine beschäftigt, welche der Student ihr am letzten Weihnachtsfeste beschert hatte, und der kleine sechsjährige Walther saß mäuschenstill hinter dem Ofen und mühte sich ganz ebenso mit einem Christgeschenke ab. Er hatte sich nämlich heimlich des Wichsapparates bemächtigt, um seinem ledernen Hanswurste die Stiefel blank zu machen. Das kostete ihm gar sauren Schweiß, und weil er sich die perlenden Tropfen nicht mit der Hand, sondern mit der Bürste abwischte, so hatte er bald den ganzen Inhalt der Wichsschachtel im Gesichte kleben.

Der „Methusalem" nahm sich kaum Zeit, zu grüßen. – „Frau Stein," fragte er, „haben Sie früher einmal Obergasse 12 parterre gewohnt?"

„Ja," antwortete sie.

„Hieß Ihr Mann Joseph Ferdinand?"

„Ja."

„So stimmt es. Der Brief ist an Sie! Hier ist er."

Er reichte ihr denselben hin. Sie nahm und betrachtete ihn, las die Adresse und fragte im Tone der Verwunderung: „Nicht von der Post! Wo ist er her?“
„Aus China. Ye-Kin-Li gab ihn mir.“
„Aus – – China! Wer könnte mir von dorther schreiben? Es ist ja ganz unmöglich, daß dort ein Bekannter von uns existiert. Dieser Brief kann nicht für mich bestimmt sein.“
„Er ist für Sie! Die Adresse stimmt ja genau.“
„Bitte, Mutter, zeig' einmal her!“ sagte Richard, indem er herbeitrat und nach dem Briefe griff. Er betrachtete die Adresse und entschied sodann: „Er ist an den Vater gerichtet. Dieser lebt nicht mehr, folglich hast du das Recht, den Brief zu öffnen. Das ist gar nicht zu bestreiten.“
Dabei hatte er auch schon das Couvert mit dem Federmesser ausgeschnitten. Er nahm den eng beschriebenen Bogen, den es enthielt, heraus und warf, nachdem er ihn entfaltet hatte, einen Blick auf die Unterschrift.
„Vom Onkel Daniel!“ rief er schnell.
„Der war doch in Amerika und ist verschollen,“ antwortete seine Mutter.
„Er ist nicht tot, wie wir bisher geglaubt haben. Welch eine Freude, daß er noch lebt! Hört, was er schreibt! Ich will den Brief vorlesen.“
Der „Methusalem“ wollte sich entfernen, wurde aber aufgefordert, zu bleiben. Vor ihm gab es keine Familiengeheimnisse.
Der Inhalt des Briefes mußte von großer Wichtigkeit sein, denn der Student blieb weit über eine Stunde bei seiner Wirtin, und als der Wichsier einmal an der Thüre vorüberging und infolge eines frohlockenden Rufes, welcher drinnen ausgestoßen wurde, stehen blieb, hörte er, obgleich er die einzelnen Worte nicht verstehen konnte, daß jedenfalls eine Beratung abgehalten wurde, deren Verlauf ein sehr erregter zu sein schien.
„Wat da drinnen losjelassen worden ist, dat scheint so eine Art von Kriegsrat zu sind,“ murmelte er vor sich hin. „Ich ziehe mir zurück, sonst könnte ich der Avantgarde unter die Pferde geraten.“
Er that sehr klug daran, denn kaum hatte er sich entfernt, so kam sein Herr in höchster Eile heraus, eilte in seine Wohnung, packte den Wichsier, als er ihn dort erblickte, an den beiden Schultern und rief in freudigem Tone: „Gottfried, das Schlaraffenleben hat ein Ende! Wir verreisen!“
„So! Wohin? Vielleicht wieder mal nach Jüterbogk, um den dortigen Wein zu probieren?“ Er machte ein sehr saures Gesicht.
„Nein, nein, weiter, viel weiter! Bist du zur Seekrankheit geneigt?“
„Unjeheuer sehr!“
„Woher weißt du das?“
„Weil mein echt jermanischer Magen kein Wasser vertragen kann. Er will immer noch eins, ehe er jeht, aber natürlich nur kein Wasser!“
„So bleibst du da, dann gehe ich zur See!“

„Dat ist ja nicht jefährlich. Zur See kann man jehen, ohne die Seekrankheit zu bekommen. Man muß nur am Wasser stehen bleiben.“
„Aber ich will über die See, über das Meer hinüber, nach Asien!“
„Alle juten Jeister!“ rief Gottfried, die Hände zusammenschlagend.
„Nach China!“
„Da sind wir ja schon!“
Er zeigte in dem Zimmer herum und hatte dabei nicht gar so unrecht, denn der „Methusalem“ war infolge seiner mit dem Theehändler geschlossenen Freundschaft ein passionierter Sammler chinesischer Erzeugnisse geworden. An den Wänden hingen und auf den Tischen lagen Geräte, Gefäße, Waffen, Musikinstrumente und eine ganze Menge ähnlicher Dinge, welche aus dem „Reiche der Mitte“ stammten.
„Das ist Talmi-China; ich aber will das echte sehen,“ antwortete der Student. Die Erregung hatte ihm das Gesicht hochrot, die Nase aber ultramarinblau gefärbt. „Du sollst mitkommen. Fürchtest du dich aber vor der See, so bleibst du da und kannst, um dir die Langeweile zu vertreiben, Mücken vergolden.“
Da stemmte der Wichsier beide Hände in die Seiten, pflanzte sich gerade vor seinem Herrn auf und meinte: „Wat? Wie? Wo? Warum? Ich, als der berühmte Jottfried von Bouillon und ausjesprochener Erbfeind aller Sarazenen soll mir vor das bißchen See fürchten! Wat mache ich mich aus so einem alten Heringsteich! Und etwa von wegen die Haifische? Denen wollte ich mit persisches Insektenpulver ins Jewissen reden! Uebrigens muß ich auf alle Fälle mit, denn Sie brauchen mir. Wer soll Ihnen die Stibbel wichsen, die Kleider klopfen, die Pfeife stopfen, die Uhr aufziehen, tausend andre Sachen versorjen und beim Essen jesegnete Mahlzeit wünschen? Doch ich! Also ich fahre mit, nämlich wenn diese Reise nach China nicht etwa nur ein Ulk ist, den sich Ihr treuer Jottfried streng verbitten muß!“
„Es ist kein Ulk, sondern Ernst, wirklicher Ernst. Ich habe keine Zeit, es dir zu erklären, denn morgen früh geht es mit dem ersten Zuge fort, zunächst nach der Residenz, der Gesandtschaft wegen. Jetzt muß ich zum Bankier, zur Polizei und in hundert Läden, um tausend notwendige Sachen einzukaufen. Richard fährt auch mit, und – – –“
„Rich – – –!“ unterbrach ihn der Wichsier, brachte aber vor Erstaunen nur die erste Silbe dieses Namens über die Lippen.
„Ja! Er ist es ja, um derentwillen die Reise überhaupt unternommen wird. Wenn ich nicht so sehr eile, daß wir morgen bereits über alle Berge sind, wird aus dieser famosen Reise gar nichts. Ich habe seine Mutter förmlich überrumpelt, und wir müssen reisen, bevor sie sich anders besinnen kann.“
Er eilte fort.
Gottfried schüttelte den Kopf, kratzte sich mit beiden Händen hinter den Ohren, richtete seinen Blick auf einen großen chinesischen Laternendrachen, welcher an der Decke hing und sagte: „Da hängst du nun, altes Jötzenbild, und kuckst mich höhnisch ins Jesicht! Dir hab' ich nie so recht jetraut. Deine Ehrbarkeit und Moralität ist mich immer ein

bißchen problematisch vorjekommem! Wat willst du sind? Tao-lung willst du jenannt sind, wat soviel heißt, wie Drache der Vernunft? Ich sage dir, daß du höchst unvernünftig bist! Seit du hier unsern Zenith jepachtet hast, ist bei uns China und der Teufel losjewesen. Ich habe dir sogar im Verdacht, daß du um Mitternacht als Jespenst und Jeisterspuk hier umherfliegst. Du erscheinst dem Methusalem im Traume; du hast es ihm anjethan und ihm sogar den Jedanken einjeblasen, die traute Heimat zu verlassen, um am Strande des gelben Meeres bei die halben Antipoden jebratene Regenwürmer, jeschmorte Tausendfüße, jebackenen Seetang, marinierte Salamander und jekochte Rattenschwänze zu verspeisen. Schäme dir! Aber du sollst dir doch nicht rühmen können, ihn ins Verderben jeführt zu haben. Ich werde ihn begleiten als sein Morjen- und sein Abendstern. Wir werden siegreich gegen deine Vettern und Basen kämpfen, gegen Drachen, Molche und Chinesen, und wenn wir wiederkehren, so hängen wir sie hier als Trophäen auf, um dir zu ärjern, so wie du mir jeärjert hast. Ich verachte dir!"

Er ging mit einer theatralischen Gebärde ab, um sich bei der Wirtin zu erkundigen, wie sein Herr auf den Gedanken gekommen sei, nach China zu gehen.

Inzwischen war der „Methusalem" gar nicht weit gekommen. An der Ladenthür des Chinesen hatte er sich besonnen, daß er diesem doch sagen müsse, daß der Brief an die richtige Adresse gelangt sei. Darum trat er bei ihm ein.

„Nun?" fragte der Sohn der Mitte. „Sie bringen den Brief nicht wieder?"

„Nein. Meine Wirtin ist die Adressatin. Sie brauchen sich also nicht weiter zu bemühen. Aber, bitte, wie ist er in Ihre Hände gekommen?"

„Durch meinen Lieferanten in Kuang-tschéu-fu (Kanton), bei dem er für mich abgegeben wurde."

„Hat dieser Herr Ihnen mitgeteilt, wer der Absender ist?"

„Nein. Er hat mir die Weisung gegeben, den Adressaten oder dessen Erben hier ausfindig zu machen, ihnen den Brief zu übermitteln und dafür zu sorgen, daß sie sofort antworten. Die Stelle, an welche die Antwort zu richten ist, sei in dem Briefe angegeben."

„Das stimmt. Aber es ist beschlossen worden, keine briefliche Antwort zu erteilen. Wir reisen selbst hin, nämlich Richard Stein, ich und mein Gottfried von der Oboe."

Jetzt war es an dem Chinesen, zu erstaunen. Er erging sich in den fremdartigsten Ausrufewörtern, wobei er die Hände mit weit ausgespreizten Fingern gen Himmel hielt und dabei den Kopf von einer Seite auf die andre warf, so daß sein Kopf wie ein Perpendikel abwechselnd herüber und hinüber flog.

„Sie selbst, Sie selbst wollen nach Tschung-kuo, dem Reiche der Mitte, nach Tschung-hoa, der Blume der Mitte!" rief er aus. „Sie werden Tien-tschao, das himmlische Reich sehen! Sie gehen nach Ki-tien-teh, dem Hause der himmlischen Tugenden, nach Schan-hoang-ti, dem Berge des erhabenen Herrschers! Wie ist das gekommen? Wodurch wurden Sie auf diesen Gedanken gebracht?"

„Durch die Teilnahme, welche ich für die Familie meiner braven Wirtin und insbesondere für Richard hege. Um es Ihnen kurz zu sagen, hat der verstorbene

Volksschullehrer Stein einen Bruder gehabt, welcher in seiner Jugend, getrieben von seiner Lust zu Abenteuern, in die weite Welt gegangen ist. Er ist lange Jahre erst in Süd- und dann in Nordamerika gewesen, ohne es zu etwas Sonderlichem zu bringen. Später wollte er nach Java; das Schiff ging aber in der Nähe der chinesischen Küste unter, und er war einer der Wenigen, welche gerettet wurden. Unter den Chinesen erging es ihm zunächst herzlich schlecht, da er ja ihrer Ansicht nach ein Y-jin war, ein fremder Barbar. Er wurde wie ein Gefangener gehalten. Nach und nach lebte er sich in die dortigen Verhältnisse ein. Er erlernte die Sprache, trug chinesische Kleidung, nahm die dortigen Gewohnheiten an und brachte es dadurch so weit, daß er endlich wie ein Eingeborener behandelt wurde. Nur das Land durfte er nicht verlassen; der Versuch dazu schon sollte mit dem Tode bestraft werden. Um seiner ganz sicher zu sein, wurde er in das Innere geschafft, wo er es bald so weit brachte, daß er unter die Klasse der Ansässigen aufgenommen wurde. Er entdeckte zufälligerweise im Gebirge eine Petroleumquelle. Da er die Art der Ausbeutung und Verwertung des Oeles in den Vereinigten Staaten kennen gelernt hatte, so griff er die Sache auf amerikanische Weise an, dabei aber natürlich die chinesischen Verhältnisse in Rechnung ziehend. Er wurde ein reicher Mann und breitete seine Verbindungen nach und nach bis an die Küste aus. Durch diesen letzteren Umstand ist es ihm ermöglicht gewesen, einen Brief, eben den, welchen Sie zur Besorgung erhielten, in die Heimat zu senden. Er ist unverheiratet und ohne Erben, dabei so kränklich, daß er mit dem baldigen Tode rechnet. Er will sein Vermögen nicht in fremde Hände kommen lassen. Darum bittet er seinen Bruder, sofort nach China zu reisen. Falls dieser Bruder tot ist, soll dessen ältester Sohn, von dessen Geburt er aus früheren Nachrichten weiß, zu ihm kommen. Nur so ist es möglich, die chinesischen Gesetze zu umgehen und die Früchte seines Fleißes in die Hände seiner Verwandten gelangen zu lassen. Er bittet um augenblickliche Antwort, worauf er Geld zur Reise anweisen will. Da ich mir aber sage, daß dabei Monate verschwendet werden, während welcher Zeit der kränkliche Herr wohl gar sterben könnte, habe ich unter Aufbietung meines ganzen Einflusses erreicht, daß Frau Stein ihren Richard sofort reisen lassen will, natürlich nur unter der Bedingung, daß ich ihn begleite. Die Kosten der Reise trage ich auch. Das ist alles so plötzlich gekommen und muß auch sofort ausgeführt werden, sonst steht zu erwarten, daß die Wirtin ihre Zusage wieder zurücknimmt. Es ist für eine Mutter kein Spaß, ihr Kind in solche Ferne und in ein solches Land gehen zu lassen. Sie ist von dem Ereignisse sozusagen übermannt und betäubt worden. Ich darf sie nicht zur ruhigen Ueberlegung kommen lassen. Morgen mit dem ersten Zuge reisen wir."

Der Chinese stand mit offenem Munde und starren Blickes vor ihm. Er bewegte kein Glied seines Körpers.

„Was ist mit Ihnen?" fragte der „Methusalem" besorgt. „Sie sind ja wie vom Schlage getroffen! Wie kann meine Erzählung einen solchen Eindruck auf Sie hervorbringen?"

Er faßte den „Sohn des Himmels" bei den Schultern und schüttelte ihn. Dies gab dem Chinesen die Herrschaft über sich selbst zurück. Er eilte zur Thüre, riegelte dieselbe zu,

um von keinem Käufer gestört zu werden, ergriff den Studenten beim Arme, führte ihn nach dem kleinen, hinter dem Laden liegenden Privatraume und drückte ihn dort auf einen aus Bambus geflochtenen Sessel nieder.
Dies that er so eilfertig und zeigte dabei so ein Gesicht, als handle es sich um ein höchst wichtiges Geheimnis, um eine Angelegenheit, in welcher ein Aufschub den größten Schaden bringen könne.
„Freund!“ rief er, in der Folge bald chinesisch, bald deutsch sprechend. „Sie reisen wirklich, wirklich, wirklich nach Tschina, meinem heißgeliebten Vaterlande?“
„Ja, morgen schon.“
„O, Herr des Himmels, Glanz der Sonne, Ursprung der Zeit und des Raumes! Welch ein Glück, welch eine Schickung! Freund, mein Leben gehört Ihnen; mein Vermögen ist Ihr Eigentum. Alles, alles sollen Sie haben, nur die Namen meiner Vorfahren kann ich Ihnen nicht schenken. Sie können mir einen Dienst erweisen, der so groß, so unendlich groß ist, daß selbst der größte Dank zu gering dafür sein würde.“
„Gern, sehr gern, wenn ich kann!“
„Vielleicht können Sie!“
„Versuchen wir es wenigstens. Was ist es, was ich thun soll?“
„Bringen Sie mir mein Weib, bringen Sie mir meine Kinder mit!“
„Mit dem größten Vergnügen!“ lachte der Student. „Wenn es weiter nichts ist!“
„Sprechen Sie nicht so! Was ich von Ihnen verlange, ist schwer, ist fast unmöglich auszuführen. Die Behörde wird sich widersetzen.“
„O, mit den Herren Mandarinen werde ich wohl fertig werden!“
„Kein Chinese würde es fertig bringen. Sie aber sind selbst hier ein ungewöhnlicher Mann. Sie schrecken vor keinem Wagnisse zurück. Sie werden beides anwenden, List und Gewalt, um mich glücklich zu machen. Darum vertraue ich Ihnen. Wenn es überhaupt ein Mensch vermag, so sind Sie allein es, der mir meine Frau, meine Kinder und mein Vermögen, welches ich vergraben habe, weil ich es bei meiner Flucht nicht mitnehmen konnte, bringen kann!“
„Wie? Ihr Vermögen haben Sie vergraben? Warum haben Sie es Ihrer Frau nicht gelassen?“
„Ihr hätte man es abgenommen.“
„Sie haben ihr aber doch gesagt, wo es versteckt ist?“
„Nein, auch das durfte ich nicht. Sie ist gefoltert worden und hätte den Ort sicherlich verraten. Wissen Sie, ich bin ein – – –“
Obgleich sie ganz allein und unbelauscht waren, bog er sich bis an das Ohr des Studenten und flüsterte ihm zu: „– Ein zum Tode Verurteilter. Ich hatte das Unglück, unter Empörern betroffen zu werden. Was das in Tschina heißt, das wissen Sie. Ich war schuldlos wie der junge Kia-niao, wie der kleine Sperling im Neste; aber ich wurde bei ihnen gesehen, und so war ich verloren, wenn nicht augenblickliche Flucht mich rettete. Ich fand kaum so viel Zeit, mich von den Meinen zu verabschieden und meine Gold- und

Silberbarren einzupacken, um sie dann heimlich zu vergraben. Nur einen kleinen Teil dieses Metalles konnte ich mit mir nehmen, um mir im Auslande eine Existenz zu gründen."

„Höchst interessant!" bemerkte der Student. „So soll ich also den Schatzgräber machen?"

„Ja. Sie sehen, welch ein großes Vertrauen ich zu Ihnen habe. Sie werden mich nicht betrügen. Das weiß ich gewiß."

„Da sei Gott vor! Was ich finde, wenn ich überhaupt etwas finde, das erhalten Sie. Aber wo liegt es? Und wo finde ich die Ihrigen?"

„Wo das Gold und Silber liegt, darüber können Sie sich leicht orientieren, denn ich habe einen genauen Plan gezeichnet, nach welchem Sie sich nur zu richten brauchen, um die Barren zu entdecken. Aber wo Sie mein Weib und meine Kinder treffen werden, das weiß ich leider nicht."

„Ich werde nicht eher ruhen, als bis ich sie finde, vorausgesetzt, daß sie noch leben," versicherte der Student, herzlich gerührt von dem Ausdrucke aufrichtigen Schmerzes, welcher im Gesichte des Chinesen zu erkennen war.

„Sie können getötet worden sein," meinte dieser, „denn die Rechtspflege meines Vaterlandes ist keine so humane wie die hiesige. Dort müssen sehr oft die Verwandten des Schuldigen dieselbe Strafe tragen wie er."

„Nennen Sie mir den Ort, an welchem Sie sich von ihnen getrennt haben! Ich werde mich an denselben begeben und, wenn ich sie dort nicht finde, ihre Spur verfolgen wie der Indianer eine Fährte. Ich hoffe doch, Ihnen zum wenigsten eine sichere Nachricht zu bringen."

„Ja, ich weiß, daß Sie alles mögliche thun, kein Opfer scheuen und selbst vor keiner Gefahr zurückschrecken werden, um mir die Ruhe meines Herzens zurückzugeben. Ich werde Ihnen alles aufschreiben, was Sie wissen müssen, und diese Notizen Ihnen heute abend einhändigen. Dabei werden sich euch einige Empfehlungsschreiben an frühere Freunde befinden, an welche Sie sich mit allem Vertrauen wenden können. Sie wissen, daß ich unschuldig bin, und werden Ihnen gern allen möglichen Vorschub leisten. Also Sie sind entschlossen, diese Sendung zu übernehmen?"

„Vollständig."

„So betrachte ich Sie von diesem Augenblicke an als meinen Kié-tschéi, als meinen außerordentlichen Bevollmächtigten, und frage Sie, ob Sie bereit sind, mir Ihr Kong-Kheou zu geben, Ihr unverbrüchliches Ehrenwort?"

„Sie sollen es haben, hier meine Hand!" antwortete der „Methusalem", indem er dem Chinesen die Hand entgegenstreckte.

„Warten Sie!" bat Ye-Kin-Li. „Ich werde Ihnen Ihr Wort nach der Sitte meines Landes abnehmen."

Er holte ein Päckchen Tsan-hiang herbei. Das sind wohlriechende Räucherstäbchen, deren die Chinesen sich bei Ausübung gewisser religiöser Gebräuche bedienen. Der Student mußte eins davon in seine linke Hand nehmen; der Theehändler that ebenso, worauf er die beiden Stäbchen anbrannte. Dann, als der duftende Rauch emporstieg, ergriff er mit seiner Rechten diejenige des jungen Mannes und sagte in feierlichem Tone: „Sie sind mein Kié-tschéi. Als solcher haben Sie genau so zu handeln, als ob Sie ich seien. Sie dürfen keinen Hintergedanken hegen, und Ihr Herz muß gegen mich ohne Arg und Falschheit sein. Wollen Sie mir also jetzt Ihr Kong-Kheou geben, daß Sie meinen Auftrag nach Kräften ausführen und gegen mich und die Meinen ehrlich sein wollen?“

„Ja,“ antwortete der Student. „Ich denke nicht, daß ich mit dieser Ceremonie ein heidnisches Werk begehe. Sie hätte unterbleiben können, denn mein Ehrenwort ist wie der heiligste Schwur. Aber da es Sie zu beruhigen scheint, so mag es so geschehen, wie Sie es wünschen. Ich verspreche Ihnen, so zu handeln, wie Sie selbst nicht anders handeln würden. Das ist ein ehrliches deutsches Versprechen, auf welches Sie sich verlassen können!“

„Ich glaube und vertraue Ihnen. Und dieses Vertrauen soll zwischen uns bestehen, bis diese beiden Tsan-hiang an meinem Sarge wieder angezündet werden.“

Er verlöschte die Stäbchen und legte sie dann, sorgsam eingewickelt, in ein Ebenholzkästchen, in welchem er nur Gegenstände von ganz besonderer Wichtigkeit aufzubewahren pflegte.

So war das Ehrenwort gegeben, welches für den Studenten so reiche und seltsame Folgen haben sollte. Er entfernte sich jetzt, um die notwendigen Vorkehrungen zur baldigen Abreise zu treffen.

Auf der Reise nach China

Zweites Kapitel

„Tsching tsching tschin!“

Unter denjenigen unsrer lieben Leser, welche in einer der an der Nord- und Ostsee liegenden Hafenstädte wohnen, gibt es sicher welche, die den Namen Turnerstick gehört oder wohl gar diesen braven, weitbefahrenen Seemann von Angesicht zu Angesicht gesehen haben.

Kapitän Heimdall Turnerstick, ein echter friesischer Seebär, hatte lange Jahre im Dienste eines New Yorker Reeders gestanden, es da zumeist mit amerikanischen Topgasten zu thun gehabt und es darum gelitten, daß man seinen allerdings seltsamen deutschen Namen Drechslerstock in das englische Turnerstick verwandelte. Dennoch aber war er ein Deutscher vom reinsten Wasser geblieben.

Er war in allen Meeren bekannt als ein tüchtiger, kühner, gewandter und erfahrener Schiffsführer, welcher außerdem die höchst lobenswerte Eigenschaft besaß, daß er sich stets bemühte, seinen Untergebenen mehr ein freundlich besorgter Vater als ein strenger Vorgesetzter zu sein.

Darum hatte er stets nur zuverlässige und tüchtige Mannen an Bord, die sich alle Mühe gaben, seine Zufriedenheit zu erlangen, und unter Umständen mehr thaten, als die bloße Pflicht von ihnen forderte. Sie liebten und achteten ihn und sahen über manches hinweg, was andre wohl nicht mit denselben Augen betrachtet hätten.

Kapitän Turnerstick besaß nämlich einige Eigentümlichkeiten, welche sehr geeignet waren, die Ironie seiner Untergebenen herauszufordern. Daß man dennoch nicht heimlich über ihn lachte, hatte seinen Grund nur in dem kindlichen Respekt, den man ihm widmete.

Daß er zu allerhand Sonderlichkeiten geneigt sei, war schon seinem Aeußeren anzumerken. Er besaß trotz seiner bedeutenden seemännischen Kenntnisse kein sehr geistreiches Angesicht. Mitten in demselben saß das, was der Seemann eine Vorlukennase nennt. Sie war höchst vorwitzig nach oben gerichtet und durch einen Faustschlag, den der gute Kapitän in seiner Jugend erhalten hatte, ansehnlich weit zur Seite getrieben worden, was seiner Physiognomie ein höchst ordnungswidriges Aussehen gab. Ein gewaltiger Schnurrbart ließ dieses Stumpfnäschen doppelt naiv und lächerlich erscheinen, ein Umstand, welcher keine Verbesserung dadurch erlitt, daß Turnerstick einen ungeheuren indischen Schutzhelm als Kopfbedeckung zu tragen pflegte.

In einem Kampfe mit malayischen Seeräubern hatte er das rechte Auge eingebüßt und trug an dessen Stelle ein künstliches. Doch mußte man ihn sehr genau ansehen, um dies zu bemerken.

Kein Mensch hatte ihn jemals anders als in hohen, geteerten Wasserstiefeln gesehen, welche ihm bis an den Leib reichten. Ebenso unvermeidlich war der mit vergoldeten Ankerknöpfen geschmückte Südkarolinafrack, ohne den er gar nicht leben zu können schien. Dazu trug er unendlich hohe Vatermörder, um welche ein knallrotes Halstuch gelegt und vorn in eine riesige Schmetterlingsschleife geschlungen war.

Dazu kam ein goldener Klemmer, welcher an einem breiten, schwarzseidenen Bande hing, eine sehr begründete Vorsichtsregel, denn die Brille konnte sich niemals länger als einen einzigen Augenblick auf dem ihr angewiesenen Posten erhalten. Sie fiel immer wieder herab, und darum war die eine Hand des Kapitäns unausgesetzt und allezeit damit beschäftigt, den herabgefallenen Klemmer wieder auf das unpraktikable Näschen zu quetschen.

Aufrichtig gestanden, war der gute Heimdall Turnerstick ein ganz klein wenig eitel, auch in Beziehung auf sein Schiff, welches stets, so weit thunlich, ein Muster der Sauberkeit und Ordnung war. Das konnte natürlich auch auf sein Aeußeres nicht ohne Einfluß sein.

Seine Sprachkenntnisse reichten für seine Bedürfnisse vollständig aus. Mehr konnte nicht von ihm verlangt werden. Und dennoch gab es einen, welcher in ihm ein wahres Sprachgenie erblickte, und dieser eine war – – er selbst.

Er hatte alle möglichen Küstenländer angesegelt und überall einige Worte der betreffenden Sprache mit davon genommen. Diese Reiseergebnisse lagen in seinem

Kopfe so wirr durch einander wie ungefähr die Trümmer eines verunglückten Eisenbahnzuges. Dennoch war er vollständig überzeugt, so einige Dutzend Sprachen und Dialekte zu beherrschen, und brachte bei jeder passenden Gelegenheit diese unglückseligen philologischen Trümmer herbeigeschleppt. Wehe demjenigen, der es wagte, darüber zu lächeln! Er hatte es für immer mit dem Kapitän verdorben und wurde niemals wieder zu Gnaden angenommen.

Heut befand sich Heimdall Turnerstick in einer wahrhaft rosigen Stimmung, und er hatte allen Grund dazu. Unter seinen Füßen lagen die Planken des schnellsten Klipperschiffes, welches er jemals befehligt hatte. Ein prächtiger Backstagswind füllte die Segel. Der Horizont lag als scharf gezeichnete Linie auf der See, und der Himmel lächelte wolkenlos auf die frohen Gesichter der Mannen herab.

Dazu kam, daß man sich dem Hafen nahe befand und daß der Kapitän Kajütengäste bei sich führte, die es verstanden hatten, sich sein ganz besonderes Wohlwollen zu erwerben. Er hatte sie in Singapore aufgenommen und sollte sie nach Kanton bringen.

Das waren prächtige Tage für ihn gewesen. So eine Unterhaltung hatte er seit Jahren nicht an Bord haben können. Die drei Passagiere paßten zu ihm wie Brüder, und die Absicht, welche sie nach Kanton führte, war ihm so sympathisch, daß er beschlossen hatte, sich nicht allsogleich von ihnen zu trennen. Er konnte ihnen eine längere Zeit widmen, denn sein Steuermann war höchst zuverlässig; ihm durfte er das Schiff und die Besorgung aller Angelegenheiten ruhig anvertrauen.

Diese drei Passagiere waren Fritz Degenfeld, der bisherige Student, genannt der blaurote Methusalem, sein Wichsier Gottfried Ziegenkopf, stets Gottfried von Bouillon geheißen, und endlich Richard Stein, der Gymnasiast, welcher sich unterwegs befand, um die chinesische Erbschaft anzutreten.

Sie saßen miteinander auf der Kampanje und schauten vergnügt nach dem vordern Horizonte, an welchem sich mehrere Segel sehen ließen. Aber eigentümlich war die Ordnung, in welcher sie saßen. Die drei Feldstühle, auf denen sie Platz genommen hatten, standen nämlich nicht nebeneinander. Das wäre dem guten Gottfried gegen alle gewohnte Subordination gewesen. Er war jahrelang hinter seinem „Methusalem“ hergelaufen und konnte es unmöglich zugeben, daß jetzt eine andre Ordnung eingeführt werde. Darum saß er in der altgewohnten Entfernung von drei Schritten hinter ihm und hielt die Wasserpfeife, deren Schlauchspitze der Student im Munde hatte, in den Händen. Sie war vor der Abreise mit einem neuen Glasballon versehen worden.

Beide, der Herr sowohl wie auch sein Wichsier, waren ganz genau noch so gekleidet, wie man sie daheim in der Humboldtstraße zu sehen gewohnt gewesen war. Richard saß neben dem „Methusalem“ und einige Fuß vor demselben der bekannte Neufundländer, welcher es sich also ebenso angelegen sein ließ wie Gottfried, die heimatliche Reihenfolge beizubehalten.

Fritz Degenfeld blies die gewohnten dicken Rauchschwaden aus dem Munde und nickte dem Kapitän freundlich zu, welcher soeben von vorn kam und zu ihnen auf die Kampanje stieg.

„Nun, Kommodore, wie steht's?“ fragte Degenfeld. „Werden wir bald die Küste des himmlischen Reiches zu sehen bekommen?“

„Will es meinen,“ antwortete der Gefragte. „Wir werden bereits am Nachmittage vor Hongkong zu Anker gehen. Bald werden sich da vorn die Segel mehren, welche die gleiche Richtung haben.“

„So haben wir eine feine Fahrt gemacht!“

„Unvergleichlich! Wir machen siebzehn Knoten. Das will etwas sagen. In nicht ganz vier Tagen von Singapore bis hierher, das soll dem Heimdall Turnerstick ein andrer nachmachen! Es wird es jeder bleiben lassen!“

„Ja, Sie und Ihr gutes Schiff, da läßt sich etwas erreichen. Ich hätte nicht geglaubt, China so schnell begrüßen zu können.“

„Wissen Sie denn auch, wie man dieses gelobte Land der Zöpfe begrüßt?“

„Nun, wie?“

„Tsching tsching! muß man rufen. Das ist der echt chinesische Gruß.“

„Ach! Sie sprechen wohl auch ein wenig chinesisch?“

Turnerstick setzte den Klemmer auf die Nase, hielt ihn dort fest, weil er sonst gleich wieder herabgefallen wäre, warf Degenfeld einen mißbilligenden Blick zu und antwortete: „Wie können Sie so fragen! Ein bemoostes Haupt wie Sie hat doch an der Universität ein genug langes Garn gesponnen, um zu wissen, daß man dem Kapitän Turnerstick so nicht kommen darf. Ein wenig chinesisch! Da liegen Sie vor Topp und Takel bei und treiben wohl bis sieben Striche ab! Wenn ich einmal ein Tau in die Hand nehme, so nehme ich es ganz.“

„So sprechen Sie vollständig chinesisch?“

„Natürlich! Wie anders?“

Das war in einem Tone gesprochen, als ob er gefragt worden sei, ob er Wasser trinken könne.

„Das ist mir neu!“ gestand Degenfeld. „Sie haben darüber noch kein einziges Wort verloren!“

„Wozu sollte ich davon reden? Von etwas, was sich ganz von selbst versteht, macht man doch kein Geschrei.“

„Nun, desto wertvoller ist mir die Entdeckung, welche ich da an Ihnen mache. Sie haben zugesagt, sich uns für einige Tage anzuschließen. Da ist es für uns natürlich vom größten Vorteile, daß Sie geläufig chinesisch sprechen.“

„Pah! Nicht der Rede wert! Eine wahre Kleinigkeit! Sie haben doch auch chinesisch getrieben, wie Sie mir sagten.“

„Nur zwei Jahre lang.“

„Das ist mehr als genug, denn diese Sprache ist die leichteste, die ich kenne.“

„Und ich habe ihre Erlernung für höchst schwierig gehalten."
„Da haben Sie freilich ein sehr falsches Segel gesetzt. Sie natürlich müssen mit dem obligaten Latein und Griechisch den richtigen Kurs verlieren. Wem der Kopf mit so klassischer Ware vollgestaut wird, der hat eben zuletzt für das Leichteste keinen Platz mehr übrig. Dann segeln solche überstudierte Leute in der Welt herum und können kein Panzerschiff von einer Heringskuff unterscheiden. Ich sage Ihnen, das Chinesische ist mir geradezu angeboren gewesen. Es ist ganz von selbst gekommen."
Der „Methusalem" kannte die Achillesferse des Kapitäns. Darum hütete er sich sehr wohl, den geringsten Zweifel hören zu lassen. Er sagte im ernstesten Tone: „Das kann eben nur Ihnen passieren. Sie sind ein wahrer Walfisch im Meere der Dialekte. Sie schwimmen spielend drin herum und blasen die schwierigsten Paradigmen nur so aus der Nase."
Turnerstick hielt den Klemmer empor, warf durch denselben einen forschenden Blick auf den Sprecher und fragte sehr ernst: „Durch die Nase! Soll das etwa eine Hindeutung auf meine Gesichtszüge enthalten?"
„Was fällt Ihnen ein! Ich spreche vom Walfisch, und daß der bläst, das wissen Sie wohl!"
„Ja, und zwar aus der Nase. Sie haben recht. Wie der sich im Wasser wälzt, so wälze ich mich in den Sprachen herum. Und gerad das Chinesische ist mir völlig Wurst."
„Für mich ist es im Gegenteile ein sehr harter Knochen gewesen, an welchem ich mir die Zähne locker gebissen habe. Bedenken Sie nur die Dialekte! Es sind ihrer neun!"
„Das ist wenig genug! So ein Dialekt läuft bei mir hinunter wie ein steifer Grog. Die Hauptsache ist, daß man sich eben an die Hauptsache hält, und das sind im Chinesischen die Endungen."
„So? Ich bin stets der Meinung gewesen, daß das Chinesische gar keine Endungen habe."
„Was! Keine Endungen! Ja, nun ist's mir freilich sehr erklärlich, daß Sie es trotz zwei voller Jahre zu nichts gebracht haben! Wenn Sie nichts von den Endungen wissen, so ist das gerade so, als wenn Sie ohne Wasser schwimmen oder ohne Flügel fliegen wollen. Ich sage Ihnen, daß ich im stande bin, Ihnen das ganze Chinesische mit allen neun Dialekten in fünf Minuten beizubringen!"
„Unglaublich!"
„Sie werden es gleich glauben müssen. Nennen Sie mir doch einmal die Namen von einigen chinesischen Städten oder Flüssen!"
„Das ist sehr leicht. Da haben wir zum Beispiel Jang-tse-kiang, Ma-seng, Pe-king, Hong-kong, Wu-sung – –"
„Halt!" unterbrach ihn der Kapitän. „Das genügt vollständig. Da haben Sie ja gleich fünf Endungen!"
„Endungen? Wohl nicht!"
„Was denn? Sie haben sie ja genannt, ang, eng, ing, ong und ung! Wenn das keine Endungen sind, dann bin ich nicht Heimdall Turnerstick! Diese Endungen sind die wirklichen Kaninchen! Mit ihrer Hilfe schüttelt man das Chinesische nur so aus den

Aermeln. Das ist der wahre Jakob. Die Endungen, die Endungen, die geben den Speck zu den dicken Erbsen. Sie freilich mit Ihrem Griechischen und Lateinischen haben gar keine Ahnung von einer anständigen, brauchbaren und bequemen Endung! Ich glaube, auf allen Ihren Universitäten ist keine einzige ordentliche und mundgerechte Endung zu finden wie so ein chinesisches ing, ang oder ung! Mit fünf solchen Endungen stecke ich ganz China in den Sack. Das werde ich Ihnen in kurzer Zeit beweisen. Da draußen hält ein Kutter auf uns zu. Es ist ein Lotse. Ich werde ihm sogleich das Signal geben, daß er an Bord kommen soll. Dann werde ich chinesisch mit ihm sprechen, und Sie sollen Ihre Freude daran haben. Sie werden sich wundern, daß Sie nicht ganz von selbst auch darauf gekommen sind."

Er gab den betreffenden Befehl, und bald wehte vom Vortop des Klippers das Zeichen „PT" des internationalen Signalbuches.

Der Lotse sah die Aufforderung und folgte derselben. Er hatte kein chinesisches Boot. Sein Fahrzeug war sehr scharf auf den Kiel gebaut, und der Vorsteven stand fast rechtwinkelig auf. Es führte eine sehr hohe Stenge, horizontal liegendes Bugspriet, Gaffel- und Gaffeltopsegel, Stackfock und großen Klüver. Es war eine Lust, zu sehen, wie schnell und anmutig es herbeigeschossen kam. Es gab den Lotsen an Bord und hielt dann mit der Bedienung von dem Klipper ab.

Der Lotse ging chinesisch gekleidet und trug einen ungeheuer breiten Grashut, welcher sein Gesicht so beschattete, daß es kaum zu erkennen war, auf dem Kopfe.

„Jetzt passen Sie auf!" sagte der Kapitän zu Fritz Degenfeld. „Jetzt geht es los mit dem Chinesischen."

Er trat auf den Lotsen zu und grüßte: „Tsching, tsching, tsching – –"

„Insaneness!" unterbrach ihn der Mann grob. „Sagt einfach welcome, Sir! Ein Amerikaner hat es nicht nötig, mit dem chinesischen Zopfe zu wedeln!"

„Ihr seid kein Chinese, loadsman?"

„Nein. Ich bin ein guter Schottländer aus Greenock am Clyde, wißt Ihr, wo die famosesten eisernen Schiffe gebaut werden. Wir können uns also Eurer Muttersprache bedienen."

„Ich wollte chinesisch mit Euch reden," meinte Turnerstick enttäuscht.

„Ach was, chinesisch! Die schlitzäugigen Kerls sind es gar nicht wert, daß man sich um ihre Sprache kümmert. Sorgt lieber dafür, daß ich einen guten Rum zum Willkommen erhalte, sonst gehe ich wieder von Bord, und Ihr könnt Euch dann meinetwegen den Bug an der Lammainsel einrennen."

Er ging nach der Kapitänskajüte, und Turnerstick mußte ihm wohl oder übel folgen.

„O weh!" sagte Richard Stein. „Da hat er sein Chinesisch leider nicht anbringen können!"

„Ein Glück für uns!" antwortete Degenfeld. „Wir hätten es wohl nicht fertig gebracht, dabei ernst zu bleiben, und dann wäre es um unsern Kredit bei ihm geschehen gewesen."

„Was er nur mit seinen Endungen wollte!"

„Es dämmert eine leise Ahnung in mir auf; aber die Sache ist so ungeheuerlich, daß ich sie gar nicht für möglich halten kann. Er wird doch nicht etwa ein mit seinen berühmten Endungen versehenes Deutsch sprechen wollen! Das wäre allerdings im höchsten Grade drollig. Und dennoch ist's ihm zuzutrauen. Ich sehe lustige Scenen kommen. Gottfried – – ho su!“
Diese beiden chinesischen Worte bedeuten „gib Feuer!“ Seit sich die drei unterwegs befanden, hatte der Student die beiden anderen in die Lehre genommen. Besonders der Wichsier erhielt seine Befehle und Anweisungen alle in chinesischer Sprache, was manches spaßhafte Mißverständnis hervorgerufen hatte.
„Ki eulh – ich höre!“ antwortete er sehr ernsthaft, indem er einen Fidibus aus der Tasche zog, ihn in Brand steckte und sodann seinem Herrn half, die ausgegangene Pfeife wieder anzuzünden. Dann setzte er sich wieder hinter demselben nieder.
Nach kurzer Zeit kehrte der Pilot mit dem Kapitän aus der Kajüte zurück. Er übernahm das Kommando des Schiffes, und Turnerstick hatte also Zeit, sich mit seinen Passagieren zu beschäftigen.
Die Segel, welche rings zu sehen waren, wurden zahlreicher. Weißblaue Rauchstreifen zeigten Dampfer an, welche nach Kanton wollten oder von dort kamen. Die See belebte sich mehr und mehr mit Fahrzeugen, und dann tauchten die Felsenmassen Hongkongs und der anderen vor dem Perlenflusse liegenden Inseln langsam auf.
„Höchst ärgerlich, daß der Lotse kein Chinese ist,“ meinte der Kapitän. „Aber wir haben nur noch kurze Zeit zu warten, dann werden wir von Booten förmlich umringt sein und ich kann Ihnen zeigen, wie ich die Sprache der Himmelssöhne beherrsche. Es wird übrigens Zeit, daß Sie Ihre Koffer öffnen.“
„Warum?“ fragte Degenfeld.
„Um Ihre chinesischen Anzüge hervorzuholen.“
„Wir haben keine.“
„Was? Sie wollen an das Land gehen und sich mitten in das Treiben der Chinesenstadt begeben, ohne sich nach der Sitte dieses Landes zu kleiden? Sie wollen gerade so gehen, wie Sie hier sitzen, mit der bunten Studentenkappe auf dem Kopfe?“
„Warum nicht?“
„Weil dies grundfalsch ist. Man wird Sie anstaunen und auslachen. Man wird Sie belästigen und einen fremden Barbaren schimpfen. Sie werden allerhand Aergerlichkeiten erleben und vielleicht sogar in wirkliche Gefahr geraten.“
„Pah! Wer will es mir verbieten, mich so zu kleiden, wie es mir beliebt?“
„Der gesunde Menschenverstand. Wenn Sie China und die Chinesen richtig kennen lernen wollen, so dürfen Sie möglichst wenig verraten, daß Sie kein Chinese sind. Sie kennen dieses Volk noch nicht. Man hat sie gezwungen, uns ihre Häfen zu öffnen, aber sie hassen uns als Fremdlinge, welche mit Gewalt bei ihnen eingedrungen sind. Sie werden als Ausländer nicht einmal im Bereiche der Konsulargewalt vollständig sicher

sein. Begeben Sie sich aber gar darüber hinaus, wie es doch Ihre Absicht ist, so werden Sie nur auf Feinde stoßen."
„Wollen sehen. Ich habe wenig Lust, aus reiner Angst meine deutsche Abstammung zu verleugnen."
„Das ist sehr ehrenwert und sehr national gedacht, aber – – hm, streng genommen haben Sie freilich nicht unrecht. Denn selbst wenn Sie sich genau wie ein echter Chinese kleiden, wird man an Ihrer Unkenntnis der Sprache sofort den Ausländer erkennen, während ich für einen Eingeborenen gelten werde. Aber es ist trotzdem besser, wenn Sie sich den hiesigen Gebräuchen fügen."
„Nun, was das betrifft, so ist es gar nicht ausgeschlossen, daß wir drei uns auch nach Landessitte kleiden. Zunächst jedoch mag es so bleiben, wie es ist. Wie lange werden Sie von Ihren Pflichten in Hongkong zurückgehalten?"
„Gar nicht. Ich werde dem Steuermann Vollmacht geben. Nur einige kleine Formalitäten sind zu erfüllen, die mich aber kaum eine Stunde lang beschäftigen werden. Den amerikanischen Konsul, welchen ich aufsuchen muß, treffe ich in Kanton."
„Das ist mir lieb, weil wir uns sonach nicht erst zu trennen brauchen. Ich werde mich nämlich gar nicht in Hongkong verweilen, welches mir gar nichts bietet. Es ist eine auf chinesischen Boden gesetzte europäische Stadt, an welche ich keine Stunde meiner Zeit verschwenden möchte."
„Mir auch ganz recht. Wir können uns eines Dampfers der China Navigation Compagnie bedienen, aber auch, um uns sofort ins hiesige Leben zu stürzen, auf einer chinesischen Dschunke nach Kanton fahren."
„Ich ziehe das erstere vor, da ich möglichst schnell dort ankommen möchte. Dann ist es ja noch vollauf Zeit, mit dem chinesischen Drachen anzubinden. Unsre Koffer lassen wir an Bord zurück, da wir uns nicht allzulange in Kanton aufhalten werden."
Inzwischen hatte sich der Klipper schnell der Mündung des Tschu-kiang (Perlenfluß) genähert. Alle Mannen standen an ihren Plätzen, um die Befehle des Lotsen augenblicklich auszuführen. Das Schiff lenkte in die westliche Lamma-Straße ein, bog um die grüne Insel und steuerte dann dem Hongkong-Kai zu, in das dichte Gewühl der Dampfer, Segelschiffe, Ruderboote und Dschunken hinein. Dort ließ es die Segel fallen, und der Anker ging auf Grund.
„Tsching tsching!" rief Turnerstick, indem er begeistert die Arme ausbreitete, als ob er ganz Hongkong umarmen wolle. „Jetzt sind wir da und werden zeigen, was für Kerls wir sind."
Der Hafen bot trotz des europäischen Charakters der Stadt immerhin ein genügendes Bild ostasiatischen Verkehrslebens. Von dem wohl 1200 Fuß hohen Viktoriaberge blickte das neben der Flaggenstange stehende Wachthäuschen herab. An seinem Abhange zog sich die Promenade der Kennedyroad hin. Darunter die belebte Stadt mit der von Schiffen bedeckten Bai. Jenseits das chinesische Bergland, ziemlich gut angebaut, und links davon die vielen, sich bis nach Macao hinziehenden, leider kahlen Felseninseln.

Am Landeplatze wimmelte es von Europäern aller Nationen, von Chinesen, Japanesen, Malayen, Hindus, Parsen, Singhalesen, portugiesischen Mestizen und tiefdunkel gefärbten Afrikanern.
Und in der Nähe des Schiffes schossen eine ganze Menge von Kähnen, und Flößen durcheinander, beladen mit frischen Erzeugnissen des Landes und allerhand chinesischen Krimskrams. Jeder der Bootsführer wollte der erste sein, der den Neuangekommenen seine Ware anbot, um den mit den hiesigen Preisen noch Unbekannten die gewöhnliche mehrfache Bezahlung abzunehmen.
Das war ein Schreien, Rufen, Brüllen, Zanken, Fluchen, Loben und Anpreisen, daß einem die Ohren gellten.
„Nur nichts kaufen!“ warnte der Kapitän. „Hier wird man riesig übers Ohr gehauen. Am besten ist's, man läßt die Kerls gar nicht heran, sonst wimmeln sie förmlich an Bord, und man ist sein eigener Herr nicht mehr. Ich verstehe, mit diesem Volke zu sprechen. Das sollen Sie gleich sehen.“
Er ließ schnell einige Wassereimer füllen und hart an die Schanzkleidung stellen. Dann bog er sich über die letztere hinaus und brüllte mit laut schallender Stimme in das Bootsgewühl hinein: „Zurück hier! Wir werdeng nichts kaufang! Fort mit euch, Ihr Hallunking! Augangblickling fort mit euch, forteng, forting, fortung! Travaillez, travaillong, travaillang!“
Nicht diese Worte waren es, welche wirkten, sondern seine gewaltige Stimme und seine wilden, drohenden Gesten hatten den Erfolg, daß unten das Geschrei für einige Augenblicke verstummte. Die Blicke der Händler richteten sich erstaunt auf ihn. - „Habt ihr's gehörengt!“ rief er weiter. „Wir können nichts gebrauching. Wir habeng kein Geld. Ihr könnt euch von danneng trolling!“
Noch waren die erstaunten Kulis still. Sie wußten nicht, was sie denken sollten. Gottfried von Bouillon sah das riesige Sprachrohr in seiner Nähe lehnen. Er ergriff es, hielt es dem Kapitän hin und sagte im ernstesten Tone: „Alle tausend Teufling, Kapitäng! Da hört mang freiling, daß Sie in den neun Dialecteng etwas los habing. Bitte, das Sprachrohr zu nehmang! Das wird ungeheure Wirkung machung!“
„Was höre ich da!“ antwortete Turnerstick. „Sie sprechen ja ein ganz unvergleichliches Chinesisch. Sehen Sie, wie schnell meine Lehre von den Endungen gewirkt hat! Gratuliere herzlich! Mit dem Sprachrohr haben Sie recht. Das wird doppelten Effekt machen. Geben Sie mal her!“
Die Bootsinsassen hatten ihre Ruder wieder in Bewegung gesetzt und drängten von neuem herbei. Da hielt Turnerstick ihnen, das Sprachrohr entgegen und donnerte sie an: „Augenblickling halteng, ihr Schurkang, ihr Hallunking. Wollt ihr gleich folgeng und gehorchung! Zurück, zurück mit euch! Flink, flunk, flank, flink, flink!“
Das Sprachrohr sandte diesen Befehl weit hin über das Wasser. Hunderte wurden aufmerksam auf den Klipper und die sich an denselben drängenden Boote. Turnerstick fühlte, welche Bedeutung seine Person in diesem Augenblicke habe. Er wollte zeigen,

daß er auch der Mann sei, seinen Worten Nachdruck zu geben. Darum ergriff er jetzt einen der bereit gestellten Wassereimer nach dem andern und schüttete den Inhalt derselben auf die Köpfe der zudringlichen Handelsleute.

Diese mußten nun erkennen, daß man hier nichts von ihnen wissen wolle, und zogen sich unter zornigem Geschrei zurück. Geschadet hatte das Wasser ihrer Kleidung nichts. Viele von ihnen trugen nichts als kurze Leinen- oder Kattunhosen, und in Beziehung auf ihr unsauberes Wesen konnte ein solches Sturzbad nur wohlthätig wirken.

Jetzt wendete der Kapitän sich zu Degenfeld und fragte in triumphierendem Tone: „Nun, Freundchen, was sagen Sie dazu? Bin ich nicht von den Kerls verstanden worden, Wort für Wort und ganz genau?“

„Allerdings,“ antwortete der Gefragte ernst. „Ich habe das zu meiner lebhaften Bewunderung erfahren.“

„O, zu bewundern gibt es da nichts. Es ist ganz außerordentlich einfach. Die Endungen sind's, die Endungen allein, mit denen man so etwas fertig bringt. Freilich gehört ein gewisses angeborenes Talent dazu. Wer das aber hat, dem ist das bißchen Chinesisch die reine Buttermilch. Merken Sie sich das! Ich meine es gut mit Ihnen. Wir bleiben ja noch beisammen, und wenn Sie da gut auf mich aufpassen, so werden Sie es in kurzem soweit bringen, daß Sie mit dem Kaiser von Peking in allen Dialekten seines Reiches reden können!“

Da legte der Lotse, welcher dabei gestanden und alles gehört und gesehen hatte, ihm die Hand auf die Achsel und sagte lachend: „Sir, soll das etwa heißen, daß Sie sich einbilden, chinesisch sprechen zu können?“

„Was beliebt?“ fragte Turnerstick schnippisch, indem er den Klemmer empornahm und den Sprecher geringschätzend musterte.

„Ich frage, ob Sie denken, da mit den Kulis chinesisch gesprochen zu haben?“

„Natürlich. Was sonst?“

„All devils! Das ist lustig! Redet der Mann ein Kauderwelsch, daß man meint, es ziehe einem alle Zähne aus, ein dummes Deutsch mit allerlei fing, feng, fung, fang dahinter, und das gibt er für Chinesisch! Da können einem ja alle Haare zu Berge fahren! Mein bester Sir, ich bin so ziemlich der hiesigen Mundarten mächtig, nämlich des Pun-ti, Hakka, Fuh-kian, Fu-tscheu, Nan-tschang und Hoei-tscheu, denn ich treibe mich nun bereits an die fünfzehn Jahre hier herum, aber was Sie da zusammengereimt haben, das würde mir unverständlich gewesen sein, wenn ich nicht zugleich auch nebenbei ein wenig deutsch verstände. Wenn Sie sich mit Ihrem Chinesischen einpökeln lassen und dann die Salzlake weggießen, so bleibt nichts übrig als ein Rippenstück, welches man nicht einmal räuchern kann.“

Turnerstick ließ den Klemmer fallen, spreizte die Beine nach Seemannsart weit aus und öffnete bereits den Mund zu einer geharnischten Entgegnung, da aber schnitt ihm der Lotse dieselbe mit den Worten ab: „Bitte, keine Rede halten! Ich habe keine Zeit, sie anzuhören. Zahlen Sie mir meine Gebühr, und ich gebe Ihnen meine Quittung; dann scheiden wir in Frieden voneinander.“

„Ja,“ stieß der Kapitän hervor, „machen wir uns schleunigst voneinander los, sonst geraten Sie auf Leegerwall und können sich nicht wieder abarbeiten. Wäre ich nicht Kapitän Heimdall Turnerstick, ein Gentleman vom Kopfe bis zur Sohle, so müßten Sie jetzt einen Boxgang mit mir machen, der Ihnen beweisen sollte, daß ich das feinste Mandarinen-Chinesisch nicht nur in dem Kopfe, sondern auch in den Fäusten habe. Ich soll ein Chinesisch reden, welches einem die Haare zu Berge treibt und die Zähne aus dem Munde reißt! Das ist geradezu unerhört! Ja, kommen Sie mit mir! Ich werde Sie bezahlen, und dann, wenn Sie es wieder wagen sollten, sich bei mir an Bord erblicken zu lassen, blase ich Sie samt Ihren Dialekten in die Luft, daß Sie in den Wolken hängen bleiben! Warum haben Sie vorhin nicht mit mir chinesisch reden wollen? Weil Sie es nicht können. So ist es! Da ist es Ihnen natürlich ganz unmöglich, einen solchen Sprachgelehrten, wie ich bin, zu verstehen.“

Er ging wie ein beleidigter, seiner Ueberlegenheit wohl bewußter Held nach der Kajüte ab. Der Lotse folgte ihm und kehrte bald darauf zurück, um das Schiff zu verlassen.

Turnerstick ließ sich noch nicht sehen. Nach Verlauf von fast einer Stunde, während welcher der Steuermann das Bergen der Segel und anderes Notwendige angeordnet und beaufsichtigt hatte, hielt Fritz Degenfeld es doch für geboten, einmal nach dem Beleidigten zu sehen.

Eben als er an die Kajütenthüre klopfen wollte, wurde dieselbe geöffnet und heraus trat – – ein Mann, den der Student für einen Vollblutchinesen gehalten hätte, wenn nicht der goldene Klemmer gewesen wäre, welcher demselben soeben von dem schiefen Stumpfnäschen herabrutschte.

„Kapitän!“ rief Degenfeld. „Fast hätte ich Sie nicht erkannt!“

„Nicht wahr!“ antwortete Turnerstick, indem er eine höchst befriedigte, selbstgefällige Miene zeigte. „Ja, ich bin der reine Chinamann! Nicht?“

„Allerdings! Gerade wie im kaiserlichen Lustschlosse zu Yuan-ning-yuen geboren und erzogen! Lassen Sie sich doch einmal ansehen!“

Er faßte ihn bei den Achseln und drehte ihn nach allen Seiten, um die Verwandlung, welcher Turnerstick sich unterworfen hatte, genau in Augenschein zu nehmen.

„Fein, sehr fein! Meist alles aus Seide!“ erklärte der Kapitän, indem er die Obergewänder öffnete, damit Degenfeld auch die Unterkleider sehen könne.

Er trug eine außerordentlich weite Hose aus roter, weiß geblümter Seide, welche unten über den Knöcheln mit breiten Bändern zusammengebunden war, und darüber eine Weste von demselben Stoffe, welche ihm bis auf die Hälfte der Oberschenkel reichte. Darüber kam ein weißes, ärmelloses Hemd von Seide. Dann folgte ein ziemlich enges, schlafrockähnliches, blaues Gewand, welches fast bis zur Erde reichte. Die Aermel desselben wurden nach unten außerordentlich weit und hingen bis über die Hände herab. Sie konnten als Taschen gebraucht werden. Um die Hüfte war ein langer, golddurchwirkter Gürtel gebunden, dessen Enden bis über das Knie niedergingen. An demselben hingen nebst der Taschenuhr allerlei Futterale mit den verschiedensten Gegenständen, wie man ihrer in China in jedem Augenblick bedarf. Darüber hatte er noch ein weites, burnusartiges Gewand gezogen, welches etwas kürzer war als das vorige. Es zeigte auf grünem Grund rote Raupen und gelbe Schmetterlinge und hatte Aermel, welche nicht ganz bis zum Ellbogen gingen.

An den Füßen trug er absatzlose, rotseidene Schuhe, deren Spitzen weit nach oben gebogen waren. Die Sohlen, welche aus festem, unten mit Leder belegtem Pappdeckel bestanden, waren gut drei Finger breit hoch.

Den Kopf beschützte ein aus Rohr geflochtener und mit einem weichen Stoffe gefütterter Hut, welcher einer riesigen, umgekehrten Schüssel glich. Er war verziert durch einen großen Busch rot gefärbter Pferdehaare und eine aus dünnem, goldig schimmerndem Blech gefertigte Drachengestalt.

An einem über die Schulter gehenden Wehrgehänge waren zwei krumme Säbel befestigt, deren einer etwas kürzer war, während der andre auf dem Boden rasselte.

Und um die Hauptsache nicht zu vergessen, trug er in der Hand einen Fächer, hinter dem er, als er ihn jetzt entfaltete, seinen ganzen Oberkörper wenigstens zweimal verstecken konnte. Dieses notwendige Stück, welches keinem Chinesen fehlen darf, war mit einer blutigen Kriegsscene bemalt, über welcher in goldenen Zeichen eine chinesische Inschrift prangte.

Die Gewänder waren alle von guter Seide. Der Kapitän hatte kein Geld gespart.

„Nun, wie gefalle ich Ihnen?“ fragte er.

„Ausgezeichnet!“ antwortete Degenfeld. „Aber wo haben Sie denn diese Kleidung her?“

Die Wahrheit zu sagen, mußte Turnerstick nach chinesischen Begriffen einen höchst stattlichen Eindruck machen.

„In Singapore gekauft,“ erklärte er. „Dort habe ich mir auch die Aufschrift auf den Fächer machen lassen. Es war gerade noch Zeit dazu.“

„Können Sie sie lesen?“

„Nein. Mit der chinesischen Schrift stehe ich nicht auf bestem Fuße. Bitte, lesen Sie.“

Degenfeld betrachtete sich die Zeichen genau und erklärte:

„Die Chinesen haben kein r; sie sprechen dasselbe wie l aus. Es ist darum schwer, hier die erste Silbe zu enträtseln. Jedenfalls soll man anstatt Tul Tur sagen?“

„Natürlich. Es ist ja mein Name, ins Chinesische übertragen.“

„Ah, da ist der Zweifel gelöst. Die Inschrift lautet also „Tur-ning-sti-King Kuo-ngan-ta-fu-tsiang“. Stimmt es so?“

„Ich denke. Können Sie es übersetzen?“

„Ja. Es lautet: „Turnerstick, der große Generalmajor Excellenz“. Sind Sie denn des Teufels, Kapitän! Ein Generalmajor wollen Sie sein, und noch dazu ein großer, das heißt doch wohl ein berühmter?“

„Warum denn nicht?“ lachte der Gefragte. „So gescheit wie ein chinesischer Generalmajor bin ich allemal.“
„Aber wenn Sie nun beweisen sollen, daß Sie es wirklich sind?“
„Demjenigen, der dies von mir verlangt, werde ich es sofort beweisen, und zwar mit meinen beiden guten Fäusten. Das ist eine Legitimation, welcher sicherlich kein Chinese zu widerstehen vermag. Und was meinen Sie schließlich nun zu diesem da?“
Er lüpfte den Hut ein wenig, und sofort schlängelte sich ein allerliebster Zopf herab, welchen er bisher unter demselben verborgen hatte.
„Ein Pen-tse,“ lachte der Student; „wahrhaftig ein richtiger Pen-tse, ein Zopf, wie er im Buche steht. Wie haben Sie ihn denn befestigt?“
„Er hängt an einem äußerst feinen, fast unsichtbaren Netze, welches ich über mein eigenes Haar ziehe. Sie sehen, daß ich vollständig vorbereitet bin, eine Wanderung zu den Himmelssöhnen anzutreten.“
„Wenn Sie dabei nur nicht zu viel wagen!“
„Wagen? Nicht, daß ich wüßte! Kapitän Heimdall Turnerstick weiß stets, was er thut. Denken Sie nur an meine Sprachfertigkeit, an meine Endungen und Dialekte! Was kann mir geschehen? Uebrigens bin ich geborener Deutscher und amerikanischer Staatsbürger. Was kann mir geschehen, wenn ich mich als Gentleman betrage? Nichts, gar nichts! Ich habe mir einen Titel beigelegt, damit die Herren Chinesen nicht etwa denken sollen, daß ich nur von Holundersuppe lebe. Was können sie dagegen haben? Und wenn ich mich den Kaiser von Lappland nenne, so müssen sie es sich gefallen lassen! Also ich bin zum Aufbruche bereit. Will nur dem Steuermann noch einiges sagen. Wie steht es mit Ihnen? Haben Sie Ihre Vorbereitungen getroffen?“
„Große Vorbereitungen habe ich nicht zu treffen. Wenn Sie mit dem Steuermann fertig sind, werden wir drei uns Ihnen anschließen können. Gepäck nehmen wir ja nicht mit; also sind wir schnell bereit.“
„Nun, ganz so schnell, wie Sie denken, wird es doch nicht gehen. Da kommt das Polizeiboot, dessen Insassen wir Rede und Antwort zu stehen haben. Ein Glück, daß wir nicht aus einer verseuchten Gegend kommen und keine Kranken an Bord haben, sonst würde man uns zu einer Quarantäne zwingen, welche bis zehn Tage währen könnte. Eigentlich hätte uns dieses Boot schon weit draußen ansegeln sollen.“
Das Boot legte an, und der Polizeikommissar kam mit dem Arzte und einem Unterbeamten an Bord. Das waren Engländer, denn Hongkong ist ja englische Besitzung. Sie erstaunten nicht wenig, als Turnerstick sich ihnen als Kapitän vorstellte; aber als sie einige Redensarten mit ihm gewechselt hatten, erkannten sie, wes Geistes Kind er sei, und gaben sich Mühe, ihre amtlichen Fragen in ernster Höflichkeit an ihn zu richten. Sie fanden alles in Ordnung, und da der Steuermann alles weitere zu besorgen hatte, so stand, als sie sich entfernt hatten, dem wackern Heimdall nichts im Wege, an das Land zu gehen.

Während der letzteren Verhandlung war es dem Besitzer eines der vielen Boote, welche sich vorhin herbeigedrängt hatten, doch gelungen, am Fallreep anzulegen und an Bord zu kommen. Er war ein alter Chinese in schmutzigem Gewande, barfuß und mit einem riesigen Binsenhute auf dem Kopfe. Hinten hing ihm ein mageres, kurzes Zöpfchen wie ein Rattenschwanz herab, und vorn balancierte eine riesige Brille auf dem mongolischen Stumpfnäschen. Als er bemerkte, daß der Kapitän ihn zornig fortweisen wollte, kam er ihm zuvor, indem er ihn in höflichem Tone und zwar in dem hier gebräuchlichen Pitchenenglisch fragte: "Money, money! To want You money? I am money-exchanger; to be banker. I will exchange!"
Er hatte einen Teil der Unterredung Turnersticks mit den Beamten mit angehört und wußte also, daß der Kapitän trotz seiner kostbaren chinesischen Kleidung kein Eingeborener sei. Sein Anerbieten beseitigte sofort den Unwillen Turnersticks, welcher überzeugt war, daß ein wenig Kleingeld in der Tasche stets von Vorteil sei. Darum hellte sich die finstere Miene des Kapitäns auf; er zog einen langen, dicken, wohlgefüllten Lederbeutel aus der Tasche seiner weißen Hose, öffnete ihn, nahm ein Geldstück heraus und sagte – aber nicht etwa englisch, o nein, denn er wollte ja als Chinese gelten: „Ja, ja! Ich brauching Moneteng, kleinang Moneteng. Wechslung Sie mir eineng Dollaring!"
Er hielt das Geldstück dem Wechsler entgegen. Dieser öffnete die Augen doppelt weit, starrte ihn ob dieses Chinesisch ganz betroffen an und antwortete: "I can not understand. I shall exchange this dollar?"
„Ja, yes, oui! Ich habing doch deutling genung gesprocheng!"
Der Chinese schüttelte dennoch leise den Kopf; aber da er wenigstens das Yes verstanden hatte, so erkundigte er sich: "Which money to wish You?"
Turnerstick wendete sich an den Methusalem, welcher die Scene mit stillem Vergnügen beobachtete: „Bitte, wie heißt denn eigentlich die hiesige Scheidemünze? Ich will möglichst Kleingeld haben."
Um die Lippen des Gefragten spielte ein nicht zu unterdrückendes Lächeln, als er antwortete: „Die kleinste Münze ist die Sapeke, hier Li genannt. Zehn Li sind ein Fen, zehn Fen ein Tschun und zehn Tschung ein Liang."
Turnerstick bedankte sich mit einem Kopfnicken für die Auskunft und befahl dem Wechsler: „Gebeng Sie mir Li, lauter Li! Ich will Li, nichts als Li bekomming!"
Dabei gab er ihm den Dollar in die Hand. Der Wechsler blickte drei-, viermal zwischen dem Dollar und dem Gesichte des Kapitäns hin und zurück, öffnete den Mund noch weiter als vorher, zog die Stirn in solche Falten, daß ihm die Brille über das Naschen rutschen wollte, und meinte bedenklich: "Li, li, li! I have li, li, li!"
Er trat an die Regeling und rief den beiden Burschen, welche in seinem Boote saßen, einige chinesische Worte zu, worauf sie einen Holzkasten heraufgeschleppt brachten, den sie vor ihn hinstellten. Er legte den Zeigefinger an die Nase, machte in halblautem Tone seine Berechnung und öffnete dann den Kasten.

„Gebeng Sie mir für zwei Dollaring, für drei Dollaring!“ gebot Turnerstick, indem er noch zwei Dollar aus dem Beutel zog und sie dem Wechsler reichte. Dieser wiederholte die schon erwähnte Grimasse, griff dann in den Kasten und zog drei Schnüre hervor, an welche je 600 Li gereiht waren.

Es sind dies jene chinesischen Scheidemünzen, welche in der Mitte ein viereckiges Loch haben, durch das man die Schnur steckt. Man pflegt sie wie Ketten um den Hals zu tragen.

„Potztausend!“ rief der Kapitän. „So viel soll ich bekommeng für drei Dollaring?“

„Yes, yes!“ nickte der Wechsler, der zwar nicht seine Worte, desto besser aber seine Miene verstanden hatte. “I am reasonable. Good bye, Sir!“

Er steckte die drei Dollar ein und eilte das Fallreep hinab. Die beiden Burschen folgten ihm mit dem Kasten in derselben Eile. Turnerstick hielt die Schnüre in den Händen und sagte zu dem Methusalem: „Sollte man es glauben, daß man für drei Dollar so eine Masse von Geld bekommt?“

„Viele Stücke sind es, jawohl,“ lachte der Student; „aber Sie hatten noch mehr zu erhalten.“

„Wieviel denn?“

„Drei Dollar geben 1965 Li. Der Mann hat 165 weniger gegeben, was also neunthalb Prozent Gewinn für ihn macht.“

„Neunthalb Prozent in fünf Minuten! Das ergibt für das Jahr über hunderttausend Prozent! Der Kerl muß zurück! Er muß mir mehr zahlen, sonst hänge ich ihn an der Raa auf, daß er baumelt!“

Er trat an die Regeling hin und rief zornig hinab: „Wolleng Sie sofortong wieder heraufkomming, Sie Schurkung, Sie Spitzbubang! Ich kann höchstenfallsing nur zwei Prozentang erlaubeng!“

Aber das Boot war schon vom Schiff gestoßen. Die beiden Bursche ruderten aus Leibeskräften, und der alte Chinese winkte freudegrinsend herauf und antwortete: „Tsching leao! I have been noble, extraordinary noble. Tsching leao tsching!“

„Da segelt er hin, der Spitzbube!“ zürnte Turnerstick. „Hätte ich ihn, wie wollte ich ihn, nämlich verhauen, und zwar mit dem stärksten Tauende! Und dabei ruft er mir noch ein Tsching tsching zu! Wenn der erste Gruß dieses Landes gleich in einem Betruge besteht, so können diese Chinamänner mir alle gestohlen werden. Aber ich will mir diese Lehre zu Herzen nehmen, und es soll mir so etwas gewiß nicht zum zweitenmal geschehen! Aber was mache ich nun mit diesem Gelde? Ich kann es doch unmöglich in den Beutel stecken!“

„Das glaube ich Ihnen gern“, lachte der Student. „Diese Scheidemünze wiegt wenigstens zehn Pfund. Sie müssen die Schnüre um den Hals hängen.“

„Daß sie mich erwürgen! Sind Sie des Teufels?“

„Man trägt sie hier nicht anders.“

„Wirklich?“

„Ja, und wenn Sie für einen echten Chinesen gelten wollen, so müssen Sie sich diesem Gebrauche anbequemen.“
„Gelten wollen!“ meinte der Kapitän zornig, wobei er den Klemmer verlor. „Von gelten ist seine Rede. Ich bin einer, ein wirklicher, wahrhaftiger Chinese. Sehen Sie mich doch an! Und denken Sie an meine Sprachkenntnisse!“
„Aber der Wechsler wollte Sie doch nicht verstehen!“
„War auch ganz und gar nicht nötig! So ein Spitzbube soll und braucht mich nicht zu verstehen. Uebrigens war ihm das Chinesische vollständig fremd; er sprach englisch, aber wie! Geradezu haarsträubend. Er war ein Hottentotte oder ein Pescherä. Kein Chinesisch kann so deutlich und so einfach sein wie das meinige. Wer das nicht versteht, der hat mitten im Sommer den Kopf und den Verstand erfroren, und kein Chirurg und Physikus kann ihm mehr helfen. Sobald wir an das Land kommen, werden Sie sehen und hören, welche Anerkennung meine Philologie findet. Die achtzehnhundert Li will ich umhängen und dann gehen wir von Bord. Wir wollen unsre kostbare Zeit nicht hier an Deck versäumen.“
Er hing sich die drei Geldschnüre um den Hals und armierte sich mit den Schießwaffen, welche er mitnehmen wollte. Diese bestanden in zwei Revolvern und einer Doppelbüchse. Auch der Methusalem und Gottfried von Bouillon waren mit denselben Waffen versehen, nur daß sie anstatt der Doppelbüchse gute Hinterlader mitgebracht hatten. Die kriegerische Ausrüstung Richard Steins bestand in einem langen Messer und einer Drehpistole. Ein Gewehr verstand er noch nicht zu handhaben.

Kapitän Turnersticks Abenteuer in der Sänfte.

Drittes Kapitel

Ein Dauerlauf in der Sänfte.

Die Landebrücke wurde vom Bord aus auf die Höhe des Quais gelegt, und dann verabschiedeten sich die vier Abenteuerbeflissenen von der Schiffsmannschaft.
Turnerstick schritt langsam und würdevoll wie ein chinesischer Mandarin hinüber. Ihm folgten die drei andern, ganz genau in derselben Reihenfolge, wie man den Studenten und seinen Wichsier in der Heimat täglich dreimal nach dem „Geldbriefträger von Ninive“ hatte hin und zurück gehen sehen können.
Voran stolzierte der riesige Neufundländer. Er trug wahrhaftig auch hier das große Stammseidel im Maule! Außerdem war ihm eine Art Tornister sattelartig auf den Rücken

geschnallt, welcher allerlei notwendige Gegenstände enthielt. An diesem Tornister befand sich ein Futteral, welches bei längeren Touren das Bierglas aufzunehmen hatte.
Hinter dem Hunde schritt in ernster Gravität der Methusalem. Er trug seinen heimatlichen Studentenanzug, hatte beide Hände in den Hosentaschen und die Spitze des Pfeifenschlauches im Munde, dicke Rauchwolken vor sich hinstoßend.
Ihm folgte Gottfried von Bouillon, genau drei Schritte Distanz haltend. Quer über dem Rücken hingen ihm die beiden Hinterlader. In der linken Hand trug er die Wasserpfeife, deren Spitze sein voranschreitender Herr im Munde hatte, und in der rechten Hand hielt er – sollte man es für möglich halten! – seine „Oboe“, welche aber eigentlich ein Fagott war. Das Instrument war aber so überblasen, daß es nur noch quiekende Töne von sich gab, weshalb er es mit dem Namen der höher tönenden Oboe bezeichnete. Der wackere Gottfried war so unzertrennlich von der alten Pfeife, daß es ihm gar nicht in den Sinn gekommen war, sich zu fragen, ob das Instrument ihm in China nützlich oder lästig sein werde. Er hatte es eben ganz selbstverständlich eingepackt, und seinem Herrn war es gar nicht eingefallen, eine Bemerkung darüber zu machen.
Hinter diesem Schild- und Pfeifenträger kam Richard Stein. Er trug die grüne Gymnasiastenmütze und war in Beziehung auf seine übrige Bekleidung das getreue Abbild des Methusalem, der ihn vor der Abreise in genau denselben „Wichs“ geworfen hatte.
Als sie die Landungsbrücke überschritten hatten, wendete sich Turnerstick nach rechts, wo er das Dampfschiff vermutete, mit welchem sie nach Kanton fahren wollten. Aber der Methusalem rief ihm zu: „Halt! Wohin, Master?“
„Zum Steamer natürlich,“ antwortete der Kapitän, indem er stehen blieb.
„Jetzt noch nicht. Erst muß eins getrunken werden. Wir müssen unsern Einzug feiern. In der Sahara trinkt man Wasser, nämlich wenn man welches hat; im Reiche der Mitte aber muß sich das Spundloch befinden, welches ja bei jedem Fasse in der Mitte liegt. Wollen also sehen, welchen Stoff man hier verzapft!“
„Aber wir verlieren Zeit!“
„Pah! Man verliert überall und bei allem Zeit, beim Fahren und Sitzen, beim Kneipen und Arbeiten, beim Lachen und beim Weinen. Uebrigens muß ich unbedingt unsern hiesigen Konsul aufsuchen, um mich ihm vorzustellen und mir verschiedene Auskünfte holen. Ich führe euch also nach dem Hongkonghotel, wo ihr warten könnt, bis ich zurückkehre.“
„Well! Ist mir auch recht. Aber wie kommen wir durch dieses Gedränge? Was diese Leute nur von uns wollen!“
„Was sie wollen? Ich will Ihnen mit einem schönen Studentenverse antworten und dabei nur den Namen ändern, nämlich:
„Da kommt ein Untier hergerannt.
Turnerstick wird es genannt,

Und 's steht ein Haufe Volk davor.
Wie die Kuh vor dem neuen Thor!““

Das Bild, welches er anwendete, war gar nicht so übel gewählt, nur daß er anstatt den Namen des Kapitäns seinen eigenen hätte nennen sollen, da man ihn, Gottfried und Richard weit mehr anstaunte als Turnerstick.

Drei so gekleidete Menschen hatte man hier noch nie gesehen. Sobald sie über die Landebrücke waren, hatten sich alle im Gesichtskreise befindlichen Männlein und Weiblein beeilt, herbei zu kommen und einen Halbkreis um sie zu bilden. Männer in allen Farben und Trachten, untermischt mit schmutzigen Kuliweibern und noch viel schmutzigeren Kindern, standen da und starrten die unerhörten Erscheinungen an. Aber ihr Staunen war ein respektvolles. Man sah, daß sie die drei Personen für ganz besondere, hochstehende Leute hielten, wozu die würdevolle Haltung derselben das meiste beitrug. Während diese thaten, als ob sie die von ihnen erregte Aufmerksamkeit gar nicht bemerkten, erweckte dieselbe den Stolz des Kapitäns. Er war überzeugt, daß die Bewunderung vorzugsweise ihm gelte, und so kam ihm der Gedanke, sich als hohen Mandarin zu zeigen. Darum sagte er zu den andern: „Es schickt sich nicht für uns, nach dem Hotel zu gehen. Leute wie wir, mit achtzehnhundert Li um den Hals, müssen fahren oder sich wenigstens eines Palankin bedienen. Dort sehe ich Sänftenträger stehen, mieten wir sie!“

Er deutete auf eine Gruppe von Kulis, welche mit ihren Sänften in der Nähe hielten.

„Habe keine Lust,“ antwortete der Methusalem. „Bin so lange auf dem Schiffe gewesen, daß ich mich ordentlich darauf freue, mir die Beine einmal vertreten zu können.“

„So fehlt es Ihnen an der standesbewußten Segelkunst. Was mich betrifft, so bin ich Generalmajor und laufe nicht.“

„Ganz wie Sie wollen, Sir. Lassen Sie sich also vorantragen! Wir folgen Ihnen zu Fuße und treffen Sie im Hotel.“

„Schön! Sie werden sich selbst die Schuld zuzuschreiben haben, wenn man Sie dann nicht mit der Hochachtung behandelt, welche uns gebührt.“

Der Methusalem antwortete nicht darauf. Er fragte einen der Kuli nach dem Hongkonghotel, und als er aus die in englischer Sprache ausgesprochen Erkundigung eine in derselben Sprache gegebene Auskunft erhalten hatte, schritten die drei mit dem Hunde in der bisherigen Reihenfolge davon.

Dabei spielte um die Lippen des Studenten ein eigenartiges Lächeln. Er war vielleicht der Ansicht, daß er zu Fuße das Hotel wohl besser erreichen werde als der Kapitän in seiner Sänfte. Und daß er sich da nicht geirrt habe, sollte er schon nach wenigen Augenblicken erkennen.

Turnerstick war nämlich zu der Gruppe der Kulis getreten und hatte zu zweien derselben, welche die hübscheste Sänfte besaßen, gesagt: „Was kosting es, mich von hier bis zum Hotelung Hongkong zu trageng?“

Sie sahen ihn verwundert an, schüttelten die Köpfe und einer antwortete: “Yes, Sir; You are in Hongkong.“
Er hatte nur das Wort Hongkong verstanden und war der Ansicht, Turnerstick wolle wissen, ob er sich in Honkong befinde. Daß er ihn Sir nannte, war ein sicheres Zeichen, daß er ihn trotz der chinesischen Kleidung nicht für einen Sohn der Mitte hielt. Das erregte den Zorn des Kapitäns; er setzte den Klemmer auf sein Vorlukennäschen, warf dem Kuli durch denselben einen möglichst impertinenten Blick zu und sagte: „Ich muß mir ausbitting, daß Ihr mit mir chinesisch sprechengt! Ich bin ein Mandaring der obersten Klassong und habe keine Lust, fremde Dialekting zu duldung! Also was habe ich von hier bis ins Hotel zu zahleng?“
„Hotel?“ fragte der Kuli, welcher jetzt dieses eine Wort verstanden hatte.
„Ja, Hotel Hongkong.“
„Ah, we shall to bear to Hongkong-Hotel?“
„Ja, dorthing will ich getrageng seiang. Wieviel habeng ich dafür zu bezahlong?“
Da er bei dem „Ja“ zustimmend nickte, so wurde er verstanden. Bei seiner letzten Frage machte er die Pantomime des Geldzählens, welche in aller Herren Länder ganz dieselbe ist. Darum wußte der Kuli, was er meine, und antwortete: “Fifteen Fen or Candarins.“
„Fünfzehn Fen sind hundertfünfzig Li, also eine ganze Mark; das ist zu viel!“ brummte der Kapitän vor sich hin. Und laut setzte er hinzu: „So viel zu bezahling kann mir nicht einfalleng. Ich bin chinesischer Mandaring und lasse mich von keinem Kuli überteuerong. Ihr sollt hundert Li bekommung, aber keinen Pfennig mehr!“
Er knüpfte eine der Schnüre auf, zählte hundert Li ab und gab sie dem einen der Kuli. Dieser zählte nach, schüttelte den Kopf und sagt: “Hundred-fifty Li, not hundred!“
„Ich gebe hundert; dabei hat's zu bleibing,“ beharrte Turnerstick.
Der Kuli sah aus der Miene des Kapitäns, was dieser meinte, und entgegnete: “Sir, do You are a miser, a niggard, a churl?“
„Was, ich solling ein Geizhals seiung? Ein Knicker? Das ist stark! Das ist im höchsteng Grade beleidigingd! Gebt mir mein Geld zurück! Ich werde mich von andern trageng lassung!“
Er rief das so laut und zornig, daß die zahlreichen Zuschauer sich in Erwartung einer Scene näher herandrängten. Die beiden Kulis wechselten einige halblaute chinesische Sätze, musterten Turnerstick noch einmal und zwar genauer als vorher, und wollten ihm dann Bescheid sagen. Er aber kam ihnen zuvor, indem er, um ihnen zu imponieren, seinen riesigen Fächer öffnete, und, auf die goldenen Zeichen deutend, sie anherrschte: „Solltet ihr mir nicht anseheng, wer ich eigentlich bing, so lest hier meine Visitingkartong! Turningsticking, kuongan ta-fu-tsiang! Ich bing Generalmajoring! Verstanding? Euch soll der Teufling holang, wenn ihr nicht pariereng wollt! Ihr tragt mich für hundert Li, sonst werde ich euch bei den Ohreng nehmang!“
Um dieser seiner Drohung Nachdruck zu geben, faßte er den Kuli beim Ohre und schüttelte ihn. Die Umstehenden ließen ein Gemurmel des Unwillens hören. Der Kuli

aber beruhigte sie mit einigen chinesischen Worten, welche Turnerstick nicht verstand, und sagte unter einer tiefen Verbeugung zu ihm: “Well, hundred Li; get into, Sir!“
Dabei öffnete er die Thür der Sänfte und lud durch eine Handbewegung den Kapitän ein, sich hineinzusetzen. Turnerstick freute sich über den Sieg, welchen er errungen zu haben meinte. Er beachtete die schadenfroh erwartungsvollen Blicke nicht, welche auf ihn gerichtet waren, und stieg ein.
Kaum hatte er es sich auf dem Polstersitze bequem gemacht, so hoben die beiden kräftigen Kulis die beiden Tragstangen auf ihre Schultern. Zugleich sprangen zwei andre Kulis herbei, einer an die rechte und der andre an die linke Seite der Sänfte. Der Boden der letzteren war beweglich; er konnte, wohl der bequemeren Reinigung wegen, nach unten geöffnet werden, indem man rechts und links je einen Haken aus seiner Oese zog. Die zwei letzterwähnten Kulis thaten dies; der Boden der Sänfte klappte nach unten auf; Turnerstick rutschte natürlich nach und kam auf die Beine zu stehen.
„Alle Teufel!“ schrie er. „Was soll das heißing? Die Senftang ist anstatt des Bodens mit einer Fallthür versehang! Ich will – – –“
Weiter kam er nicht, denn die beiden Träger setzten sich, ohne auf ihn zu achten, in Bewegung. Sie rannten nach dortiger Weise in raschem Trabe davon. Turnerstick steckte in der Sänfte und mußte mit traben, er mochte wollen oder nicht; aber sein Brüllen und Zetern war noch aus der Ferne zu hören. Die Zeugen dieses für ihn nicht sehr ehrenvollen Vorkommnisses lachten im stillen über den gelungenen Streich, ohne aber ihre Befriedigung laut werden zu lassen. Man mußte ja so thun, als ob der Unfall des „Generalmajors“ gar nicht bemerkt worden sei.
Jedermann, an dem der seltsame Transport vorüberkam, blieb stehen. Man sah zwei Kulis mit einer verhängten Sänfte daherstürmen, deren Boden niederhing. Unten erblickte man zwei Beine, deren mit rotseidenen Schuhen bekleidete Füße konvulsivisch thätig waren, mit den Kulis gleichen Schritt zu halten. Dabei brüllte der unglückliche Besitzer dieser Beine in einem fort: „Halt, Halt! Wollt ihr gleich anhalteng! Donner und Doria! Ich kann nicht mehr laufing; der Atheng geht mir aus! Halt, sage ich, ihr Schütting, halt, stopp, au – oh – ah!“
Der Anblick dieses eigenartigen Transportes mußte den ernstesten Menschen zum Lachen bringen. Ein Haufe Jungens und sonstiger müßiger Leute rannte schreiend, johlend und pfeifend hinterher. Am drastischsten wirkten die beiden ernsten Gesichter der Kulis, welche so große Eile zeigten und dabei gar nicht thaten, als ob sie wüßten, daß ihr Passagier zum Laufen gezwungen sei.
Sie mußten auch an dem Methusalem, Gottfried von Bouillon und Richard Stein vorüber. Diese drei hörten hinter sich die scheltende Stimme ihres Gefährten. Sie blieben stehen und blickten zurück. Da sahen sie, in welcher Lage sich ihr Turningsticking kou-ngan ta-su-tsiang befand; aber ehe es ihnen möglich war, einzuschreiten, waren die Kulis mit der Sänfte an ihnen vorübergesaust.

„Herrjott!“ rief Gottfried von Bouillon. „Wat war das? Wenn das nicht die Beine unsres Seehelden jewesen sind, so kann ich mir nicht mehr auf meine eigenen Augen verlassen. Und seine Stimme war es auch. Wie kommt er dazu, in dieser Weise an uns vorüberzujondeln?“

„Man möchte allerdings seinen Augen nicht trauen,“ antwortete der Methusalem. „Turnerstick war es; es ist kein Zweifel möglich. Wie aber ist er in diese lächerliche Lage gekommen? Pyramidale Blamage!“

„Dat is richtig. So eine Palankin-Spinde zu bezahlen und dennoch laufen, dieser Jedanke ist jrad so bodenlos wie die Sänfte selber. Ich habe mal einen Elefanten jesehen, welcher in ähnlicher Weise transportiert wurde. Bei so einem Tiere hat das seine Jründer, bei einem Menschen aber ist es jrundlos zu nennen.“

„Wer weiß, welche Dummheit er begangen hat. Wir werden es ja hören. Wollen uns beeilen, damit er nicht etwa im Zorne noch ärgeres unternimmt.“

Sie schritten schneller aus als bisher und nahmen sich nicht Zeit, auf die Aufmerksamkeit, welche sie erregten, zu achten. Glücklicherweise lag das Hotel in ziemlicher Nähe.

Hongkong hat keine guten Gasthäuser. Das Einkehrhaus gleichen Namens ist das einzige, welches einigermaßen die Bezeichnung Hotel verdient; aber es ist doch nur ein riesiger Kasten, in welchem man sich nicht wohl zu fühlen vermag. Die Zimmer sind ohne allen Komfort; alles andre läßt ebenso zu wünschen übrig, und dennoch hat man ganz außerordentliche Preise zu bezahlen.

Hongkong heißt bei den Chinesen Hiang-Kiang und ist eine bergige Insel, welche rechts vor dem Eingange des Mündungsgolfes des Tschu-kiang liegt. Es besitzt einen der besten Hafen des chinesischen Reiches und kann als das englische Gibraltar des Ostens angesehen werden. Die Hauptstadt ist Viktoria. Sie ist fast ganz europäisch gebaut, hat breite Straßen, schöne große Häuser, großartige Warenspeicher und elegante Villen. Derjenige, welcher chinesisches Leben kennen lernen will, wird sich hier nicht verweilen, sondern die erste Gelegenheit benutzen, nach Kanton zu gehen, was ja auch die Absicht des „blauroten Methusalem“ war.

Als dieser mit seinen Begleitern das Hotel erreichte, hörten sie aus dem Innern die laute, zornige Stimme Turnersticks erschallen. Sie traten in die Restaurationsstube und sahen da den Kapitän, umgeben von dem Wirte, dessen in langen, blauen Gewändern steckenden Kellnern und mehreren Polizisten. Diese letzteren stammen meist aus Vorderindien, tragen dunkelblaue Uniformen und rote Turbane und sind mit kurzen Keulenstäben bewaffnet.

Diese Leute hörten die Erzählung des Seemanns an, konnten aber nichts verstehen, da er nicht dazu zu bringen war, englisch zu sprechen. Er war nun einmal darauf versessen, sein Chinesisch hören zu lassen, und da keiner von ihnen deutsch verstand, so konnten sie sich unmöglich in den vorgebrachten Unsinn finden. Darum war er froh, als er die drei Ankömmlinge erblickte. Er stieß die ihm im Wege stehenden beiseite, eilte auf den

Methusalem zu und sagte: „Es ist unerhört, wirklich unerhört! Erst zwingt man mich, in der wohlbezahlten Sänfte zu laufen, und dann, als ich mich darüber beschweren will, kann kein einziger dieser Eingeborenen chinesisch verstehen. Es ist geradezu zum Verzweifeln!“

„Sie irren sich, Kapitän, wenn Sie diese Leute für Eingeborene halten,“ belehrte ihn der Angeredete. „Sprechen Sie doch englisch, so wird man Sie verstehen.“

„Englisch? Fällt mir gar nicht ein! Wenn ich mich in China befinde, so bediene ich mich der Sprache des himmlischen Reiches. Ich kann verlangen, daß man mich versteht, mich, einen Mandarin von achtzehnhundert Sapeken!“

„Sie sind noch nicht in China, sondern in England, Hongkong ist englische Besitzung.“

„Das weiß ich wohl; aber ich verlange, daß man auch hier sich meiner Sprachkenntnisse erfreue. Wissen Sie, was mir passiert ist?“

„Ja.“

„Nun, was?“

„Es hat Ihnen beliebt, in einer Portechaise Dauerlauf zu üben.“

„Beliebt? Wollen Sie mich auch noch foppen? Gezwungen hat man mich, hinterlistig gezwungen!“

„Und Sie haben sich nicht gewehrt?“

„Konnte ich mich etwa wehren?“

„Warum nicht?“

„Weil man mir den Kopf eingestoßen hätte, wenn ich nicht mitgelaufen wäre. Ich nahm vergnügt in der Sänfte Platz; da schwand der Boden unter mir, und ich geriet mit den Beinen in die Unterwelt. Das wäre noch gar nicht schlimm gewesen, denn der Boden konnte leicht wieder eingehakt werden; aber anstatt das zu thun, rannten die Kerls wie besessen von dannen, und mir blieb nichts andres übrig, als mitzurennen.“

„Vielleicht haben die Leute gar nicht bemerkt, daß Sie aus dem obern Stockwerke ins Parterre geraten waren?“

„Oho! Die haben es gar wohl gewußt. Ich wollte ja stehen bleiben; sie schoben aber aus Leibeskräften; ich bekam Stoß auf Stoß. Mein Kopf brummt mir noch jetzt wie eine Baßgeige; mein Rücken muß in allen Farben schillern, und in den Beinen habe ich eine Empfindung, als ob ich auf dem hohen Turmseile tanzte. Mir zittern alle achtundneunzig Glieder; es ist mir ganz schwindelig zu Mute, und der Schweiß marschiert mir in dicken Strömen und Kolonnen vom Leibe. Soll ich mir das gefallen lassen?“

„Sagen Sie mir vor allen Dingen, wo die beiden Kulis sind!“

„Wo die sind? Ja, wo sind sie denn? Ich weiß es nicht.“

„Aber gerade Sie müssen doch am besten wissen, wo sie sich befinden. Sie haben sich ja von ihnen tragen lassen.“

„Tragen lassen! Tragen lassen! Welch eine Schlechtigkeit von Ihnen! Ich sage Ihnen ja, daß ich nicht getragen, sondern gelaufen worden bin! Ich danke für dieses chinesische Reich, wo man hundert Li bezahlen muß, um Sänfte rennen zu dürfen! Das ging so atemlos rasch, daß ich keine Zeit fand, einen rettenden Gedanken zu fassen. Ich weiß nur noch, daß ich gebrüllt habe wie ein Tiger; aber geholfen hat es nichts, denn die Kerls verstanden kein Sterbenswort chinesisch. Und als sie endlich hier vor der Thür anhielten, so schütteten sie die Sänfte um, daß ich dick auf die Mutter Erde zu sitzen kam, und rannten von dannen. „Tsching leao“ haben sie mir noch zugerufen. Was bedeutet das?“

„Es ist der chinesische Abschiedsgruß.“

„Danke für solchen Gruß! Ich bin natürlich sofort hier hereingegangen und habe nach Polizei und dem Staatsanwalt verlangt. Statt dessen aber kamen diese Blaukittels, welche nichts thun, als die Mäuler aufsperren. Ist das etwa Zucht und Sitte?“

„Nein, jedenfalls geschieht es nur aus Bewunderung Ihrer Sprachkenntnisse.“

„Wenn das der Fall wäre, so wollte ich es mir gefallen lassen.“

„Leider scheinen diese braven Leute sich noch zu wenig mit der chinesischen Sprache beschäftigt zu haben. Man bedient sich hier vorzugsweise des Pitchenenglisch. Wollen Sie verstanden werden, so müssen Sie englisch sprechen.“

„Leider scheinen Sie da recht zu haben. Aber ist es nicht eine Schande, hier in Hongkong nicht verstanden zu werden? Freilich ist es gerade wie im Deutschen. Der Plattdeutsche kann den Hochdeutschen nicht verstehen, und weil ich nur das reinste Hochchinesisch mit eleganten Endungen spreche, so können sich diese Menschen nicht in meine Linguistik finden. Ich werde mich also des Englischen bedienen müssen, wenn ich Genugtuung haben will. Denn bestraft müssen die Halunken werden, exemplarisch bestraft. Man muß sie mir ausliefern. Ich transportiere sie auf mein Schiff und lasse sie da auspeitschen, daß sie für ewig und noch länger an mich denken sollen!“

Er hatte noch immer im zornigsten Tone gesprochen. Die Polizisten und Hotelbediensteten standen wartend da, neugierig, wie die Angelegenheit sich weiter entwickeln werde. War das Erscheinen des Kapitäns für sie ein ungewöhnliches gewesen, so doch noch viel mehr das Auftreten der drei studentisch gekleideten Personen. Sie wußten nicht, was sie aus denselben machen sollten, doch zeigten ihre respektvollen Mienen, daß sie keine geringe Meinung von ihnen hatten. Sie verstanden zwar nicht die Worte des Methusalem, aber der Ton, in welchem dieselben gesprochen wurden, und seine ernste, selbstbewußte Haltung imponierte ihnen.

Er hielt es für angezeigt, den Kapitän vor Weiterungen abzuhalten. Darum zog er ihn am Arme zur Seite und sagte zu ihm: „Auf das Auspeitschen wollen wir doch lieber verzichten, mein lieber Freund.“

„Verzichten? Was fällt Ihnen ein! Wenn Sie mich um meine Satisfaktion bringen wollen, so brauchen Sie mich gar nicht Ihren „lieben Freund“ zu nennen. Mein Fremd ist nur derjenige, welcher in meinem Interesse handelt.“

„Das thue ich ja!“

„So? Inwiefern dient es denn zu meinem Wohle, wenn ich auf die Bestrafung der beiden Schlingels verzichte?“

„Insofern, als Sie dabei auf die Gelegenheit, sich abermals zu blamieren, verzichten.“

„Blamieren – – abermals? Habe ich mich denn schon blamiert?"
„Riesig sogar."
„Oho, Herr Degenfeld! Wie kommen Sie mir vor! Wollen Sie mich beleidigen? Sie würden mich da zwingen, die Angelegenheit durch scharf geschliffene Säbels mit Ihnen auszumachen!"
„Das könnte für Sie nur eine schlimme Wendung nehmen, denn ich darf wohl sagen, daß man mich daheim für den besten Schläger hielt. Ihr hochgeehrtes, sterbliches Gehäuse würde jedenfalls eine ebenso intime wie unliebsame Bekanntschaft mit meiner Klinge machen. Zu einem solchen Verfahren ist übrigens nicht der geringste Grund vorhanden, da ich es nicht bös, sondern herzlich gut mit Ihnen meine. Wenn Sie zweifeln, sich blamiert zu haben, so ist nur zu wünschen, daß Sie Zeuge des allgemeinen Aufsehen, welches Sie erregt haben, hätten sein können. Es sah doch gar zu absonderlich aus, Ihre Beine in so angestrengter Thätigkeit zu beobachten. Konnte doch ich selbst mich kaum des Lachens enthalten."
„So? Also haben Sie mich gesehen?"
„Ja."
„Und es fiel Ihnen nicht ein, mir zu helfen, mich aus dieser fatalen Lage zu befreien!"
„Natürlich hatte ich diese Absicht; aber ich konnte sie nicht ausführen, da Sie so außerordentlich schnell vorüber waren. Die Kulis haben unbedingt gewußt, daß der Boden der Sänfte offen war; es muß für sie also ein Grund vorhanden gewesen sein, sich so zu verhalten, als ob sie es nicht bemerkt hätten."
„Natürlich! Die Kerls haben sich für die fünfzig Li, welche ich ihnen abzog, rächen wollen. Ich sollte nämlich hundertfünfzig bezahlen."
„Ah! Und Sie haben nur hundert gegeben? Sie haben ihnen lumpige dreißig Pfennige abgezogen? War das eines Mandarins, der Sie doch sein wollten, würdig?"
„Etwa nicht?"
„Nein. Ein General geizt nicht mit fünfzig Li. Durch diese übel angebrachte Sparsamkeit haben Sie verraten, daß Sie weder Chinese noch Mandarin sind. Hätte man Sie für einen solchen Beamten gehalten, so hätte man es sicherlich nicht gewagt, Sie Sänfte wandeln zu lassen. Dringen Sie nun auf die Bestrafung dieser Leute, so wird das für Sie jedenfalls fatale Ereignis noch bekannter, als es jetzt ist; man wird Sie behördlicherseits auffordern, sich als Generalmajor zu legitimieren, und da Sie das nicht können, so dürften Sie in eine Lage kommen, die ich wenigstens mir nicht wünschen mag."
Turnerstick fuhr sich mit beiden Händen hinter die Ohren, um sich da zu kratzen.
„Sapperlot!" brummte er. „Daran habe ich nicht gedacht. Soll ich etwa als Angeklagter vor diesen Tsching-Tschang-Tschongs stehen? Dazu habe ich freilich keine Lust. Lieber will ich die Halunken laufen lassen."
„Das ist es eben, was ich Ihnen raten will. Sie meinten, es schicke sich nicht für uns, nach dem Hotel zu gehen. Sie sind dennoch nicht nur gegangen, sondern gelaufen. Sie sprachen davon, daß man mich nicht mit der nötigen Hochachtung behandeln werde.

Welche Hochachtung hat man denn Ihnen erwiesen? Ich empfehle Ihnen, sich ferner lieber auf meinen Rat als auf Ihre Eingebungen zu verlassen."
„Ja, nun können Sie wohl dicke thun! Aber es soll mir so etwas gewiß nicht wieder passieren!"
„Dasselbe sagten Sie, als Sie von dem Geldwechsler geprellt worden waren!"
„Hm. ja! Es ist kein angenehmes Tsching-tsching, mit welchem mich das Reich der Mitte begrüßt, aber ich werde den „Söhnen des Himmels" schon noch die Ehrerbietung abzwingen, auf welche ein Mann von meinen Sprachkenntnissen Anspruch hat. Als guter Diplomat will ich auf die Verfolgung der Kulis verzichten. Aber wehe dem Chinesen, dem es einfallen sollte, sich fernerhin einen ähnlichen Spaß mit mir zu erlauben! Ich würde ihn an seinem eigenen Zopf aufhängen! Also diese Angelegenheit ist erledigt. Was thun wir jetzt?"
„Das, wozu mein Hund uns das Beispiel gibt: Wir trinken eins."

Abrechnung im Hotel.

Viertes Kapitel

Mijnheer Willem van Aardappelenbosch.

Das Zimmer, welches auch als Speisesaal benutzt zu werden schien, war ganz nach europäischer Art mit Tischen und Stühlen möbliert. Der Neufundländer war gleich nach seinem Eintritte nach einem der Tische gegangen und auf einen Stuhl gestiegen; das Glas hatte er vor sich hingesetzt. Da saß er nun, mit dem Tornister auf dem Rücken, sah unverwandt in das leere Bierseidel und ließ dabei ein ungeduldiges Knurren hören. Er war vom „Geldbriefträger von Ninive" her gewöhnt, daß das Glas sofort gefüllt werde.
Der Methusalem erklärte den Polizisten, daß man ihrer Hilfe nicht bedürfe, worauf sie sich entfernten. Dann nahmen die vier Reisenden an dem Tische Platz, den der Hund für sie eingenommen hatte. Degenfeld erkundigte sich, ob man Bier bekommen könne, und erhielt eine bejahende Antwort.
„So bringen Sie uns vier gute Schlucke!" befahl er. „Wir haben Durst."
Die Kellner rannten alle von dannen, um dieser Weisung Gehorsam zu leisten. Nur der Wirt blieb zurück. Er postierte sich in ehrerbietiger Entfernung und verwandte kein Auge von den vier Leuten, deren Herkommen und Lebensstellung selbst ihm ein Rätsel war.
Da trat ein neuer Gast herein, dessen Person ganz geeignet war, die Blicke der Anwesenden auf sich zu ziehen.

Der Mann war nicht hoch, aber so dick, daß er wohl seit Jahren seine eigenen Füße nicht hatte sehen können. Sein Körper war ein ungeheurer Fleischklumpen zu nennen, welcher sich nur langsam fortbewegen zu können schien. Das glatt rasierte, runde Vollmondsgesicht glänzte in dunkler Röte. Ebenso auffällig wie seine Gestalt war seine Kleidung. Er trug Hose, Weste und Jacke von seinem, weißem Linnen. Die letztere war so kurz, daß die gewaltige Halbkugel des Bauches zur vollsten Geltung kam. Die Füße steckten in niedrigen chinesischen Schuhen mit vier Zoll hohen Filzsohlen. Um den Bauch – denn Taille konnte man unmöglich sagen, und von Hüften war auch keine Rede – trug er eine rotseidene Schärpe, aus welcher der eingelegte, kostbare Griff eines malaiischen Kris hervorblickte. Der Schädel bildete eine einzige große, haarlose Platte, welche kaum halb von einer kleinen, schwarz und weiß karrierten, schottischen Mütze bedeckt wurde, von der zwei lange, breite, ebenso gefärbte Schleifen bis auf den Rücken herabhingen. Zwei lange Flinten, welche sich hinten und deren Riemen sich vorn über der Brust kreuzten, hingen ihm auf dem Rücken. Ueber die beiden Läufe dieser Gewehre war eine schwarze, wohlgefüllte und sorgfältig zugeschnallte Ledertasche gehängt, und in der Rechten trug er einen chinesischen Sonnenschirm von solcher Größe, daß eine ganze Familie unter demselben Platz finden konnte.
„Goeden dag, mijne Heeren!“ grüßte er in breiter, holländischer Sprache. „Het is tijd, dat wij aan tafel gaan!“ Das heißt zu deutsch: „Guten Tag, meine Herren! Es ist Zeit, daß wir zu Tische gehen!“
Das war eine ganz eigene Art und Weise, zumal er die Anwesenden dabei gar nicht anblickte und, ohne sie zu beachten, mit kleinen, gewichtigen Blicken auf den nächsten Tisch zusteuerte. Der Wirt schien ihn zu kennen, denn er stürzte dienstfertig herbei, schob unter mehreren tiefen Verbeugungen zwei Stühle zusammen, da der Gast auf nur einem nicht genügend Platz gefunden hätte, nahm ihm die Tasche, die beiden Flinten und den Regenschirm ab und plazierte diese Gegenstände mit zarter Sorgfalt in der Nähe des Gastes.
Ueber das Gesicht des Methusalem war beim Anblicke und bei dem Gruße dieses Mannes ein heiteres Lächeln geglitten. Er erhob sich, machte eine Verneigung und antwortete in lustigem Tone: „Neemt plaats; maakt geene Komplimenten; doet als of gij thuis waart – setzen Sie sich; machen Sie keine Umstände; thun Sie, als ob Sie zu Hause wären!“
Jetzt erst blickte der Dicke zu den Vieren herüber. Er musterte sie einige Sekunden lang, zog dann die haarlosen Brauen zusammen und sagte zu dem höflichen Methusalem: „Zij zijn een ongelukkige nijlpaard – Sie sind ein unglückliches Nilpferd!“
Dann krachte er seufzend auf die zwei Stühle nieder und gähnte, als ob er die halbe Atmosphäre einschlucken wolle.
„En zij zijn een dick stekelvarken – und Sie sind ein dickes Stachelschwein!“ rief der Student ihm lachend zu.
„Zij schaap – Sie Schaf!“ antwortete der Dicke verächtlich.

„Zij neushoorn – Sie Nashorn!“ warf der Methusalem zurück.
„Zij – zij – zij papegaai – Sie Papagei!“ donnerte der Dicke.
„Zij hooi-hofd – Sie Heukopf!“ lachte Degenfeld.
Da stand der Dicke aus, streckte beide Fäuste aus und brüllte mit überschnappender Stimme: „Zij dor vlammetje, zij droogen kleermaker – Sie dürres Streichhölzchen, Sie trockener Schneider. Zij – zij – zij – – –“
Er kam nicht weiter. Der Neufundländer hatte das feindselige Verhalten des Dicken bemerkt, war von seinem Stuhle gestiegen und kam langsam auf ihn zugeschritten. Bei ihm angekommen, richtete er sich auf, legte ihm die Pfoten auf die Achseln, zeigte die Zähne und knurrte ihm warnend in das rote Gesicht, als ob er sagen wolle: „Du, nun ist's genug, sonst bekömmst du es mit mir zu thun!“
Dem Bedrohten blieb das beabsichtigte Schimpfwort im Munde stecken. Er ließ sich auf seine Stühle niedersinken, wodurch der Hund wieder vierfüßig zu stehen kam, und rief wider alles Erwarten dem Wirte zu: „Ik heb Honger; gevt mij eene soep en kalfsvleesch – ich habe Hunger; geben Sie mir eine Suppe und Kalbfleisch!“
Das sah so komisch aus und klang so drollig, daß die vier andern in ein lautes Gelächter ausbrachen. Der Hund zog die Oberlippe in Falten, als ob er in dieses Lachen einstimmen wolle, und kehrte schweifwedelnd zu seinem Herrn und auf seinen Stuhl zurück. Als der Dicke sich nicht mehr von dem Tiere bedrängt sah, wendete er sich um und rief in zornigem Tone: „Mijne Heeren, ik zoude mij schaamen, zoo dom de lagchen. Eet gij liefst een vleesch of en eyeren-koek; dit is buiten twijfel beter dan dit ondeugende foeikzen – meine Herren, ich würde mich schämen, so dumm zu lachen. Essen Sie lieber ein Fleischernes oder einen Eierkuchen; dies ist ohne Zweifel besser als dieses nichtsnutzige Feixen!“
Diese geharnischte Rede hatte nur ein vermehrtes Gelächter zur Folge, was den Dicken so erboste, daß er, vorher tief Atem holend, die Lachenden mit wahrer Donnerstimme anfuhr: „Mijne heeren, gij zijt slecht, gij zijt slechter, gij zijt de allerslechtsten; gij zijt myne vyanden; gij – gij – gij zijt vier zuuren aapen – meine Herren, Sie sind schlecht, Sie sind schlechter, Sie sind die allerschlechtesten; Sie sind meine Feinde; Sie – Sie – Sie sind vier saure Affen!“
Es läßt sich denken, daß die Lacher durch diese Donnerworte nicht in eine ernstere Stimmung versetzt wurden.
„Herrlich, herrlich!“ rief Gottfried von Bouillon; „dat ist jeradezu kostbar; dat ist jöttlich! Sie sind der ausjezeichnetste Mijnheer, der mich jemals vorjekommen ist! Aber ich bitt Ihnen, schonen Sie Ihre fette Konstitution, sonst könnten Sie gar leicht zerplatzen. Man sieht den Leberthran Ihnen schon jetzt aus allen Poren schwitzen!“
Der Holländer wollte auf diese Beleidigung antworten; da aber brachte einer der Kellner ihm die verlangte Suppe, und er zog es vor, dieser seine Aufmerksamkeit zu widmen. Er knurrte nur noch: „Eene soep is beter dan zoo een bedorven schaap – eine Suppe ist besser als so ein verdorbenes Schaf!“

Er warf dem Gottfried eine verächtliche Handbewegung zu, knüpfte sich die Serviette um den Hals und begann dann, seine Suppe mit so schmatzendem Wohlbehagen zu essen, daß es klang, als ob ein halbes Dutzend „Varken“ (Ferkel) am Troge säßen.
Dann wurde das Kalbfleisch gebracht. Er griff mit beiden Händen nach dem Teller, roch die Portion prüfend an, gab durch ein freundliches Nicken zu erkennen, daß der Duft ihm behage und befahl: „Gevt tnij een stuk ossevleesch met erwten en zuurkool – geben Sie mir ein Stück Ochsenfleisch mit Erbsen und Sauerkraut!“
Den vier Zuschauern war es zweifelhaft, ob man hier in China Erbsen oder gar Sauerkohl bekommen könne. Der Holländer schien aber die Leistungen der Hotelküche genau zu kennen, denn eben als er das Kalbfleisch verzehrt hatte, wurde ihm der verlangte zweite Gang gebracht. Er beroch auch diesen, nickte wieder freundlich und bestellte: „Gevt mij een gebraden varkenvleesch met mierook en gebaken peeren – geben Sie mir Schweinebraten mit Meerrettich und gebackenen Birnen!“
Als auch dies dann gebracht wurde, verlangte er „hamelsbout met salade“, Hammelsbrust mit Salat, dann „eend met spinazie en knoslook“, Ente mit Spinat und Knoblauch, später „zeevisch met gebaken pruimen“, Seefisch mit gebackenen Pflaumen. Dann zuletzt begehrte er zum Nachtische „zeekreesten, boter, kaas en een grooten kelk brandewijn“, Seekrebse, Butter, Käse und einen großen Kelch Branntwein.
Die Portionen waren so reichlich, daß eine einzige derselben hingereicht hätte, einen gewöhnlichen Esser zu sättigen, dieser Dicke aber machte, als er fertig war, ein Gesicht, als ob er noch immer Appetit verspüre. Er legte die Hände an den Leib und betastete denselben prüfend. Und wirklich schien er eine noch leere Stelle entdeckt zu haben, denn er begehrte nach kurzem Nachdenken noch „een brood met worst en mostaard“, ein Brot mit Wurst und Senf.
Die Mahlzeit hatte ihn so in Anspruch genommen, daß seine Aufmerksamkeit nur ein einziges Mal von derselben abgewichen war. Dies geschah, als den vier andern Gästen das verlangte Bier gebracht wurde.
Der Methusalem hatte für jeden einen guten Schluck bestellt, infolgedessen der Kellner vier ganz kleine Fläschchen brachte, welche nicht einmal ein drittel Liter faßten. Der dienstbare Geist glaubte, seine Sache gut gemacht zu haben; Degenfeld aber öffnete eines, goß den Inhalt desselben in sein Studentenglas, führte dasselbe an den Mund, leerte es in einem Zuge bis auf die Nagelprobe, setzte es ab und befahl, indem er mit der Zunge schnalzte: „Nicht ganz übel! Das genügte aber nur zur Probe. Bringen Sie für jeden eine solche Portion! Fünf Personen.“
„Fünf?“ fragte der Kellner, welcher nach nochmaliger Umschau nur vier Individuen herausbrachte.
„Ja, ich sage es doch!“
„Aber Sie sind nur vier!“
„Wir sind fünf. Dieser da hat auch seinen Durst.“

Bei diesen Worten deutete er auf den Hund. Der Kellner zog eine dumm verwunderte Grimasse und fragte, um ganz sicher zu gehen, in seinem Pitchenenglisch: „Also zwanzig Flaschen, Sir?"
„Ja doch!"
„Aber, Sir, kennen Sie den Preis des Bieres hier in Hongkong?"
Da stieß der Methusalem sein Glas auf den Tisch, daß letzterer krachte, und wetterte den Frager an: „Kerl, willst du etwa meine Moneten vorher okularinspizieren? Lauf Philister! sonst brenne ich dir zehntausend Füchse auf den Leib!"
Der Kellner rannte erschrocken fort und zwei andre hinter ihm drein, da er nicht zwanzig Flaschen allein tragen konnte. Sie brachten dieselben. Der Methusalem goß abermals viere in sein Glas, schwenkte dasselbe gegen den Kapitän und sagte: „Ich komme Ihnen dieses Tröpfchen!"
„Wie? Was?" fragte Turnerstick. „Sie kommen? Mir? Wieso? Das nennen Sie ein Tröpfchen!"
Er hatte noch nicht ausgesprochen, so hatte der Methusalem schon ausgetrunken. Dieser füllte das Glas von neuem mit vier Flaschen, schob es dem Kapitän zu und antwortete: „Natürlich ist es nur ein Tropfen. Mir wäre es eine große Schande, ein halbes Tröpflein im Glase zu lassen, Sie kommen mir nach, und ich hoffe, daß Sie sich nicht vor uns und diesen staunenden Kulis blamieren werden!"
„Blamieren? Pah! Sind Sie schon einmal durch eine Seemannsgurgel gekrochen? Da sind Sie gewiß nicht stecken geblieben. Ihr Gläschen macht mir keine Angst. Prosit, mein lieber Freund von Bouillon!"
„Re!" nickte der Namensvetter des Eroberers von Jerusalem.
Turnerstick bewies, das er nicht zuviel gesagt habe. Er trank das Glas aus. Gottfried nahm es ihm sofort aus der Hand, füllte es für sich und leerte es ebenso wie die beiden andern. Der Wirt und die Kellner standen von fern und warfen sich große Blicke zu. Solche Trinker sahen sie noch niemals. Der dicke Holländer hatte, obgleich sehr intim mit seinem „Vleesch" beschäftigt, den Vorgang dennoch bemerkt. Er war ein tüchtiger Esser; jetzt sah er Leute, welche im Trinken wenigstens ebensoviel leisteten wie er im Essen. Das imponierte ihm; das ließ seinen Groll sofort verschwinden. Er fühlte sich getrieben, ihnen seine Anerkennung auszusprechen. Darum erhob er sich von seinen zwei Stühlen, kam herbei, wischte sich mit der Serviette den Mund und sagte: „Mijne Heeren, gij zijt braave en dappere matters. Gij drinkt tamelijk goed. Ik ben uw vriend en uw broeder; gij wordt het begrijpen. Ik bidd, gevt mij uwe handen – meine Herren, Sie sind brave und tapfere Gesellen. Sie trinken ziemlich gut. Ich bin Ihr Freund und Bruder; das werden Sie begreifen. Ich bitte, reichen Sie mir Ihre Hände!"
Er schüttelte jedem von ihnen die Hand und kehrte dann an seinen Tisch zurück, um weiter zu essen.
Was Richard Stein betrifft, so wagte er sich nicht an das volle Stammglas. Er ließ sich ein kleineres bringen und eignete sich auch nur eine Flasche an. Gottfried griff

augenblicklich nach den drei übrigen, leerte sie in das Glas und trank dasselbe aus, nachdem er vorher sich selbst zugerufen hatte: „Prosit Magen! Es ist zwar kein Wolkenbruch, doch ein angenehmes jelindes Plätscherchen."
Dann nahm er seine weiße Mütze, welche wasserdicht gefüttert war, vom Kopfe, legte sie verkehrt, also offen auf den Tisch, gerade vor den Neufundländer hin und goß diesem die letzten vier Fläschchen hinein. Der Hund nahm den Gerstensaft mit großem Wohlbehagen zu sich und leckte zuletzt die Mütze sehr sorgfältig aus, welche Gottfried sich wieder auf sein Haupt stülpte, um dann zu fragen: „So! Jeprobt hätten wir. Wat aberst nun? Wollen wir uns nach so langem Entbehren noch een loyales Seidel leisten?"
„Was fällt dir ein," entgegnete Methusalem. „Wir befinden uns hier nicht im „Geldbriefträger von Ninive", von welchem aus wir nur um die Ecke zu gehen brauchten, um heim zu steigen. Ich vor allen Dingen muß zum Konsul. Auch habe ich eine Anweisung zu präsentieren und mich mit dem unvermeidlichen Mammon zu versehen. Wartet hier, bis ich wiederkomme! Habt ihr Lust, so trinkt meinetwegen inzwischen noch eins, aber nicht mehr! Ich werde es bezahlen."
„Halt!" fiel da der Kapitän ein. „Das Zahlen ist meine Sache. Wir befinden uns noch in der Hafenstadt, und ich muß Sie also bitten, meine Gäste zu sein."
„Habe nichts dagegen," lächelte der Methusalem. „Aber wird Ihnen nicht die Zeche zu hoch sein?"
„Was denken Sie! Sehen Sie doch meine Schnuren! Die reichert jedenfalls noch wochenlang."
Der Bemooste ließ ihn bei diesem Glauben und entfernte sich, die Pfeife und auch den Hund zurücklassend, welche er unmöglich mit zum Konsul nehmen konnte. Turnerstick bestellte zu den bisherigen vierundzwanzig Flaschen noch sechs, um eine runde Dreißig zu bekommen. Gottfried rümpfte zwar die Nase dazu, sagte aber nichts, weil der Kapitän der Zahlende war und, um einer allzu schnellen Konsumtion vorzubeugen, zwei kleine Gläser kommen ließ.
Mittlerweile hatte der Holländer seine Mahlzeit vollendet. Er band die Serviette ab, trocknete sich mit derselben das von der Anstrengung des Essens schwitzende Gesicht und machte auf seinen Stühlen eine Wendung, daß er die drei andern nun gegenüber hatte.
Es war ihm anzusehen, daß er nun ein kleines Gespräch im Interesse der Verdauung für nützlich hielt. Er hatte gehört, welcher Sprache sich die andern bedienten, und sagte daher in leidlichem Deutsch: „Ik verzoek – ich bitte, mijne Heeren, sind Sie nicht Deutsche?"
„Ja," antwortete Gottfried.
„Dachte es mir. Auch ich bin in Deutschland gewesen, als Kommis in Köln am Rhein; damals war ich noch jünger als jetzt."
„Wahrscheinlich!"

„Nein, wirklich! Damals zählte ich twintig Jaaren, und jetzt bin ich fast vijf en veertig. Damals war ich een ongelukkige nijlpaard, en jetzt bin ich een zwaare (schwerer) Mann mit gezouten (gesalzenen) Erfahrungen. Damals habe ich die deutsche Sprache erlernt, und das freut mich jetzt, weil ich mich mit Ihnen unterhalten kann."
„Die Freude ist beiderseitig, Mijnheer."
„Sehr schön! Gefalle ich Ihnen?"
„Außerordentlich!"
„Sie mir auch. Ich bin nämlich Mijnheer Willem van Aardappelenbosch und komme von Java, wo ich Pflanzungen von Ryst (Reis) und Tabak hatte. Ich habe verkauft und will nun sehen, ob ich hier in China etwas Aehnliches finde."
„Etwas Aehnliches? Warum haben Sie dann dort verkauft?"
„Wegen dem Klima, welches mir schädlich wurde. Ich konnte niet mehr essen und niet mehr trinken; ich schwand zusammen, daß ich jetzt nur noch een Gespenst von früher bin."
„Hallo! Dann möchte ich Sie früher gesehen haben, Mijnheer von Aardappelenbosch!"
„Jawohl!" seufzte der Dicke, indem er sich mit beiden Händen liebkosend über den Bauch strich. „Damals aß ich für twaalf Männer, jetzt aber esse ich niet mehr für einen halsen!"
„Schrecklich!"
„Nicht wahr! Ich bin ganz sterfelyk (sterblich) geworden. Was nützt mir mein Zilver (Silber), mein Goud (Gold), mein Rykdom (Reichtum), wenn ich niet essen und niet trinken kann? Nur wer tüchtig essen und trinken kann, darf gelukkig (glücklich) und tevreden (zufrieden) sein. Darum habe ich Abschied von dem dortigen Klima genommen und bin nach China gekommen, um mich wieder dick und fett zu essen."
„Nun, hoffentlich ist dieses Vorhaben von gutem Erfolge. Aber Ihre Haut, Mijnheer, Ihre Haut!"
„Was ist mit der Haut? Nicht wahr, sie hat ein ganz krankhaftes Aussehen?"
„Das möchte ich nicht behaupten; aber ob sie zulangen, ob sie ausreichen wird!"
„Zulangen? Ausreichen?"
„Ja. Wenn Sie noch dicker werden wollen. so muß sie unbedingt platzen."
„Platzen? O mijn Hemelsche Vader! Da hätten Sie mijne Haut früher sehen sollen! Die glänzte wie eene rosenrote Speckswarte! Wenn ich niet baldige Beterschap Genesungfinde, so sterbe ich im Handumdrehen."
„Und diese Besserung suchen Sie in China?"
„Ja."
„Warum?"
„Weit mijn Geneesheer Arztsagte, das Klima sei in Java zu südlich. Er riet mir, nach Norden zu gehen, und was liegt im Norden? Doch China! Vielleicht werde ich hier wieder gesund. Früher glich ich im Gesicht der hellen Sonne; jetzt aber bin ich nur noch die reine Maansverduisterung".

„So müssen Sie wohl an einer abzehrenden Krankheit leiden?“
„An einer, nur einer? Dann wäre ich ganz glücklich! O nein, ich leide an twintig, dertig, veertig, an honbert verschiedenen Krankheiten.“
„Das ist schlimm. Wo liegen dieselben denn?“
„Wo? Ueberall!“
„Nun, zum Beispiel?“
„Im ganzen Ligcham, Leibim Angezigt, im Oogappel, in de Ooren und de Oorlapjes, im Kinnebak, in de Keel und Gorgel, im Elleboog und in de Vingers, im Maag und zwischen den Ribben, in den Beenen und den Voetzoolen, in de Long und de Lever, in de Gal und de ganze Romp. Ich schwebe stündlich zwischen Leven und Dood, und nur Essen und Trinken kann mij retten. Ich bin ein elendes Schepsel und würde gern honderdduizend Gulden geben, wenn ich einen Offizier van der Gezondheit wüßte, der mich retten kann!“
Er zählte seine Leiden in so traurigem Tone auf, und seine Gestalt stand so im Widerspruch mit diesen Klagen, daß es großer Selbstbeherrschung bedurfte, nicht zu lachen. Gottfried machte sein mitleidigstes Gesicht und fragte in teilnehmendem Tone: „Glauben Sie etwa, daß die chinesischen Aerzte die Kunst besitzen, Sie herzustellen?“
„Vielleicht. Es ist mijn letzter Versuch, den ich mache. Ich habe gesprochen mit Doktors aus Duitschland, aus Nederland, aus Frankrijk, aus Oostenrijk, aus Spanje, aus Zweden, aus Oostinbie, aber keiner hat mij helfen könnt. Jetzt will ich es mit China versuchen. Es soll da Leute geben, welche wahre Wunder wirken.“
„Ich hätte zu andern mehr Vertrauen. Sie sind jedenfalls nur mit Pfuschern zusammengekommen. Hat man Ihnen Arzneien verschrieben?“
„Alle möglichen Boomen und Heesters, alle Bladen und Bloems, die es nur geben kann.“
„Das war verkehrt. Ein einsichtsvoller Arzt würde das unterlassen haben.“
„Warum?“
„Weil Ihre Krankheit durch solche Mittel nur verschlimmert wird.“
„Wie können Sie das wissen?“
„Ich? Ich bin ja Fachmann.“
„Sie? Fachmann?“
„Ja. Student!“
„Student? Was studieren Sie denn?“
„Was ich jetzt studiere? Nichts, gar nichts mehr,“ antwortete Gottfried, indem er sich in die Brust warf. „Ich habe das nicht mehr nötig, denn ich habe studiert, verstehen Sie, ich habe, habe, habe, also Perfektum; das heißt, ich bin perfekt. Ich habe alles studiert, alles ohne Ausnahme. Ich habe mich aus jedes und alles geworfen und bin schon seit Jahren zur allgemeinen Meisterschaft gelangt. Das soll heißen, ich erfreue mich der außerordentlichsten Omnipotenz. Ich pflanze meinen Kohl wie der reichste Rittergutsbesitzer; ich dirigiere die gefährlichsten Eilzüge wie der erfahrenste Lokomotivführer; ich entwerfe Schlachtenpläne wie der berühmteste Feldmarschall; ich

spreche in allen Zungen der Erde wie die Poeten des Erdenrundes am Maifeste; ich schlachte Schweine und Kälber wie der meisterhafteste Metzger; ich halte Parlamentsreden wie ein Palmerston; ich gewinne die verwickelsten Prozesse, leichter als jeder andre Jurist; ich predige trotz einem Bischof oder Konsistorialrat; ich gerbe alle Häute und Tierfelle, am liebsten mit dem Ziegenhainer; ich baue Brücken über die Thäler und Viadukte über die Flüsse; ich fahre mit dem Luftballon, wohin Sie nur wollen und sogar noch einige Meilen weiter; ich schreibe geognostische Werke über die Algen und Tangen und zoologische Bücher über den Venusdurchgang; ich besohle die Pferde und beschlage die Reiter; ich fertige aus Watte die feinsten Chronometer und bediene mich als Ziergärtner des besten Meißener Porzellans; ich tanze Seil; ich laufe Schlittschuhe; ich heize mir und andern ohne Holz und Kohlen ein; ich entdecke Naphtha am Nordpole und Eis in Arabien; ich – ich – ich – – nun, ich kann eben alles, alles, alles!"

Der liebe Gottfried hatte sich erhoben und brachte dies alles in so begeisterter Schnelligkeit hervor, daß der Dicke nicht die Hälfte der Lobrede verstand. In solchen Augenblicken pflegte er auf seinen märkischen Dialekt zu verzichten und sich in gutem Hochdeutsch auszudrücken. Dies letztere that er überhaupt stets dann, wenn er imponieren wollte.

Mijnheer van Aardappelenbosch hatte den Mund weit geöffnet und machte Augen, als ob er ein wahres Wunder vor sich sehe. Er hatte der schnellen Rede nicht folgen können und nur das behalten, daß er einen hoch und tief studierten Mann vor sich habe. Aber eins hatte er vermißt und zwar gerade das, was ihm am liebsten gewesen wäre. Darum sagte er jetzt, als Gottfried ihn erwartungsvoll von oben herab anblickte: „Solche Schulen sind Sie durch, so außerordentlich viele, Mijnheer?!"

„Ja – freilich!"

„Aber die Medizin, die Medizin, die fehlt!"

„Fehlt? Fällt mir gar nicht ein! Das fehlte noch, daß die fehlt! Die Medizin ist ja gerade mein Lieblingsfach!"

„Wirklich? Ist das wahr?"

„Natürlich!"

„Haben Sie schon kuriert, Kranke gesund gemacht?"

„Und wie! Dem Dalai-Lama habe ich ein Bandwurmmittel gegeben, und als das Tier zum Vorschein kam, war es ein Lindwurm, sehr einfach deshalb, weil ich ihn mit Lindenblütenthee behandelt hatte – – –"

„Wie? Mit Lindeboombloesem?"

„Ja, mit Lindeboombloesem, wie Sie es holländisch nennen. Und dem türkischen Großwesier habe ich den Flamingo operiert. Was sagen Sie dazu?"

„Fla – fla – fla –, was ist das für ein Wesen?"

„Ein Vogel, eigentlich viel größer als ein Storch. Die Aerzte hatten die Krankheit für den grauen Star gehalten; aber als dann ich den Kerl herausgeschnitten hatte, zeigte es sich, daß es ein roter Flamingo war."

„Das – das verstehe ich niet!“
„Ist auch nicht notwendig. Das ist nur Sache für den Ophthalmologen.“
„Aber so ein großer Vogel!“
„Thut nichts! In leichten Fällen nennt man es bloß Star, in schweren aber Flamingo; das sind die wissenschaftlichen Ausdrücke.“
„Aber, Mijnheer, wenn Sie sich auf solche Kuren verstehen, so können Sie ja auch mir helfen!“
„Mit Leichtigkeit sogar!“
„So kennen und heilen Sie alle Krankheiten?“
„Alle, nämlich wenn der Patient nicht zu dick ist.“
„Mijn Hemel – mein Himmel! Warum diese Ausnahme?“
„Sehr selbstverständlich, weil es dann ganz unmöglich ist, ihm in das Innere zu blicken.“
„So sagen Sie, wie steht es da mit mir.“
„Sie sind zu fett.“
„Dit Ongelukk! Ich war erst viel dicker als jetzt! So können Sie mij also niet kurieren?“
„Schwerlich! Aber es ist einer da, welcher Ihnen sicher Hilfe brächte, wenn Sie sich an ihn wenden wollten.“
„Wer ist das?“
„Mein Kommilitone, welcher vorhin fortgegangen ist.“
„Der mit vier Flaschen Bier in drei Minuten?“
„Ja, derselbe. Ich heile alles, aber bei so korpulenten Patienten ist er mir doch überlegen. Wenden Sie sich also nur getrost an ihn!“
In diesem Augenblicke ging die Thür auf, und der Methusalem trat herein. Sofort sprang der Holländer auf, eilte auf ihn zu, ergriff ihn am Arme und fragte hastig: „Mijnheer, wat leert het Woordenboek van mijn maag ein van mijne zenuwen?“
Fritz Degenfeld maß ihn vom Kopfe bis zu den Füßen herab, schüttelte den Kopf und antwortete: „Was das Wörterbuch von Ihrem Magen und Ihren Nerven lehrt? Um da zu wissen, woran man ist, bedarf es gar keines Buches.“
„Sehen Sie, Mijnheer! Habe ich es Ihnen nicht vorherjesagt!“ rief Gottfried, jetzt wieder in seine Mundart fallend. „Er weiß eben allens, und zwar janz ohne in dat Wörterbuch zu kieken.“
„Du!“ mahnte der Methusalem, ihm mit dem Finger drohend. „Da hast du dich wohl wieder einmal gehen lassen!“
„Nicht die Spur von da! Er ist krank an alle innerliche und äußerliche Extremitäten. Mit die äußerlichen wollte ich's schon gern probieren, aberst zu die innerlichen, was man die internen heißt, kann meine Auskultur nicht jelangen, weil da die sojenannte „Dickt“ im Wege steht. Darum habe ich mir erlaubt, den Mijnheer an Ihnen zu adressieren, weil Ihr Blick sojar durch Fleisch und Knochen jeht. Jestatten Sie mich aberst vor allen Dingen, ihm Sie vorzustellen, nämlich Mijnheer Willem van Aardappelenbosch aus Java. Dat

Klima hat ihn dort so abjemagert, daß er nach hier jekommen ist, um sich da wieder emporzuessen. Der Offizier van der Gezondheit hat es ihm jeraten."
„Wirklich?" fragte Degenfeld, sich an den Holländer wendend.
„Ja, Mijnheer," antwortete dieser. „Ik ben seit einiger Zeit ganz und gar vom Vleesch gefallen."
„Waren Sie früher noch dicker?"
„Ik was een reus – ich war ein Riese; jetzt aber kann man mij nur mit Mitleid betrachten."
Er begann, seine Leiden gerade so aufzuzählen, wie er sie vorhin genannt hatte. Degenfeld ließ ihn ruhig sprechen; er merkte sehr bald, wen er vor sich hatte. Dann, als die Aufzählung zu Ende war, fragte er Gottfried: „Habt ihr euch dem Mijnheer denn auch schon vorgestellt?"
„Namentlich noch keineswegs," antwortete er; „aberst daß ich ein jroßes Lumen bin, das hat er bereits jemerkt."
„So will ich diese Versäumnis nachholen. Mijnheer, hier sehen Sie zunächst den jungen Herrn Richard Stein, einen deutschen Gymnasiasten. Neben ihm sitzt unser Freund Turning sti-king kuo-ngan ta-fu-tsiang – – –"
„Also ein Chinese! Vorhin sprach er doch deutsch!" meinte der Dicke.
„Von Haus aus ist er allerdings ein Deutscher. Da er aber jetzt aus dem Häuschen ist, so dürfen Sie ihn für einen Chinesen halten. Ferner sehen Sie hier meinen Spiritus familiaris, vom heiligen Femgerichte, eingetragen als Gottfried von Bouillon."
„Ist das niet een tapperer Ritter?"
„Ja. Vor ungefähr achthundert Jahren hat er einen Kreuzzug gegen die Ungläubigen unternommen; jetzt aber kriecht er vor jedem Gläubiger zu Kreuze, sintemalen alle ihm zur Zahlung präsentierten Wechsel mit dem schönen Namen Gottfried Ziegenkopf querbeschrieben sind. Was nun mich selbst betrifft, so bin ich einfach der allbekannte Methusalem."
„Von dem die Bibel vertalt?"
„Ja, von dem die Bibel verzählt, der Sohn Henochs und Vater des Lamech. Da ich aber weder Henoch noch Lamech gekannt habe, so möchte ich zuweilen an mir selbst verzweifeln. In solchen trüben Augenblicken nenne ich mich Fritz Degenfeld und nehme an, daß ich in einem deutschen Brauhause dem irdischen Dasein guten Morgen sagte. Ob Sie mich nun Degenfeld oder Methusalem nennen wollen, ist mir gleich; meine intimen Bekannten ziehen das letztere vor, was ich ihnen aus wohl erwogenen Gründen nicht verdenken kann."
Mijnheer van Aardappelenbosch sah von einem zum andern. Er wußte nicht, was er denken solle. Hier ein Patriarch aus dem alten Testamente und dort ein Ritter aus der Zeit der Kreuzzüge, beide nach einer ihm unbegreiflichen Art gekleidet! Der dritte nun gar ein unechter Mandarin, der Bier wie Wasser trank. Ueber Richard brauchte er sich den Kopf nicht zu zerbrechen; aber die andern waren ihm rätselhaft, zumal die

Ausdrücke des Methusalem und seines Wichsiers so dunkel waren, daß er den Sinn derselben nicht recht zu erfassen vermochte.
Degenfeld sah ihm das an und erlöste ihn aus seiner Pein, indem et ihm wohlwollend sagte: „Nicht wahr, Sie können nicht recht begreifen, wen Sie vor sich haben? Sie sollen bald Klarheit haben. Wo wohnen Sie?“
„Hier im Hotel, Mijnheer.“
„So nehmen Sie bei uns Platz, denn wir werden auch hier logieren!“
Er schob ihm zwei Stühle zusammen, und der Holländer ließ sich auf dieselben nieder.
„Hier logieren?“ fragte Turnerstick. „Das fällt mir nicht ein! Wir müssen ja nach Kanton. Wir fahren mit dem Dampfboote.“
„Das geht wöchentlich nur zweimal. Ich habe mich beim Konsul erkundigt. Das nächste geht erst in drei Tagen ab.“
„Was? Wie? Und so lange sollen wir hier warten?“
„Ja, wenn wir es nicht vorziehen, uns auf einer chinesischen Dschunke einzuschiffen.“
„So thun wir das, wenn wir da auch viel langsamer vorwärts kommen.“
„Nun, eine Dschunke läuft ziemlich schnell, wenn sie guten Wind hat und mit der Flut aufwärts geht. Aber wollen Sie es wirklich wagen, sich einem solchen Fahrzeuge anzuvertrauen?“
„Warum nicht? Fürchten Sie sich?“
„Fürchten, nein, obgleich ich gelesen habe, daß man sich möglichst in acht nehmen solle, da es Dschunken gibt, denen nicht zu trauen ist. Aber ich denke an die Unreinlichkeit, welche uns sehr lästig werden könnte.“
„Pah! Werde die Kerls schon zur Reinlichkeit bringen. Bin ja Mandarin!“
„Wird man das glauben?“
„Will keinem raten, daran zu zweifeln! Wird überhaupt gar niemanden geben, der mich nicht für einen Mandarin hält. Ich mit meiner Kleidung, meiner persönlichen Würde, meinen tiefen Sprachkenntnissen und vortrefflichen Endungen. Wenn ich diesen Menschen mit meinem Kank-keng-king-kong-kung angesegelt komme, so verkriechen sie sich aus lauter Respekt in alle Löcher. Die Hauptsache ist nur, schnell eine Dschunke zu finden.“
„Habe mich auch in dieser Beziehung erkundigt. Mit der morgen Vormittag steigenden Flut segelt eine hier ab. Sie heißt Schui-heu, zu deutsch Königin des Wassers.“
„Schöner Name, der etwas verspricht. Eine Königin muß sauber sein. Unreinlichkeit werden wir also nicht zu befürchten haben. Und da eine Regentin sich nicht wohl mit Gesindel befassen kann, haben wir auch Sicherheit vor sonstigen Unbilden. Was hat sie geladen?“
„Allerlei Artikel. Etwas Spezielles konnte ich nicht darüber erfahren. Ich habe sie übrigens schon gesehen.“
„Sah sie schmuck aus?“
„Recht leidlich.“

„Und haben Sie mit dem Kapitän gesprochen? Das ist ja die Hauptsache.“
„Da haben Sie unrecht, obgleich Sie selbst Kapitän sind. Der eigentliche Kapitän oder Pilot, hier Ho-tschang genannt, hat mit der Ladung, mag dieselbe nun aus Gütern oder Menschen bestehen, gar nichts zu schaffen. Er hat sich allein nur mit der Leitung des Schiffes zu beschäftigen. Wer Fracht aufgeben oder selbst mitfahren will, hat sich an den Eigentümer der Dschunke oder dessen Superkargo zu wenden. Und das habe ich gethan.“
„Schon mit ihm abgeschlossen?“
„Nein, denn ich wußte nicht, ob ich Ihre Einwilligung erhalten würde. Uebrigens gefiel mir der Mann gar nicht so recht.“
„Warum?“
„Das kann ich eigentlich nicht sagen. Er hatte ein Gesicht, welches mir Mißtrauen einflößte, und seine allzu große Höflichkeit stieß mich ab.“
„Unsinn! Gesicht! Danach darf man gar nicht gehen. Mancher Schurke hat das einnehmendste Gesicht, und mancher Häßliche ist ein Ehrenmann. Und Höflichkeit muß sein. Ich wollte es keinem Sohne der Mitte raten, es daran fehlen zu lassen. Schließen Sie immerhin ab! Morgen segeln wir. Kennen Sie die Höhe des Passagepreises?“
„Das Fahrgeld wird hier sehr drolliger, aber ganz bezeichnender Weise Schui-kio genannt; das heißt wörtlich „Wasserbeine“. Die Geldstücke, welche man bezahlt, sind die Beine, mit denen man über das Wasser läuft. Der Mann verlangte pro Person nur einen Dollar bis Kanton. Auf dem Dampfer hätten wir das Vierfache zahlen müssen.“
„So segeln wir. Speisung ist nicht dabei?“
„Nein. Man hat hier eben für alles zu sorgen, auch für die Betten.“
„Brauche ich nicht. Schlafe so, wie ich es finde. Soll ich, wenn ich nach China will, etwa vorher zweihundert böhmische Gänse und ebensoviele Gänseriche rupfen und monatelang Federn schleißen, um dann hier von Gänseleberpastete nur träumen zu können, ohne sie wirklich verspeisen zu können. Das – – –“
„Oh!“ unterbrach ihn der Holländer, indem et seufzend die Hände auf die Gegend seines Magens legte. „Eene knusperene gebraden gans of eend is klein, maar goed – eine knusperige gebratene Gans oder Ente ist zwar klein, aber gut!“
„Da haben Sie recht!“ stimmte der Methusalem bei. „Leider haben wir es jetzt mit einer Dschunke, nicht aber mit einer gebratenen Martinsgans zu thun. Die Schui-heu ist das einzige Schiff, welches morgen aufwärts geht. Es fragt sich, ob wir es benutzen wollen. Der Superkargo gefiel mir nicht, aber ich füge mich den andern Stimmen.“
„Wir fahren,“ sagte der Kapitän. „Hoffentlich ist Gottfried nicht dagegen?“
„Ich bin dabei,“ meinte der Genannte. „Warum sollen wir hier hocken bleiben. Je eher wir abjondeln, desto eher werfen wir um, und dat ist doch auch eine jewisse Art von Vergnüjen.“

„Ja, Onkel Methusalem," bat Richard. „Wollen hier nicht unsre Zeit verschwenden. Ich möchte gern sobald wie möglich am Ziele sein."
„Gut, so werde ich nachher gehen, um die Passage fest zu machen und Lebensmittel einzukaufen, mit denen wir bis Kanton reichen."
„Das ist meine Sache." fiel Turnerstick ein. „Sie sind ja hier noch meine Gäste, und ich habe noch siebzehnhundert Li, ein wahres Vermögen für die hiesige Gegend."
Der Methusalem lachte heimlich in sich hinein und. antwortete: „Wenn Sie darauf bestehen, so müssen wir uns freilich fügen."
„Natürlich stehe ich fest auf meinem Willen."
„Ohne Rücktritt?"
„Ohne zurückzutreten. Den Anfang will ich jetzt machen. Also wir logieren bis morgen hier im Hotel?"
„Ja, denn es ist das einzige anständige. Die andern Gasthäuser sind nur Spelunken."
„Gut, es wird hier geblieben! Und damit der Wirt sogleich bemerkt, daß er feine Gäste hat, will ich jetzt das Bier bezahlen. Wir haben dreißig Flaschen."
Auf den Tisch klopfend und sich nach dem Wirte umdrehend rief er: „Heda, Hoteliering, ich will bezahleng. Was kostang dreißing Flaschong?"
Der Wirt kam langsam herbei. Er hatte Turnerstick nicht verstanden, verbeugte sich tief und fragte: „What bid you, Sir – was befehlen Sie, Sir?"
„Bezahleng!"
„I can not understand."
„Was? Sie können mich nicht versteheng?" rief Turnerstick zornig. „Das ist mir unbegreifling! Ich drücküng mich doch deutling aus. Passeng Sie nur richting auf! Ich will bezahling!"
Der Wirt schüttelte verlegen den Kopf. Da sprang der Kapitän vom Stuhle auf und schrie erbost: „Habing Sie keine Ohreng? Ich will bezahlang, bezahleng, bezahling, bezahlong und bezahlung!"
Der Wirt fuhr erschrocken zurück. Sein Gesicht verriet, daß er ratlos sei; darum belehrte ihn der Methusalem in halblautem Tone: "He will to pay."
„Ja, to pay, to payeng will ich, payeng, verstandung?" rief Turnerstick. „Aber Li, lauter Li will ich geben."
Bei diesen Worten zeigte er auf die Geldschnuren, welche um seinen Hals hingen. Im Gesichte des Methusalem war der Ausdruck lustiger Spannung zu bemerken. Der Wirt verstand den Kapitän jetzt; er gab sich Mühe, ein Lächeln zu unterdrücken, und sagte sehr höflich: "Thirty bottles, Sir? I beg, ten thousand Li!"
Turnerstick prallte zurück, als ob er einen Hieb in das Gesicht erhalten habe.
Wa–a–a–s?" fragte er. „Zehntausend Li?"
„Jawohl, zehntausend Li!" bestätigte der Methusalem.
„Das ist doch nur ein dummer Witz!"
„O nein, Kapitän, es ist Ernst."

„Unmöglich! Bedenken Sie, zehntausend Li! Das ist ja unbegreiflich!“
„Es ist im Gegenteile leicht erklärlich. Zehntausend Li sind nach deutschem Gelde ungefähr sechzig Mark.“
„Also die Flasche zwei Mark?“
„Ja.“
„Die daheim fünfzehn Pfennige kostet!“
„Wir sind nicht daheim. Wir haben deutsches Bier getrunken, irre ich mich nicht, aus der Waldschlößchenbrauerei zu Dresden. Dieses Bier muß den Aequator zweimal passieren. Haben Sie denn noch nie so fern von der Heimat unser Bier gekostet?“
„Nein.“
„Nun, dann ist es eben kein großes Wunder, daß Sie sich um die betreffenden Preise nicht bekümmert haben.“
„Wußten Sie es denn?“
„Ja.“
„Und da verlangen Sie vierundzwanzig Flaschen! Das sind achtundvierzig Mark, die in noch nicht fünf Minuten durch die Gurgel gelaufen sind! Ihr Hund allein hat acht Mark vertrunken; das sind zwei Thaler zwanzig Groschen. Welche Verschwendung, da Sie den Preis gekannt haben!“
Der gute Turnerstick war eigentlich ein sparsamer Mann, wenn auch kein Filz. Sechzig Mark, sage zehntausend Li für Bier, das war ihm doch zu viel; darüber hatte ihn der Zorn ergriffen. Der Methusalem berücksichtigte das, indem er in ruhigem Tone meinte: „Meine Mittel erlauben mir das. Uebrigens war es ein Willkommentrunk, den ich nicht zu wiederholen beabsichtige, und ich konnte nicht wissen, daß Sie diese Zeche auf sich nehmen wollten. Jetzt denke ich, daß Sie die Absicht, zu bezahlen, aufgeben werden?“
Der Kapitän antwortete nicht. Er hatte behauptet, nicht zurücktreten zu wollen, aber die Summe war ihm doch zu hoch. Mijnheer van Aardappelenbosch war der Scene mit großem Interesse gefolgt. Seine Kenntnis der deutschen Sprache ermöglichte es ihm, jedes Wort zu verstehen. Um dem Kapitän, welcher vorher den großen Mund gehabt hatte und nun mit der Bezahlung zögerte, einen kleinen Hieb zu geben, sagte er zu dem Kellner, welcher ihn bedient hatte: „Oppasser, ik zull mijn gelag betalen, maar in Li – Kellner, ich will meine Zeche bezahlen, aber in Li!“
„Drie duizend en vijf hondert Li,“ antwortete der Markeur.
„Zijn vijf Dollars, twintig Mark en tachtig feningen – sind fünf Dollars, zwanzig Mark und achtzig Pfennige.“
Er griff in die Tasche, zog die fünf Dollars und noch ein Trinkgeld heraus und gab es ihm. Turnerstick hatte alles verstanden. da die holländischen Zahlwörter den deutschen und englischen ähnlich klingen.
„Fast einundzwanzig Mark!“ sagte er. „Das nenne ich Preise!“

„Ik heb goed ontbeten en goed gedronken; ik heb mij goed vermaakt en will dus ook gaarne goed betalen – ich habe gut gefrühstückt und gut getrunken; ich habe mich gut amüsiert und will also auch gern gut bezahlen," antwortete der Dicke.
Turnerstick merkte den Stich. Er fühlte sich an der Ehre gepackt, zog seinen Beutel und sagte in spitzem Tone: „Das will ich auch, obgleich ich gar nicht gegessen und nur einige Schlucke Lagerbier getrunken habe. Hier sind fünfzehn Dollars! Das macht sogar noch mehr als die Zeche. Der Ueberschuß mag Trinkgeld sein. Ein chinesischer Mandarin läßt sich nicht lumpen."
„Ganz recht!" lachte der Methusalem. „Wie lange haben wir uns noch als Ihre Gäste zu betrachten?"
„Bis zu diesem Augenblick; nun aber ist es aus."
„Also treten Sie doch zurück?"
„Ja. Ich habe keine Lust, in China bankerott zu werden. Ich wollte für Sie bezahlen, so lange wir uns in Hongkong befinden; aber wir bleiben bis morgen hier, und wer weiß, wie hoch da die Pension zu stehen kommt."
„Hier an der Wand ist es angeschlagen, pro Mann fünf Dollars ohne die Getränke."
„Das wären zwanzig Dollars, und wenn Sie so forttrinken, wie Sie angefangen haben und sich dabei sogar von dem Neufundländer unterstützen lassen, so müßte ich, Wein und andres gar nicht gerechnet, nur für Bier dreihundert Mark bezahlen. Danke bestens! Unsereiner hat doch auch eine gute Gurgel, aber bei Euch läuft's ja wie durch Kellerlöcher. Eure Kehle ist das größte Leck, das es nur geben kann. Es zieht die ganze See ein und kann nie verstopft und kalfatert werden."
„Und anstatt am Lecke pumpen wir unmoralischerweise an den Manichäern herum!" stimmte der Blaurote lustig ein.
„So ist es; geht mich aber nichts an. Uebrigens werden Sie am wenigsten an derartigen Pumpen gestanden haben."
„Haben's auch nicht nötig," bemerkte Gottfried von Bouillon. „Unsre finanzielle Konstitution hat kein Jebrechen aufzuweisen. In dieser Beziehung sind wir andern stets über jewesen, wat ich mit aller Fourore hiermit konstatieren muß. Also Ihre Leib- und Lieblingsjäste sind wir nun nicht mehr. Dat ist jut, denn nun können wir uns nach unsrem individuellen Jelüste und müssen uns nicht mehr nach Ihrem Jeldbeutel richten. Wie steht es mit das Fäßchen, oller Methusalem. Von wejen dem Salamander ist es freilich nichts; aberst wir könnten zur Abwechselung doch mal versuchsweise einen Turnerstick reiben."
„Danke!" rief der Kapitän. „Ich mag nicht noch mehr gerieben werden. Ich habe auch ohnedies, wohin ich sehe, meinen grünen Aerger. Habe ich nicht das herrlichste Chinesisch gesprochen, ohne daß der Wirt mich verstehen wollte? Das war die strafwürdigste Auflehnung gegen meine Mandarinenwürde. Aber das Holländische des Mijnheer hat der Kellner gleich verstanden!"

„Weil dieser Mann des Niederländischen mächtig ist, wie leicht zu hören war," erklärte Degenfeld. „Ich rate Ihnen, Ihren Groll schwinden zu lassen, aber – –"
„Aberst dat Fäßchen lassen wir nicht schwinden," fiel ihm Gottfried, um Turnerstick zu ärgern, in die Rede. „Dat muß anjeschwommen kommen!"
„Bier gibt es hier nur in Flaschen; von einem Faß kann also überhaupt nicht die Rede sein!"
„So soll ich wohl vor Durst zu meinen Ahnen hinüberschmachten? So pflanze mir eine einsame Ranke Hopfen auf mein frühes Jrab, und denk dabei, an dich sei alles Malz verloren!"
Während dieser Wortfechterei hatte der Mijnheer dem Wirte heimlich einige Worte gesagt. Infolgedessen brachten die Kellner dreißig Bierflaschen herbei, welche sie in Reih und Glied auf den Tisch pflanzten.
„Wat ist dat?" rief Gottfried elektrisiert. „So einen halben Zug Garde du Corps lasse ich mich jefallen! Welcher ingeniale Stratege hat diese Helden ins Vordertreffen jeschickt?"
„Ik ben deze veldheer," antwortete der Dicke. „Hier is het slagveld en de belegering, en wij zijn dappere krijgslieden. Jagen wij alzoo onze vyanden buiten veld – ich bin dieser Feldherr. Hier ist das Schlachtfeld und die Belagerung. Wir sind tapfere Kriegsleute. Jagen wir also unsre Feinde aus dem Felde!"
Sein fettes Gesicht strahlte in solcher Freundlichkeit, daß ihm seine Gastlichkeit unmöglich übel genommen werden konnte. Der Kapitän aber hatte ihm den vorhergehenden Stich noch nicht vergeben und sagte: „Wie, Mijnheer, Sie wollen uns traktieren? Das ist doch nur unter guten Bekannten gestattet. Sie aber sind uns völlig fremd."
„Gerade weil ik Ihnen niet fremd bleiben will, habe ik Sie gebeten," antwortete der Dicke ohne allen Groll. „Ik möcht so gaarne Ihr vriend sein und mit Ihnen nach Kanton reizen, weil ik sonst niet wieder so goede Gezelschap finde. Werden Sie mij das erlauben?"
„Natürlich, natürlich, lieber Freund!" antwortete der Methusalem. „Ich trinke zwar nicht gern aus andrer Leute Beutel, aber in dieser Weise und unter solcher Voraussetzung angeboten, kann ich die Gastfreundschaft nicht zurückweisen. Wollen's heut mal gelten lassen; deutsches Bier kriegt man in diesem Lande der Zöpfe nicht allemal! Hier meine Hand; wollen gute Kameradschaft halten!"
Er schüttelte dem Holländer die Hand. Auch Gottfried ergriff dieselbe, drückte sie begeistert und rief: „Hier auch die meinigen fünf Fingern; später drücke ich vielleicht sojar Ihr liebes Anjesicht an mein sanft wallendes Herz. Seien Sie einer von uns, und zwar der Dickste von allen! Ich bejrüße Sie als würdige Masche in unsrem Strumpfe. Möge Ihr Wohlthun nie erlahmen und Ihre Einsicht nie versiechen. Empfangen Sie im Jeiste meinen Bruderkuß und überdies die heilige Versicherung, daß Sie sowohl in Beziehung auf Ihr Jemüt wie auch in Betracht Ihres körperlichen Volumens herrlich jeeignet sind, dat jroße Leck zu verstopfen, von welchem unser ruhmesreicher Heimdall Turnerstick vorhin jesprochen hat! Und nun Jläser her, denn dat Jefecht soll bejinnen!"

„Neen, neen," wehrte der Dicke ab. „Niet kleine Gläser! Ik will ook mal aus deze grooten Stamper trinken! Ik will zeigen, daß ik niet bloß essen, sondern ook trinken kann!"
Dieser Vorschlag wurde gern angenommen. Das Stammglas ging, immer wieder gefüllt, von einem zum andern; nur Richard wurde verschont, und der Neufundländer durfte fasten. Mijnheer van Aardappelenbosch trank gerade so wie die andern das Glas bis auf die Nagelprobe aus. Er gab in den wunderlichsten Worten seiner Freude Ausdruck, eine so gute „Reizegezelschap" gefunden zu haben.
„So wird aus dem Saulus ein Paulus!" lachte Gottfried vergnügt. „Erst nannten Sie sich unsern Feind und nun haben Sie uns Ihr janzes Herz zum Präsent jebracht. Wat hat Sie denn mit solche Alljewalt in unsern schönen Kreis jetrieben?"
„Daß Sie so wacker Bier trinken, das hat Ihnen mijne Vriendschap zugewandt, denn ik sage mij, daß Sie ook genau so goed essen können."
„So viel Vleeschernes wie Sie? Hm!"
„Und sodann heb ik mij gesagt, daß Mijnheer Methusalem mij vielleicht gezond machen kann."
„Wollen sehen!" nickte der Blaurote. „Dazu aber muß ich Sie erst näher kennen lernen; ich muß Sie beobachten, um den eigentlichen Sitz der Krankheit zu entdecken. Erst dann kann ich sie anfassen und vertreiben."
„Gradd soo wie Mijnheer Gottfried den Lindeboomworm," nickte der Dicke.
„Wen? Was? Einen Lindwurm? Gottfried, Gottfried, du scheinst dich in meiner Abwesenheit der Zügel zu entledigen! Ich muß sie straffer anziehen! Also in China wollen Sie bleiben, Mijnheer van Aardappelenbosch? Sich völlig da niederlassen!"
„Ja, das will ik, namelyk mijne Gezondheit wegen. Ik will eene Plantage kaufen, und finde ik niets, so lege ik eene an."
„Aber wo?"
„Daß weiß ich nook niet; ich suche derhalve überall."
„Sprechen und verstehen Sie denn Chinesisch?"
„Weniger als niets."
„So ist es sehr gewagt von Ihnen, sich in das Innere des Landes zu begeben."
„O, ik heb keene Furcht. Ik nehme eenen Dolmetscher mit. Onze Konsul geft mij eenen goeden. Ik brauche niet Sorgen zu hebben. Vor wen soll ik Angst hebben? Mijn Geld heb ik niet bei mij, und auf dem Rug Rückentrag ik twe Geweeren; Kruit Krautpulverund Kogels heb ik ook genug. Nun werd ik mij noch een Zwaard Schwertkaufen; das sind Wapens genug, um alle Vyanden in die Flucht zu schlagen."
„Wissen Sie bereits, wohin Sie von Kanton aus gehen wollen?"
„Neen, ik word den Konsul fragen."
„Mir scheint, Ihr Arzt hat Sie ins Blaue hineindirigiert. Hat er ein Interesse an Ihrer Entfernung gehabt?"
„Wohl niet, ofschoon zijn Schoonvader mij die Plantage abgekauft heeft."
„Da haben wir es! Sie sind ein lieber, vertrauensvoller Herr. Haben Sie Familie?"

„Ik heb keine Vrouw und keine Kinderen. Aber mijn Grootvader lebt noch in Nederland. Er wohnt bei mijne Zuster Schwesterund hat eene sehr goede Unterkunft.“
„Wollen Sie denn nicht lieber zu diesen Verwandten in die Heimat gehen?“
„Neen. Nederland ist für mijne Gezondheit niet passend. Ik heb mijn Vaderland lieb, aber es ist dort niet benaauwd genug. Ik kann da niet essen und niet trinken. Mijn geheele Ligchaam wird krank vom Hoofd bis zu den Voeten herab. Was nützt mij het Vleesch, wenn ik es niet essen kann, und de Genever, wenn ik ihn niet trinken darf? Ik werde dünn und immer dünner bis endlich wie eene Breinaald und de Armen und Beenen wie een Draad so schwach. Ik sehe mijn Tod vorher vor de Oogen. Neen, ik wäre een ongelukkige Nijlpaard, wenn ik nach Nederland gehen wollte. Ik bleib hier, weil ik niet sterben will.“
„Haben Sie denn alles, was Sie hier zum Reisen brauchen?“
„Ik heb mijn Paspoort Paßund überall Krediet. Ik brauche niet mehr.“
„Nun, wir sind nicht besser ausgerüstet als Sie und wollen es miteinander versuchen. Da wir nun heut doch nicht abreisen können, so schlage ich vor, uns Hongkong anzusehen. Bei dieser Gelegenheit werde ich Ihnen die Dschunke zeigen, und Sie mögen dann bestimmen, ob wir ihr uns anvertrauen wollen. Gottfried, stopfe die Pfeife und fülle neues Wasser in den Ballon!“
„Dat könnte eijentlich der Kellner oder der Hausknecht machen. Hier bin ich anjenehmer und anjesehener Voyageur, mit dessen männlicher Würde sich dat Reinigen der ollen Pipe nicht vertragen dürfte.“
„Ach so! Du willst den Herrn spielen? Habe nichts dagegen, versuche es auf deine Weise; dann reise ich mit einem andern Wichsier. Kündigung haben wir nicht, also kannst du dich als Regenwurmjäger hier vermieten. Den Vorschuß, welchen du hast, will ich dir schenken.“
„Wat? Abjegangen soll ich werden? Dat fehlte mich jerade noch, daß ich hier im fremden Lande der Chinesigen als kindlicher Waisenknabe sitzen jelassen werden sollte. Da will ich mir doch lieber mit die jewohnte Bejeisterung über die jute Wasserpipe hermachen! Ich und meine Fagottoboe janz alleine hinter die chinesische Mauer! Davor soll mir dat alljütige Fatum ewig behüten. Ich verbleibe Ihr treuer Jottfried nebst Bouillon in tiefster Erjebenheit nach wie vor!“
Er öffnete eine der noch übrigen vollen Flaschen, trank sie aus und trollte sich dann mit der Pfeife aus dem Zimmer. Kurze Zeit später machte sich die Gesellschaft auf den Weg. Es war wie immer: Voran der Hund, dann der Herr, die Spitze des Schlauches im Munde, und hinter ihm Gottfried von Bouillon mit Pfeife und Oboe. Ihnen folgte Richard im schmucken Wichs, und nach diesem schritten Turnerstick und Mijnheer van Aardappelenbosch nebeneinander her.
Der Kapitän hatte seinen kleinen, gegen den Holländer gehegten Groll aufgegeben. Der letztere war überhaupt ein Mann, dem man höchstens nur auf Minuten zürnen konnte.

Eigentlich braucht es gar nicht wieder erwähnt zu werden, daß ihr Erscheinen das größte Aufsehen erregte. Besonders spaßhaft nahm sich der Mijnheer neben dem Talmi-Mandarin aus. Er hatte sich nicht entschließen können, seine Gewehre und den Tornister im Hotel zu lassen; er trug die drei Gegenstände in der schon beschriebenen Weise auf dem Rücken und hatte darüber seinen Riesenschirm gespannt.
So wanderten sie langsam und gravitätisch nach dem Quai, um zu der Dschunke zu gelangen. Sie entfernten sich dabei aus der Gegend, in welcher die europäischen Schiffe vor Anker lagen.

Fünftes Kapitel

Auf der „Schui-heu" nach Kanton.

Die chinesischen Fahrzeuge sind ganz geeignet, das Auge des Europäers, welcher noch keins derselben gesehen hat, auf sich zu ziehen.
Die großen Handelsdschunken sind ungeschlachte Schiffe von bedeutender Größe, deren Vorder- und Hinterdeck bedeutend höher ist als der Mittelbord, was ihnen ein seltsames Aussehen gibt. Sie ragen mit nilpferdartiger Unbehilflichkeit aus dem Wasser. Ihr Stern ist sehr breit, gleich demjenigen eines altholländischen Linienschiffes, bunt bemalt und zuweilen vergoldet, und das Deck ist mit einem ungeheuren Strohdache, welches das Fahrzeug noch viel schwerfälliger erscheinen läßt, versehen.
Die Masten, welche ungemein dick sind, aus einem einzigen Stücke bestehen und keine Stengen haben, tragen an der Spitze eine Rolle, durch welche ein schweres, starkes Tau läuft, mit dessen Hilfe das gewichtige Mattensegel aufgehißt wird.
Das Vorderteil ist meist rot bemalt. Rechts und links vom Steven erblickt man je ein Auge, oft vier bis fünf Fuß im Durchmesser haltend und in möglichst grellen Farben gemalt. Von diesen beiden Augen, welche einen eigenartig glotzenden Ausdruck zeigen, haben die Dschunken den allgemein gebräuchlichen Namen „Lung-yen" d. i. Drachenaugen erhalten. Sie sollen dem Schiffe jenen drohenden Ausdruck verleihen, durch welchen böse Geister und andre unirdische Ungetüme, welche sich zu gewissen Zeiten zur Erde und besonders in das Wasser niederlassen, vertrieben werden sollen. Das Wort Dschunke bedeutet Schiff und lautet im Hochchinesischen „dschuen", in der Mundart von Kanton aber „dschonk".
Die größeren Dschunken haben bis 500 Tonnen Gehalt und sind dreimastig. Sie sind leicht und kunstlos zusammengefügt, so daß sie eine schwere See und die Schüsse von großen Geschützen nicht ertragen können. Dennoch haben selbst Handelsdschunken wegen der mit Recht gefürchteten Flußpiraterie eine oder sogar zwei Kanonen an Bord. Sie können wegen der Einfachheit ihrer Takelage und ihres Segelwerkes nicht lavieren, sondern nur mit günstigem Winde fahren und daher z. B. zwischen China und Java oder

Singapore jährlich nur eine Hin- und Rückreise machen, weil dort halbjährige Winde, die sogenannten Monsuns, wehen, welche nur auf einer Tour günstig sind.
Die Kriegsdschunken sind etwas schärfer und besser gebaut, auch nicht so sehr hochbordig. Sie segeln nicht schlecht, eignen sich aber dennoch nur für Flüsse und die Küstenstrecken, da sie schwere See nicht bewältigen können. Sie führen gewöhnlich vier bis sechs Drei- oder Vierpfünder an den Seiten, einen oder zwei Sechs- bis Neunpfünder im Vorderteile und zuweilen auch im Sterne einige kleine Kanonen. Mehrere Gingals oder Wallbüchsen mit einem sechs bis acht Fuß langen Laufe und einer zwei Zoll lichten Mündung drehen sich in Zapfen auf ihren Gestellen, welche an den Seitenborden befestigt sind. Die Mannschaft ist mit Luntenflinten, Lanzen, Säbeln und Schilden bewaffnet, doch haben viele auch noch Bogen und Pfeile im Gebrauche. Erst in der allerneuesten Zeit erblickt man hier und da einmal ein Gewehr besserer Konstruktion.
Die Segel werden durch fünfundzwanzig bis dreißig Ruder unterstützt. Die Disziplin ist selbst auf den Kriegsdschunken eine echt chinesische. Täglich wird dreimal ein Gebet zu dem Kriegsgotte gehalten, wobei ein wahrhaft ohrenzerreißendes Klingeln und Pauken, Brüllen und Schreien nebst Abbrennen von Schwärmern, Raketen und andrem Feuerwerke stattfindet.
Erst am 8. Juni 1869 lief das erste nach europäischer Weise gebaute Kriegsschiff in Fu-Tschéu vom Stapel. Heutigestags besitzt China eine kleine Anzahl ähnlicher Schiffe, was aber bei einem Reiche, welches 410 Millionen Einwohner zählt, so viel wie gar nichts bedeutet.
Ist es mit der Disziplin auf den Kriegsdschunken nicht gut bestellt, so sieht es auf den Handelsdschunken in dieser Beziehung noch viel schlechter aus.
Der Eigentümer oder Superkargo des Schiffes hat die unumschränkte Herrschaft über die ganze Schiffsladung; er kauft und verkauft zu und von derselben ganz nach Belieben und führt ebenso die Aufsicht über die etwaigen Passagiere, welche ganz in seine Willkür gegeben sind. Ueber das Kommando des Schiffes und das Treiben der Mannschaft hat er kein Wort zu sagen.
Das Kommando führt, wie bereits erwähnt, der Kapitän, Ho-tschang genannt, was wörtlich „bejahrtes Licht“ bedeutet und für Pilot zu nehmen ist. Ihm liegt bei Tag und Nacht die Führung des Schiffes ob und die genaue Beobachtung derjenigen Punkte, nach welchen er den Lauf desselben zu richten hat. Das ist ein sehr ermüdender Posten, weshalb es Ho-tschangs gibt, welche es fertig bringen, selbst im Stehen zu schlafen. Obgleich er der Kommandierende ist, gehorchen ihm die Matrosen nur dann, wenn seine Befehle nach ihrem Sinne sind. Im andren Falle schmähen und schimpfen sie offen auf ihn und thun oder lassen, was ihnen beliebt.
Sein nächster Untergebener ist der Steuermann, To-kung geheißen. Er führt das Steuer und gehorcht bald dem Ho-tschang, bald den Matrosen, je nachdem es zu seinem augenblicklichen Vorteile ist.

Die Matrosen zerfallen in zwei Abteilungen, die Tau-mu oder Vordermänner und die Ho-keh oder Kameraden. Es ist das eine Unterscheidung ungefähr wie zwischen unsren Voll- und Leichtmatrosen. Von diesen Leuten hat jeder dem andern zu befehlen, keiner aber will gehorchen. Ist nichts zu thun, so sind sie alle da; soll jedoch eine Arbeit geschehen, von welcher vielleicht vieles abhängig ist, so sind sie verschwunden.
Sodann ist ein Schreiber da, um die Rechnungen zu führen, ein Proviantmeister, welcher den ganzen Tag kaut und schlingt, und diejenigen, denen er nicht wohl will, halb verhungern läßt. In seine Fußstapfen tritt der Koch. Bei seiner Anstellung ist er gewöhnlich spindeldürr; nach kurzer Zeit aber hat er sich gewiß ein ansehnliches Bäuchlein angemästet. Es soll aber auch anderwärts so sein, in andern Ländern und andern Branchen. Auch mehrere Barbiere gibt es, unentbehrliche Leute, da der Todestag des Kaisers der einzige Tag ist, an welchem sich kein Chinese rasieren lassen darf.
Um eine Hauptperson nicht zu vergessen, sei noch der Hiang-kung genannt, zu deutsch der Wohlgerüche Streuende. Er ist der Schiffspriester, welcher den Gottes- oder vielmehr Götzendienst versieht. Diese Obliegenheit besteht aber nur darin, daß er an jedem Morgen und Abend eine gewisse Anzahl Räucherstäbchen verbrennt.
Jeder einzelne der Mannschaft betrachtet seine Arbeit als ein Nebengeschäft. Hauptsache dagegen ist für ihn der Handel, welchen er treiben will und zu dessen Zweck er seinen jetzigen Posten eingenommen hat. Jeder darf eine gewisse Quantität Waren an Bord bringen; sobald nun irgendwo gelandet wird, rennen alle mit ihren Waren fort oder locken Käufer herbei, und so liegt jeder seinen eigenen Geschäften ob, ohne sich um andres zu kümmern. Ob die Dschunke früher oder später ihren Bestimmungsort erreicht, das ist diesen Leuten gleich. Der Ho-tschang muß sich nach ihnen richten; durch Zwang erreicht er nichts, und oft sieht er sich veranlaßt, das, was er eigentlich mit Strenge verlangen könnte, mit kriechender Freundlichkeit zu erbitten.
Da kann man sich nun wohl denken, wie Reisende auf so einer Dschunke aufgehoben sind. Ja, es gibt Fahrzeuge, in denen sich die Matrosen sämtlicher Räume bemächtigt haben. Kommt dann ein Passagier, den der Besitzer aufnimmt, so kann er sich nur damit helfen, daß er einen Matrosen überredet, ihm seinen Platz gegen eine Extrabezahlung zu überlassen.
So sind die berühmten Lung-yen beschaffen, und so sah es auch auf der „Schui-heu" aus, mit welcher der blaurote Methusalem und seine Begleiter nach Kanton fahren wollten.
Wehe aber dem Passagier, welcher eine zweideutige Dschunke betritt, um Passage auf ihr zu nehmen! Er glaubt, es mit ganz braven, wenn auch rohen, aber doch ehrlichen Leuten zu thun zu haben, und nichts verrät, daß das Gegenteil stattfindet. Unterwegs aber erkennt er zu seinem Schreck, daß er sich an Bord eines Flußpiraten befindet. Dann ist für ihn nur zweierlei möglich; entweder er muß, um sich zu retten, am Räuberhandwerke teilnehmen, oder er wird vollständig ausgeraubt und vielleicht gar getötet, um später nichts verraten zu können.

Und solcher Piratendschunken gibt es noch gar viele. Die Regierung ist fast ohnmächtig gegen sie. Zehn Kriegsdschunken wagen es nicht, eine gleiche Anzahl von Raubdschunken anzugreifen, denn sie wissen, daß die Bemannung jeder Kriegsdschunke, welche kampfunfähig wird und den Piraten in die Hände fällt, über die Klinge springen muß. Man segelt nicht allzuweit hinan, verpafft einige Zentner Pulver, schreit und brüllt sich heiser, wendet um, opfert der Meeresgottheit Mat-su-po einige Tassen Thee und sendet der Behörde den Bericht über einen glorreichen Sieg ein, der gar nicht möglich war, weil überhaupt kein Kampf stattgefunden hatte. So geschieht den Piraten nichts, wenn nicht einmal der Kreuzer einer europäischen Seemacht einige dieser Kiang-lung oder „Flußdrachen", wie sie dort im Munde des Volkes auch heißen, leck schießt, so daß sie mit Mann und Maus zu Grunde gehen. Es scheint aber ganz so, als ob zehn Lebendige dann an die Stelle eines Toten träten. –

Als die Fünf die Seite der chinesischen Fahrzeuge erreichten, sahen sie Dschunke bei Dschunke liegen, eine so fremdartig und grotesk wie die andre. Aber welch ein Unterschied zwischen diesen Schiffen und den europäischen auf der andern Seite! Während unsre Seeleute eine Ehre darin suchen, ihr Schiff so sauber und nett wie möglich ab- und aufzuputzen und dafür schon längst vor der Landung eifrig thätig sind, sahen diese Dschunken aus, als ob nie ein Tropfen über die Wasserlinie emporgekommen sei. Von den Borden und Tauen hingen schmutzige Fetzen; von überall blickten schmutzige Männer mit schmutzigen Gesichtern, welche sich mit schmutzigen Händen festhielten. Dabei gab es zwischen Quai und Borden allerlei schmutzigen Verkehr, und auf der Wasserseite hinter den Schiffen machten sich schmutzige Boote mit schmutzigen Insassen zu schaffen. Auf dem Quai selbst gab es schmutzige Verkaufsstände mit schmutzigen Verkäufern, und dazwischen riefen ambulante schmutzige Händler ihre schmutzigen Waren aus.

Ein Zwiebelröster hockte auf der Erde vor seinem kleinen Bratöfchen und schälte Zwiebeln. Der Duft derselben drang ihm in Nase und Augen. Er nieste einen wahren Sprühregen in seine kräftig duftenden Scheiben hinein und brüllte dabei förmlich A – a – abziehhhh, ein Laut, welcher sich auf der ganzen Erdenrunde gleich bleibt. Der Mongole, der Kaffer, der Indianer und der Malaye, die erste Hofdame des Kaisers der Reußen und die koboldartige Frau des Papuaaustraliers, sie alle, alle niesen a – a – abziehhhh. Zuweilen wird eine der beiden Silben aus gesundheitsschädlichem Schicklichkeitsgefühle etwas verkürzt, da ist sie aber stets, wenn auch in Verstümmelung. Hier sollten die Weltsprachfabrikanten der Neuzeit anfassen; ab – zieh oder ha – tzieh sind die beiden Grund- und Ursilben der Menschheit, ihr von der Natur geschenkt, welche, sobald dies einmal vergessen wird, den Vergeßlichen durch einen tüchtigen Schnupfen wieder auf ihren Fingerzeig aufmerksam macht. Was nun speciell diesen Zwiebelröster betrifft, so kam er aus dem Niesen gar nicht heraus, denn so oft ihm die Augen im Wasser schwammen, wischte er sich dieselben, wohl um seine schmutzigen Hände zu schonen, mit einer aufgeschnittenen Zwiebel aus und putzte

auch die Nase damit, worauf dann natürlich ein neuer Nieserich explodierte. Die angewischte Zwiebel aber wurde geröstet und dann von den Kunden wohlgemut verzehrt. Käufer hatte er genug.
Solche und noch andre Scenen, welche sich nicht gut in Worte kleiden lassen, konnte man häufig beobachten, doch soll damit nicht ein Urteil über den Chinesen im allgemeinen ausgesprochen sein. In den Hafenorten sammelt sich eben der sociale Schmutz, den beide, das Wasser und das Land, nach der Küste treiben.
Auf einer der schmuckeren Dschunken, die einen ziemlich scharfen Bau und keinen so hohen Vor- und Achterbord hatte, war kein Mensch zu sehen. Die Masten ragten kahl empor, denn die großen Mattensegel lagen zusammengerollt auf dem Deck. Die Drachenaugen zu beiden Seiten des Vordersteven waren neu gemalt. Auf dem Hinterteile standen einige Kübel mit blühenden Gewächsen; kein schmutziges Wäschestück war zu sehen, und auch sonst ließ sich erkennen, daß der Patron dieses Schiffes etwas mehr auf Sauberkeit und Ordnung halte als andre seinesgleichen.
Ganz ungewöhnlich für ein chinesisches Fahrzeug war ein ebenso hohes wie breites Brett, auf welches blaue Wogen gemalt waren, in denen eine Frauengestalt schwamm, die fünf Pfauenfedern im Haare trug. Darunter waren die beiden Zeichen Schui und Heu mit Silberfarbe in die blauen Wogen gemalt. Diese Dschunke war also „Schui-heu“, die „Königin des Wassers“. Eine schmale, leiterartige Bambustreppe führte vom Lande aus zum Deck empor.
„Das ist das Fahrzeug, welches ich meine,“ sagte der Blaurote. „Es scheint kein Mensch zugegen zu sein. Als ich hier war, befanden sich Leute an Bord.“
Turnerstick setzte den Klemmer auf das Näschen, musterte das Schiff mit Kennerblick und meinte: „Hm, nicht übel! Schlank auf den Kiel gebaut, scharfe Brust, kurzes, aber tief greifendes Steuer und schmale, lange Segel. Das Steuer ist der Schwanz, und die Segel sind die Flügel – gleicht einem Albatros, macht also scharfe, ruhige Fahrt, gehorcht dem Steuer leicht und legt sich nicht unter der Bö. Kann mir gefallen. Hat auch sonst einen netten Anguck und ist die adretteste Schwimmerin unter allen, die hier liegen. Will meinen Dollar gern bezahlen und auch noch etwas mehr, wenn das Innenwerk der Außenseite entspricht. Was sagen Sie dazu, Mijnheer van Aardappelenbosch?“
„Het scheep is fraai,“ antwortete der Gefragte. „Ik ben tevreden – das Schiff ist hübsch; ich bin zufrieden.“
„Das denke ich auch, denn ich bin Kenner. Wenn ich zufrieden bin, können andre es auch sein. Die schwimmende Frau soll wohl die Wasserkönigin sein?“
„Ja,“ antwortete der Methusalem.
„Was bedeuten denn die beiden Krikelkrakel darunter?“
„Das ist die Unterschrift, eben Schui-Heu.“
„Schui-heu? Unsinn. Das sind doch keine Buchstaben, also keine Worte.“
„Buchstaben hat der Chinese nicht, sondern Zeichen. Das erste Zeichen ist der fünfundachtzigste Schlüssel der chinesischen Schrift, besteht aus einer senkrechten

Linie, zwei krummen, divergierenden Halbdiagonalen und zwei Quasten an denselben; es ist das Zeichen für Wasser. Das zweite Zeichen besteht aus –“

„Um des Himmels willen, halten Sie ein!“ rief Turnerstick, sich mit den Händen nach den Ohren langend. „Mir brummt der Kopf schon von diesem einen Zeichen. Wie viele solcher Zeichen hat denn eigentlich die chinesische Schrift?“

„Wohl achtzigtausend.“

„Alle guten Geister –! Da lobe ich mir unsre Schrift mit den wenigen Buchstaben!“

„Aber Sie, der Sie so ausgezeichnet chinesisch sprechen, sollten wenigstens die zweihundertvierzehn Schlüssel dieser Sprache kennen lernen!“

„Wozu der Schlüssel, wenn ich gar nicht hinein will in die Schrift! Meine Schlüssel sind die Endungen; mit ihrer Hilfe bin ich in die Tiefen der Sprache eingedrungen, die Schrift aber ist mir Leberwurst. Lassen wir das also sein, und steigen wir lieber zum Deck der Dschunke empor. Es wird sich wohl ein Marsgast finden lassen, welcher einem Rede und Antwort steht. Aber, Methusalem, ich bitte mir aus, daß Sie schweigen! Ich selbst will sprechen und die Erkundigung führen. Sie mit Ihrem Bücherchinesisch könnten leicht alles falsch verstehen.“

Degenfeld nickte bescheiden und schickte sich an, voranzusteigen; aber der Kapitän faßte ihn hinten an dem blausamtnen Schnurenrock, zog ihn zurück und sagte: „Halt, Musenalmanach! Ich bin der Sprecher und muß also voran. Schauen Sie doch, wie Sie sich hinaufschmuggeln wollen, um mir zuvor zu kommen und das erste Wort zu haben! Ich heiße Tur-ning sti-king und mache meine Rechte als Mandarin geltend.“

„Habe ja gar nichts dagegen, alter Seebär! Aber ich muß Sie warnen: Nennen Sie sich einem Chinesen gegenüber ja nicht Mandarin!“

„Warum nicht? Denken Sie vielleicht, man erkenne den Esel unter der Löwenhaut, und ich werde wegen der Führung eines gestohlenen Titels bestraft?“

„Ist auch möglich; aber ich meine nicht das, sondern etwas andres. Die Chinesen kennen das Wort Mandarin gar nicht.“

„Nicht? Da sind sie dumm genug! Wenn wir es kennen, muß es ihnen doch erst recht geläufig sein!“

„Eben nicht. Mandarin kommt her von dem Sanskritworte Mantri, ein weiser Ratgeber, ein Minister. Die Portugiesen hörten dieses Wort und machten es sich mundrechter, indem sie es in Mandarin umwandelten. Mit diesem Titel belegten sie dann die chinesischen Beamten. Die Chinesen aber wenden dieses ihnen ganz fremde Wort niemals an. Sie nennen ihre Beamten alle Kuan, welches Wort ein Dach bezeichnet, einen Ort, unter welchem viele beisammen sind. Um nun auszudrücken, wer diese Versammelten sind, setzen sie das Zeichen Fu dazu, welches Vater oder Greis bedeutet, einen erfahrenen, weisen Mann, welcher also zum Beamten geeignet ist. Kuan-fu bedeutet also eine Vielheit von klugen Leuten, von Beamten. Hier unterscheidet man nun wieder Zivil- und Militärbeamte. Die ersteren werden Wen-kuan genannt, litterarische Beamte, und die letzteren heißen Wu-kuan, tapfere Beamte. Sie dürfen sich also nie Mandarin nennen, auch nicht Kuan-fu im allgemeinen, sondern weil Sie ein Generalmajor, also ein Militär sind, so gehören Sie zu der Abteilung der Wu-kuan. Merken Sie sich das ja!“

Turnerstick kratzte sich hinten unter dem falschen Zopfe.

„Alle Wetter, ist das eine Not!“ seufzte er. „Kuan-tschu, Wäng-Kuan, Wau-kuan. Das ist eine Tschu- und Wäng- und Wau-kuanerei, daß es einem die Ohrläppchen hinten im Genick zusammenzieht!“

„Sie sprechen die Worte ganz falsch aus!“

„Wegen den vielerlei Kuans. Sagen Sie mir noch einmal, was für einer ich bin! Das werde ich mir schon merken.“

„Ein Wu-kuan!“

„Wu, Wu, Wu, Wu-kuan! Nun werde ich das Wu wohl im Kopfe haben, wenn ich dabei nur das Kuan nicht wieder vergesse. Es ist ein sehr schlechtes Chinesisch. Die richtige Endung fehlt; es muß ein ng hintenan, also Wung-Kuang. Das wäre hochchinesisch. Haben Sie vielleicht einen Bleistift bei sich?“

„Ja. Hier ist er.“

„Danke! Will mir dieses Wu-kuan, zu welcher Sekte ich doch nun einmal gehöre, doch lieber aufschreiben, und zwar hierher auf den Fächer, wo ich es stets vor Augen habe. Fällt mir es nicht gleich bei, so öffne ich den Fächer und fächle mir meine Kriegerklasse zu. Prächtiger Gedanke! Man sollte sich eigentlich jedes chinesische Wort, welches man leicht vergessen könnte, auf den Fächer notieren.“

„Wie groß müßte er dann bei Ihnen sein?“

„Wie groß? Ah, Sie wollen mich wohl foppen? Ich denke, mein Kopf faßt ebensoviel wie der Ihrige!“

„O, noch weit mehr. Ihr Zopf beweist das ja.“

„Wieso? Machen Sie sich wirklich über mich lustig?“

„Nein, Kapitän. Wie heißt Zopf in chinesischer Sprache?“

„Jedenfalls Zopfing oder Zopfeng.“

„Nein. Dieses Mal sind Sie leider falsch unterrichtet.“

„Wie denn?“

„Pen-tse, zu deutsch Sohn des Gehirnes. Die Chinesen gehen von der Ansicht aus, daß aus einem gesunden Kopfe auch ein gesunder, also recht langer Zopf wachsen müsse. Demzufolge muß also ein langer Zopf das sichere Zeichen eines guten Gehirnes, eines klugen Mannes sein. Daher lachen sie über unser geschorenes Haar und halten uns für Dummköpfe. Je höher ein Chinese steht, desto länger und dicker wird sein Zopf sein, ob Natur oder Kunst, das ist Nebensache. Da Sie nun so einen gewaltigen Zopf besitzen, während ich leider keinen Pen-tse habe, so müssen Sie mir geistig ungeheuer überlegen sein.“

„Das ist auch gewiß sehr richtig. Wart, den Zopf muß ich mir auch sofort notieren. Also Pen-dse?“

„Nein, denn dse heißt „vier“.“
„Also Pen-ße?“
„Auch nicht, denn ße oder sse bedeutet den akademischen Grad eines Doktors.“
„Wohl Pen-se?“
„Bewahre, denn se heißt Liebe, Farbe, Figur, Malerei. Sie müssen ein hartes t vor das s setzen.“
„Folglich Pen-tße?“
„Unmöglich; tße bedeutet nämlich: sich, selbst, Eigenart, innere Beschaulichkeit, Identität und auch Identifikation.“
Turnerstick hielt den Fächer in der Linken und den Bleistift in der Rechten zum Schreiben erhoben; aber er schrieb nicht, sondern zog ein ganz merkwürdiges Gesicht und rief erbost: „Jetzt hören Sie nun mal auf, Sie Deutschverderber! Es braust mir ja um die Ohren, als ob ich den Niagarafall im Kopfe hätte!“
„Ja, mein Lieber, Sie müssen die beiden Konsonanten genau und scharf unterscheiden. Im Chinesischen ist ein großer Unterschied zwischen se, sse, sze, tse, tze, dse und dze.“
„Ihr Unterschied kann mir gestohlen werden! Warum bringen Sie mir lauter Worte ohne eine meiner Endungen! Peng tseng wäre richtig; warum soll ich da Pen-tse sagen? Ich schreibe mir den unglückseligen Zopf gar nicht auf. Hier haben Sie Ihr Stückchen Bleistift zurück. Mir brauchen Sie mit Ihrem hölzernen Pantoffelchinesisch nicht zu kommen. Da hat das meinige doch mehr Saft und Kraft. Pang, peng, ping, pong und pung, das ist der wahre Jakob; das klingt wie Glockengeläute! Was würden Sie sagen, Mijnheer van Aardappelenbosch, wenn einer von Ihnen verlangte, sieben- oder achterlei dse und tse zu unterscheiden?“
„Ik zoude ihm sagen: Gij zijt een ongelukkige Nijlpaard!“ antwortete der Dicke, indem er so tief und ängstlich Atem holte, als ob an ihn das Verlangen gestellt worden sei, den malefikanten Pen-tse zu deklinieren.
„Ja, ein Nilpferd sondergleichen wäre dieser Kerl. Merken Sie sich das, mein bester Methusalem, und sündigen Sie hinfort nicht mehr, sonst zwingen Sie mich. Sie einmal in die linguistische Wäsche zu nehmen. Jetzt aber wollen wir endlich an Bord. Vorwärts!“
Die fünf sonderbaren Personen hatten durch ihr längeres Verweilen an dieser Stelle eine große Anzahl von Neugierigen herbeigezogen. Dennoch zeigte sich oben auf dem Deck der Dschunke kein Mensch. Unser Kapitän schob seinen Fächer zusammen und wendete sich nach der Treppe.
„Vergessen Sie das Tsing-tsing nicht!“ ermahnte ihn der Blaurote noch. „Wir wollen höflich sein und grüßen.“
„Soll geschehen! Tsing ist doch wenigstens chinesisch; es hat eine von meinen fünf Endungen und klingt viel peking-, nanking- und kantongähnlicher als Ihr trauriges Tse-dse-sse, welches sich so anhört, wie wenn Ihr Gottfried in seine Oboe fiebt. Mich laßt aus damit!“

Er stieg die Treppe empor. Hinter ihm folgten Richard Stein, der Wichsier, der Dicke und zuletzt der Methusalem. Diese Ordnung der Personen hatte für den dicken Holländer eine kleine Belästigung zur Folge. Da Gottfried den Kopf der Hukah Persische Wasserpfeifetrug und der Methusalem die Spitze des Schlauches im Munde hatte, so führte der letztere an Mijnheer van Aardappelenbosch vorüber und machte ihm das Emporsteigen schwieriger, zumal die Treppe für seine volle Gestalt viel zu schmal war. Er blieb aus der vierten oder fünften Stufe halten, um wenigstens seinen Riesenschirm, welcher ihm sehr beschwerlich wurde, zuzumachen, verwickelte sich aber dabei in den langen Pfeifenschlauch. Der Schirm entging seiner Hand. Um denselben zu ergreifen, machte er eine schnelle Bewegung, verlor den Halt und rutschte von der Leitersprosse ab.

„Gottfried, halte die Pfeife fest!“ rief der Methusalem, indem er die Spitze derselben fahren ließ.

Der Dicke stürzte auf ihn, und zwar mit solchem Gewichte, daß der Blaurote sich und ihn nicht zu halten vermochte; beide krachten von der Treppenleiter herab und auf die Erde nieder.

Der Methusalem raffte sich augenblicklich wieder auf; der Dicke aber blieb liegen, hielt die Hände und Füße empor, spreizte alle zehn Finger auseinander und schrie: „Mijn God, mijn hemel, o mijn rug en mijne neus! Daar ligg ik hoe een walvisch in de fontein! Ik ben dood. Goede nacht, gij boose wereld – mein Gott, mein Himmel, o mein Rücken und meine Nase! Da lieg ich wie ein Walfisch im Springbrunnen! Ich bin tot. Gute Nacht, du böse Welt!“

Gottfried hatte die Pfeife fest gehalten, so daß sie ihm nicht entrissen worden war. Er kam herabgestiegen, um den beschmutzten Anzug seines Herrn mit dem Taschentuche zu reinigen. Dabei fragte er denselben: „Wie nennt man eigentlich im Holländischen das Parterre?“

„Gelykvloers,“ antwortete der Bemooste.

„Und Strohsack?“

„Stroozak.“

„Danke!“

Sich nun an den Holländer, welcher noch immer alle vier Extremitäten von sich streckte und die Augen geschlossen hielt, wendend, rief er: „Mijnheer, wollen Sie hier gelykvloers liegen bleiben wie ein Stroozak? Erheben Sie sich doch in Ihre janze Herrlichkeit!“

„Ik kan niet!“ antwortete der Aufgeforderte im kläglichsten Tone.

„Warum nicht?“

„Ik ben dood, muisdood. Ik sterv in deze oogenblik. Ik ben een ongelukkige nijlpaard. Wij worden afschied nemen!“

„Wat, so mausetot sind Sie, dat Sie Abschied nehmen wollen?“ lachte der Wichsier. „Wer so weich fällt wie Sie, der kann sich jar nie zu Tode fallen. Sollten Sie aber dennoch bereits nach dem Jenseits hinüberjeschlummert sein, so habe ich da meine Posaune des

letzten Jerichtes, mit welcher ich Ihnen aus dat Erbbejräbnis blasen werde. Wollen Sie jefälligst auf?"
„Neen! Ik kan niet!"
„Dann werde ich nachhelfen."
Er hielt ihm die Oboe an das Ohr und blies. Es kam ein so entsetzlicher, langgezogener Mißton zum Vorscheine, daß sich der Holländer sofort in sitzende Stellung aufrichtete und beide Ohren mit den Händen verschloß.
„Dat hilft! Nicht wahr?" kicherte Gottfried ihn an. „Weiter! Noch einmal!"
Aber obgleich der zweite Ton noch schrecklicher als der erste war, der Dicke blieb sitzen. Er zog zwar das jämmerlichste Gesicht, welches denkbar ist, hielt sich aber die Ohren zu und bewegte sich nicht.
„Will's nicht weiter wirken?" fragte Gottfried. „Die erste Fermate hat doch jeholfen! Warum die zweite nicht? Auf, Mijnheer! Es wird schon jehen!"
Ik fort niet; ik word sterven!" antwortete der Dicke kopfschüttelnd.
„Laß ihn!" rief der Methusalem, welcher mittlerweile die Leiter emporgestiegen war. „Man soll jedem Toten seine Ruhe gönnen. Möge ihm die Erde leicht werden! Wir aber haben mehr zu thun. Hier oben an Deck riecht es geradezu zum Entzücken. Ich glaube, es wird an Bord ein seines Diner abgehalten. Ich rieche Rumpsteaks mit Schmorkartoffeln; auch nach Selleriesalat duftet es. Man scheint also schon beim zweiten Gange zu sein. Komm also schnell herauf, Gottfried! Ein chinesisches Essen, das dürfen wir unmöglich versäumen!"
„Gebraden rumpvleesch?" rief der Dicke, indem er die Hände von den Ohren nahm. „Selrisalade? Een middageten in een chijnedischen scheep? Ik word ook met eten. Ik kom ook met in't scheep – gebratenes Lendenfleisch? Selleriesalat? Ein Mittagsessen in einem chinesischen Schiffe? Ich werde auch mit essen. Ich komme auch mit in das Schiff!"
Was Gottfried mit seiner Oboe nicht fertig gebracht hatte, das war dem Methusalem mit seiner Ankündigung gelungen. Einem Rumpsteak konnte der Dicke nicht widerstehen. Er sprang vom Boden auf, steckte den Tornister, welcher ihm entfallen war, wieder auf die beiden Gewehrläufe, ergriff auch den Familienschirm und kletterte dann mit einer Beweglichkeit, welche ihm vorher niemand zugetraut hätte, an der Leiter empor.
Gottfried stieg hinter ihm her und rief lachend: „So erfährt man, wie tote Leichen aufjeweckt und zu Verstand jebracht werden! Hängt man diesem juten Mijnheer einen Bahnzug von sechzig Kohlenwagen hinten an und hält ihm vorn eene saftige Kotelette vor. so zieht er die Lowrys im Jalopp über den Sankt Jotthard hinweg. Es jibt eben Menschen, deren Magen jradezu allmächtig ist."
Als er eben an Bord anlangte, reichte er dem Methusalem vor allen Dingen die Schlauchspitze hin und zündete ein Holz an, um den Tabak in Brand zu stecken. Er hielt es eben für unmöglich, daß sein Herr als „Nichtraucher" eine chinesische Dschunke besteigen werde, um mit dem Besitzer derselben wegen der Passage in Unterhandlung zu treten.

Zunächst war kein Mensch zu sehen. Das Schiff schien ausgestorben zu sein. Auch von einem Bratengeruche war nichts zu verspüren, was den Dicken zu dem Ausrufe der Enttäuschung veranlaßte: „Ik ben verschrikt! Hier wordt niets kocht – ich bin erschrocken. Hier wird nichts gekocht."
Er hielt seine Nase in alle Richtungen der Windrose, und da er von einem Bratendufte keine Spur bemerkte, so stieß er den Schirm zornig auf und rief: „Ik houd niet van zulk een gedrag; ik loop waarlyk naar mijne herberg – ich halte nichts von so einem Betragen; ich gehe wahrhaftig nach meinem Gasthofe!"
Er wollte sich wirklich wieder nach der Treppe wenden, ließ sich aber durch einen interessanten Anblick, welcher sich ihm bot, daran hindern.
Zunächst war es kein Anblick, sondern ein lieblicher Geruch, welcher plötzlich in seine Nase drang. Es duftete wirklich nach gebratenem Fleische, wodurch der Scherz des Blauroten zum Ernste wurde. In der Stützwand des hohen Hinterdeckes wurde eine Mattenthür geöffnet, und es traten vier Chinesen hervor, welche einen Tisch trugen. Auf diesem standen mehrere Porzellangefäße verschiedener Formen mit gebratenem Fleische, Kuchen, Wein und duftenden Blumen.
„Het middageten komt!" rief der Dicke, indem sein Gesicht einen freudigen Ausdruck annahm.
„Dat scheint wirklich so!" nickte Gottfried von Bouillon. „Sollte man unsre Ankunft jemerkt haben und nun mit einem Freundschaftsimbiß feierlichst bejehen wollen? So eine diplomatische Jeschicklichkeit hätte ik bei diese Söhne der Mitte freilich nicht jesucht!"
„Abwarten!" lachte der Methusalem. „Diese Delikatessen sind jedenfalls nicht für uns."
„Dann könnten mir diese Kinder des Zopfes immer wieder jestohlen werden."
Es zeigte sich, daß der Methusalem recht hatte, denn die vier Chinesen machten sehr erstaunte Gesichter, als sie die Fremden erblickten. Sie trugen den Tisch bis zwischen den Mittel- und Hintermast, setzten ihn dort nieder und entfernten sich schleunigst, jedenfalls um die Anwesenheit der Europäer zu melden.
Gleich darauf kamen aus derselben Thür zwei Männer, welche sich in langsamen und würdevollen Schritten näherten. Beide waren lang und hager. Sie trugen die gewöhnliche chinesische Tracht, ohne Abzeichen eines litterarischen oder militärischen Ranges und hatten breitkrempige Basthüte auf den rundum kahlgeschorenen Köpfen. Nur auf den Scheitelstellen waren die Haare nicht entfernt worden; sie hingen von dort aus in Gestalt von Zöpfen unter den Hüten hervor. Waffen waren nicht zu sehen; dennoch aber, und obgleich die beiden Männer in diesem Augenblicke ein höfliches Lächeln zeigten, hatten ihre breiten, mongolischen Gesichter einen Ausdruck, welcher nicht auf weichliche Gesinnung schließen ließ.
Als sie herangekommen waren, blieb der eine einen Schritt hinter dem andren stehen. Der letztere verbeugte sich tief und sagte in ziemlich gutem Englisch: „Die hochgeborenen Herren beehren mein schmutziges Schiff mit Ihrer glänzenden

Anwesenheit. Welchem glücklichen Umstände habe ich, der allerunwürdigste Ihrer Diener, diese leuchtende Gnade zu verdanken?“

Selbst im Verkehr mit seinesgleichen gebietet nämlich die Höflichkeit dem Chinesen, von sich nur in wegwerfenden, von dem andern aber in erhebenden Ausdrücken zu sprechen.

Der Methusalem verbeugte sich ebenso tief und öffnete bereits den Mund, um diese Frage zu beantworten; da aber trat Turnerstick schnell vor und rief: „Tsching, tsching, tsching! Wir kommeng als Passagierings und wollang mit der „Königing des Wassers“ fahrung. Wir hoffeng, gute Wohnung zu finding und werdeng nobel bezahlang. Fünf Personung und ein Hund. Was habeng wir für den Ramsch zu bezahlung?“

Der Neufundländer war nämlich auch mit über die Treppe heraufgeklettert.

Der Chinese warf einen unbeschreiblich verblüfften Blick auf den Kapitän, schüttelte den Kopf und sah die andern fragend an.

„Nun!“ sagte Turnerstick ungeduldig. „Sie werdeng doch hoffentling Chinesisch verstehang! Ich lasse nur den reinsteng und feinsteng Dialekting hörung. Verstanding? Ich will Antwort habeng!“

Der Chinese stand noch ebenso verwundert wie vorher. Darum fuhr Turnerstick in erhöhtem Tone fort: „Seid ihr beideng etwa taubstumming? Ich kann verlangung, gehört zu werdeng. Ich bin – bin – bing – – –“

Leider hatte er das Wort nun schon vergessen. Er entfaltete also seinen Fächer, um es abzulesen, und ergänzte: „Ich bing ein Wu-kuan und heiße Tur-ning sti-king, Schiffskapitäng und chinesischer Obermandaring; ich werde –“

Er wurde unterbrochen. Der Chinese gebot ihm durch eine Armbewegung Schweigen und fragte den Methusalem, sich wieder der englischen Sprache bedienend: „Wer ist dieser erlauchte Herr? Meine ungehorsamen Ohren vermögen es nicht, seine Worte zu verstehen.“

Der Gefragte antwortete in derselben Sprache: „Er ist ein Wu-kuan, ein Fu-tsiang seines Vaterlandes, und bedient sich des höchsten Dialektes der Beamten von der Pfauenfeder, welchen andre nicht zu kennen scheinen.“

„So muß es sein, denn ich kenne diese Sprache nicht. Wollen uns also lieber derjenigen der Yan-kui-tse Engländerbedienen, in welcher ich die weisen Herren wohl verstehen kann. Ich bin der ganz unwürdige Ho-tschang dieses Schiffes, und mein Kamerad hier ist der To-kung desselben. Unsre Tau-muh haben uns gesagt, daß einige erleuchtete Männer an Bord gekommen seien, und so haben wir uns beeilt, unsre ganz demütigen Dienste anzubieten.“

„Hat der Besitzer dieser Dschunke nicht davon gesprochen, daß ein Tao-dse-kue Deutscherhier gewesen ist, um für sich und noch vier andre Platz für Kanton zu bekommen?“

„Er hat es gesagt. Wenn ihr diese vom Himmel gesandten Herren seid, so wird es für uns eine ganz unverdiente Ehre sein, euch bei uns aufzunehmen und nach Kuang-tscheu-fu Chinesischer Name für Kantonzu bringen.“
„Wir sind es. Wo ist der Schiffsherr?“
„Er befindet sich bei dem Hiang-kung, um mit demselben für das Gelingen unsrer Reise zu beten. Wenn das Gebet vollendet ist, werden wir hier auf dem Deck das Kong-pit vornehmen, um ganz sicher zu sein, daß uns unterwegs kein Uebel widerfahre.“
„Werdet ihr uns erlauben, dieser Zeremonie beizuwohnen?“
„Ja, da ihr mit uns fahren wollt. Aber da muß ich nach euren berühmten Namen und euren glänzenden Würden fragen, damit ich euch die euren hohen Verdiensten angemessenen Plätze anweisen kann.“
„Ihr sollt sie erfahren. Dieser berühmte Held ist, wie bereits erwähnt, ein Wu-kuan. Sein Titel ist aus seinem Fächer verzeichnet: Tur-ning sti-king kuo-nyan ta-fu-tsiang. Mein Name ist Me-thu-sa-lem-tsiung-wan, woraus ihr ersehen werdet, wen ihr vor euch habt.“
Die Klasse der Tsiung-wan ist nämlich die erste der fünf obersten Klassen des persönlichen Adels, wohin nur die Mitglieder und Abkommen der kaiserlichen Familie gehören. Als die beiden Chinesen diese zwei Silben hörten, verbeugten sie sich so tief, daß ihnen ihre Zöpfe nach vorn über die Köpfe flogen, und der Ho-tschong fragte im Tone tiefster Ergebenheit: „So sind Sie der Nachkomme eines glänzenden Ahnen?“
„Des glänzendsten, den es gibt. Er hieß A-dam; vor ihm beugten sich alle Geschöpfe der Erde, und er ist der Urvater aller Kaiser und Könige. Mein Name wird also genügen, so daß ich diejenigen meiner andern Begleiter nicht zu nennen brauche. Jeder von ihnen ist ein Tao-kuang Glanz der Vernunftin unserm Vaterlande, und wenn wir mit euch fahren, werdet ihr alle ihre zehntausend Vortrefflichkeiten kennen lernen. Vor allen Dingen aber möchten wir wissen, wie viele „Wasserfüße“ wir haben müssen, um mit euch nach Kanton zu gelangen.“
„Der Herr des Schiffes hat mir bereits gesagt, daß er für die Person einen Dollar verlangt hat. Da ihr aber so vornehme Herren seid, denke ich, daß ihr uns beiden außerdem noch ein Kom-tscha Tjcha – Thee, Geld für Thee, also Trinkgeldgeben werdet.“
„Ihr sollt pro Mann einen Dollar bekommen.“
„Herr, eure Gnade ist über alles Erwarten groß. Wenn ihr das Geld sogleich bezahlt, werdet ihr sofort Zeuge des Kong-pit sein.“
Turnerstick und der Mijnheer zahlten je zwei Dollar, der Methusalem für sich, Gottfried und Richard vier Dollar, folglich hatten die beiden Schiffsoffiziere drei Dollar Trinkgeld, worüber sie sich außerordentlich erfreut zeigten.
Während des Gespräches hatte sich das vorher so menschenleere Deck bevölkert. Die Bemannung war unter Deck gewesen und nun heraufgekommen. Die Leute standen in der Nähe des Tisches. Von ihnen lösten sich zwei ab, welche langsam herbeikamen. Der Methusalem erkannte den Schiffseigner. Der andre trug eine mönchsähnliche Tracht. Jedenfalls war er der Hiang-kung, der Priester des Schiffes.

Der erstere erhielt von dem Kapitän das Passagegeld, natürlich aber nicht das Trinkgeld. Die vier Chinesen traten beiseite, sprachen eine Weile miteinander und warfen dabei scharf forschende Blicke auf die Passagiere. Der Schiffseigner hatte, wie von Degenfeld ganz richtig bemerkt worden war, kein vertrauenerweckendes Gesicht, der Priester sah noch finsterer aus. Ihre Blicke glichen denen von Händlern, welche eine Ware scharf abschätzen wollen.

„Die Kerls gefallen mir gar nicht," sagte der Methusalem. „Sie betrachten uns wie Kolli, die in ihren Besitz übergehen sollen. Warum sprechen sie heimlich miteinander?"

„Das ficht mich nichts an," antwortete Turnerstick. „Ein Kapitän muß wissen, wen er an Bord hat, und daß wir ihr Befremden erregen müssen, versteht sich ganz von selbst. Lassen Sie die Kerls immer reden. Mir gefallen sie, obgleich sie kein Wort von meinem Hochchinesisch verstehen. Lassen Sie uns nur in das Innere des Landes kommen. Da werden Sie sehen, welchen Effekt ich mit meinen Sprachkenntnissen mache! Ueberdies ist diese „Schui-heu" ein wahres Prachtschiff, schmuck und sauber im höchsten Grade. Vielleicht läßt man uns auch einen Blick unter Deck werfen. Am liebsten möchte ich gleich hier bleiben. Vielleicht thue ich es auch, wenn sie es erlauben. Warum soll ich im Hotel übernachten und so viel Geld bezahlen?"

Als ob sie die Worte des Kapitäns gehört hätten, kamen die vier jetzt wieder herbei, und der Kapitän sagte: „Ich habe den Hiang-kung benachrichtigt, daß ihr das Kong-pit mit ansehen wollt. Er würde es gern erlauben, darf aber nicht, weil ihr dann wohl das Schiff verlassen werdet, um erst morgen früh wieder an Bord zu kommen."

„Das beabsichtigen wir allerdings," bestätigte Degenfeld. „Aber warum soll dieser Umstand ein Hindernis sein?"

„Weil dann das Kong-pit nicht zutreffen würde. Wer bei demselben gewesen ist, darf das Schiff vor der Abfahrt nicht wieder verlassen, wie sich ganz von selbst versteht."

„Was ist denn dieses Kong-pit für ein Dings?" erkundigte sich Turnerstick in deutscher Sprache. „Kennen Sie es, Methusalem?"

„Ich habe davon gelesen," antwortete der Gefragte. „Kongpit heißt wörtlich: „das Herabsteigen zum Pinsel". Es ist das Geisterschreiben bei den Chinesen, ähnlich wie bei uns der Unsinn des Tischrückens oder des Spiritismus."

„Geisterschreiben? Das muß ich sehen! Ich habe zeit meines Lebens noch keinen Geist gesehen, auch noch keinen Brief von so einem Wesen erhalten."

„Ik ook nok niet; ik will ook zien schryven dezen Keerl van ginds – ich auch noch nicht; ich will auch diesen Kerl aus dem Jenseits schreiben sehen," meinte der Mijnheer.

Und Richard Stein bat: „Einen Geist, welcher schreibt? Lieber Onkel Methusalem, den möchte ich auch gern sehen. Können wir nicht gleich hier bleiben?"

„Warum denn nicht?" antwortete Gottfried von Bouillon. „Son 'ne Jeisterjeschichte ist mich zwar immer verdächtig. Jeister können mich eben nie imponieren. Der einzige ehrliche Jeist ist doch nur der auf Flaschen je- und wohljezogene. Aberst ich möchte es

mich doch mal jenehmigen, eenen Jeist mit Pen-tse, also mit Zopf zu sehen, und so verhoffe ich, dat unser Methusalem es möglich macht."
„Hm!" zuckte der Genannte die Achsel. „Viel liegt mir gar nicht daran; aber was hindert uns, gleich hier zu bleiben? Das Wenige, was wir am Lande noch zu thun haben, ist bald geordnet, und da ihr mich überstimmt, so will ich mich in euren Wunsch ergeben."
Er sagte das dem Kapitän. Dieser ließ sich Instruktion erteilen und sandte dann mehrere Leute ab, welche für die Reisenden einkaufen sollten, was der Methusalem als nötig angegeben hatte. Einer von ihnen mußte in das Hongkong-Hotel gehen, um dort dem Wirte zu melden, daß die Gäste nicht zurückkehren würden; der Mijnheer gab ihm eine schriftliche Bescheinigung mit.
Als diese Veranstaltungen getroffen waren, durften die Passagiere das Innere des Schiffes besichtigen und die Koje oder vielmehr Kajüte in Augenschein nehmen, welche ihnen als Aufenthaltsort dienen sollte.
Die Dschunke machte auch in ihrem Innern ihrem Baumeister und den sie regierenden Offizieren alle Ehre. Sie führte nur zwei Deckkanonen, und der Kapitän versicherte, daß keiner seiner Matrosen bewaffnet sei. Er behauptete, vor den Räubern vollständig sicher zu sein, da die „Königin des Wassers" das am schnellsten segelnde Schiff des chinesischen Meeres sei und von keinem andern eingeholt werden, im Gegenteile aber jedem leicht ausweichen könne.
Nach Kanton sollte das Schiff in Ballast gehen und erst dort Ladung nehmen, da es hier in Hongkong die bisherige gelöscht hatte. Nur eine Anzahl großer, schwerer Kisten standen im Güterraume. Sie enthielten die Maschinenteile einer großen Brennerei, welche in der Nähe von Kanton gebaut worden war und deren Eigentümer die Maschinen in Europa bestellt hatte. Sie waren von der „Königin des Wassers" in Singapore in Empfang genommen worden.
So erzählte der Ho-tschang und die Reisenden hatten keine nähere Veranlassung, die Wahrheit seiner Angaben in Zweifel zu ziehen.
Nur eins fiel dem Methusalem auf, nämlich die ungewöhnlich große Anzahl der Matrosen, welche mit der Größe des Schiffes und der Einfachheit des Takelwerkes gar nicht im Verhältnisse stand. Das konnte aber, wie Turnerstick meinte, auf chinesischem Brauche beruhen und war also kein Grund, Mißtrauen zu erwecken. Ein chinesischer Matrose bekommt so wenig Lohn und so wenig Essen, welches nur in billigem Reis besteht, daß ein Reeder oder Kapitän sich schon den geringen Luxus einiger überzähliger Mannen gestatten kann.

Das Kong-pit auf der Dschunke.

Sechstes Kapitel

„Kong-pit".

Der Raum, welcher den Passagieren angewiesen wurde, war wirklich mehr Kajüte als Koje. Sie war zwar leer und nur mit einer Strohmatte belegt, aber so hoch, daß man aufrecht stehen konnte, und so lang und breit, daß die fünf Reisenden gut Platz hatten. Wenn die an das Land geschickten Matrosen die Decken brachten, nach denen sie mitgeschickt worden waren, so ließ sich ein für die Nacht recht bequemes Lager herstellen.

Lieb war es den Reisenden, daß zu ihrer ausschließlichen Bedienung ein Matrose kommandiert wurde, welcher des Englischen ziemlich mächtig war. Er besaß kein mongolisches Gesicht, war klein und schmächtig und teilte ihnen mit, daß er ein Malaie sei und sein Englisch in Ostindien gelernt habe. Er war sehr gefällig, schien ihre Wünsche zu erraten, bevor sie dieselben aussprachen, und brachte ihnen allerlei Gegenstände herbei, welche ihm geeignet erschienen, der Kajüte ein wohnlicheres Aussehen zu geben. Es verstand sich ganz von selbst, daß die Schiffsoffiziere mehr zu thun hatten, als sich nur mit ihren Passagieren abzugeben. Diese saßen bei einander an Deck, um die Rückkehr ihrer Boten zu erwarten, welche nach chinesischer Art ungewöhnlich lang ausblieben. Es wurde indessen dunkel, und der Malaie hing eine Papierlaterne in ihrer Nähe auf. Dann ließ er sich so nieder, daß er ihre Befehle gleich hören konnte. Ob er auf ihr Gespräch achtete, war ihnen gleich, da sie sich in deutscher Sprache unterhielten, die sehr wahrscheinlich hier kein Mensch verstand.

Endlich kamen die Matrosen, welche die eingekauften Gegenstände brachten und in die Kajüte bringen mußten. Die Passagiere gingen natürlich auch dorthin. Das gab dem Malaien Gelegenheit, sich von ihnen unbemerkt zum Kapitän zu begeben, bei welchem sich in diesem Augenblicke der Priester befand.

„Nun," fragte der erstere in englischer Sprache, „hast du etwas erlauscht?"

„Sehr viel. Ich kenne sie nun so genau, als ob ich schon wochenlang ihr Diener gewesen wäre."

Der Malaie sprach jetzt ein sehr gutes amerikanisches Englisch, während er vorher den Passagieren gegenüber gethan hatte, als ob er es nur radebreche.

„Nun, wo sind sie her?"

„Vier von ihnen sind Deutsche, und der Dicke ist ein Dutchman, ein Holländer."

„Reich?"

„Dem Anscheine nach haben sie viel Geld bei sich."

„Und was sind sie? Der mit der blauroten Nase sagte, er sei vom höchsten Adel; Adam nannte er seinen Ahnherrn."

„Das glaube ich. Adam ist der erste erschaffene Mensch, also der Ahnherr aller Menschen."

„So hat dieser Mensch mich belogen?"

„Vielleicht ist die Reihe seiner Ahnen eine berühmte. Er und seine zwei Begleiter tragen die Tracht derjenigen jungen Leute, welche in Deutschland Mandarinen, also Kuan-fu werden wollen.“
„Also sind sie es noch nicht?“
„Nein.“
„Betrüger! Was sind die beiden andern?“
„Der Dicke ist ein Hong-tse, ein Kaufmann, welcher hier ein Geschäft gründen will und also viel Geld bei sich haben muß. Der chinesisch Gekleidete aber muß ein Ho-tschang sein wie du. Er ist halb verrückt und gibt sich für einen Fu-tsiang aus, was ihm sehr übel bekommen kann.“
„Und was wollen diese Deutschen in China?“
„Sie suchen den Oheim des jüngsten von ihnen, welcher sehr, sehr reich sein muß. Auch suchen sie eine Frau und deren Kinder.“
„Das hast du gehört?“
„Ja, sehr deutlich.“
„Haben sie denn englisch gesprochen?“
„Nein, sondern deutsch, ihre Muttersprache.“
„Und die verstehst du?“
„Ja. Du weißt doch, daß ich geborener Yankee bin und meinem Kapitän davonlief, weil ich einem Matrosen das Messer in den Leib gestoßen hatte und dafür in Eisen gelegt werden sollte. Ich bin da auf die „Königin des Wassers“ gekommen, wo mich keiner findet und es mir noch viel besser gefallen wird, wenn ich erst Chinesisch besser verstehe. Ich bin mit deutschen Matrosen gefahren und habe von ihrer Sprache, welche der englischen ähnlich ist, so viel gelernt, daß ich diese fünf Passagiere ziemlich gut verstehe.“
„Das ist vortrefflich! Horche nur weiter; aber laß dir nichts merken! Ich werde dich extra belohnen. Das Geld haben sie bei sich?“
„Natürlich! Aber diese Leute tragen ihr Vermögen nicht in Metall, sondern in Wechseln und andern Papieren bei sich.“
„Davon verstehe ich nichts. Ich werde also ihnen die Münzen abnehmen und die Papiere an den Hui-tschu Oberster der Genossenschaftin Ngo-feu verkaufen.“
„Du willst also nicht nach Kuang-tschéu-fu?“
„Fällt mir gar nicht ein! Während die Kerls schlafen, gehen wir in See.“
„Wir haben aber Flut; da wird es schwer gehen.“
„Wir warten, bis die Ebbe eintritt.“
„Die Leute werden es merken.“
„O nein, denn sie bekommen Opium in das Getränk und der Landwind wird uns ganz geräuschlos in die See treiben, wo wir sie in das Wasser werfen. Meine Papiere sind in Ordnung; ich kann also fort, wenn es mir beliebt.“
„Ertränken willst du sie?“

„Gewiß! Hast du Mitleid mit ihnen? Meinst du, daß ich sie leben lassen soll, damit sie dann verraten, daß meine „Schui-heu" ein Tseu-lung-yen ist?"
„Daran denke ich nicht. Aber jetzt dürfen sie noch nicht sterben, sondern erst später in Ngo-feu bei dem Hui-tschu."
„Warum?"
„Weil wir ohne sie ihre Papiere nicht verkaufen oder sonst verwerten können. Ich kenne das."
„Du mußt es freilich besser wissen als ich. Müssen sie denn dabei sein?"
„Ja, sie müssen ihre Einwilligung und Unterschrift geben."
„Das werden sie nicht thun."
„Sie werden es, wenn du ihnen sagst, daß sie sonst sterben müssen. Sie werden glauben, sich dadurch vom Tode loszukaufen."
„Und wenn sie es gethan haben, so töten wir sie dennoch! Das meinst du doch?"
„Ja."
„Du bist ein kluger Mensch. Ich sehe ein, daß ich dich sehr gut gebrauchen kann. Du wirst es gut bei mir haben. Kehre jetzt zu ihnen zurück und suche noch mehr zu erfahren! Wir werden sie trotz ihrer Waffen leicht überwältigen, denn sie werden schlafen wie die Toten. Nur der Hund macht mir Sorge. Er ist ein gewaltiges, starkes Tier."
„Gib ihm vergiftetes Fleisch!"
„Da hast du recht. Dein Rat ist gut, und ich werde ihn befolgen. Also gehe jetzt! Wir werden nun das Kong-pit vornehmen und sie dazu einladen. Das gibt uns Gelegenheit, ihnen Sam-chu mit Opium zu trinken zu geben."
„Da will ich dich noch auf eins aufmerksam machen. Vielleicht kommen sie auf den Gedanken, auch den Geist zu befragen. Nach dem, was ich dir von ihnen mitgeteilt habe, kann er seine Antworten sehr leicht einrichten, wenn er ein Geist der Klugheit ist."
Er ging und begab sich nach der Kajüte, wo er seine jetztweiligen Herren thätig fand, sich dieselbe möglichst behaglich einzurichten. Während er ihnen dabei behilflich war, bediente er sich wieder des gebrochenen Englisch und achtete auf jedes Wort, welches gesprochen wurde.
Dann kam der Kapitän, um seine Passagegäste zum Kong-pit abzuholen.
Degenfeld, welcher über diesen in China sehr gebräuchlichen Vorgang gelesen hatte, war vollständig überzeugt, daß demselben eine beabsichtigte Täuschung, also ein Schwindel zu Grunde liege, und er fühlte sich sehr wißbegierig, zu sehen, wie man denselben ausführen werde.
In China pflegt man mit Hilfe feiner Pinsel zu schreiben. Der Name „das Herabkommen zum Pinsel" bezeichnet also einen Vorgang, bei welchem ein Geist herabsteigt, um mit Hilfe eines besonders zu diesem Zwecke konstruierten Pinsels die ihm vorgelegten Fragen schriftlich zu beantworten.

Es ist ganz selbstverständlich, daß der Geist nicht in sichtbarer Gestalt erscheint, sondern es ist eine Person, stets von hervorragender Stellung, vorhanden, deren er sich bedient, um sich bemerkbar zu machen. Man hat es also, gerade wie in unsern spiritistischen Versammlungen, mit einem „Medium“ zu thun. Dieser angebliche schriftliche Verkehr mit der Geisterwelt besteht in China schon seit Jahrhunderten, und es ist gewiß höchst interessant, zu erfahren, daß das Kong-pit auch zu jenen „Erfindungen“ gehört, in oder mit denen die Chinesen uns vorangegangen sind.
Es wird vorher von einem Aprikosenbaume unter gewissen Zeremonien ein dünner Zweig abgeschnitten. Dabei entschuldigt man sich bei dem Baume über die ihm widerfahrene Verletzung dadurch, daß man diejenigen Zeichen in seine Rinde schneidet, welche ihm sagen, daß der Zweig als „Geisterpinsel“ gebraucht werden solle. Sodann verschafft man sich ein Stück Bambus, einen Zoll dick und ungefähr einen Fuß lang. Der Aprikosenzweig wird wie ein Pinsel zugeschnitten und rechtwinkelig genau in die Mitte des Bambusstückes gesteckt, so daß beide also folgende Gestalt besitzen:

Das Medium hat diese Vorrichtung mit nach oben gerichteten Händen an den beiden Enden des Bambus so anzufassen, daß der Aprikosenpinsel nach abwärts zeigt, also genau so, wie unsre zweifelhaften Wünschelrutenkünstler ihr Werkzeug anfassen müssen. Der Mann hält dann den Pinsel über einen Tisch, dessen Platte mit feinem, glattgewalztem Sande bestreut ist, und nun kann der Geist, indem er auf die Hände des Mediums einwirkt und den Pinsel über den Sand führt, die ihm vorgelegten Fragen beantworten.
Bei der unnatürlichen Stellung der Hände kommen dieselben bald ins Zittern, dennoch wird es einem geübten Medium nicht schwer werden, lesbare Zeichen in dem Sande hervorzubringen. Ganz selbstverständlich fällt bei verfänglichen Fragen die Antwort stets so aus, daß sie verschiedene Deutungen zuläßt, deren eine wohl in Erfüllung gehen und das Richtige treffen wird.
Da das Kong-pit als eine religiöse Handlung betrachtet wird, so darf es nur unter gewissen Zeremonien vorgenommen werden. Uebrigens hat sich der Geist zu legitimieren. Er hat seinen Namen, seinen Stand und die Dynastie, unter welcher er als Mensch auf Erden wandelte, anzugeben. Je älter diese letztere ist, bei welcher Angabe es aber auf einige hundert oder gar tausend Jahre nicht ankommt, desto ehrfurchtsvoller wird der Geist behandelt. Man nimmt an, daß eine Täuschung ausgeschlossen sei, da die Hände des Mediums eine Stellung haben, welche das Schreiben unmöglich macht.
Als die Männer auf das Deck traten, war es dunkle Nacht. Zwischen Mittel- und Hintermast hingen Papierlaternen, welche den Platz leidlich erleuchteten. In der Nähe des bereits erwähnten Tisches, welcher die Weihgeschenke für den Geist enthielt, stand ein zweiter, der mit einer glatten Schicht Sand bedeckt war. Die Mannschaft bildete um diese Stelle einen Kreis, in welchen der Ho-tschang die Deutschen führte. Dort waren mit Hilfe von Kisten Sitze für sie hergerichtet.

Als sie sich unter allgemeinen Verbeugungen da niedergelassen hatten, trat der Priester hervor und begann, natürlich in chinesischer Sprache: „Wir stehen im Begriff, einen Geist über den Verlauf unsrer Fahrt zu befragen. Wir bringen hierzu die ernstesten, weihevollsten Gesinnungen mit und werden unsre Bitte an Mat-supo, die erhabene Gottheit des Meeres, richten."
Er gab einen Wink, worauf zwei Sessel und das Bild der Meeresgottheit gebracht wurden. Er stellte die Stühle eng nebeneinander an eine Seite des mit den Opfergaben bedeckten Tisches und forderte die Gottheit auf, sich auf den Ehrenplatz niederzulassen. Da in China der Vornehmere zur Linken sitzt, so wurde das Bild auf den betreffenden Sessel gestellt, während der jetzt noch leere rechte Stuhl für den zu erwartenden Geist bestimmt war.
Jetzt zog der Priester ein gelbes, beschriebenes Papier hervor und las den Inhalt desselben laut ab. Dieser lautete: "Wir haben an diesem Abende Sam-chu und andre Gaben vorbereitet und ersuchen unsern mächtigen Schutzpatron, uns einen allwissenden Geist zu rufen, welchem wir unsre Fragen vorlegen können. Wir werden denselben dort an der Schiffstreppe empfangen."
Er verbrannte das Papier und warf die Asche in die Luft. Nun entstand eine mehrere Minuten lange Pause des Wartens, denn man mußte doch dem Schutzpatron Zeit lassen, einen passenden Geist zu finden. Während dieser Pause hatte der Priester das Götzenbild mit einem Tuche bedeckt, um anzudeuten, daß die Meeresgottheit sich auf der „Suche" nach dem Geiste befinde und also abwesend sei.
Dann entfernte er das Tuch. Das Bild stand auf seinem Platze; die Gottheit war also wieder zurück und hatte jedenfalls einen Geist, welcher nun unten an der Schiffstreppe wartete, mitgebracht. Darum gab der Priester dem Ho-tschang und dem To-kung einen Wink, denselben dort abzuholen.
Die beiden Offiziere gingen nach der Treppe und forderten den Geist in lauten, höflichen Worten auf, herauf zu kommen und sich bei ihnen niederzulassen. Höchst wahrscheinlich hatte er dieser Einladung Folge geleistet, denn sie brachten ihn zwischen sich geführt, indem sie sich unaufhörlich gegen ihn verbeugten. Der Priester empfing ihn mit ebenso tiefen Verneigungen und ersuchte ihn ehrerbietigst, auf dem für ihn reservierten Stuhle Platz zu nehmen.
Diese Scene war so wunderlich, daß die Deutschen kaum im stande waren, ihr Lachen zu unterdrücken. Der Geist war natürlich unsichtbar, und darum nahmen sich die Verbeugungen und die an ihn gerichteten Worte außerordentlich komisch aus.
Alle an einen Geist gerichteten Fragen müssen auf ein Papier geschrieben werden, welches man dann verbrennt, um den geschriebenen Zeichen, wie man meint, eine geistige Form zu geben. Jetzt schrieb der Priester zunächst die Frage auf, ob der „wolkenwandelnde" Geist angekommen sei, verbrannte das Papier und streute die Asche in die Luft. Dann ergriff er den Geisterpinsel in der beschriebenen Weise und hielt denselben über den mit Sand bestreuten Tisch. Seine Hände begannen zu zittern; das

Werkzeug kam in Bewegung, und der Aprikosenzweig fuhr hörbar durch den Sand. Der Methusalem schaute nach. Da stand deutlich geschrieben: „To“, d. i. angekommen.
Er war also da. Weil der Priester den Pinsel zu halten hatte, mußte im weiteren Verlaufe der Kapitän die Fragen aufschreiben und die Papiere in Asche verwandeln. Durch die nun an den unsichtbar auf dem zur rechten Hand sitzenden Auskunftgeber gerichteten Fragen und die von ihm mit Hilfe des Priesters in den Sand geschriebenen Antworten erfuhr man, daß er zuletzt Kia-tsong geheißen habe und unter der Dynastie der Wu-ti Fünf Kaiserein Wang Vicekönigdes Ostens gewesen sei. Da die berühmten Wu-ti vor über viertausend Jahren gelebt haben und ein Wang der höchste Beamte des Reiches ist, so war der unsichtbar anwesende Vicekönig jedenfalls ein Geist, auf den man stolz sein konnte.
Das sah der Priester natürlich ein. Er fühlte sich zur größten Höflichkeit verpflichtet, legte seinen Geisterpinsel beiseite, verbeugte sich zur Erde und bat den Geist, doch die Güte zu haben und von dem Weine zu kosten.
Dieser Wein war kein Traubenwein, sondern gegorener Reis, Sam-chu genannt. Ein Geist ist natürlich zu stolz, zu essen oder zu trinken, wenn Leute es sehen, welche noch ungestorben sind. Darum wurden die Laternen mit Matten, welche zu diesem Zwecke bereit gehalten waren, verhängt, so daß es rundum dunkel war.
Der Methusalem war der einzige unter den Passagieren, welcher alles verstand.
Gottfried von Bouillon und Richard Stein hatten sich während der Schiffsreise zwar auch mit der chinesischen Sprache beschäftigt, waren aber noch nicht so weit, einer solchen Ceremonie von Wort zu Wort folgen zu können. Turnerstick und der Dicke verstanden aber gleich gar keine Silbe. Darum benutzte Degenfeld jede eintretende, wenn auch noch so kleine Pause, ihnen mit leiser Stimme das Gehörte zu verdolmetschen und das Gesehene zu erklären.
Der Tisch mit dem Sande war, sobald das Fragen und Antworten begann, an den Opfertisch gerückt worden, so daß nur drei Seiten des letzteren frei blieben. Die erste dieser Seiten nahmen die beiden Sessel ein, auf denen die Meeresgottheit und der Geist thronten; an den beiden übrigen Seiten saßen die fünf Passagiere, und zwar so, daß der Mijnheer sich zur rechten Hand des Geistes befand. Diesem flüsterte, sobald die Laternen jetzt verdunkelt waren, der Blaurote zu: „Passen Sie auf, Mijnheer, ob der Geist trinken wird! Man wird es doch vielleicht hören.“
Nach einet kurzen Pause berichtete der Dicke in ebenso leisem Tone: „Hij drinkt, hij drinkt! Ik hoor 't slaarpen – er trinkt, er trinkt! Ich höre es schlürfen.“
„Es ist der Priester!“
„Deze vos! Ik word hijm leeren! Ik wet, wat ik word maken – dieser Fuchs! Ich werde ihm lehren! Ich weiß, was ich machen werde!“
Als dann auf einen Befehl des Priesters die Matten wieder von den Laternen entfernt worden waren, konnte jedermann sehen, daß der Geist getrunken hatte, denn der Inhalt des Gefäßes hatte sich vermindert.

Nun wurde der Geist gefragt, ob man gutes Wetter bekommen, ob die Fahrt glücklich sein und ob man gute Geschäfte machen werde. Die Antworten fielen so glücklich aus, daß der Priester sich verpflichtet fühlte, den Geist aufzufordern, ein Stück des auf dem Tische liegenden Kuchens zu essen.
Das Gebäck sah höchst appetitlich aus und war in acht gleich große Teile geschnitten. Wieder wurden die Lampen verhängt, dieses Mal für längere Zeit, denn selbst ein Geist bedarf mehr Frist, ein Stück Kuchen zu essen als um einen Schluck Branntwein zu nehmen.
Als dann die Laternen wieder enthüllt wurden, staunten alle. Der Geist hatte sich nicht nur mit einem Achtel begnügt, sondern den ganzen Kuchen verzehrt. Er war jedenfalls aus sehr weiten Regionen herabgestiegen, da er einen so großen Hunger hatte. Am meisten erstaunt war der Priester selbst. Seine Augen waren ganz erschrocken auf den Teller gerichtet, auf welchem der Kuchen gelegen hatte. Er wußte nicht, was er denken sollte. Der Zopf wollte ihm vor Schreck zu Berge steigen. Er hatte gemeint, einen Hokuspokus zu begehen. Sollte es doch in Wirklichkeit Geister geben? Sollte das Kong-pit kein Betrug sein? Sollte in Wahrheit dort auf dem scheinbar leeren Sessel ein Geist sitzen, der in so kurzer Zeit die übrigen sieben Achtel verschlungen hatte? Denn das eine Achtel hatte er, der Priester, im Schutze der Finsternis zu sich genommen.
Sein Auftreten war von jetzt an wenig sicherer als vorher. Die Hauptfragen waren beantwortet, und nun wurde es den Matrosen erlaubt, sich mit etwaigen Erkundigungen an den Geist zu wenden. Die abergläubischen Leute machten davon reichlichen Gebrauch. Das war den Offizieren lieb, da sie durch die Aussprüche des Orakels eine gewisse Macht über diese sonst schwer lenkbaren Menschen gewannen.
Der Geist gab auch jetzt so vortreffliche Antworten, daß der Priester ihn bat, die Gnade zu haben, noch einen Schluck zu trinken. Sobald die Laternen verdunkelt worden waren, schlich der betrügerische Geisterbanner sich herbei, um nach dem Kruge zu greifen und einen tüchtigen Schluck zu thun. Wie erschrak er aber, als seine Hand die Stelle leer fand, auf welcher derselbe soeben noch gestanden hatte. Fast hätte er laut aufgeschrieen. Es war also doch ein Geist vorhanden, welcher Kuchen aß und Sam-chu trank. Welch ein Triumph, wenn man das den Leuten zeigen konnte! Welch ein Anblick, einen in der Luft schwebenden Krug zu sehen, ohne aber den Trinkenden erblicken zu können! Er gab sofort den Befehl, die Hüllen von den Lampen zu entfernen. Als das geschah – – – stand der Krug wieder auf seinem Platze, aber vollständig leer. Er war ausgetrunken worden. Der Geist mußte ebenso durstig wie hungrig sein. Der Priester machte ein ganz unbeschreibliches Gesicht. Richard Stein aber, welcher neben dem Mijnheer saß, flüsterte diesem zu: „Was soll man denken? Ich habe es wirklich trinken hören."
„Zoo?" lächelte der Dicke. „Ik kan't niet gelooven – so? Ich kann es nicht glauben!"
„O doch! Ich hörte es so glucksen und schlürfen, wie wenn jemand recht hastig trinkt, um schnell fertig zu werden."
„Zoo is de dorst zeer groot geweest – so ist der Durst sehr groß gewesen!"

Was den Priester und die Offiziere, welche den Schwindel des Kong-pit kannten, in Schrecken versetzte, das erregte den Jubel der Mannschaften, die nun überzeugt waren, daß ein Geist vorhanden sei, und zwar ein sehr vornehmer, der sich nicht mit einem Schluck Reiswein und einem Stück Kuchen abspeisen lasse. Der Geistercitierer faßte sich notgedrungenermaßen und fragte nun die Gäste, ob auch sie vielleicht wünschten, eine Frage an den Geist zu richten. Der Methusalem hatte sich bereits vorgenommen, darum zu bitten, und ging also schnell auf diesen Vorschlag ein. Er ließ die Frage aufschreiben, ob er und seine Gefährten den Zweck ihrer Reise erreichen würden. Als dann der Geist mit Hilfe des Mediums die Antwort in den Sand geschrieben hatte, trat Degenfeld hinzu, um die Antwort selbst zu lesen. Er geriet in das höchste Erstaunen, denn sie lautete: „Ja. Ihr werdet den reichen Oheim finden, auch die Frau mit den Kindern, und der Holländer wird ein großes Geschäft kaufen."
Der Methusalem übersetzte seinen Kameraden diese Antwort ins Deutsche, was ihre höchste Verwunderung zur Folge hatte. Es war klar: Der Geist kannte ihr Vorhaben, welches sie so geheim gehalten hatten! Die Genugthuung über ihre sichtbare Betroffenheit war bei dem Priester so groß, daß er die in ihm aufgetauchten Bedenken bezüglich des Geistes ganz vergaß und denselben höflichst aufforderte, den Anwesenden die Ehre zu erweisen, ein Stück Braten zu sich zu nehmen.
Dieser Braten war natürlich kalt geworden. Die sieben oder acht großen Stücke, welche auf dem Teller lagen, sahen recht einladend aus, fast wie ein knusperiger Kalbsbraten. Natürlich wurden die Lichter wieder verhüllt, und der Priester schlüpfte herbei, um heimlich zuzulangen. Da er aber der Sache nicht traute und in Erwartung dessen, daß er als Stellvertreter des Geistes werde tüchtig essen müssen, am Tage gar nichts zu sich genommen hatte, nahm er zwei Stücke weg, um nicht ganz schlecht, wegzukommen, falls der Geist nochmals selbst auch zulangen werde.
Diese zwei Stücke verzehrte er mit großem Appetite und gebot dann, die Laternen wieder zu enthüllen. Kaum fiel der Schein derselben auf den Tisch, so konnte man sehen, daß der Teller vollständig geleert sei.
Dem Priester wurde es angst und bange, zumal er die bedenklichen Blicke bemerkte, welche die in seine Kunstgriffe eingeweihten Offiziere auf ihn warfen. Diejenigen Stücke, welche der Geist übrig zu lassen pflegte, waren stets für sie bestimmt. Jetzt mußten sie natürlich meinen, daß sie von dem Medium übervorteilt worden seien; sie mußten annehmen, daß der Priester das Fehlende zu sich gesteckt habe, um es später zu verzehren.
„Alle Wetter!" sagte der Methusalem halblaut. „Dieser Geist eines Vicekönigs muß wirklich seit über viertausend Jahren gehungert und gedurstet haben. Er ißt und trinkt ja wie ein deutscher Bauernknecht beim Dreschen!"
„Kann mich leid thun, der arme, liebe Nante!" meinte Gottfried von Bouillon. „Bei sonne jesegnete Mahlzeit muß sein Magen platzen, und dann ist es mit seine jute Konstitution

vorüber. Wenn er sich mit so einer jrassen Indijestion wieder alleine hinauf in die Wolken findet, so soll man mir jetrost Jottfried von Oleum nennen anstatt von Bouillon!"
„Ich hörte ihn essen," bemerkte Richard. „Das Schnalzen und Schmatzen war ganz deutlich."
„Zoo?" fragte der Dicke. „Heeft hij gesnaalzen en smaazt?"
„Ganz deutlich. Es war so nahe, als ob Sie es seien." – Um aus seiner Verlegenheit zu kommen, forderte der Priester nun auch die Offiziere auf, ihre Fragen vorzubringen. Sie lehnten es ab, und so sah er sich veranlaßt, den Geist zu verabschieden. Er schrieb eine höfliche Danksagung auf einen Zettel und verbrannte denselben. Der Geist aber besaß nicht weniger guten Ton, denn er fuhr in den Priester und zwang ihn, mit Hilfe des Pinsels in den Sand zu schreiben: „Meine Herren, ich war sehr erfreut, Sie kennen zu lernen und danke Ihnen innigst für die Gaben, mit denen Sie mich beglückt und gestärkt haben. Ich muß nun schleunigst fort, denn es warten noch viele andre auf meine Hilfe, und so ersuche ich Sie, mich gefälligst nach der Treppe zu geleiten."
Nachdem diese Abschiedsworte vorgelesen worden waren, wurde denselben Folge geleistet. Jeder der anwesenden bekam ein brennendes, gelbes Papier in die Hand, und dann wurde ein Zug gebildet, um dem Geiste das Ehrengeleit nach der Schiffsleiter zu geben. Er ging wieder so, wie er gekommen war, nämlich zwischen dem Kapitän und dem Steuermanne, und obgleich er nicht zu sehen war, verbeugten sich doch alle unaufhörlich, bis er das Schiff verlassen hatte.
Die Deutschen waren auf ihren Plätzen geblieben. Es fiel ihnen nicht ein, den Hokuspokus mitzumachen und dadurch die Meinung zu erwecken, als ob sie demselben Glauben schenkten. Einiges daran war ihnen freilich unverständlich.
„Ein tüchtiger Esser und Trinker war dieser Jeist," meinte Gottfried. „Er muß sehr lange jefastet haben."
„Unsinn!" sagte Turnerstick. „Der Priester hat alles getrunken und gegessen."
„Dieser dürre, kleine Kerl? Dat will mich nicht in den Kopf. Ich habe von hier aus jerochen, dat der Branntwein nicht janz ohne war. Er duftete wie neunzigjrädiger Spiritus. Und so ein Topf voll? Nein, dat ist der Priester nicht jewesen."
„Ik ben't geweest," erklärte da der Dicke. „Ik heb den Brandewijn dronken."
„Sie?" fragte Methusalem erstaunt. „Sie haben ihm den Krug wegstibitzt?"
„Ja."
„Und ihn vollständig geleert?"
„Ja; hij was dook zeer klein en de Brandewijn zwack – ja, er war doch sehr klein und der Branntwein schwach."
„Da geht mir freilich ein Licht auf! Dann haben Sie wohl auch den ganzen Kuchen gegessen?"
„Ich heb hij opefreten – ich habe ihn aufgefressen."
„Und das viele Fleisch?"
„Heb ik ook opefreten – habe ich auch aufgefressen."

„Aber Sie haben doch vorher im Hotel so reichlich gespeist! Wie ist es Ihnen denn da zu Mute? Wie befinden Sie sich da?"
„Zeer wel, allerbest; ik heb den koek zeer gaarne en ook het vlesch – sehr wohl, vortrefflich; ich habe den Kuchen sehr gern und auch das Fleisch."
„Nun, dann brate nicht mir, sondern Ihnen einer einen Storch! Ich glaube, Sie würden auch diesen verzehren!"
„Een ooijevaar? Waarom niet, als hij goed gebraden is – einen Storch? Warum nicht, wenn er gut gebraten ist?"
Er sagte das mit einem solchen Ernste und so unbefangen, daß die andern ein lautes Gelächter aufschlugen. Soeben kehrten die Chinesen von der Begleitung des Geistes zurück. Die Matrosen zerstreuten sich über das Verdeck; die Offiziere aber nahmen den Priester in ihre Mitte und begannen mit ihm ein sehr erregtes Verhör über den außerordentlichen Appetit, welchen der Geist entwickelt hatte. Er beteuerte seine Unschuld; sie aber glaubten ihm nicht und zwangen ihn seine Taschen zu zeigen. Wie erstaunten sie, als sie dieselben leer fanden! Sie hatten den Priester nicht aus den Augen gelassen; er konnte also den Kuchen und das Fleisch nicht anderweit versteckt haben, und so gaben sie endlich kopfschüttelnd zu, daß heute einmal ausnahmsweise ein wirklicher Geist dagewesen sei.
Der Methusalem hatte sie von weitem beobachtet. Er erriet aus ihren Bewegungen den Gegenstand und Inhalt ihres Gespräches. Jetzt kamen sie herbei, um sich zu erkundigen, welchen Eindruck das Kong-pit auf ihn und seine Gefährten gemacht habe. Sie waren überzeugt, den Fremden außerordentlich imponiert zu haben. Degenfeld hätte Ihnen seine Meinung so gern aufrichtig gesagt, aber damit hätte er sich sofort in Mißkredit gebracht, denn die Sitte befiehlt dem Chinesen, in allen Fällen höflich zu sein, und erlaubt ihm keine Ausnahme von dieser Regel. Darum verheimlichte der Blaurote seinen Unglauben und beantwortete aber die an ihn gerichteten Fragen mit möglichster Gleichgültigkeit. Darüber verwunderten sie sich so, daß der Ho-tschang fragte: „Hat euch denn die Anwesenheit des Geistes nicht in Verwirrung gebracht?"
„Nein. Wie könnte sie das?"
„Der Geist ist doch ein höheres Wesen als der Mensch."
„Das sagt ihr; ihr werdet mir aber wohl erlauben, andrer Meinung zu sein."
„Dürfen wir diese Meinung erfahren?"
„Ja. Welches ist das höchste irdische Wesen?"
„Der Mensch."
„Woraus besteht er?"
„Aus dem Leibe und dem Geiste."
„Ganz richtig."
„Wäre der Leib allein auch ein Mensch?"
„Nein."
„Oder der Geist allein?"

„Auch nicht.“
„Wenn also weder der Leib allein noch der Geist allein würdig ist, ein Mensch genannt zu werden, so steht ihre Vereinigung, der Mensch, hoch über beiden. Wie könnte daher mich, der ich zu der Klasse der höchsten irdischen Geschöpfe zähle, die Anwesenheit eines Geistes, der unter mir steht, Verwirrung bringen!“
Diese Logik, gegen welche er nichts zu sagen wußte, verblüffte den Ho-tschang. Dennoch fand er eine Entgegnung, welcher er auch Worte gab.
„Aber dieser Geist ist ein Wang gewesen!“
„Jetzt ist er es nicht mehr, und euer berühmtes Li-king, das Buch, nach welchem ihr euch in allen Lebenslagen zu richten habt, befiehlt euch, jedem die Ehre des Standes zu geben, welchem er augenblicklich angehört. Wie könnt ihr euch vor einem Geiste fürchten, der zwar Wang war, aber nicht mehr ist.“
„Vielleicht hat euer Volk recht, vielleicht das unsrige. Wir wollen uns nicht streiten. Aber da uns eine so glückliche Fahrt prophezeit worden ist, müssen wir uns darüber freuen, und diese Freude wollen wir durch ein Mahl feiern, zu welchem wir euch ehrerbietigst einladen.“
„Wir danken euch! Wir wissen, was uns die Höflichkeit gebietet, und bitten euch also, euer Mahl allein zu verspeisen.“
„Ihr versteht mich falsch. Wir meinen unsre Einladung in vollem Ernste.“
„Auch mir ist es völlig Ernst mit meiner Abweisung. Folgte ich eurer Bitte, so müßtet ihr uns für sehr unbewanderte und unhöfliche Menschen halten. Ihr seid so höflich, uns einzuladen, wie dürften wir da so unhöflich sein, euch dadurch zu belästigen, daß wir euern Wunsch erfüllen!“
Der Blaurote hatte nach chinesischen Begriffen vollständig recht. Man darf nur derjenigen Einladung folgen, welche in aller Form und unter Überreichung eines großen, farbigen, dazu hergerichteten Papierbogens geschieht.
„Wir meinen unsern Wunsch wirklich aufrichtig,“ drängte der Ho-tschang. „Wir haben keine gedruckten Einladungen an Bord, und da ich englisch spreche, meine ich meine Einladung nicht chinesisch.“
„Darf ich es glauben?“
„Ja, ich bitte sehr darum.“
„So will ich es wagen, die Einladung anzunehmen. Wann wird das Essen beginnen?“
„In einer halben Stunde. Ich selbst werde euch abholen. Fleisch kann ich euch leider nicht vorsetzen, denn das hat der Geist verzehrt.“
„Ich habe es bisher nicht gewußt, daß Geister Fleisch essen. Vielleicht haben sie eine besondere Vorliebe für denjenigen Braten, welchen ihr ihm vorsetztet. Werdet ihr die Güte haben, mir zu sagen, von welchem Tiere dieses Fleisch gewesen ist?“
„Es war Dschi, das delikateste Essen, welches es nur geben kann. Darum hat der Geist uns leider nichts übrig gelassen.“

Indem der Methusalem zu seinen Gefährten zurückkehrte, welche während dieser Unterredung von fern gestanden hatten, lachte er über dieses Dschi still in sich hinein. Er führte sie nach dem Bug zu, da er ihnen eine Mitteilung zu machen hatte, und unbeobachtet sein wollte.
„Dort angekommen, teilte er ihnen mit, daß sie zum Abendessen eingeladen seien, und fügte lächelnd hinzu: „Aber Mijnheer van Aardappelenbosch wird da wohl nicht viel leisten können."
„Waarom niet?" fragte der Dicke. „Ik ete en drink zeer gaarne."
„Aber Sie haben am Nachmittage schon tüchtig gespeist und jetzt am Abende wieder."
„Immers, doch heb ik evenwel alreeds wederom Honger – allerdings, doch habe ich trotzdem schon wiederum Hunger."
„Mijnheer, ist das möglich? Was für einen Magen müssen Sie haben!"
„Ja, mijn maag is goed, maar mijn buik niet. Hij is zoo zwak – ja, mein Magen ist gut, aber mein Bauch nicht. Er ist so schwach."
Er legte mit der traurigsten Miene die Hände an den Bauch und fragte dann den Methusalem in dringlichem Tone: „Wat zegt het woordenboek von de buik?"
„Was das Wörterbuch von dem Bauche sagt? Das wollen wir nicht erörtern. Ich halte es für viel interessanter, Sie zu fragen, ob Sie wissen, was für Fleisch Sie gegessen haben."
„Gebraden kalsvleesch."
„Leider nicht. Es war nicht Kalb, sondern Dschi."
„Dschi? Dat weet ik niet."
„Sie wissen nicht was Dschi ist?"
„Neen."
„So raten Sie einmal!"
„Goed; is't een dier?"
„Ja, es ist ein Tier."
„Kan't vliegen?"
„Nein, fliegen kann es nicht."
„Kan't zwemmen?"
„Ja, schwimmen kann es."
„Kan't ook loopen?"
„Laufen kann es auch."
„Is het geschoten worden van de jager?"
„Nein, es ist nicht vom Jäger geschossen worden. Der Jäger schießt es nie, denn er nimmt es als beste Hilfe mit auf die Jagd."
Das runde Gesicht des Mijnheer wurde zusehends länger.
„O mijn Holland en Nederland!" rief er erschrocken aus. „Is het een hond?"
„Ja, Hund ist es. Dschi heißt Hund. Sie haben Hundebraten gegessen. Wissen Sie nicht, daß man in China gewisse Hunderassen, welche schnell fett werden, mästet, um sie dann zu schlachten und zu verzehren?".

„Hondvleesch, Hondvleesch heb ik gegeten!“ schrie der Dicke.
Er raffte sich von seinem Sitze auf und wollte davoneilen, besann sich aber doch eines andern. Er drehte sich wieder um, schlug sehr energisch mit der einen Hand in die andere und rief: „Neen, en driemal neen, en duizmdmal neen! Wat in de maag is, dat moet ook in de maag blijven – nein, und dreimal nein und tausendmal nein! Was in dem Magen ist, das muß auch in dem Magen bleiben!“
„Selbst wenn es ein Hund ist!“ lachte der Methusalem.
„Ja, de Hond moet blijven! Ik et nook en gebraden openop – ja, der Hund muß bleiben! Ich esse noch einen Braten obendrauf.“
Alle lachten. Er aber nahm wieder auf seiner Decke Platz, und in seinem fetten, zufriedenen Angesicht war nicht die mindeste Spur des Ekels zu bemerken, den er soeben empfunden hatte.
„So, den Hund haben wir begraben,“ fuhr der Methusalem fort. „Nun fragt es sich, ob wir das andre ebenso leicht bewältigen. Haben Sie sich nicht über die Antwort gewundert, welche der Geist auf meine Frage gab?“
„Außerordentlich!“ sagte Turnerstick. „Erst, als Sie unter so emsigen Verbeugungen den Geist, den man doch nicht sehen konnte, geführt brachten und ihn so höflich einluden, sich niederzusetzen, mußte ich mir alle Mühe geben, das Lachen zu verbeißen. Später aber, als Sie mir die Antwort verdolmetschten, was übrigens nur darum nötig war, weil dieser Geist ein so miserables Chinesisch diktiert hatte, wußte ich wirklich nicht, woran ich war.“
„Aber jetzt, nun wissen Sie es?“
„Aufrichtig gestanden, nein.“
„Aberst ich weiß jenau, wat ich von die Sache zu denken habe,“ fiel Gottfried ein. „Dieser Jeist leidet an Schwindel, wat ja nicht zu verwundern ist, da er ja aus die Wolken jekommen ist. Die Schreiberei auf den Sand ist sonner Mumpitz, dat ich dem Priester jewiß wat hinter die Ohren jewidmet hätte, wenn ich nicht als Fremder verpflichtet wäre, nur meine anjenehmen Eijenschaften zu zeijen. Es hat mir die jrößte Mühe jekostet, dem Betrüjer nicht mit die Hände im Jesichte herum zu lustwandeln.“
„Aber seine Antwort auf meine Frage!“
„Ja, die ist mich allerdings auch noch eine unentdeckte Himmelsjegend. Ich kann sie mich unmöglich erklären. Sie vielleicht?“
„Ja. Wir sind doch wohl alle darüber einig, daß von einem Geiste keine Rede ist. Der Priester gibt die schriftlichen Antworten nach eigenem Ermessen und nicht infolge der Einwirkung eines überirdischen Wesens. Er muß also wissen, welchen Zweck wir in China verfolgen. Er hat es erfahren; aber von wem?“
„Von mich kein Wort!“
„Van mij ok niet!“ beteuerte der Mijnheer.
„Das glaube ich gern. Wer es ihm verraten hat, muß der chinesischen Sprache mächtig sein. Es ist nur die eine Erklärung möglich, daß wir belauscht worden sind und zwar hier

auf dem Schiffe. Wann haben wir von unsren Absichten gesprochen? Als wir beim Eintritte der Dunkelheit vor unsrer Kajüte saßen. Und wer von der Schiffsmannschaft war da bei uns? Der Malaie, welcher uns bedient. Er also muß es sein, der das Erlauschte dem Priester verraten hat."

„Aberst wie sollte dat möglich sein? Wir haben ja deutsch jesprochen."

„Allerdings. Aus diesem Grunde ist zu vermuten, daß er deutsch versteht."

„Ein Malaie?"

„Kann ein Malaie nicht mit Deutschen in Berührung gekommen sein? Ist dieser Mann wirklich das, für was er sich ausgibt? Er trägt sein Gesicht zwar rasiert, hat aber dichten Bartwuchs, was bei einem echten Malaien nicht vorkommt. Seine Farbe ist nicht gelbbraun und sein Schädel nicht breit wie bei einem solchen. Von vorstehenden Backenknochen ist keine Rede. Dazu kommt, daß sein Englisch einen eigentümlich amerikanischen Beigeschmack hat. Er spricht gebrochen, bringt aber dabei zuweilen Wortverbindungen, welcher sich nur einer, dem die Sprache geläufig ist, bedienen kann. Auf das alles habe ich vorher kein Gewicht gelegt; nun ich aber Verdacht fasse, denke ich daran. Fast möchte ich ihn für einen Yankee halten, und in diesem Falle wäre es kein Wunder, daß er deutsch versteht, da sich in den Vereinigten Staaten Millionen unsrer Landsleute befinden."

„Ein Yankee unter chinesischen Matrosen?" meinte Turnerstick. „Könnte einer sich wirklich so vergessen?"

„Warum nicht. Kann er nicht aus irgend einer Ursache vom Schiffe gelaufen sein?"

„Hm! So etwas kommt freilich öfters vor. Und die Zopfleute nehmen einen befahrenen Matrosen jedenfalls sehr gern bei sich auf. Wenn Sie recht haben, so ist der Kerl ein Deserteur, dem nichts Gutes zuzutrauen ist."

„Das ist auch meine Ansicht. Warum lauscht er? Warum verschweigt er seine Nationalität? Warum sagt er wieder, was er gehört hat? Warum bekennt er nicht offen, daß er uns versteht? Er verfolgt eine Absicht, welche keine gute ist. Warum hat man gerade ihn zu unsrer Bedienung kommandiert? Er steht im Einvernehmen mit dem Kapitän gegen uns. Man hat irgend etwas Böses gegen uns vor."

„So schlimm wird es wohl nicht sein. Ist er wirklich ein entlaufener Matrose, so hat er Grund, es uns nicht wissen zu lassen. Es ist da keineswegs gleich zu behaupten, daß man im allgemeinen und er im besondern böse Absichten gegen uns im Schilde führt."

„Mag sein! Aber wir wollen uns gegen ihn beobachtend verhalten und in seiner Gegenwart nicht wieder von unsern Angelegenheiten sprechen. Ich werde ihm auf den Zahn fühlen und zwar so, daß er sich verraten muß. Am liebsten möchte ich das Schiff verlassen. Die Gesichter gefallen mir hier nicht."

„Pah! Wer wird da gleich so Schlimmes denken. Ich habe Sie gar nicht für so ängstlich gehalten, wie ich Sie jetzt finde."

„Ich bin nur vorsichtig, nicht furchtsam. Vielleicht täusche ich mich; aber ich werde mich sehr aufmerksam verhalten. Wäre ich allein, so würde ich von Bord gehen und mein Passagegeld schwinden lassen. Sie aber sind andrer Ansicht, ich muß mich fügen."
„Wij blijven op uwe scheep," meinte der Dicke. „Wij bekomen een goed avondeten. Zou den wij daar foort gaan, zoo zouden wij zeere ongelukkige nijlpaarde zyn – wir bleiben auf unsrem Schiffe. Wir bekommen ein gutes Abendessen. Wollten wir da fortgehen, so würden wir sehr unglückliche Nilpferde sein."
Dies war auch die Meinung der andern, und so mußte der Methusalem sich fügen.

Richards Heldenmut.

Siebentes Kapitel

Unter Piraten.

Während unsre Helden sich über die Weiterfahrt schlüssig gemacht hatten, war der angebliche Malaie nicht zugegen gewesen. Bald darauf kam der Ho-tschang, um seine Passagiere zum Mahle abzuholen.
Die ihnen angewiesene Kajüte lag am Steuerbord des Vorderteiles. Ein direkt am Steven gelegener schmaler Raum wurde zur Aufbewahrung von allerlei Schiffsgerätschaften benutzt. Der daran grenzende breitere Teil des Aufdeckes war in zwei Hälften geteilt, deren jede einen besonderen Eingang hatte. Die rechts liegende Hälfte hatten die Reisenden inne. Ihre Wohnung wurde durch zwei Lukenöffnungen, welche in der Schiffswand angebracht waren, erleuchtet. Diese Fenster waren nicht mit Glas, sondern mit hölzernen Schiebern versehen, um sie bei schlechtem Wetter verschließen zu können.
Das Mahl sollte auf dem Mitteldeck eingenommen werden, an derselben Stelle, an der vorhin die Geisterbeschwörung stattgefunden hatte. Der Platz war jetzt mit vielen Lampen erleuchtet, welche aus gummiertem Reispapier gefertigt waren und einen sehr hübschen Eindruck hervorbrachten. An zwei zusammengeschobenen Tischen standen neue Bambussessel. Die Gedecks bestanden für jeden Gast aus einem Teller, einer kleinen Tasse, welche als Trinkglas zu dienen hatte, einer Art von dickem Porzellanlöffel, welcher aber so unförmlich war, daß er kaum in den Mund gebracht werden konnte, und den elfenbeinernen Eßstäbchen, von den Engländern Chopsticks genannt, während sie bei den Chinesen Kwei-tze heißen.
Der Chinese hat keine eigentlichen Löffel: ebensowenig bedient er sich des Messers oder der Gabel bei Tafel. Alle festen Speisen, Fleisch u. s. w. werden klein geschnitten serviert. Der Ungeübte spießt sich diese Stückchen aus der Brühe heraus, wozu er sich der Kwei-

tze bedient, wird aber ausgelacht oder gilt für einen Mann, welcher die gute Sitte mißachtet. Der geübte Esser nimmt das eine Stäbchen zwischen den Daumen und Zeigefinger der rechten Hand, das andre zwischen den Mittel- und Ringfinger; stoßen nun die Enden der Stäbchen zusammen, so bilden sie einen beweglichen Winkel, eine Art Zange, mit welcher man alles, selbst dünnen Reis, zum Munde zu bringen vermag. Wer erfahren will, welchen spaßhaften Anblick es gewährt, einen Ungeübten auf diese Weise essen zu sehen, der mag einmal selbst versuchen, mit zwei sechs Zoll langen und fast streichholzdünnen Stäbchen eine Gräubchensuppe zu genießen, ohne vom Teller bis zum Munde alles zu verlieren.

Der Platz, auf welchem die Tische standen, war durch an Schnuren hängende Landkarten von riesiger Größe von dem übrigen Verdecke abgeschlossen. Diese Karten stellten die Länder der Erde vor, aber nach chinesischer Anschauung. Sie hatten eine Größe von wenigstens je vierzig Quadratfuß. Neununddreißig Quadratfuß nahm das Reich der Mitte ein. Die andern Länder der Erde samt allen Meeren waren auf dem vierzigsten angebracht. Rußland hatte die Größe einer Wallnuß; daran klebte Frankreich haselnußgroß. Jenseits dieser beider Länder, von ihnen durch einen Fluß getrennt, welcher Tsin-tse, wahrscheinlich Themse, hieß, lagen Deutschland und England in der imponierenden Größe einer Erbse. Spanien war neben die Vereinigten Staaten und Holland neben Java gemalt, und zwar nadelkopfgroß. Dagegen hatte der Jang-tse-kiang eine Breite von zwei Männerspannen, und Peking war dreimal größer dargestellt als sämtliches Ausland zusammengenommen. So hat Gott nach Anschauung der Chinesen die Erde unter die verschiedenen Völker verteilt. Da ist es gar nicht Wunder zu nehmen, daß sie einen außerordentlichen Nationalstolz besitzen und sich für das bevorzugteste Volk der Erde halten. Diejenigen von ihnen aber, welche Gelegenheit finden, fremde Länder zu sehen, fühlen sich gewöhnlich von diesem Irrtum sehr schnell geheilt, beharren aber trotzdem auf der Ansicht, daß sie die gebildetsten Menschen seien.

Außer den fünf Gästen nahmen noch der Ho-tschang, der To-kung, der Hiang-kung oder Priester und der Besitzer des Schiffes an den Tischen Platz. Und nun wurden die Speisen gebracht.

Das erste Gerücht bestand aus gesottenen Eiern, welche mit Brennesseln zerhackt und mit Essig gewürzt waren.

„Wat voor eyeren zijn deze eyeren?“ fragte der Dicke.

„Es sind Krokodilseier,“ antwortete Gottfried von Bouillon, indem er ein sehr ernstes Gesicht machte.

„Foei! En deze eyeren zullen wij eten?“

„Natürlich!“

„Bliksem! Ik ete niets!“

Das Gerücht sah ganz appetitlich aus. Er hatte auch schon seinen Löffel ergriffen, um sich davon auf den Teller zu nehmen, legte ihn aber schnell wieder weg.

Gottfried aber langte zu und gebrauchte seine Kwei-tze mit der Geschicklichkeit eines Chinesen. Er hatte ebenso wie der Methusalem und Richard Stein die Eßstäbchen daheim bei Ye-kin-li kennen gelernt und sich dann während der Seereise im Gebrauche derselben geübt. Indem er tüchtig kaute, meinte er zu dem Mijnheer, welcher neben ihm saß: „Dat mundet mir. Krokodilseier sind doch eine jroßartige Delikatesse."
„Donderslag, ik dank! Gij scherts, lieve vriend – Donnerschlag, ich danke! Sie scherzen, lieber Freund!"
„Nein; es ist mein Ernst. Versuchen Sie doch nur!"
„Neen; ik ete niet krokodil-eyeren."
Er hielt sein Wort und rührte diese Speise nicht an; doch schien ihm sein Verzicht schwer zu werden, als er sah, wie gut es den andern schmeckte.
Dann wurde eine Brühe gebracht, in welcher kleine Fleischstückchen schwammen. Als er alle andern zulangen sah, fragte der Dicke vorsichtig: „Is dit Hond?"
„Nein," antwortete Gottfried.
„Dan ete ik ook!"
Er füllte sich den Teller und aß mit dem unförmlichen Löffel, ohne sich der Kwei-tze zu bedienen. Auch bekümmerte er sich gar nicht um die Blicke, welche die Chinesen ihm ob dieser Verletzung des Anstandes zuwarfen. Als er fertig war, nickte er dem Gottfried freundlich zu und sagte: „Neen, dit is niet Hond."
„Hund nicht, aber Katze!" antwortete Gottfried.
„Wat? Katenvleesch?"
„Freilich!"
„Mijn Himel! O mijne gorgel, mijn maag en mijne darmen! Mijnheer Methusalem, wat zeggt het woordenboek van den darmen?"
„Was das Wörterbuch von den Därmen sagt? Daß sie sieben Meter lang sind," lachte der Gefragte, denn der Dicke hielt sich mit beiden Händen den Bauch und schnitt ein jämmerliches Gesicht dazu. „Fühlen Sie sich in den Ihrigen krank?"
„Ja, zeer! Ik heb smart en ontsteking."
„Was? Schmerz und Entzündung haben Sie? Warum?"
„Ik heb katenvleesch gegeten."
„Unsinn! Lassen Sie sich von dem Gottfried nicht so dummes Zeug weismachen! Der weiß selbst nicht, was er gegessen hat."
Da machte der Mijnheer seinem Nachbar eine Faust und raunte ihm zornig zu: „Schaap! Gij zijt een ongelukkige nijlpaard!"
Der nächste Gang bestand in einer durchsichtigen und doch nicht dünnen Suppe mit sehr fein geschnittenem Wurzelwerk. Sie duftete sehr einladend.
„Soup of salangans!" rief der Ho-tschang seinen Gästen zu, indem er eine sehr bedeutungsvolle Miene machte, um ihnen anzudeuten, daß es sich hierbei um eine ganz besondere Delikatesse handle.

Das war also Suppe von den berühmten Schwalbennestern! Die fünf Europäer griffen sehr schnell zu; sie waren begierig, diese Speise kennen zu lernen.

Ueber diese sogenannten indischen Vogelnester ist viel Unwahres verbreitet worden. Richtig ist nur folgendes: Die Salangane (Collacalia nidifica) sind 12 cm lange Segler, welche ungefähr 30 cm klaftern. Oben dunkelbraun, sind sie an der untern Seite heller gefärbt und kommen in Vorder- und Hinterindien und den Sundainseln vor, wo sie in großen Scharen vorzugsweise an unzugänglichen Felsenklippen nisten. Sie lieben besonders solche Stellen, wo die hohe Küste senkrecht aus der kochenden Brandung strebt.

Kurz vor der Brutzeit, also zur Zeit des Nestbaues, sondern die stark anschwellenden Speicheldrüsen dieser Tiere einen zähen Schleim ab, welcher einer dicken Gummilösung ähnlich ist. Diesen Schleim kleben sie in der Weise an die glatte, senkrechte Fläche des Felsens, daß der Vogel unzähligemale und immer wieder gegen dieselbe Stelle fliegt und dabei ein wenig des Sekrets mit dem Schnabel oder der Zunge andrückt. Dadurch entsteht ein fest-gallertartiger Unterbau von der Gestalt einer hohlen Viertelkugel, auf welchem aus Gras, Federn, Moos und Seetang das eigentliche Nest errichtet und mit demselben Schleime befestigt und kalfatert wird. Nicht dieses Nest, wie man irrtümlicherweise gemeint hat, sondern nur der aus erhärtetem Schleime bestehende Unterbau wird als Nahrungs- oder vielmehr Genußmittel verwandt.

Aus dem Gesagten geht hervor, daß das Einsammeln dieser Nester sehr gefährlich ist. Der Salanganjäger muß sich an einem Seile von der Höhe der Klippe herablassen und schwebt über der Brandung in steter Todesgefahr. An gewissen Fundorten hat man dem dadurch abgeholfen, daß ganze Küstenstrecken durch ausgespannte Seile und Strickleitern zugänglich gemacht worden sind.

Die Salangane kommen in solcher Menge vor, daß von Java allein jährlich gegen neun Millionen Nester ausgeführt werden. In China, wo jährlich durchschnittlich für sechs Millionen Mark eingeführt werden, wird das Stück mit ungefähr einer Mark bezahlt, was bei den Geldverhältnissen dieses Landes keineswegs billig ist, da ein gereinigtes Nest oft ein Gewicht von nur wenigen Grammen hat. Nur die Wohlhabenden können sich diesen Genuß bieten. In Europa aber ist nur der wirklich Reiche im stande, den Speichel indischer Schwalben zu verzehren.

Uebrigens ist ein solches Nest an sich nicht etwa eine Deliciosität. Unzubereitet kann es gar nicht gegessen werden, und gekocht schmeckt es nur fade. Wer das aus der Rinde tretende Harz eines Kirschbaumes, welcher am Gummiflusse leidet, kaut, hat ganz denselben Genuß. Diese zweifelhafte Delikatesse muß vielmehr erst durch die Zubereitung schmackhaft gemacht werden. Der Chinese kocht sie in Wasser oder Fleischbrühe und thut Wurzelwerk, Gewürz, Fleisch, Fischrogen, Holothurien, zerschnittene Früchte und anderes dazu. Nur diese Beimengsel sind es, welche den Nestern Geschmack und Nährwert verleihen.

Mijnheer van Aardappelenbosch schien, trotzdem er so lange auf Java gelebt hatte, diese Speise noch nicht gekostet zu haben. Er aß auch sie mit dem Löffel und machte dabei ein außerordentlich wonnevolles Gesicht.
Turnerstick wollte sich weder mit dem großen Löffel den Mund aufreißen, noch hatte er das Geschick, sich der Kwei-tze zu bedienen. Er machte also kurzen Prozeß und trank die Suppe aus dem Teller, was ihm heimliche Verachtungsblicke der Chinesen zuzog. Die drei andern aber brachten es fertig, die fremdartige Brühe mit den Stäbchen bis auf den letzten Tropfen auszulöffeln.
„Fein, außerordentlich fein!“ meinte der Kapitän, indem er mit der Zunge schnalzte.
„Ja wel!“ nickte der Dicke vergnügt. „Ongemeen heerlijk, op mijn woord!“
„War es wirklich so herrlich, so vortrefflich?“ fragte ihn der Methusalem.
„Gewis, op mijne eer!“
„Und wissen Sie, was Sie gegessen haben?“
„Natürlich!“ fiel Turnerstick ein. „Salangannester!“
„Unsinn! Diese Kerls werden uns mit indianischen Vogelnestern traktieren! Das würde ihnen, selbst wenn sie welche hätten, gar nicht einfallen.“
„Nun, was soll es dann gewesen sein?“
„Rindshaut, fein geschnitten und zu Gallerte versotten. Das gibt eine Brühe, welche derjenigen der Vogelnester leidlich ähnlich ist.“
„Alle Wetter! Wenn das wäre! Verzehrt man denn in China auch die Felle der Ochsen und Kühe?“
„Allerdings. Es gilt das sogar als ein ganz vorzügliches Gerücht.“
„O mijn god, o mijn schepper!“ jammerte da sofort der Dicke, indem er mit den Händen nach dem Leibe fuhr. „Ik ben ziek, ik ben ziek!“
„Siech sind Sie? Krank? Was fehlt Ihnen denn?“
„Ik heb een gezwel in de maag.“
„Ein Geschwür im Magen? Hm!“
„En een aarmal in de lever. Wat zeggt het woordenboek van de lever?“
„Ihr Leberanfall wird wohl nicht von solcher Bedeutung sein, daß er uns zwingt, ein medizinisches Wörterbuch zu Rate zu ziehen. Lassen wir die gekochte Kuhhaut also auf sich beruhen, und essen wir weiter. Da kommt ein neues Gericht. Das sind Seekrebse, wie es scheint.“
Sofort hellte sich das Gesicht des Dicken wieder auf.
„Zeekreeften?“ rief er. „God dank, deze ete ik!“
Er nahm sich den größten Hummer, welcher vorgelegt wurde und schien vor Freude über diesen „Zeekreeft“ das „Gezwel“ und den „Aanval“ vollständig vergessen zu haben.
Nach diesem Gange gab es noch gesottene Fische als letzte Nummer des Speisezettels. Es waren also nicht allzu viele Gerichte gewesen. Die Gastgeber schienen es mehr auf das Trinken als auf das Essen abgesehen zu haben, denn zwischen jedem Gange wurden die Tassen zweimal mit Sam-chu gefüllt, und da der Ho-tschang die seinige immer schnell

austrank, mußten die andern folgen und die Gäste auch dasselbe thun. Dieser Sam-chu ist, gut zubereitet, ein leicht berauschendes, dem Arak ähnliches Getränk, welches die Chinesen sehr zu lieben schienen, da sie es tassenweise tranken.
Durch die Seemannskehle Turnersticks war mancher starke Rum und steife Grog gerollt, und Mijnheer van Aardappelenbosch hatte so viele Genevers genossen, daß der Sam-chu diesen beiden nicht wohl gefährlich sein konnte.
„Wir trinken mit und wollen sehen, ob sie uns oder wir sie unter die Tische trinken," sagte der erstere.
„Ja, wij drinken tapper met!" nickte der Dicke. „Ik drink als een nijlpaard."
Der Methusalem und Gottfried von Bouillon hatten gar manches Fäßchen Gerstensaft mit ausgestochen; auch sie fürchteten sich vor dem Sam-chu nicht. Aber Richard fühlte sich der Stärke desselben nicht gewachsen. Er hatte von der ersten Tasse nur einmal genippt und das Zeug dann nicht wieder berührt. Auf die wiederholte Aufforderung Turnersticks, doch noch einen Schluck zu versuchen, antwortete er: „Ich mag nicht. Ich mag überhaupt keinen Schnaps und diesen nun schon gar nicht. Er ist mir zu bitter."
„Zu stark, wollen Sie wohl sagen."
„Nein. Er hat einen bittern Nebengeschmack, der mich anwidert. Mir scheint, dieses Bittere gehört gar nicht eigentlich in das Getränk."
„Hm! Marzipan wird freilich nicht dazu genommen."
Er glaubte ebenso wie die andern, daß der Sam-chu diesen Beigeschmack haben müsse. Auch achtete er ebensowenig wie sie darauf, daß die geleerten Tassen nicht am Tische, sondern hinter den Landkartenvorhängen wieder gefüllt wurden. Wäre er im stande gewesen, es zu sehen, so hätte er bemerkt, daß dort aus zweierlei Gefäßen eingegossen wurde. In dem einen befand sich Sam-chu mit Opium, welchen nur die Gäste bekamen.
Der Neufundländer saß zwischen seinem Herrn und Richard Stein. Er wich keinen Augenblick von ihnen und beobachtete jede Bewegung der Chinesen mit feindlichen Blicken. Nahte sich ihm zufällig einer, so fletschte er die Zähne und knurrte ihn grimmig an. Ja, als der Ho-tschang ein Stück Fleisch bringen ließ, angeblich um den Hund mit Hilfe desselben auf freundlichere Gesinnung zu bringen, biß dieser nicht nach dem Fleische, sondern nach der Hand des Gebers. Er nahm es auch dann nicht, als der Methusalem selbst es ihm hinreichte. Das Mißtrauen des Hundes war glücklicherweise ebenso groß wie die Unvorsichtigkeit seiner Herren. Später versuchte der angebliche Malaie es noch einmal, ihn zur Annahme des vergifteten Fleischstückes zu bewegen, jedoch mit ganz demselben Mißerfolge. Die Hoffnung der Chinesen, den Hund auf diese Weise töten zu können, erwies sich also als vergeblich.
Desto größere Mühe gaben sie sich, die Gäste zum Trinken zu bewegen, und das gelang ihnen freilich weit besser. Nur hatten sie sich getäuscht, als sie glaubten, denselben gar so leicht einen tüchtigen Rausch beizubringen. Die vier Personen blieben trotz des bedeutenden Quantums, welches sie vertilgten, vollständig nüchtern.

Dagegen zeigte sich bei den Chinesen sehr bald die Wirkung des Sam-chu. Der Sohn des Reiches der Mitte besitzt überhaupt nicht die Eigenschaft, starke geistige Getränke vertragen zu können, und so bemerkte der Ho-tschang, daß der starke Reisbranntwein eine nicht wünschenswerte Wirkung auf ihn äußere. Das Benehmen seiner Kameraden verriet, daß auch sie begannen, duselig zu werden. Das mußte verhindert werden, da er mit betrunkenen Leuten seinen Plan nicht auszuführen vermochte. Er ließ also für sich und sie einen schwachen Thee in die Tassen gießen, was die Gäste nicht bemerken konnten, da dieser Aufguß fast genau die Farbe des Sam-chu hatte.

Aber diese List war nicht von langer Dauer. Der Methusalem hielt seinen Gastgebern, um ihnen seinen Dank auszudrücken, eine kurze Rede und forderte dann den Ho-tschang auf, mit ihm eine Freundschaftstasse, das heißt, mit gegenseitig verschlungenen Armen zu leeren. Er schob seinen linken Arm in den rechten der Chinesen. Dabei mußte die Tasse des letzteren so nahe an der Nase des Blauroten vorüber passieren, daß dieser den Theegeruch bemerkte. Er griff sogleich nach der Tasse, zog sie aus der Hand des Ho-tschang und kostete von dem Inhalte.

„Thee! Brrrrr!“ rief er aus. „Schämt euch doch! Ich habe wohl gesehen, daß ihr uns einen Rausch antrinken wollt, aber wenn ihr dabei so unehrlich handelt, so trinkt euern Tscha allein. Wer nicht mit gleichen Waffen mit uns kämpft, mit dem haben wir nichts zu schaffen. Nehmt unsern Dank, und laßt uns gehen!“

Die Chinesen widersprachen nicht. Sie glaubten, ihre Gäste hätten genug getrunken, daß das genossene Opium die beabsichtigte Wirkung thun werde. Die Reisenden zogen sich in ihre Kajüte zurück. Dabei kamen sie hinter den Landkarten an der Stelle vorüber, an welcher die Tassen gefüllt worden waren. Der Mijnheer sah den Krug stehen, in welchem sich noch ein ziemliches Quantum des Sam-chu befand, roch daran und sagte: „Ik nem den brandewijn met; hij is zeer goed.“

Er ergriff den Krug und trug ihn, als ob er das größte Anrecht auf denselben habe, nach der Kajüte.

Die Chinesen waren über diese Unverfrorenheit nicht etwa zornig; o nein, sie freuten sich vielmehr derselben, denn wenn die Gäste den Krug vollends leerten, so mußten sie mit vollster Sicherheit in einen tiefen Schlaf verfallen und konnten dann um so leichter überwältigt und ausgeraubt werden.

Der Methusalem wußte nicht, ob er über die Formlosigkeit des Dicken lachen oder schelten solle. Er versuchte es mit dem letzteren, denn er ahnte nicht, daß ihm der Sam-chu noch vom größten Vorteile sein werde, kam aber nicht weit, denn der Mijnheer schnitt ihm die Strafrede mit den Worten ab: „Deze Keerls hebben thee gedronken en ons dezen brandewijn gegeben; daarom is hij onze brandewijn; wij worden hem drinken. Hij is goed, zeer goed. Ik word hem niet staan laten!“

Gegen dieses Argument war nichts zu machen, zumal es in einer so drolligen Weise vorgebracht wurde, daß man darüber lachen mußte.

Turnerstick holte zwei der draußen noch brennenden Laternen herein, um die Kajüte zu erleuchten, was ihm nicht verwehrt wurde, und darauf verriegelte Gottfried von Bouillon die Thür. Die Reisenden hüllten sich in ihre Decken, um sich schlafen zu legen.
Sie fühlten sich jetzt von einer ganz außerordentlichen Müdigkeit ergriffen, und doch vermochten sie nicht, sofort zu schlafen. Sie waren innerlich erregt. Ihr Blut kreiste schneller als gewöhnlich, und ihre Pulse befanden sich in einer Anspannung, welche dem Reisbranntwein unmöglich zugeschrieben werden konnte. Das fiel ihnen natürlich auf.
„Dieser armselige Sam-chu!“ räsonnierte Gottfried. „Dat ist ein janz hinterlistiges Jetränk.“
„Bist du berauscht?“ fragte ihn Degenfeld.
„Berauscht? Fällt mir jar nicht ein! Aber es ist ein ziemlich ähnlicher Zustand. Ich habe mal von einem jelesen, welcher das Opiumrauchen versuchte. Er beschrieb die Wirkung des Jiftes jenau. Mein jetziger Zustand ist janz der seinige, als er sich im ersten Stadium dieser Wirkung befand. Sollte sich Opium in dieses Sam-chu befunden haben?“
„Hm! Auch ich befinde mich in einer eigentümlich heimtückisch dumpfen Aufregung. Aber ich sehe keinen Grund, den Branntwein mit Opium zu versetzen. Wie ist es dir zu Mute, Richard?“
„Ich befinde mich ganz wohl,“ antwortete der Gefragte.
„Weil du nicht getrunken hast. Also ist unser Zustand gewiß eine Wirkung des Sam-chu. Wollen es abwarten.“
Es verging eine halbe Stunde, während welcher sich die vier Männer ruhelos von einer Seite auf die andre drehten. Dann schien einer nach dem andern einzuschlafen.
Richard war noch wach. Er hörte zahlreiche Schritte draußen auf dem Deck; dabei klang es, als ob Taue über Rollen bewegt würden; eine Kette rasselte längere Zeit. Mehreremal wurde von draußen an die Thür der Kajüte gestoßen, als ob man etwas an dieselbe schiebe. Der Neufundländer knurrte, beruhigte sich aber wieder, da niemand den Versuch machte, hereinzukommen.
So verging abermals eine halbe Stunde und noch eine. Es kam Richard vor, als ob der Boden der Kajüte jetzt eine abschüssige Lage habe. Durch die zwei offenen Fenster strömte ein frischer, sehr fühlbarer Luftzug herein, was vorher nicht der Fall gewesen war.
Richard stand auf und sah hinaus. Die Lichter des Hafens waren verschwunden. Das konnte dadurch erklärt werden, daß dieselben wegen der späten Stunde ausgelöscht worden seien. Aber auf jedem Schiffe muß doch wenigstens eine Laterne brennen, und jetzt war keine einzige zu sehen, obgleich so viele Dschunken in der Nähe der „Schui-heu“ gelegen hatten. Der Himmel war klar und rein; die Sterne blinkten hell herab. Ihr Schimmer war hinreichend gewesen, die Umgebung des Schiffes erkennen zu lassen, und doch war keine Dschunke, kein Haus zu sehen. Vielmehr dehnte sich vor dem Auge Richards eine weite, sanft bewegte, durch nichts unterbrochene Fläche aus, in welcher sich die Sterne spiegelten, das war die See.

Es wurde dem Knaben angst. Sollte die Dschunke sich vom Anker losgerissen haben und von der Ebbe aus dem Hafen getrieben worden sein? Obgleich er kein Seemann war, wußte er doch, wie oft die Gezeiten wechseln. Von einer Gezeit zur andern vergehen zwölf und eine halbe Stunde. Morgen am Vormittage hatte die „Schui-heu“ mit der Flut nach Kanton gehen wollen; jetzt war es vielleicht eine Stunde nach Mitternacht, folglich stand die See jetzt höchst wahrscheinlich am Beginn der Ebbe. Da war es möglich, daß das losgerissene Schiff aus dem Hafen getrieben worden war, ohne daß die Besatzung desselben, welche vielleicht bis zum letzten Mann schlief, etwas davon bemerkt hatte.
Richard beschloß, den Onkel Methusalem zu wecken.
Dieser aber schlief so fest, daß er den Zuruf des Knaben nicht hörte und es auch nicht fühlte, als dieser ihn kräftig rüttelte. Die Angst des Knaben vergrößerte sich. In der Nähe von Hong-kong gibt es viele und gefährliche Felsen. Wenn die Dschunke an einen derselben getrieben wurde, so war sie verloren; das sagte sich der Knabe in seinem Landrattenverstande. Er wollte hinaus auf das Deck, um Lärm zu machen, und schob den Riegel von der Thür. Aber er vermochte dieselbe nicht zu öffnen; sie war von draußen verbarrikadiert.
Jetzt begann ihm eine Ahnung aufzugehen, welche noch viel schlimmer als seine erste Vermutung war: die Chinesen waren keine ehrlichen Leute; vielleicht war die „Königin des Wassers“ gar eine Raubdschunke. Man hatte den Europäern Opium in den Sam-chu gegeben, um sie einzuschläfern und dann auszurauben und zu töten!
Bei diesem Gedanken erwachte die ganze Energie des Knaben. Er versuchte noch einmal, den Onkel Methusalem oder einen der andern aus dem Schlafe zu rütteln, doch vergebens.
„Sie schlafen fort,“ sagte er. „Sie wachen vielleicht erst nach Tagesfrist auf. Ich und der Hund sind allein munter. Wir werden die Kajüte verteidigen. Diese Halunken sollen erfahren, daß ein deutscher Gymnasiast sich nicht vor ihnen fürchtet! Nicht wahr, mein tapfrer Kerl?“
Er streichelte dem Hunde das schöne, langhaarige Fell; dieser blickte ihn mit hellen Augen an, schlug mit der Rute wedelnd auf den Fußboden, drehte dann den Kopf nach der Thür und ließ ein leises, tiefes Knurren hören, als ob er sagen wolle: „Weiß schon! Habe aber keine Angst, denn ich bin da!“
Dann holte Richard die Gewehre seiner Gefährten aus der Ecke und untersuchte sie. Er war kein Schütze; er wußte nicht, ob die Hinterlader geladen seien und hätte sie im Verneinungsfalle auch nicht laden können; aber die Konstruktion der beiden Flinten des Mijnheer war eine so einfache, daß er sich dieser Gewehre leicht bedienen konnte. Er öffnete die Hähne und erkannte an den Zündhütchen, daß die Läufe geladen seien. Uebrigens waren ja auch die Revolver vorhanden, mit deren Konstruktion er vollständig vertraut war. Er zog sie aus den Taschen der Schläfer und hatte nun ein Arsenal beisammen, mit welchem er seiner Meinung nach die Kajüte für längere Zeit verteidigen konnte.

Es währte auch gar nicht lange, bis er Gelegenheit fand, seinen Mut zu beweisen. Der Hund horchte auf, ging zur Thür, schnoberte an dieselbe und begann zu knurren. Es mußte sich jemand draußen befinden.
Richard hörte, daß man draußen etwas Schweres wegschob; dann wurde versucht, die Thüre leise zu öffnen. Dies gelang aber nicht, da sie verriegelt war. Der Knabe winkte den Hund zu sich und gebot ihm durch eine Pantomime Schweigen.
Draußen wurde geflüstert; dann vergingen einige Minuten, bis ein neues Geräusch zu hören war. Es klang, als ob man mit einem Bohrer an der Thür arbeitete. Richard trat nahe an dieselbe heran und sah wirklich die Spitze eines starken Bohrers erscheinen. Man wollte ein Loch machen, um in die Kajüte blicken zu können.
Als dasselbe fertig war und der Bohrer zurückgezogen wurde, wich Richard zur Seite, damit man ihn nicht sehen könne. Der Blick desjenigen, welcher jetzt hereinsah, konnte nur die vier Schläfer und den Hund erreichen. Höchst wahrscheinlich glaubte man nun, Richard liege in der Ecke und schlafe auch. Der Neufundländer saß mitten in der Kajüte und hielt die Augen scharf auf das Loch gerichtet. Das kluge Tier schien die Bedeutung desselben zu kennen. Es war ihm anzusehen, daß er sich auf den Ersten, welcher es wagen werde, einzutreten, stürzen werde. Bei der Stärke des Tieres war der Betreffende dann jedenfalls verloren und darum sagte sich Richard, daß man zunächst trachten werde, den Hund unschädlich zu machen.
Aber wie? Er war nicht anders als durch einen Schuß zu erreichen. Sollte man das versuchen? In diesem Falle war es nötig, noch ein Loch zu bohren, eines für die Schußwaffe und eines für das Auge, um zielen, oder wenigstens sehen zu können, wohin dieselbe zu richten sei.
Der Knabe hatte, indem er dies dachte, sich nicht geirrt, denn er hörte jetzt das bohrende Geräusch von neuem. Da er sich sagte, daß eine Revolverkugel wohl durch die schwache Thür dringen aber den draußen Stehenden nicht verletzen werde, so griff er nach den beiden Gewehren des Mijnheers, spannte die Hähne und stellte sich so, daß er von draußen nicht gesehen werden konnte. Das eine Gewehr neben sich gelehnt und den Lauf des andern nach der Thür gerichtet, wartete er auf das, was man nun thun werde.
Der Bohrer drang durch die Thür, und Richard sah beim Scheine der beiden an der Decke hängenden Laternen, daß es eine Art Zentrumbohrer war, welcher ein weit größeres als das erste Loch geschnitten hatte. Es war so groß, daß man den Lauf eines Gewehres hindurchstecken konnte.
Was Richard geahnt hatte, das geschah. Man steckte den Lauf einer Pistole herein. Der Hund hatte den klugen Blick noch immer scharf auf die Thüre gerichtet. Er sah die Waffe und wich schnell zur Seite. In demselben Augenblicke drückte Richard ab. Er hatte, da sich das Auge des Attentäters jedenfalls am oberen Loche befand, den Lauf ungefähr fünfzehn Zoll tiefer gerichtet, wo sich die Brust desselben befinden mußte. Der Schuß krachte und draußen ertönte ein lauter Schrei. Der Knabe griff schnell nach der zweiten Flinte und gab einen zweiten, mehr seitwärts gehenden Schuß ab, denn er sagte sich,

daß jedenfalls mehrere Personen draußen seien. Ein zweiter Schrei erscholl, dann ertönten die Rufe vieler Stimmen, in welche sich das wütende Gebell des Hundes mischte, durcheinander.

Der umsichtige Knabe zog schnell sein Notizbuch aus der Tasche, riß einige Blätter los, befeuchtete sie mit der Zunge und klebte sie auf die vier Schuß- und Bohrlöcher, damit man nicht mehr hineinsehen könne. Derjenige, welcher sich der Thür wieder in der Absicht nahte, hereinzublicken, mußte eins der Papiere wegstoßen, und dann wußte Richard ganz genau, wohin er die Verteidigung zu richten hatte. Es schien aber keiner der Chinesen daran zu denken, sich in die so gefährliche Nähe der Thür zu wagen. Auch wurde die Aufmerksamkeit des Knaben zunächst von derselben ab- und auf seine Gefährten gezogen.

So tief die Betäubung war, in welcher sich dieselben befunden hatten, das Krachen der beiden Schüsse war doch in ihr Gehör gedrungen. Sie bewegten sich, doch freilich in sehr verschiedenem Grade.

Der Dicke regte sich nur ein wenig und murmelte ohne die Augen zu öffnen: „Hem! Jemand schiet. Dat gevt gebraden kater – hm! Jemand schießt. Das gibt Katerbraten."

Er dachte also sogar in seinem jetzigen Zustande an das Essen, und zugleich erinnerte er sich an Gottfrieds schlechten Witz vom Katzenfleisch. Dann sank er wieder in seine Betäubung zurück.

Turnerstick wendete sich langsam auf die andre Seite und sagte: „Nochmals Feuer, Jungens! Und gut gezielt! Gebt es ihm!"

Er schien zu glauben, daß sein Schiff sich mit einem andern im Kampfe befinde.

Gottfried von Bouillon richtete den Kopf in die Höhe, lauschte einen Augenblick und räsonnierte dann: „Dummkopf, wat fällt dich ein! Wie kannst du denn mit meine Oboe schießen! War sie denn jeladen?"

Dann senkte er den Kopf wieder und schlief weiter.

Eine größere Wirkung als auf diese drei hatten die Schüsse auf den Methusalem geübt. Er richtete den ganzen Oberkörper auf und öffnete die Augen. Stier vor sich hinblickend, fragte er: „War das geschossen? Wer – – wo – – – warum – – – wa – wa – – wa – –!"

Weiter kam er nicht. Er schloß die Augen und sank wieder zurück. Richard trat zu ihm, faßte ihn bei den Schultern und zog an denselben.

„Onkel, wach auf, Onkel Methusalem!"

Diese Aufforderung des Knaben fand kein Gehör. Er richtete mit Mühe den schweren Oberkörper des Betäubten wieder auf und rief: „Onkel, so höre doch! Ich habe zwei Chinesen erschossen. Man will uns morden!"

„Laß – laß – – laß mich!" antwortete Degenfeld, welcher abermals umsinken wollte.

Richard aber hielt ihn fest und bat: „Wach auf, wach auf! Wir befinden uns in großer Gefahr!"

„Ge – – – fahr?" lallte der andre.

„Ja. Oeffne doch wenigstens die Augen!"

„Au – au – – Augen!“
Man sah, daß er sich Mühe gab, die Lider zu heben; aber es gelang ihm nicht. Da verfiel Richard auf ein Mittel, von welchem er sich Wirkung versprach. Er rief dem Studenten in zornigem Tone zu: „Sonderbarer Mensch! Hörst du denn nicht, dummer Junge!“
Diese doppelte Beleidigung zeigte sofort den gewünschten Erfolg. Der Methusalem riß die Augen auf und schrie: „Schandfuchs! Ich haue dir eine horrible! Scharfe Schläger her, Gottfried!“
Er erkannte Richard trotz geöffneten Augen nicht.
„Selber Fuchs!“ antwortete dieser. „Dreimal relegierter Affe!“
Dieser Vorwurf erwies sich stärker als die Betäubung. Der Methusalem schleuderte den Knaben von sich, richtete sich auf die Kniee empor und donnerte: „Wie? Was? Rele – – rele – – – ich – – – ich?“
„Ja, du! Infam relegiert!“
Da sprang der Blaurote vollends auf, streckte beide Hände nach dem Beleidiger aus und rief mit fast überschnappender Stimme: „Mir das! Mir das! Hündischer Knochen, ich zermalme dich!“
Er wollte auf Richard einspringen, taumelte aber gegen die Wand und blieb, die Augen wieder schließend, an derselben lehnen. Mit beiden Händen an den schweren Kopf greifend, wäre er wohl wieder niedergesunken, wenn Richard nicht auf ein neues Mittel gekommen wäre, auf seine Energie zu wirken. Er rüttelte ihn an der Schulter und sagte: „Methusalem, wache doch auf! Es gilt dein Ehrenwort. Willst du dich hier abschlachten lassen und dann nicht dein Ehrenwort halten können? Hörst du, dein Ehrenwort, dein Kong-kheou, dein Kong-kheou!“
„Ehrenwort – Kong-kheou! Das – das – – halte ich! Was – was – – – ah du, Richard?“
Er richtete sich stramm auf, öffnete die Augen und erkannte nun den Knaben.
„Ich bitte dich um Gottes willen,“ sagte dieser, „denk an das Kong-kheou! Denk an meine Mutter, und denk auch in Ye-kin-li daheim, denen du dein Wort verpfändet hast.“
Da trat der Blaurote zu ihm heran, legte ihm die Hand auf die Achsel und antwortete: „Knabe, habe ich jemals mein Wort nicht gehalten?“
„Stets! Aber wenn du dich jetzt nicht aufraffst, wird dein Kong-kheou zu Schanden werden.“
„Warum?“
„Weil man uns sonst hier ermorden wird.“
„Er – mor – – den?!“
„Ja. Hast du meine Schüsse nicht gehört? Ich habe zwei Chinesen erschossen.“
„Alle Wetter! Träume ich? Mein Kopf, mein Kopf! Was ist mit mir und mit meinem Kopfe? Warum liegen diese drei wie tot am Boden?“
„Weil man euch Opium gegeben hat, um euch zu betäuben. Die Halunken haben zwei Löcher dort in die Thür gebohrt, um zunächst den Hund zu erschießen; ich aber habe ihnen zwei Kugeln gegeben, welche sicherlich getroffen haben.“

„Du – hast – – geschossen! Wer – wer sprach vorhin vom Relegieren?“
„Ich. Es war das einzige Mittel, dich wach zu bringen.“
„Ah – – ah – – braver Kerl! Kluger Bursche! Aber mein Kopf, mein Kopf!“
Er legte sich die Hände an die Schläfen und gab sich Mühe, ohne Taumeln fest zu stehen.
„Bleib munter, bleib munter, Onkel! Es hängt unser Leben davon ab!“
„Ja, Leben – Ehrenwort – Kong-kheou – Relegatio cum infamia! Kerl, das war ein starker Tabak, aber er soll geraucht werden. Opium! Richard, mir ist's zum Umsinken, dumm im Kopfe. Du mußt mir helfen!“
„Gern! Aber wie?“
Degenfeld wankte noch immer hin und her. Er stemmte eine Hand gegen die Wand und antwortete: „Du mußt es aber auch thun, unbedingt!“
„Kann ich denn?“
„Ja. Gib mir dein Wort!“
„Ich gebe es.“
„Gut! Du wirst es halten; ich weiß es. Stecke mir also eine Ohrfeige, aber eine aus Herzensgrund!“
„Onkel!“
„Pah! Warte nicht ewig! Es muß sein; es geht nicht anders, mein Junge. Nicht ich, sondern das Opium bekommt den Hieb. Also vorwärts!“
„Wird's denn wirklich helfen?“
„Ich denke es. Alle Wetter, mach rasch, sonst setze ich mich wieder nieder!“
„Na, denn gut, so setze dich!“
Richard holte aus und gab ihm die verlangte Ohrfeige, und zwar so „aus Herzensgrund“, daß der Getroffene wirklich sogleich zum Niedersinken kam. Er sprang aber augenblicklich wieder auf, griff nach seiner Wange und rief: „Hol's der Kuckuck, Junge! Gar so kräftig hatte ich es nicht gemeint! Aber es schadet nichts. Viel hilft viel, sagte der Bauer, da sprang er ins Bett und brach durch. Jetzt ist mir's wohler. Nun sage schnell, was ist geschehen?“
Richard gab ihm kurz Bericht. Der Methusalem trat an das Fenster und sah hinaus, ging dann zur Thür, um die Beschädigungen derselben zu betrachten, und sagte dann: „Richard, hier hast du meine Hand! Du bist ein kluger und auch tapferer Bursche und hast uns das Leben gerettet. Halte nur noch kurze Zeit aus, bis ich wieder in vollem Besitze meines Kopfes bin. Sobald ich laß werde, gibst du mir wieder eine Backpfeife; das hilft; ich fühle es. Wir haben jetzt kein andres Mittel. Ich will zunächst nach den Gewehren sehen und die Flinten des Dicken wieder laden. Behalte die Thür scharf im Auge. Ich werde mein Gewehr laden und es dir geben. Sobald du siehst, daß jemand von draußen das Papier entfernt, schickst du augenblicklich eine Kugel nach der betreffenden Stelle.“

Er schob zwei Patronen in den Hinterlader und gab diesen dem Knaben. Eben als das geschah, wendete sich der Hund knurrend gegen die Fenster. Der Blaurote warf einen Blick nach dieser Gegend, riß sofort Richard das Gewehr aus der Hand und legte an.
Man sah erst die Beine und dann den Leib eines Mannes, der dort erschien. Jedenfalls wurde derselbe vom Bord aus an einem Seile niedergelassen.
„Jetzt wollen sie es von dort aus versuchen; das soll ihnen aber auch verleidet werden," flüsterte der Student.
Jetzt, wo es galt, stand er ohne Wanken. Das Opium hatte keine Gewalt mehr über ihn.
„Willst du ihn erschießen?" fragte Richard.
„Ja."
„Ein Menschenleben! Sollten wir es nicht schonen?"
„Hast du die beiden andern geschont? Ich bin nun überzeugt, daß wir uns unter Seeräubern befinden: die geben kein Quartier; wir können uns nur dadurch retten, daß wir an keine Milde denken. Leben gegen Leben. Vielleicht will der Kerl einen Stinktopf hereinwerfen. Gelingt ihm das, so sind wir verloren."
Jetzt war der Mann so weit niedergeglitten, daß sein Gesicht an der Fensteröffnung erschien. Der Methusalem drückte los, und das Gesicht verschwand. Man hörte zornige Rufe erschallen.
Degenfeld trat an das Fenster und sah hinaus.
„Richtig!" sagte er. „Da neben dem Seile sehe ich einen Strick, an welchem ein Topf hängt. Das ist auf jeden Fall ein Hi-thu-tschang, wie diese Kerls die Steintöpfe nennen, ein „Gefäß der wohlriechenden Kräuter". Wehe dem, in dessen Nähe so ein Topf zerplatzt! Die chinesischen Seeräuber werfen solche Töpfe auf das Deck derjenigen Schiffe, welche sie kapern wollen. Der entsetzliche Gestank, den dieselben entwickeln, betäubt die ganze Bemannung des Fahrzeugs. Gib nun acht auf die Fenster!"
„Willst du sie nicht zumachen?"
„Das nützt nichts, denn man kann die Schieber auch von draußen zurückstoßen. Uebrigens denke ich, daß sich nicht gleich wieder einer herabwagen wird. Ich will den abgeschossenen Lauf wieder laden."
Während er das that, fiel sein Blick auf seine drei Gefährten, welche den Schuß wieder gehört hatten. Gottfried von Bouillon hatte sich in sitzende Stellung aufgerichtet und lehnte an der Wand, doch war er gleich wieder eingeschlafen. Turnerstick lag mit halb emporgerichtetem Oberleibe auf dem Ellbogen und starrte die beiden mit seelenlosem Blicke an. Der Mijnheer hatte sich umgewendet, jedoch falsch; er lag auf dem Bauche, was ihn verhindert hatte, wieder in den Schlaf zu sinken. Er gab sich vergebliche Mühe, auf die Seite oder den Rücken zu kommen, und stöhnte dabei: „Imand heeft weder geschoten. Hij heeft mij getroffen. Ik been dood – jemand hat wieder geschossen. Er hat mich getroffen. Ich bin tot!"
Er war der munterste von den dreien, obgleich er ebensoviel wie sie getrunken hatte. Vielleicht wirkt das Opium bei Fettleibigen nicht so sehr oder nicht so schnell. Der

Methusalem drehte ihn auf den Rücken, richtete ihn mit Mühe zum Sitzen auf, schob ihn an die Wand, damit er sich anlehnen könne, und sagte zu ihm: „Sie sind nicht tot, Mijnheer; Sie leben. Sehen Sie mich einmal an!“
„Neen,“ behauptete der Dicke, „ik been gestorven.“
„Nein, Sie sind nicht gestorben, sondern nur betäubt.“
„Goed, soo slape ik!“
„Sie sollen aber nicht schlafen! Wachen Sie auf! Oeffnen Sie die Augen!“
„Ik heb geene oogen!“
„Freilich haben Sie Augen! Geben Sie sich nur Mühe, sie aufzumachen!“
Der Dicke wollte dieser Aufforderung gehorchen. Er zog die Brauen möglichst hoch empor, brachte aber die Lider nicht auf.
„Het gaat niet – es geht nicht,“ meinte er, indem er gähnte.
Da nahm Richard sich der Sache an. Er dachte an den Erfolg, den er beim Onkel Methusalem gehabt hatte, und packte nun auch den Dicken bei seiner hervorragenden Eigentümlichkeit, indem er ihm zurief: „Mijnheer, haben Sie keinen Hunger? Wollen Sie nichts essen?“
„Eten?“ fragte Aardappelenbosch. „Wat hebt gij?“
„Was wir haben? Was essen Sie denn am liebsten?“
„Gebraden gans met koolsalade.“
„Das haben wir, Gänsebraten mit Krautsalat!“
„Heiza! Ik wil hem hebben!“
Die List gelang. Der Dicke machte die Augen weit auf und streckte beide Arme nach dem verheißenen Gänsebraten aus. Degenfeld mußte, obgleich die Situation keine behagliche war, laut auflachen und sagte: „Noch ein wenig Geduld, Mijnheer. Sie bekommen ihn nicht eher, als bis Sie aufgestanden sind.“
„Ik word opstaan!“
Indem er sich mit beiden Händen an der Wand festhielt, gelang es ihm wirklich, sich aufzurichten. Durch diese Anstrengung mehr zur Besinnung gekommen, sah er die beiden verwundert an; dann griff er nach seinem Kopfe und sagte: „Mijn hoofd, mijn hoofd (Haupt)! Jk heb een Nijlpaard tußchen mijnen hersenen – mein Kopf, mein Kopf! Ich habe ein Nilpferd zwischen meinem Gehirn!“
„Aber Sie sehen und erkennen uns?“
„Ja wel.“
„So sagen Sie zunächst, wo Sie Ihre Munition haben!“
„Daar – dort!“
Er deutete nach dem Tornister. Der Methusalem öffnete denselben und erblickte eine beträchtliche Anzahl verschiedenfarbiger Tüten, welche sich in demselben befanden. Er nahm eine derselben heraus und fragte: „Was ist der Inhalt dieses Papieres?“
„Hooizaad,“ lautete die Antwort.
„Heusamen! Und hier?“

„Driekleurigviooltjetee."
„Also Stiefmütterchenthee. Und hier?"
„Kruizemuntentee."
„Krausemünzthee! Und in dieser Tüte?"
„Lindeboombloesemtee."
„Lindenblütenthee! Weiter hier?"
„Seringatee."
„Also Fliederthee. Aber, Mijnheer, das sind zwanzig Tüten, also eine ganze Apotheke! Wozu schleppen Sie denn diese verschiedenen Thees mit sich herum?"
„Voor mijne gezondheid. Ik heb vele ongesteldheiden – für meine Gesundheit. Ich habe viele Krankheiten."
Degenfeld nahm die Tüten alle heraus, bis er ganz unten auf die Munition kam und die beiden abgeschossenen Gewehre nun laden konnte. Dies brachte den Dicken vollends zu sich. Er erkundigte sich, weshalb man seine Gewehre lade, und erhielt die nötige Auskunft. Als er hörte, in welcher großen Gefahr er sich befand, wurde er äußerst beweglich. Er packte nun selbst die Tüten wieder ein, um seine sieben Sachen beisammen zu haben, zog sich dann mit den Gewehren, dem Schirme und dem Tornister in eine Ecke zurück und erklärte, jeden durch und durch zu schießen, der es wagen werde, ihm wenn auch nur ein finsteres Gesicht zu machen.
Nun galt es, auch den Kapitän und Gottfried von Bouillon zur Besinnung zu bringen. Es gelang, wenn auch nur schwer. Sobald sie hörten, daß man ihnen nach Eigentum und Leben trachte, flog der Rausch von ihnen. Aber auf wie lange, das war die Frage. Für jetzt hielt die Energie den Körper aufrecht und die Augen offen; aber vielleicht war das Gift noch gar nicht in seine volle, eigentliche Wirkung getreten; vielleicht begann es erst noch, dieselbe zu entfalten. Dem mußte vor allen Dingen vorgebeugt werden. Aber wie und womit? Ein Gegenmittel gab es ja nicht hier in der Kajüte.
Als erstes Mittel hat der Arzt das Erbrechen und, wenn nötig, die Magenpumpe anzuwenden, um das etwa noch im Magen vorhandene Gift zu entfernen. Deshalb riet Degenfeld seinen Genossen, ihre Magen durch mechanische Mittel zum Erbrechen zu reizen. Dies reichte aber natürlich nicht aus, da das Opium bereits ins Blut übergetreten war. Die sonst anzuwendenden Medikamente wie Kaffein oder Quaranaabkochung gab es nicht. Eine Tanninlösung – ah, das brachte den Methusalem auf einen guten Gedanken.
„Mijnheer, Ihr Tornister muß uns retten!" sagte er zu dem Holländer.
„Mijn ransden (Ranzen)?" fragte dieser erstaunt. „Welt gij hem als Medizin opvreten – wollen Sie ihn als Medizin auffressen?"
„Nein, ich habe es nicht auf den Ranzen, sondern nur auf dessen Inhalt abgesehen. Die verschiedenen Thees, welche er enthält, sind wohl alle mehr oder weniger gerbsäurehaltig. Wenn wir sie stark einkochen und diesen Aufguß trinken, werden sich die Alkaloide des Opiums im Körper in unlösliche Tannate verwandeln. Es ist ein Glück,

daß Sie auf den Gedanken gekommen sind, den Branntwein mitzunehmen. Wir können ihn jetzt als Brennmaterial benutzen. Eine Theemaschine haben die Matrosen uns am Nachmittage besorgt; so haben wir alles Nötige beisammen."

„Ja," meinte der Dicke, „mijne tee's zijn goed; wij worden ze drinken."

Er war stolz darauf, daß die Heilmittel seiner vielen Krankheiten sich jetzt als so nützlich erwiesen. Für Trinkwasser hatte der vermeintliche Malaie gesorgt; so konnte man mit dem Kochen beginnen.

Außer Richard bekam jeder die gleiche Portion des heißen, übel schmeckenden Getränkes. Außerdem war es nötig, dem Opium durch unausgesetzte Körperbewegung und tiefes Einatmen frischer Luft zu begegnen. Auf den Vorschlag des Methusalem wurden darum Exerzitien vorgenommen, Turnfreiübungen, bei denen sich der Dicke außerordentlich komisch ausnahm. Er ahmte aber alle Bewegungen und Stellungen, welche der Blaurote als Vorturner kommandierte, mit wahrer Begeisterung nach, denn er fühlte an sich selbst, daß dieses Mittel den gewünschten Erfolg hatte, obgleich es für ihn sehr anstrengend war. Er schwitzte aus allen Poren.

Wären die vier Personen nicht so tüchtige Trinker gewesen, so hätte das Opium eine noch viel größere und nachhaltigere Macht auf sie geäußert. So aber milderte sich die Herrschaft des Giftes mehr und mehr, bis endlich nur noch eine leicht zu ertragende Beklommenheit der Köpfe zurückblieb.

Während sie aus Leibeskräften exerzierten und während der Pausen den starken Absud des Thees tranken, hielt Richard treulich Wache. Er stand mit geladenem Gewehre bereit, dem ersten, der sich an die Thür oder eine der Luken wagte, eine Kugel zu geben. Dabei mußte er sich mehr auf sein Gesicht als auf sein Gehör verlassen. Einen, der sich draußen an die Thür schlich, hätte er nicht hören können, weil die Turnenden zu viel Geräusch verursachten.

Rettung in Sicht.

Achtes Kapitel

In Not und Gefahr.

Als die Freunde einmal auf wenige Augenblicke ruhten und es infolgedessen still in der Kajüte wurde, vernahmen sie alle ein leises Klopfen an der Thür.

„Schui nguái – wer ist draußen?" fragte der Methusalem.

„Gu–ten A–bend!" erklang die Antwort, leise und indem die einzelnen Silben langsam und mit Bedacht ausgesprochen wurden, damit man die Worte deutlich verstehen könne.

„Was!“ flüsterte der Student seinen Gefährten zu. „Das ist ja deutsch!“
„Ja,“ nickte der Gottfried erstaunt. „Dat ist der traute Abendjruß unsrer jeliebten Muttersprache. Wie hat der sich in die olle Dschunke verirrt?“
„Jedenfalls handelt es sich um eine Falle, welche man uns stellt. Man kennt zufällig diese beiden deutschen Worte. Werden ja sehen!“
Und lauter antwortete er, gegen die Thür gerichtet: „Guten Abend! Wer ist draußen?“
„Ein Freund,“ antwortete es ebenso leise wie vorher.
„Gut! Aber wer?“
„Ein Unglücklicher, der auch gefangen ist.“
Diese Worte wurden wieder so wie vorhin in ihre Silben abgeteilt und sehr langsam ausgesprochen, wie einer thut, welcher der betreffenden Sprache nicht ganz mächtig ist und doch gern verstanden sein will.
„Das glaube ich nicht,“ sagte der Methusalem. „Was wollen Sie?“
„Hinein zu Ihnen.“
„Pah! Bleiben Sie in Gottes Namen draußen!“
„Ich bin wirklich Ihr Freund, das hören Sie ja daraus, daß ich deutsch spreche!“
„Ein Verräter sind Sie! Sie sind jedenfalls der Lump, welcher sich für einen Malaien ausgegeben hat.“
„Der Amerikaner, Ihr Diener? O nein! Ich bin ein Chinese.“
„Und sprechen doch deutsch!“
„Mein Herr hat es mich gelehrt.“
„Wer ist das?“
„Herr Sei-tei-nei in Hu-nan.“
„Das ist Schwindel,“ bemerkte Degenfeld leise zu seinen Gefährten. „Sei-tei-nei ist kein chinesisches Wort und kein chinesischer Name.“
„Kenne das Wort auch nicht,“ antwortete Turnerstick selbstbewußt. „Und einer, welcher alle chinesischen Dialekte so innehat wie ich, müßte es doch kennen, wenn es wirklich chinesisch wäre. Sei-tei-nei hat keine einzige von meinen fünf Endungen.“
„Sehr richtig!“ lächelte der Student. „Man will es auf diese Weise mit uns versuchen, uns zutraulich machen. Das soll ihnen aber nicht gelingen. Freilich, wie so ein Halunke zu unsrer ehrlichen deutschen Sprache kommt, das kann ich nicht begreifen. Darum bin ich überzeugt, daß es der Yankee ist. Er gibt sich für einen Gefangenen aus und fordert Einlaß. Sobald wir aber öffneten, würden sich so viele hereindrängen, daß wir gar keinen Raum zur Gegenwehr fänden. Ich werde hören, was er weiter sagt. Die Chinesen würden einen Gefangenen wohl nicht frei umher laufen lassen, so daß er Gelegenheit fände, sich hierher zu schleichen und heimlich sich mit uns zu unterhalten.“
Gegen die Thür gewendet, fragte er weiter: „Wie kommen Sie denn in die Gefangenschaft der Seeräuber?“
„Ganz so wie Sie: Ich hielt sie für ehrliche Leute.“
„Wo trafen Sie die Dschunke?“

„Im Hafen von Schang-hai. Ich wollte in Geschäften nach Kanton und fuhr mit dem „Schui-heu“, weil man mir sagte, daß sie dorthin gehe. Erst unterwegs sah ich, unter welche Leute ich geraten war. Man ließ mir die Wahl zwischen dem Tode und dem Beitritt.“
„Hm! So sind Sie Seeräuber geworden?“
„Nur zum Scheine!“
„Und man läßt Sie frei umhergehen?“
„Nur auf hoher See, im Hafen aber nicht. In Hongkong bin ich in den Unterraum geschlossen worden; sobald man aber den Anker gezogen hatte, durfte ich herauf.“
„So! Wer ist bei Ihnen draußen vor der Thür?“
„Niemand.“
„Wirklich?“
„Kein Mensch. Ich bin ganz allein.“
„Aber man muß es doch sehen, daß Sie mit uns reden!“
„Nein. Die Laternen wurden ausgelöscht. Es brennt keine einzige, da kein uns begegnendes Schiff uns sehen oder gar anrufen soll.“
„Hm! Wo ist der Ho-tschang?“
„Der schläft. Die andern Offiziere auch. Nur der To-kung steht hinten am Steuer.“
„Und die Matrosen?“
„Es sind nur drei Wachen an Deck. Die andern sollen alle ruhen, weil es mit Tagesanbruch viel zu thun geben wird.“
„Werden Sie von diesen Wachen nicht beobachtet?“
„Nein. Einer steht oben am Innenbug; er kann mich also nicht sehen. Der zweite hält am Hintermast; seine Augen reichen nicht bis hierher. Und der dritte schläft am Mittelmast. Jedenfalls schlafen die beiden andern auch.“
„Sonderbar! Fühlt man sich denn vor uns so sicher, daß man uns nicht einmal einen Posten vor die Thür gibt?“
„Es wollte keiner her, weil Sie schießen. Man hat Ihre Thür so verrammelt, daß Sie nicht öffnen können.“
„Und da fordern Sie uns auf, Sie zu uns hereinzulassen? Sie widersprechen sich.“
„Nein, denn ich kann ja die Bambusstützen, welche man gegen die Thür gestemmt hat, wegnehmen. Sie dürfen mir vertrauen.“
„So! Was wollen Sie denn eigentlich bei uns?“
„Ich wollte Sie um Ihre Hilfe bitten, denn ich allein, ich selbst, bin zu schwach, um die Freiheit wieder zu erlangen.“
„Wir sind ja ebenso, wie Sie gefangen!“
„Freilich wohl! Aber nachdem, was ich von Ihnen gehört habe, besitzen Sie genug Mut, Entschlossenheit und Waffen, sich wieder zu befreien. Darum wollte ich mich so gern in Ihren Schutz begeben.“
„Das klingt alles sehr gut, aber ich darf Ihnen nicht trauen.“

„Sie dürfen es. Ich meine es ehrlich. Glauben Sie mir das!“
Da legte Gottfried dem Studenten die Hand auf den Arm und flüsterte ihm zu: „Dat klingt so jut und erbärmlich. Der Kerl kann mich leid thun. Wenn es wirklich an demjenigen ist, wie er sagt, so müssen wir uns seiner annehmen. Lassen Sie ihn also rin in die Bude, oller Methusalem!“
„Es ist zu gefährlich!“
„Jefährlich? Dat will mich nicht einleuchten. Wat kann uns so ein einzelner Mann anhaben?“
„Wissen Sie so genau, daß er allein ist?“
„Jenau freilich nicht; aberst es ist wat in seine Rede, wat mich ins Herze jeht. Und wenn er nicht allein wäre, wenn die janze Sippschaft bei ihm stände, so fürchte ich als Jottfried von Bouillon mir noch lange nicht. Habe ich damals Jerusalem erobert und den Seldschufen mein Jebiß jezeigt, so sollen die paar Chinesigen mich ooch nicht bange machen. Jewehre haben wir jenug. Wenn wir ihnen eine volle Salve jeben, reißen sie aus, wie die Dorfjungens, wenn der Herr Kantor kommt.“
„Du magst recht haben; aber ich möchte nicht noch mehr Blut vergießen.“
„Und vorhin haben Sie selbst gesagt: Auge um Auge, Schinken um Schinken, Schmer um Schmer!“
„Das war notwendig, um ihnen zu zeigen, was sie von uns zu erwarten haben.“
„Jut, so haben sie auch jetzt, wenn sie uns überrumpeln wollen, nur blaue Bohnen von uns zu erwarten. Ich bin übrigens überzeugt, daß der arme Teufel es wirklich ehrlich meint. Und wat verhindert Ihnen, dat Papier wegzunehmen und dann hinauszuschauen, wat für Jeister draußen sind?“
„Das ist richtig. Wollen sehen.“
Er trat leise an die Thür, entfernte eines der Papiere und blickte durch das Kugelloch. Es war so sternenhell auf dem Verdeck, daß er sich genau orientieren konnte. Es war niemand da. Erst als er das unterste der Papiere wegnahm, sah er den Mann, welcher draußen am Boden lag, das Gesicht nahe an die Thür gelegt. Er klebte die beiden Papiere wieder auf die Locher und sagte zu dem Wartenden: „Ich will es versuchen. Entfernen Sie also die Stützen!“
Gleich nach diesen Worten würde draußen ein stoßendes und schiebendes Geräusch hörbar, und dann öffnete der Methusalem die Thür, welche sich nur nach außen in ihren ledernen Angeln bewegte. Der Mann kam schnell herein, und der Student verriegelte die Thür sofort wieder. Dann musterte er den Eingetretenen.
Dieser war ein junger Mann von vielleicht vier- bis fünfundzwanzig Jahren. Er trug eine bessere Kleidung als die Matrosen und sogar deren Offiziere. Waffen sah man bei ihm nicht. Er ergriff die Hand des Methusalem und sagte in herzlichem Tone: „Ich danke Ihnen, mein Herr! Nun darf ich doch Hoffnung haben, wieder frei zu kommen.“

„Hm!“ meinte der Student kopfschüttelnd. „Ein Chinese, welcher deutsch spricht und unter solchen Verhältnissen sich uns vorstellt, das ist ungewöhnlich. Sie sind doch Chinese?“
„Sogar Vollblutchinese!“
„Und weshalb sprachen Sie uns deutsch an? Wie erfuhren Sie, daß wir Sie verstehen würden?“
„Ich hörte, daß der Amerikaner zu dem Ho-tschang sagte, daß Sie Deutsche seien.“
„Haben Sie auch gehört, welche Absichten man mit oder vielmehr gegen uns hegt?“
„Sie sollen getötet werden.“
„Wann?“
„Sobald es Tag wird.“
„Und wie?“
„Man wird das Dach ihrer Kajüte einschlagen und Stinktöpfe hineinwerfen.“
„Alle Wetter! Gut, daß wir das erfahren! Bis dahin aber will man nichts unternehmen?“
„Nein. Wenn Sie dann je ausbrechen, so glaubt man, am Tage sich besser gegen Sie verteidigen zu können.“
„Also haben die Kerls doch Angst vor uns?“
„Sogar große Angst. Sie haben doch bereits mehrere getötet.“
„Also sind sie nicht nur verwundet, sondern wirklich tot! Nun, wir werden uns auch ferner unsrer Haut wehren. Jetzt müssen wir uns zunächst mit Ihnen beschäftigen. Was sind Sie denn eigentlich?“
„Kaufmann.“
„Was verkaufen Sie?“
„Kohlen.“
„Kohlen? Hm! Hier in China ein Kaufmann, welcher Kohlen verkauft! Das könnte mich wieder mißtrauisch machen, wenn Sie nicht ein so ehrliches Gesicht hätten. Sie gefallen mir, und ich möchte Ihnen gern mein Vertrauen schenken, wenn nur dieser sogenannte Herr Sei-tei-nei nicht wäre!“
„Was haben Sie gegen ihn?“
„Dieser Name ist nicht chinesisch!“
„Das ist richtig. Sprechen Sie vielleicht chinesisch?“
„Ja.“
„Nun, so werden Sie wissen, daß wir fremde Worte nach unsrer Weise aussprechen. Es fällt uns schwer, gewisse Konsonanten, wenn sie nebeneinander stehen, richtig hervorzubringen. So sagen wir zum Beispiel statt Christus Chi-li-su-tu-su und anstatt Spiritus Su-pi-li-tu-su.“
„Das weiß ich; aber Sie selbst sprechen diese beiden Worte doch richtig aus!“
„Nur weil ich mich jahrelang habe üben können. Der Name Sei-tei-nei ist auch deutsch, aber mit chinesischer Zunge ausgesprochen. Er heißt eigentlich ...“

„Halt!“ unterbrach der Methusalem ihn schnell. „Sollte das möglich sein! Was ahne ich! Sie sprachen von Kohlen. Sie sprachen ferner von einem Herrn Sei-tei-nei, welcher in der Provinz Hu-nan wohnt! Sei-tei-nei! Da haben Sie ein „ei“ zwischen die Konsonanten und dann noch eines an das Ende des Wortes gesetzt, weil der einzige und eigentliche Vokal des einsilbigen Wortes eben auch ein „ei“ ist?“
„So ist es.“
„Der Name lautet also Stein?“
„Ja, Stein. Herr Stein ist mein Pi-li-ni-zi-pa-la, mein Prinzipal.“
„Wie ist sein Vorname?“
„Da-ni-ne-le, also Daniel.“
Da stieß Richard einen Schrei des Entzückens, aus, eilte auf den Chinesen zu, faßte ihn an der Hand und rief: „Stein – Daniel – ein Deutscher – in der Provinz Hu-nan – Sie kennen also meinen Oheim, den guten Onkel Daniel? Welch eine Ueberraschung, welches Entzücken! Das ist eine Fügung Gottes, welche mich ausserordentlich glücklich macht. Wie gut, daß wir Sie herein gelassen haben!“
Der Chinese sah den Jüngling erstaunt an und fragte ihn: „Wie? Was? Sie kennen den Herrn?“
„Natürlich! Er ist ja mein Oheim!“
„So sind Sie ... so haben Sie seinen Brief empfangen?“
„Ja. Wissen Sie von diesem Briefe?“
„Alles! Ich selbst habe ihn ja nach Kanton zu unserm Agenten gebracht.“
„Sie selbst. Sie selbst!“
„Ja, und jetzt wollte ich diesen Agenten besuchen, um ihn im Auftrage meines Prinzipals zu fragen, ob vielleicht eine Antwort eingelaufen sei! Dabei bin ich unter die Piraten geraten.“
„Ich selbst bin die Antwort. Ich bin, anstatt zu schreiben, sofort selbst abgereist. Onkel Methusalem hier that es nicht anders. Wir wollten nach Kantong zu dem Agenten, um uns zu erkundigen, welche Reisegelegenheit zu wählen sei.“
„Methusalem? Auch ein Onkel?“ fragte der Chinese. „Diesen Namen habe ich noch nie gehört.“
„Er ist sehr selten,“ antwortete der Rotblaue lachend. „Es hat, seit die Erde steht, nur ein einziger außer mir noch so geheißen und der ist nun leider endlich tot. Aber wer hätte so etwas denken können, als Sie heimlich an die Thür klopften! Nun soll mir jemand daran zweifeln, daß heut noch Wunder geschehen! Wir heißen Sie natürlich auf das herzlichste willkommen. Zwar befinden wir uns gegenwärtig in keiner angenehmen Lage, aber wir werden schon Mittel und Wege finden, uns aus derselben zu befreien, und dann werden wir sofort nach Hu-nan aufbrechen, oder genauer nach Ho-tsing-ting. So heißt doch wohl der Ort?“
„Ja, Herr.“
„Er scheint früher anders geheißen zu haben?“

„Er hat seinen jetzigen Namen erst, seit Herr Stein sich dort befindet.“
„Dachte es mir. Ting bedeutet eine kleine Stadt, und Ho-tsing heißt soviel wie Feuerbrunnen oder Feuerquelle. Der Ort würde also zu deutsch Feuerbrunnenstadt heißen. Wir wissen, daß Herr Stein eine Petroleumquelle entdeckt hat. Darum, als Sie seinen Namen nannten und von Kohlen sprachen, begann ich zu ahnen, daß Sie den meinen, welchen wir aufsuchen wollen.“
„Nicht nur Petroleum haben wir gefunden, sogar Gas. Das reine Brenngas strömt aus der Erde.“
„Aber nicht freiwillig, sondern infolgedessen, daß Herr Stein nachgebohrt hat?“
„Ja. Dem Bohrloche entströmte eine Luft, welche man verbrennen kann. Sie leuchtet viel besser als Lampen. – Aber gehören Sie alle zusammen? Sind Sie alle miteinander verwandt? Werden Sie alle nach Ho-tsing-ting reisen?“
„Alle, diesen einen Herrn ausgenommen, welcher uns wohl nicht so weit begleiten wird.“ Er zeigte auf den Dicken, welcher ebenso wie der Kapitän und der Gottfried der Scene mit größtem Interesse gefolgt war. Die Begegnung mit diesem Chinesen, welcher ein Beamter des Onkels Daniel war, war eine so ungewöhnliche, daß man zunächst fast gar nicht an die Gefährlichkeit der Lage dachte, in welcher man sich befand. Es gab so viel zu fragen und zu beantworten. Der Kapitän meinte kopfschüttelnd: „Es hat doch schon manches Schiff sehr unerwartet meinen Kurs gekreuzt, aber eine so seltsame Begegnung ist mir noch nicht vorgekommen!“
„Mich auch nicht,“„ stimmte Gottfried bei. „Ich bin janz jerührt von diese Jüte des Schicksales. Ich möchte das Fatum beim Kopfe nehmen und mich von ihm einen Kuß jeben lassen. Kommen Sie her, oller Chinesige! Ich schüttle Sie die Hände und rufe Sie ein herzliches Tsching-tsching-tsching entjegen, wat in diesem Lande soviel heißt wie „du bist mich erjebenst willkommen, oller Schwede! Ich bitte um Ihre Freundschaft und stelle mir selbst nebst Oboe Ihnen zur jeneigten Disposition.““
Er umarmte den Chinesen und küßte ihn auf die Wange. Darüber war der Dicke so gerührt, daß er sich eine Thräne aus dem Auge wischte und beinahe schluchzend sagte: „Ik been ook uw vriend. Hebt gij eene goede gezondheid?“
Der Chinese sah ihn fragend an, denn er hatte ihn nicht verstanden. Der Methusalem erklärte ihm: „Mijnheer von Aardappelenbosch versichert, daß er auch Ihr Freund sei, und erkundigt sich, ob Sie eine gute Gesundheit besitzen.“
„O, meine Gesundheit ist ausgezeichnet,“ antwortete nun der Chinese.
„En mijne gezondheid is niet goed. Ik ben altijd onpasselijk – und meine Gesundheit ist nicht gut; ich bin immer krank (allzeit unpäßlich).“
Der Chinese wußte nicht recht, wie er zu dieser intimen Mitteilung komme. Er wollte eine Frage aussprechen, welche den Holländer vielleicht beleidigt hätte; glücklicherweise aber kam dieser ihm mit der Versicherung zuvor: „Gij alle zijt mijne vrienden. Ik reiz met naar Ho-tsing-ting. Gij zullt mij niet verliezen – Ihr alle seid meine Freunde. Ich reise mit nach Ho-tsing-ting. Ihr sollt mich nicht verlieren.“

Er reichte allen die fetten Hände und empfing von ihnen die Versicherung, daß dieser sein Entschluß ihnen außerordentlich angenehm sei. Darüber war er so erfreut, daß sein Gesicht vor Vergnügen glänzte.
Darauf kam man nun wieder auf die Gegenwart zu sprechen. Man befand sich ja in einer Lage, welche die größte Vorsicht und Aufmerksamkeit erforderte. Der Methusalem wagte es, die Thüre zu öffnen und herauszutreten. Als er wieder hereingekommen war und den Riegel vorgeschoben hatte, berichtete er: „Es ist wirklich kein Mensch zu sehen, diese Menschen sind außerordentlich nachlässig. Meinen sie denn, uns so sicher zu haben, daß sie sich gar nicht um uns zu kümmern brauchen?“
„So ist es,“ antwortete der Chinese. „Wir befinden uns auf hoher See und können ihnen also nicht davonlaufen.“
„Aber sie uns auch nicht! Aus wie vielen Köpfen besteht die Bemannung?“
„Es sind über sechzig Leute.“
„So viele habe ich nicht gesehen.“
„Sie hielten sich verborgen.“
„Und wie sind sie bewaffnet?“
„Nach Ihren Begriffen herzlich schlecht, nach den unsrigen aber sehr gut. Daß sie mit Stinktöpfen versehen sind, haben Sie ja schon bemerkt?“
„Ja, und zwar zum Schaden dieser Leute.“
„Sodann sind Kanonen vorhanden.“
„Wir haben doch keine gesehen!“
„Sie stecken in den Kisten, welche sich unten im Raume befinden. Sobald der Tag anbricht, sollen sie aus diesen Hüllen genommen und aufgewunden werden. Erst dann wird die „Wasserkönigin“ als Raubdschunke zu erkennen sein.“
„So ist sie jetzt auf Raub ausgelaufen?“
„Ja. Erst sollen Sie ermordet werden, dann will der Ho-tschang auf Handelsdschunken Jagd machen. Der Raub wird dem Hui-tschu, dem Obersten der Genossenschaft gebracht.“
„Welcher Art sind diese Kanonen?“
„Von derjenigen, welche bei uns Pao genannt wird. Eine jede hat ihren Namen. Nach diesen Bezeichnungen müssen die Geschütze außerordentlich gefährlich sein. Es gibt da einen „speienden Drachen“, einen „verschlingenden Tiger“, einen „fürchterlich imposanten Pao“, einen „siegerzwingenden“, einen „himmelstürmenden“ und einen „menschenfressenden Pao“. Mit Ihren Geschützen sind aber diese Kanonen nicht zu vergleichen.“
„Und die Handwaffen?“
„Da gibt es Schwerter, Lanzen, Beile, Messer, Pfeile, Bogen und alte Pistolen. Außerdem Flinten verschiedenster Art.“
„Sind diese letzteren gut?“

„Nein. Man hat alte Luntenflinten. Diese werden Niaotsiang genannt, was soviel wie Vogelflinte bedeutet. Dann dreiläufige alte Gewehre. Sie führen den Namen San-yan-tschung, „Flinte mit drei Oeffnungen“, ferner gibt es Schloßflinten. Man nennt sie Tse-lai-ho-tsiang, „von selbst losgehende Gewehre“. Auch Schrotflinten hat man. Sie führen die Bezeichnung Sian-tsiang, „dünne Flinten“. Und endlich habe ich noch Windbüchsen gesehen. Man nennt sie Fung-tsiang, was soviel wie „Windgewehr“ bedeutet. In der Mandschusprache heißen sie Tschirgabuku miootschan, was man als „Flinte mit eingesperrter Luft“ übersetzen muß.“
„Nun, das ist ja eine ganze Masse von Mordwerkzeugen. Man möchte sich wirklich fürchten,“ lachte der Blaurote.
„Und fürchten Sie sich wirklich?“ fragte der Chinese besorgt.
Er sah den Studenten dabei ängstlich an. Die Chinesen sind keineswegs wegen ihres persönlichen Mutes berühmt, und dieser hier machte sehr wahrscheinlich keine Ausnahme. Er hatte zwar ein ganz ehrliches und vertrauenerweckendes Gesicht; aber er war klein und schmächtig und hatte keineswegs das Aussehen eines furchtlosen Mannes oder gar eines Helden. Es war von ihm schon eine sehr mutvolle Handlung gewesen, sich von den Piraten loszusagen und zu den Deutschen zu gehen. Das wäre wohl nicht geschehen, wenn er nicht von den letzteren Rettung erwartet hätte. Sollte diese Hoffnung etwa getäuscht werden? In diesem Falle hätte er es wohl für besser gehalten, bei den Chinesen zu bleiben. Um ihn in dieser Beziehung auf die Probe zu stellen, antwortete der Methusalem: „Ganz geheuer ist es mir natürlich nicht. Ueber sechzig Feinde, welche in dieser Weise bewaffnet sind! Was können wir gegen die Kanonen thun?“
„O wehe, Herr! halten Sie es für gefährlich?“
„Sehr!“
„So raten Sie mir wohl, mich lieber wieder fortzuschleichen, damit die Piraten gar nicht erfahren, daß ich bei Ihnen gewesen bin?“
„Ich kann Ihnen weder zu- noch abraten. Thun Sie, was Ihnen beliebt. Aber ich denke, daß Ihr Platz bei dem Neffen Ihres Prinzipals ist.“
„Da werde ich ja erschossen!“
„Pah! Glauben Sie das nicht! Ich habe Sie nur prüfen wollen und da leider erfahren, daß wir im Falle eines Kampfes auf Sie nicht allzusehr rechnen dürfen. Aber es kann nicht jeder ein großer Krieger sein; es muß auch Männer des Friedens geben, Kaufleute, Kohlenhändler und andere. Ich denke, daß wir Sie mit durchschleppen werden. Angst zu haben, fällt mir gar nicht ein. Wir sind zwar nur fünf Personen, aber mit sechzig Chinesen nehmen wir es schon noch auf. Oder, sagen Sie, Mijnheer, wollen wir etwa auch, um unser Leben zu retten, Seeräuber werden?“
„Ik niet,“ antwortete der Gefragte. „Ich heb geweeren en een mes. Ich ben een groote veldheer – ich nicht. Ich habe Gewehre und ein Messer. Ich bin ein großer Feldherr.“
„Und du, Gottfried?“

„Na, wenn Sie mir fragen, so können Sie mich leid thun!“ antwortete der Pfeifenträger zornig. „Eine Handvoll Chinesen werden doch mir nicht aus der Fassung bringen. Wenn die mit mich nach dem Monde wollen, so werfe ich sie alle runter in die Wolken. Diese Kerls blase ich mit meine Oboe an, daß sie nur so durch die Lüfte fliegen. Jottfried und Seeräuber! Wer mich so wat zumutet, der verdient die hellen Prüjel, und aber wat für welche!“

„Schön! Und Sie, Kapitän?“

„Auch mich fragen Sie?“ meinte Turnerstick. „Wollen Sie mich kränken oder gar beleidigen?“

„O nein, ich halte es für meine Pflicht, Sie zu fragen, bevor wir einen Beschluß fassen, dessen Ausführung jedenfalls mit Gefahren verbunden ist.“

„So kann ich Ihnen weiter nichts sagen, als daß ich ein Seemann bin, der in Gefahren groß geworden ist.“

„Gut, so sind wir also einig. Was nun thun? Wir haben zwar noch Zeit, doch ist es besser, schon jetzt zu einem Plane zu kommen. Wo schlafen die Matrosen?“

Diese Frage war an den Chinesen gerichtet. Er antwortete: „Unten im Raume bei den Kanonen.“

„Schlafen sie stets da unten?“

„Ja.“

„So ist die Einrichtung eine ganz andre als auf unsern Schiffen. Drei Wachen und der Steuermann auf Deck und die andern alle unten. Das ist eine heillose Wirtschaft, besonders für einen Piraten. Ich habe gesehen, daß die Segel gesetzt sind, und da wir ruhiges Wetter und konstanten Landwind haben, so sind zwar keine Deckhände notwendig; aber wenn plötzlich eine Bö kommen sollte, was in diesen Gewässern häufiger vorkommt als anderwärts, so würde sich die Dschunke ganz gemächlich umlegen und mit uns in die Tiefe gehen. Wo schläft der Kapitän?“

„Gewöhnlich hier nebenan,“ antwortete der Chinese. „Heute aber wagte er das nicht, da er Ihre Gewehre fürchtete. Die Kugeln dringen durch die dünne Wand. Er befindet sich mit dem Schiffsherrn und dem Priester in der hintern Kajüte.“

„Das ist gut. Aber sagen Sie mir zunächst, wie ich Sie nennen soll. Sie haben uns Ihren Namen noch nicht gesagt.“

„Mein Titelname ist Liang-ssi.“

Auf die Frage des Methusalem hatte der Chinese seinen Titelnamen genannt: Liang-ssi, zu deutsch: „gute Geschäfte“. Dieser Name ließ sehr leicht auf die Eigenschaften seines Trägers schließen; derselbe war jedenfalls ein tüchtiger Kauf- oder überhaupt Geschäftsmann. Kriegerischer Sinn war da nicht zu erwarten.

„Mich,“ sagte der Student, „können Sie verschieden nennen. Ich heiße Degenfeld, zuweilen auch Methusalem. Wollen Sie sich aber lieber des Chinesischen bedienen, so rufen Sie mich „Tsing-hung““.

„Tsing-hung?“ fragte der Chinese erstaunt. „Das heißt ja der Blaurote!“

„Allerdings."
„Nennt man Sie so?"
„Ja."
„Weshalb?"
„Wegen meiner Nase."
„Sonderbar! Ist das Ihr Titelname?"
„Nein, sondern mein Scheng ming."
„Ihr Studentenname? Was haben Sie studiert?"
„Das, was Sie Tschu nennen."
„Das heißt alles?"
„Ja. Ich hatte wenig Lust, aber sehr viel Zeit. Darum lernte ich alles, und kann nun nichts. Doch erlauben Sie mir Ihnen die Namen der andern Herren zu nennen! Dieser Herr ist Kapitän Turnerstick, welcher Name von einem Chinesen, der unsre Sprache nicht kennt, wie Tu-ru-ne-re-si-ti-ki ausgesprochen würde. Hier mein Diener Gottfried, welches letztere Wort wie Go-to-to-fi-ri-di lauten müßte. Eigentlich heißt er auch noch Ziegenkopf, womit ich Sie aber nicht behelligen darf, da ich sonst Zi-ge-ne-ko-po-fo zu sagen hätte. Und nun dieser, mein lieber Freund, heißt Aardappelenbosch. Wie würden Sie da als Prachtchinese sagen?"
„A-ra-da-pa-pe-le-ne-bo-scho," antwortete der Chinese.
„Danke sehr, bin jetzt froh, daß ich nicht in Ihrem Reiche der Mitte geboren wurde! Und nun, mein lieber Kapitän, möchte ich auch von Ihnen etwas wissen. Wie viele Hände braucht so ein Ho-tschang, um mit oder auf der Dschunke ein Manöver ausführen zu lassen?"
„Da muß ich wissen, welches."
„Wenden."
„Wenden? Hm! Das kommt sehr auf den Wind an."
„Ich meine den jetzigen."
„Also Landwind. Wir gehen vor dem Winde. Eine solche Dschunke ist ein sehr ungehorsames Ding. Ankreuzen kann man nur ganz wenig. Warum fragen Sie?"
„Wir fahren nach Hong-kong zurück."
„Nach – Hong – kong?" dehnte Turnerstick. „Sind Sie verrückt?"
„Wahrlich nicht."
„Die Chinesen werden sich hüten, umzukehren!"
„Das denke ich auch. Wir fragen sie aber gar nicht."
„Alle Teufel! Ich verstehe! Master Methusalem, das ist kühn!"
„Wenn auch! Dem Kühnen gehört ja die Welt."
„Richtig! Welch ein Streich! So etwas wäre noch nie dagewesen."
„Desto besser! Ich thue gern etwas, was andre nicht fertig bringen. Also, wie viele Hände brauchen Sie, wenn Sie das Kommando der „Königin des Wassers" übernehmen?"
„Will sehen."

Er öffnete leise die Thür, trat hinaus und sah sich um. Sein scharfes Seemannsauge erkannte den Wächter, welcher schlafend am großen Maste saß. Er prüfte das Schiff, die See, den Wind, kehrte dann in die Kajüte zurück und sagte: „Landwind und Ebbe, da ist bei dieser Takelung und mit den wenigen und schweren Mattensegeln nichts zu machen.“
„Wirklich gar nichts?“
„Ja. Höchstens könnte man die Segel fallen lassen, aber dennoch würde man durch die Ebbe weiter in See getrieben werden.“
„Können Sie nicht wenigstens beidrehen?“
„Ja, wir können uns eben vor Topp und Takel legen, aber es nützt uns nichts. Zwar ist die Dschunke in ihrer Art sehr gut gebaut. Ich müßte es doch versuchen, indem ich die Segel killen lasse und sie dann lähnlich brassen. Nehme ich, da Sie das nicht verstehen, dann selbst das Steuer, so kann ich es vielleicht fertig bringen, daß wir wenigstens keine Fahrt machen. Wir treiben dann nicht weiter in See und können warten bis früh der Seewind aufkommt und nachher die Flut eintritt. Mit beiden können wir dann nach Hong-kong zurück.“
„Gut, machen wir es so! Also wie viele Leute soll ich Ihnen zur Verfügung stellen?“
„Zur Verfügung? Können Sie denn die Matrosen so aus den Aermeln schütteln?“
„Ja.“
„Das verstehe ich nicht.“
„Und doch ist es so leicht. Unser Freund Liang-ssi geht hinunter zu den Chinesen und schickt uns unter irgend einem Vorwande so viele wie Sie brauchen, herauf. Er muß sie einzeln wecken und ebenso einzeln schicken, damit unten keiner von dem andern etwas weiß. Die übrigen dürfen nicht erwachen. So wie die Kerls einzeln kommen, überwältigen wir sie. Dann sind sie gezwungen, zu thun, was wir wollen. Die andern nageln wir ein, daß sie nicht heraus können.“
„Herrlicher Gedanke! Methusalem, Sie sind ein Prachtkerl!“
„Ja,“ stimmte der Dicke bei, „hij wil het gaanze scheep muisen – ja, er will das ganze Schiff mausen!“
„Ja, dat wollen wir!“ fiel Gottfried lustig ein. „Donner und Doria, wat werden die daheim im Jeldbriefträger von Ninive für Jesichter machen, wenn wir ihnen erzählen, daß wir fünf Personen eine janze Dschunke mitsamt die Bemannung jestohlen und in die Westentasche davonjetragen haben! Ja, so wird es jemacht! Wat ich dabei thun kann, dat wird jern jeschehen!“
„Ist es nicht zu gefährlich?“ fragte der Chinese.
„Nein,“ antwortete der Methusalem.
„Aber ich soll die Leute heraufschicken?“
„Die werden Sie nicht fressen!“ beruhigte ihn der Kapitän. „Sinnen Sie sich nur einen guten Vorwand aus!“
„Aber sie werden sich an mir rächen wollen!“

„Pah! Wir sorgen schon dafür, daß sie unschädlich gemacht werden und Ihnen nichts thun können. Gibt es Stricke hier in der Nähe?“
„Genug, in dem Behältnisse aber vor dieser Kajüte.“
„Dahinein da kann man nur von oben gelangen?“
„Ja.“
„Und da steht der Vorderposten, das ist unangenehm!“
„Gar nicht!“, sagte der Methusalem. „Ich werde gleich ein Wort mit dem Mann sprechen.“
„Sie wollen hinauf zu ihm?“
„Ja. Jedenfalls schläft auch er. Ich nehme ihn ein wenig bei der Kehle. Passen Sie 'mal auf! Gottfried mag mitgehen und sein Taschentuch als Knebel bereit halten.“
Die beiden verließen die Kajüte. Sie sahen die Leinen, an denen am Abende die Laternen gehangen hatten. Der Methusalem schnitt eine derselben ab, um sie als Fessel gebrauchen zu können. Er sah den schlafenden Mann am Großmaste sitzen.
„Komm, Gottfried,“ sagte er. „Wir wollen erst diesen unschädlich machen.“
Sie schlichen sich zu ihm hin und kamen ganz an ihn heran, ohne daß er aufwachte.
„Ich fasse ihn bei der Kehle,“ flüsterte der Student. „Er wird den Mund öffnen, um zu schreien oder Atem zu holen. Da steckst du ihm dein Taschentuch so weit wie möglich hinein.“
„Schön! Werde ihm jut bedienen!“
Sie nahmen sich noch Zeit, die lange Leine in kürzere Stücke zu schneiden; dann legte Degenfeld dem Manne die Hände um den Hals. Er wollte erschrocken auffahren und schreien. Im Nu schob ihm der Wichsier das Tuch in den Mund.
„So!“ nickte der letztere. Der singt uns nun keine Quadrille vor. Soll ich ihn binden? Halten Sie ihm jetrost fest!“
Der so unzart Ueberraschte schlug mit den Händen und stieß mit den Füßen um sich, konnte aber nicht verhüten, daß Gottfried ihn so fesselte, daß er sich nicht mehr zu bewegen vermochte.
„Mit dem sind wir fertig,“ meinte Degenfeld. „Nun nach vorn!“
Dort führte eine schmale Treppe neben der Kajüte auf das Dach derselben. Sie stiegen leise die Stufen hinan und sahen den Posten schlafend oben sitzen. Es erging ihm genau so, wie seinem Kameraden. Der Methusalem hatte sein Taschentuch herausgezogen, um ihn mit demselben zu knebeln; aber Gottfried sagte: „Lassen Sie es in der Tasche! Wir brauchen unsre Jelegenheitstücher selber. Ich schneide ihm ein Stück von seinem Schlafrocke ab. Dat wird dieselben Dienste thun.“
So geschah es. Dann stiegen die beiden wieder hinab, um den Kameraden zu sagen, daß ihr Vorhaben glücklich ausgeführt worden sei.
„Nun haben wir noch zwei,“ meinte Turnerstick, „den Hinterposten und den Steuermann. Dabei muß ich sein, des Steuers wegen. Es ist geraten, es festzubinden. Wir können keinen Mann entbehren.“

Jetzt wurde zunächst Liang-ssi in das kleine Kämmerchen nach Stricken geschickt. Dann begaben sie sich alle nach dem Hinterteile des Schiffes, hier führte auch eine Treppe hinauf auf das hohe Quarterdeck. Auf den Stufen derselben saß die Wache und – – schlief. Sie wurde leicht und in derselben Weise wie die beiden andern bewältigt.

Dann galt es noch dem Steuermanne, welcher jedenfalls wach war. Deshalb konnte man seiner nicht so leicht Herr werden, und doch mußte alles Geräusch vermieden werden, da der Ho-tschang unter ihm schlief.

„Wie fangen wir es an?“ fragte Turnerstick. „Wenn wir – ah, ich bin ja als Chinese angezogen; er wird mich also für einen der Leute halten. Passen Sie auf! Sobald ich ihn habe, kommen Sie mit den Stricken nach.“

„Greifen Sie aber ja fest zu, daß er nicht schreien kann!“

„Keine Sorge! Die Kehle, welche ich in meine Hand bekomme, bringt sicherlich keinen Laut hervor.“

Während die andern zurückblieben und nur heimlich über die Kante des Quarterdeckes lugten, stieg Turnerstick die wenigen Stufen hinan und ging stracks auf den To-kung zu. Dieser fragte ihn in mürrischem Tone, was er wolle. Er hielt ihn wirklich für eine der Wachen.

„Das kangst du noch fragneg?“ antwortete der Kapitän. „Ich will 'mal deinen Hals untersuching, Bursche. Da, warte, du erbärmlicher spitzbübischer Hallunking!“

Während er diese prachtvolle chinesische Antwort gab, legte er ihm die Seemannshände um den Hals und drückte denselben so fest zusammen, daß der Steuermann lautlos zusammenbrach. Er wurde gefesselt und geknebelt wie die andern.

„Das geht gut,“ meinte Liang-ssi. „So leicht habe ich es mir nicht vorgestellt.“

„Na, so leicht, wie es den Anschein hat, ist es freilich nicht,“ antwortete Gottfried. „Wenn Sie etwa dat Jejenteil behaupten, so versuchen Sie es nur einmal mit dem Ho-tschang, welcher nun wohl an die Reihe kommt. Da können Sie beweisen, daß Sie Mark und Enerjie besitzen.“

„Ich danke, ich danke! Ich würge keinen ab!“

„Wir auch nicht. Wir säuseln ihnen nur so ein bisken um die Gurjel, aberst leben lassen thun wir ihnen doch. Ich wenigstens habe keine Lust, mir als Mörder an den Galjen offknobeln zu lassen. So wat ist meine Passion nie nicht jewesen, weshalb ich mir noch jetzt des besten Wohlseins erfreue.“

Der Methusalem forderte den Chinesen auf, ihm zu zeigen, wo der Ho-tschang mit dem Eigentümer des Schiffes schlafe. Das war unterhalb des Steuers in der Achterkajüte. Auch der Priester befand sich dort.

Es waren Stellen da, an denen die dünne Wand nicht schloß. Ein Lichtschein drang durch die Fugen. Degenfeld trat hinzu und blickte hinein. Er konnte nicht den ganzen Raum sehen, erkannte aber doch die drei Männer, welche auf dicken Strohdecken schliefen, die auf dem Fußboden lagen. Von der niedrigen Decke hing eine Papierlaterne herab.

„Die Dummheit und Sorglosigkeit dieser Menschen sind wirklich fast noch größer als ihre Schlechtigkeit," sagte er. „Sie müssen vollständig überzeugt sein, uns fest im Sacke zu haben. Uns so zu behandeln und dennoch wie die Ratzen zu schlafen, das ist stark! Sie verlassen sich allzu sehr darauf, daß sie unsre Thür verrammelt haben. Schläft die Mannschaft unter ihnen?"
„Nein," antwortete Liang-ssi. „Die Leute liegen im Mittelraum, also mehr nach vorn."
„So können wir immerhin ein wenig Lärm riskieren, welcher sich auch gar nicht vermeiden läßt, da sie sich eingeriegelt haben. Gibt es starke Nägel und einen Hammer?"
„Ja, da wo die Stricke lagen."
„Holen Sie das, während wir hier diesen Herrschaften einen guten Morgen sagen!"
Der Chinese ging. Degenfeld probierte, an welcher Stelle der Thür sich innen der Riegel befand. Dann stemmte er sich gegen dieselbe und sprengte die Thür auf. Die drei Schläfer erwachten und richteten sich halb auf. Der Blaurote hatte seine beiden Revolver gezogen, Gottfried ebenso, Richard den seinigen auch. Turnerstick folgte diesem Beispiele, und der Dicke, welcher seine beiden Flinten um keinen Preis verlassen hatte, hielt dieselben drohend in beiden Händen.
„Bleibt sitzen, oder ihr bekommt die Kugeln!" herrschte der Methusalem die Erschrockenen an, natürlich in ihrer Muttersprache. „Wer einen Laut hören läßt, ohne daß ich es ihm erlaubt habe, der ist verloren!"
Die Gesichter, welche sie zeigten, hätte kein Maler wiedergeben können. Sie starrten die Eingetretenen so entsetzt an, als ob sie Geister vor sich hätten.
„Sie – Sie sind es?" stammelte endlich der Ho-tschang. „Was wollen Sie?"
„Uns für das Opium bedanken, welches ihr uns beigebracht habt."
„Opium? Was meinen Sie?"
„Stellen Sie sich nicht unwissend! Sie haben uns Opium in das Getränk gethan, um uns zu betäuben!"
„Das ist nicht wahr! Wir wissen nichts davon."
„Es ist wahr!"
„Nein, Herr! Aus welchem Grunde hätten wir das thun sollen?"
„Um uns zu ermorden."
„Tien-na! Himmel! Halten Sie uns für Mörder?"
„Allerdings. Meint ihr, wir wissen nicht, daß eure „Schui-Heu" eine Piratendschunke ist?"
„Herr, was sagen Sie! Ich werde sofort alle meine Leute kommen lassen, welche bezeugen können, daß wir ehrliche Menschen sind."
Er wollte aufstehen. Der Methusalem hielt ihm den Revolver gegen die Stirn und gebot: „Sitzen bleiben, sonst schieße ich! Ich glaube wohl, daß Sie Ihre Leute gern rufen möchten, aber nur, um uns zu überwältigen."
„Herr, Sie irren sich wirklich! Der Himmel und die Erde sind meine Zeugen, daß Sie sich irren. Wir sind Ihre Freunde, haben wir Sie nicht höflich und gastlich bei uns aufgenommen und Sie sogar zum Kong-pit eingeladen?"

„Eingeladen haben Sie uns, aber nur in der Absicht, uns das Opium mit guter Manier beizubringen. Wir wissen das sehr genau."
„Das ist nicht wahr. Wer hat uns gegen Sie verleumdet? Wir haben es gut gegen Sie gemeint; aber Sie sind es, welche unsre Freundschaft mit Undank vergolten haben. Sie haben drei meiner Leute erschossen und dabei noch einen vierten verwundet!"
„So hat die eine Kugel sogar zwei getroffen; das freut mich außerordentlich. Und wenn wir Ihre Leute erschießen, legen Sie sich ruhig schlafen? Zeugt das nicht gegen Sie? Wären Sie wirklich die ehrlichen Menschen, für welche Sie sich ausgeben, so hätten Sie uns als Mörder behandeln müssen und nicht eher ruhen dürfen, bis Sie sich unser bemächtigt hatten."
„Das haben wir ja gethan! Sie befinden sich doch in unsrer Gewalt, und wir haben Ihre Thür verrammelt."
„Wie sehr wir uns in Ihrer Gewalt befinden, das sehen Sie jetzt. Und wann haben Sie die Thür verrammelt? Ehe wir schossen oder später? Warum haben Sie Löcher in unsre Thür gebohrt?"
„Um zu sehen, ob Sie schliefen."
„Woher brauchten Sie das zu wissen? Auch das zeugt gegen Sie. Und warum schickten Sie dann einen Mann an der Schiffswand herunter nach unsrer Luke?"
„Weil Sie uns nicht erlaubten, durch die Thür zu sehen."
„Alberne Ausrede und Lüge! Der Mann sollte einen Hi-thu-tschang zu uns hereinwerfen! Warum sind Sie nicht bis zum Vormittage in Hongkong geblieben?"
„Sind wir denn nicht mehr dort?"
Er machte zu dieser Frage ein so dreistes Gesicht, daß der Methusalem ihn empört anfuhr: „Verstellen Sie sich nicht! So ein Kerl wie Sie bringt es nicht fertig, uns zu täuschen. Wäre Ihre Dummheit nicht so sehr groß, daß ich geradezu Mitleid mit derselben fühle, so würde ich Ihnen mit den Händen in das Gesicht schlagen. Sie sind von Anfang an darauf ausgegangen, sich unser zu bemächtigen. Warum haben Sie uns durch den Amerikaner belauschen lassen?"
„Amerikaner? Wen meinen Sie?"
„Den Menschen, welcher sich für einen Malaien ausgeben mußte."
„Das ist er ja auch!"
„Er wird uns das beweisen müssen! Dann, als er Ihnen unsre Reden mitgeteilt hatte, konnte Ihr Geist meine Frage allerdings sehr leicht beantworten."
„Das kann er stets, der Geist ist allwissend."
„Wirklich? Nun, ich habe es ja in der Hand, Ihnen das Gegenteil zu beweisen. Er hat Ihnen gesagt, daß Sie und wir alle glücklich nach Kanton kommen werden. Darin hat er sich nun leider doch geirrt, denn zwar wir werden Kanton sehen, Sie aber kommen nie im Leben wieder hin."
„Wieso?"

„Weil man Sie in Hongkong ein wenig aufhängen wird, wie man mit Seeräubern zu verfahren pflegt."
Der Ho-tschang blickte seine beiden Nachbarn an, als ob er Hilfe bei ihnen suche; sie wichen aber seinen Blicken aus und wagten auch nicht, ein Wort zu sprechen. Diese Menschen waren feig. Als er sah, daß sie ihm die Verteidigung überließen, beteuerte er: „Herr, alles, was Sie uns vorwerfen, beruht auf einem großen Irrtum, welcher sich sofort aufklären läßt, wenn Sie mir erlauben, meine Leute zu rufen."
„Ich brauche nur einen einzigen von ihnen, und der ist hier. Wollen Sie leugnen, daß er Ihr Gefangener ist?"
Liang-ssi war eingetreten, nachdem er erst vorsichtig hereingesehen hatte. Als der Ho-tschang ihn erblickte, verstummte er, warf aber einen wütenden Blick auf ihn.
„Nun, antworten Sie doch? Wozu sind die Kanonen unten in den Kisten?"
„Sollen denn Kanonen in den Kisten sein?" lautete die freche Gegenfrage.
„Allerdings!"
„Führen Sie uns hinab, so werde ich Ihnen beweisen, daß dies eine Lüge ist!"
„Dazu habe ich keine Lust, weil Ihre ehrlichen Matrosen dort schlafen. Uebrigens brauche ich meine Worte gar nicht an Sie zu verschwenden; Sie antworten doch nur mit Lügen. Aber in Hongkong wird man Sie schon zum Geständnisse bringen."
„Gut, so lassen Sie mich hinaus! Das Schiff scheint sich losgerissen zu haben und mit der Ebbe in See gegangen zu sein. Ich werde es zurückführen, und dann bringen Sie Ihre Klagen bei dem Hing-kuan an!"
„Diesen Rat werde ich nicht befolgen. Um die Dschunke nach Hongkong zurück zu bringen, brauchen wir Sie nicht. Und wenn wir dort angekommen sind, werden wir zwar Klage erheben, aber nicht bei Ihrem Kuan, sondern bei unsern Konsuls. Ihnen werden wir auch das Schiff ausliefern."
Die Kerls erbleichten.
„Herr, das dürfen Sie nicht!" rief der Ho-tschang.
„Warum nicht? Weil es Ihnen dann schnell an den Hals geht? O, wir kennen das Rechtsverfahren Ihres Landes! Wir haben keine Lust, auf die Entscheidung von sechs Untergerichten zu warten und dann noch zu erfahren, daß der Tutscha-yuen oder der Ta-li-sse Sie doch noch laufen läßt. Sie sind Räuber; das beweisen wir. Sie haben uns, die wir Ausländer sind, ermorden wollen, also gehört die Angelegenheit vor die Vertreter der Länder, deren Bürger wir sind. Und diese Konsuls werden dafür sorgen, daß Ihnen der Strick bald um den Hals zu liegen kommt! Gottfried, Kapitän, binden Sie die Kerls!"
Diese letztere Aufforderung wurde natürlich in deutscher Sprache gesprochen.
„Ik bind ook met!" sagte der Mijnheer. „Ik ben ook daaraan – ich binde auch mit. Ich bin auch dabei."
Und als die drei sich wehren wollten, hielt er dem Priester den Flintenlauf vor die Nase und rief: „Sluit den mond, gij heidensch geestelyke! Wilt gij eene kogel in het aangezigt

hebben – schließe den Mund, du Heidengeistlicher! Willst du eine Kugel in das Gesicht haben?“

Das klang freilich drohend genug. Daneben stand der Methusalem mit den Revolvern und versicherte, bei einem etwaigen Hilferuf augenblicklich den Betreffenden zu erschießen. Das schüchterte die Chinesen so ein, daß sie sich binden und sogar auch knebeln ließen.

Nun galt es, sich der Mannschaft zu versichern. Turnerstick sagte, daß er höchstens zehn Mann zur Bedienung des Schiffes brauche. Die sollte Liang-ssi einzeln heraufschicken. Da bis jetzt alles so gut abgelaufen war, erklärte er sich dazu bereit und stieg durch die Mittelluke in den Raum hinab. Von seiner Klugheit hing das fernere Gelingen des Handstreiches ab. Hoffentlich war seine Verschlagenheit größer als sein Mut. Da er erklärt hatte, daß er die Leute zum Ho-tschang schicken werde, der ihn nach ihnen geschickt habe, so verbargen sich die fünf hinter mehreren großen Körben und leeren Kisten, an denen die Leute vorüber mußten. Stricke waren nach Bedarf vorhanden.

Der erste kam. Als er vorüber wollte, wurde er von Degenfeld und Gottfried gepackt. Der Schreck ließ ihn verstummen, und das übrige thaten die Drohungen, welche er zu hören bekam. Er wurde mit beiden Händen an den Vordermast gebunden.

Ebenso erging es den andern. Liang-ssi entledigte sich seiner Ausgabe auf das vortrefflichste. Er sagte einem jeden, daß er heimlich zum Ho-tschang kommen solle, ohne daß jemand es bemerken dürfe. Auf diese Weise schickte er nach und nach zehn Personen herauf, ohne daß die andern aufgeweckt wurden. Diese zehn wurden auf die beschriebene Weise festgenommen und an die Masten oder das Geländer gebunden.

Nach dem letzten kam er selbst wieder auf das Deck. Er fragte den Methusalem, ob dieser mit ihm zufrieden sei.

„Sie haben Ihre Sache weit besser gemacht, als ich es Ihnen zutraute,“ antwortete Degenfeld. „Wie viele Ausgänge hat der Raum?“

„Nur diesen einen.“

„So nageln wir die Luke zu und wälzen einige von diesen schweren Körben darauf. Dann soll es keinem gelingen, den Deckel aufzusprengen.“

Nägel hatte der Chinese vorhin geholt. Als die Hammerschläge ertönten, erwachten natürlich die im Raume befindlichen Matrosen. Sie kamen die Lukentreppe herauf, um zu erfahren, was der Lärm zu bedeuten habe. Als sie nun erfuhren, daß die Luke vernagelt wurde, erhoben sie ein wildes Geschrei und versuchten, sie aufzusprengen, was ihnen aber nicht gelang. Sie konnten sich den Grund, weshalb der Ho-tschang dieses Experiment machte, nicht erklären, sagten sich aber, daß er jedenfalls eine Veranlassung dazu habe, und beruhigten sich durch den Gedanken, daß sie das Nähere bald erfahren würden. Ihr Rufen und Klopfen verstummte. Sie hatten sich wieder niedergelegt.

Dennoch beorderte der Methusalem Richard Stein an die Luke, um da als Wache zu bleiben, wozu der Knabe am besten verwendet werden konnte.

Jetzt war man so weit, daß der Kapitän seine Manöver beginnen konnte. Er stieg hinauf an das Steuer, um dieses zu regieren und von da aus seine Befehle zu erteilen, welche, wie er überzeugt war, den Matrosen sehr verständlich sein würden.
Diese letzteren sollten die Ausführung übernehmen und dabei von Degenfeld, Gottfried, dem Mijnheer und Liang-ssi überwacht werden. Wer sich nicht gehorsam zeigte, sollte augenblicklich erschossen werden. Dies wurde ihnen gesagt. Keiner von ihnen hatte eine Waffe, und die Fesseln wurden ihnen nur so weit gelockert, als unbedingt notwendig war. Darum sahen sie ein, daß sie sich fügen müßten, und verzichteten auf allen Widerstand. Jedenfalls war nebenbei ihre Verblüffung so groß, daß sie gar nicht auf den Gedanken kamen, sich zu wehren.
Turnerstick hatte dem Methusalem bedeutet, drei Matrosen an den Vor-, drei an den Hinter- und vier an den Großmast zu postieren. Diese Kräfte waren genügend, die Taue zu regieren, welche an die beiden Enden der Raaen, also an die Oberecken der Segel befestigt sind. Diese Taue werden bei uns Brassen genannt. Sie dienen dazu, die Segel horizontal zu bewegen, damit der Wind mehr oder weniger auf die Fläche derselben trifft. Die Brassen nach der Windseite heißen Luvbrassen; die andern werden Leebrassen genannt. Voll brassen heißt, die Segel so richten, daß sie den Wind senkrecht auf sich auffangen; in den Wind brassen oder lähnlich brassen heißt, die Segel so stellen, daß der Wind sie nur am Rande trifft.
Als der Kapitän sah, daß die Leute ihre Plätze eingenommen hatten, kommandierte er: „Hoiho, ihr Jungengs, aufpasseng, aufpassing, aufpassong!“
Sie blickten nach ihm hin, verstanden ihn aber nicht. Als er die Gesichter der Hinterbordmannen auf sich gerichtet sah, fuhr er fort: „All Hand an Steuerringbording! Nehmt die Leebrasseng! Holt scharf an! Fest ziehen, zieheng, ziehing, ziehung!“
Sie standen da und wußten nicht, was sie machen sollten.
„Alle Teufling, könnt ihr nicht höring! Könnt ihr nicht chinesisch verstehung! Gebt die Luvbrasseng frei, und holt im Lee fest an! Anholeng, anholing, anholung!“
Jetzt nahmen Degenfeld und Liang-ssi sich der Sache an, indem sie die Befehle des großen Chinologen verdolmetschten. Die Befehle wurden ausgeführt und zwar so leidlich, daß Turnerstick vom Steuer her fragte: „Nun, Master Methusalem, was sagt man jetzt zu meinem Chinesisch: Tüchtiger Kerl, der Heimdall Turnerstick, nicht? Kann in allen Dialekten kommandieren!“
„Ja, es ist erstaunlich!“ antwortete Degenfeld.
„Habt mir's so gar nicht zugetraut, weiß es schon. Habe aber da mal Leute gefunden, welche das richtige Hochchinesisch im Kopfe haben. Paßt nur mal auf!“
Und mit donnernder Stimme gebot er weiter: „Jetzt ganz in den Wind die Brasseng, ganz, ganz, vollständig, vollständang, vollständung! Legt sie fest, festlegang, festleging – leging – legang!“
Da der Befehl den Leuten wieder verdolmetscht wurde, was Turnerstick entweder gar nicht hörte oder doch nicht beachtete, so wurde er vollzogen.

„So ist's brav; so ist's gut!“ rief er. „Fällt schon ab nach Steuerbord, die alte Dschunke. Macht so fort, ihr Bursche, Bursching, Burscheng, Burschung!“

Ganz ebenso ging es bei den folgenden Kommandos. Er brachte es wirklich so weit, daß das Fahrzeug ohne Fahrt zu liegen schien, band das Ruder fest und kam dann herabgestiegen, um die Matrosen wieder anbinden zu lassen.

Er klopfte Degenfeld auf die Achsel und sagte in vergnügtem Tone: „Gar keine üblen Kerls, diese Chinesen! Habe es bisher gar nicht gedacht. Aber freilich ein deutliches Chinesisch muß man mit ihnen reden, sonst ist's eben nichts.“

„Dazu sind Sie ja der richtige Mann!“

„Will's meinen! Ja, meine Endungen, meine Endungen, bester Methusalem. Wenn doch auch Sie sich mit ihnen befreunden wollten! Dann könnten Sie sich diesen Leuten später auch mal verständlich machen.“

„Werde mich bemühen! Aber wie steht es? Die Dschunke macht doch einen Bogen?“

„Scheint nur so, scheint nur so. Sie liegt bei, ganz fest bei. Nun warten wir den Morgenwind, welcher bekanntlich nach dem Lande bläst, und die Flut ab. Dann geht's nach Hongkong zurück.“

„Sind wir weit davon entfernt?“

„Weiß es nicht genau. Habe keine Instrumente mit und kann mich auf die Karten dieses Ho-tschang nicht verlassen. Habe auch unser „In die See stechen“ ganz verschlafen. Vermute aber, daß wir uns noch vor der Mirs-Bai befinden. Muß den Morgen abwarten.“

„So wollen wir, da es nichts zu thun gibt, uns um unsre vier ersten Gefangenen bekümmern.“

„Ja, sie liegen ohne Aufsicht und könnten sich losmachen. Schaffen wir sie alle in die Kajüte, in welcher der Ho-tschang liegt. Da genügt ein Mann, sie zu bewachen.“

Dieser Vorschlag wurde ausgeführt. Dann wachte Richard an der Luke, Gottfried bei der Kajüte, und die andern beaufsichtigten die im Freien angebundenen Matrosen.

Was Hunderte für unmöglich gehalten hätten, war gelungen. Sechs Personen, Liang-ssi eingerechnet, hatten sich einer Piratendschunke bemächtigt, deren Bemannung eine zehnmal stärkere war. Die Freude darüber wirkte besser als alle Medizin. Die Reisenden fühlten keinen Kopfschmerz mehr; sie befanden sich so wohl, als ob es weder Sam-chu noch Opium gegeben habe.

Der Triumphzug.

Neuntes Kapitel

Das Ende der Raubdschunke.

Degenfeld ging auf dem Deck hin und her. Er kam an Liang-ssi vorüber, blieb bei ihm stehen und sagte: „Vorhin, als Sie zu uns in die Kajüte kamen, gab es keine Zeit zu eingehenden Erkundigungen. Jetzt ist die Gefahr hoffentlich vorüber, und nun möchte ich Sie fragen, wie Sie mit unsrem Landsmanne Stein bekannt geworben sind. Wie lange befinden Sie sich bei ihm?"

„Nach Ihrer Rechnung genau seit vier Jahren."

„Ist die Provinz Hu-nan Ihre Heimat?"

„Nein. Ich stamme aus der Nachbarprovinz Kwéi-tschou."

„Ah, das ist mir höchst interessant!"

„Das glaube ich, denn Kwéi-tschou ist die interessanteste Provinz des ganzen Reiches."

„Warum?"

„Weil dort die Seng und Miao-tse wohnen."

„Das ist richtig. Man hält sie für Ueberreste der Urbevölkerung von China, und sie sind seit mehr als drei Jahrtausenden dem spezifisch chinesischen Volkselemente fern und fremd geblieben. Aber das war es nicht, was ich meinte. Ich interessiere mich für diese Provinz, weil ich hin will."

„Sie nach Kwéi-tschou? Herr, das ist gefährlich!"

„Mag sein, aber ich muß hin, denn ich habe es mit meinem Ehrenworte versprochen. Sind Sie dort bekannt?"

„Nicht allzu sehr, da ich die Heimat seit acht Jahren meiden mußte. Ihr Ehrenwort haben Sie gegeben?"

„Ja, mein Kong-Kheou."

„Sogar Ihr Kong-Kheou? Wo ist das geschehen? Hier in China?"

„Nein, sondern in Deutschland, meiner Heimat."

„Ist das möglich? Sind dabei auch Tsan-hiang angebrannt worden?"

„Räucherstäbchen, ja."

„Herr, so ist es ein wirklicher Chinese gewesen, welcher Ihnen das Kong-Kheou abgenommen hat!"

„Allerdings. Er war Kaufmann und hatte in der Stadt, in welcher ich lebte, einen Laden für alle möglichen chinesischen Artikel errichtet."

„In Deutschland? Das ist seltsam. Bisher habe ich geglaubt, daß meine Landsleute nur nach dem Süden und Osten, also nach Indien, den Sundainseln und Amerika, nicht aber nach Europa gehen. Er muß sein Vaterland unfreiwillig verlassen haben."

„Sie raten das richtige. Er hat China als Flüchtling verlassen müssen."

„Hatte er Familie?"

„Ja. Leider mußte er sie zurücklassen."

„Dann wehe ihr, denn sie hat jedenfalls für ihn büßen müssen! Ich habe ganz dasselbe Unglück auch erfahren."

„Sie? Mußte ein Verwandter von Ihnen fliehen?“
„Ja, mein Vater.“
„Wann?“
„Vor nunmehr acht Jahren. Ich war damals sechzehn Jahre alt.“
„Was hatte er gethan?“
„Nichts. Er war unschuldig. Sie werden vielleicht wissen, daß die Taipings eine neue Religion gründen und die herrschende Dynastie stürzen wollten. Fast wäre ihnen das gelungen. Es dauerte lange Zeit und kostete blutige Kämpfe, bis sie überwunden wurden. Sie lösten sich endlich in Banden auf, welche raubend das Land durchzogen und bis in die südlichen Provinzen kamen. Eine derselben warf sich auch nach Kwéi-tschou. Einer der Unteranführer war ein früherer Freund meines Vaters, suchte uns auf und wohnte einige Tage bei uns, ohne daß wir ahnten, daß er zu den Taipings gehörte. Man fand ihn bei uns. Er wurde arretiert und mein Vater mit ihm, obgleich derselbe seine Unschuld beteuerte und der Freund ihm bezeugte, daß er nichts gewußt habe. Beide wurden in das Sing-pu gebracht und dort wie wilde Tiere in Käfige gesperrt. Einer der Beamten wollte meinem Vater wohl, weil dieser ihm viel Gutes gethan hatte. Er schlich sich des Nachts zu ihm, öffnete den Kerker und ließ ihn entkommen. Der Vater kam für einige Augenblicke zu uns, um Abschied von uns zu nehmen. Seit dieser Stunde haben wir nichts von ihm gehört.“
Der Methusalem hatte diesen Bericht mit ungewöhnlicher Teilnahme vernommen.
„Sonderbar!“ sagte er. „In welcher Stadt ist das geschehen?“
„In Seng-Ho.“
„Und wie ist Ihr Geschlechtsname?“
„Pang.“
„Pang, in Seng-Ho! Werden Sie mir erlauben, Sie nach Ihrem Milchnamen zu fragen, obgleich das eigentlich eine Unhöflichkeit ist?“
„Gern! Ich habe Ihnen meine Freiheit zu verdanken; wie könnte ich Ihnen da wegen dieser Frage zürnen! Mein Milchname ist „Fuk-ku“, was „Ursache des Glückes“ bedeutet. Die Eltern waren bisher kinderlos gewesen; darum gaben sie mir, ihrem Erstgeborenen, diesen Namen, um anzudeuten, daß sie nun glücklich seien.“
„Welch ein Zusammentreffen! Nicht wahr, Ihre Mutter hieß Hao-keu, lieblicher Mund?“
„Ja. Woher wissen Sie das?“
„Sie hatten noch einen Bruder und zwei Schwestern. Der erstere hieß Yin-Tsian, Güte des Himmels, und die beiden letzteren Méi-pao, schöne Gestalt, und Sim-ming, Herzenslicht?“
Der Chinese fuhr einen Schritt zurück und rief: „Herr, was höre ich! Sie kennen die Namen meiner Verwandten!“
„Noch mehr! Nicht wahr, Ihr Vater heißt Ye-lin-li?“
„Ja, ja! Wer hat Ihnen diese Namen genannt?“

Da legte Degenfeld ihm die Hand auf die Achsel und antwortete: „Sagen Sie mir zunächst, ob Sie stark genug sind, so ganz unvorbereitet eine für Sie hochwichtige und überraschende Neuigkeit zu hören."
„Ist es eine traurige?"
„Nein, eine beglückende."
„Nun, dazu bin ich stark genug. Die Stimme des Glückes vernimmt man stets gern."
„Sie fragten, von wem ich die Namen gehört habe, und ich antworte Ihnen: Von Ihrem Vater."
„Von – – ist's wahr, ist's wahr?"
„Ja. Er ist es, dem ich mein Kong-Kheou gegeben habe, daß ich nicht eher zurückkehren werde, als bis ich im stande bin, seine Familie oder wenigstens sichere Kunde derselben zu bringen."
„Er lebt also, er lebt?"
„Er befindet sich wohl, und es geht ihm sehr gut."
„O Himmel, o Himmel! Welch eine Nachricht, welch eine Botschaft!"
Er war ganz außer sich vor Entzücken. Er dachte zunächst nicht daran, sich nach dem Näheren zu erkundigen. Es war ihm einstweilen genug, zu wissen, daß sein Vater noch lebe. Er rannte fort und eilte zwei-, dreimal um das Deck. Dann endlich blieb er wieder vor dem Methusalem stehen und sagte: „Herr, fast kann ich es nicht glauben. Acht volle Jahre habe ich vergeblich auf eine Nachricht von dem Verschollenen gewartet; ich mußte ihn für tot halten. Und nun höre ich so plötzlich, so ganz unerwartet, daß er in Deutschland lebt! Es ist ein Wunder! Es ist ein ebenso großes Wunder wie dasjenige, daß Sie zu Sei-tei-nei wollen, dessen Untergebener ich bin. Wie herrlich trifft beides zusammen! Mir ist, als ob ich träume!"
„Auch ich bin tief ergriffen, mein Freund. Ich fühle mich sehr glücklich, Sie gefunden zu haben, denn dadurch erspare ich eine lange Zeit des Suchens."
„O, suchen werden Sie, werden wir doch noch müssen!"
„Wieso?"
„Sie sollen doch nicht nur mich, sondern auch die Mutter und die Geschwister finden?"
„Natürlich! Hoffentlich aber wissen Sie, wo sie zu treffen sind?"
„Nein, eben das weiß ich nicht."
„Wie? Sie wissen das nicht? Sie sind von ihnen getrennt worden?"
„Ja. Ich habe ebenso lang, acht Jahre lang, sie weder gesehen noch etwas von ihnen gehört."
„Wie ist das möglich?"
„Es ist sehr einfach. Sie wissen wohl, daß in China die Verwandten eines Uebelthäters sein Vergehen mit zu büßen haben?"
„Ja."
„Es ist das wenigstens in den meisten Fällen so üblich. Als der Vater entkommen war, bemächtigte man sich unsrer. Wir wurden eingesperrt, aber einzeln, damit wir nicht

miteinander verkehren könnten. Ich und der Bruder sollten getötet werden, also die Strafe der Aufrührer erleiden. Man wollte unsre Köpfe auf die Mauer stecken. Die Mutter und die Schwestern aber sollten als Sklavinnen verkauft werden. Dieses Urteil wäre sofort vollstreckt worden, wenn es den Beamten nicht nach unserm Gelde gelüstet hätte."

„Das war aber vergraben."

„Woher wissen Sie das?"

„Von Ihrem Vater."

„So muß er Ihnen sein ganzes Vertrauen geschenkt haben!"

„Er hat mich seiner Freundschaft gewürdigt, und ich werde mir alle Mühe geben, die Hoffnungen, welche er in mich gesetzt hat, zu erfüllen. Ich weiß, daß er Ihnen nur so viel Geld gelassen hatte, wie Sie zum Leben brauchten."

„Das hat man uns abgenommen. Da aber mein Vater reich war, so wußte man, daß unser Vermögen beiseite gebracht worden sei. Wir sollten gestehen, wo es sich befände."

„Das konnten Sie nicht, da Ihr Vater Ihnen den Ort nicht gesagt hatte."

„Ja. Das war sehr vorsichtig von ihm, hat uns aber große Qualen verursacht, da wir gefoltert wurden."

„Aber es hat Ihnen auch das Leben gerettet. Hätte man das Vermögen gefunden, so wären Sie dann wohl sofort hingerichtet worden."

„Jedenfalls. Also habe wenigstens ich mein Leben der Vorsicht meines Vaters zu verdanken; die andern aber werden wohl zu Tode gefoltert worden sein."

„Wollen das nicht befürchten. So wie Sie gerettet worden sind, können auch sie die Freiheit wieder erlangt haben. Wie ist es Ihnen denn gelungen, aus dem Gefängnisse zu entkommen?"

„Durch denselben Freund, welcher meinen Vater befreit hatte. Er öffnete auch mir den Kerker, gab mir Geld, wies mich über die Grenze von Kwéi-tschou und nannte mir einen Ort, an welchem ich auf die Meinigen warten sollte. Sie sind nicht gekommen. Darum vermute ich, daß es ihm nicht gelungen ist. sie zu befreien."

„Warum öffnete er nur Ihnen die Thür und nicht auch den Ihrigen zugleich?"

„Das war unmöglich, da wir zu weit voneinander getrennt waren."

„Haben Sie nicht später Erkundigungen eingezogen?"

„Viel später, ja. Aber da war eine zu große Zeit vergangen, als daß ich etwas hätte erfahren können."

„So hätten Sie es eher thun sollen."

„Das ging nicht an. Ich konnte mich doch keinem Menschen anvertrauen, und selbst durfte ich mich so bald nicht nach Kwéi-tschou wagen. Als ich nach fünf Jahren mich so verändert hatte, daß ich glauben durfte, nicht erkannt zu werden, reiste ich nach Seng-ho. Der Freund war gestorben, und von den Meinen wußte kein Mensch etwas."

„Das ist traurig für Sie und unangenehm für mich. Ich muß mein Wort halten und werde also unbedingt nach Seng-ho reisen, um zu versuchen, etwas zu erfahren. Auch habe ich den Auftrag erhalten, das Geld auszugraben und Ihrem Vater zu bringen."
„Wissen Sie denn, wo es liegt?"
„Ja."
„Das ist gut! Aber wird es sich auch noch dort befinden?"
„Ich hoffe es."
„Darf ich den Ort erfahren?"
„Jetzt möchte ich noch nicht davon sprechen; doch zur geeigneten Zeit werde ich Ihnen ganz gewiß das Nötige mitteilen. Sind Sie bereit, Ihren Vater in Deutschland aufzusuchen?"
„Sofort! Das versteht sich ja ganz von selbst, zumal ich so glücklich bin, ganz leidlich deutsch sprechen zu können."
„Das haben Sie bei Herrn Stein gelernt?"
„Ja. Er wollte seine Muttersprache hören. Er wollte einen Menschen haben, mit welchem er sich in derselben unterhalten könnte. Ich hatte mir seine Zufriedenheit erworben, und so wählte er unter allen seinen Leuten mich aus und gab mir Unterricht."
„Ist er wirklich reich?"
„Sehr reich. Er ist der reichste Mann in Ho-tsing-ting."
„Das kann nicht viel heißen, da diese „Feuerbrunnenstadt" jedenfalls nur ein kleiner Ort ist."
„Er war klein, ist aber, seit Herr Stein dort das Petroleum entdeckte, schnell groß geworden."
„Und er will dort bleiben?"
„Er muß, wenn er nicht seinen ganzen Besitz verlieren will. Zwar sehnt er sich nach der Heimat, aber er findet niemand, welcher ihm die Quellen und alles, was dazu gehört, abkaufen würde. Fände er einen Käufer, so würde er sofort nach Deutschland gehen."
„Ist er chinesischer Unterthan geworden?"
„Nein. Wäre dies der Fall, so hätte er sich nicht solchen Reichtum erworben. Die Mandarinen verstehen es, dafür zu sorgen, daß der Gewinn der Geschäftsleute zum großen Teile in ihre Taschen fließt. Er ist als nordamerikanischer Bürger gekommen und ist das noch. Er steht also unter dem Schutze der Vereinigten Staaten."
Gottfried von Bouillon hatte gesehen, daß die beiden so angelegentlich miteinander sprachen. Er schloß daraus, daß sie etwas sehr Wichtiges miteinander zu verhandeln hätten, und so trieb ihn die Neugierde von seinem Posten weg und zu ihnen herbei.
„Wat gibt's denn da für eine Konferenz?" fragte er. „Darf ich mich erlauben, mal herzuhorchen?"
„Ja, alter Gottfried," antwortete Degenfeld. „Auch du wirst dich freuen. Wir haben, ohne es zu ahnen, einen großen Schritt zur Erreichung unsres Zieles gethan."
„Etwa mit den jewissen Siebenmeilenstiebeln?"

„Fast ist es so. Es hat sich nämlich soeben herausgestellt, daß dieser junge Mann der älteste Sohn unsres Freundes Ye-kin-li ist."
„Wat? Wie? Wo? Unsres alten Ye-kin-li mit dat Kong-Kheou, der mir als Nieou-chi-tchin-chi-nieou geschumpfen hat? Liegt da nicht vielleicht ein Irrtum vor?"
„Nein, es stimmt."
„Hat er seinen Impfschein vorjezeigt?"
„Ist nicht nötig. Er hat das Legitimationsexamen vollständig bestanden."
„Dann jeschehen noch Zeichen und Wunder alltage und auch noch jetzunder! Sollte man es denken! Sie Chinesige sind der kleine Ye-kin-li! Wie ist dat denn eijentlich entdeckt worden?"
Er sprach vor Freude seine Frage so laut aus, daß der Dicke auch herbei kam und sich erkundigte: „Wat krijscht de Godfrijd want zoo – was kreischt der Gottfried denn so?"
„Wat ich kreische?" meinte dieser. „Dat fragen Sie noch, Dicker? Sehen Sie sich mal diesen Sohn der Mitte an! Er ist janz derjenige, den wir hier suchen, nämlich der leibhaftige Isaak von dem Abraham, welchen wir daheim Ye-kin-li genannt haben!"
„Deshalve zijn zoon?"
„Ja, mithin sein Sohn! Wat sagen Sie dazu?"
„Wat ik zeg? Zull ik dat gelooven – was ich sag? Soll ich es glauben?"
„Natürlich! Er ist der Sohn unsres chinesischen Händlers. Wir haben ihn jefunden, ohne ihn noch jesucht zu haben!"
„God zij geprezen! Goeden morgen, mijn vriend! Ik ben Mijnheer van Aardappelenbosch. Ik heb gewild ju ook met zoeken – Gott sei gepriesen! Guten Morgen, mein Freund! Ich bin Mijnheer van Aardappelenbosch. Ich wollte Sie auch mit suchen."
Er schüttelte ihm beide Hände und war so erfreut, als ob ihm persönlich ein großes Glück widerfahren sei. Er hatte, wie die meisten dicken Leute, ein sehr gutes Herz und ein weiches Gemüt.
Auch Turnerstick und Richard kamen, um zu erfahren, warum so große Freude vorhanden sei. Der Methusalem aber trieb die unvorsichtige Gesellschaft schnell wieder auseinander. Es gab jetzt keine Zeit zu solcher Unterhaltung, da es galt, den Gefangenen die größte Aufmerksamkeit zu erweisen.
Zu diesem Zwecke ließ Degenfeld alle auf dem Verdeck vorhandenen Laternen anbrennen. Das war eine so große Zahl, daß die Beleuchtung dann fast einer richtigen Illumination glich.
Die Matrosen waren so fest angebunden, daß sie sich nicht losmachen konnten. Die Gefangenen in der Kajüte vermochten auch nicht, sich von ihren Stricken zu befreien, und unter Deck herrschte die vollständigste Ruhe. Die Leute schliefen ohne Ahnung, daß das Erwachen ihnen den größten Schreck bringen werde, den es für sie geben konnte.
Unter solchen Umständen wurde den sechs Personen ihr Wächteramt nicht schwer. Sie mußten auf den Schlaf verzichten; das war alles.

Der Landwind blies bis gegen Morgen stet; dann holte er nach und nach um und schlief für eine kurze Weile ein. Als er wieder lebendig wurde, hatte er die entgegengesetzte Richtung eingeschlagen. Er blies von der See nach dem Sande, und nun war es für Turnerstick Zeit, die Matrosen wieder an die Brassen zu kommandieren, um das Schiff mit dem Seewinde nach dem Hafen zurückgehen zu lassen.
Der Tag graute und die Laternen wurden ausgelöscht. Man band die Matrosen los, und sie waren, wie schon in der Nacht, gezwungen, die Befehle des Kapitäns, welche ihnen in derselben Weise verdolmetscht wurden, auszuführen. Dann wurden sie wieder angebunden.
Freilich waren die Gesichter, welche sie dabei machten, keineswegs freundlich. Sie gehorchten nur, weil sie die Waffen auf sich gerichtet sahen. Malaiische Seeleute, die es ja in jenen Gegenden häufig gibt, hätten sich ganz anders verhalten; diese hätten selbst den Gewehren und Revolvern getrotzt. Der Chinese aber ist nur dann ein Held, wenn es keine Gefahr für ihn gibt, oder wenigstens wenn er mit ziemlicher Sicherheit auf das Gelingen rechnen kann.
Es wurde bald so hell, daß man den ganzen Gesichtskreis überblicken konnte, und da sahen die Männer denn, daß die Dschunke nicht das einzige Schiff war, welches sich in demselben befand. Hinter ihnen stieß ein Dampfer seine Rauchwolken aus den mächtigen Schloten.
Degenfeld stieg zu dem Kapitän hinauf, welcher am Steuer stand und fragte: „Was für ein Schiff mag das wohl sein, Master?"
„Das kann Ihnen jedes zweijährige Kind sagen. In einer Viertelstunde hat es uns eingeholt und wird uns ansprechen. Es ist ein Kriegsschiff."
„Sehr scharf gebaut, wie es scheint."
„Was heißt scharf bei dieser neuen Sorte von Seejungfern! Es ist ein Kreuzer, aus Stahl gebaut. Möchte mit dem Kerl nicht in Konflikt geraten. Kommt uns aber eben recht."
„Wieso?"
„Wieso? Was für eine Frage! Habe so meine Sorge gehabt, wenn ich es auch nicht sagte. Sie sind nicht Seemann und wissen nicht, was es heißt, wenn sich unter den Kerls da im Räume der Dschunke ein einziger gescheiter und unternehmender Kopf befände. Gelänge es ihnen, die Luke aufzubrechen, so wären wir verloren."
„Mit so mathematischer Sicherheit, wie Sie meinen, doch wohl nicht!"
„Pah! Wer's nicht kennt, der unterschätzt natürlich die Gefahr. Wir brauchen noch Stunden, um in den Hafen zu kommen. Wer weiß, was indessen geschehen könnte. Wenn die Halunken munter werden, werden Sie etwas zu hören bekommen. Darum ist mir's lieb, daß dort der Gepanzerte kommt. Wir werden uns natürlich in seinen Schutz begeben. Dann sind wir aller Sorgen los."
„Ja, wenn Sie so meinen, so gebe ich Ihnen vollständig recht. Dann ist für uns nicht die geringste Gefahr mehr vorhanden."

„Wenn es hier einen Signalkasten gäbe, würde ich den Kreuzer ersuchen, sich mehr zu beeilen. Wie es scheint, schenkt er uns ohnedies seine Aufmerksamkeit. Er hielt erst nach Luv, ist aber, als er uns erblickte, so weit nach Lee abgefallen, daß er uns, wenn es ihm beliebt, mit dem Ellbogen streifen wird. Sehen Sie jetzt die Rauchwolken? Er gibt mehr Dampf. Das ist ein sicheres Zeichen, daß er uns nicht traut. Wir befinden uns jedenfalls nahe der Küste, und er denkt, daß wir ihm zwischen den Untiefen entkommen wollen. Dazu will er uns nicht die Zeit lassen. In zehn Minuten ist er da."
„Welche Flagge führt er?"
„Hat noch keine, wird sie aber in dem Augenblicke zeigen, an welchem er uns guten Morgen sagt. Passen Sie auf!"
Das Panzerschiff näherte sich mit großer Schnelligkeit. Noch waren nicht fünf Minuten vergangen, so kräuselte von seinem Decke eine helle Wolke auf und dann ertönte der Schuß.
„Können leider nicht antworten," sagte Turnerstick. „Haben kein Geschütz oben; stecken alle in den Kisten. Will ihm aber doch zeigen, daß wir seine Sprache verstehen. Nehmen Sie das Steuer und halten Sie es genau so wie ich bisher. Ah, ein Engländer!"
Er deutete nach dem Kriegsschiffe, auf dessen Flaggenstock jetzt die großbritannische blaue Divisionsflagge gehißt wurde; dann sprang er die Treppe hinab zum Hintermaste, ließ die chinesische rotgelbe Handelsflagge, welche auf demselben wehte, herab, band sie der Länge nach zusammen, und zog sie wieder auf. Man nennt dies „die Flagge weht im Schau", und es gilt das als internationales Notzeichen.
Dann zog er sein Messer und zerschnitt die beiden Staffen des Besansegels. welches sofort im Winde gierte. Dasselbe that er auch mit dem Groß- und Focksegel. Die schweren Matten schlugen an die Masten, daß diese erklangen; aber das Schiff stoppte.
Als er nun wieder zum Steuer kam, sagte er: „Eine schwere und gewagte Sache! Aber bei dem jetzigen Winde geht es. Wollte die Matrosen nicht wieder losbinden. Sehen Sie ihre Gesichter an! Die helle Angst schaut ihnen aus den Augen. Sie wissen, daß für sie der jüngste Tag gekommen ist."
Jetzt rauschte der Dampfer heran, ging hart vorbei, gab dann Gegendampf und legte bei. Die ganze Deckwache stand an Steuerbord und sah herüber. Der Kommandierende stand auf der Brücke und musterte mit scharfem Blicke die Dschunke. Der Deckoffizier aber rief chinesisch herüber: „Dschuen ahoi! Nan-tao Schui-heu?"
„Mein Himmel!" sagte Turnerstick. „Soll das etwa chinesisch sein? Dann mag er sich einpappen lassen! Es ist keine einzige Endung dabei!"
„Natürlich ist's chinesisch," antwortete Degenfeld. „Er ruft: „Schiff ahoi! Ist's wirklich die Königin des Wassers?" Er ist erst an uns vorüber gegangen, um den Namen der Dschunke zu lesen."
Und sich nach dem Kreuzer wendend, rief er: „Piratendschunke Schui-heu, aufgebracht von uns fünf Europäern. Stecken sechzig Mann im Raume, haben die Luke vernagelt. Bitten um schnelle Hilfe!"

Der Deckoffizier wendete sich zu dem Kommandanten auf der Brücke, wechselte einige Worte mit ihm und fragte dann in englischer Sprache, deren sich Degenfeld auch bedient hatte: „Wer sind Sie?“

„Drei deutsche Studenten, ein holländischer Pflanzer und Heimdall Turnerstick, amerikanischer Handelsschiffskapitän.“

„Turnerstick, Turnerstick! All devils! Wo ist der alte Swalker?“ fragte der Kommandierende schnell.

„Hier bin ich, hier!“ antwortete der Kapitän, mit einer Hand am Steuer und mit der andern seinen Rohrhut schwenkend. „Ah, ist's möglich! Jetzt sehe ich erst das Gesicht. Kapitän Beadle, ist's möglich!“

„Hallo! Turnerstick, Ihr seid es wirklich! Aber welcher Teufel reitet Euch denn, daß Ihr auf den Gedanken kommt, Euch in dieses heidnische Gewand zu stecken?“

„Geschieht meinem jetzigen Range gemäß. Bin Tur-ning sti-king kuo-ngan ta-fu-tsiang.“

„Der Kuckuck mag Euch verstehen! Gewiß wieder 'mal so eine linguistische Marotte! Habe auf die Dschunke, gleich als ich sie sah, acht gehabt. Traute ihr nicht. Muß sie schon kennen. Traute auch der Angabe Eures Nachbars nicht. Da ich aber Euch am Steuer sehe, glaube ich alles. Müssen einmal hinüber zu Euch!“

„Ja. Wir haben jetzt die Morgenwache. Schickt die Vormittagswache herüber.“

„Was? Die halbe Mannschaft!“

„Ist notwendig. Haben über sechzig Piraten im Raume.“

„Gut! Bin begierig, zu hören, wie sich das zugetragen hat. Jedenfalls wieder 'mal ein Meisterstück von Turnerstick!“

Der Deckoffizier rief das bekannte „Rise out, Quartier in Gottes Namen!“ und bald strömten die kräftigen Blaujacken aus den Luken. Das Boot und das Fallreep wurde herabgelassen, und auch Turnerstick bat den Gottfried und Richard, die Treppe der Dschunke niederzulassen. Kapitän Beadle übergab seinem Offizier das Kommando des Schiffes, um sich selbst mit auf die „Königin des Wassers“ zu begeben.

Turnerstick stand am Steuer und jauchzte ihm entgegen. Sie kannten einander von früher her; sie hatten sich schon oft getroffen und schüttelten einander erfreut die Hände. Der Kommandeur lachte trotz des Ernstes der Situation laut auf, als er nun die Kleidung Turnersticks genau betrachtete. Dieser aber blieb sehr ernst und sagte: „Was gibt's da zu lachen, Sir? Ich bin jetzt chinesischer Generalmajor, und daß ich mein Fach verstehe, beweise ich Euch dadurch, daß ich Euch über ein halbes Hundert Piraten samt ihrer Dschunke in die Hände liefere!“

„Weiß schon! Kenne Euch ja! Aber nur fünf Mann, wahrhaftig nur fünf Mann? Sagt, wie ist das möglich?“

„Werde es Euch erzählen. Eigentlich gehört der Ruhm nicht mir, sondern unserm blauroten Methusalem da.“

„Blaurot? Methusalem? Hm!“ sagte Beadle, indem er Degenfeld musterte.

Es war ihm anzusehen, daß ihm nicht nur Turnerstick drollig vorkam; er gab sich aber Mühe, ernst zu bleiben.
Turnerstick erzählte ihm in kurzen Worten das erlebte Abenteuer. Der Kommandant wurde jetzt ernst, ohne sich Mühe geben zu müssen, es zu sein.
„Bei Gott." sagte er. „das ist wirklich eine That, welcher man alle Ehre geben muß! Im Studentenwichs nach China zu kommen, ist – – hm! Aber Sie haben sich so verhalten, daß ich Ihnen allen die Hände drücken muß."
Er that es auch und fuhr dann fort, indem er einen prüfenden Blick über das Deck warf: „Ich sagte bereits, daß ich denke, diese Dschunke zu kennen. Darum ließ ich fragen, ob es wirklich die „Schui-heu" ist."
„Natürlich ist sie es."
„So? Hm! Ich möchte wetten, daß ich da vielmehr einen alten Bekannten vor mir habe, der mir leider schon einige Male zwischen Untiefen, wo ich ihm nicht folgen konnte, entkommen ist. Ein Seemann kennt ein Schiff wieder, mag man ihm zehn andre Namen geben. Ich bin überzeugt, daß dieses Fahrzeug der berüchtigte „Hai-lung" (Seedrache) ist. Wollen doch einmal sehen."
Seine Leute standen in Reihe und Glied bewaffnet aufgestellt. Er winkte Turnerstick, ihm zu folgen, stieg auf das Vorderdeck und bog sich über die Bugbrüstung nach außen.
„Dachte es mir! Falsches Bild! Man braucht es nur umzukehren, so sieht man den gemalten Drachen und unter demselben jedenfalls die beiden Schriftzeichen, welche Hai-lung, also Seedrache bedeuten. Das Bild ist angeschraubt. Hätten wir einen Schraubenschlüssel, so ..."
„Unten an der Kajüte steht ein Kasten, welcher allerlei Werkzeuge enthält," fiel der Methusalem ein. „Auch die beiden Bohrer, mit denen sie die Löcher in unsre Thür gemacht haben."
Richard ging, den Kasten zu holen. Er enthielt einen Schraubenzieher. Der Kapitän befahl zwei seiner Leute herbei, welche hinaussteigen und das Bild umdrehen und so wieder festschrauben mußten. Da war wirklich ein häßlicher Drache, welcher den Rachen aufsperrte, mit der Unterschrift „Hai-lung," abgebildet.
„Das genügt," sagte Beadle. Weitere Beweise brauchen wir eigentlich gar nicht. Der Hai-lung ist in diesen Gewässern so berüchtigt, daß man mit seiner Bemannung sehr kurzen Prozeß machen wird. Aber wie uns nun dieser Leute bemächtigen? Was meint Ihr, Kapitän?"
„Hm!" brummte Turnerstick. „Eine böse Frage!"
„Allerdings. Ich möchte meine Jungens nicht geradezu in den Tod schicken. Die Kerls haben genug Waffen unten, um uns, wenn wir durch die Luke eindringen wollen, mit Salz und Pfeffer zu empfangen. Und die Pulverkammer ist auch unten. Wenn sie auf den Gedanken kämen, sich und uns lieber in die Luft zu sprengen, als sich zu ergeben!"
„Dazu fehlt ihnen die Courage."

„Denkt Ihr? Ich halte es doch für besser, List anzuwenden. Aber wie? Mein Lieutenant hat zwar bereits unsre Geschütze herüber aufs Deck gerichtet. Er kann es mit einigen Salven leer fegen. Aber die Halunken sind doch nicht oben, sondern unten."
„Lassen Sie mich einige Worte hier mit Liang-ssi sprechen!" bat der Methusalem. Und sich zu dem Chinesen wendend, fragte er diesen: „Es gibt noch eine Vorder- und Hinterluke hier. Sind diese beiden Räume unten mit dem Mittelraume verbunden?"
„Nein."
„Die Piraten befinden sich also nur in dem letzteren?"
„Ja."
„Auf welche Weise kommandiert der Ho-tschung alle Mann auf Deck?"
„Mit seiner Pfeife."
„Wo ist dieselbe?"
„Er hat sie stets am Halse hängen."
„Ja, ich besinne mich, sie gesehen zu haben."
„Dann denke ich, brechen wir die Mittelluke wieder auf. Wenn wir pfeifen, so kommen die Leute herauf."
„Daß sie dumm wären. Meinen Sie etwa, daß sie noch schlafen?" sagte Beadle. „Die stehen unten an den Fenstern und sehen, daß sie neben einem Kriegsschiffe liegen. Sie wissen also bereits, woran sie sind. Und der erste von ihnen, welcher an Bord steigen wollte, würde meine Leute sehen, sogleich wieder verschwinden und seine Genossen warnen."
„Gut. so gibt es noch ein Mittel, nämlich wenn wir zu demselben kommen könnten. Wir schlagen sie mit ihren eigenen Waffen. Ich meine die famosen Hi-thu-tschangs."
„Was ist das?"
„Die Stinktöpfe."
„Das wäre freilich ein Prachtmittel. Aber wo befinden sich dieselben?"
„Im Vorlukenraume," antwortete Liang-sii.
„So können wir dazu. Führen Sie uns!"
Er winkte noch einige seiner Leute herbei und stieg mit ihnen hinab. Turnerstick und der Methusalem folgten. Der Mijnheer wollte sich ihnen anschließen, aber es zeigte sich leider, daß die Luke nicht für seinen Körperumfang berechnet war. Er mußte oben bleiben.
Sie gelangten in einen nicht sehr großen Raum, welcher vollständig leer war. Er hatte jedenfalls den Zweck, die geraubten Güter aufzunehmen. Eine noch schmalere Treppe führte weiter hinab in den Kiel- oder Ballastraum. Dort war es vollständig dunkel. Beadle brannte ein Wachshölzchen an, und beim Scheine desselben sah man mehrere Reihen verschlossener Töpfe im Sande stehen, welcher den Ballast bildete.
„Da sind sie," sagte Turnerstick. „Schaffen wir eine Anzahl hinauf!"

Das Hölzchen verlöschte. Es war wieder dunkel. Aber man wußte nun, wo die Töpfe standen und stieg nun im Sande zu ihnen hin. Während dieser Pause, in welcher niemand sprach, ertönte ein lauter stöhnender Seufzer.
„Ist jemand hier?“ fragte Beadle.
„Ngái ya!“ erklang es von der Seite her.
„Das war chinesisch. Was bedeutet es?“
„O wehe!“ antwortete der Methusalem.
„Sollte sich einer der Piraten hier befinden?“
„Vielleicht zur Strafe!“
„Kieu schin!“ ertönte es abermals.
„Was heißt das?“
„Zu Hilfe!“ antwortete der Blaurote.
„Vielleicht ist's doch ein ehrlicher Mensch, der in die Gewalt dieser Piraten geraten ist. Wollen es untersuchen.“
Er gebot seinen Leuten, inzwischen eine Anzahl von Töpfen hinauf zu schaffen, und brannte abermals ein Hölzchen an. Als er sich mit Turnerstick und Degenfeld nach der Seite wandte, von welcher her die Seufzer hörbar gewesen waren, gewahrten sie einen niedrigen Bretterverschlag. Beadle klopfte an denselben und fragte: „Ist jemand hier drin?“
„Hu-tsi – o wehe!“ antwortete es.
„Schui-tschung-kian – wer ist da drinnen?“ fragte der Methusalem.
„Ngo-men-ri – wir zwei,“ hörte man es erklingen.
„Schui ni-men – wer seid Ihr?“
„Ngo Tong-tschi, t'a Ho-po-so – ich bin der Tong-tschi und der andre ist der Ho-po-so.“
Degenfeld mußte dem Kapitän die Antworten übersetzen.
„Alle Wetter!“ meinte dieser. „Sollte das möglich sein? Ho-po-so heißen die beiden Beamten, welche alle Schiffer im Hafen von Kanton zu beaufsichtigen haben. Sollte einer von ihnen in die Hände der Piraten geraten sein? Was der zweite ist, weiß ich nicht. Tong-tschi ist mir unbekannt. Wissen Sie es vielleicht?“
„Ja. Tong-tschi und Tong-pan sind sehr hohe Magistratspersonen, mit deren Obliegenheiten ich mich oft beschäftigt habe, da sie sehr viel zu thun haben müssen. Das Gesetz trägt ihnen auf, die Abgaben an Geld oder Naturalien zu erheben, das Militär zu überwachen, die Polizei zu leiten, die Poststationen zu revidieren, für die Verbesserung der Pferderassen Sorge zu tragen, die Domänen des Staates zu beaufsichtigen, Dämme und Kanäle in stand zu halten, auf die noch nicht ganz, unterworfenen Bergvölker acht zu geben und endlich vor allen Dingen auf die Fremden an den Grenzen und im Innern des Reiches zu vigilieren und das Paßwesen in Ordnung zu halten!“
„O wehe! So ein armer Teufel möchte sich doch in Stücke zerreißen!“

„Ja, das Amt eines Tong-tschi ist ein schwieriges und bedeutungsvolles. Wo ist der Verschluß dieses Kastens?"
Man konnte es nicht sehen, da das Hölzchen wieder verlöscht war.
„Lassen wir das einstweilen!" sagte Beadle. „Wir haben Nötigeres zu thun. Die beiden Kerls können noch eine Viertelstunde stecken, mögen sie nun sein, wer sie wollen. Wir müssen uns vor allen Dingen der Mannschaft versichern."
Es waren inzwischen wohl zehn bis zwölf Stinktöpfe an Deck gebracht worden. Das genügte für den beabsichtigten Zweck. Die drei stiegen wieder nach oben, und nun wurden die schweren Körbe von der Luke weggenommen. Unter derselben regte sich nichts. Man hätte versucht sein können, zu bezweifeln, daß so viele Menschen sich unterhalb derselben befanden. Sie wurde aufgesprengt.
Wer gedacht hätte, daß die Piraten nun heraufspringen würden, der hätte sich in einem bedeutenden Irrtume befunden. Sie ließen von sich weder etwas hören noch sehen. Natürlich aber hütete man sich, der offenen Luke nun nahe zu kommen. Man hätte leicht eine Kugel bekommen können.
Nun wurden die Stinktöpfe herbeigebracht. Sie schienen sehr dünnwandig zu sein und hatten fast die Gestalt und auch die engen Oeffnungen unsrer thönernen Wärmflaschen. Natürlich waren sie luftdicht verschlossen.
Einer der Matrosen warf, sich aber von der Luke so fern haltend, daß er nicht von unten gesehen werden konnte, den ersten Topf hinab. Seine Kameraden hielten ihre Gewehre schußbereit. Man hörte, daß der Topf in Scherben ging.
„Ngu-hu, hi-thu-tschang – o wehe, Stinktöpfe!" ertönte unten ein lauter Schrei.
Ein zweiter und dritter flog hinab. Die Wirkung war eine solche, daß man sie auch oben spürte.
„Macht schnell," gebot Kapitän Beadle, „sonst müssen wir selbst ausreißen!"
Man gehorchte diesem Befehle, und dann wurde die Luke wieder zugemacht.
Unten erhob sich ein vielstimmiges Geschrei, ein wüstes Lärmen und Klagen. Es wurde an die Luke gestoßen, um sie zu öffnen, aber man hatte die Körbe wieder darauf gestellt. Dann hörten die auf dem Decke befindlichen, daß an den Schiffsseiten die Fenster aufgerissen wurden. Die Piraten schnappten nach frischer Luft.
Das Mittel war außerordentlich drastisch. Es wirkte nicht nur auf die Patienten, sondern auch auf die Aerzte. Der schreckliche Gestank, welcher jeder Beschreibung spottet, drang durch die Fenster herauf auf das Deck. Kapitän Beadle zog sich auf das Quarterdeck zurück, Turnerstick mit ihm. Die Marineleute wären gern auch ausgerissen, mußten aber stehen bleiben.
„Na, wer diese Erfindung jemacht und vorher jeprobt hat, der muß eine Nase jehabt haben mit Nerven, so dick wie ein Heubaum!" rief Gottfried von Bouillon. „Wat soll mein Fagott denken! Es wird mich in die schönste Seelenverstimmung jeraten. Ich retiriere es und mir mit. Wat sagen Sie dazu, Mijnheer?"

„Wat ik zeg? Foei! Donder em bliksern! Dat ruikt waarachtig na Honbert duizend ongeluffigen nijlpaarden – was ich sage? Pfui! Donner und Wetter! Das riecht wahrhaftig nach hunderttausend unglücklichen Nilpferden!"
Er ergriff schleunigst die Flucht und retirierte sich an das äußerste Ende des Vorderschiffes.
Nur der Chinese kann aus eine solche Erfindung verfallen. Der Räuber eines jeden andern Landes wagt sein Leben. Der chinesische Pirat besiegt seine Gegner mit Gestank! Es dauerte eine geraume Zeit, bevor dieser Geruch sich so verflüchtigt hatte, daß Kapitän Beadle wieder auf das Mittelschiff herabkam.
„Was nun?" fragte er abermals. „Ich möchte wissen, wie die Kerls sich da unten befinden. Versuchen wir, die Luke zu öffnen!"
Einige seiner Leute machten sich daran, diesen Befehl auszuführen. Kaum war es geschehen, so ergriff der Kapitän die Flucht schleunigst wieder. Die Luke glich einer Esse, aus welcher die Dämpfe der Hölle entstiegen. Man mußte wohl zehn Minuten vergehen lassen, ehe man ihr wieder nahen konnte.
Nun galt es, nachzuforschen, welche Wirkung die Stinktöpfe gehabt hatten. Beadle wollte Freiwillige vortreten lassen. Da aber meinte Gottfried von Bouillon: „Nein. Sir, dat ist nicht nötig. Ich habe auch die meinige Ehre im Leibe und lasse mir nicht lumpen. Ich binde mir an einen Strick und nehme meine Oboe mit. Sobald ich blase, ziehen Sie mir wieder ans joldene Tageslicht. Die Oboe soll das Zeichen jeben, dat da unten nicht alles in jutem Zustande ist. Wer Opium jetrunken hat, der kann wohl auch Ammoniak vertragen. Mijnheer, halten Sie mir am Seile fest!"
Er band sich einen Strick um den Leib, hielt sich das Taschentuch an die Nase und stieg mit dem Fagotte in die Tiefe. Niemand hatte ihm abgeraten. Was er unternahm, war doch eine Heldenthat. Er hatte nicht nur die Gase zu fürchten, sondern wohl noch mehr die Piraten, welche vielleicht nicht betäubt worden waren.
Der Mijnheer hielt das andre Ende des Strickes und horchte. Da, wirklich, da hörte man unten einen ganz unbeschreiblichen Triller auf dem Fagott erschallen.
„Ziehen Sie, Mijnheer, ziehen Sie!" rief Turnerstick. „Er ist umgefallen. Er ist ohnmächtig!"
Der Dicke zog aus Leibeskräften.
„Het is zoo zwaar – er ist so schwer!" feuchte er.
„So helfe ich mit. Aber ziehen Sie nur, sonst erstickt er."
Die beiden zogen fürchterlich. Ihre Gesichter wurden rot und immer röter, aber sie brachten den Verunglückten um keinen Zoll vorwärts. Da erschien in der Lukenöffnung erst das Fagott und dann der Gottfried selbst. Er hatte den Strick nicht mehr um den Leib und fragte im Tone der größten Verwunderung: „Aber Mijnheer, wat ziehen Sie denn so entsetzlich? Wat echauffieren Sie Ihnen denn so außerordentlich?"

Der Dicke sah ihn verwundert an, ließ den Strick fallen, nahm die schottische Mütze ab, wischte sich den Schweiß von seinem Kahlkopfe und antwortete: „Ik dacht, gij zijt daaraan!“
„Nein, ich hänge nicht mehr daran, sondern ich habe das andre Ende unten an einen Balken gebunden.“
„Nijlpaard!“
Er warf ihm dieses Wort mit einem zornigen Blick in das Gesicht und ging davon.
„Herr Ziegenkopf, ich habe auch mit gezogen!“ rief Turnerstick. „Ich verbitte mir solche Jungenstreiche!“
„Jungenstreiche? Wieso?“
„Sie haben gesagt, daß wir sofort ziehen sollen, wenn Sie blasen!“
„Ja, dat ist meine Rede jewesen. Aberst habe ich denn jeblasen?“
„Ja, und wie!“
„Nein, sondern ich habe jetrillert. Dat ist wat janz andres! Dat ist wat für een jeübtes musikalisches Jemüt. Mit dieses Trillern habe ich anjedeutet, daß meine Seele voller Jubel ist über dat, wat ich da unten jesehen habe. Jetrillert ist niemals jeblasen; merken Sie sich bat. Blasen kann mancher, auch den Kaffee; aberst trillern Sie ihn mich einmal!“
„Sie sind ein unverbesserlicher Schlingel! Was haben Sie denn gesehen?“
„Die janze Janitscharenmusik. Sie liegen kreuz und quer über- und durcheinander und wissen nicht, wohin ihre Jeistesjegenwart jeraten ist. Sie sind von die Stinktöpfe hypnotisiert worden.“
„Wirklich?“
„Wenn Sie es nicht glauben wollen, so jehen 'Sie jefälligst näher! Dann können Sie auch den Strick wieder vom Balken knüpfen, wofür er Ihnen sehr dankbar sein wird. Wegziehen haben Sie ihn doch nicht können.“
Das war eine Botschaft, welche man so gern hörte, daß man ihm den kleinen Streich gern verzieh. Kapitän Beadle kommandierte seine Leute hinab. Es war so, wie der Gottfried gesagt hatte. Die Chinesen lagen besinnungslos und halb erstickt im Raume, in welchem es noch jetzt eine Luft gab, welche zum Husten und Niesen reizte.
Zunächst wurde der Raum genau untersucht. Da standen die Kisten mit den Kanonen. Da hingen Waffen aller Art an den Wänden. Auf dem Boden lagen Strohmatten, welche die Lagerstellen gebildet hatten. Hinten gab es eine verschlossene Thüre, von welcher Liang-ssi sagte, daß sie zur Pulverkammer führe.
Eine etwas engere Luke führte noch tiefer hinab, in die mittlere Abteilung des Ballastraumes. Dorthin, so befahl Kapitän Beadle, sollten die Gefangenen geschafft werden, nachdem man ihnen alle Waffen und den Inhalt ihrer Taschen abgenommen hatte.
Das mußte aber schnell geschehen, damit sie nicht vorher wieder zum Bewußtsein kommen konnten. Es wurden Laternen angebrannt und dann ließ man die Piraten, einen

nach dem andern, die untere Lukentreppe hinabgleiten, wo sie in Empfang genommen und in den feuchten Sand gelegt wurden.
Als das geschehen war, wurde die Luke verschlossen. Nur die im Boden angebrachten kleinen Luftlöcher blieben offen. Die zehn Chinesen, welche noch oben an Deck angebunden waren, blieben da. Sie sollten auch weiter die Segel bedienen, bis die „Schuiheu“ oder vielmehr der „Hai-lung“ den Hafen erreichte.
„Wollt Ihr uns nicht ins Schlepptau nehmen?“ fragte Turnerstick den Kapitän des Kriegsschiffes.
„Wozu? Das Ueberholen des Taues macht Mühe und erfordert Zeit. Wenn Ihr das Kommando der Dschunke übernehmt, so weiß ich sie in den besten Händen. Leute zur Bedienung der Segel habt Ihr genug und außerdem lasse ich Euch für unvorhergesehene Fälle einige meiner Burschen da. Ich dampfe Euch voran und werde Eure Ankunft melden.“
„Schön! Da gibt's wohl einen Empfang?“
„Gewiß! Der „Hai-lung“ muß mit der nötigen Feierlichkeit eingebracht werden. Alle ehrlichen Leute werden sich darüber freuen, daß er endlich ausgesegelt hat. Und zumal wenn man erfährt, daß er von nur fünf Personen gewonnen wurde, so stehe ich nicht dafür, daß man Euch nicht eine Ehrenpforte baut.“
„Pah! Fünf Männer! Ihr seid doch noch dazugekommen!“
„Habe aber nichts thun können als eine kleine Handreichung, welche Eure Verdienste nicht im mindesten zu schmälern vermag. Die Prisengelder fallen natürlich Euch zu.“
„Ich brauche sie nicht.“
„So werden Eure Freunde klüger denken.“
„Auch ich verzichte,“ meinte der Methusalem.
„Ik ook,“ stimmte der Dicke bei.
„Ich ebenso,“ lachte Richard.
„Aberst ich nicht!“ sagte Gottfried von Bouillon. „Dem Verdienste seine Kronen, und wenn es keine Kronen sein können, so nehme ich es ebenso jern in Silber und sonstige Scheidemünze. Wer hat dat Schiff jenommen? Ich, denn ich bin's jewesen, der den Balken anjebunden hat. Darum will ich mein Teil vom Prisenjelde haben, zumal ich als Wichsier und Pfeifenräumer mit meine Oboe nicht auf Rosen jebettet bin. Ich will nun endlich auch mal für meine Zukunft Sorje tragen. Habe ich mich zu Lande nichts sparen können, so soll mich wenigstens zur See jehelfen werden.“
„Sehr schön!“ lachte der Methusalem. „Ich trete dir meinen Anteil ab.“
„Ik ook,“ erklärte der Dicke, welcher zu gutmütig war, als daß er an den Strick gedacht hätte, an welchem er sich vorhin vergeblich abgemüht hatte.
„So mag er alles nehmen!“ rief Turnerstick. „Eine Landratte, ein Fagotttrillerer und Prisengelder! So etwas ist noch nie dagewesen!“
„Oho! Ich selbst bin auch noch nicht dajewesen, bin also ein Unikum! Sollte mich die olle Dschunke jenug einbringen, so kaufe ich mich auch eine Wasserpipe und suche mir

einen Jottfried den Zweiten. Dann rauche ich mit dem Methusalem voran, und hinter mich trägt Bouillon second die Hukahs alle beide."
„Wollen sehen, was sich thun läßt," nickte Kapitän Beadle.
„Wir haben es hier mit einem Falle zu thun, welcher allerdings ohnegleichen ist; aber vielleicht erhalten Sie doch eine Gratifikation. Ich werde mir später Ihre Adresse ausbitten, denn ich beabsichtige sehr, einige fröhliche Tage mit meinem braven Turnerstick in Hongkong zu verleben, und hoffe dann auch die Herren, welche mir jetzt geradezu ein Rätsel sind, näher kennen zu lernen. Der Wind lebt auf, Turnerstick. Ihr habt die Brassen durchschnitten. Das war sehr gewagt. Splißt sie baldigst wieder zusammen. Ihr dürft die schweren Segel nicht so hängen lassen. Kommt eine Bö, so seid Ihr samt der Dschunke verloren."
„Keine Sorge, Sir! Turnerstick weiß stets, was er zu thun hat."
„Das mag sein. Also ich verlasse Euch nun. Sobald wir uns wiedersehen, werdet Ihr mir erzählen, auf welche Weise Ihr es so plötzlich zum Generalmajor gebracht habt. Im übrigen gratuliere ich den Herren allen. Das war ein Stück, von welchem man sich noch lange Zeit und nicht bloß hier erzählen wird. Seht auch nun bald nach den beiden Männern, welche unten im Kielräume in dem Kasten stecken. Und nun, auf Wiedersehen!"
Er reichte Turnerstick die Hand, auch den andern, wie er es bereits vorhin gethan hatte, und verließ das Schiff auf dem Wege, auf welchem er gekommen war, nachdem er vorher einem Seekadetten befohlen hatte, mit zwanzig Mann zurückzubleiben und Turnersticks Anweisungen genau zu befolgen.
Dann gab das Orlogschiff wieder Dampf und setzte sich in Bewegung. Mit lautem Hurra grüßte die Mannschaft desselben herüber; dann warf der scharfe Kiel die Fluten vor sich auf. Das kurze, den fünf Helden so interessante Intermezzo war vorüber.
Jetzt ließ Turnerstick die zehn Chinesen wieder losbinden, damit sie die Brassen durch Splissungen wiederherstellen sollten. Sie hatten gesehen, was vorgegangen war, und wußten, daß ein Widerstand jetzt Wahnsinn gewesen wäre. Man konnte sehen, daß sie geradezu mit Zittern und Zagen gehorchten.
Die Segel wurden wieder voll gebraßt; der Kapitän beorderte den jungen Kadetten an das Steuer und befragte ihn um die Höhe des Ortes, was diesem nicht wenig schmeichelte; dann setzte sich auch die Dschunke in Bewegung.

Eine wichtige Beratung.

Zehntes Kapitel

Tsche ta-ping, Tur-ning sti-king kuo-ngan ta-fu-tsiaug, keng hiang-schaug tsien ful.

Als die Reisenden volle und stete Fahrt genommen hatten, kam Turnerstick auf das Mitteldeck herab, beorderte einige der Marineleute als Wachen in das Unterdeck und sagte dann, daß es Zeit sei, nach den beiden Männern im Kasten zu sehen. Es wurden Laternen angebrannt, worauf er mit dem Methusalem, Gottfried, Richard und Liang-ssi hinabstieg. Dabei wurde der letztere von Degenfeld gefragt, ob er nicht wisse, wer die Personen seien.

„Nein," antwortete er. „Ich habe nicht geahnt, daß sich Leute da unten befinden, bin auch nie in den vorderen Kielraum gekommen, da das den Matrosen verboten war."

Als sie unten anlangten, konnten sie mit Hilfe der Laternen die Oertlichkeit deutlich erkennen. Der Raum war niedrig und nach dem Kiele zu sehr schmal, erweiterte sich aber nach der andern Seite hin. Er war so hoch mit feuchtem, dumpfig riechenden Sande angefüllt, daß man nicht aufrecht stehen konnte. Links von der Treppe standen die Stinktöpfe, von denen wohl noch über sechzig vorhanden waren. Man sah, daß sie erst mit Sand überdeckt worden waren, jedenfalls um von dem das Schiff im Hafen besichtigenden Beamten nicht bemerkt zu werden. Rechts war die Scheidewand, welche diesen Ort von dem Mittelkielraume trennte. An derselben stand der betreffende Kasten. Er war aus hartem Holze gefertigt, oben mit kleinen Luftlöchern versehen, nicht viel über zwei Ellen lang, ebenso tief und nicht ganz so hoch. Die Decke bildete zugleich die Thür, welche mit einem sehr starken Querriegel verschlossen war. Wenn sich zwei Personen in diesem Behältnisse befanden, so hatten sie jedenfalls große Pein zu erleiden, da sie zu einer gebückten, sitzenden Stellung gezwungen waren und sich kaum bewegen konnten.

„Jetzt will ich selbst mal mit ihnen reden," meinte Turnerstick. „Wenn die Kerls vom Hotschang zu dieser Strafe verurteilt wurden, so sind sie zehnfach gefährliche Subjekte, mit denen man nicht vorsichtig genug sein kann. Da muß einer mit ihnen reden, welcher Haare auf den Zähnen hat und die Sprache sehr genau versteht."

„Es sind keine Piraten," entgegnete der Methusalem. „Sie haben uns ja vorhin gesagt, wer sie sind."

„Ja, gesagt haben sie es; aber ich bin nicht so dumm, es zu glauben. Also mal los mit unsrer Sprachwissenschaft! Haben ihre zehn Kameraden beim Segelbrassen mich so ausgezeichnet verstanden, so werden wohl auch diese sofort bemerken, daß sie es mit einem tüchtigen Sprachkenner zu thun haben."

Er klopfte an den Kasten und fragte: „Hallo, halling, hallung! Wer ist da dring im Kastong?"

Zwei Seufzer und ein kratzendes Geräusch waren die Antwort.

„Nun, köngt ihr nicht antworting? Wer ist da in dem Hühnerkäfing?"

„Ngot kieu schin tsa!" lautete die flehende Antwort.

„Was sagen sie? Wie heißt das?“
„Heda, helft uns! heißt es,“ antwortete der Methusalem.
„Unsinn! Aus welcher mongolischen Provinz sind denn diese Kerls, daß sie mich nicht verstehen und mir da einen Dialekt bringen, bei welchem man Zahnschmerzen bekommen kann!“
„Ja, der Dialekt ist schauderhaft,“ stimmte Degenfeld bei, um die armen Teufel nicht länger schmachten zu lassen. „Ich will sehen, ob ich besser mit demselben vorkomme.“
„Möglich, da Ihr Chinesisch auch nicht mehr wert ist als dasjenige dieser Leute!“
Der Blaurote handelte zunächst anstatt zu sprechen. Er zog den Riegel fort und schlug den Deckel des Kastens zurück. Zunächst wurden nur zwei rasierte Schädel sichtbar. Die dunkeln Haarstummeln auf der Mitte derselben bewiesen, daß sich da Zöpfe befunden hatten, welche aber abgeschnitten worden waren, bei den Chinesen eine ebenso große Schändung wie bei einem Indianer, dem man die Skalplocke raubt.
Die beiden Männer blickten nach oben. Ihre Gesichtszüge waren wegen des dick darauf haftenden Schmutzes nicht zu erkennen. Sie wollten sich erheben, um aus dem Kasten zu steigen, fielen aber zurück. Die Einsperrung in diesen entsetzlichen Kasten hatte sie des Gebrauches ihrer Glieder beraubt. Degenfeld griff in den Kasten, hob sie nacheinander aus demselben und setzte sie in den Sand. Sie waren ganz der Kleider beraubt. Der eine von ihnen starrte vor Schmutz, der andre sah reinlicher aus, doch verbreiteten beide einen Geruch, welcher kaum auszuhalten war.
„Mok put, ni-men put kian – nicht wahr, ihr seid keine Piraten?“ fragte der Methusalem in mitleidigem Tone.
„Yu, yu – nein, nein!“ antworteten sie sofort im Tone des Abscheues und der eine fügte hinzu: „Tsa-men put tsche fam-fu-suk-tsi – wir gehören nicht zu diesem Gesindel!“
„Ni-teng kuan-fu – ihr seid Mandarinen?“
„Tsche, tsche, tet kuan-fu – ja, ja, hohe Mandarinen. Ngo ho-po-so, tsche tong-tschi tsai Kuang-tschsu-fu – ich bin Ho-po-so und dieser ist Tong-tschi in Kanton.“
„Ngo ko ni-tschai Yen – ich werde eure Aussage prüfen!“
„Tsa-men ko tsän – wir werden die Prüfung bestehen.“
Das sagte der Mann in so zuversichtlichem Tone, daß Degenfeld ihm nun geglaubt hätte, wenn er vorher noch zweifelhaft gewesen wäre. Er setzte seine Fragen fort, um zu erfahren, auf welche Weise diese beiden Beamten auf die Dschunke und dann in den schrecklichen Kasten gekommen seien, und erfuhr da folgendes: Der Tong-tschi hatte auf einer Kriegsdschunke nach Kam-hia-tschin gewollt, einer kleinen Stadt in der Hong-Hai-Bai, und war da von der Piratendschunke überfallen morden. Die Seeräuber hatten die Mannschaft des Kriegsschiffes durch Stinktöpfe überwältigt. Auch der Tong-tschi war betäubt worden. Als er erwachte, befand er sich in diesem Kasten. Wie lange er da gesteckt habe, wußte er nicht genau. Es war hier dunkel und er konnte die Zeit nur noch dem Knallen des Feuerwerkes bemessen, welches bei jedem Sonnenuntergänge auf

jedem Schiffe abgebrannt zu werden pflegt. Nach dieser Rechnung war er schon über eine Woche hier. Es war ihm unmöglich, seine Beine auszustrecken.
Da er nach europäischen Begriffen Inspekteur der in der Provinz Kuang-tung stehenden Militärmacht war, wozu auch die Marine gehört, so waren ihm die Piraten ganz besonders feindlich gesinnt. Er hatte ihnen ein bedeutendes Lösegeld geboten; der Hotschang aber hatte ihm geantwortet, daß er die Sonne niemals wiedersehen und hier in diesem Kasten langsam sterben werde. Man hatte ihm täglich nur einen Schluck Wasser und dazu nur wenige, halb faule Früchte gebracht. Da er sich, seiner Schätzung noch, schon über eine Woche hier befand, so war er so abgemattet, daß er nur mit Anstrengung sprechen konnte. Als ganz besonderen Schimpf hatte man ihn seines Zopfes beraubt.
Der Ho-po-so befand sich erst seit vorgestern in der Gewalt der Piraten. Er schien ein sehr pflichttreuer Mann zu sein, denn er erzählte, daß er ganz allein, und zwar am Abende, die „Königin des Wassers“ bestiegen habe, um nach deren Papieren und sonstigen Verhältnissen zu fragen. Die Mandarinen pflegen sonst ihres Amtes nur mit dem gewohnten Gepränge zu warten. Niemand außer ihm wußte, daß er auf diese Dschunke gegangen sei. Ueber diesen Umstand hatte er eine unvorsichtige Bemerkung gemacht und war dann sofort festgenommen worden.
Sein Amt brachte es mit sich, jedes unredliche Treiben zur See mit der Strenge des Gesetzes zu verfolgen. Da verstand es sich von selbst, daß die Piraten ihn haßten. Sie hörten, daß niemand von seiner Anwesenheit auf der Dschunke wisse, und daß man ihn also auch nicht auf derselben suchen werde. Darum hatten sie kein Bedenken, sich des Unvorsichtigen zu bemächtigen, ihn seines Zopfes und seiner Kleider zu berauben und zu dem Tong-tschi in den Kasten zu stecken. Er sollte mit diesem das gleiche Schicksal erfahren.
Eine solche Behandlung zweier Menschen darf nicht allzu sehr wunder nehmen. Unter den schlechten Eigenschaften des ungebildeten Chinesen steht neben der Feigheit die Grausamkeit obenan. Er ist im stande, ein Huhn lebendig zu rupfen und zu braten, und zwar die Beine zuerst, damit diese stark anschwellen und einen knusperigen Leckerbissen geben. Dieselbe Gefühllosigkeit hat er auch dem Menschen gegenüber, sobald es sich um seinen Vorteil oder um eine That der Feindschaft handelt. Gegen seine Angehörigen aber zeigt er eine desto größere Milde.
Der Ho-po-so vermochte seine Glieder noch leidlich zu bewegen. Er konnte, wenn auch mit Anstrengung, an das Deck steigen, während sein Leibensgefährte getragen werden mußte. Das geschah selbstverständlich erst dann, als man die nötigen Kleidungsstücke für sie herbeigeschafft hatte. Ihre eigenen Anzüge waren vernichtet worden. Sie mußten sich mit den gewöhnlichen Gewändern begnügen, die man in den Kajüten der Dschunke fand.
Nun saßen sie oben auf dem Verdecke und sogen die frische Morgenluft mit wonnigen Zügen ein. Es wurde im Vorratsraume und der primitiven Küche nach Speisen für sie gesucht. Als Reis und auch noch ein Fleischrest gefunden wurde, sagte der Mijnheer: „Ik

il voor ze kochen en braden; een vuurhaard is daar, ook een ketel hout en be vuurschop – ich will für sie kochen und braten; ein Feuerherd ist da, auch ein Kessel, Holz und die Feuerschaufel."

„Wat Sie denken!" lachte Gottfried. „Sie und kochen! Ich möchte mal den Pudding sehen, den Sie zusammenwürgen würden! Nein, dat Kochen ist die meinige Anjelegenheit. Sie würden zu viel Fett in dat Kasserol schwitzen, wat janz so viel wie ein jelinder Selbstmord wäre."

Er ließ es sich nicht nehmen, das Essen zu bereiten; der Mijnheer aber stand dabei und erging sich in allerlei kulinarischen Bemerkungen, welche zu seinem unendlichen Mißbehagen von Gottfried leider nicht beachtet wurden.

Indessen beschäftigten sich der Methusalem und Turnerstick mit den beiden Mandarinen, welche von Dankbarkeit für ihre Rettung überflossen. Leider konnten sie ihre Freude nicht ohne einen Wermutstropfen genießen: Sie hatten keine standesgemäßen Anzüge und – keine Zöpfe mehr. Wie durften sie sich in Hongkong ohne beides sehen lassen! Nach längerem Hin- und Herreden kamen sie mit Degenfeld dahin überein, daß er ihnen Kleider und falsche Zöpfe, aber recht lange und starke, in Hongkong, wo das alles zu haben war, besorgen solle. Das dafür ausgelegte Geld sollte er in Kanton erhalten. Aus letzterem Grunde und auch aus Dankbarkeit wurde er von ihnen eingeladen, mit seinen Gefährten ihr Gast zu sein.

Er nahm diese für seine Zwecke so vorteilhafte Aufforderung sofort an. Er konnte ihnen den eigentlichen Zweck seiner Reise freilich nicht sagen; von ihnen nach demselben befragt, erklärte er, daß er aus der fernen Heimat gekommen sei, um in der Hauptstadt von Hu-nan einen dort wohnenden weltberühmten Gelehrten zu besuchen. Er sei von dem Han-lin yuen Akademie der WissenschaftenDeutschlands extra zu dem Zwecke abgesandt worden, diesem großen Kenner der klassischen Bücher die Hochachtung der westlichen Länder zu erweisen.

Das schmeichelte ihrem nationalen Selbstgefühle so, daß der Ho-po-so erklärte: „Das freut mich sehr. Ich ersehe daraus, daß die Tao-tse-kue ein gebildetes Volk sind, würdig, von uns Unterricht zu empfangen. Ich werde, soviel ich kann, dieser Reise allen Vorschub leisten."

„Auch mir gefällt dieser Auftrag, den Sie erhalten haben," stimmte der Tong-tschi bei. „Ich ersehe aus demselben, daß Ihre Landsleute vernünftige Menschen sind, welche die Ueberlegenheit unsrer Litteratur anerkennen. Diese Bescheidenheit ist der erste und sicherste Schritt zur wissenschaftlichen Größe. Die Fu-len, Flan-ki und Yan-kui-tse sind schon so lange mit uns in Verbindung, ohne zuzugeben, daß wir ihnen überlegen sind. Sie werden also nichts lernen und zu Grunde gehen. Zwar ist es meine Pflicht, darüber zu wachen, daß sich nicht Ausländer unnötig in unsern Distrikten bewegen und gar durch fremdländische Kleidung und ungewöhnliche Manieren unserm Volke ein schlechtes Beispiel geben; aber bei Ihnen will ich eine Ausnahme machen, weil ich aus Ihrer Bescheidenheit ersehe, daß Sie nicht beabsichtigen, die loyalen Unterthanen zu

andern Sitten und Gebräuchen zu bewegen. Auch gegen Ihre Kleidung will ich nichts einwenden, obgleich dieselbe diejenige eines Landes ist, welches noch nicht durch die Kleiderordnung des „Herrn des Reiches der Mitte“ beglückt worden ist. Ich bin überzeugt, daß Ihre Anzüge Ihnen durch die heimatlichen Fakultäten vorgeschrieben worden sind, so daß Sie gegen den Kaiser Ihres Landes sündigen würden, wenn Sie hier andre tragen wollten. Darum werde ich Ihnen schriftlich gestatten, in dieser Kleidung bei uns einherzuwandeln. Auch werde ich Ihnen einen Ta-kuan-kuan ausstellen, welchen Sie nur vorzuzeigen brauchen, um überall als ein Mann behandelt zu werden, welcher die höchsten Ehren verdient. Sie brauchen in keinem Tien einzukehren, sondern steigen, wohin Sie kommen, beim Kuang-kuan ab und zeigen dem höchsten Beamten, welcher da wohnt, meinen Paß vor. Sie werden dann seine Gäste sein, nichts zu bezahlen haben und bis zum nächsten Reiseziele Sänften oder Pferde bekommen, ganz wie es in Ihrem Belieben steht. Alle diese Beamten sind verpflichtet, allen Ihren Befehlen, welche nicht gegen die Gesetze und Vorschriften dieses Landes verstoßen, Gehorsam zu leisten, und müssen für Ihre Sicherheit und für diejenige Ihrer Begleiter haften.“
Das waren Worte und Anerbietungen, wie Degenfeld sie sich nur wünschen konnte. Wie mußte ihm dadurch seine Reise erleichtert werden! Und welchen Vorschub mußte diese Erleichterung den Zwecken dieser Reise gewähren! Er hätte den Mandarin vor Freude umarmen mögen.
Dieser aber saß bleicher und matter als vorher da. Die lange Rede hatte ihn angegriffen. Dennoch fuhr er bereits nach kurzer Zeit fort: „Wenn ich das alles für Sie thue, hoffe ich, daß auch Sie mir eine Bitte erfüllen.“
„Gewiß, wenn es in meiner Macht liegt.“
„Sie können es. Verschweigen Sie, daß Sie uns hier gefunden haben! Kein Mensch darf wissen, daß wir gefangen waren und so geschändet worden sind. Wenn das vor die oberste Behörde käme, würde man uns sicher unsres Amtes entsetzen. Wollen Sie mir versprechen, daß auch Ihre Gefährten schweigen werden?“
„Sehr gern! Hier ist meine Hand.“
„Ich danke Ihnen! Alles übrige können wir später besprechen. Jetzt bin ich zu ermüdet. Ich muß ruhen und schlafen, vorher aber essen. Ich werde, wenn wir nach Hongkong kommen, mich mit dem Ho-po-so in die Kajüte zurückziehen, damit wir nicht gesehen werden. Am Abende werden wir dann in den Anzügen, welche Sie uns besorgen und die ich Ihnen ganz genau beschreiben werde, die Dschunke verlassen. Vor allen Dingen dürfen Sie die Knöpfe auf unsern Hüten nicht verwechseln. Ich habe die Würde eines Staatsrates und trage einen blauen Stein. Der Ho-po-so hat den Rang eines Assessors der höchsten Kollegien und muß einen lichtblauen Stein haben.“
„Werden dieselben in Hongkong zu kaufen sein?“
„Ja, wenn auch nicht echt; aber für die kurze Fahrt nach Kuang-tschéu-fu werden wir uns ihrer bedienen können. Ferner versteht es sich ganz von selbst, daß wir mit der englischen Behörde, welcher die Piraten ausgeliefert werden, nichts zu thun haben

mögen. Diese Beamten dürfen ja nicht wissen, daß wir hier gewesen sind. Da aber die Schuldigen chinesische Unterthanen sind, wird man sie uns ausliefern, und dann werde ich dafür sorgen. daß sie die Strafe der Räuber, nämlich den Tod, erleiden."

Jetzt brachte der Gottfried den Reis und das Fleisch. Die beiden Mandarinen erhielten Eßstäbchen und begannen ihre Mahlzeit. Als dieselbe beendet war, zogen sie sich in die Kajüte zurück, welche die fünf Reisenden gestern angewiesen erhalten hatten.

Mittlerweile trat die Flut ein. Die See bewegte sich nach dem Lande zu, gerade so wie der Wind, und die Dschunke machte eine gute Fahrt. Backbordseits wurden Felsen sichtbar, in denen Turnerstick das Kap Aquila erkannte. Die Dschunke segelte an den vor demselben liegenden kleinen Inseln hin und gelangte noch am Vormittage durch die Bai von Si-wan auf die Reede von Hongkong und wendete nach dem Hafen von Viktoria. Man sah den ganzen Landungsplatz von einer, wie es den Anschein hatte, nach Tausenden zählenden Menschenmenge besetzt. Die Leute standen Kopf an Kopf, auch auf den vor Anker liegenden Schiffen.

Das Polizeiboot kam der Dschunke entgegen. Es war mit bewaffneten Beamten gefüllt und Kapitän Beadle befand sich bei ihnen. Sie legten, noch während die Dschunke sich in halber Fahrt befand, seitschiffs an und stiegen an Bord. Der Marinekapitän eilte aus Turnerstick zu und rief: „Ich habe den Fall bereits gemeldet und die ganze Bevölkerung ist auf den Beinen. Man ist ganz begeistert über eure That. Man freut sich, daß dem Hai-lung endlich sein verdienter Lohn werden kann. Fast glaube ich, daß man euch auf den Schultern nach dem Hotel schaffen wird. Fünf Mann eine berüchtigte Piratendschunke weggenommen! Es ist unglaublich. Der Platz, wo ihr anzulegen habt, ist schon bestimmt, da steuerbordseits in der breiten Lücke. Paßt auf! Der Krawall geht bereits los. Ich will zur Flagge gehen."

Von dem nächstliegenden Schiffe ertönte ein Kanonenschuß, welchem Beispiele die Geschütze der andern Schiffe folgten. Soweit man sehen konnte, wurden die Flaggen gesenkt und gehoben, um die Eroberer des Hai-lung zu begrüßen und zu ehren. Tausende von Hurras und andere Zurufe ertönten in allen möglichen Zungen. Das kreischende „Tsching tsching" der Chinesen war am deutlichsten zu hören. Hundert Arten von Kappen, Mützen, Hüten und sonstigen Kopfbedeckungen wurden geschwenkt. Dann rasselte der Anker in den Grund und die Bugkette wurde an das Land geworfen.

Da standen englische Marinesoldaten, welche an Bord kamen. Der Fall war so eklatant, daß sogar der Gouverneur selbst kam, um die Voruntersuchung in eigener Person zu führen. Die Aussagen der fünf Helden wurden zu Protokoll genommen. Der Gouverneur bat sie, einstweilen noch nicht abzureisen, und sie entschlossen sich, im Hongkong-Hotel zu wohnen. Die beiden Mandarinen wurden von ihnen als unschuldige Reisende bezeichnet, welche auch ausgeraubt worden seien und erst nach erfolgter Neuausstaffierung am Abende die Dschunke verlassen könnten, wogegen die Behörde keinen Einspruch erhob.

Von den Gefangenen im Ballastraume waren einige erstickt; die andern lebten. Sie wurden an Deck geschafft und paarweise zusammengebunden, um in sicheres Gewahrsam gebracht zu werden.
Darüber waren wohl zwei Stunden vergangen; aber die Menge stand noch dicht gedrängt am Ufer. Als die Piraten unter bewaffneter Bedeckung über die Landebrücke marschierten, wurden sie mit Ausrufen des Zornes und Abscheues empfangen. Die Polizei hatte vollauf zu thun, das Publikum von Tätlichkeiten abzuhalten.
„Gottfried, meine Pfeife!“ befahl der Methusalem.
„Hat ihm schon!“ antwortete der Wichsier, indem er ihm das Mundstück reichte. „Wir müssen unsern Einzug mit die nötige Würde und in der jewohnten Ordnung halten, um die Chinesigen zu imponieren. Ich erhebe mir sogar zu dem Vorschlag, hier zu warten, bis man uns einige Triumphbögens oder wenigstens ein Brandenburjer Thor jebaut hat, denn wir haben uns herabjelassen, die Helden dieses glorreichen Tages zu sind. Nicht wahr, Mijnheer?“
„Ja, het is in waarheid zoo. Wij zijn tappere veldheeren en mannen geweest – ja, das ist in Wahrheit so. Wir sind tapfere Feldherren und Männer gewesen.“
Der Gouverneur und die Kriminalbeamten verabschiedeten sich von den Reisenden, um das Schiff zu verlassen. Dann setzten sich die letztem in Bewegung, und zwar in der altbekannten Ordnung: voran der Hund, dann der rauchende Methusalem, hinter ihm Gottfried mit der Pfeife und dem Fagott, gefolgt von Richard, welcher diesmal nicht allein, sondern mit Liang-ssi ging. Den Beschluß machten Turnerstick mit dem Mijnheer, welcher wiederum den, jetzt allerdings leer gewordenen Theeranzen über die Flintenläufe gesteckt hatte.
Als sie auf der Landebrücke erschienen, wurden sie mit jubelnden Zurufen empfangen. Die Menge bildete Spalier, welches sie gravitätisch passierten, indem sie, würdevoll nickend, nach beiden Seiten dankten.
Plötzlich blieb Turnerstick stehen.
„Alle Wetter!“ rief er laut. „Methusalem, da stehen die beiden Schurken mit ihrer Sänfte, in welcher ich vor kurzem gelaufen wurde! Wollen wir sie arretieren lassen?“
Der Blaurote drehte sich um. Er sah die beiden Kulis stehen. Hinter ihnen stand die Sänfte am Boden. Sein Bart zuckte; ein Lächeln glitt über sein Gesicht.
„Nein, lieber Freund,“ antwortete er. „In den heutigen Jubel dürfen wir keinen Mißklang bringen. Aber ihren gestrigen Fehler sollen sie dennoch gut machen.“
Er wendete sich an die Kulis und die in ihrer Nähe stehenden Männer und rief gebieterisch, indem er auf Turnerstick und die Sänfte deutete: „Dieser große Held, Turning-sti-king, der hohe Generalmajor, wünscht auf der Sänfte getragen zu werden; macht schnell!“
Diese Aufforderung konnte den Leuten nicht gelegener kommen. Der „hohe Generalmajor“ wurde augenblicklich von zehn, zwölf Händen ergriffen und auf den

Kasten der Sänfte gesetzt. Ebenso rasch hoben die Kulis die letztere empor und traten zwischen dem Gottfried und Richard mit Liang-ssi ein.
Der Zug setzte sich wieder in Bewegung und wurde von einem nicht enden wollenden Jubel der Menge begleitet.
Turnerstick machte erst eine Bewegung, um abzuspringen, fand sich aber schnell in seine Lage, welche er für eine sehr ehrenvolle hielt. Auf der Höhe der Sänfte war er ja der Gefeiertste von allen. Er grüßte eifrig und huldvollst mit den Händen, wobei er den Klemmer unaufhörlich verlor und wieder auf die Vorlukennase setzen mußte, und antwortete auf die vielen „Tsching tschings", die ihm zugerufen wurden, mit seinen besten chinesischen Ausdrücken.
Vor der Thür des Hotels wurde er abgesetzt, verbeugte sich vor der Menge und rief mit lauter Stimme: „Meine verehrtesteng Herreng und liebreicheng Dameng! Es ist mir gelunging, die Piratung zu besiegeng und ihnen ihre Dschunking abzunehmang! Sie habeng mich dafür mit Huld empfanging und im Triumph hierher getragong. Gestatteng Sie mir, Ihneng meineng Dank zu Erstattung, und lebing Sie für einstweilang wohl. Hoffengtlich werdeng Sie bald noch mehr vong uns hörang. Ich wünsche Ihneng allerseits einang gutung Morging!"
Dann verbeugte er sich abermals und verschwand in der Thür. Während das Publikum, welches kein Wort verstanden hatte, dennoch in beifällige Rufe ausbrach, trat er in das Zimmer, in welchem sich seine Gefährten bereits befanden. Er schlug dem Gottfried, der ihm am nächsten stand, auf die Achsel und sagte: „Nun, Ritter von Bouillon, was sagen Sie zu diesem famosen Einzuge?"
„Dat Sie ihn besser jesehen haben als ich, weil Sie ja auf dem Laufkorbe saßen."
„Herrlich, herrlich! Nicht wahr, Mijnheer?"
„Gewisselijk, op mijn woord!" beteuerte der Dicke.
„Ja, das war ein ganz andrer Empfang als gestern. Heut sind die „Tsching tschings" nur so um mich herumgeflogen. Ich habe mich aber auch aufs herzlichste bedankt. Hören Sie es? Die Leute jubeln noch immer. Ich muß mich ihnen wirklich noch einmal zeigen."
Er machte das Fenster auf, grüßte mit dem Fächer und schrie ein letztes, kräftiges „Tsching tsching tsching" hinaus ...

Wing-kan wird seines Verbrechens überführt.

Elftes Kapitel

Landeinwärts.

China ist ein wunderbares Land. Seine Kultur hat sich in ganz andrer Richtung bewegt und ganz andre Formen angenommen als diejenige der übrigen Nationen. Und diese Kultur ist hochbetagt, greisenhaft alt. Die Adern sind verhärtet und die Nerven abgestumpft; der Leib ist verdorrt und die Seele vertrocknet, nämlich nicht die Seele des einzelnen Chinesen, sondern die Seele seiner Kultur.

Schon Jahrtausende vor unsrer Zeitrechnung hatte dieselbe eine Stufe erreicht, welche erst in allerneuester Zeit überschritten zu werden scheint, und zu diesem Fortschritte ist China mit der Gewalt der Waffen gezwungen worden. Derjenige französische Missionar, welcher das Reich der Mitte le pays de l'âge caduc, das Land des hohen Alters nannte, hat sehr recht gehabt. Es ist da eben alles greisenhaft, sogar die Jugend.

Wer die Kinder beobachtet, lernt die Eltern genau kennen. So ist es auch mit dem Volke. Eine Nation ist unschwer nach dein Thun und Treiben ihrer Kinderwelt zu beurteilen. Die Arbeit des Kindes ist das Spiel. Wie aber spielt der Chinese?

Der Europäer sieht im Spiele nur das Mittel zur körperlichen und geistigen Kraftentwickelung. Er will die Muskeln stärken, die Knochen festigen die Brust erweitern, die Willenskraft erwecken, den Scharfblick üben und das Gemüt bereichern. Das Spiel soll im Knaben den spätern Mann, im Mädchen die einstige sorgliche, treue Hüterin des Hauses erkennen lassen.

Anders bei den Chinesen. Wo sieht man da die roten Wangen und blitzenden Augen, wo hört man das lustige helle Jauchzen der Kinder? Fast nirgends! Der chinesische Knabe tritt aus seiner Thür langsam und bedächtig, schaut um sich wie ein Alter, schreitet ohne irgend eine lebhafte Bewegung nach dem Spielplatze hin und sinnt nun nach, womit er sich beschäftigen werde. Er ist ein Erwachsener in verkleinertem Maßstabe. Sein gelbes Gesicht rötet sich höchstens dann ein wenig, wenn er ein Heimchen erblickt. Er fängt es, sucht noch eins dazu und setzt sich nieder, um die beiden Tiere gegeneinander kämpfen zu lassen. Mit Behagen sieht er, wie sie sich die Glieder abbeißen, sich gräßlich verstümmeln und selbst dann noch kämpfen, wenn sie nur noch aus dem gliederlosen Rumpfe bestehen. Ist es da ein Wunder, daß die Grausam- und Gefühllosigkeit des Chinesen als eine seiner hervorragendsten Eigenschaften bezeichnet werden muß?

Dort spielen zwei Knaben Ball. Sie schleudern ihn einander nicht zu; sie fangen und schlagen ihn nicht; sie werfen ihn nicht an eine Mauer, um ihn abprallen und rikoschettieren zu lassen. Der eine schlägt den Ball mit der flachen Hand so oft in die Höhe, als es ihm möglich ist, ohne ihn zur Erde fallen zu lassen. Ist dieses letztere geschehen, so nimmt der andre ihn auf und versucht dasselbe Spiel. So stehen sie still und stumm nebeneinander, doch nein, nicht stumm, denn sie zählen. Für jeden Schlag, der dem ersten mehr gelingt als dem zweiten, hat dieser letztere einen Kern, eine Frucht oder sonst etwas zu bezahlen. Dabei suchen sie einander nach Kräften zu betrügen. Hier

entspringt der große Eigennutz, die gewissenlose Schlauheit, welche den Chinesen auszeichnet.
Das Hauptspiel der Knaben ist das Drachensteigenlassen. Es ist das sogar ein Sport, den die erwachsenen Männer, reich und arm, vornehm und niedrig, treiben. Der Chinese hat es darin zu einer Fertigkeit gebracht, welche Bewunderung erregt und einer bessern Sache wert wäre. Es gibt wohl kaum irgend ein Tier, dessen Gestalt der Sohn der Mitte nicht, in Papier nachgeahmt, in die Luft steigen ließe. Am prächtigsten bildet er den Tausendfuß nach; die Gestalt ist oft an die dreißig Ellen lang und ahmt die Bewegungen des Tieres mit merkwürdiger Naturtreue nach. Habichte steigen an einer und derselben Schnur in die Höhe und umkreisen einander genau so, wie wirkliche Habichte es an windigen Tagen thun.
Während der deutsche Knabe seinen Drachen aus reiner, unschuldiger Lust an der Sache steigen läßt, verbindet der Tschin-tse-tsi Chinesenknabemit diesem Spiele eine Absicht, welche uns nicht als lobenswert erscheinen dürfte. Er bestreicht die Schnur mit einem Klebstoffe und streut gestoßenes Glas darauf. Mit der so präparierten Schnur sucht er dann die Drachenschnüre andrer Knaben zu durchschneiden oder zu durchsägen, daß deren Drachen vom Winde mit fortgenommen werden. Sollte damit nicht die bekannte chinesische Hinterlist und Schadenfreude großgezogen werden?
Turnanstalten gibt es keine im ganzen Reiche, so groß dasselbe ist. Daher der Mangel an Mut und körperlicher Gewandtheit.
Mädchen sieht man niemals im Freien spielen. Sie scheinen zu derselben Abgeschlossenheit wie ihre Mütter verurteilt zu sein. Es ist sehr schwer, bei einem Besuche die Frau des Hauses zu Gesicht zu bekommen. Und doch haben die Chinesen sich das nicht von den Hoeï-hoeï Mohammedanerangeeignet, deren es Millionen bei ihnen gibt.
So spielt die Jugend fast nur, um die schlechten Eigenschaften zu entwickeln, welche sich beim Erwachsenen ausgebildet haben. Spricht ein Fremder mit einem Knaben, so bekommt er keine lebhaften Antworten zu hören, kein freundlich lächelndes Gesicht zu sehen. Es ist ganz so, als ob er mit einem Alten spräche. Wie gesagt, schon die Jugend macht einen greisenhaften Eindruck.
Und wie der Greis, welcher sich am Spätabende seines Lebens nicht erst von seinen bisherigen Anschauungen trennen will, so ist auch der Chinese wenig oder gar nicht bereit, die Ansichten andrer sich anzueignen. Dies ist besonders in religiöser Beziehung der Fall, weshalb die christliche Mission in China noch gar keine nennenswerten Früchte getragen hat.
Mag der Missionar die herrlichen Lehren des Christentums immerhin noch so eifrig und noch so begeistert entwickeln, der Chinese hört ihm ruhig zu, ohne ihn zu unterbrechen, denn das gebietet die Höflichkeit; aber am Schlusse wird er freundlich sagen: „Du hast sehr recht und ich habe auch recht. Put tun kiao, tun li; ni-men tschu hiung," zu deutsch: „Die Religionen sind verschieden, die Vernunft ist nur eine; wir sind alle Brüder."

Die Neuerungen, welche die letzten Jahrzehnte dem Lande gebracht haben, sind demselben entweder aufgezwungen worden, oder der Chinese hat sich zu ihnen nur aus Eigennutz verstanden. Sie sind auch nur in Küstengegenden zu spüren, während das Landesinnere nach wie vor wie ein Igel die Stacheln gegen jede fremde Berührung sträubt.
Kanton ist diejenige Stadt, in welcher der lebhafteste Fremdenverkehr herrscht. Darum verhält man sich dort gegen den Ausländer und seine Kultur nicht so sehr abweisend wie anderswo. Man sieht ein, daß der Umgang mit ihm große Vorteile bringt; man möchte sich diese Vorteile wohl gern aneignen, sieht aber durch die Gesetze einen starren Zaun um sich gezogen, welcher nicht zu übersteigen ist. Höchstens darf man sich erlauben, heimlich eine Lücke durch denselben zu brechen.
Eine solche Lücke war es, welche sich dem Methusalem öffnete, als der Tong-tschi ihm und seinen Gefährten die Gastfreundschaft anbot und einen Paß versprach.
Ueber eine Woche hatten sie in Hongkong bleiben müssen, bevor die Untersuchung gegen die Piraten so weit gediehen war, daß die Vernehmung der Zeugen nicht mehr vonnöten war. Der Tong-tschi war mit dem Ho-po-so schon am ersten Abende abgereist, und beide hatten dem Studenten gesagt, wo, wie und wenn er sie in Kanton finden könne.
Diesen Namen für die Stadt anzuwenden ist falsch. Kanton oder vielmehr Kuang-tung heißt die Provinz. Der Name der Hauptstadt aber ist Kuang-tschéu-fu. Sie liegt 150 Kilometer vom Meere entfernt am nördlichen Ufer des Perlstromes und bildet ein unregelmäßiges Viereck, welches von einer neun Kilometer langen Mauer umgeben wird. Diese ist auf Sandsteinfundament aus Ziegeln gebaut, acht Meter hoch und sechs Meter dick und wird von fünfzehn Thoren durchbrochen. Eine Quermauer, durch welche vier Thore gehen, scheidet die Alt- oder Tatarenstadt von der Neu- oder Chinesenstadt. An den Seiten schließen sich ausgedehnte und volkreiche Vorstädte an, welche der zahlreichen Bevölkerung doch nicht Platz genug bieten, weshalb über dreihunderttausend Menschen auf Flößen, Booten und ausgedienten Schiffen wohnen, die an die Flußufer befestigt sind, aber so oft ihre Plätze wechseln, daß für den eigentlichen Stromverkehr nur eine schmale Wasserrinne frei und offen bleibt.
Man schätzt die Zahl dieser Boote, welche Sam-pan genannt werden, auf über achtzigtausend. Die mobilen Bewohner derselben werden mit dem Namen Tan-kia bezeichnet. Auf diesen Sam-pan herrscht ein so wechselvolles Leben, daß der Fremde wochenlang zuschauen könnte, ohne müde zu werden. Doch ist es für ihn keineswegs geraten, mit allzu großem Vertrauen ein solches Boot, besonders des Nachts, zu besteigen, denn die Tan-kia sind Menschen, vor denen man sich wohl in acht zu nehmen hat. Sie gehören der ärmsten Klasse, der Hefe des Volkes an, haben entsetzlich mit der Not des Lebens zu ringen und finden dennoch alle Veranlassung, die Mandarinen als Blutegel zu betrachten, vor denen sie die Tasse magern Reis, die ihren Hunger stillen soll, verbergen müssen. Da wird die Not dann stärker als die Ehrlichkeit, und so führen

die meisten Tan-kia ein Leben, welches die Augen des Gesetzes mehr oder weniger zu scheuen hat.
Man lockt die Fremden unter den verschiedenartigsten Vorspiegelungen auf die Boote. Wohl dem, der dann nur als gerupftes Hühnchen davonschwimmen darf! Tausende sind verschwunden – vielleicht in die Magen der Fische, ohne daß eine Spur von ihnen aufzufinden war.
Längs des Flusses stehen die fremden Faktoreien mit ihren großen, wohlgepflegten Gärten und riesigen Warenhäusern, welche Hong genannt werden.
Scha-mien, das Europäerviertel, hat eine sehr malerische Lage. Es war ursprünglich eine in den Perlfluß vorspringende Landzunge und wurde durch einen hundert Fuß breiten Kanal vom Lande abgetrennt. Jetzt ist es ein Gemeinwesen für sich. Drei Brücken, welche durch Gitterthore verschlossen werden können, führen nach Kanton hinüber, und die eleganten Steinhäuser liegen zwischen grünen Grasplätzen, duftenden Gärten und schattigen Alleen so angenehm, wie hier nur möglich.
Hier legte der Dampfer der „China Navigation Company“ an, welchen die sechs Reisenden doch noch benutzt hatten, um nicht möglicherweise abermals auf eine Piratendschunke zu geraten.
Obgleich der Dampfer den letzten Teil der Strecke nur mit halber Schnelligkeit fuhr, war es doch absolut unbegreiflich, daß er die umherjagenden Boote nicht dutzendweise unter sich begrub.
Und wie ging es erst am Landeplatze zu! Da drängten sich Hunderte und Aberhunderte auf die aussteigenden Passagiere los, um einige Sapeken zu verdienen. Das schrie, brüllte, kreischte durcheinander, daß man die einzelnen Stimmen fast gar nicht zu unterscheiden vermochte. Da boten sich Sänftenträger, Wäscher, Barbiere, Bootsleute, Führer, Händler, Dolmetscher an, indem einer den andern zur Seite stieß, um sich vorzudrängen.
Der Methusalem stieg gar nicht aus. Er wartete, bis die Schreienden glaubten, daß das Schiff sich geleert habe, und sich einen andern Ort suchten, um dort denselben Spektakel zu wiederholen.
In Scha-mien gibt es nur einen einzigen Gasthof, welcher einem portugiesischen Wirte gehört. Dorthin begaben sich die sechs zunächst, und zwar ganz in der bekannten Weise und Reihenfolge.
Es versteht sich von selbst, daß sich sogleich eine Menge Menschen fanden, welche von dem Anblicke der für sie fremdartigen, sonderbaren Gestalten herbeigelockt wurden. Der Ausruf „Fan-kwei“, fremde Teufel, wurde vielfach hörbar, doch wagte niemand, die Reisenden zu belästigen, wohl wegen deren würdevoller Haltung und weil man in Turnerstick wirklich einen Mandarin vermutete.
Der Gasthof war keineswegs ein Hotel zu nennen. Die Europäer werden am Tage über von ihren Geschäften vollständig in Beschlag genommen und des Abends versammeln

sie sich in ihren verschiedenen landsmännischen Klubs, so daß der Gastwirt nicht auf sie rechnen kann und sich also auf niedriger stehende Gäste einrichten muß.
Er bot den Reisenden sogleich Zimmer an; Degenfeld aber lehnte ab und fragte nur, ob Bier zu haben sei. Er hatte keins, erbot sich aber, welches aus dem nahen Klubhause holen zu lassen, und bald bekamen sie einen vortrefflichen Bergedorfer Gerstensaft vorgesetzt, den sie sich aus dem Stammglase des Blauroten munden ließen.
„Ich dachte, Sie wollten hier kein Bier mehr jenießen," meinte der Gottfried. „Wenigstens sagten Sie in Hongkong so, von wejen die teuren Preise."
„Ja, dat heest hij gezegd – ja, das hat er gesagt," stimmte der Dicke bei.
„O, der Methusalem und kein Bier! Dat paßt nie zusammen."
„Paßt schon!" sagte Degenfeld. „Heut aber darf ich es mir schon noch bieten. Wir haben für diese ganze Woche im Hotel nichts zu bezahlen gehabt, weil wir als Zeugen zum Bleiben gezwungen waren. Old England hat unsre Zeche übernommen. Darauf können wir uns nun einige Gläser genehmigen. Aber unser Freund Liang-ssi wird nicht länger teilnehmen können."
„Warum nicht?" fragte der Genannte.
„Weil Sie fort müssen, nämlich zuerst zu dem Agenten, welcher den Brief nach Deutschland besorgte, und sodann zum Tong-tschi, um ihm zu melden, daß wir angekommen sind. Wir werden hier abwarten, ob der erstere uns vielleicht hier aufsucht und ob der letztere sein Wort hält und uns zu sich kommen läßt."
Darauf hin entfernte sich der Chinese, um draußen sich einen Palankin zu nehmen und die beiden Personen aufzusuchen. Die andern tranken weiter.
Die noch im Zimmer anwesenden Gäste starrten die fünf mit verwunderten Augen an. Es waren einige Europäer unter ihnen, die nicht erstaunt zu sein brauchten, kaukasisch geschnittene Gesichter hier zu sehen; aber daß die Leute Studententracht trugen, hier im fernen China, das kam ihnen mehr als sonderbar vor.
Der Methusalem fühlte sich gelangweilt von diesen immerfort auf ihn gerichteten Blicken. Er sah, daß hinter dem Hause ein Garten lag, und ging hinaus, um einmal einen chinesischen Garten in Augenschein zu nehmen.
Wenn er geglaubt hatte, hier echt chinesische Anlagen zu erblicken, so war er in einer großen Täuschung befangen gewesen. Der Garten war klein, auf drei Seiten von Mauern umgeben, stieß mit der vierten an das Haus und zeigte nicht einmal eine Blume, sondern nur Küchengewächse.
Nur an der dem Hause gegenüber liegenden Mauer stand ein schön blühender Strauch, den er noch nicht kannte. Er trat näher, um die Blüten genauer zu betrachten. Da hörte er einen Pfiff jenseits der Mauer, an der Stelle, wo er diesseits stand. Die Mauer reichte ihm bis an die Schulter. Nicht aus Neugierde, sondern ganz unwillkürlich bog er den Kopf vor, um zu sehen, wer da gepfiffen habe.
Es stand ein Chinese draußen, welcher sehr gut gekleidet war, also der bessern Klasse angehören mußte. Auch derjenige, welchem der Pfiff gegolten hatte, war zu sehen.

Dieser gehörte ganz gewiß dem niedrigsten Pöbel an. Er war barfuß; die Hose reichte ihm nur bis an die Kniee; anstatt eines Rockes oder einer Jacke trug er einen aus langen Grashalmen gefertigten Umhang in Form eines rundum vom Halse bis auf den Unterleib niederhängenden Kragens. Der Kopf war unbedeckt und mit einem dünnen Zöpfchen verziert, welches einem Rattenschwanze sehr ähnlich sah.
An der Mauer führte ein gerader, schmaler Weg vorüber, jenseits dessen hinter Mauern wieder Gärten lagen. Auf diesem Wege, zwischen den Mauern, kam der Mann eiligst herbeigelaufen.
„Tsching, tsching, ta bang!" grüßte er bereits von weitem.
Ta bang heißt großer Kauf- oder Handelsherr.
„Schrei nicht so!", warnte ihn der andre, natürlich in chinesischer Sprache. „Niemand braucht zu hören, daß sich hier jemand befindet. Warum hast du mich so lange warten lassen?"
„Ich stand weiter oben und wartete auf den sehr alten Herrn."
Wenn der Chinese sehr höflich sein will, so nennt er sich sehr jung und den, mit welchem er spricht, sehr alt. Mit dem „sehr alten Herrn" war also der andre gemeint, obgleich er höchstens halb so alt wie der Sprecher war.
„Nun, hast du es dir überlegt?" fragte dieser.
„Ja."
„Und was hast du beschlossen?"
„Ich kann es nicht thun."
„Warum nicht?"
„Es ist zu gewagt und bringt nichts ein."
„Bist du toll, oder hast du vergessen, wieviel ich dir geboten habe?"
„Ich habe es nicht vergessen, tausend Li."
„Nun, ist das nicht genug?"
„Nein, es ist zu wenig."
„Um einen Gott zu stehlen? Das ist doch sehr leicht."
„Ja, aber ich soll den Gott nicht nur stehlen, sondern ihn auch bis in das Innere der Stadt bringen."
„Sinne nach, so wirst du ein Mittel finden, wie das ohne Gefahr geschehen kann!"
„Ich weiß eins; aber ich soll den Gott auch im Garten des Nachbar Hu-tsin vergraben. Das ist eine dreifache Mühe."
„Nein, es ist nur eine einzige That."
„Den Gott stehlen, den Gott bringen und den Gott vergraben, das sind drei ganz verschiedene Thaten. Ich müßte also dreitausend Li bekommen."
„Schurke! Ich gebe tausend, nicht mehr!"
„Der ältere Herr mag bedenken, daß die Sache nicht leicht ist. Der Gott ist aus Metall, halb so groß wie ich und sehr schwer. Ich brauche noch einen zweiten Mann dazu."
„Du bist kräftig genug; ich kenne dich und weiß, was du zu leisten vermagst."

„Tragen könnte ich ihn vielleicht allein, aber in die Stadt bringen nicht."
„Warum nicht?"
„Weil ich den Gott in eine Sänfte setzen muß. Und zu einer Sänfte gehören doch zwei Männer."
„Das ist freilich wahr."
„Also müßte ich wenigstens zweitausend Li bekommen, eintausend für mich und eintausend für den andern."
„Aber am Tage kannst du den Gott nicht stehlen und des Nachts sind die Straßen verschlossen; da kannst du ihn nicht bringen!"
„Ich stehle ihn in der Dämmerung. Jetzt werden die Straßen erst eine Stunde nach Einbruch des Abends geschlossen. Da habe ich vollständig Zeit, ihn zu bringen und auch einzugraben."
Wenn dieser Mann von einer Stunde sprach, so sind das nach unsrer Zeitrechnung zwei. Der Chinese hat nämlich zwölf Doppelstunden, „Schi" genannt, deren erste nachts elf bis ein Uhr währt.
„Mute dir nicht zu viel zu!" warnte der Vornehme. „Besser ist's, du stiehlst ihn heute und bringst ihn morgen zu meinem Nachbar."
„Ich habe keinen Ort, ihn bis morgen aufzubewahren. Mein Herr Wing-kan muß bedenken, daß sich ein großer Lärm erheben wird, wenn man erfährt, daß ein Gott im Tempel fehlt. Die ganze Stadt wird in Aufruhr geraten, vielleicht heute abend schon. Er muß vergraben werden, gleich nachdem ich ihn gestohlen habe. Ich bringe ihn im Siüt-schi und bin noch vor dem Hai-schi fertig."
Die Doppelstunden heißen, wie schon erwähnt, „Schi", welchem Worte die Zeichen des Zwölfercyklus vorgesetzt werden. Die Stunden heißen also und währen, von nachts elf Uhr an gerechnet.

tsi-schi	11	bis	1	Uhr
tsch'eu-schi	1	"	3	"
yîn-schi	3	"	5	"
maò-schi	5	"	7	"
schîn-schi	7	"	9	"
ssi-schi	9	"	11	"
ngu-schi	11	"	1	"
wéi-schi	1	"	3	"
schìn- schi	3	"	5	"
yeù-schi	5	"	7	"
siüt-schi	7	"	9	"

hái-schi 9 " 11 "

Wenn der Mann sagte, daß er den „Gott“ im Siüt-schi bringen und noch vor dem Hai-schi fertig sein werde, so meinte er, daß er nach sieben Uhr zu kommen und vor elf Uhr mit dem Vergraben des gestohlenen Gegenstandes fertig zu sein beabsichtige. Er fügte noch hinzu: „Mein älterer Gebieter wird einsehen, daß ich es nicht für tausend Li thun kann. Es ist zu beschwerlich und mit großer Gefahr verknüpft. Wenn man mich ergreift, so werde ich hingerichtet, vielleicht gar mit dem Pfahle, denn einen Gott zu stehlen, wird strenger als alles andre bestraft.“

„Das weiß ich allerdings. Darum will ich dir die zweitausend Li bezahlen, vorausgesetzt, daß du deine Sache brav machst und kein Verdacht auf mich selbst fällt.“

„Ich werde es so schön machen, daß alle Schuld auf den Lin fallen muß. Aber wann bekomme ich das Geld?“

„Morgen um dieselbe Zeit komme ich hierher, um es dir zu bringen.“

„Und wann soll es geschehen? Wohl noch heute? Ja? Je eher, desto besser. Daß dieser Hu-tsin baldigst für die Beleidigung bestraft wird, welche ich freilich noch gar nicht kenne.“

„Es ist eine doppelte. Er weiß die Käufer an sich zu locken, so daß ich oft ganze Tage lang im Laden sitze, ohne einen Li einzunehmen. Darüber ärgerte ich mich und sagte ihm, daß er die Tochter eines T'eu Bettlerkönigzum Weibe habe. Darauf beschimpfte er mich dadurch, daß er öffentlich sagte, einige meiner Ahnen seien durch den Henker gestorben, und außerdem könne er nachweisen, daß ich kein ehrlicher Goldschmied sei, da ich mit geringem Metalle arbeite und mich einer falschen Wage bediene. Nun sind auch diejenigen Kunden, welche ich hatte, vollends von mir weggeblieben.“

„Die erstere dieser Beleidigungen ist allerdings todeswürdig. Kein Mensch würde sie ungeahndet lassen. Wer läßt seine Ahnen beschimpfen!“

„Kein wirklicher Sohn seiner Eltern! Er behauptete, meine Vorfahren seien überhaupt nur Tsien Unehrenwerte Leutegewesen.“

„So müßte er eigentlich vor den Richter kommen!“

„Das fällt mir nicht ein. Man würde ihn bestrafen, aber ich hätte ebensoviel zu bezahlen wie er. Diese Mandarinen gleichen dem tiefen Sande, in welchem der Regen stets gleich verschwindet. Sie sind unersättlich.“

„Aber wenn er nicht verklagt wird, so wird man sagen, daß er doch recht gehabt haben müsse!“

„Immerhin! Wenn er nun als der Dieb eines Gottes ertappt wird, ist es nicht nur um sein Leben, sondern auch um seine Ehre geschehen, und dann wird man mir gern glauben, wenn ich sage, daß er gelogen habe. Dazu sollst du mir verhelfen und ich werde dich heute abend an meiner Gartenmauer erwarten, sobald der Siüt-schi angebrochen ist. Für jetzt aber wollen wir uns trennen. Der Ort ist zwar sehr einsam. Aus diesem Grunde und weil du hier im Sam-pan wohnst und mich in dieser Stadtgegend kein Mensch kennt, habe ich diese Stelle für unsre Zusammenkünfte gewählt. Aber es könnte doch jemand kommen. Hast du vielleicht noch eine Frage?“

„Nein.“

„Und ich kann mich auf dich verlassen?“

„So wie immer. Es ist ja nicht das erste Mal, daß ich für meinen hochgeehrten Alten stehlen gehe, und ich habe mich immer seines Beifalles erfreut. Also gehen wir. Tsing, tsing!“

„Tsing leao!“

Der Methusalem hörte, daß einer von ihnen sich entfernte. Es mußte der Vornehme sein, welcher von dem Diebe Wing-kan genannt worden war. Das laute Geräusch der Schritte konnte nur von Schuhen herrühren und der Verbrecher war ja barfuß.

Nach wenigen Minuten war ein andres Geräusch zu hören. Es klang wie ein mit den Händen verursachtes Kratzen oder ein Reiben des Körpers an der Mauer. Der Blaurote trat schnell hinter den erwähnten Strauch und bückte sich nieder, so daß dieser ihn vollständig verbarg. Gleich darauf erschien das Gesicht des Diebes draußen über der Mauer. Er hatte emporklettern müssen, weil der Weg tiefer als der Garten lag. Der Mann mußte die zu seinem Handwerke so unentbehrliche Vor- und Umsicht besitzen. Er blickte herein, um zu sehen, ob das Gespräch vielleicht hier einen Zeugen gehabt habe. Als er niemand sah, sprang er wieder ab und entfernte sich.

Dem Methusalem war das, was er gehört hatte, von großem Interesse. Ein Gott, also ein Götzenbild, sollte aus einem Tempel gestohlen werden. Das war, wie der Dieb ganz richtig gesagt hatte, ein Verbrechen, auf welches das Gesetz die härteste, qualvollste Todesstrafe legte. Und für welchen Preis wagte der Mann sein Leben? Tausend Li sollten sein Anteil sein, also ungefähr sechs Mark nach deutschem Gelde!

Degenfeld fragte sich, ob die Sache ihn etwas angehe. Er antwortete mit Ja. Ob ein Götze aus einem der vielen hiesigen Tempel entfernt würde oder nicht, das konnte ihm sehr gleichgültig sein; aber es handelte sich darum, daß ein Unschuldiger als schuldig hingestellt werden sollte. Es war Pflicht, dies zu verhüten. Aber wie? Nun, es lag sehr nahe, daß der Student sogleich an Tong-tschi, den Mandarin, dachte. Ihm wollte er erzählen, was er hier erlauscht hatte, und dieser mochte dann das weitere verfügen.

Er ging in die Gaststube zurück und erzählte seinen Gefährten das Begebnis, natürlich mit leiser Stimme, um von den andern Gästen nicht gehört oder gar verstanden zu werden. Als er geendet hatte, sagte der Gottfried, indem er eine Grimasse zog und den Kopf schüttelte: „Schönes Land, wo nicht mal die Jötter sicher vor den Spitzbuben sind! Wat sagen Sie dazu, Mijnheer?“

„Wat ik zeg? Een god zal gemuist worden? Dat is voorbeeldelos; dat is nook niet daaffeweest – was ich sage? Ein Gott soll gemaust werden? Das ist beispiellos (vorbildlos); das ist noch nicht dagewesen.“

„Dat mögen auch schöne Jötter sind, die sich von so einem Spitzbuben ins Jemüse schleppen lassen! Aberst interessant ist es doch im höchsten Jrade. Kommen wir da nur so herjeschneit und werden augenblicklich schon Mitinhaber einer solchen Kriminalanjelegenheit! Wat jedenken Sie zu thun, oller Methusalem?“

„Was meinst du wohl?“

„Nun, ich würde mir eijentlich in diese jöttliche Sänftenwanderung jar nicht mischen und es dem Idol überlassen, sich selbst seiner Haut zu wehren; aberst da ein Unschuldiger ins Verderben jestürzt werden soll, so möchte ich jeraten haben, die Sache beim hiesigen „Staatsangwalting“, wie unser Turnerstick sagen würde, zur Anzeige zu bringen.“

„Nun,“ fiel der Kapitän schnell und eifrig ein, „ist dieses Wort etwa nicht richtig? Hat es etwa nicht ein ang und auch ein ing? Ich höre zu meiner Freude, daß Sie sich meine Lehren so nach und nach zu Herzen nehmen. Wenn Sie dabei beharren, werden Sie bald ein ebenso gutes Chinesisch reden wie ich selbst. Uebrigens stimme ich bei: Wir müssen Anzeige machen. Dieser Hu-tsin scheint ein ehrlicher Mann zu sein, während Wing-kan jedenfalls ein Schurke ist, da der Dieb schon öfters für ihn gestohlen hat. Was aber hat es denn mit den Ahnen auf sich? Ist das wirklich eine so tödliche Beleidigung?“

„Hier in China, ja. Schon bei uns daheim würde kein Ehrenmann seine Ahnen unbestraft beschimpfen lassen; hier aber ist es noch ein ganz andres, da das Andenken an die Vorfahren geradezu als Kultus behandelt wird. Es ist eine der lobenswerten Eigenschaften des Chinesen, daß er seine Eltern in hohem Grade ehrt und den Verstorbenen eine nie ermüdende Pietät widmet. Ts'in ts'in, „die Eltern als Eltern behandeln“, oder anders ausgedrückt, lao ngu lao, „ich behandle die Alten als Alte“, gilt als unumstößliche Regel. Den Namen der Vorfahren ist ein besonderer Platz des Hauses gewidmet und geweiht, an welchem man ihnen zu gewissen Zeiten Opfer bringt. Alle Unehre und jede Ehre, welche dem Nachkommen widerfährt, fällt auch auf seine Ahnen zurück, die dann mit ihm gelobt oder verachtet werden. Die Stätte, an welcher sie begraben liegen, ist eine heilige und wird mit Fleiß gepflegt, solange ein Nachkomme vorhanden ist.“

„Aber wenn das nicht der Fall wäre?“

„Nun, dann gehen die Ueberreste freilich den Weg alles Fleisches; das Grab wird nicht mehr beachtet, und bald liegen die Knochen zu Tage und werden mit Füßen getreten. Jeder denkt eben nur an seine Ahnen; diejenigen andrer Leute gehen ihn nichts an. Es gibt hier herrlich angelegte Gottesäcker, aber es ist keineswegs religiöser Zwang, in einem solchen begraben zu werden. Der Chinese trachtet vor allen Dingen danach, nach seinem Tode in heimatlicher Erde oder gar im Soden seiner Provinz, seines Distriktes zu ruhen. Ob aber seine Leiche da einem Begräbnisplatze oder der freien Erde übergeben wird, das ist ihm gleich, wenn er sich nur vorher überzeugt hat, daß seine abgeschiedene Seele mit dem betreffenden Orte zufrieden ist.“

„Zufrieden? Hm! Sie kann ja nichts dagegen haben. Was wollte sie thun?“

„Sie sendet Unglück über Unglück auf die Nachkommenschaft und zwingt dieselbe, ihr eine andre Stelle anzuweisen, an welcher sie sich komfortabler eingerichtet fühlt. So wenigstens ist die Meinung der Chinesen. Jeder bestimmt, wo er begraben sein will. Hat er das aber versäumt, so wenden sich seine Anverwandten an gewisse Priester, welche in dieser wichtigen Angelegenheit bewandert sind. Sie reisen im Lande umher, natürlich auf Kosten der Anverwandten, besichtigen die Stellen, welche ihnen als geeignet erscheinen, und halten mit dem Geiste Zwiegespräch. Hat er ihnen dann den Punkt bezeichnet, so kehren sie zurück, um die Hinterlassenen zu benachrichtigen und die Ueberreste hinzuschaffen. Es versteht sich ganz von selbst, daß der Geist um so wählerischer ist, je wohlhabender seine Anverwandten sind und je besser sie die Priester bezahlen können."

„Also ein kleines Geschäftchen dabei?"

„Ja. Sind die Verwandten sehr zahlungsfähig, so kommt es vor, daß der Geist seiner Begräbnisstelle überdrüssig wird, oder es stellt sich an derselben irgend ein Mangel heraus, von welchem er vorher nichts geahnt hat. Da ist ihm vielleicht die Aussicht nicht gut genug, oder die Stelle ist zu rauh oder feucht, so daß er des Nachts frieren muß. Scharfen Zug kann er nicht vertragen. Vielleicht ist in der Nähe eine Mühle angelegt worden, deren Klappern ihn in seiner Ruhe stört. Dann erscheint er dem Priester und sendet denselben zu den Hinterlassenen, damit diese ihm einen trockeneren, wärmeren, zugfreien und ruhigeren Ort suchen und seine Gebeine dorthin schaffen lassen. Abgeschiedene, welche besonders eigensinnig und empfindlich sind, müssen wiederholt begraben werden, bis die Verwandten endlich doch die Geduld verlieren und ihm sagen lassen, sie achteten und ehrten ihn außerordentlich, aber er möge nun auch sie in Ruhe lassen und von jetzt an verständig sein; sie seien entschlossen, für ihn nun keinen Li mehr auszugeben, da er ihnen schon mehr als genug gekostet habe."

„Dat ist lustig!" lachte Gottfried von Bouillon. „Und dat jeschieht wirklich in allem Ernste?"

„Sehr!"

„Und wat lag in dem Worte Tsien für eine Beleidigung?"

„Auch eine große. Man unterscheidet in China nämlich drei Klassen der Bevölkerung. Die erste heißt Liang – die ehrenwerte; die zweite Tsien – die wertlose, und die dritte Man – die heimatslose. Diese Unterscheidung wirb streng festgehalten. In die ehrenwerte Klasse gehören Tsu – der Abel, Nung – der Ackerbauer, Tsang = der Kauf- und Handelsstand, und endlich Kung = der Handwerker. Zur wertlosen Klasse zählen die Bedienten, Schauspieler, Sänger, Tänzer, Musikanten, Sträflinge, Leichenwäscher und Henker. Die Klasse der Heimatslosen umfaßt alle, welche keinen festen Wohnsitz haben, von einer Provinz zur andern ziehen und also meist in den öffentlichen Herbergen leben. Wing-kan gehört als Goldschmied der ehrenwerten Klasse an. Sein Nachbar hat aber behauptet, daß die Ahnen desselben zu den Wertlosen gehört hätten, daß sogar einige von ihnen hingerichtet worden seien. Das ist eine höchst beleidigende Mißachtung, ja Beschimpfung der Verstorbenen. Doch habe ich alle Lust, zu glauben, daß der Beleidiger die Wahrheit gesagt hat. Dafür soll ihm ein gestohlenes Götzenbild im Garten vergraben werden. Findet man es, woran kein Zweifel sein kann, da sein Gegner wohl Anzeige machen wird, so ist er verloren. Wir müssen das verhüten. Ich bin gewillt, mit Tong-tschi darüber zu sprechen. Vielleicht ist es ihm möglich, die Wohnung der beiden noch vor Abend zu ermitteln."

Jetzt kehrte Liang-ssi zurück. Er meldete: „Den Agenten muß ich nochmals aufsuchen, denn er war verreist und kommt erst morgen wieder heim. Auch der Mandarin war ausgegangen, kehrt aber bald zurück. Der Hausmeister teilte mir mit, daß Zimmer für uns bereit gehalten seien, und ist selbst mit mir gekommen, um Sie in Sänften abzuholen. Er wird sogleich erscheinen."

Er hatte kaum ausgesprochen, so trat der Genannte, ein behäbig aussehender und feingekleideter Chinese, ein, verbeugte sich tief und lud die sechs Personen im Namen seines Gebieters und in den höflichsten Ausdrücken ein, in den Palankins Platz zu nehmen, welche draußen für sie bereit ständen. Degenfeld bezahlte das Bier, welches noch teurer als in Hongkong war, und folgte dann mit den Gefährten dem Hausmeister.

Draußen standen sieben mit prächtigen Vorhängen versehene Sänften. Vier Läufer, welche, um den Weg durch das Volksgedränge bahnen zu können, mit Stöcken versehen waren, standen dabei. Der Hausmeister komplimentierte die Gäste in die Palankins und zog deren Vorhänge zu, damit die so fremd und auffällig gekleideten Insassen nicht durch die Zudringlichkeit des Publikums belästigt werden könnten. Hinter der letzten Sänfte hielten auch zwei Diener, welche die Gewehre zu tragen hatten, weil diese ihrer Länge wegen nicht in die Portechaisen gingen.

Was Heimball Turnerstick betraf, so bückte er sich, ehe er einstieg, nieder, um nachzusehen, ob sein Tragsessel etwa einen beweglichen Boden habe. Er war um eine Erfahrung reicher und hatte seine Lust, eventuell wieder „Sänfte laufen" zu müssen. Zu seiner Beruhigung sah er und überzeugte er sich auch noch mit den Händen, daß der Boden fest und stark genug war, ihn zu tragen.

Als auch der Hausmeister eingestiegen war, setzten sich die Träger in schnelle Bewegung. Der Methusalem schob die Vorhänge ein klein wenig zurück, um hinausblicken zu können, ohne selbst gesehen zu werden.

Ein Gedränge, wie es in diesen Straßen gab, war ihm noch niemals vorgekommen. Uebrigens war, sobald die eigentliche Stadt erreicht würde, von „Straßen" keine Rede. Die Gassen waren so schmal, daß die Sänfte die halbe Breite des Weges einnahm. Sie glichen den Schlupf- und Seitengäßchen alter deutscher Kleinstädte. Die Häuser hatten oft nur das Parterre, nie aber mehr als einen Stock, und alle waren mit Läden versehen, welche offen standen, so daß man die Waren und den Verkäufer sehen konnte. Die Dächer hatten die sonderbarsten Formen und waren mit fremdartigen Schnörkeleien versehen. An jedem Hause hingen lange, schmale Firmenschilder senkrecht hernieder, während sie bei uns platt an die Mauer befestigt werden. Sie trugen auf beiden Seiten in chinesischer Schrift ein Verzeichnis der hier ausgestellten Waren und den Namen des Ladenbesitzers. Will man sich ein Bild von dem Verkehre machen, welcher sich in diesen

Gassen bewegte, so muß man sich die Schlußzeit einer Theatervorstellung denken, wo sich das dicht zusammengedrängte Publikum in geschlossener Masse durch die Ausgänge schiebt. Und doch ist dieser Vergleich unzureichend, da hier in den Gassen sich ja nicht alle in einer und derselben Richtung bewegten, sondern zwei Strömungen gegeneinander stießen. Hier durchzukommen, konnte eben nur Chinesen gelingen.
Da kamen ernste, berittene Mandarinen mit einem Gefolge von Dienern, Kulis mit schweren Lasten, die ein türkischer Hammal wohl kaum hätte überwältigen können, beladene Esel und Maultiere, Ausrufer, Handwerker, Geschäftsleute, ambulante Verkäufer, Bettler, Soldaten und Kinder, welche, wenn es Knaben waren, mit ihren ernsten Gesichtern und auf dem nackten Schädel hin und her bammelnden Zöpfchen einen eigenartigen Anblick boten. Das gab ein Schieben, Stoßen und Drängen, ein wüstes Durcheinander, welches ganz unentwirrbar zu sein schien. Das schrie, plärrte, brüllte, heulte und lachte, dazu das Hämmern der Schmiede, das Klappern der Verkäufer, das Klingeln der Garköche, das Hacken und Klopfen der Fleischer und hundert andern Geräuscharten, welche zusammen ein dumpfes Brausen ergaben. Alle Stände waren vertreten; auch Frauen erblickte man, wenn auch ganz selten. Diese gehörten den niedern Ständen an und hatten unverstümmelte Füße. Erblickt man doch einmal ein weibliches Wesen, welches mit verkrüppelten Klumpfüßchen, sich auf einen festen Stock stützend, mühsam durch das Gedränge humpelt, so ist es gewiß eine verarmte und nun doppelt arme und elende Person, welche nun durch die Not zum Gehen gezwungen wird.
Zu beiden Seiten öffneten sich die Läden und Buden der Seidenhändler, Schuhmacher, Stoffhändler, Mützen- und Hutmacher, Lackwarenarbeiter, Porzellanhändler, Barbiere, Geldwechsler, Kuchenbäcker, Blechschmiede, Fleischer, Obsthändler, Gemüsekrämer und vieler andrer. Meist waren, wie in den türkischen Bazars, die gleichartigen Geschäfte in einer Straße zusammengelegt. Die Gassen endeten in triumphbogenartig überwölbten Pforten, welche des Abends verschlossen werden, um die Aufsicht zu erleichtern. Und dabei herrschte überall ein Halbdunkel, weil die Gassen eng sind und oft zum Schutze gegen Sonne oder Regen mit Strohmatten überdeckt werden.
So ging es durch die Drachen-, Gold-, Schatz-, Seiden-, Apotheker-, Wechsler-, Tiger- und Silbergasse an der Blumen- und später an der Pagode der fünfhundert Geister vorüber. In Europa wäre es geradezu ein Ding der Unmöglichkeit, sich da durchzuarbeiten; der Chinese bringt es fertig; er ist es nicht anders gewöhnt.
Einen ekelhaften Anblick boten die Bettler, deren es außerordentlich viele gab. Sie standen, lehnten, hockten, wackelten, schlürften und taumelten allüberall herum. Ihr Aussehen war erbärmlicher als erbärmlich. Sie waren mit allen möglichen und unmöglichen Schäden und Gebrechen behaftet, hatten sich die Gesichter absichtlich mit stinkendem Schmutze oder Blut beschmiert und der Grausamkeit der Natur so sehr und auf alle Weise nachgeholfen, daß man sich mit Abscheu von ihnen wenden mußte. Und

doch werden sie von der Polizei geduldet. Das Bettlertum bildet in China eine soziale Macht, von deren Bedeutung und Einfluß der Europäer gar keine Ahnung hat.
Endlich hielten die Träger auf einer etwas breiteren Straße vor einem großen, palastähnlichen Hause. Der gänzliche Mangel an Verkaufsläden und von Firmenschildern in seiner breiten Fronte ließ vermuten, daß es entweder behördlichen Zwecken diene oder einem reichen Privatmanne gehöre.
Die benachbarten Häuser waren kleiner und schmäler. Die an ihnen niederhängenden, bunt bemalten und mit Gold- und Silbercharakteren beschriebenen Tafeln bewiesen, daß sie von Geschäftsleuten bewohnt seien.
Als der Methusalem beim Aussteigen einen Blick auf das zur Rechten liegende Nachbarhaus warf, glänzten ihm auf breitem Brette zwei Schriftzeichen entgegen, welche sogleich seine Aufmerksamkeit fesselten. Es waren die Zeichen Hu-tsin, also der Name desjenigen, in dessen Garten der gestohlene Gott vergraben werden sollte.
Es konnte in der großen Stadt mehrere Personen desselben Namens geben. Demnach fragte der Student den Hausmeister: „Wer wohnt hier nebenan?“
„Hu-tsin, der Juwelier,“ lautete die Antwort.
„Und wer ist dessen Nachbar?“
„Wing-kan, auch ein Juwelier. Wir befinden uns hier auf der Edelsteinstraße.“
Es konnte also keinen Zweifel geben: die beiden betreffenden Juweliere waren Nachbarn des Tong-tschi, ein Zufall, welcher gar nicht vorteilhafter hätte sein können.
Der Methusalem verlautete nichts über den Grund seiner Fragen. Er kannte die Zuverlässigkeit des Hausmeisters nicht. Wenn derselbe ein Freund des Wing-kan war, so hätte er auf den Gedanken kommen können, denselben zu warnen.
Aus dem breiten Thore des Hauses traten mehrere Diener, welche die Gäste nach einem großen Zimmer geleiteten, über dessen Thüre das Wort „Versammlungssaal“ geschrieben stand.
Das Zimmer war chinesisch ausgestattet, mit schönen Bambusmöbeln und einem großen Kerzenleuchter. Sogar ein langer Spiegel, welcher vom Boden bis hinauf zur Decke reichte, war vorhanden.
Hier machte ihnen der Hausmeister nochmals seine tiefen Verneigungen, um sie an Stelle des Hausherrn willkommen zu heißen, entschuldigte diesen letzteren wegen seiner Abwesenheit und gab dann den Befehl, ihnen den Thee zu reichen.
Dieser wurde auf goldenen Präsentiertellern gebracht und aus winzig kleinen Tassen getrunken. Die Zubereitung war genau diejenige des Kaffees bei den Orientalen: Der Thee wurde in die Tasse gethan und mit kochendem Wasser übergossen. Nachdem er einige Augenblicke gezogen hatte, war er von einem Aroma und Wohlgeschmacke, derlei der Europäer an den exportierten Sorten gar nicht kennt.
Dann bat der Haushofmeister die Gäste, ihm zu folgen. Er führte sie durch mehrere Gemächer in ein großes Badezimmer, in welchem acht Wannen aus verschiedenem Materiale standen. Zwei derselben waren aus Marmor und durch Scheidewände von den

andern getrennt. Der Majordomus erklärte, daß diese beiden Becken nur für den Herrn und die Gebieterin des Hauses bestimmt seien, jetzt aber von den beiden vornehmsten der Gäste benutzt werden könnten.
„Die vornehmsten?“ meinte der Gottfried, als ihm diese Erklärung übersetzt worden war. „Dat ist der Methusalem, und dat bin nachher ich selberst.“
„Sie?“ fragte Turnerstick. „Ein Wichsier soll vornehmer sein als wir andern?“
„Ja, denn wenn der Wichsier nicht von seinem Glanze ein bißchen an die Stibbeln seines Herrn abjiebt, dann kann vom Glanze eben keine Rede sein. Nicht wahr, Mijnheer?“
„Neen. Wichsier blijft Wichsier!“
„Wat? Sie wollen mir aus dat Stipendium jagen? Dat habe ich Ihnen nicht zujetraut. Ich bin stets Ihr freundschaftlich jesinnter Jottfried jewesen und jetzt retournieren Sie mir in dat jewöhnliche Publikum zurück? Ich kündige hiermit meine bisherige Jewogenheit und frage nur, wer denn nun der zweite Vornehme unter uns sein soll?“
„Darüber kann es gar seinen Zweifel geben,“ sagte Methusalem. „Turnerstick ist Generalmajor; er steht also dem Range nach über uns allen und muß die feinste Wanne haben.“
„Richtig! Dat hatte ich verjessen. Ich trete also zurück. Hätte ich mir als Feldmarschall verkleidet, so jehörte die Wanne mich! Doch denke ich, daß ich in einer andern auch nicht versaufen werde. Also abjemacht; plätschern wir ein bißchen!“
Der Chinese ist bekanntlich nicht wegen allzugroßer Reinlichkeit berühmt. Die besseren Stände aber stehen allerdings in einem besseren Rufe. Dennoch mußte der Besitzer eines Hauses, welches einen solchen Baderaum aufwies, nicht nur ein reicher, sondern ein Mann sein, welcher überhaupt es mit dem Komfort des Lebens hielt. In dem Kasten, aus dem er errettet worden war, hatte Tong-tschi freilich nicht danach ausgesehen.
Nach dem Bade wurden die Gäste in das Speisezimmer geleitet, wo ihrer eine Mahlzeit harrte, welche aus Fisch, Geflügel, Fleisch, Gemüse, dem allgegenwärtigen Reis und endlich einer Schüssel bestand, die ein dünnes Mus enthielt, welches einen der Mandelmilch ähnlichen Wohlgeschmack hatte. Auf seine Erkundigung erfuhr der Methusalem, daß der Brei aus fein gestoßenen Aprikosenkernen bereitet worden sei. Diese Speise verdient es, auch in Deutschland nachgeahmt zu werden.
Dann erhielten die Reisenden die für sie bestimmten Zimmer, jeder ein besonderes, angewiesen. Es war aus allem zu ersehen, daß der Tong-tschi seinem Hausmeister den Methusalem als denjenigen bezeichnet hatte, dem die größte Aufmerksamkeit zu erweisen sei. Er erhielt das am feinsten eingerichtete Gemach.
Nun konnten sie sich ausruhen und nach Gutdünken thun, was sie wollten. Nur falls sie die Absicht haben sollten, sich die Stadt zu besehen, bat der Hausmeister, daß sie die Palankins benutzen sollten, da sie sonst die Aufmerksamkeit der Bevölkerung auf sich ziehen würden und sehr leicht belästigt, ja sogar beleidigt werden könnten.
„Aber zu einem Ausgange nur in die nächste Nachbarschaft ist die Sänfte doch nicht nötig?“ fragte Methusalem.

„Darf der ganz Kleine fragen, wohin Sie wollen?“
Der „ganz Kleine“ ist ein Ausdruck, mit welchem der Chinese sich selbst bezeichnet, wenn er mit einem Höherstehenden spricht. Der Hausmeister meinte also sich.
„Zum Nachbar, dessen Juwelenladen ich mir ansehen will.“
„Zu Hu-tsin?“
„Ja.“
„Der wohnt so nahe, daß Sie der Sänfte wohl nicht bedürfen. Er ist ein berühmter Juwelier und ein ehrlicher Mann. Gehen Sie nur nicht zu seinem Nachbar Wing-kan!“
„Warum zu diesem nicht?“
„Er ist ein Betrüger, obgleich das Gegenteil auf seinem Schilde steht. Beide sind einander sehr feindlich gesinnt.“
„So werde ich dem letzteren nichts abkaufen. Gottfried, brenn die Pfeife an!“
„Augenblicklich!“ antwortete der Genannte, welcher sich im Zimmer des Blauroten befand. „Wir müssen bei dem Manne mit die nötige Kultur und Schicklichkeit erscheinen, wozu doch nichts so notwendig ist, wie Ihre Hukah und meine Fagottoboe.“
Auch für Tabak hatte man gesorgt. Es stand eine ganze Vase voll auf dem Tische. Von dem Inhalte derselben wurde die Wasserpfeife gestopft, und nachdem dieselbe in Brand gesteckt worden war, brachen die beiden auf, von dem Hausmeister bis an das Thor begleitet.
Sie legten die wenigen Schritte in der schon oft beschriebenen Weise und gravitätischen Haltung zurück. Trotz der Kürze des Weges sahen sie ein, daß der Hausmeister sehr recht gehabt hatte, als er ihnen für etwaige Ausflüge den Gebrauch der Sänften empfahl. Sie waren kaum aus dem Hause getreten, so blieben die Straßenpassanten stehen, um die beiden ihnen so sonderbar vorkommenden Menschen in Augenschein zu nehmen.
Methusalem ging nicht hart am Hause hin. Er hielt sich auf der Mitte der Straße, um vielleicht einen Blick in den zweiten Laden werfen zu können. Das gelang ihm auch.
An den beiden Häusern hingen mehrere Firmenschilder herab, je eins mit den Namen der Besitzer, also Hu-tsin und Wing-kan; auf den andern waren die Artikel verzeichnet, welche man bei ihnen kaufen konnte. Wing-kan hatte noch extra auf ein Brett schreiben lassen: „Hier wird man ehrlich bedient“, eine Aufschrift, welche im Gegenteile zu seiner Absicht das Mißtrauen der Leser erregen mußte, da kein ehrlicher Geschäftsmann es für notwendig halten wird, seine Kunden in so besonderer Weise auf eine Eigenschaft aufmerksam zu machen, welche man ohnedies bei ihm vorauszusetzen hat.
Er saß unweit seiner offenen Ladenthüre. Methusalem sah ihn und erkannte gleich den Mann, welchen er belauscht hatte. Es konnte nun gar kein Zweifel mehr vorhanden sein.
Er trat in den Laden Hu-tsins, welcher sich allein in demselben befand. Der Juwelier war ein Mann in den mittleren Jahren, wohlgestaltet und sehr sorgfältig gekleidet. Er trug einen langen, dünnen Schnurrbart, dessen Spitzen ihm zu beiden Seiten fast bis auf die Brust reichten. Als er die beiden Männer sah, erhob er sich von seinem Platze. Indem er

sie anblickte, war er ein sprechendes Bild unendlichen Erstaunens. Zwei so fremdartige Gestalten waren noch nie bei ihm gewesen.
„Tsching!“ grüßte der Methusalem kurz, indem er eine Rauchwolke von sich blies.
„Tsching!“ rief auch Gottfried und zwar in einem Tone, als ob er der Kaiser von China in eigener Person sei.
„Schim Hu-tsin – Sie heißen Hu-tsin?“ fragte der Student.
„Pi-tseu – das ist mein Name,“ antwortete der Juwelier, welcher sich von seiner Betroffenheit erholte und unter tiefen Verneigungen und ehrerbietigen Handbewegungen die beiden einlud, näher zu treten.
„Ich komme nicht, um etwas zu kaufen,“ fuhr Methusalem fort. „Ich habe notwendig mit Ihnen zu sprechen.“
„Sie – – mit mir?“ fragte der Mann, dem es ein Rätsel war, was so ein fremder Herr gerade mit ihm zu reden habe. „Ist es etwas Wichtiges?“
„Sehr, nicht für mich, aber für Sie.“
„Was?“
„Es handelt sich um Ihr Leben.“
„Um – mein – Leben? T'ien-na, o mein Himmel! Ist das möglich?“
„Ja. Ich bin gekommen, um Sie vom Tode zu erretten.“
„Weshalb sollte ich sterben? Sind Sie ein fremder Arzt? Bin ich krank?“
„Nein. Sie sollen hingerichtet werden.“
„Herr, ich bin kein Verbrecher!“
„Das weiß ich; aber es kommt auch vor, daß Angeklagte unschuldig verurteilt werden.“
„Angeklagte? Wessen will man mich anklagen? Was soll ich verbrochen haben?“
„Sie sollen ein Götterbild geraubt haben.“
Der Mann erbleichte und begann zu zittern. „Ein Götterbild!“ stieß er hervor. „Das ist ein Verbrechen, welches mit dem schrecklichsten Tode bestraft wird!“
„Allerdings. Und von diesem Tode will ich Sie erretten.“
„Herr, man kann mich nicht verurteilen, denn ich habe die That nicht begangen. Ich achte die Gesetze und bin mir niemals einer Schuld bewußt gewesen, am allerwenigsten aber einer so gräßlichen.“
„Aber man wird die Figur bei Ihnen finden.“
„Bei – – mir? Wo?“
„Im Garten.“
„Da mag man suchen!“
„Ja, man wird suchen und wenn man sie dort findet, sind Sie verloren.“
„Das wäre ich allerdings; aber ich weiß gewiß, daß man nichts finden wird.“
„Und ich weiß ebenso gewiß, daß man sie bei Ihnen ausgraben wird!“
„Dann müßte sie ein andrer eingegraben haben!“

„Ja, und das ist eben der Fall. Ein Feind von Ihnen will die Figur stehlen und bei Ihnen vergraben lassen. Erstattet er dann Anzeige, so wird sie bei Ihnen gefunden und Sie werden als Dieb und Tempelschänder zum Tode verurteilt."

Da schlug der Juwelier die Hände zusammen und rief im Tone des Entsetzens: „Welch ein Unglück! Ich bin verloren; ich bin verloren!"

„Schreien Sie nicht so! Sie sehen, welch eine Menge von Menschen vor Ihrem Laden steht, um mich zu begaffen. Sie sind nicht verloren, denn ich bin gekommen, Sie zu retten. Wir müssen die Angelegenheit mit allem Bedacht besprechen."

„Ja – besprechen – mit allem Bedacht! Ich werde jemand rufen, der einstweilen im Laden bleibt. Sie aber werden die Güte haben, mich hinauf in mein Zimmer zu begleiten."

Er rief einen Namen durch eine Thür, welche im Hintergrunde des Ladens angebracht war. Ein junger Mann kam herein. Dann forderte er Methusalem und Gottfried auf, ihm zu folgen.

Es ging durch die erwähnte Thür nach einem kleinen Vorplatze, von welchem aus eine Treppe zum Stock emporführte. Dort traten sie in eine Stube, die der Arbeitsraum des Juweliers zu sein schien. In einer Ecke war ein Brettchen angebracht, auf welchem eine kleine, dicke Figur des Buddha saß. Vor derselben brannte ein Licht.

Der Juwelier bot zwei Stühle an. Er selbst brauchte keinen. Die Unruhe, welche ihn ergriffen hatte, erlaubte ihm nicht, sich zu setzen. Gottfried zog seinen Stuhl hinter denjenigen des Studenten, welcher sich würdevoll niederließ.

„Schade, daß ich nicht jenug Chinesisch verstehe, um dem Jange dieser Unterredung folgen zu können!" sagte der erstere. „Ich möchte doch zu jern wissen, wat er sagt."

„Du wirst es erfahren. Das versteht sich von selbst!"

„Also ein Feind von mir will das thun, wovon Sie sprachen!" sagte der Juwelier. „Wer mag das sein?"

„Kennen Sie keinen Menschen, welcher Sie so sehr haßt, daß er eines so nichtswürdigen Anschlages fähig ist?"

„Nur einen."

„Wer ist das?"

„Wing-kan, mein Nachbar."

„Dieser ist es."

„Dieser? Wissen Sie das genau?"

„Ja. Ich habe seine Unterredung mit dem Menschen, welcher den Diebstahl ausführen soll, belauscht."

„Wer ist dieser Dieb?"

„Das weiß ich nicht. Ich kenne ihn nicht. Ich bin fremd, ein Tao-tse-kue, erst heut hier angekommen. Wing-kan will sich rächen, weil Sie ihn beleidigt haben."

„Er hat mich vorher gekränkt!"

„Ja. Er hat gesagt, daß Sie eine Tochter des Bettlerkönigs zum Weibe haben."

„Das wissen Sie?"

„Ich hörte es aus seinem Munde.“
„Sie sind fremd und werden also wohl nicht wissen, daß dies eine schwere Beleidigung ist. Kein braver Mann spricht von dem Weibe eines andern. Ich sah das Mädchen und gewann sie lieb, ohne zu wissen, wer sie war. Ich hörte dann, daß der T'eu ihr Vater sei. Dennoch nahm ich sie zum Weibe, weil sie gut und brav war. Muß man mir das vorwerfen? Ich war arm; der T'eu hat mich zum wohlhabenden Manne gemacht, denn er ist sehr, sehr reich. Muß ich ihm und meinem Weibe da nicht dankbar sein? Darf ich sie beschimpfen lassen?“
„Nein. In meinem Vaterlande ist es keine Schande, die Tochter eines Bettlers zu heiraten.“
„Auch eines Bettlerkönigs?“
„Bettlerkönige gibt es bei uns nicht.“
„Nicht? Dann ist Deutschland ein sehr unglückliches Land!“
„Inwiefern?“
„Weil die Menschen dort kein Mittel besitzen, sich von der Zudringlichkeit der Bettler zu befreien.“
„O, wir haben ein sehr gutes, welches viel besser und heilsamer wirkt als das Ihrige.“
„Welches?“
„Die Polizei.“
„Was kann da die Polizei thun? Doch nichts, gar nichts! Wenn ein Bettler von mir eine Gabe haben will und ich verweigere sie ihm, so zwingt er sie mir ab. Er bestreicht sich das Gesicht mit Kot. Er taucht sein Gewand in Jauche und setzt sich vor meine Thür, daß ich den Gestank nicht aushalten kann und kein Mensch zu mir hereintritt, um etwas zu kaufen. Oder er nimmt einen Gong in die Hand und schlägt so lange auf denselben ein, bis ich den entsetzlichen Lärm satt habe und ihm etwas gebe. Oder er holt eine ganze Schar andrer Bettler herbei, welche sich vor meiner Thür im Kote wälzen, sich mit Messern ins Fleisch stechen und so lange heulen und klagen, bis die Vorübergehenden mir wegen meiner Hartherzigkeit Vorwürfe machen und drohen, nichts mehr von mir zu kaufen. Ein Bettler kann einen Geschäftsmann ruinieren.“
„Nur hier bei Ihnen. In meinem Vaterlande nicht.“
„Was thut dort die Polizei mit ihm?“
„Wenn er sich so benähme, wie Sie erzählen, so würde er bestraft.“
„Womit?“
„Man sperrte ihn ein, erst für kurze Zeit, wenn es sich wiederholte, auf längere Zeit, und wenn er sich dann noch nicht gebessert hätte, für lebenslang.“
„Wohin sperrt man ihn da?“
„In ein Arbeitshaus, wo er arbeiten muß und andre, fleißige Menschen nicht mehr belästigen kann.“
„Aber wenn er nun alt, krank, ein Krüppel ist, der nicht arbeiten kann!“

„So wird er versorgt, von der Gemeinde oder auch vom Staate. Betteln ist streng verboten."
„So ziehen bei Ihnen die Bettler nicht in ganzen, großen Scharen im Lande umher?"
„Nein."
„Dann ist Ihr Vaterland ein sehr glückliches Land und kein unglückliches, wie ich vorhin sagte. Bei uns ist das anders."
„Greift die Polizei nicht ein?"
„Nein. Kein Mensch und kein Polizist darf sich an einem Bettler vergreifen. Man muß sich an den Bettlerkönig, an den T'eu wenden. Kauft man sich bei ihm durch eine Summe los, so erhält man von ihm eine Bescheinigung, einen Zettel, welchen man an die Thür klebt. Dann gehen die Bettler vorüber. Der T'eu hat eine große Macht über sie. Er verteilt das Geld, welches er für diese Zettel einnimmt, unter sie. Ist er mit einem Distrikte fertig, so zieht er mit seinen Scharen nach einem andern, um dort dasselbe zu thun."
„Das würde man bei uns Kwei-tsun nennen und ihn samt seiner ganzen Schar auf zehn Jahre einsperren."
„Ist das nicht grausam?"
„Nein, das ist Ordnung. Warum soll der arbeitsame Mensch es dulden müssen, daß der Bettler ihm Geld abzwingt? Bei euch werden die Bettler beschützt und die Fleißigen belästigt. Bei uns ist es umgekehrt, und ich halte das für das Richtige."
„Ich auch, obgleich man das hier nicht sagen darf. Es kommt vor, daß die Regierung, die Behörde gezwungen ist, mit dem Bettlerkönige einen Kontrakt abzuschließen. Tritt zum Beispiel einer der großen Flüsse aus seinen Ufern, so werden weite Strecken Landes überschwemmt und Millionen von Menschen verlieren ihren Erwerb. Da sind Hunderttausende brotlos und zu Bettlern geworden. Sie wählen sich einen Bettlerkönig und ziehen fort, um sich von ihm in den glücklicheren Provinzen durch die Gaben, welche er erzwingen muß, ernähren zu lassen. Er regiert sie; er hat Gewalt über ihr Leben. Sie müssen ihm gehorchen. Hätten sie ihn nicht, so würden sie sich zügellos über das ganze Reich ergießen und namenloses Unheil stiften. Es würde gebrannt, geraubt und gemordet. Es würde eine Revolution der andern folgen und kein friedlicher Mensch wäre seines Lebens und seines Eigentumes sicher. Darum müssen wir Bettlerkönige haben, und darum werden dieselben von der Regierung und allen Behörden gern und willig anerkannt."
„So hat ein solcher T'eu ja fast eine größere Macht als ein Wang, ein Vicekönig und Regent einer ganzen, großen Provinz!"
„Allerdings. Kein Beamter, und stehe er noch so hoch und sei er noch so mächtig, wird es wagen, einen T'eu zu beleidigen, denn dieser könnte sich leicht an ihm rächen. Er würde sämtliche Unterthanen seines Bettlerreiches, viele Tausende, herbeirufen und mit denselben die betreffende Provinz überschwemmen. In Peking würde man erfahren, wer schuld daran ist, und den Vicekönig sofort absetzen, weil er Unglück über seine Provinz gebracht und also bewiesen hat, daß er zum Regieren unfähig ist. Ja, ein Bettlerkönig ist

ein außerordentlich mächtiger Mann. Ist es also klug, mich zu beleidigen, weil ich der Schwiegersohn eines solchen bin?“
„Das ist sehr unvorsichtig gehandelt.“
„Ja. Ich kann mich an Wing-kan rächen. Das weiß er sehr genau, und daher will er mir zuvorkommen und mich und meine Familie verderben. Denn hier bei uns werden die Frauen und Kinder der Verbrecher auch mitbestraft.“
„Das habe ich schon erfahren. Es war mir unbegreiflich, daß jemand wegen einer einfachen Beleidigung ein so schweres Verbrechen, wie der Diebstahl eines Gottes ist, nun um Rache zu üben, wagen kann. Jetzt sehe ich klarer. Wing-kan fürchtet Ihre Rache und noch viel mehr diejenige Ihres Schwiegervaters, des T'eu. Darum will er Sie unschädlich machen.“
„Und den T'eu mit, welchen die Strafe für mein Verbrechen auch treffen würde, weil er der Vater meines Weibes ist. Selbst ein Bettlerkönig darf nicht, so große Macht er auch besitzt, ein Verbrechen begehen. Thut er das, so verfällt er dem Gesetze wie jeder andre und hat keine Gnade oder Hilfe zu erwarten, weil alle seine Unterthanen sich von ihm lossagen. Das ist die Berechnung meines Nachbars, wenn die Sache sich wirklich so verhält, wie Sie es sagen.“
„Es ist genau so. Um Ihnen das zu beweisen, will ich Ihnen erzählen, wie ich den Anschlag erfahren habe.“
Er berichtete ihm alles. Der Juwelier sah sich in einer außerordentlich gefährlichen Lage. Er lief in der Stube hin und her; er warf mit den Armen um sich; er riß und zerrte an seinem Zopfe. Er war ein braver und wackerer Mann, welchem der Methusalem die vollste Teilnahme schenkte.
„Was soll ich thun, was soll ich thun?“ fragte er.
„Das müssen Sie am besten wissen!“
„Soll ich schnell zum Sing-kuan gehen und Anzeige machen?“
„Nein.“
„Warum nicht?“
„Weil jetzt die That noch nicht geschehen ist und Sie Ihrem Nachbar also nichts beweisen können.“
„So meinen Sie, daß ich ruhig zuwarten soll, bis er den Gott in meinem Garten vergräbt?“
„Ja.“
„Das ist gefährlich, außerordentlich gefährlich.“
„Gar nicht!“
„O doch! Sie kennen die Gesetze unsres Landes nicht. Wehe dem, auf dessen Grund und Boden oder auch nur in dessen Nähe ein Verbrechen geschieht! Er wird ganz unerbittlich mitbestraft. Kein Chinese wird zum Beispiele einem Ertrinkenden beispringen, um ihm das Leben zu retten.“
„Nicht? Das wäre ja schrecklich!“

„Und doch ist es so. Wenn der Mann dennoch ertrinkt, so würde man den Retter als Mörder festnehmen. Wenn jemand, um sich an mir zu rächen, sich vor meiner Thür entleibt, so bin ich der Schuldige und werde bestraft. Wenn mein Nachbar das Bild des Gottes bei mir vergräbt, so mag ich tausendmal beweisen können, daß er selbst es gestohlen und in meinen Garten versenkt hat; es ist bei mir gefunden worden und ich muß die Strafe erleiden."
„Das ist freilich schlimm. Die Sache steht also folgendermaßen: Verhüten Sie jetzt die That, mit welcher man Sie bedroht, so können Sie dem Nachbar nichts beweisen, und er wird sich eine andre Art der Rache aussinnen, gegen welche Sie sich dann nicht wehren können. Lassen Sie die That aber geschehen, so fallen Sie mit ins Verderben."
„Ja so ist es. Ich glaube jedes Wort, was Sie mir gesagt haben; ich bin überzeugt, daß Wing-kan diese Absicht hegt; aber ich sehe kein Mittel, den Schlag von mir und meiner Familie abzuwenden. Den Dieb, mit welchem Wing-kan das Verbrechen beabsichtigt hat, können Sie nicht näher bezeichnen?"
„Nein."
„Machte ich jetzt Anzeige, so würde man ihn zwar suchen, aber nicht finden. Der Raub würde also doch geschehen."
„Ja, aber es könnten Polizisten in Ihrem Garten postiert werden, welche den Kerl gleich in Empfang nehmen, wenn er kommt."
„Nein, nein!" wehrte der Juwelier ab. „Er würde sagen, daß er in meinem Auftrage gehandelt habe, und dann wäre ich auch verloren."
„So müßte man schleunigst die Priester benachrichtigen, acht auf ihre Gottheiten zu geben. Wir kennen ja die Stunde, in welcher der Raub ausgeführt werden soll."
„Wissen Sie, in welchem Tempel sich der Gott befindet, auf den es abgesehen ist?"
„Nein."
„O wehe! Und wissen Sie, wie viele Tempel wir hier in Kuang-tschéu-fu besitzen?"
„Ja, hundertzwanzig."
„Das sind nur die großen, berühmten. Es gibt ihrer viel, viel mehr. Ehe die Benachrichtigung, von welcher Sie sprechen, an alle diese Orte kommt, ist der Raub geschehen. Auch das gibt keine Hilfe."
Er rannte wieder auf und ab und riß an seinem Zopfe. Der Methusalem rückte auf seinem Sitze hin und her, rieb sich die Stirn, that ein paar tüchtige Züge aus der Pfeife und sagte dann: „So verworren und verwickelt habe ich mir die Sache freilich nicht vorgestellt. Ich dachte nicht daran, daß derjenige, in dessen Nähe oder auf dessen Besitzung ein Verbrechen geschieht, in dieser Weise mitverantwortlich gemacht wird. Wir dürfen die That nicht geschehen lassen, weil Sie sonst auf alle Fälle mitbestraft würden. Wir dürfen sie aber auch nicht verhüten wollen, weil dies unmöglich ist."
„Ja, Sie müssen bedenken, daß der Abend bald hereinbrechen wird. Es ist keine Zeit mehr dazu vorhanden."

„Einesteils, und andernteils wäre für Sie damit nichts gebessert, da es Ihnen nicht gelungen wäre, den Nachbar unschädlich zu machen. Und das muß vor allen Dingen geschehen, wenn Sie in Zukunft sicher leben wollen."
„Das ist wahr; das ist wahr! Raten Sie, helfen Sie! Ich werde Ihnen sehr, sehr dankbar sein!"
„Hm! Woher soll man einen Rat nehmen? Advokaten wie in meinem Vaterlande gibt es hier nicht. Polizei kann uns nichts nützen. Schließlich komme ich selbst mit in Gefahr, wenn man hört, daß ich diese Kerls belauscht habe. Erlauben Sie mir einen Augenblick! Ich will da meinen Gefährten fragen."
„Ist er nicht Ihr Diener?"
„Diener und Freund."
„Er hat doch alles mitangehört. Warum spricht er nicht?"
„Er versteht die Sprache dieses Landes nicht vollständig. Er ist ein kluger Kopf, ein Pfiffikus. Rechtlichkeit und Gesetz können hier nicht helfen. Nur allein der Pfiffigkeit könnte es vielleicht gelingen, Rettung zu bringen."
„So fragen Sie ihn, schnell, schnell!"
Der Methusalem erklärte seinem Gottfried, wie die Sache stand. Dieser hörte aufmerksam zu und sagte dann: „Ja, wenn die sojenannten Klugen nichts mehr wissen, so wenden sie sich an die anjeblich Dummen. Die Karre steckt drinnen, tief jenug im Schmutze. Kein Mensch und kein Methusalem kann ihr herausbekommen. Und da soll sich nun der olle Jottfried ins Jeschirr lejen, um sie aufs Trottoir zu bringen!"
„Beleidigt dieses Vertrauen etwa?"
„Fällt mich nicht ein! Denke jar nicht daran! Aber eine fatale Sache ist es und bleibt es. Man kann da sehr leicht mit in dat Käsefaß stecken bleiben. Bitte, jeben Sie mich mal dat Mundstück her!"
Er langte nach der Pfeifenspitze.
„Wozu?"
„Um meine Jeistlichkeit anzurejen und aufzufrischen. Ein juter Zug aus die Pfeife stärkt den Verstand und den Mutterwitz. Es ist dat zwar jejen die Subordination, aberst in diesem Falle werden Sie mich schon mal erlauben."
„Da, rauche!"
Er gab ihm die Spitze hin, obwohl er wußte, daß es von Gottfried nur ein nichtiger Vorwand war. Er wollte ihn aber bei guter Laune erhalten, weil er von dem schlauen Wichsier wirklich einen guten, vielleicht rettenden Gedanken erwartete.
Gottfried that einige derbe Züge, brummte nachdenklich vor sich hin, zog die Stirn in tiefe Falten, that wieder einige Züge, räusperte sich, hustete, that abermals einen Zug, aber einen außerordentlich kräftigen, blies den Rauch in derbem Stoße von sich, reichte dann dem Methusalem das Mundstück zurück und sagte: „Jeschmeckt hat's jut!"
„Nun, weiter!"
„Und jeholfen hat's auch!"

„Dir ist also ein Gedanke gekommen?“
„Ein Jedanke wie ein Licht!“
„Welcher?“
„Der allereinfachste von die janze Welt.“
„Heraus damit!“
„Na, nur Jeduld! Ich stelle mich die Sache nämlich folgendermaßen vor: Wie du mich, so ich dich!“
„Wieso?“
„Er will ihm uns verjraben, nun verjraben wir ihm ihn.“
„Dummes Zeug! Wer soll das verstehen! Rede doch nur deutsch, ordentlich nach der Grammatik!“
„Wenn ich derjenige bin, welcher die Kastanien aus dem Feuer holen soll, so hat die Jrammatik sich nach mich zu richten und nicht ich mir nach sie. Verstanden! Mein Mittel ist ein jutes deutsches. Es jründet sich auf ein altes, deutsches, echt jermanisches Sprichwort, welches in andrer Weise lauten würde: „Wie es aus dem Walde schallt, so schallt es wieder hinein“.“
„Umgedreht ist es richtig!“
„Nein. Dat muß ich verstehen. Ich meine nämlich: Er will ihm in unserm Walde verjraben, jut, so verjraben wir ihm in den seinigen, nämlich den Jötzenonkel.“
Methusalem machte ein froh erstauntes Gesicht und rief: „Alle Wetter! Gottfried, du hast's, du hast's wirklich!“
„Nicht wahr! Jottfried hat ihm allemal! Auf diese Weise kommt unser Freund hier in keine Jefahr. Der jetreue Nachbar und desgleichen macht Anzeije, die Polizei kommt und jräbt hier nach, findet aber nichts. Während sie mit die lange Nase dasteht, machen nun wir Anzeije. Man jräbt beim juten Heinrich drüben und findet nun die Jöttlichkeit in seinem eijenen Zarten. Was weiter?“
„Weiter nichts, weiter gar nichts! Das ist genug. Das bringt erstens Rettung und ist zweitens ein Streich, so recht nach meinem Herzen.“
„Nach dat meinige auch. Und dat beste dabei ist, daß wir keinen Menschen und auch keinen Mandarin brauchen. Auch kommen wir selbst gar nicht in Betracht, weder als Zeujen noch als Gejenzeujen mit Pflichteid und jutes Jewissen. Wir handeln hinter die Kulissen und sehen von unserm Olymp herab jemütlich zu, wat die Menschen für riesije Dummheiten machen. Teilen Sie dem Manne diese meine Ansicht mit. Ich bin der Mann, der ihm jeholfen hat.“
„Ja, der bist du, denn ich glaube nicht, daß ich auf diesen prächtigen Gedanken, welcher wohl nicht allzuschwer auszuführen sein wird, gekommen wäre!“
„Ist auch kein Wunder, wenn der Methusalem nun mal altersschwach wird und wackelig auf seine Jeisteskraft. Fragen Sie nur immer mir, wenn Sie mal nicht vorwärts kommen können! Ich habe immer denjenigen Rat, welcher jut ist, leider aber es doch nicht zum Jeheimerat bringen wird.“

Methusalem teilte dem Chinesen mit, welchen Vorschlag Gottfried ihm gemacht hatte. Der Juwelier faßte sich wieder bedenklich am Zopfe. „Das ist auch sehr gefährlich!“ sagte er.
„Aber das einzige, was Sie thun können.“
„Meinen Sie, daß es gelingen werde?“
„Das kommt auf die Lage der Gärten an. Wing-kan hat doch wohl auch einen?“
„Ja. Er ist genau so groß wie der meinige.“
„Sie stoßen aneinander?“
„Ja.“
„Wodurch werden sie getrennt?“
„Durch eine Mauer.“
„Ist diese zu übersteigen?“
„Ja.“
„So ist Ihnen geholfen. Sie warten, bis die Figur bei Ihnen eingegraben worden ist und nehmen sie dann schnell wieder heraus, um sie beim Nachbar zu vergraben.“
„Aber wenn man mich dabei erwischt!“
„Das dürfen Sie eben nicht geschehen lassen. Sie müssen vorsichtig verfahren. Wing-kan hat keine Ahnung davon, daß Sie von der Sache wissen. Er wird also noch viel weniger ahnen, daß Sie ihm den Gott hinüberschaffen.“
„Aber dazu bin ich allein zu schwach.“
„Sie haben ja Hände, welche Ihnen helfen werden.“
„Wessen Hände sollen das sein? In ein solches Geheimnis darf ich keinen meiner Leute ziehen.“
„Das ist auch gar nicht nötig. Sie haben doch uns.“
„Sie? Wollten Sie mir helfen? Ja, das wäre gut! Dann wollte ich es wagen!“
„Natürlich helfen wir Ihnen, und zwar sehr gern.“
„Wie dankbar werde ich Ihnen dafür sein! Aber da müssen Sie gleich bei mir bleiben.“
„Warum das?“
„Später können Sie nicht zu mir.“
„O doch. Man mag immerhin die Gasse verschließen. Wir wohnen ja in derselben.“
„In dieser Gasse? Wo da? Bei wem?“
„Nebenan beim Tong-tschi.“
Jetzt machte der Juwelier ein ganz neues Gesicht. Aus lauter Ueberraschung hatte er sie gar nicht mit der vorgeschriebenen Höflichkeit empfangen. Und dann war er allzusehr mit seiner Angst beschäftigt gewesen, als daß er hätte darüber nachdenken können, ob er vornehme oder gewöhnliche Leute vor sich habe.
„Beim Tong-tschi?“ fragte er. „Sind Sie etwa die Fremden, welche ihn errettet haben?“
„Hm! Was wissen Sie von dieser Angelegenheit?“
„Er ist ein sehr hoher und reicher Mandarin und ich bin nur ein Kaufmann. Mein Weib ist sogar die Tochter eines Bettlerkönigs. Dennoch steigt die Frau des Tong-tschi

zuweilen drüben in ihrem Garten auf die Stufen, um sich mit der meinigen zu unterhalten. Da wissen wir, daß der Tong-tschi kürzlich viel länger fortgeblieben ist, als er gesagt hatte. Seine Frau war voller Sorge. Sie befürchtete, es sei ihm ein Unglück geschehen. In diesen Tagen nun hat sie meinem Weibe im Vertrauen erzählt, daß ihr Mann wieder zurück sei; er habe sich in einer entsetzlichen Gefahr befunden, sei aber von fünf oder sechs fremden Männern, welche nicht aus China sind, errettet worden. Sie hat dabei gesagt, daß diese Fremden eingeladen seien und als Gäste zum Tong-tschi kommen würden."

„Weiter wissen Sie nichts?"

„Nein."

„Auch nicht, welcher Art die Gefahr gewesen ist, in welcher der Mandarin sich befunden hat?"

„Nein."

„So schweigen Sie darüber gegen jedermann, sonst könnten Sie den Tong-tschi sich leicht zum Feinde machen!"

„Ich werde schweigen. Aber darf ich wohl erfahren, ob Sie diese fremden Herren sind?"

„Ja, wir sind es."

Da verneigte er sich bis zum Boden herab und sagte: „Dann bin ich ganz unwürdig der hohen Ehre, welche Sie mir erweisen. Fremde Herren, welche dieser Mandarin zu sich ladet, müssen in ihrem Lande die höchsten Stellen bekleiden. Ich bin viel zu gering, als daß ich Ihnen in das Angesicht blicken darf. Und nun sind Sie gekommen, mich über die mir drohende Gefahr zu benachrichtigen! Nehmen Sie mein Geld, mein Leben, alles, was mir gehört; es ist Ihr Eigentum!"

„Es freut mich, daß Sie ein dankbares Herz besitzen. Ich glaubte, daß Sie ein ehrlicher Mann seien, und darum bin ich gern gekommen, Sie zu retten. Und was ich einmal anfange, das pflege ich auch zu vollenden. Wir werden Ihnen helfen, den Gott in Wingkans Garten zu vergraben. Haben Sie dazu die nötigen Werkzeuge?"

„Ja."

„Sie sagen, daß die beiden Frauen zuweilen miteinander sprechen. Ich vermute also, daß Ihr Garten auch an denjenigen des Mandarins stößt?"

„Ja, nur ist der letztere viel, viel größer und prächtiger als der meinige."

„So ist uns die Sache ja möglichst leicht gemacht. Wollen Sie uns einmal Ihren Garten zeigen, aber so, daß niemand uns bemerkt!"

„Da brauchen wir nur nebenan zu gehen. Wir können durch das Fenster hinausblicken."

Er führte sie in eine Nebenstube, welche zwei Fenster hatte. Anstatt der Glastafeln war eine sehr feine Gaze eingezogen. Er öffnete eins derselben. Man hatte gleich den Garten vor sich.

Er war klein, auf chinesische Weise angelegt. Zwergbäume, blühende Sträucher, Taxus- und Buchsbaumwände, über welche Kronen emporragten, welche in Tierformen

gezogen waren. Rechter Hand lag der Garten seines Feindes, ganz in derselben Weise angelegt und gepflegt. Die Trennungsmauer war nicht ganz mannshoch.
Zur linken Hand lag der Garten des Mandarinen, welcher allerdings auch nur so tief wie die beiden andern war, aber desto breiter sein mußte. Hinter diesen Gärten schien ein Pfad vorüber zu führen. Das war jedenfalls der Weg, auf welchem der Dieb die Figur bringen wollte.
„Prächtig!" sagte der Methusalem. „Die Gärten liegen für unsre Absicht außerordentlich bequem. Wir steigen über die Mauer des Mandarinen und befinden uns dann in Ihrem Garten. Das übrige wird sich dann finden."
„Das wollen Sie wirklich thun?" fragte Hu-tsin.
„Sogar sehr gern."
„So weiß ich nicht, wie ich Ihnen dankbar sein soll! Ich bin viel zu gering nur der Ehre, daß Sie mein niedriges Haus betreten haben, und nun wollen Sie gar – – –"
„Still!" unterbrach ihn der Blaurote. „Sie sind ein braver Mann, welchem wir gerne helfen. Auch halten wir es für unsre Pflicht, ein Verbrechen zu verhüten, welches wir verhüten können."
„So darf ich also wirklich auf Ihre Mithilfe rechnen?"
„Ganz bestimmt."
„Wann werden Sie kommen?"
„Mit Beginn des Siüt, wenn es so dunkel geworden ist, daß man es nicht sehen kann, wenn wir über die Mauer steigen."
„Bringen Sie auch die andern hohen Herren mit?"
„Nein, je weniger Personen eingeweiht sind, desto besser ist es."
„Aber wenn wir ihrer bedürfen? Wenn wir drei nicht allein fertig werden können? Ich darf von meinen Leuten keinen ins Vertrauen ziehen."
„In diesem Falle ist es mir nicht schwer, noch einen meiner Gefährten zu holen. Diese werden mich jetzt vermissen. Wir wollen gehen."
„Ist der Tong-tschi daheim?"
„Nein, er ist ausgegangen, wird aber noch vor Abend wiederkommen, da dann die Thore der Straßen geschlossen werden."
„Danach braucht er sich nicht zu richten. Er kann auch des Nachts gehen und kommen, wie und wenn es beliebt. Ihm werden alle Pei-lu geöffnet."
Pei-lu heißen die triumphbogenartigen Bauwerke, welche die Straßen abschließen und zu diesem Zwecke mit Pforten versehen sind. Außer diesem Zwecke haben sie noch einen andern. Sie dienen nämlich als Denkmäler der Verdienste derjenigen Personen, zu deren Andenken sie errichtet worden sind.
Wenn ein Beamter oder ein Bürger viel für das Land, die Provinz oder die Stadt gethan hat, so wird ihm ein solcher Pei-lu errichtet, welcher seinen Namen trägt und in weithin sichtbaren Zeichen eine Aufzählung der Tugenden des Betreffenden enthält.

Nicht nur Verstorbene erhalten solche Denkmäler, sondern es kommt auch vor, daß Lebenden welche gesetzt werden. Diese müssen dann die Kosten bezahlen, wodurch aber die Ehre, welche ihnen erwiesen wird, keinerlei Schmälerung erleidet.
Die beiden Deutschen verabschiedeten sich von dem Chinesen. Er begleitete sie unter unaufhörlichen Bücklingen bis vor seine Ladenthür und machte es ihnen da nochmals bemerklich, daß er ganz sicher auf ihre Hilfe rechne, ohne welche er auf keine Rettung rechnen könne.
Zu Hause angekommen, begaben sie sich nach Methusalems Zimmer.
„Sollen die andern wirklich nichts davon erfahren?“ fragte Gottfried.
„Nein, jetzt noch nicht.“
„Aber ihre Hilfe würde uns unter Umständen dienlich sein.“
„Unter Umständen, ja. Aber wir wollen lieber warten, bis diese Umstände eintreten.“
„Wollen wir nicht wenigstens unsern Richard mitnehmen?“
„Auch ihn nicht. Zu ihm habe ich noch eher Vertrauen als zu den andern. Er ist über seine Jahre hinaus vorsichtig und bedächtig. Das haben wir auf der Dschunke erfahren, wo wir ohne sein schnelles, besonnenes und tapferes Handeln ermordet worden wären. Aber er ist mir von seiner Mutter anvertraut worden; er ist halb noch Knabe, und ich bin verantwortlich für alles, was mit ihm geschieht. Ich mag ihn nicht unnötigerweise an einer Gefahr teilnehmen lassen.“
„Halten Sie die Sache für gefährlich?“
„Nein, aber unter Umständen kann sie es doch werden. Gehe jetzt und suche die andern auf. Sie werden nach mir fragen. Dann sage ihnen, daß ich ungestört sein wolle, weil ich die Absicht habe, meine Notizen einzuschreiben. Später kommst du zurück. In einer Viertelstunde wird es dunkel.“
Der Gottfried ging. Bald nachher kam ein Diener, um die von der Decke herabhängende Laterne anzuzünden und sich zu erkundigen, ob der „ganz Vornehme und sehr Alte“ irgend einen Befehl auszusprechen habe.
„Nein, ich danke!“ antwortete der Student. „Aber sage mir, ob es erlaubt ist, in den Garten zu gehen?“
„Des Morgens nicht, weil zu dieser Zeit die „Blume des Hauses“ draußen lustwandelt.“
„Aber jetzt?“
„Ja. Wünscht mein Gebieter hinauszugehen?“
„In kurzer Zeit. Ich bin ein Yuet-tse und wünsche, ungestört nachdenken zu können.“
„Ich werde den Schöpfer des Gedichtes bis an die Pforte führen und dort auf seine Rückkehr warten. Vielleicht hat er mir während seines Spazierganges einen Befehl zu erteilen.“
„Nein, denn mein eigener Diener wird mich begleiten und dir meinen Wunsch mitteilen, wenn ich einen solchen haben sollte. Ich wünsche, ganz ungestört zu sein.“
Der Mann verbeugte sich und ging. Kurze Zeit später kam Gottfried zurück.
„Wo befinden sich die andern?“ fragte Methusalem.

„In Turnersticks Zimmer, wo sie Thee trinken, Pfeife rauchen und Domino spielen. Habe nicht jewußt, daß diese Chinesigen auch dat Domino kennen."
„Sie spielen es sogar sehr gern, doch sind die Steine und Ziffern anders arrangiert als bei uns. Horch!"
Von der Straße her ertönte der Schall der Gongs, welche von den Wächtern geschlagen wurden, und dazwischen hörte man den Ruf: „Siüt-schi, siüt-schi!" Es war nach abendländischer Rechnung abends sieben Uhr, nach chinesischer aber begann die elfte Stunde.
„Jetzt wird es Zeit," sagte Degenfeld. „Hast du dein Messer?"
„Ja. Wer soll meuchlings erstochen werden?"
„Niemand, doch ist es möglich, daß wir es brauchen. Auch die Revolver habe ich bei mir."
„Bin ebenso damit versehen. Fühle mir überhaupt als Raubritter, der im Begriffe steht, mit verhängten Zügeln zum Burgthore hinauszusprengen. Bin wirklich neubegierig, wie dat Abenteuer enden wird."
„Hoffentlich gut. Komm!"
Draußen stand ihrer wartend der Diener. Er führte sie bis an die Gartenpforte und zog sich dann zurück. Es war schnell dunkel geworden. Man hätte einen Menschen auf acht Schritte nicht zu sehen vermocht, und binnen zehn Minuten mußte es noch dunkler werden.
„Jetzt wird der Jott jestohlen," flüsterte Gottfried.
„Ja, jetzt ist die Zeit. Hoffentlich gelingt der Diebstahl."
„Schöner Wunsch!"
„Aber gerechtfertigt. Wenn der Raub nicht gelingt, sind wir morgen wieder gezwungen, herauszuschleichen, was aber schwieriger sein dürfte, da dann der Tong-tschi gewiß daheim sein wird. Komm zur Mauer!"
Sie huschten geräuschlos nach derselben hin und blieben zunächst lauschend stehen. Es war jenseits kein Geräusch zu hören.
„Jetzt hinüber, aber ja ganz leise!" raunte Degenfeld dem Wichsier zu.
Sic schwangen sich hinauf und ließen sich drüben langsam wieder hinab. Kaum hatten ihre Füße den Boden berührt, so tauchte eine dunkle Gestalt neben ihnen auf.
„Hu-tsin?" fragte der Student flüsternd.
„Ich bin der ganz Armselige!" antwortete der Gefragte ebenso leise.
„Wie lange sind Sie hier?"
„Seit kurzem erst."
„Sind Sie einmal rundum gegangen?"
„Nein. Ich dachte, Wing-kan könne drüben hinter der Mauer stehen und lauschen. Er darf doch nicht wissen, daß ich da bin."
„Recht so! Und die Werkzeuge?"
„Liegen hier neben mir. Was thun wir jetzt, hoher Gebieter?"

„Ihr beide steckt euch hinter diese Taxushecke. Es ist möglich, daß Wing-kan herüberkommt und sich überzeugt, daß niemand hier im Garten ist. Er wird das sogar sehr wahrscheinlich thun. Ich will einmal rekognoszieren und kehre bald zurück."

Er zog seine Stiefel aus und schlich sich fort. Schritt für Schritt gehend, suchte er die Finsternis mit den Augen zu durchdringen. Zwei Seiten des Gartens schritt er ab, ohne etwas Auffälliges zu bemerken. Die dritte Seite bildete die Mauer, welche den Garten des einen Juweliers von demjenigen des andern trennte. Indem er da langsam vorwärts ging, stieß sein Fuß, glücklicherweise nur daran streichend, an etwas Hartes, was da am Boden lag. Er bückte sich nieder, um den Gegenstand zu befühlen. Es waren eine Hacke, ein Spaten und eine Schaufel, die da auf- und nebeneinander lagen.

Diese Werkzeuge waren jedenfalls von Wing-kan herübergeschafft worden; es war gar nicht anders möglich. Vielleicht war er noch in der Nähe.

Degenfeld bückte sich nieder und lauschte. Er strengte seine Augen möglichst an, konnte aber weder etwas hören noch etwas sehen.

Er bewegte sich, zur Erde niedergebückt, noch einige Schritte weiter, und da sah er eine Gestalt an einem Baume lehnen, kaum vier Schritte von sich entfernt. Hätte er nicht diese gebückte Haltung eingenommen gehabt, so wäre er von dem Manne unbedingt bemerkt worden.

Schnell bog er zur Seite und setzte sich da hinter einen Buchsbaumrand nieder, um zu erwarten, was da kommen werde. Die Hauptsache war jetzt, daß Gottfried und Hu-tsin an ihrem Platze blieben und ja nicht auf den Gedanken kamen, ihr Versteck zu verlassen.

Glücklicherweise dauerte es nicht lange, so hörte man von draußen Schritte. Es kamen mehrere Männer, schnell laufend. Sie hielten jenseits der Mauer an. Man hörte an ihrem lauten Atem, daß sie ihre Lungen sehr angestrengt hatten.

Die dunkle Gestalt verließ den Baum und huschte nach der Außenmauer hin. Degenfeld folgte, aber selbstverständlich mit größter Vorsicht, um ja kein Geräusch zu verursachen.

„Scht!" ertönte es von draußen.

„Scht!" antwortete es von innen.

„Ist der hohe Herr da?"

„Ja. Hast du ihn?"

„Sogar zwei!"

„Zwei? Einer war genug."

„Es ging so leicht; da nahmen wir gleich zwei."

„Die beiden Götter waren nicht zu schwer?"

„Nein. Sie sind von Holz."

„Aus welchem Tempel?"

„Aus dem Pek-thian-tschu-fan, welches nicht so entfernt ist und auch weniger gut bewacht wird."

„So ist's gelungen, ohne bemerkt zu werden?"

„Ja, aber beim nächsten Umgang, wenn der Hai-schi geschlagen wird, muß man es unbedingt sehen. Bis dahin muß hier alles beendet sein."
„Wie bringen wir die Götter herein?"
„Wir heben sie hinauf, und Sie nehmen sie drüben hinab."
„Gut, dann schnell."
Der Methusalem hörte die Fragen und Antworten genau. Zwei große Gegenstände wurden von draußen her über die Mauer gehoben. Der Juwelier hob sie, halb und halb ließ er sie herabfallen. Dann gebot er: „Nun kommt selbst herein!"
„Noch nicht. Wir müssen vorher die Sänfte zur Seite tragen, daß sie nicht gesehen wird, falls jemand noch so spät vorüberkommen sollte."
Man hörte ihre Schritte. Bald kehrten sie zurück und kamen über die Mauer gesprungen. Es waren zwei Personen.
„Ist hier alles in Ordnung?" fragte der eine.
„Ja."
„Niemand im Garten?"
„Nein."
„Wollen wir uns nicht vorher genau überzeugen?"
„Das habe ich bereits gethan. Ich bin zweimal um den ganzen Garten gegangen."
„So können wir beginnen. Aber wo?"
„Nicht weit von hier. Die Werkzeuge liegen dort. Ich habe heut am Tage über die Mauer geschaut und mir die Stelle ausgewählt, wo die Erde am lockersten ist. Kommt und bringt die Götter!"
Er ging voran, und die beiden Männer folgten ihm mit den Figuren, welche vielleicht zwei Ellen hoch und also doch ziemlich schwer waren. Dort, wo die Werkzeuge lagen, hielten sie an.
„Hier graben wir," sagte der Juwelier. „Aber ja leise, damit man nichts hören kann. Eine Hacke ist da; aber der Spaten macht viel weniger Geräusch."
Die drei Bösewichter begannen zu arbeiten, und zwar sehr hastig, was Wing-kan zu der Bemerkung veranlagte: „Ihr macht zu schnell. Das hört man ja dort im Hause!"
„Nein," lautete die Antwort. „Wir müssen uns sehr beeilen, sonst werden die Thore verschlossen. Dann sind wir gefangen."
Sie gaben sich alle Mühe, bald fertig zu werden. Es galt übrigens auch gar nicht, die Arbeit sehr sorgfältig zu verrichten. Sie wußten ja, daß die Figuren hier vergraben wurden, um bald gefunden zu werden.
Es war noch keine halbe Stunde vergangen, so hatten sie ihre Arbeit gethan.
„So!" sagte Wing-kan. „Das ist geschehen. Das war die Hauptsache. Das übrige kommt von selbst."
„Wie will mein Gebieter es nun anfangen?" fragte der eine der Männer, jedenfalls derjenige, mit dem der Juwelier hinter der Gartenmauer des portugiesischen Gasthauses gesprochen hatte.

„Ich warte, bis der Raub ausgerufen wird."
„Das wird sehr bald geschehen."
„Dann laufe ich zum Mandarin."
„Zu welchem?"
„Zu Tong-tschi hier nebenan."
„Der ist aber doch nicht ein Mandarin des Gerichts!"
„Nein, aber doch ein Mandarin. Die Gasse ist verschlossen, und ein Sing-kurm wohnt nicht hier. Also muß ich zu ihm. Ich sage ihm, ich höre, daß zwei Götter gestohlen seien. Ich glaube, daß mein Nachbar Hu-tsin der Räuber ist."
„Der Mandarin wird fragen, woher meinem vornehmen Alten dieser Verdacht komme."
„Ich habe noch im Garten gelustwandelt und da gesehen, daß der Nachbar zwei Figuren vergraben hat."
„So ist's recht! Das wird helfen! Nun sind wir fertig. Also unser Geld bekommen wir erst morgen?"
„Nein, schon jetzt. Es ist besser, ich zahle gleich. Dann brauche ich morgen nicht nach Scha-mien zu gehen. Ich habe euch die Beutel schon bereit gelegt, hier neben der Mauer. Da sind sie. In jedem tausend Li."
„Ist's richtig gezählt?"
„Ganz richtig."
„Ich hoffe es. Am letztenmal hatte mein Herr sich um volle fünfzig Li verzählt."
„Ich verzähle mich nie. Du hast schlecht nachgezählt."
„Will der sehr alte Beschützer nicht lieber warten, bis wir nachgezählt haben?"
„Wo wollt ihr denn zählen?"
„Hier."
„Im Dunkeln?"
„Ja. Wir brauchen nichts zu sehen. Wir greifen das Geld."
„So zählt, wenn ihr Lust habt. Ich aber kann unmöglich warten. Ich werde meinen andern Nachbar besuchen gehen, um einstweilen diesem zu erzählen, was ich hier gesehen habe. Wenn dann der Raub ausgerufen wird und wir hören, daß zwei Götter fehlen, so wird er mich auffordern, Anzeige zu machen. Er wird dann wie ein Zeuge für mich gelten. Die Werkzeuge hier werde ich sofort verschließen."
Er warf Hacke, Schaufel und Spaten über die Mauer hinüber und stieg dann nach. Man hörte seine Schritte verklingen und dann einen Riegel knirschen.
Die beiden Spitzbuben standen still da und horchten, bis nichts mehr von ihm zu hören war. Dann sagte der eine: „Er hat uns wieder betrogen!"
„Ja, ich glaube nicht, daß jeder Beutel tausend Li enthält. Aber es ist dennoch viel Geld. Jetzt müssen wir uns beeilen. Komm!"
Sie wollten fort; sie mußten hart an Degenfeld vorüber. Diesem kam der Gedanke, sie festzuhalten. Ob ihm das gelingen werde? Pah! Er war ein starker Mann, und der Schreck that gewiß auch das seinige. Er ließ sie an sich vorbei, schnellte dann empor – ein

schneller Schritt hinter ihnen her, ein Doppelgriff – er hatte sie beide bei den Hälsen und krallte seine Finger mit aller Gewalt um dieselben.
Ein unterdrückter Schrei, ein vergebliches Sträuben und Zappeln – sie brachen zusammen. Er hielt sie dennoch fest und preßte sie auf das kräftigste nieder. Keiner gab nun einen Laut von sich. Sie machten noch einige krampfhafte Bewegungen, dann lagen sie mit ausgestreckten Gliedern still unter seinen Fäusten.
Jetzt ließ er los, um zu sehen, ob sie aufspringen würden. Sie thaten es nicht, denn sie waren entweder bewußtlos oder stellten sich so. Er zog sein Messer und schnitt ihnen Streifen von den schon an und für sich nicht reichlichen Gewändern. Dann band er sie Rücken an Rücken aneinander, so daß sie sich nicht befreien konnten, und rollte sie eine Strecke weit zur Seite.
Nun kehrte er zu den beiden, welche auf ihn warteten, zurück. Sie hatten das Uebersteigen und auch das Hacken und Schaufeln gehört und waren um ihn besorgt gewesen. Er erzählte ihnen, was er ganz allein fertig gebracht hatte. Hu-tsin eilte sogleich ins Haus, um feste Stricke zu holen, mit denen die Kerls fester und sicherer gebunden werden sollten. Dann suchten sie den Ort auf, an welchem die Figuren vergraben lagen. Degenfeld ging mit den Stricken allein zu den Gefangenen. Sie durften gar nicht wissen, was mit ihnen vorging und wie viele Personen sie gegen sich hatten. Er verband ihnen nun auch die Augen. Dann wurden sie emporgehoben und über die Mauer in Wing-kans Garten geworfen.
Diesseits dieser Mauer begann nun das Ausgraben. Als man damit fertig war, wurde das Loch wieder zugemacht. Dann stieg Degenfeld hinüber und erhielt das Handwerkszeug und die Götter zugelangt; nachher folgten die beiden andern ihm nach.
Nun war da drüben eine Viertelstunde lang ein leises, kaum vernehmbares Geräusch zu hören, dann ein mehrmaliges kräftiges Klopfen, wie wenn Pfähle in die Erde geschlagen würden. Hierauf kamen die drei wieder über die Mauer zurück.
„So, das ist herrlich gelungen," sagte der Methusalem. „Nun mag dieser Wing-kan Anzeige machen. Er fällt in seine eigene Grube."
„In welcher ich umkommen sollte," ergänzte der Chinese. „Herr, Sie sind mein Retter. Wie soll ich Ihnen danken!"
„Dadurch, daß Sie sich ganz genau so benehmen, wie ich es Ihnen jetzt da drüben gesagt habe."
„Wollen Sie nicht mit mir hereinkommen in das Haus? Nun die Gefahr vorüber und mir das Herz wieder leicht ist, möchte ich Sie bewirten."
„Dazu haben wir keine Zeit. Wir müssen zurück. Der Mandarin darf ja nicht erfahren, daß wir hier gewesen sind."
„So erweisen Sie Ihrem armseligsten Diener wenigstens die Gnade, daß er morgen Ihr Angesicht schauen kann!"

„Das können wir thun. Morgen werden wir kommen, um uns alles erzählen zu lassen. Jetzt aber möchten wir uns reinigen. Gibt es bei Ihnen einen Ort, wo das geschehen kann, ohne daß man uns sieht?“
„Ja, kommen Sie, kommen Sie!“
„Nehmen Sie die Werkzeuge mit; sie dürfen nicht im Garten bleiben.“
Er führte sie in einen Verschlag und holte Laterne und Bürste, wo sie den Schmutz entfernten, welcher leicht zum Verräter werden konnte. Dann verabschiedeten sie sich von ihm und stiegen in den Garten des Mandarinen zurück.
Dort stellte sich Gottfried wie ein Diener an die Pforte, und Degenfeld spazierte auf und ab. Aber das brauchte er nicht allzulange zu thun, denn er wurde bald geholt und zwar von dem Tong-tschi selbst, welcher nach Hause gekommen war und, als er erfahren hatte, daß die erwarteten Gäste angekommen seien, nun in den Garten geeilt kam, um Degenfeld zu begrüßen.
„Und nun,“ sagte er, als die ersten Komplimente gewechselt waren, „muß ich Sie bitten, mir einen Wunsch zu erfüllen.“
„Welchen?“
„Niemand darf wissen, in welcher Lage ich mich befunden habe, und daß Sie meine Retter gewesen sind. Meinem Weibe allein habe ich es erzählt. Sie wünscht, Sie zu sehen, um Ihnen danken zu können. Darf ich Sie zu ihr führen?“
Degenfeld wußte, was das für eine Auszeichnung für ihn war. Darum antwortete er in höflichstem Tone: „Ich betrachte diesen Wunsch als einen Befehl der Herrin und werde demselben Gehorsam leisten.“
„So kommen Sie! Sie wartet schon längst auf Sie.“

Gerichtsverhandlung.

Zwölftes Kapitel

Der Götterraub.

Der Chinese führte die beiden Deutschen in das Haus zurück und in eine Art Vorzimmer, in welchem der Mijnheer, Turnerstick, Richard und Liang-ssi schon harrten, und verschwand in der nächsten Thür.
Nach einigen Minuten holte er sie ab, um sie eintreten zu lassen. Sie kamen in einen wirklich glänzend ausgestatteten Salon, der nicht groß war. Hier empfing die Frau des Mandarinen wohl ihre Freundinnen, da alles darauf hindeutete, daß Damen hier oft verkehrten. Stickereien und andere weibliche Luxusarbeiten lagen auf den Tischen;

kostbares Porzellan blickte von den künstlichen Simsen und musikalische Instrumente hingen an den Wänden.
Die Gäste hatten sich kaum gesetzt, so erschien die Dame am Arme einer Dienerin. Sie bedurfte einer solchen Stütze, da sie allein nur schwer zu gehen vermochte, eine Folge der größten chinesischen Schönheit, welche sie besaß, nämlich ihrer Klumpfüßchen.
Den Töchtern vornehmer Eltern werden gleich nach der Geburt die acht kleinen Zehen der Füße nach der Sohle zu umgebogen und mittels Bandagen da festgebunden. Nur die große Zehe darf ihre Lage behalten, entwickelt sich aber auch nicht naturgemäß, da der ganze Fuß und also auch sie unter der grausamen Behandlung sehr zu leiden hat. Die Zehen, und vor allen Dingen die Nägel derselben, wachsen in das Fleisch der Sohle hinein, was langwierige Schwärungen und natürlich große Schmerzen bereitet.
So ein armes Kind lernt niemals gehen, sondern nur humpeln, nimmt aber das alles gern in den Kauf, um so glücklich sein zu können, einen – schönen Fuß zu haben. Dieser Fuß besteht nur aus der unter den Mittelfuß gewaltsam vorgedrückten Ferse und der großen Zehe. Das Pantöffelchen, mit welchem diese letztere bekleidet ist, hat allerdings die Kleinheit eines Puppenpantoffels; desto unförmlicher aber ist der Teil des Fußes, den man nicht zu sehen bekommt, da das lange Gewand ihn bedeckt.
Das beschwerliche, schmerzhafte Gehen ist nicht ohne Einfluß auf Körper und Geist. Es hängt beiden etwas Krüppelhaftes an. Ein Mensch, der nicht gehen, der sich nicht anmutig, frisch, gewandt und kräftig bewegen kann, wird gewiß gedrückten Gemütes oder Geistes sein.
Als eine weitere große Schönheit gilt bei den Chinesen die Wohlbeleibtheit. Wer nicht fett ist, kann ganz unmöglich schön sein. Eine hagere Person ist stets häßlich.
Auch in dieser Beziehung war diese Dame sehr schön. Sie war von kleiner Gestalt, hatte aber eine so immense Taille, daß es dem Mijnheer, als sie eintrat, unbewacht entfuhr: „Rechtvaardige Hemel, is deze vrouw dick, zeer onfeilbaar dick – gerechter Himmel, ist diese Frau dick, ganz unfehlbar dick!“
Wenn Mijnheer van Aardappelenbosch so in Ekstase geriet, so kann man sich wohl denken, daß der Durchmesser dieser Dame so ziemlich gleich ihrer Höhe war. Sie näherte sich mit großem Erfolge der Kugelform.
Ihr Haar war mit Hilfe vieler Nadeln, in denen Diamanten glänzten, in eine schmetterlingsähnliche Form gesteckt. Ihr Körper wurde bis zum Boden herab von kostbarer Seide umwallt. Ihre Hände waren tief in den weiten, bis über die Kniee reichenden Aermeln verborgen, und um ihren Hals hing eine schwere, goldene Kette, an welcher mehrere Amulette befestigt waren.
Das kleine Gesichtchen war nach der Sitte vornehmer Chinesinnen dick mit Bleiweiß und Zinnober bestrichen, was den Zügen eine maskenartige Unbeweglichkeit und Starrheit erteilte, von welcher die kleinen, schief geschlitzten Aeuglein eine sehr bewegliche Ausnahme machten.

„Tsching, tsching, tsching, tsching, kia tschu!" grüßte sie mit ihrem dünnen, durchdringenden, aber sehr freundlich klingenden Kinderstimmchen.
Kia tschu heißt „meine Herren".
Den Kapitän überkam eine außerordentlich galante Regung. Er als derjenige, welcher von allen das feinste Chinesisch sprach, mußte auf jeden Fall jetzt das Wort ergreifen und dem lieben Wesen etwas Zartes sagen. Darum trat er zwei Schritte vor, verbeugte sich außerordentlich tief, hustete einmal, zweimal und begann: „Gnädige Frau Chinesing! Mein Herz ist wonnangvoll berührt von Ihrer holdong Liebangswürdigkeit. Zwar bing ich unverheiratingt, aber ich weiß das Glück zu schätzung, eine Gatting dieses Mandarengs so liebreich vor Augang zu habung. Ich muß Jhneng mein Komplimangt machong und empfehle uns alle Ihreng Wohlwollung! Tsching, tsching und abermals tsching!"
Sie hatte kein Wort außer dem letzten dreimaligen Tsching verstanden. Sie erriet, daß er sie begrüßte und ihr irgend etwas Angenehmes gesagt hatte. Darum lächelte sie ihn dankbar an und gab ihm durch ein freundliches Nicken zu erkennen, daß sie mit seiner Aufführung nicht unzufrieden sei. Er trat wieder zurück und flüsterte dem Dicken zu: „Eine feine Frau, bei meiner Seele! Spricht ein außerordentlich regelrechtes Chinesisch! Hat jedes Wort verstanden! Allen Respekt!"
Jetzt wendete sie sich an den Methusalem.
„Sie sind der Retter meines Herrn," sagte sie zu ihm. „Ohne Sie lebte er nicht mehr und ich würde dann vor Leid gestorben sein. Ich danke Ihnen."
Sie schob aus dem Aermel ein kleines, bleiches Kinderhändchen hervor, um es ihm zu geben. Degenfeld ergriff erst ihren seidenen Aermel und mit demselben ihre Hand, damit dieselbe nicht direkt von der seinigen berührt werde, zog dann das mit der Seide bedeckte Händchen an seine Lippen und antwortete: „Tsui-schin put tui!"
Diese vier Silben schließen alles ein, wodurch ein Chinese seine Demut auszudrücken vermag. Wörtlich lauten sie: „Ich Sünder darf nicht antworten."
Daß er ihre Hand nicht berührte, war ein Beweis großer Hochachtung und Ehrerbietung, den sie dadurch belohnte, daß sie auch den andern das Händchen bot. Sie folgten dem Beispiele des Methusalem und bemühten sich, einen gleich eleganten Handkuß fertig zu bringen, was dem Mijnheer nicht allzu gut gelang, da beide so dick waren, daß sie sich nur gerade so mit den Händen erreichen konnten.
Während der Mandarin seine Gemahlin dann höflich nach ihrem Zimmer begleitete, rief der Dicke: „Goede god, was dat eene vrouw! Moet die ontzettend Deel gegeten Hebben – guter Gott, war das eine Frau! Muß die entsetzlich viel gegessen haben!"
Damit hatte er sein scharfsinnigstes Urteil abgegeben. Der Gottfried wollte eine verbessernde Bemerkung machen, wurde aber unterbrochen. Es ließ sich draußen ein ganz eigenartiger, sich nähernder Lärm vernehmen. Man hörte die schmetternden und doch dumpfen Töne mehrerer Gongs, welche entsetzlich disharmonierten, und dazwischen rufende oder schreiende Männerstimmen.

Der Mandarin kam zurück und sagte: „Hören Sie es? Es muß ein großes Unglück oder ein großes Verbrechen geschehen sein. Die Wächter verkünden es. Lassen Sie hören!“

Er öffnete ein Fenster. Der Lärm war jetzt vor dem Hause. Die Gongs schrillten in die Ohren, und eine heisere Stimme machte etwas, was selbst der Methusalem nicht verstand, in halb singendem und halb heulendem Tone bekannt.

„Welch ein Verbrechen!“ rief der Mandarin, welcher diese Art des Ausschreiens gewohnt war und die Worte also verstanden hatte. „So etwas ist in Kuang-tschéu-fu noch nie geschehen!“

„Was ist's?“ fragte Degenfeld, welcher aber wohl wußte, um was es sich handelte.

„Aus dem Pek-thian-tschu-fan sind zwei Götter geraubt worden.“

„Heute?“

„Vor kurzer Zeit. Beim Beginne des Siü-tschi sind sie noch dagewesen. Jetzt aber vermißt man sie. Zwei Menschen, welche eine Sänfte draußen stehen hatten, sind als Thäter verdächtig. Der Ausrufer beschreibt sie.'

Die Gefährten warfen ihre forschenden Blicke schnell auf den Methusalem. Sie ahnten, daß es sich um die beiden Männer handle, welche er belauscht hatte. Er that, als ob er ihre Blicke nicht bemerke, und sagte: „Götter rauben! Das sollte man nicht für möglich halten! Kann so etwas wirklich geschehen?“

„Es ist geschehen, folglich kann es geschehen,“ antwortete der Tong-tschi. „Hoffentlich entdeckt man die Tempelschänder, und dann wehe ihnen! Man wird alle Gassen, Straßen und Plätze mit Polizei und Militär besetzen, so daß keine Ratte hindurch kann. Wenn die Thäter sich nicht bereits aus der Stadt geflüchtet haben, so sind sie verloren.“

„Aber zu welchem Zwecke könnten Menschen sich an Göttern vergreifen?“

„Das wissen Sie nicht? Das ahnen Sie auch nicht?“

„Nein.“

„Um Glück zu haben, um reich zu werden. Wer so einen Gott ins Haus zu bringen vermag, dem muß derselbe natürlich dienen. Aber sie sind nicht für einen, sondern für alle da. Darum werden sie in den Tempeln aufgestellt, damit ein jeder zu ihnen kann, um ihnen seine Bitten vorzutragen. Wer aber – – was gibt es?“

Diese letztere barsche Frage galt einem Diener, welcher eingetreten war.

„Hohe Excellenz,“ antwortete dieser, „der ganz unwürdige Juwelier Wing-kan bittet in tiefster Demut eine Meldung machen zu dürfen.“

„Der? Er mag heimgehen; ich habe nichts mit ihm zu schaffen.“

„Er sagte, daß es sehr notwendig sei, daß es unsrer Excellenz den größten Nutzen bringen werde.“

Man verspreche einem Chinesen einen Vorteil, so wird er sofort bereit sein, die Hand nach demselben auszustrecken! Der Tong-tschi machte keine Ausnahme.

„Laß ihn herein!“ befahl er. „Aber sage ihm vorher, daß ich ihm die Finger und Zehen zusammenpressen lasse, wenn er mich ohne Grund belästigt hat!“

Der Genannte trat ein, senkte den Kopf fast bis zum Boden herab und blieb in dieser Stellung an der Thüre stehen.
„Was willst du so spät?“ fuhr der Beamte ihn an.
„Allmächtiger Kuan-fu,“ antwortete der Gefragte im Tone knechtischer Furchtsamkeit, „ich muß in die Strahlen Ihrer Sonne eilen, weil kein Sing-kuan in unsrer Gasse residiert.“
„Sing-kuan? So ist es eine Kriminalangelegenheit?“
„Ja.“
„Was habe denn ich mit solchen Sachen zu thun! Ich sehe, daß ich dich einsperren lassen muß.“
„Ihre leuchtende Gnade wird mir die Freiheit lassen, wenn sie erfährt, daß es sich um die gestohlenen Götter handelt.“
Der Mandarin hatte sich auf einen Stuhl gesetzt, da es mit seiner Würde nicht zu vereinigen gewesen wäre, wenn er stehend mit diesem Manne gesprochen hätte. Jetzt aber sprang er auf und rief: „Um diese Götter? Richte dich empor, und sprich frei und schnell zu mir. Was weißt du über diese hochwichtige Angelegenheit?“
„Ich glaube den Mann zu kennen, bei dem die Geraubten sich befinden.“
„Du? Wer ist es?“
„Hu-tsin, mein Nachbar.“
Die Brauen des Tong-tschi zogen sich finster und drohend zusammen.
„Der? Dein Feind?“ fragte er. „Dieser Mann ist ehrlich und kein Dieb. Von ihm könntest du lernen, zu sein, wie man sein muß. Er stiehlt nicht; am allerwenigsten aber raubt er Götter! Weißt du, was du thust, wenn du ihn einer solchen That beschuldigst?“
„Ich weiß es; aber ich habe ihn noch nicht beschuldigt, sondern nur eine Vermutung ausgesprochen.“
„Nun, warum vermutest du, daß er der Thäter ist? Aber hüte dich, ein Wort mehr zu sagen, als du verantworten kannst! Du bist nicht der Mann, mit dem ich Nachsicht haben würde!“
Der Juwelier nahm diese harten Worte demütig hin und sagte: „Ich will niemand anklagen und niemand beschuldigen; aber ich halte es für meine Pflicht, Ihrer Erleuchtung zu sagen, was ich gesehen habe.“
„Nun, was?“
„Ich hatte heut am Tage viel gearbeitet, darum ging ich, als der Abend anbrach, in den Garten, um mich zu erholen und frische Luft zu atmen. Ich stand an der Mauer. Es war schon dunkel; dennoch sah ich zwei Männer kommen, welche einen Palankin trugen und an dem Garten meines Nachbars hielten. Sie gaben ein Zeichen, und er antwortete ihnen, denn er hatte auf sie gewartet. Ich sah, daß sie zwei schwere Gegenstände aus der Sänfte nahmen und über die Mauer hoben. Dann stiegen sie nach und gruben mit ihm ein Loch, in welches sie die Gegenstände vergruben. Ich schlich mich hin, denn das Treiben dieser Leute kam mir verdächtig vor. Als ich über die Mauer blickte, erkannte ich, daß es Figuren seien. Sie legten dieselben in das Loch und machten es wieder zu.

Die beiden Männer sprangen über den Zaun: Hu-tsin aber blieb noch in seinem Garten. Das ist's, was ich gesehen habe."

„Himmel? Ist es möglich!" rief der Mandarin. „Eine Sänfte mit zwei Männern, zwei Figuren, gerade um diese Zeit; Das stimmt ja alles sehr genau! Sollte Hu-tsin doch ein Verbrecher sein?"

„Ich kann das nicht beantworten. Ich habe nur erzählt, was ich gesehen habe."

„Was thatest du dann?"

„Ich überlegte. Hu-tsin mußte etwas Verbotenes vorhaben, weil alles so heimlich geschah. Sollte ich ihn anzeigen, den ehrlichen Hu-tsin, und mich in Gefahr bringen? Ich wußte keinen Rat und begab mich darum zu dem andren Nachbar, dem ich alles erzählte. Da hörten wir ausrufen, daß zwei Götter gestohlen worden seien, und nun wußte ich auf einmal, wer die beiden Figuren gewesen waren. Ich sah ein, daß ich reden müsse. Auch der Nachbar trieb mich zu Ihrer Mächtigkeit zu eilen, um derselben diese Mitteilung zu machen."

Der Mandarin schritt erregt auf und ab und rief dabei: „Hu-tsin, Hu-tsin! Hätte ich mich in ihm so sehr geirrt! Mensch, du hast mir doch die Wahrheit gesagt?"

„Ihre Herrlichkeit mag mich zu Tode prügeln lassen, wenn ein einziges Wort erfunden ist."

„Das würde ich auch thun; darauf kannst du dich verlassen! Hast du dir die Stelle gemerkt, an welcher das Loch gegraben worden ist?"

„Ganz genau."

„Und kannst du es mir zeigen?"

„Ja."

„Du wirst mich augenblicklich zu Hu-tsin begleiten. Aber wehe dir, wenn ich dich bei einer Lüge ertappe: Wehe dir, wenn du dir diese Geschichte nur ausgesonnen hast, um deinem Nachbar Schaden zu bereiten! Du hättest die Summe der Qualen von zehn Menschen, welche zu Tode gemartert werden, zu erleiden!"

Wing-kan verbeugte sich und antwortete im zuversichtlichsten Tone: „Ich bin zu allem bereit. Mein Gewissen ist rein und mein Herz gerecht. Meine Seele sträubt sich dagegen, daß der Heuchler gerade durch mich entlarvt werden soll, aber ich folge dem Gebote der hohen Religion."

„So warte hier; ich komme gleich zurück!"

Er wollte fort, kehrte aber unter der Thür wieder um, kam auf den Methusalem zu und fragte ihn: „Sie sind ein großer Gelehrter Ihres Landes. Haben Sie auch die Gesetze der Gerechtigkeit studiert?"

„Ja."

„So sollen Sie erfahren, wie man es bei uns versteht, den Verbrecher zu ergreifen und zu bestrafen. Wollen Sie mich jetzt begleiten?"

Nichts konnte dem Methusalem willkommener sein als diese Frage. Als er sie bejahend beantwortete, bestimmte der Tong-tschi: „Gut, Sie gehen also mit, und Ihre Gefährten ebenso. Ich werde nach Polizisten oder Soldaten senden."
Er ging hinaus.
Der Juwelier fand erst jetzt Zeit, den Anwesenden seine Aufmerksamkeit zu schenken. Er musterte sie mit frech neugierigen Blicken, rümpfte, wohl über ihre ungewöhnlichen Erscheinungen, die breite Stumpfnase und trat dann zu Turnerstick, um ihn zu fragen: „Tsche-sié sing-song-tschin – diese Leute sind wohl Schauspieler?"
„Sing-song" heißt nämlich Theater, Schauspiel. Da die Schauspieler zur unehrbaren Klasse gehören, lag in dieser Frage eine Beleidigung. Er hatte den Kapitän gefragt, wohl weil er diesen infolge seiner Kleidung für den Vornehmsten hielt. Turnerstick verstand ihn nicht und antwortete: „Willst du die Güte habeng, den Mund zu haltung, Spitzbubing! Wir habeng mit dir nichts zu schaffang."
Der Juwelier verstand kein Wort, erkannte aber aus der abwehrenden Handbewegung des Kapitäns, daß dieser ihn abgewiesen habe und sagte in stolzem Tone: „Tsen-kam ni yen, ni tuan-schan ye sing-song-tschin – wie dürfte ich mit dir reden, du bist sicherlich auch ein Schauspieler!"
„Wat hat er jesagt?" fragte Gottfried von Bouillon, dem der Ausdruck, in welchem diese Worte gesprochen worden waren, nicht gefallen hatte.
„Er hält uns für Schauspieler, welche hier dem Schinder gleich geachtet werden," antwortete Methusalem.
„Potztausend! Hätte ich mein Fagott mit da, so wollte ich ihm eine Quadrille ins Jesicht blasen, die sich jewaschen haben sollte. Soll ich ihm eins auf die Hühneraugen widmen?"
„Nein. Laßt ihn! Er ist nicht wert, daß wir ihm überhaupt antworten."
„Tat ist wahr, und es widerstrebt meinem Standesjefühl als Wichsier, mir mit ihm zu verunreinigen. Der Löwe darf sich nicht mit dem Ijel abjeben. Lassen wir ihn also seitwärts liejen. Er wird ja sehr bald erfahren, wat wir von ihm denken."
Der Tong-tschi trat wieder herein, und bald folgten ihm mehrere bewaffnete Polizisten mit kegelförmigen Mützen. Sie sind fast die einzigen, welche noch diese von der altchinesischen Tracht übrig gebliebene, von den Tataren verdrängte Kopfbedeckung tragen.
Nun wurde aufgebrochen. Unten stand ein Peloton Soldaten, mit Luntenflinten bewaffnet und auf der Brust und dem Rücken je einen schildförmigen Einsatz, auf welchem das Wort „Ping", d. i. „Soldat", zu lesen war.
Der Mandarin mußte auch diese wenigen Schritte der Würde seines Standes angemessen zurücklegen. Voran schritten vier Läufer. Dann kam er in seiner Staatssänfte, hinter ihm seine Gäste auch in Sänften, dann der Ankläger, von den Polizisten umgeben, und schließlich die Soldaten, bei denen aber von einem Gleichschritte keine Rede war. Sie hielten ihre Gewehre ganz wie es ihnen paßte und liefen dabei nach Belieben

durcheinander. Vor dem Hause Hu-tsins wurde angehalten. Die Herrschaften stiegen nicht eher aus den Sänften, als bis geöffnet worden war.
Die Straße war nicht erleuchtet, und doch war es ziemlich hell, denn es befanden sich viele Leute, welche Laternen trugen, auf derselben. Zwar dürfen nur Bevorzugte aus einer Gasse in die andere; aber die Bewohner aus einer und derselben Straße dürfen auch des Abends unter gewissen Umständen miteinander verkehren. Nur ist jeder einzelne angewiesen, eine Papier- oder sonstige Laterne bei sich zu tragen.
Ueberhaupt ist die Beaufsichtigung der Bevölkerung in China eine sehr weit durchgeführte. Es gibt Beamte, welche für eine gewisse Anzahl von Straßen und für alles, was in denselben passiert, verantwortlich sind. Unter ihnen stehen die „Straßenhäupter“, deren jeder eine einzelne Straße beaufsichtigt, welche wieder in verschiedenen Abteilungen von „Häuserhäuptern“ bewacht wird. Unter diesem stehen dann die Familienväter, welche alles, was in ihrer Familie geschieht, zu verantworten haben.
Wird ein Verbrechen begangen, so wird die ganze Familie des Verbrechers, das betreffende „Häuserhaupt“, das „Straßenhaupt“ und unter Umständen auch das Haupt des betreffenden Stadtteiles mit in Strafe gezogen.
Die Kunde, daß zwei Götter geraubt worden seien, hatte viele Leute auf die Straße gelockt, wo sie in stillen Gruppen beisammenstanden, um die entsetzliche Neuigkeit leise zu besprechen. Die Häuserhäupter standen dabei, um sorglich darüber zu wachen, daß ja weder Lärm noch Unordnung entstehe.
Hu-tsin hatte vom Methusalem genaue Anweisung erhalten, wie er sich verhalten solle. Er wußte, daß der Tong-tschi kommen werde, und hatte denselben hinter seiner verschlossenen Thür erwartet. Kaum war das Klopfen erschollen, so öffnete er dieselbe. Er war so klug, sich zu stellen, als ob er in hohem Maße erstaunt über den Besuch des Mandarins sei, verbeugte sich bis zum Böden nieder und fragte im Tone tiefster Unterwürfigkeit nach der Veranlassung desselben.
„Du wirst es erfahren,“ antwortete der Beamte. „Jetzt mach vor allen Dingen Platz und hole deine unwürdige, übel riechende Familie herbei!“
Zwei der Polizisten ergriffen den Juwelier beim Zopfe und zerrten ihn hinaus. Der Mandarin begab sich beim Scheine der mitgebrachten Papierlaternen nach dem Garten, wohin ihm die andern folgten.
Bald brachten die Polizisten den Mann wieder. Er hatte seine Frau, seine Kinder und Dienerschaft bei sich. Er selbst blieb in tiefgebeugter Haltung stehen; seine Angehörigen warfen sich auf die Kniee nieder und blieben in dieser Stellung vor dem Beamten liegen. Dieser wandte sich im strengsten Tone an den Angeklagten: „Weißt du, weshalb wir kommen?“
„Meine große Niedrigkeit ahnt nicht, aus welchem Grunde Ihr Glanz mein dunkles Haus erleuchtet,“ antwortete der Gefragte.
„Das lügst du! Standest du nicht an deiner Thür, als wir kamen?“
„Ja.“

„Was hast du da zu stehen? Dein böses Gewissen hat dich hingetrieben."
„Ich hörte, daß viele Leute auf der Gasse seien, und wollte nachsehen, was sie da treiben. Da aber kam Ihre hohe Gerechtigkeit, um bei mir abzusteigen."
„Ja, meine hohe Gerechtigkeit! Das hast du ganz richtig gesagt. Dieser Gerechtigkeit wirst du verfallen. Weißt du denn, weshalb sich so viele Menschen auf der Straße befinden?"
„Ich vermute es."
„Nun?"
„Wegen den beiden Göttern, welche geraubt worden sind."
„Woher weißt du, daß diese That geschehen ist?"
„Wir hörten den Ausrufer, welcher es bekannt machte."
„Nur daher weißt du es? Hast du es nicht schon vorher auf eine andre Weise erfahren?"
„Nein."
„Das ist eine Lüge, für welche ich die dich treffende Strafe verschärfen werde. Du hast von dem Raube gewußt, noch bevor überhaupt ein anderer etwas davon erfuhr, denn du selbst bist der Räuber!"
Ein guter Inquirent hütet sich bekanntlich, dem Inquisiten das Verbrechen in dieser Weise auf den Kopf zu sagen. Er versucht vielmehr, denselben mit einem Netze von scheinbar unwesentlichen Fragen zu umgeben, aus welchem dann, wenn die letzte Masche zugezogen ist, der Angeschuldigte nicht zu entrinnen vermag. Eine solche ins Gesicht geschleuderte Behauptung aber kann die Ueberführung des Verbrechers leicht zur Unmöglichkeit machen. – Hu-tsin stellte sich erschreckt und antwortete: „Was waren das für Worte! Was sagt Ihre Herrlichkeit! Ich soll es sein, welcher die Götter geraubt hat, ich, der ich der gläubigste und eifrigste Anhänger des großen und heiligen Unterrichtes bin? Welch eine Anschuldigung! Ich kann beweisen, daß ich von früh bis jetzt meinen Laden, meine Wohnung nicht verlassen habe!"
„Das kannst du beweisen, ja; aber du hast zwei Männer mit der That beauftragt, welche dir die geraubten Götter dann gebracht haben!"
„Ich? Ehrwürdigster Herr, ich weiß nichts davon!"
„Lüge nicht! Du hast die Götter in deinem Garten vergraben lassen!"
„Wer hat das gesagt? Wer will das behaupten?"
„Wing-kan, dein Nachbar, welcher alles gesehen hat und nun als Ankläger hier vor dir steht."
„Dieser? Meine demütige Bewunderung Ihrer hohen Würde wagt es, Ihnen zu sagen, daß dieser Mann bekanntlich mein Feind ist. Er hat dieses Märchen erdacht, um mich in Schaden zu bringen."
„Es ist kein Märchen, sondern die Wahrheit. Willst du leugnen, daß du nach Einbruch der Dunkelheit in deinem Garten gewesen bist?"
„Nein; das leugne ich nicht."
„Siehst du, daß ich dich sofort überführen werde! Was hast du da vergraben?"

„Nichts, das ich wüßte, nichts!“
„Hast du nicht mit zwei Männern gesprochen, welche die beiden Götter in einer Sänfte gebracht haben?“
„Nein.“
„Das ist abermals Lüge, wie ich dir sogleich beweisen werde. Weißt du, mit welcher Strafe der Raub eines Gottes geahndet wird?“
„Ja, mit dem Tode.“
„Dieser Strafe bist du verfallen, und nicht du allein, sondern deine Familie mit dir. Auch die Häupter dieser Straße und deiner Abteilung derselben werden sich zu verantworten haben, weil ihre Wachsamkeit eine so unzureichende war, daß eine solche That hier geschehen konnte. Ich weiß genau, wo du die Götter versteckt hast, und werde jetzt nachgraben lassen.“
„Ihre Erhabenheit mag dies thun; ich will und kann es nicht verhindern. Meine Unschuld wird dann an den Tag kommen.“
Er sagte dies im Tone der größten Ueberzeugung. Der Mandarin kannte ihn als einen ehrlichen Mann; er hatte nur schwer an seine Schuld glauben können. Er sah ihm forschend in das Gesicht und sagte dann: „Dein Ruf ist bisher gut und unbefleckt gewesen; darum möchte ich deinen Versicherungen gern Glauben schenken. Doch wehe dir, wenn wir die Götter bei dir finden! Wing-kan hat alles gesehen. Er weiß, wo du die Heiligen vergraben hast, und wird uns jetzt die Stelle zeigen. Laß die zum Graben nötigen Werkzeuge herbeibringen!“
Sie wurden gebracht und untersucht. Hu-tsin war so vorsichtig gewesen, sie sorgfältig zu reinigen. Es haftete ihnen keine Spur des Schmutzes an, den man an ihnen zu sehen erwartete. Sie waren im Gegenteile so blank und rein, daß der Mandarin kopfschüttelnd sagte: „Die sind heut nicht im Gebrauch gewesen. Hast du noch andre?“
„Nein.“
„So haben wohl die Diebe ihre eigenen Werkzeuge mitgehabt. Vorwärts, Wing-kan, zeige uns den Ort!“
Der Genannte schritt eiligst voran. Er war vollständig überzeugt, daß sein Anschlag gelingen werde. Bei der betreffenden Stelle angekommen, blieb er stehen, nahm einem der Polizisten die Laterne aus der Hand, ließ das Licht derselben zur Erde fallen und sagte in tirumphierendem Tone: „Hier ist es! Ihre Erhabenheit wird bemerken, daß hier vor ganz kurzer Zeit gegraben worden ist. Man suche nach!“
„Ja, man suche nach!“ befahl der Mandarin. „Jetzt wird es sich entscheiden, welchen von euch beiden ich bestrafen zu lassen habe, ihn als Götterdieb oder dich als Verleumder gegen ihn und Lügner gegen die Obrigkeit.“
Es wurde ein Halbkreis um die an der Mauer liegende Stelle gebildet, und zwei Polizisten griffen zu Spaten und Schaufel, um die Nachgrabung zu beginnen.
Wing-kan war seiner Sache ganz gewiß, wie man aus seiner zuversichtlichen Miene ersehen konnte; aber auch Hu-tsin zeigte keine Spur von Angst. Aber sehr bald war in

dem Gesicht des ersteren eine Veränderung zu bemerken, welche immer größer wurde, je tiefer die Polizisten in die Erde kamen.

Die beiden Figuren waren nur oberflächlich eingescharrt worden. Jetzt besaß das Loch bereits eine Tiefe von zwei Ellen und noch war nichts von ihnen zu sehen. Der Methusalem trat herzu, blickte hinab und sagte dann: „Hier können die Götter nicht vergraben worden sein. An der Oberfläche war die Erde weich, wie bei jedem Beete; nun aber ist sie hart und fest, was nicht der Fall wäre, wenn man vor kurzem hier gegraben hätte."

„Das ist richtig," stimmte der Mandarin bei. „Weißt du ganz gewiß, daß diese Stelle es gewesen ist?"

Diese Frage war an Wing-kan gerichtet. Sein Gesicht hatte alle Farbe verloren, und er stierte mit dem Ausdrucke des Entsetzens in das leere Loch.

„Ja, es war hier," stieß er hervor.

„Aber du siehst doch, daß die Götter nicht vorhanden sind."

„So sind sie indessen entfernt worden!"

„Das wird dir niemand glauben. Wer einen Raub in die Erde versteckt, gräbt ihn nicht einige Minuten später schon wieder aus. Vielleicht hast du dich geirrt, und die Stelle ist anderswo."

„Nein, sie ist hier; ich weiß es ganz gewiß!"

„Dann ist es erwiesen, daß du gelogen hast, um deinen ehrlichen Nachbar zu verderben!"

„Nein, nein! Ich habe die Wahrheit gesagt. Ich habe ganz genau gesehen, daß die Götter hier eingegraben wurden."

„Lüge nicht! Ich kenne dich! Du bist ein Verleumder. Von Hu-tsin aber weiß jeder Mensch, daß er ein ehrlicher Mann ist!"

„Ja, der bin ich," bemerkte der Genannte, indem er vortrat. „Ich habe bis jetzt geschwiegen, weil ich es nicht für möglich hielt, daß jemand gar so schlecht sein könne. Nun aber will ich sprechen. Ihre Gnaden wird meine Worte anhören!"

„Sprich!" befahl der Mandarin. „Was hast du zu sagen?"

„Ich hatte heute viel gearbeitet und wollte mich, als ich den Laden schloß und es dunkel geworden war, im Garten erholen. Indem ich – – –"

„Du fängst ja ganz genau so an wie er," unterbrach ihn der Mandarin. „Das sind fast dieselben Worte, welche ich von ihm hörte. Sprich weiter!"

„Indem ich still an meiner Mauer stand und die frische, reine Luft genoß, sah ich trotz der Dunkelheit zwei Männer kommen, welche eine Sänfte trugen."

„Genau so wie er, ganz genau! Weiter!"

„Sie hielten an der Mauer seines Gartens an", fuhr Hu-tsin fort, „nahmen zwei schwere Gegenstände aus der Sänfte und warfen dieselben zu ihm herein."

„Das ist nicht wahr! Das ist Lüge!" rief Wing-kan aus. „Was er erzählt, das ist an seiner eigenen Mauer und in seinem eigenen Garten geschehen!"

„Schweig!“ donnerte der Mandarin ihn an. „Ich habe deine Lügen gehört und will nun auch hören, was Hu-tsin zu sagen hat. Du antwortest nur, wenn ich frage! Wir haben hier nichts gefunden, also ist es erwiesen, daß du gelogen hast. Fahre fort, Hu-tsin!“
Der Genannte erzählte weiter: „Die beiden Männer, deren Gesichter ich nicht erkennen konnte, schafften die Sänfte zur Seite, wo sie jetzt noch stehen wird. Dann kamen sie zurück und stiegen in den Garten des Nachbars, welcher sie wohl erwartet hatte, denn ich hörte seine Stimme; er sprach mit ihnen. Dann vernahm ich das Geräusch einer Hacke oder eines Spatens. Man machte ein Loch; man wollte also etwas vergraben. Ich lauschte lange Zeit, bis das Geräusch verschollen war. Dann hörte ich einen Riegel und eine Thüre gehen; Wing-kan kehrte in sein Haus zurück. Ich war überzeugt, daß nun auch die zwei Männer sich entfernen würden. Ich hörte auch, daß sie zur Mauer kamen, um über dieselbe hinauszuspringen. Da aber geschah etwas, was ich noch nie gehört habe und was mich in größten Schreck versetzte.“
„Was?“ fragte der Mandarin.
„Es ertönten zwei gewaltige Stimmen miteinander. Ich konnte nicht genau unterscheiden, ob sie aus der Luft oder aus der Erde kamen; aber ich hörte ganz deutlich die Worte: „Halt, zurück, ihr Buben! Ihr habt uns entweiht. Ihr hieltet uns für tote Wesen; wir aber besitzen Leben über Leben und halten euch fest, bis der Rächer kommt, um euch an der Stätte eurer That zu ergreifen!“ Darauf hörte ich ein Geräusch, wie wenn jemand mit Gewalt fortgeschleppt und auf der Erde hingeschleift wird; ein kurzes, ängstliches Wimmern folgte, und dann war es still.“
„Zwei Stimmen?“ fragte der Mandarin. „So waren also außer den beiden Sänftenmännern noch andere Leute da?“
„Leute? Menschen? O Herr, das waren keine menschlichen Stimmen! Das waren entweder über- oder unterirdische Worte. So können nur Geister oder Götter sprechen. Es war entsetzlich anzuhören!“
Der Mandarin sah nachdenklich zur Erde. Er war jedenfalls überzeugt, daß Götzenbilder nicht sprechen können, aber er durfte das nicht wissen lassen; er mußte sich den Anschein geben, als ob er an solche Wunder glaube. Höchst wahrscheinlich stieg in ihm ein Verdacht gegen Hu-tsin auf, doch sagte er in salbungsvollem Tone: „Die Ueberirdischen sind voller Macht; was ist die Schwäche der Menschen gegen sie! Was hast du dann weiter noch gesehen oder gehört?“
„Im Garten des Nachbars keinen Laut mehr. Ich stand stumm und entsetzt. Ich wußte nicht, was ich denken sollte. Dann hörte ich den Schall des Gong auf der Gasse und die laute Stimme des Ausrufers. Ich konnte aber die Worte nicht verstehen. Darum kehrte ich in das Haus zurück, um die Meinen zu fragen, was verkündigt worden sei. Ich erfuhr, daß zwei Götter geraubt worden sind und wurde vom Entsetzen gepackt. Sollten es diese sein, welche man zu Wing-kan gebracht und deren Stimme ich gehört hatte? In diesem Falle war ich verpflichtet, schnell Anzeige zu erstatten.“
„Warum hast du das nicht sofort gethan?“ fragte der Mandarin.

„Weil ich doch eigentlich nicht genau wußte, was im Garten des Nachbars geschehen war. Ich hatte nicht sehen können, welche Gegenstände über die Mauer geworfen worden waren. Ich konnte also nicht sagen, daß es die Götter gewesen seien. Jedermann weiß, daß Wing-kan mir feindlich gesinnt ist. Meine Anzeige konnte also leicht als Racheakt erscheinen. Ich beriet mich also mit meiner Familie und wollte dann auf die Gasse gehen, um Genaueres zu erfahren. Ich hatte die Absicht, nachzusehen, ob noch Menschen draußen seien. Eben wollte ich öffnen, so wurde geklopft, und als ich die Thür aufmachte, da trat Ihre Hoheit herein und beschuldigte mich, die Götter geraubt zu haben. Wing-kan hat mich dieser That verdächtigt, und nun erst ist es mir gewiß, daß die beiden Gegenstände, welche ihm in den Garten gebracht wurden, die gestohlenen Götter gewesen sind."

Als er geendet hatte, trat eine kurze Pause ein, welche zuerst von Wing-kan unterbrochen wurde. Dieser rief, obgleich er von dem Mandarin zum Schweigen aufgefordert worden war, in zornigem Tone: „Welch eine Niederträchtigkeit! Er will die Schuld seiner That auf mich wälzen! Wir alle haben gesehen, daß die Erde hier aufgelockert war, und daß man also vor kurzem hier gegraben hat!"

Dieses Argument war so richtig, daß der Mandarin es unterließ, ihm abermals das Wort zu verbieten.

„Er wird die Götter ausgegraben und an einem andern Orte versteckt haben," fuhr Wing-kan fort. „Ihre Hochwürdigkeit wird vielleicht den Befehl erteilen, sorgfältig nachzuforschen und dann bin ich überzeugt, daß der Raub gefunden wird."

„Ich werde thun, was mir beliebt, nicht aber das, was dir gefällt," entgegnete der Tong-tschi. „Es wird sich sofort zeigen, wem ich glauben darf, dir oder ihm. Sagtest du nicht, daß die beiden Sänftenträger sich entfernt hätten?"

„Ja."

„Hu-tsin aber behauptet, daß sie noch hier sind. Man sehe nach, ob die Sänfte zu finden ist!"

Einige Polizisten stiegen über die Gartenmauer, um zu suchen. Nach Verlauf von nur einigen Minuten hatten sie den Palankin gefunden und brachten ihn bis an die Mauer, um ihn da stehen zu lassen, selbst aber wieder in den Garten zurückzusteigen.

„Hu-tsin hat recht," erklärte der Mandarin. „Die Sänfte ist noch da, also sind auch die Träger noch nicht fort. Nehmt Wing-kan in eure Mitte und seht darauf, daß er nicht entkommt! Wir werden uns in seinen Garten verfügen, um dort nachzusuchen."

Die Polizisten bemächtigten sich des Anklägers, welcher sich nicht im geringsten dagegen sträubte. Zwar konnte er sich das Verschwinden der beiden Statuen keineswegs erklären, aber es fiel ihm gar nicht ein, anzunehmen, daß sie bei ihm selbst zu finden seien. Er war vielmehr überzeugt, daß der Gang nach seinem Garten ohne jeden Erfolg sein werde. Dann aber wollte er verlangen, daß man wieder in denjenigen Hu-tsins zurückkehre, um dort nachzusuchen, wo dann der Raub ganz gewiß gefunden werden mußte.

Abermals verschmähte der Tong-tschi, von einem Hause nach dem andern zu gehen. Er bestieg die Sänfte; Wing-kan wurde von den Polizisten in die Mitte genommen. Drüben angelangt, begab man sich sofort in den Garten, welcher so klein war, daß er von den mitgebrachten Laternen vollständig erleuchtet ward.
Da bot sich den Ankömmlingen ein Anblick, welcher von Wing-kan gewiß nicht erwartet worden war. Nämlich zwischen zwei Zwergbäumen war die Erde aufgegraben und wieder zugeworfen, so daß sie nun eine kleine Erhöhung bildete. Auf dieser letzteren saßen die zwei Sänftenträger, an den Händen und Füßen gefesselt und mit dem Rücken an zwei starke Pfähle gebunden, welche da eingeschlagen worden waren. Zwischen den Zähnen hatten sie abgerissene Fetzen ihrer Kleidung stecken, so daß sie nicht zu rufen vermochten.
Wing-kan brach vor Schreck beinahe in die Kniee, als er diese Gruppe erblickte. Der Mandarin aber rief, indem er die beiden Kerls genau in Augenschein nahm: „Das sind ja die Diebe, ganz genau so, wie man sie beschrieben hat! Wing-kan, wie kommen sie in deinen Garten?"
„Das – – weiß ich nicht," stammelte der Gefragte mit blutleeren Lippen.
„Wie? Du weißt es nicht? So weiß ich es desto besser. Du selbst hast die That begangen, deren Schuld du auf deinen ehrlichen Nachbar werfen wolltest!"
„So ist es, ganz gewiß!" stimmte Hu-tsin bei. „Und die Stimmen, welche ich vernahm, sind diejenigen der geraubten Götter gewesen, durch deren Macht die Missethäter hier zurückgehalten worden sind. Die Erde ist aufgegraben. Wenn der hochehrwürdige Tong-tschi hier nachgraben lassen wollte, so bin ich überzeugt, daß man die Verschwundenen finden wird."
„Wollen sehen! Bindet die Kerle los, und grabt nach!" befahl der Mandarin.
Die Sänftenträger wurden von den Pfählen, nicht aber von ihren weiteren Fesseln befreit und zur Seite geschafft. Kaum hatte man dann die obere dünne Bodenschicht entfernt, so kamen die beiden Götzenbilder zum Vorschein. Sie wurden aus der Grube genommen, sorgfältig abgewischt und dann aufgestellt.
Fast hätten die Reisenden laut aufgelacht, als sie nun die Göttergestalten vor sich sahen. Es waren zwei sitzende, sehr wohlbeleibte hölzerne und mit Bronzefarbe angestrichene Puppen, welche sich in der heitersten Stimmung zu befinden schienen, denn sie lachten im ganzen Gesichte so, daß die kleinen mongolischen Schlitzaugen fast ganz verschwanden.
„Dat ist drollig!" meinte Gottfried von Bouillon. „Wenn alle Jötter von China so jemütliche olle Schwedens sind, so will ich es mich jern jefallen lassen. Sie scheinen ihr jutes Auskommen zu haben und sich sogar jetzt in die allerbeste Laune zu befinden. Wat meinen Sie dazu, Mijnheer?"
„Wat ik zeg? Zij zijn ontzettend veel dik. Zij moeten zeer goed gegeten hebben – was ich sage? Sie sind entsetzlich viel dick. Sie müssen sehr gut gegessen haben."

„Was meinen diese beiden Herren?“ fragte der Mandarin, welcher diese Bemerkungen natürlich nicht verstanden hatte.
„Sie wundern sich darüber, daß ein Mensch auf den schrecklichen Gedanken kommen kann, solche Götter aus ihrer Ruhe und Beschaulichkeit zu reißen,“ antwortete Methusalem.
„Es ist das das größte Verbrechen, welches ein Mensch begehen kann. Bindet den Götterschänder! Seine Strafe wird der That angemessen sein!“
Da warf sich Wing-kan vor ihm nieder und schrie voller Angst: „Gnade, Gnade, allerhöchster Herr! Ich bin unschuldig! Ich weiß nicht, wie diese Männer und diese Götter in meinen Garten gekommen sind!“
„Du wärest verloren, selbst wenn du das wirklich nicht wüßtest, denn die Gottheiten sind auf deinem Grund und Boden gefunden worden. Aber niemand wird dir glauben. Du hast sie stehlen lassen!“
„Nein, nein, sondern Hu-tsin hat es gethan und sie hier eingraben lassen, um mich zu verderben.“
Jetzt hielt der Methusalem es für angezeigt, nun auch seinerseits eine Bemerkung zu machen, weil der unschuldige Hu-tsin sonst doch noch in die Untersuchung verwickelt werden konnte. Er fragte den Juwelier: „Du kennst diese beiden gefesselten Männer nicht?“
„Nein.“
„Hast nie mit ihnen gesprochen?“
„Niemals!“
„Hast du heute dein Haus verlassen?“
„Auch nicht.“
„Das ist eine Lüge! Du warst drunten in Scha-mien und hast hinter dem Gasthause des Portugiesen gestanden!“
„Sie irren sich, edler Urahne!“
„Ich irre mich nicht, denn ich stand in der Nähe hinter der Mauer und habe gehört, was du mit dem älteren dieser Männer sprachst. Sie haben die Götter in deinem Auftrage gestohlen, und das Geld, welches du ihnen dafür bezahlt hast, muß sich noch in ihren Taschen befinden. Der edle und mächtige Tong-tschi mag sie aussuchen lassen und wird sich überzeugen, daß ich die Wahrheit sage!“
Da ergriff der Mandarin den Methusalem beim Arme, zog ihn zur Seite und fragte ihn leise: „Herr, haben Sie wirklich eine solche Unterredung belauscht?“
„Ja,“ flüsterte der Gefragte als Antwort.
„Und Sie erkennen die beiden wieder?“
„Genau. Ich kann beschwören, daß sie es sind.“
„So wissen Sie, weshalb Wing-kan die Götter stehlen ließ? Um seinen Nachbar zu verderben?“
„Ja.“

„So hat er sie drüben vergraben, und sie sind dann ohne sein Wissen in seinen eigenen Garten versenkt worden. Das ist gut, denn dadurch ist ein Unschuldiger gerettet worden; aber diejenigen, welche die Gottheiten herübergebracht haben, sind verloren, wenn es so zur Sprache kommt. Ich bin ein freisinniger Kuan-fu und weiß, was ich von diesen Figuren zu halten habe; aber andre denken nicht so wie ich und die Gesetze sind blutig streng. Sie sind mein Gast und ich selbst würde dem Verderben nicht entgehen können, wenn die Untersuchung alles genau an das Tageslicht brächte. Schweigen Sie also; schweigen Sie, sonst sehen Sie Ihre Heimat niemals wieder, obgleich Sie dort ein mächtiger Kuan-fu sind! Sie würden hier auf eine Weise verschwinden, daß keinen eine Verantwortung treffen könnte. Niemand, auch ich selbst nicht, darf erfahren, wie die Sache eigentlich zugegangen ist. Ich muß dafür sorgen, daß Sie dabei gar nicht in Rede kommen. Sie haben mir das Leben gerettet, und ich freue mich, Ihnen dankbar sein zu können. Aber schweigen müssen Sie, sonst sind wir alle mit verloren!"
Der Mandarin wendete sich nach dieser Warnung mit ernstem Gesicht an die Polizisten und befahl ihnen, die Sänftenträger aufzusuchen. Das Geld wurde bei ihnen gefunden. Er ließ ihnen die Knebel abnehmen und fragte sie in drohendem Tone: „Soll ich euch die Hände und Füße zerquetschen lassen, oder wollt ihr mir meine Fragen freiwillig beantworten? Bedenkt, daß ihr auf der That betroffen seid und nicht leugnen könnt! Gebt ihr mir nicht die Auskunft, die ich haben will, so trifft euch allein die Strafe und zwar zehnfach hart!"
Das Zerquetschen der Finger und Zehen war in China bis in die neueste Zeit eine sehr oft in Anwendung gebrachte und außerordentlich schmerzhafte Tortur. Die beiden Männer sahen ein, daß es besser sei, freiwillig ein Geständnis abzulegen, als es sich durch solche Qualen entreißen zu lassen. Darum antwortete der eine im demütigsten Tone: „Der hohe Mächtige mag fragen und wir Unwürdigen werden antworten."
„Ihr habt die Götter aus dem Tempel geholt?"
„Ja."
„Wing-kan hat euch dazu verführt und dafür bezahlt?"
„So ist es. Hätte er uns nicht verführt, so hätten wir es nicht gethan, denn wir sind sonst ehrliche Leute und fürchten und ehren die Gottheiten."
„Hat er euch gesagt, wozu er sie haben will? Bedenkt wohl, ihr stinkenden Ratten, daß eure Strafe eine doppelt harte sein wird, wenn es sich herausstellt, daß ihr ihm helfen wolltet, andre zu verderben!"
Die Diebe waren klug genug, einzusehen, daß er recht hatte, und welche Aussage er von ihnen hören wollte. Darum antwortete der ältere, welcher auch bisher gesprochen hatte: „Er verlangte sie, um sie in seinem Hause anzubeten. Wir haben sie geholt; aber wir haben sie unterwegs tausendmal um Verzeihung gebeten und ihnen versprochen, sie später ganz gewiß wieder zurückzubringen."
„Hättet ihr das gethan?"
„Ja. Wir wollten sie schon morgen wieder holen."

„So ist es euer Glück, daß ihr sie mit Ehrfurcht behandelt habt, denn das wird eure Strafe mildern. Ihr habt sie also keinem andern und nur ihm gebracht?“

„Nur ihm.“

„Und sie ihm also über seine Mauer hereingegeben?“

„Ja.“

„Dann seid ihr nachgestiegen, um sie in seine Wohnung zu tragen?“

„Genau so ist es, Urahne der Ehrwürdigen.“

„Wie aber ist es gekommen, daß sie nun vergraben waren und wir euch dabei in Fesseln gefunden haben?“

„Das wissen wir nicht, denn kaum waren wir über die Mauer, so faßten uns die Götter bei den Kehlen und raubten uns das Bewußtsein. Als wir dann erwachten, waren wir hier angebunden.“

„So haben die beleidigten Gottheiten euch selbst überwältigt, um euch der Strafe zu überliefern. Ihr mögt daraus erkennen, wie stark und mächtig sie sind. Da ihr aber ein so offenes Geständnis ablegt, werde ich, aber nur wenn ihr bei demselben bleibt, dafür sorgen, daß euch eine möglichst milde Strafe treffe.“

Wing-kan hatte sich bemüht, dieses kurze Verhör zu unterbrechen, um der Aussage seiner Mitschuldigen zu widersprechen. Er war aber von dem Mandarinen zum Schweigen verwiesen worden und sah schließlich auch ein, daß es die ihn erwartende Strafe verschärfen werde, wenn er sage, daß er das Verbrechen begangen habe, um einen andern zu verderben. Daran dachte er jetzt im Augenblicke freilich nicht, daß er diese Absicht dadurch deutlich zu erkennen gegeben habe, daß er vorhin die That auf Hu-tsin hatte schieben wollen. Der Tong-tschi wendete sich jetzt an ihn: „Auch du kannst deine Lage nur durch ein offenes Geständnis verbessern. Gibst du zu, daß du diese Leute veranlaßt hast, die Götter zu stehlen?“

„Ja, hoher Herr, ich gestehe es ein!“ antwortete der Gefragte, indem er sich vor dem Mandarin niederwarf.

„So will ich vergessen, was du vorhin in meinem Hause zu mir gesagt hast. Weshalb wolltest du die Segenspendenden bei dir haben?“

„Sie sollten mir Glück bringen, da jetzt niemand mehr bei mir kauft. Dann aber wollte ich sie wieder in den Tempel tragen lassen.“

„Du hast sie direkt hier in deinem Garten empfangen?“

„Ich nicht. Ich war nicht dabei. Ich glaubte nicht, daß sie so früh kommen würden. Als ich dann ausrufen hörte, daß Götter gestohlen worden seien, dachte ich nicht, daß es die von mir begehrten seien; ich glaubte vielmehr, ein andrer sei auf denselben Gedanken wie ich gekommen. Dann aber kam Ihre Herrlichkeit und führte mich hierher, wo ich zu meinem Schreck diese beiden Männer fand. Wie die Gottheiten in die Erde gekommen sind, kann ich nicht sagen.“

„Die Priester werden es zu erklären wissen. Bleibe bei deiner jetzigen Aufrichtigkeit; dann wirst du vielleicht dem schrecklichen Tode entgehen, welcher dich gewiß erwartet, wenn es dir einfallen sollte, im Sing-pu eine andre Aussage zu thun!“
„Ich habe die Wahrheit gesagt und werde bei diesen meinen Worten bleiben.“
„Das ist sehr wohl gedacht. Uebrigens ist es von der größten Bedeutung, zu welcher Lehre ihr euch bekennt. Seid ihr vielleicht Anhänger des Lao-tse?“
„Ja, ja, ja!“ riefen alle drei fast einstimmig.
Sie sagten da die Unwahrheit, aber sie begriffen sofort, daß er ihnen mit dieser Frage einen Rettungsanker hinwarf.
„Also nicht Buddha verehrt ihr? So seid ihr ja gar nicht im stande, zu begreifen, welch ein großes Verbrechen ihr begangen habt. Ihr wißt nicht, was es heißt, Gottheiten aus ihren Tempeln zu entfernen. Vielleicht wird euch mit Rücksicht hierauf nur die Strafe der Verbannung treffen. Weiter habe ich euch jetzt nichts zu sagen. Ihr werdet mit samt den Göttern jetzt nach dem Sing-pu transportiert. Verhaltet euch hochachtungsvoll gegen die Obrigkeit und bleibt bei der bisherigen Aussage. Da ihr mir ein so offenes Geständnis abgelegt habt, werde ich euch der Gnade des Richters, dem ich alles zu melden habe, empfehlen. Und damit auf unsrer Gasse kein Aufsehen erregt werde, sollt ihr mit den Polizisten hier über die Mauer steigen und euch mit ihnen hinter den Gärten entfernen.“
Er hatte, ganz gegen das Erwarten der Anwesenden, in ziemlich mildem Tone gesprochen. Nur der Methusalem wußte, daß dazu ein sehr triftiger Grund vorhanden sei.
Die Götter und Spitzbuben mußten über die Mauer hinüber. Die ersteren wurden in die Sänfte gesetzt, in welcher sie gebracht worden waren, und die letzteren von den Soldaten und Polizisten in die Mitte genommen. Dann verschwanden sie im Dunkel der Nacht.
Als die Schritte verklungen waren, fragte der Tong-tschi den nun von der Schuld befreiten Juwelier: „Deine Ehrlichkeit ist bestätigt worden. Bist du nun zufrieden?“
„Ja, mächtiger Beschützer. Aber ich verlange, daß Wing-tan auf das strengste bestraft werde!“
„Er wird seiner Strafe nicht entgehen.“
„Aber Ihre gebietende Stimme hat nur von Verbannung gesprochen!“
„Ja, dann bist du den Feind los. Oder ist dir das noch nicht genug?“
„Ich glaubte, der Tod sei auf dieses Verbrechen gesetzt!“
Er hatte das in unzufriedenem Tone gesprochen. Da trat der Mandarin näher zu ihm heran und sagte mit gedämpfter Stimme: „Wünschest du seine Hinrichtung, gut! Aber dann wird der Richter auch erfahren, daß die Götter erst in deinem Garten gewesen sind, und er wird fragen, wer sie von da herübergeschafft hat. Wird dir das willkommen sein?“
„Nein, nein!“ antwortete Hu-tsin schnell.
„So schweige und gönne dem Feinde nicht mehr, als er bekommt! Du hast dich in einer sehr großen Gefahr befunden. Ich will nicht wissen, wie alles geschehen ist; aber dieser

fremde Kuan-fu hat dir das Leben gerettet, dir und allen den Deinen. Ein Bewohner dieses Landes hätte nicht gewagt zu thun, was er gethan hat. Beuge dich vor seiner Güte und denke an ihn mit der Dankbarkeit, welche er von dir erwarten kann! Dazu aber überlege dir, wie viele Personen du verderben würdest, wenn es dir in den Sinn käme, die Geschichte von den gestohlenen Göttern so zu erzählen, wie sie sich eigentlich ereignet hat!"

Er drehte sich um und schritt durch den Garten dem Hause zu. Die andern folgten ihm. Dabei ergriff Hu-tsin die Hand des Methusalem und fragte ihn: „Wird mein geehrter und bejahrter Freund Wort halten und mich morgen besuchen, wie er es mir versprochen hat?"

„Ja, ich komme," antwortete der Blaurote.

„Wann?"

„Am Vormittage, noch ehe ich mir die Stadt ansehe."

„Ich weiß nicht, weshalb Sie nach Kuang-tchéu-fu gekommen sind; aber vielleicht ist es mir dennoch möglich, Ihnen nützlicher zu sein, als Sie es jetzt für möglich halten. Der mächtige Tong-tschi hat recht. Sie haben mich und meine Familie vom Verderben errettet. Ich werde Ihnen ein Geschenk geben, dessen Wert Ihnen vielleicht von großem Nutzen sein wird."

Draußen stieg der Mandarin wieder in die Sänfte, und seine Gäste thaten desgleichen. Auf der Straße standen die Leute noch in einzelnen Gruppen beisammen und blickten neugierig auf die Palankins. Sie sagten sich, daß etwas Ungewöhnliches geschehen sein müsse, um den Tong-tschi zu so später Stunde zum Besuch seiner beiden Nachbarn zu bewegen, doch ließen sie kein lautes Wort vernehmen.

Daheim angekommen, forderte der Mandarin den Methusalem auf, ihn zu begleiten. Er führte ihn in eine Stube, welche das Studier- und Arbeitszimmer des Beamten zu sein schien. Dort forderte er ihn auf, sich ihm gegenüber zu setzen. Seine Miene war eine ernste, ja sogar feierliche.

„Bevor wir uns zum Tsau-fan Abendessen, wörtlich: Abendreis. Tsche-san Morgenreis, Frühstückbegeben," sagte er, „muß ich Ihnen eine Mitteilung machen. Sie haben mich genötigt, Ihnen dankbar zu sein, aber Sie haben mich beinahe um Amt, Eigentum und Leben gebracht. Seien Sie nie wieder so unvorsichtig wie heute!"

„Verzeihen Sie!" bat der Student. „Ich glaubte gerade, sehr vorsichtig gehandelt zu haben."

„Im Gegenteile! Sie hätten mir alles aufrichtig erzählen sollen."

„Das wollte ich auch."

„Haben es aber nicht gethan!"

„Weil Sie nicht daheim waren und ich doch handeln mußte. Hätte ich auf Ihre Rückkehr gewartet, so wäre inzwischen der Anschlag Wing-kans gelungen."

„Ich hätte dennoch Mittel gefunden, ihn zu überführen und Hu-tsin zu retten. Doch, Geschehenes kann man nicht ändern. Ich hoffe, daß die drei Verbrecher bei ihrer Aussage bleiben.
In diesem Falle kann Ihnen und mir nichts geschehen. Fällt es ihnen aber ein, die Wahrheit zu erzählen, so werden Sie mit in diese Angelegenheit verwickelt, und auch mir droht große Gefahr, da Sie mein Gast sind und ich für Sie verantwortlich bin, sogar mit meinem Leben. Sollte das letztere geschehen, so ist Ihre schleunige Flucht notwendig, und für diesen Fall will ich Ihnen einen Kuan Paßgeben, welcher von der höchsten Behörde unterzeichnet ist, nach dem Gesetze nur hohen Mandarinen und sehr vornehmen Fremden ausgestellt wird und hoffentlich die Wirkung besitzt, Sie aus jeder Gefahr zu retten, so wie Sie mich gerettet haben. Ich verdanke Ihnen nicht nur mein Leben, sondern weit mehr. Erführe man, daß ich in einer Piratendschunke gefangen gewesen bin, so wäre es um mich geschehen. Darum will ich auch für Sie etwas thun, was ich an keinem Zweiten jemals wieder thun werde."
„Darf ich mich bei dieser Gelegenheit erkundigen, was mit den Piraten geschehen wird?"
„Sie werden an uns ausgeliefert und dann hingerichtet."
„Und glauben Sie, daß Wing-kan und seine Mitschuldigen mit dem Leben davonkommen?"
„Ja. Mein Einfluß reicht so weit, daß sie nur in die Verbannung geschickt werden. Doch jetzt zu Ihrem Paß, den Sie stets bei sich tragen müssen und nie von sich legen dürfen."
Er öffnete einen mit mehreren Schlössern verwahrten Kasten und nahm ein großes, mit Charakteren bedrucktes Papier hervor, welches mit mehreren Siegeln versehen war. Auf die unbeschriebenen Zeilen trug er die Namen des Methusalem und dessen Gefährten ein, die dieser ihm nennen mußte. Dann las er ihm das Dokument vor. Der Inhalt war in deutscher Übersetzung folgender:

„Im Namen und Auftrage

Kuang-su,

des allmächtigen Herrschers im Reiche der Mitte, des Lichtes der Weisheit, des Brunnens der Gerechtigkeit, des Quells der Gnade und Barmherzigkeit wird hiermit allen Unsern Ländern, Völkern und Beamten zu wissen gethan, daß

Me-thu-sa-le-me De-ge-ne-fe-le-de

der große, berühmte und machtvolle Abgesandte aus dem Reiche der Tao-tse-kue die Erlaubnis besitzt, in allen Unsern Provinzen zu reisen, wie und so lange es ihm beliebt.
Seine erlauchten Begleiter sind
Tu-lu-ne-re-si-ti-ki,
Go-do-fo-ri-di,
A-ra-da-pe-le-ne-bo-scho,
Sei-dei-nei und
Liang-ssi,

lauter Herren und Männer, welche die höchsten litterarischen Grade besitzen und alle Prüfungen mit Ehren bestanden haben.
Es ist Unser Wille, daß sie in ihrer Heimat mit Stolz und Genugthuung von der Bildung und den Vorzügen Unsrer Nationen berichten können, und darum ergeht an alle Behörden und Beamten der strenge Befehl, sie Unsern außerordentlichen Gesandten gleich zu achten, ihren Befehlen ohne Widerrede zu gehorchen und ihnen in allen ihren Angelegenheiten förderlich zu sein.
Besonders wird denjenigen, die dem
Me-thu-sa-le-me
die schuldige Achtung verweigern, die schnellste Strafe angedroht, und er wird, um sofortige Anzeige erstatten zu können, hiermit mit dem Range eines Schun-tschi-schu-tse bekleidet, ohne indessen gezwungen zu sein, die Kleidung seines Landes abzulegen und die Abzeichen dieses Ranges zu tragen."
Unterzeichnet war der Paß von dem Nei-ko, dem großen Sekretariat in Peking. Unter einem Schun-tschi-schu-tse versteht man einen allerhöchsten Beamten, welcher als Vertrauensmann des Kaisers die Erlasse und Entscheidungen des Monarchen zu redigieren hat.
Eine bessere Legitimation konnte der Methusalem sich gar nicht wünschen. Nur zweifelte er, ob man derselben auch Folge leisten werde. Darum fragte er: „Wird man diesen Kuan auch wirklich so achten, als ob er von einem hohen Mandarin vorgezeigt wird?"
„Ganz gewiß. Ein Schun-tschi-schu-tse steht über dem höchsten Mandarin. Daß Sie ein Fremder sind, ändert nichts an der Achtung, welche diesem Kuan entgegengebracht werden muß. Man wird alle Ihre Befehle sofort ausführen."
„Und wenn ich aber etwas verlange, was gegen die Gesetze dieses Landes ist?"
„Selbst dann wird man Ihnen gehorchen. Wenn Sie einmal in Gefahr sind, können Sie nicht durch, sondern gegen das Gesetz gerettet werden. Darum muß ich Sie mit einer Macht ausrüsten, welche über den Regeln unsres Landes steht."
„Aber die Verantwortung wird und muß dann später Sie treffen, der Sie mich mit diesem Kuan ausgerüstet haben!"
Der Chinese zog ein unbeschreiblich verschmitztes Gesicht. Er blickte eine Weile still vor sich nieder und antwortete dann: „Kommt es in Ihrem Lande nicht auch vor, daß ein Beamter in die Gefahr gerät, alles, sein ganzes Eigentum und auch das Leben zu verlieren?"
„Sein Eigentum, wenn er es unrechterweise erworben hat, sein Leben, wenn er eines Mordes überführt wurde und infolgedessen zum Tode verurteilt wird."
„Nur dann? Glückliches Land und glückliche Mandarinen, die in demselben wohnen! Hier trachtet jeder nach Reichtum und nimmt denselben von seinem Untergebenen. Habe ich mir ein Vermögen erworben, so bin ich keinen Tag sicher, daß mein nächster Vorgesetzter mich eines schweren Verbrechens, mag ich dasselbe nun begangen haben

oder nicht, überführt, mich enthaupten läßt und mein Vermögen konfisziert. Für diesen Fall ist es gut, einen solchen Kuan zu besitzen. Nur mit seiner Hilfe kann man Rettung durch die schleunigste Flucht finden.“

„Und solche Kuans bekommen Sie vom Nei-ko in Peking?“

„Ja, aber nicht offiziell. Sie sind klug genug, mich zu verstehen!“

Der Methusalem verstand ihn wohl. Das Blankett war entwendet, war gestohlen. Jedenfalls befand der Mandarin sich im Besitze noch mehrerer solcher Pässe. Hätte er nur diesen einen besessen, so wäre es ihm gar nicht eingefallen, einen Fremden mit demselben zu unterstützen.

„Sie sehen also,“ fuhr der Chinese fort, „daß mich seine Verantwortung treffen kann. Sie werden nicht verraten, daß ich Ihnen diesen Kuan ausgestellt habe. Nur das Nei-ko hat das Recht, eine solche Legitimation zu verfassen. Man hat derselben auf alle Fälle zu gehorchen. Zweifelt eine Behörde an der Echtheit derselben oder daran, daß Sie sie rechtmäßigerweise besitzen, so fragt sie in Peking an, und ehe von dort die Antwort kommt, sind Sie längst von dannen.“

„Aber in meinem Vaterlande ist es nicht erlaubt, sich falscher Pässe zu bedienen!“

„Hier auch nicht. Aber dieser Paß ist nicht falsch. Es stehen Ihre Namen darin. Sie haben ihn von mir erhalten. Ob Sie sich seiner bedienen wollen oder nicht, das ist nun Ihre Sache. Ich wiederhole, daß er Ihnen alle möglichen Vorteile bringen wird. Er öffnet Ihnen selbst des Nachts alle Thüren und Straßenpforten, nur nicht diejenigen eines Gefängnisses.“

„Dazu bedarf es andrer Legitimationen?“

„Ja, dieser hier.“

Er deutete nach der Wand, an welcher mehrere große, gelbe Münzen hingen, auf denen der Methusalem die erhabene Figur eines Drachen und darunter einige kleine Schriftzeichen bemerkte.

„Wer das vorzeigt,“ fuhr er fort, „hat zu jeder Tageszeit und beim schlimmsten Verbrecher Zutritt. Mit Hilfe einer solchen Münze werde ich unsern heutigen drei Gefangenen zur Verbannung verhelfen.“

Auch jetzt verstand der Student ihn ganz genau. Er wollte des Nachts in das Gefängnis gehen und die drei Personen entfliehen lassen. In diesen Münzen also bestand der „Einfluß“, von welchem er vorher gesprochen hatte.

Jetzt erhob der Mandarin sich von seinem Stuhle und verabschiedete seinen Gast: „Sie haben nun den Paß. Mag kommen, was da will, so kann ich wegen Ihnen unbesorgt sein. Jetzt gehen Sie! Man wird mit dem Essen auf Sie warten. Ich selbst kann Sie nicht begleiten, da ich noch zu arbeiten habe.“

Als Methusalem sein Zimmer erreichte, stand dort ein Diener seiner wartend, um ihn in das Speisezimmer zu führen. Dort waren seine Gefährten außer Liang-ssi, welcher fehlte, versammelt.

Das Essen bestand in Gerichten, welche den europäischen ähnelten. Auch Messer und Gabeln waren vorhanden. Es schien, daß der Mandarin doch zuweilen einen Europäer bei sich zum Essen sah.
Nach beendigter Tafel erhielten die Gäste Tabakspfeifen. Sie blieben noch ein Stündchen beisammen, und da fand sich endlich auch Liang-ssi wieder ein. Befragt, wo er gewesen sei, antwortete er: „Im Garten. Es gab da Interessantes zu beobachten."
„Was?" erkundigte sich Methusalem.
„Man konnte da sehen, auf welche Art und Weise die Mandarinen reich werden. Sie wissen vielleicht, daß das Vermögen jedes Verurteilten dem Staate verfällt?"
„Ja."
„Nun, der Tong-tschi scheint den Juwelier Wing-kan bereits als verurteilt zu betrachten. Er hat auch dessen Gehilfen und Diener arretieren lassen. Nun befindet sich kein Mensch mehr im Nachbarhause, und er räumt den Laden aus."
„Selbst?"
„Nein. Das würde sich nicht mit seiner hohen Stellung vertragen. Seine Diener steigen draußen im Garten herüber und hinüber und schleppen alles Wertvolle herbei. Wenn dann morgen früh der Kriminal-Kuan kommt, um die Konfiskation vorzunehmen, ist nur noch das Minderwertige vorhanden."
„Aber Wing-kan muß doch wissen, was er besessen hat!"
„o, Herr, den wird niemand fragen. Und was er sagt, das gilt als Lüge. Vielleicht lebt er morgen gar nicht mehr, damit durch seine Aussage nicht verraten werden kann, daß unser Mandarin schon heute zugegriffen hat."
„Hm! Der will ihn entfliehen lassen!"
„Sagte er das? Ich glaube es. Der Gefangene kann nur entfliehen, indem er alle seine Habe im Stiche läßt. Und wenn er fort ist, so ist es unmöglich, dem Tong-tschi zu beweisen, daß er heut abend den Laden des Gefangenen halb ausgeräumt hat. O, diese Mandarinen stehlen alle!"
„Schöne Jeschichte!" lachte Gottfried von Bouillon. „Dat könnte in Deutschland nicht die Möglichkeit sind. Wie ist es denn in Holland, Mijnheer?"
„Daar muisen de Mandarins ook niet – da mausen die Mandarinen auch nicht," antwortete der Dicke.
„Und jedenfalls werden dort auch keine Jötter jestohlen. Solche Tollheiten können doch nur hier vorkommen. Uebrigens möchte ich mir doch jern mal in so einen Jötzentempel umsehen. Ist dat möglich oder nicht?"
„Warum nicht?" antwortete der Blaurote. „Die Chinesen sind nicht wie die Muhammedaner, welche ihre Moscheen von keinem Andersgläubigen betreten lassen. Es kommt sogar sehr häufig vor, daß hier die Tempel als Herbergen benutzt werden. Vielleicht haben auch wir noch das Vergnügen, einmal in einem solchen zu übernachten."

„Und jrad den möchte ich mich betrachten, aus welchem die Jötzen jestohlen worden sind. Welchen Namen hatte er?“

„Pek-thian-tschu-san, das heißt Haus der hundert Himmelsherren.“

„So sind wohl hundert Jötter drin?“

„Mit solchen Zahlen darf man es hier nicht genau nehmen. Doch gibt es Tempel, in denen sich mehrere Hundert Bilder oder Figuren befinden.“

„Pek – pek – pek – – wie war der Name?“ fragte Turnerstick.

„Pek-thian-tschu-fan.“

„Armseliges Chinesisch! Es ist da nicht eine einzige Endung dabei. Habe mich vorhin schrecklich geärgert. Stand mit im Garten und habe das ganze Verhör mit angehört, aber kein einziges Wort verstehen können. Finde überhaupt, daß man hier in der Stadt ungeheuer undeutlich spricht. Die Leute machen es sich viel zu schwer. Sollten von mir Unterricht nehmen. Wollte ihnen schon die richtigen Endungen beibringen!“

„Ich möchte Sie als Lehrer sehen,“ lachte der Student.

„Meinen Sie etwa, daß ich nichts fertig brächte?“

„O doch! In Beziehung auf die Endungen würden Sie sogar Großartiges leisten.“

„Das wollte ich meinen!“

„Aber die Stammworte, die Stammworte! So ein Wort hat oft eine gar vielfältige Bedeutung. So heißt zum Beispiel das Wort Tschu soviel wie Herr, Pfeiler, Stock, Küche, Stütze, Schwein, alte Frau, zubereiten, verrichten, brechen, spalten, reparieren, freigebig, wenig, geneigt, naß machen, Gefangener, Sklave etc., je nachdem es weicher oder härter, gedehnter oder rascher, leiser oder schärfer ausgesprochen wird. Und jede dieser verschiedenen Bedeutungen hat dann wieder ihre figürliche Anwendung, so daß es die allerfeinste Modulation erfordert, um wissen zu können, was gemeint ist. So hat das Grußwort sching noch weit über fünfzig andre Bedeutungen, unter denen Dinge, Eigenschaften und Tätigkeiten vorkommen, welche einander ganz und gar entgegengesetzt sind.“

„Und das soll man an der Aussprache hören?“

„Eigentlich sollte man es. Da aber selbst die Sprechwerkzeuge eines Chinesen oft nicht dazu ausreichen, so fügt man im Falle des Zweifels ein erklärendes Wort dazu. Fu heißt Vater, hat aber noch mehrere andre Bedeutungen. Soll es nun als Vater gebraucht werden, so fügt man das Wort Tschin, Verwandtschaft, hinzu; dann heißt es Fu-tschin, Fu, der Verwandte, der Vater.“

„Bleiben Sie mir mit allen Ihren Fu-tschins vom Leibe! Ich lobe mir meine Endungen. Wenn ich sage „meining geliebtang Freundeng“, so weiß jedes Kind, was ich meine, ohne daß ich meine Zunge übermäßig anzugreifen brauche. Hoffentlich finde ich bald einen wirklich gut sprechenden Chinesen, mit dem ich mich gut unterhalten und Ihnen beweisen kann, daß meine Grammatik die richtige ist. Für heut aber stimme ich unserm Gottfried bei, daß wir morgen den Tempel besuchen wollen. Auch ich bin begierig, ein solches Haus zu sehen.“

„Wir werden uns überhaupt die Stadt besehen und da an manchem Tempel vorüberkommen. Es wird wohl ein bewegter Tag werden, und so schlage ich vor, uns jetzt zur Ruhe zu begeben.“

Dieser Vorschlag fand allgemeinen Beifall und wurde sofort befolgt.

Das Bett, welches für den Methusalem bereitstand, war niedrig, fein lackiert und mit Blumen sehr kunstvoll bemalt. Die Matratze war mit einem seidenen Tuche überdeckt; als Kopfkissen diente eine gestickte, mit wohlriechenden Kräutern gefüllte Rolle, und die Decke bestand aus gesteppter Seide mit weicher Ziegenhaareinlage. Von Seide waren auch die Vorhänge, welche das Bett von drei Seiten außer der Wand einfaßten, und in einem kostbaren Bronzeleuchter brannte eine Nachtkerze, vor welcher ein durchscheinender Schirm stand, dessen Malerei eine Landschaft vorstellte, über welche der Mond sein magisches Sicht ergoß. Der Mond aber bestand in der Kerzenflamme hinter dem Gemälde.

Aehnlich waren auch die Betten der andern eingerichtet und ausstaffiert. Ueber Gottfrieds Lager hing eine Laterne herab, welche ihn heimatlich anmutete, denn sie besaß fast genau die Gestalt jenes Drachen, welcher daheim in der Wohnung des Methusalem hing und dem er vor der Abreise die bekannte Standrede gehalten hatte.

Als er sich jetzt lang auf das Lager streckte und seinen Blick zu dieser Laterne erhob, nickte er derselben zu und sagte: „Juten Abend, oller Drache! Tsching, tsching, tsching! Da hängst du jrad so über mich, wie jenseits des Ozeans dein Freund, Ebenbild und Jevatter. Auch deine Physiognomie ist so triste wie die seinige. Ich werde dir wohl von ihm jrüßen. Mach mich nur keine Dummheiten, wenn ich schlafe, denn ich bin dat nicht jewohnt! Komme mich ja nicht im Traume vor, und laß mir bis morgen früh in Ruh. Glotze mir auch nich so an; ich lasse mir nicht fixieren. Jedenke deiner Erziehung und tropfe mich nicht dat Oel ins Jesicht. Wenn du dat allens befolgst, so werden wir jute Freunde bleiben bis zur Scheidestunde um Mitternacht. Tsching, tsching! Schlaf wohl; ich nicke ein!“

Er ahnte nicht, daß diese „Scheidestunde um Mitternacht“ ein prophetisches Wort gewesen war.

Im Streit mit den Mandarinen.

Dreizehntes Kapitel

Der Tempelbesuch und seine Folgen.

Die Gäste schliefen gut und lange. Als sie erwachten, bekamen sie den Thee im Garten serviert und erfuhren, daß der Mandarin bereits in Amtsgeschäften fort sei. Er hatte dem

Hausmeister Auftrag gegeben, seine Stelle bei ihnen zu vertreten. Da sie hörten, daß er am Vormittage nicht heimkehren werde, beschlossen sie, sich inzwischen die Stadt anzusehen, und baten den Hausmeister, die Sänften bereit zu halten.
Bevor sie aufbrachen, machte der Methusalem dem Juwelier den versprochenen Besuch. Gottfried begleitete ihn, in der gewöhnlichen Weise hinter ihm herschreitend, während der Hund voranging.
Hu-tsin empfing sie mit großer Herzlichkeit und lud sie ein, in sein Familienzimmer zu treten, was gewiß eine Auszeichnung für sie war, da ein Chinese nicht so leicht einem Fremden einen Einblick in seine Familie gestattet.
Von einem eigentlichen Zimmer nach unserm Sinne war keine Rede. Es war ein großer Raum, welcher durch verschiebbare Kulissenwände beliebig abgeteilt werden konnte. Hinter einer dieser Wände trat die Frau hervor, welche sie schon gestern abend, aber bei der Laternenbeleuchtung nicht so deutlich wie jetzt, gesehen hatten. Sie besaß mongolische, aber sehr sanfte und ansprechende Gesichtszüge. Sie reichte den beiden ihre Hände und bat sie, eine Tasse Thee mit ihnen zu trinken, was auch gern geschah.
Der Tisch, an dem man Platz nahm, war weit niedriger als bei uns, und die Stühle hatten dem angemessen auch eine geringere Höhe. Es gehörte Uebung und Gewohnheit dazu, sich da bequem zu fühlen.
Natürlich war das Ereignis des gestrigen Abends der Hauptgegenstand des Gespräches. Degenfeld schärfte dem Chinesen ein, ja nicht verlauten zu lassen, wie die Sache sich in Wahrheit zugetragen habe.
Während sie sich unterhielten, hörten sie unterdrückte Kinderstimmen hinter einer der Wände. Auf das Befragen Degenfelds sagte Hu-tsin, daß dort seine Kinder säßen und sich mit Lesen beschäftigten.
Kinder und lesen, in China! Das war dem Methusalem höchst interessant. Er bat, die Kleinen sehen zu dürfen, worauf der Juwelier die Wand zur Seite schob. Da saßen zwei Knaben und ein Mädchen, der älteste wohl nicht über elf Jahre, an einem kleinen Tische und hatten eine Schrift vor sich auf demselben liegen. Sie standen sofort auf, kamen herbei und verbeugten sich so tief, daß ihnen die kleinen dünnen Zöpfchen nach vorn fielen. Die ernsten, zeremoniellen Gesichter, welche sie dabei machten, gaben ihnen ein außerordentlich drolliges Aussehen.
Methusalem bat sich das Buch aus und warf, als er es erhalten hatte, einen Blick auf den Titel und einen zweiten längeren auf den Inhalt.
„Hältst du das für möglich, Gottfried," rief er aus; „eine Jugendschrift!"
„Wat? Eine Jugendschrift? Ist es die Möglichkeit? In China eine Jugendschrift? Wohl gar à la Spemanns Universum?"
„Aehnlich, mit Bildern, doch in richtigen Reimen geschrieben."
„Dat ist mich neu! Dat habe ich diesen Chinesigen nicht zujetraut!"
„O, da hast du dich in einem großen Irrtum befunden. In China kann ein bedeutend größerer Prozentsatz der Bevölkerung lesen als zum Beispiel in Frankreich."

„Aberst unsre deutschen Jungens sind den hiesigen doch jewiß noch über?“
„Natürlich!“
„Schade, daß ich nichts lesen kann! Sprechen thue ich zwar manches Wort, verstehen auch, aberst mit das Lesen, da hapert es jewaltig. Wat steht denn eigentlich drin? Wat wird die Jugend hier jelehrt?“
„Nur Gutes. Hier steht zum Beispiel:
„Tszö pu hio,
Feï so i;
Yeu pu hio
Lao ho weï?““
„Und wat heißt dat?“
„Das heißt:
Kind nicht lernen,
Nichts wozu taugen;
Knabe nichts lernen,
Greis was thun?
oder weniger wörtlich: Wer als Kind nicht lernt, der wird ein Taugenichts; wer als Knabe nicht lernt, was soll der im Alter treiben? Das Buch hat den Titel „Santszö-king“, das Dreiwörterbuch, weil jede Zeile nur aus drei Wörtern besteht.“
„Bitte, noch einen solchen Reim!“
„Gern; hier ist einer:
Phi pu pian,
Sio tschu kian
Phi wu schu,
Zie tsch mian.
Das heißt: Der auf Binsenmatten schrieb, der Bambusrinde als Papier nahm, diese Leute waren ohne Bücher, und dennoch studierten sie eifrig. Es werden hier den kleinen Lesern Beispiele aus der Geschichte zur Nachahmung vorgeführt. Ganz denselben Zweck hat auch der nachfolgende Reim:
Ju nang ing,
Ju ing siue,
Kia sui phin
Hio po tschue.
Das ist zu deutsch: Der beim Scheine der Leuchtfliegen und der bei der Helle des Schnees studierte, obwohl sie von Hause aus arm waren, versäumten sie das Lernen nicht. Die beigegebenen Bilder illustrieren die angeführten Beispiele. Ich selbst habe nicht gewußt, daß es hier so vortreffliche Schriften für die Jugend gibt.“
„Dat wäre interessant für unsern juten Turnerstick. Er könnte für die chinesische Jugend Reime auf seine Endungen dichten, wofür man ihn hier jewiß unter die berühmten Sterne des jelehrten Horizontes versetzen würde. Schade, daß er nicht hier ist.“

Die Leute freuten sich sehr, daß die beiden so lebhaftes Vergnügen über die Beschäftigung der Kinder empfanden. Darum, und vor allen Dingen aus Dankbarkeit für den gestern geleisteten großen Dienst, holte der Mann aus dem Laden einen mit allerlei Kostbarkeiten angefüllten Kasten und bat sie, sich einige Gegenstände als Andenken auszuwählen. Der Methusalem weigerte sich entschieden, etwas anzunehmen, kränkte aber damit die guten Leute so sehr, daß er sich endlich bereit erklärte, sich zu einer Kleinigkeit zu verstehen, welche von keinem zu hohen Werte sei.
Er erhielt eine jener Elfenbeinschnitzereien, welche nur von der unendlichen Geduld eines Chinesen hergestellt werden können. Es war ein winzig kleines Häuschen, nicht einen Zoll lang und hoch und kaum halb so breit, und doch stellte diese kleine Schnitzerei ein Haus dar, welches aus dem Parterre und einer vielgeschnörkelten Etage bestand. Im Parterre gab es vier Fenster, durch welche man in der ersten Stube einen Chinesen essen, in der zweiten einen Mann lesen, in der dritten einen Mandarin schreiben und in der vierten einen Bauer rauchen sah. Das Stockwerk bestand aus zwei Zimmern; im ersten saßen Mann und Frau bei der Arbeit, und im zweiten schliefen die Kinder dieses Paares in vier Betten. Und alle diese Personen und Gegenstände waren trotz ihrer fast mikroskopischen Kleinheit so fein, deutlich und kunstvoll gearbeitet, daß der Verfertiger gewiß ein Meister seines Faches gewesen war und jahrelang gebraucht hatte, um dieses allerliebste Kunstwerk zu vollenden.
Gottfried empfing eine fein durchlöcherte Pfeifenspitze, aus welcher man mittels des Rauches allerlei sonderbare Figuren blasen konnte, ein Geschenk, welches ihm, wie er versicherte, als heimlichem Mitraucher der Hukah von großem Werte war.
Aber noch ein Geschenk gab es, viel, viel kostbarer als die beiden andern, obwohl man es demselben nicht ansehen konnte. Der Juwelier brachte nämlich ein kleines Büchelchen, nur drei Zoll lang und breit. Der Einband war von gepreßtem Leder, und der Inhalt bestand aus nur einem einzigen Blatte, welches auf beiden Seiten mit fremdartigen Charakteren beschrieben war. Der Methusalem konnte dieselben nicht enträtseln und fragte, was das Miniaturbuch zu bedeuten habe.
„Es ist ein sehr wertvoller Besitz für denjenigen, der es gebrauchen kann, nämlich ein T'eu-kuan," antwortete Hu-tsin.
„Ein T'eu-kuan, also ein Paß des Bettlerkönigs?"
„Ja, ein Paß meines Schwiegervaters. Meinen Sie nicht, daß er Ihnen von Nutzen sein könne?"
„Wie sollte er mir von Vorteil sein? Ich bin nicht Unterthan des T'eu."
„Dieser Paß ist auch nicht für seine Leute, sondern für Fremde. Sie haben doch bereits Legitimation?"
„Ja, und der Tong-tschi hat mir auch einen ganz vortrefflichen Paß gegeben."
„Des können Sie sich freuen, denn dieser Mann hat die Fremden zu beaufsichtigen, und wen er beschützt, dem kann nicht leicht ein Unfall widerfahren. Aber diese Pässe sind doch nichts gegen den Kuan meines Schwiegervaters."

„Wieso?“
„Weil – – nun, ich habe Ihnen bereits gestern erklärt, was ein Bettlerkönig ist und was er zu bedeuten hat. Er besitzt wirklich mehr Macht als der höchste Mandarin. Der Paß der Behörde wird respektiert, ja, aber der Kuan des T'eu hat noch eine ganz andre Wirkung. Er ist von einer Gewalt aufgestellt, welche einen jeden unsichtbar umgibt und einen jeden fassen kann dann und da, wo er es am allerwenigsten denkt. Der Befehl eines Mandarinen flößt Achtung ein, derjenige des Bettlerkönigs aber flößt Schrecken ein. Sie werden nicht hier bleiben, sondern noch weiter in das Reich gehen?“
„Das ist allerdings meine Absicht.“
„Nun, da werden Sie Leute finden, welche des Gebotes der Behörde lachen, einen Befehl des T'eu aber so achten, als ob er ihnen von dem Sohne des Himmels selbst erteilt worden sei.“
„Ist dieser Kuan das Schriftstück, von welchem Sie gestern sprachen, welches man gegen Bezahlung von dem T'eu empfängt, um es als Abwehr gegen die Bettler an die Thüre zu kleben?“
„O nein. Der Zettel, von welchem Sie sprechen, ist nur eine Weisung an die Bettler, an der betreffenden Thüre vorüberzugehen. Dieser Kuan aber ist ein Schutz- und Geleitbrief für seinen Besitzer. Er wird nur höchst selten ausgestellt und zwar nur an Personen, denen der T'eu im höchsten Grade verpflichtet ist. Derjenige, welcher diesen Paß nicht achtet, setzt sich der größten Gefahr aus. Zeigen Sie dem T'eu an, daß ein Vicekönig Sie nicht beschützt hat, nachdem Sie ihm den Kuan vorgezeigt haben, und mein Schwiegervater wird diesem hohen Beamten eine Schar seiner zudringlichsten Unterthanen auf den Hals senden, die ihn so lange peinigen, bis er Abbitte gethan hat. Ich habe diesen Paß von dem T'eu für mich selbst erhalten, aber ich bitte Sie, ihn von mir anzunehmen, und es sollte mich herzlich freuen, einmal erfahren zu können, daß er Ihnen Nutzen gebracht habe.“
„Dürfen Sie ihn denn verschenken?“
„Nur an eine Person, welche mir einen sehr großen Dienst geleistet hat. Auch habe ich es sofort durch einen Boten dem T'eu zu melden, da er genau wissen muß, in welchen Händen sich diese wichtigen und seltenen Kuans befinden. Er wird mir dann einen andern für mich senden. Hoffentlich schlagen Sie mir meine Bitte nicht ab. Ich fühle mich dadurch doch wenigstens um einen kleinen Teil der Schuld erleichtert, welche ich an Sie abzutragen habe.“
War dieser Paß eines Bettlerfürsten schon an sich ein höchst interessanter Gegenstand, so daß man wohl wünschen konnte, in den Besitz eines solchen zu kommen, so lag es außerdem gar wohl im Bereiche der Möglichkeit, daß diese Legitimation dem Methusalem und seinen Gefährten von Nutzen sein werde. Darum ging der Student auf die Bitte des Juweliers ein und steckte den T'eu-kuan zu sich, bot sich aber dafür die Erlaubnis aus, ihm später aus Deutschland ein Gegengeschenk senden zu dürfen, irgend einen Gegenstand, welcher hier selten und also auch von großem Interesse sei.

Dann schieden die beiden Deutschen von den dankbaren Leuten, welche sich noch bis zum letzten Tsching tsching in Höflichkeiten ergingen. Als sie aus dem Laden traten, sahen sie eine Anzahl Polizisten vor dem Hause Wing-kans stehen, aus welchem hoch bepackte Kulis kamen. Die Behörde war dabei, sich den Besitz des Gefangenen anzueignen, dessen wertvollsten Teil der Tong-tschi freilich schon gestern abend heimlich auf die Seite gebracht hatte.
Und eben als sie in das Haus des letzteren traten, ertönten am Eingange der Straße die durchdringenden Klänge des Gong. Der Wächter machte abermals die Runde, heut aber um zu verkündigen, daß die gestohlenen Götter sich selbst befreit hätten und noch im Laufe des Tages in ihren Tempel zurückkehren würden. Er fügte hinzu, daß die Missethäter ergriffen worden seien und ihrer gerechten Bestrafung entgegengingen.
Indessen hatte der Hausmeister den wegen der Sänften an ihn gerichteten Wunsch erfüllt. Die Reisenden stiegen ein und brachen auf, zwei Läufer an der Spitze und zwei Diener hinterher. Die Wasserpfeife, welche unbequem war, und den Neufundländer, von welchem man nicht wußte, ob er überall mit hingenommen werden dürfte, hatte der Methusalem zurückgelassen. Auch die Fagottoboe war zurückgeblieben, was dem Gottfried nicht wenig Ueberwindung kostete. Er hatte die wunderbaren Töne derselben hier in China noch gar nicht an den Mann bringen können, während er daheim im „Geldbriefträger von Ninive“ die Genugtuung gehabt hatte, täglich die Biersignale zu geben und die zahlreichen „Hochs“ mit dem geliebten Instrumente zu begleiten.
Der Wunsch, einen Tempel zu besuchen, wurde bald erfüllt. Die Träger hielten vor einem Bauwerke, welches sie als das „Heiligtum der fünfhundert Geister“ bezeichneten. Die Reisenden stiegen aus den Palankins, um es sich zu besehen.
Sie traten in einen überdachten Thorweg, an dessen Seiten zwei steinerne Ungetüme standen. Ein wohlgenährter Bonze Priester, Mönchtrat ihnen entgegen, um sie mit einem freundlichen Tsching tsching zu begrüßen, welches ihm in herablassender Weise zurückgegeben wurde. Er bot sich als Führer an und geleitete sie in eine lange Doppelhalle, an deren Wänden fünfhundert vergoldete Menschenbilder saßen, welche die berühmtesten Schüler und Jünger Buddhas vorstellen sollten.
Für den ersten Augenblick machten diese vielen starren Gestalten einen fast beklemmenden Eindruck. Bei näherer Betrachtung aber konnte man sich mit dieser stummen Gesellschaft wohl befreunden, da die Idole keineswegs das Aussehen grimmiger oder gar blutgieriger Götzen hatten.
Da in China der Begriff der Schönheit mit demjenigen der Wohlbeleibtheit unzertrennlich ist und die „erhabenen Heiligen“ doch unbedingt schön sein müssen, so besaßen alle diese Bilder einen Leibesumfang, welcher sich mehr oder weniger dem des Mijnheer van Aardappelenbosch näherte, ja denselben zuweilen noch übertraf. Die Gesichter hatten ohne alle Ausnahme höchst gutmütige Züge; die meisten lachten sogar, viele davon in einer Weise, daß die dicken Mäuler weit aufgerissen und die schiefen

Augen ganz verzerrt waren und man hätte erwarten können, die heitere Gesellschaft im nächsten Augenblicke in einen allgemeinen Lachkrampf verfallen zu sehen.

Nur eine einzige Figur machte ein sehr ernsthaftes Gesicht; auch war sie durch verschiedene Tracht vor den andern ausgezeichnet. Auf die Frage des Methusalem, wen diese Figur vorstelle, antwortete der Bonze: „Das ist der größte und berühmteste, auch der mächtigste und heiligste Gott dieses Tempels. Er wird Ma-ra-ca-pa-la genannt, aber außerdem noch unter vielen andern Ehrennamen angebetet."

Das war also das Bild des berühmten Venetiers und mittelalterlichen Reisenden Marco Polo, durch welchen die übrige Welt so wichtige und ausführliche Kunde über China und Ostasien überhaupt bekam und dessen Namen sich, wenn auch in chinesischer Verzerrung, bis zum heutigen Tage dort erhalten hat. Es ist ihm die Ehre geschehen, unter die Götter versetzt zu werden und sogar unter ihnen einen hohen Rang einzunehmen.

Die kleine Gesellschaft hatte sich erst sehr ernsthaft in der Halle umgeschaut. Bei näherer Betrachtung der lachenden Götter verloren die Gesichter mehr und mehr ihren Ernst. Die Züge des Gottfried von Bouillon begannen ins Heitere hinüberzuspielen; der Mijnheer biß sich in die Lippen; Turnerstick kratzte sich bedenklich neben seinem falschen Zopfe; er vermochte es fast nicht mehr, seine Heiterkeit zurückzuhalten, und wußte doch nicht, ob hier an dieser heiligen Stätte das Lachen erlaubt sei. Der Bonze sah das und wurde angesteckt. Er kniff die Aeuglein halb zu und zog den Mund breiter, indem er auf einen Gott deutete, welcher der lustigste von allen zu sein schien, denn er lachte, wenn auch unhörbar, so, daß man glauben konnte, die Thränen aus seinen Augen rinnen zu sehen. Das brachte die befürchtete Wirkung hervor: Gottfried platzte los und rief aus vollem Halse lachend: „Nichts für unjut, meine Herren Jötter, aberst ich kann mich nicht helfen; ich fühle mir in Ihre jeehrte Jesellschaft so kannibalisch wohl, daß ich unmöglich weinen kann. Sie sind die prächtigsten Jeburtstagsonkels, die mich jemals vorjekommen sind. Tsching, tsching, tsching!"

Der Mijnheer stimmte in das Gelächter ein; Turnerstick folgte nach; Methusalem und Richard accompagnierten; Liang-ssi lachte herzlich, und als die heiteren Besucher nach dem Bonzen blickten um zu sehen, wie er sich zu ihrer so wenig ehrerbietigen Lustigkeit verhalte, sahen und hörten sie, daß er sich aus vollem Herzen ganz derselben Sünde befleißigte, – er lachte nicht weniger als sie.

Rings um die Doppelhalle zogen sich die Wohnungen der Bonzen. Der Führer geleitete die Fremden in einige derselben, um ihnen zu zeigen, wie die Hüter der fünfhundert Geister sich eingerichtet hatten. Ueberall wurden ihnen Räucherstäbchen und beschriebene bunte Zettel, auf denen Gebete standen, angeboten, denn die Bonzen handeln mit derlei Gegenständen. Der Methusalem verteilte eine Handvoll Li unter diese Leute, gab dem Führer ein Com-tscha Theegeld, Trinkgeldund wurde infolgedessen von der ganzen Schar unter einem vielstimmigen „Tsching tsching tsching" bis vor den Tempel geleitet, wo die noch immer sehr heiteren Besucher in ihre Sänften stiegen.

Von da aus ging es durch mehrere Gassen, in einen finstern, tunnelartigen Bau, dann eine Stufenreihe hinan, und nun befanden sich die Reisenden auf der Mauer, welche die Stadt umzieht. An alten, verrosteten Kanonen vorüber ging es nach der roten Pagode, einem wegen seiner Aussicht viel besuchten Riesenbau. Sie ist vierseitig und hat fünf Stockwerke mit weit vorspringenden Simsen, aber keine schlanke, wohlgefällige, sondern eine gedrungene, schwerfällige Gestalt. Die Simse und Schnörkel sind keineswegs nach der Art, wie man sich bei uns eine Pagode vorzustellen pflegt, mit Glocken und Glöckchen behängt.

Die Gesellschaft stieg auf hölzernen Treppen zum obern Stockwerke empor und genoß dort einen Ausblick, welcher weit über das Weichbild der Stadt hinausreichte.

Im Süden dehnte sich das gewaltige Häusermeer der Stadt aus. Auf den Dächern der Gebäude sah man gefüllte Wasserkrüge stehen, ein von der Behörde gebotenes Mittel gegen Feuersgefahr. Darüber ragten Pagoden und die Dächer zahlreicher Tempel, auch hohe Holzgerüste, welche als Warten und Ausluge dienen.

Im Osten stiegen die Berge des Tian-wang-ling empor und im Südwesten die Höhen des Sai-chiu. Im Norden lag eine weite, wohlbewässerte und dörferreiche Ebene, welche nahe der Stadt in jene Sandhügel überging, in denen Kanton schon seit Jahrtausenden seine Toten begräbt.

Von dieser Pagode aus wurden die Reisenden nach dem Sing-gu, dem Kriminalgebäude getragen. Sie stiegen vor einer offenen Pforte aus, an welcher spießtragende Soldaten Wache hielten, schritten durch einen engen Hof und gelangten dann in eine weite Halle, deren Dach von Säulen getragen wurde.

Es waren viele Menschen da, welche die fremden Ankömmlinge mit erstaunten Blicken betrachteten. Diese aber kehrten sich nicht an die Aufmerksamkeit, welche sie erregten, und drängten sich so weit vor, als es möglich war.

Da saß an einem Tisch ein alter Mandarin, welcher eine riesige Brille auf dem Näschen trug; sein Zopf hing hinter dem Stuhle bis zur Erde herab. Von Akten und Schreibrequisiten war nichts zu sehen. Der Beamte schien von solchen Ueberflüssigkeiten nicht viel zu halten, sondern die anhängigen Fälle gleich aus dem Stegreife zu behandeln.

Sechs Personen standen vor seinem Tische, zwei als Kläger und vier als Beklagte. Das außerordentlich kurze Verhör ergab, daß die ersteren Kompagnons eines Schuhwarengeschäftes waren und die letzteren als säumige Kunden geladen hatten. Die Schuldner gaben zu, geborgt zu haben, behaupteten aber, arm zu sein und nicht bezahlen zu können. Nach kurzem Nachdenken erklärte der Mandarin alle für schuldig, sogar die Kläger, da diese wegen leichtsinnigen Kreditgebens und zweckloser Belästigung der hohen Behörde zu bestrafen seien. Er warf einigen hinter ihm stehenden Vollzugsorganen, welche mit Bambusstöcken versehen waren, einen halblauten Befehl zu, worauf sie sich der sechs Personen bemächtigten, um ihnen gleich am Platze die für sie bestimmte Züchtigung zu erteilen.

Die Helden des Prozesses mußten sich nebeneinander, mit dem Rücken nach oben, lang auf die Erde legen. Zur Verabreichung der Strafe waren drei Polizisten nötig. Der erste hielt den Kopf des Delinquenten nieder, der zweite kniete ihm auf die Beine, und der dritte führte mit dem Bambus jene gefühlvolle Prozedur aus, welche auch manchem nichtchinesischen und sonst braven Manne aus seinen Jugendjahren her noch in gutem Gedächtnisse steht. Jeder erhielt fünfzehn Hiebe und zwar aus voller Kraft. Keiner schrie; vielleicht waren dergleichen Vorkommnisse bei ihnen zu herkömmlichen geworden. Dann standen sie auf, verbeugten sich vor dem Mandarin und trollten von dannen. Als die beiden Kläger an den Deutschen vorüberkamen, sagte eben der eine zum andern: „Put-ko tschu-san tai, put yit-tschi – nur die ersten drei thun wehe, die andern nicht."
Jedenfalls besaß der Mann in diesem Fache eine Erfahrung, welcher mancher europäische Kenner desselben Genres vielleicht widersprechen würde.
Sie waren noch nicht verschwunden, so begann bereits die Verhandlung einer neuen Sache. Es traten zwei Männer auf, von denen der eine eine dunkel gefärbte Beule seines Gesichtes unter der Behauptung vorzeigte, daß sie ihm von dem andern geschlagen worden sei. Der Angeklagte stellte das ganz entschieden in Abrede. Es zeigte sich sofort, daß es für beide besser gewesen wäre, wenn sie sich den vorher verhandelten Fall zur Warnung hätten dienen lassen. Sie wurden von ganz demselben Schicksale, natürlich in Gestalt der Polizisten, ergriffen und erhielten vierzig Hiebe zu ganz gleichen Hälften, worauf sie ihre Verbeugungen machten und mit sehr befriedigten Mienen, aber die Hände zärtlich auf die in Mitleidenschaft gezogene Gegend gelegt, hinter dem Kreise der Zuschauer verschwanden.
„Wollen jehen!" meinte Gottfried. „Mich wird angst und bange, denn dieser Mandarin bestreicht alles aus einem Topfe. Dat is mich zu jefährlich. Ich will mir nicht der Jefahr aussetzen, auch mir als Partei betrachten und behandeln zu lassen. Tsching tsching!"
Sie entfernten sich, um sich nach dem Hing-miao, dem Tempel des „Schreckens und der Bestrafungen", tragen zu lassen.
Dieser ist der besuchteste Tempel der Stadt und sein Idol der Schutzgeist von Kanton. Man gelangt durch ein verschnörkeltes Thor in einen Hof, in welchem Hunderte von Bettlern stehen, um die Besucher mit wildem Heulen anzufallen. Die ganze Schar stürzte sich förmlich auf die Sänften, so daß die Insassen kaum auszusteigen vermochten.
Da kam dem Methusalem der Gedanke, die Wirkung seines T'eu-kuan zu erproben. Er zog das winzige Büchelchen aus der Tasche, öffnete es und hielt es, ohne ein Wort zu sagen, den ihm am nächsten stehenden zerlumpten Gestalten vor die schmutzigen Gesichter. Der Erfolg war ein augenblicklicher.
„T'eu-kuan-kiün – der Besitzer eines T'eu-kuan!" rief ein starker Kerl, dem ein Arm fehlte.
„T'eu-kuan-kiün!" schrieen andre ihm nach.
Der Ruf pflanzte sich fort, und die Leute zogen sich ehrerbietig bis an die Mauern zurück. Auf das wüste Geschrei vorher war eine tiefe Stille eingetreten.

Degenfeld sah, welche erstaunliche Wirkung der Paß ausübte; aber er hatte nicht die Absicht gehabt, die Bittenden von sich zu weisen. Jedenfalls war es geraten, den Armen zu beweisen, daß auch der Besitzer eines Passes des Bettlerkönigs sich ihnen nicht entziehe. Er winkte einem Manne herbei und fragte ihn, ob es ein „Haupt" unter ihnen gebe, dem die andern zu gehorchen hätten. Die Frage wurde bejaht, und als der Methusalem den betreffenden zu sich wünschte, wurde eben jener Einarmige herbeigerufen. Er gab diesem einen Silberdollar, eine Münze, welche in Kanton gerne gewechselt wird, und bat ihn, diese Gabe unter die Leute zu verteilen. Der Mann bedankte sich mit einer Ehrfurcht, als ob er einen König vor sich habe, entfernte sich, indem er als Zeichen seiner Hochachtung rückwärts ging. Außer diesen Bettlern gab es noch andre Leute in dem Hofe, Quacksalber, Taschenspieler, Zahnkünstler, Zauberer, bei denen man einen Blick in die Zukunft thun konnte, Kuchenbäcker, Garköche und andre Händler. Der Tempel ist sehr stark besucht und also ein Ort, an welchem diese Leute auf guten Absatz rechnen können.
Seinen Namen hat der Tempel von den da zu sehenden bildlichen Darstellungen der Schrecken, welche den Sünder nach seinem Tode erwarten. Man sah da alle Strafen, welche sich die Phantasie des Menschen zu denken vermag.
Da wurde ein Sünder, welcher als Klöppel in einer Glocke hing, zu Tode geläutet; der Leib eines andern wurde wie ein Korkzieher aufgeschraubt; ein dritter lag zwischen zwei Brettern, von denen er zu Teig gepreßt wurde. Man sah Seelen, welche in Oel gesotten, durch Messer zerstückelt, durch angespannte Ochsen zerrissen, in Mörtel erstickt, auf Pfählen gespießt, auf Rosten gebraten, verkehrt aufgehängt und von Rädern zermalmt wurden. Der Anblick war so grauenhaft, daß der Methusalem dem begleitenden Priester sehr bald das Com-tscha reichte und die Gefährten aufforderte, mit ihm diesen Ort des Schreckens zu verlassen.
„Aber wohin nun?" fragte Turnerstick. „Ich denke, wir wollen nach dem „Hause der hundert Himmelsherren", in welchem gestern abend der Diebstahl ausgeführt worden ist?"
„Das wollen wir allerdings," antwortete Degenfeld. „Ich werde die Träger instruieren."
Begleitet von dem dankbaren Tsching tsching der Bettler durchschritten sie den Hof, um sich nun nach dem Pek-thian-tschu-fan bringen zu lassen.
Der Weg führt bis in den Stadtteil, in welchem der Tong-tschi wohnte, woraus zu ersehen war, daß die Diebe gestern gar nicht weit von dem Orte ihrer That bis nach dem Garten des Juweliers zu gehen gehabt hatten. Im andern Falle wäre ihnen die Ausführung des Raubes, wenn nicht unmöglich, so doch viel schwerer geworden.
Auch hier mußte man vor dem Thore aussteigen. Als sie die Sänften verlassen hatten, machte der Methusalem den Vorschlag, nur noch diesen Tempel zu besichtigen und dann das Mittagsmahl entweder in einem Speisehause oder daheim bei dem Mandarinen einzunehmen, da es nun Zeit dazu geworden sei. Der Vormittag war längst vorüber.

Der Vorhof, durch welchen sie mußten, war leer von Menschen. Ein einziger Bonze stand da. Er begrüßte sie und fragte, ob sie auch gekommen seien, die Stätte zu sehen, an welcher gestern eine so grausige That begangen worden sei.
„Der Tempel ist heut nicht leer geworden," fuhr er fort. „Nun aber sind alle Menschen gegangen, um die Götter zurück zu begleiten, welche unsre Priester feierlichst einholen. Das wird ein großer Triumphzug werden. Nur der große Tong-tschi ist da, dem wir das Ergreifen der Diebe verdanken. Er will sehen, welche Vorbereitung wir zum Empfange des Zuges getroffen haben."
Der Tempel besteht aus zwei Teilen, der größere war nach rückwärts gelegen und enthielt die bedeutendere Anzahl der Götterbilder. Die Deutschen traten in den kleineren, nach vorn gelegenen ein. Da standen achtzehn Figuren; zwei Postamente, auf denen die Geraubten gethront hatten, waren leer. In der Nähe derselben sahen sie den Tong-tschi stehen, welcher, als er sie erblickte, ihnen rasch und erfreut entgegenkam.
„Sie sind da!" sagte er, sie begrüßend. „Haben Sie eine Tour durch die Stadt gemacht?"
„Durch einen Teil derselben," antwortete der Methusalem. „Dieser Tempel soll vor Tische der letzte Ort sein, den wir besuchen."
„Das ist recht. Aber leider kann ich Sie nicht begleiten, da ich noch in der Götterangelegenheit beschäftigt bin. Man wird sie baldigst bringen und Sie können Zeuge der Feier sein, unter welcher sie ihre Plätze wieder erhalten. Es sind gestern um die Zeit des Raubes gar keine Besucher hier gewesen, der einzige Grund, daß die That gelingen konnte. Kommen Sie weiter! Ich will Ihnen den Haupttempel zeigen."
Bei den beiden hatten nur der Wichsier, Richard und Liang-ssi gestanden. Sie folgten ihnen in den Hauptteil des Tempels, und der Bonze ging ihnen langsam nach.
Turnerstick und der Mijnheer waren gewöhnt, die letzten im Zuge zu sein. Sie hatten sich, als sie über den Hof schritten, nicht allzu sehr beeilt. Sie schauten sich da sehr gemächlich um und traten infolgedessen in den vorderen Tempel ein, als die andern denselben bereits verließen.
Sie hatten auch die Rede des Bonzen nicht verstanden und wußten also nicht, daß der Zug der Priester mit den zurückkehrenden Göttern erwartet wurde.
Nun blickten sie sich im Vortempel um. Als sie die beiden leeren Plätze sahen, sagte Turnerstick: „Ach Mijnheer, da haben die beiden gestohlenen Gottheiten gesessen. Meinen Sie nicht auch?"
„Wat ik zeg?" antwortete der Dicke. „Ja, daar hebben zij gestaan."
Sie traten näher und betrachteten sich die Plätze. Die Fläche derselben war so groß, daß ein Mann ganz behaglich da sitzen konnte. Turnerstick legte unternehmend den Kopf zur Seite und meinte: „Gar kein übler Sitz. Habe schon öfters schlechter gesessen. Bin aber auch kein Gott. Möchte wissen, wie es so einem Götzenbilde zu Mute ist. Muß gar nicht so übel sein, angebetet zu werden und Räucherstäbchen unter die Nase zu bekommen! Nicht?"
„Ja, het moet zeer heerlijk zijn – ja, es muß sehr vortrefflich sein."

„Nun, man kann hier ja sehen, wie es ist. Die Gelegenheit ist vortrefflich. Ich werde mich mal auf diesem Postamente niederlassen und mir einbilden, daß ich ein chinesischer Götze sei. Bin neugierig, ob die andern Gottheiten etwas dazu sagen."
So schnell ihm dieser Gedanke gekommen war, so schnell wurde er auch ausgeführt. Der Kapitän setzte sich nieder, rückte sich zurecht, nahm eine bequeme Haltung an, kreuzte die Beine übereinander, wie die andern Götter es thaten, und fragte dann: „Nun, Mijnheer, wie nehme ich mich aus?"
„Zeer goed."
„Und nun den Fächer dazu! Jammerschade, daß wir allein sind! Ich wollte, es käme ein Chinese. Möchte wissen, ob er mich für Buddha oder für Heimdall Turnerstick hält. Ich glaube für Buddha. Schade, daß keiner da ist. Und der Schreck, wenn ich ihn dann mit meinem prachtvollen Chinesisch anreden würde! Diese Verbeugungen!"
„Ik word u eene maken – ich werde Ihnen eine machen!"
Turnerstick hatte den Riesenfächer ausgespannt und hielt ihn graziös in der Rechten, während er durch die Linke seinen Zopf gleiten ließ. Auf seiner Vorlukennase saß der Klemmer. Der Dicke stellte sich vor ihn hin, verbeugte sich und sagte: „Mijne komplimenten, Mijnheer Buddha! Hoe staat het met uwe gezondheid?"
„Wie es mit meiner Gesundheit steht? Ganz vortrefflich, besonders seitdem ich einer von den hundert Himmelsherren bin. Aber, Mijnheer, es sitzt sich hier als Gott wirklich ganz ausgezeichnet. Wollen Sie es nicht auch einmal versuchen?"
Der Dicke streichelte sich bedenklich das Kinn und antwortete: „Wordt men want mögen – wird man denn dürfen?"
„Dürfen? Warum denn nicht? Was fragen Sie noch! Sie sehen ja, daß ich darf, daß ich hier sitze! Oder fürchten Sie sich etwa?"
„Neen!"
„Nun, so folgen Sie meinem Beispiele! Ich möchte auch Sie einmal als Gott sehen."
„Als god? Mij? Goed, ik word het verzoeken – als Gott? Mich? Gut, ich werde es versuchen."
Die beiden hatten in ihrem Eifer gar nicht auf ein erst sehr entferntes Geräusch geachtet, welches aber schnell näher kam. Man konnte jetzt deutlich die Töne von Gongs, Pfeifen, Klingeln, Glocken und andern chinesischen Musikinstrumenten hören.
Der Dicke ließ sich krächzend auf das andre Postament nieder, schob sich richtig in Positur und fragte dann: „Ziet zij mij, Mijnheer Turnerstick – sehen Sie mich, Herr Turnerstick?"
„Ja, natürlich! Sie sitzen ja gleich neben mir."
„Ben ik even zoo hoe een god – sehe ich eben aus wie ein Gott?"
„Ganz genau so. Nur würden Sie einen noch viel göttlicheren Eindruck machen, wenn Sie den Regenschirm aufspannten."
„Dat kan ik maken. Derhalve heb ik het regenscherm en parasol ja metgenommen."

Er spannte das Familiendach auf und blickte stolz umher. Dabei gab er sich die größte Mühe, die Stellung Turnersticks nachzuahmen, brachte oder die kurzen, dicken Beinchen nur mit großer Anstrengung übereinander.

Nun war die Musik und der Lärm so stark geworden, daß die beiden darauf achten mußten.

„Wat is dat vor een fluitenspel?“ fragte der Mijnheer.

„Für ein Flötenspiel? Hm! Es wird irgend ein Aufzug sein, die Feuerwehr vielleicht oder die Kommunalgarde, die Bürgerschützen, welche Vogelschießen haben,“ antwortete Turnerstick sehr unbesorgt.

„Vogelschießen? In China?“

„Ja? Warum denn nicht? Sie scheinen vorüber zu ziehen. Schade darum! Wie hübsch wäre es, wenn einer hereinkäme und wir könnten sehen, ob er uns für Götter hält! Sie bringen einen Tusch. Jedenfalls müssen sie das vor jedem Tempel thun. Wir wollen annehmen, daß es uns zur Ehre geschieht. Nicht?“

„Ja, wij willen so denken.“

„Horchen Sie! Jetzt ziehen sie weiter.“

Draußen vor dem Thore war der erwartete Zug angelangt. Er bestand aus Bonzen mit ihren Oberpriestern, zahlreichen behördlichen Personen und einem nach Hunderten zählenden Gefolge von Civilisten. Die mit Blumen geschmückten Götter wurden auf mit Teppichen behangenen Bahren von Oberpriestern getragen. Die Musiker, welche an der Spitze marschiert waren, blieben draußen stehen, schmetterten eine tuschartige Fanfare und begonnen dann ein neues Getöse, welches einen Marsch vorstellen sollte, um den Zug an sich vorüber und in den Tempel gehen zu lassen. Da sich die Musik nicht näherte, so hatte der unglückselige Kapitän geglaubt, daß die „Kommunalgarde“ weiter ziehe.

Einer chinesischen Musikantentruppe darf man keine europäische Kammermusik zumuten. Da gibt es Gongs, Schellen. Glocken und Klingeln, auch Triangeln, Metallplatten, Musikurnen, Faßtrommeln, hölzerne Totenköpfe zur Tempelmusik, Flöten, Castagnetten, zweisaitige Geigen, drei- und viersaitige Guitarren, kreischende Trompeten, welche weder im Kammer- noch im Kabinettstone stehen, und sonderbar geformte, mit kleinen Schellen behangene Bambusgestelle, deren einheimischer Name in das Deutsche mit „Musikgeklimper“ zu übertragen ist. Jeder bearbeitet sein Instrument aus Leibeskräften, ohne Noten und ohne Takt. Von einer Harmonie ist keine Rede. Die Melodie, wenn es je eine gäbe, würde in dem allgemeinen Lärm verschwinden, denn derjenige, welcher das größte Getöse hervorbringt, gilt als der beste Musikant.

Darum war es kein Wunder, daß bei dem Heidenskandale, welchen die Musiker verübten, die Schritte des nahenden Zuges nicht zu hören waren, und daß die Spitze desselben am Eingange des Tempels erschien, während die beiden falschen Idole sich noch vollständig sicher fühlten und der Kapitän sogar immer noch den Wunsch hegte, es möge jemand kommen, mit dem er sich einen Spaß machen könne.

Indessen hatte der Tong-tschi den andern die größere Abteilung des Tempels gezeigt und war dann mit ihnen durch ein Hinterthor nach einem Hofe gegangen, um welchen die Wohnungen der Bonzen standen. Dort nahm er den Methusalem beiseite und fragte ihn: „Wissen Ihre Gefährten alles, was am gestrigen Abende geschehen ist?“

„Ja.“

„Das ist sehr unrecht. Sie hätten es ihnen nicht erzählen sollen!“

„Es ging nicht anders, sie mußten es auf alle Fälle erfahren, um sich danach richten zu können.“

„So erwarte ich wenigstens, daß sie nichts verraten?“

„Das darf Ihnen keine Sorge machen. Diese Leute sind verschwiegen. Ich wünsche, daß die Ihrigen es nicht weniger sind.“

„O, diese wagen nicht, ein Wort zu sagen. Und Hu-tsin werde ich nochmals auf das strengste zum Schweigen ermahnen.“

„Ich war am Morgen bei ihm und er hat mir versprochen, gegen niemand ein Wort zu äußern. Man wird also die Götter bringen. Wie aber steht es mit den drei Missethätern?“

„Die sollten eigentlich mitgenommen werden, um den Triumphzug zu verherrlichen. In diesem Falle wären sie wahrscheinlich vom Publikum zerrissen worden.“

„So haben Sie es verhütet?“

„Nein, denn ich hätte nicht die Macht dazu gehabt. Die Priester verlangten es, und der Sing-kuan hätte es ihnen nicht verweigern können.“

„Und dennoch kommen sie nicht mit? Das hat also einen besonderen Grund?“

„Ja. Sie konnten nicht mitgenommen werden, weil sie nicht mehr da sind.“

„Nicht mehr da? Also fort?“

„Fort!“ nickte der Mandarin, indem er ein sehr pfiffiges Gesicht machte.

„Ich verstehe,“ lächelte der Methusalem.

„Sie sind in die Verbannung, welche Sie ihnen gestern versprochen haben?“

„So ist es; sie sind entflohen.“

„Wann?“

„Während der Nacht.“

„Jedenfalls mit fremder Hilfe?“

„Sehr wahrscheinlich, da sie fest eingesperrt waren.“

„Diese Hilfe sollte ich kennen. Ich habe gestern gewisse Münzen gesehen, denen sich die Gefängnisse öffnen.“

Der Tong-tschi sah sich um, und als er keinen Lauscher bemerkte, sagte er: „Sie werden verschwiegen sein, und ich denke, daß ich Ihnen trauen darf. Die drei Verbrecher konnten Sie, auch ohne daß sie es beabsichtigten, beim Verhören mit in die Sache verwickeln. In diesem Falle wäre auch ich mit gefaßt worden, weil Sie mein Gast sind und ich für alles, was Sie thun, verantwortlich bin. Das zu verhüten, standen mir nur zwei Wege frei: Entweder mußte ich sie töten, und das wollte ich nicht thun, oder ich mußte ihnen gar zur Flucht verhelfen, und das habe ich gethan. Ich selbst habe sie aus

dem Gefängnisse geholt und bis an die Grenze der Stadt geleitet. Dafür wird nun freilich das „Haupt“ des Gefängnisses bestraft werden, aber an das Leben wird es ihm nicht gehen.“
„Weiß man denn nicht, daß Sie es sind, der die Leute befreit hat?“
„Nein, denn ich hatte meine Maßregeln so getroffen, daß man mich nicht erkennen konnte.“
„Aber man mußte Sie doch kennen, um Sie in das Gefängnis zu lassen!“
„Nein. Die Münze öffnet einem jeden die Thür, auch einem Unbekannten. Nun ist die Sache vorüber, und wir wollen nicht mehr von ihr sprechen. Aber ich bitte Sie, solange Sie noch mein Gast sind, nichts mehr ohne mich zu thun, damit ich nicht wieder in eine solche Verlegenheit komme! Morgen wird der Ho-po-so Sie besuchen, den Sie mit mir errettet haben. Er wußte noch nicht, daß Sie sich hier befinden. Er hat heute den Fluß bis hinauf zur Insel Lu-tsin zu inspizieren. Wird er eher fertig, als er glaubt, so wird er seinen Besuch noch heute machen. Wenn Sie Kuang-tschéu-fu auf dem Wasserweg verlassen wollen, so kann er Ihnen jedenfalls von Nutzen sein. Doch, hören Sie die Musik? Der Zug kommt. Sie werden Gelegenheit haben, Interessantes zu sehen.“
Er hatte mehr als recht, denn es war auch mehr als Interessantes, was sie zu sehen bekamen.
Sie winkten die andern herbei und kehrten in den Tempel zurück. Die Hauptabteilung war noch leer; aber aus dem kleinen Vortempel tönte ihnen ein vielstimmiges, verworrenes Geschrei entgegen.
„Mein Himmel!“ sagte der Student. „Der Zug ist da, und Turnerstick und der Mijnheer sind noch nicht bei uns. Sie sind zurückgeblieben. Wer weiß, was geschehen ist, was sie für Dummheiten begangen haben!“
Er wollte vorwärts eilen, aber der Mandarin hielt ihn am Arme zurück und warnte: „Halt! Wenn sie einen Fehler begangen haben, so ist es besser, man erfährt nicht, daß wir zu ihnen gehören. Nicht durch die Thür. Sehen wir an der Seite hinein!“
Degenfeld sah ein, daß der Chinese recht hatte, und ließ sich von ihm seitwärts führen. Nämlich rechts und links der Thüre waren enge Bambusgitter angebracht, durch welche man, ohne selbst leicht bemerkt zu werden, aus der einen Abteilung in die andre blicken konnte. Dorthin gingen sie und sahen hinaus. Was sie da bemerkten, war keineswegs geeignet, sie zu beruhigen. Dem Methusalem wollte sich vielmehr das Haar auf dem Kopfe sträuben.
Als die beiden unvorsichtigen Männer die Leute erblickten, welche durch die Thüre kamen, war Turnerstick in die hastigen, aber leisen Worte ausgebrochen: „Hallo! Da kommen welche!“
„Ja, zij komen,“ nickte der Dicke.
„Still! Kein Wort! Halten Sie sich ganz steif und ruhig wie eine Bildsäule! Wollen sehen, ob sie so gescheit sind, zu entdecken, daß wir keine Buddhas sind.“

Er saß bewegungslos, hielt den Riesenfächer vor sich hin und blickte starr in eine Richtung. Der Dicke that ganz dasselbe. Keiner von ihnen hatte einen richtigen Begriff von der Gefahr, in welche sie sich begeben hatten.

Voran kamen acht Polizisten, hinter ihnen die Oberpriester mit den beiden Tragbahren. Jetzt begriff Turnerstick, daß er sich in Beziehung des „Feuerwehraufzuges“ oder „Vogelschießens“ gewaltig geirrt habe. Er erriet, was hier vorgehen solle, und es wurde ihm außerordentlich schwül unter der Mandarinenmütze.

„Alle Teufel!“ flüsterte er seinem Mitgotte zu. „Sie bringen die Götzen zurück und wollen sie auf die Dinger stellen, auf denen wir sitzen! Was ist da zu thun?“

Man konnte die Bewegung seiner Lippen nicht sehen, da er den Fächer vorhielt.

Auch dem Dicken wurde himmelangst. Er begriff, daß die Götter auch Augenblicke haben können, in denen sie lieber gewöhnliche Menschen und weit fort vom Tempel sein möchten.

„Ja,“ antwortete er möglichst leise. „Wat zullen wij maken?“

„Es gibt nur eine einzige Rettung. Bleiben wir sitzen, ohne uns zu rühren. Vielleicht sind unsre Plätze doch nicht diejenigen, auf welche die beiden Götzenbilder gehören.“

Starr vor sich hinblickend, steif wie von Holz, aber innerlich bebend, warteten sie auf das, was nun geschehen werde.

Die Polizisten waren vorgeschritten, ohne zu bemerken, daß zwei Götter zu viel vorhanden seien. Sie wußten nicht, wohin die beiden Geraubten gehörten. Die Oberpriester aber hatten ihre Blicke unwillkürlich dorthin gerichtet, wo die Feierlichkeit vor sich gehen sollte. Sie sahen die Plätze besetzt und blieben vor Erstaunen halten. Und als sie von den nachfolgenden Bonzen weiter vorgedrängt wurden, setzten sie die Bahren nieder und deuteten auf die inzwischen angekommenen Götter.

War das möglich! Hatten sich Himmlische herbeigelassen, herniederzusteigen, um das Kloster für den Raub dadurch zu entschädigen, daß sie nun sich an die verwaisten Plätze setzten? Es überlief die frommen Buddhisten ein kalter Schauder. Sie getrauten sich nicht vorwärts und wurden doch von den Nachdrängenden immer weiter vorgeschoben, so daß sie in die nächste Nähe der beiden Wundergestalten kamen.

Die im Innern des Vortempels Stehenden flüsterten den draußen Befindlichen die Kunde des Wunders zu. Jeder wollte dasselbe sehen, und so begann ein Schieben und Stoßen, welchem die Bonzen, die in den Tempel gehörten, dadurch ein Ende machten, daß sie die Thür verschlossen, was allerdings nur unter Anwendung von Gewalt geschehen konnte.

Nun befanden sich nur die Polizisten, die Oberpriester, die Bonzen und mehrere Mandarinen, welche sich unmittelbar hinter den Tragbahren im Zuge befunden hatten, in dem Tempel. Draußen schwieg die Musik; unterdrücktes Gemurmel drang wie ein leises Brausen Herein; im Innern aber herrschte noch feierliche Stille.

Dann flüsterten die Priester einander leise Bemerkungen zu. Sie hielten einen Rat, was zu thun sei. Dann trat der Ta-sse Vorsteherdes Tempels vor die beiden Götter, verbeugte sich tief vor ihnen und fragte: „Schui ni-men, thian-tse – wer seid ihr, Himmelssöhne?“
Es erfolgte keine Antwort.
„Hi-weï iü-tsi – warum seid ihr hier?“ fuhr er fort.
Die Göttlichen geruhten nicht, zu antworten. Keine Bewegung von ihnen zeigte an, daß sie sich eines sehr irdischen Daseins erfreuten. Nur von der Schläfe des Dicken rollte ein schwerer Angstschweißtropfen, welcher aber von niemand bemerkt wurde.
Da wendete sich der Ta-sse zu den Priestern zurück und sagte: „Schu-tschi-ho, schok-tschi-ho – was soll man davon denken, wie soll man sich dazu verhalten?“
Turnerstick brachte es fertig, ganz ruhig zu bleiben. Der Mijnheer aber hatte keine solche Gewalt über sich. Es war ihm glühend heiß im ganzen Körper. Auf seinem kahlen Kopfe, welchen die schottische Mütze nicht ganz bedeckte, sammelte sich der Schweiß und begann in großen Tropfen herabzuperlen. Seine Hand zitterte, so daß der Schirm wankte, nicht allzusehr zwar, aber einer hatte es doch bemerkt. Dieser eine war ein junger Mann von vielleicht einundzwanzig Jahren, der jüngste unter den Anwesenden. Er hatte unter den Mandarinen gestanden. Jetzt trat er vor, schob den Ta-sse beiseite und sagte zu ihm: „Ngo yen huo t'a-men – ich werde mit ihnen sprechen.“
Er schritt zu den beiden heran und betrachtete sie. Dann ging er nach der Ecke, in welcher auf einer Art Altar Räucherstäbchen glimmten, ergriff eins derselben, kehrte zurück und hielt es dem Dicken unter die Nase.
Der Mijnheer gab sich alle Mühe, dem scharfen, wenn auch angenehmen Geruche zu widerstehen, doch vergeblich. Der Rauch drang ihm in die Nase, und – – – „Ha – ha – ha – – zieeh!“ drang es aus seiner Brust, wie aus einem Vulkane.
„Thian-na, nguot-tik – o Himmel, o Wunder!“ erklang es rundum.
Der junge Mandarin versuchte sein Experiment nun auch an Turnerstick. Dieser biß die Zähne zusammen und nahm sich vor, auf keinen Fall zu niesen. Aber auch er konnte nicht widerstehen. Es erfolgte bei ihm eine ebenso gewaltige Explosion wie bei dem Dicken.
„Thian-na! Nguot-tik!“ riefen die Umstehenden wieder.
Da Turnerstick chinesische Kleidung trug, hielt man ihn für einen heimischen Gott, den Mijnheer aber für einen Gott aus einem fremden, bisher noch unbekannten Himmel. Daß beide geniest hatten, war ein ebenso großes Wunder wie auch ein sicheres Zeichen, daß ihnen das Räucheropfer wohlgefallen habe. Schon dachte der Ta-sse an die Berühmtheit, welche sein Tempel durch diese beiden unbegreiflichen Wesen erlangen werde, und an die Einnahmen, welche eine natürliche Folge davon sein mußten. Da aber riß ihn der Mandarin durch die Worte aus seiner Täuschung: „T'a-men put tschian-tse, t'a-men ti-jin – es sind nicht Himmelssöhne, sondern irdische Menschen!“
Mit diesen Worten nahm er dem Dicken den Schirm aus der Hand und stieß ihm die Spitze desselben an den Leib.

„Oei, seldrement – o weh, potztausend!“ rief der Mijnheer, indem er mit beiden Händen nach der getroffenen Stelle griff.
Auch der Kapitän erhielt einen kräftigen Stoß, so daß er zornig ausrief: „Alle Wetter! Nimm dich doch in acht, Kerl!“
Auf diese beiden Interjektionen erhob sich in dem Tempel ein Lärm, welcher ganz unbeschreiblich war. Man erkannte, daß man ganz gewöhnliche Menschen vor sich habe und daß das Heiligtum geschändet worden sei. Man drang auf die beiden ein.
„Rechtvaardige Hemel! Dat God verhoede – gerechter Himmel! Gott mag's verhüten!“ schrie der Mijnheer, indem er sich von vom Postamente herabwälzte, um hinter dem Kapitän Schutz zu suchen. Dieser aber, als er nun die wirkliche Gefahr vor sich sah, ließ alle Angst schwinden. Er sprang auf, streckte den Andrängern die geballten Fäuste entgegen und schrie: „Zurück, ihr Chineseng! Ich werde mich nicht anrühreng lassing! Könnt ihr boxeng? Wollt ihr meine Fäustung fühlang?“
Sie prallten wirklich zurück, und das war der Augenblick, an welchem der Methusalem jenseits an das Gitter getreten war, um durch dasselbe herüberzublicken. Er sah den Kapitän, welchem der Klemmer von der Nase gerutscht war, in drohender Stellung vor seinen vielen Angreifern auf dem Postamente stehen. Er erriet, was geschehen war, und erkannte die Gefahr, in welcher die beiden schwebten; aber wie war da Hilfe zu bringen?
Turnerstick benutzte das momentane Zurückweichen seiner Gegner zu einer donnernden Rede, in welcher er ihnen die Gefahr auseinandersetzte, welche ihnen drohte, wenn sie sich seiner friedlichen Entfernung widersetzen sollten.
„Welche Unvorsichtigkeit!“ sagte der Methusalem. „Sie werden kaum zu retten sein. Ich muß hinein!“
„Nein, nein!“ entgegnete der Tong-tschi. „Die Unvorsichtigen haben die Stelle der Götter eingenommen gehabt und sind dabei überrascht worden. Wenn Sie ihnen zu Hilfe eilen, sind auch Sie verloren, wir alle! Wir können sie nur aus der Ferne retten.“
„Ich rette sie!“ sagte Liang-ssi. „Ich bringe es wenigstens so weit, daß ihnen jetzt kein Leib geschieht. Man wird sie in das Gefängnis stecken, aber ich hoffe, daß wir sie aus demselben befreien können.“
Er wollte fort. Der Methusalem hielt ihn zurück und fragte: „Was wollen Sie thun?“
„Lassen Sie mich! Sie sind Lamas aus Lhassa.“
„Das glaubt niemand!“
„Mag man es bezweifeln! Man muß sie doch einstweilen als solche behandeln.“
Er riß sich los und trat in die vordere Halle, nicht eilig, sondern ganz so, als ob er sich in der hinteren Abteilung befunden habe und von dem Lärm herbeigelockt worden sei.
Noch stand Turnerstick da und sprach. Er wollte die Anwesenden durch die Gewalt seiner Rede niederschmettern, natürlich aber wurde kein Wort verstanden.
Der junge Mandarin erblickte den Eintretenden; er trat auf ihn zu, ergriff ihn am Gewande und fragte: „Gehörst du zu diesen beiden?“
„Nein,“ antwortete Liang-ssi, allerdings nicht der Wahrheit gemäß.

„Was willst du hier?“
„Den Tempel besuchen.“
„Das ist jetzt nicht erlaubt! Kein Fremder darf herein!“
„Diese beiden sind ja auch fremd!“
„So kennst du sie also doch!“
„Nein. Ich verstehe aber ihre Sprache und hörte diesen Lama sprechen.“
„Welche Sprache ist es?“
„Tibetanisch.“
„Das verstehest du?“
„Ja. Ich war zweimal in Tibet.“
„So bleib! Du wirst den Dolmetscher machen.“
Jetzt hatte Turnerstick seine Rede beendet, ohne Liang-ssi bemerkt zu haben. Dieser letztere befürchtete, daß der Kapitän, wenn er ihn erblickte, durch ein Zeichen verraten werde, daß er ihn kenne, und hielt es infolgedessen für geraten, ihn gleich selbst anzureden. Darum rief er ihm in deutscher Sprache zu: „Wenn Sie gerettet sein wollen, so thun Sie so, als ob Sie mich nicht kennen, sonst sind Sie verloren.“
Der Kapitän drehte sich nach ihm um und antwortete: „Ich fürchte mich nicht vor diesen Kerls. Ich habe meine Pistolen mit, vor denen sie alle ausreißen.“
„Diese Berechnung ist falsch. Sie haben ein großes Verbrechen begangen, und wenn Sie auch hier entkämen, würde man Sie doch verfolgen und wir alle müßten die Folgen Ihres Fehlers miterleiden.“
„Alle Wetter, das ist dumm!“
„Ja, dumm von Ihnen. Ich werde aber versuchen, Sie herauszureißen. Ich gebe Sie für einen heiligen Lama aus Lhassa aus. Setzen Sie sich getrost nieder, als ob Sie ein Recht hätten, aus diesem Postamente zu sitzen, und auch Sie, Mijnheer, müssen ganz dasselbe thun.“
„Sonst gibt es keinen Ausweg?“
„Nein.“
„Gut! Aber wenn so ein Schlingel mir abermals unter die Nase räuchert, so gebe ich ihm eine Ohrfeige, an die er längere Zeit denken soll. Steigen Sie wieder auf Ihren Thron, Mijnheer!“
„Weder opstijgen?“ fragte der Dicke kleinlaut.
„Ja. Sie hören doch, daß es uns sonst schlimm ergehen kann.“
Er setzte sich wieder nieder und spannte seinen Fächer aus. Der Dicke kletterte auf das Postament und nahm seine alte Stellung ein. Liang-ssi nahm ganz unbefangen dem Mandarin den Schirm aus der Hand und gab ihn an den Holländer zurück, wobei er sagte: „Nun bewegen Sie sich nicht, und starren Sie immer vor sich hin, gerade wie leblose Gestalten.“
Sie folgten, indem der Mijnheer seinen Schirm wieder aufspannte, diesem Gebote.

Die Anwesenden hatten dem Gebahren Liang-ssis zugesehen, ohne ihn zu hindern; aber auf ihren Gesichtern war das größte Erstaunen zu lesen.
Es befanden sich Mandarinen da, welche bedeutend älter waren und auch im Range höher standen als der junge Beamte, welcher das Wort geführt hatte; aber sie schienen ihn zu kennen und zu wissen, daß die Angelegenheit bei ihm in guten Händen sei. Er seinerseits that, als ob es ganz selbstverständlich sei, daß er die Sache weiterführe. Er sagte in zornigem Tone zu Liang-ssi: „Wie kannst du es wagen, mir den Schirm zu nehmen?"
„Weil er dir nicht gehört."
„Und," fuhr der Mandarin in noch stärkerem Tone fort, „wie darfst du dich unterstehen, mich „du" zu nennen?"
„Weil du mich ebenso nennst."
„Ich bin Kuan-fu und Moa-sse!"
„Kannst du behaupten, daß ich nicht dasselbe bin?"
„Wie willst du ein Kuan-fu sein, da du nicht die Kleidung eines solchen trägst!"
„Wer ein Gelübde gethan hat, soll alle Zeichen seiner Würde ablegen, bis es von ihm erfüllt worden ist."
Liang-ssi spielte ein gewagtes Spiel; aber er hatte es nun einmal begonnen und mußte es nun auch zu Ende führen. Der Mandarin musterte ihn mit mißtrauischem Blicke und sagte dann in milderem Tone: „Ein Gelübde? Welches denn?"
„Bist du ein Priester, dem ich es anvertrauen kann?"
„Nein. Behalte es für dich. Wo kommst du her?"
„Aus Tsching-tu in der Provinz Sze-tschuen."
„Das ist weit von hier!"
„Mein Gelübde gebietet mir, nach Kuang-tchéu-fu zu gehen und da täglich dreimal dieses Haus der hundert Himmelsherren zu besuchen. Meine Heimat liegt hoch oben an der Grenze der Wüste, und so bin ich nach Tibet gekommen und habe die Sprache dieses Landes gelernt. Als ich mich jetzt hier im Tempel befand, hörte ich viele Leute sprechen und sodann eine Stimme, welche tibetanisch redete. Ich kam herbei, um zu sehen, wer das sei. Ich habe nichts Unrechtes gethan, und du redest zu mir, als ob ich ein Verbrecher wäre."
„Was hast du soeben mit diesen Menschen verhandelt?"
„Ich habe sie gefragt, auf welche Weise und warum sie hierher gekommen sind. Da hörte ich, daß sie Lamas seien, die man in ihrer heiligen Ruhe gestört hat. Sogar den Schirm hast du dem Ehrwürdigen entrissen. Ich habe ihm denselben wiedergegeben."
„Sagst du die Wahrheit?"
„Erkundige dich! Es wird wohl jemand hier sein, welcher die Sprache von Tibet auch versteht."
Das war viel gewagt. Dennoch blickte Liang-ssi in einer Weise umher, als ob er sehr wünsche, daß ein solcher Mann anwesend sei.

Glücklicherweise meldete sich niemand. Darum fuhr der Mandarin fort: „Weißt du, was gestern abend hier geschehen ist.“
„Ja.“
„Wer hat es dir gesagt?“
„Ich erfuhr es auf der Straße.“
„Man hat die Götter gestohlen. Und nun wir sie zurückbringen, wird der Sitz derselben zum zweitenmal entweiht.“
„Entweiht?“ fragte Liang-ssi im Tone des größten Erstaunens. „Wer hat das gethan?“
„Diese beiden fremden Männer.“
„Diese? Nimm es mir nicht übel, aber ich muß dich fragen, ob du weißt, was ein Lama ist?“
„Ja, ich weiß es. Ein Lama ist ein Priester, ein Mönch, welcher in einem Kloster, in einem Tempel lebt.“
„Das sagst du und willst ein Doktor der Feder sein? Hast du noch nichts vom Dalaï Lama, vom Tsong Kaba, vom Hobilgan, vom Pantscham Ramputschi gehört? Sind das nicht Götter, deren Seelen auf die Auserwählten übergehen? Heißt nicht Lhassa die Stadt der hunderttausend Heiligen? Sind nicht im großen Ku-ren dreimalhunderttausend Lamas versammelt, welche niemals sterben können, weil ihre Seelen von einem Leibe in den andern übergehen?“
Er hatte das in einem sehr überlegenen und zugleich vorwurfsvollen Tone gesagt. Der Methusalem stand hinter dem Gitter und bewunderte ihn. Er hatte dem jungen Chinesen, der nur Kaufmann war, diese Kenntnisse, diese Energie und diesen Mut nicht zugetraut. Liang-ssi schien plötzlich ein ganz anderer geworden zu sein.
Freilich kam ihm zu statten, daß die Chinesen sehr schlechte Geographen sind; ihr Nationalstolz verbietet ihnen, sich allzusehr mit anderen Ländern und Völkern zu beschäftigen.
Der junge Mandarin schien verlegen zu werden. Er antwortete in hörbar höflicherem Tone: „Ich habe diese Namen alle längst gehört.“
„Die Namen, ja, aber die Verhältnisse scheinen dir unbekannt zu sein. Der Dalaï Lama ist nicht der Unterthan des chinesischen Himmelsherrn, denn letzterer sendet ihm jährlich kostbare Geschenke, um ihm seine Ehrfurcht zu erweisen. Jeder Lama ist ein Gott und hat alle Rechte eines solchen. Ein Lama kann einen Tempel errichten, um sich verehren zu lassen, und es gibt jenseits der großen Mauer berühmte Lamas, welche so heilig sind, daß Hunderttausende zu ihnen wandern, um sich ihre Sünden vergeben zu lassen und von ihnen die Unsterblichkeit zu erlangen. Zu diesen berühmten Wesen gehören die beiden, welche ihr da vor euch erblickt. Der eine ist sogar ein Lama des Krieges und hat die Feinde der Chinesen, die Oros, in vielen Schlachten besiegt. Sie sind nach Kuong-tschéu-fu gekommen, warum, das weiß ich nicht, denn ich konnte sie noch nicht fragen, aber sie werden sich hier nicht verweilen, weil sie die Ehrerbietung nicht gefunden haben, welche man ihnen widmen muß.“

„Sie haben sich auf den Thron unserer Götter gesetzt!“
„Wer will ihnen das verbieten, da sie ja selbst Götter sind? Erkundige dich, so wirst du erfahren, daß ich die Wahrheit sage. Ein Lama darf mit keinem Menschen speisen; kein anderer darf es sehen, wenn er sich wäscht. Wen er mit seiner Hand berührt, der ist geheiligt für die ganze Lebenszeit. Selbst ein Vizekönig muß, wenn ein Lama bei ihm eintritt, seinen Sitz verlassen, um denselben ihm anzubieten.“
„Davon steht nichts im Buche der Zeremonien zu lesen.“
„Weil sich hier im Lande keine Lamas befinden. Aber schlage nur nach im Buche der Gebräuche der Völker jenseits der großen Mauer! Da wirst du es sogleich finden.“
„Ich werde nachschlagen. Aber wie kommt es, daß diese Lamas so verschieden gekleidet sind?“
„Weil es verschiedene Tempel gibt, deren Bewohner sich durch die Kleidung unterscheiden. Und zweifelst du daran, daß diese Heiligen den Göttern gleich zu achten sind, so blicke sie an! Sind sie nicht ganz in das All versunken? Schau diesen Lama des Krieges an! Ist ihm nicht die Unsterblichkeit auf die Stirne geschrieben?“
Turnerstick saß allerdings da, als ob ihm diese Erde ganz und gar gleichgültig sei.
„Ja,“ gab der Mandarin zu. „Seine Seele scheint nicht in ihm zu sein.“
„Sie ist tief im Weltenall versunken. Und sieh ich den andern an! Ist er nicht ein Gott der Schönheit und des Glückes zu nennen?“
Dem Mijnheer war es gar nicht göttlich zu Mute, und glücklich fühlte er sich auch nicht übermäßig: aber er machte ein möglichst sorgloses Gesicht, und da er wohlbeleibt war, so befriedigte er ganz wohl die Ansprüche, welche der Chinese an das Bild eines Gottes macht.
„Ja, er ist schön,“ antwortete der Mandarin. „Aber frage sie doch einmal, ob wir erfahren dürfen, weshalb sie nach Kuang-tschéu-fu gekommen sind!“
„Du stellst mir da eine Aufgabe, welche mich zwingt, unhöflich gegen die Götter zu sein. Wenn sie in die Tiefe der Weisheit versunken sind, ist es eine Sünde, sie aus derselben zurückzurufen. Ich begebe mich in die Gefahr, ihren Zorn auf mich zu laden, so wie ihr ihn euch vorhin zugezogen habt.“
„Der Kriegslama war zornig, ja, aber der andere nicht. Er sprang vom Sitze herab, um sich zu verstecken.“
„Das geschah nicht aus Furcht, denn es kommt nur auf seinen Willen an, so kann er euch alle verderben. Aber es versteht sich ganz von selbst, daß ein Lama des Friedens, wenn er zornig ist, sich an den Lama des Krieges wendet.“
„So willst du sie also nicht stören? Dann müssen wir es thun.“
„Nein, nein! Ihr würdet es nicht mit der gebührenden Ehrfurcht thun. Also will ich es wagen. Vielleicht gefällt es ihnen doch, uns Auskunft zu erteilen.“
Er näherte sich den beiden Götzen, verbeugte sich tief vor ihnen und sagte, aber in deutscher Sprache: „Antworten Sie mir nicht sogleich, sondern starren Sie immerfort in

die Ecke. Erst später thun Sie dann, als ob Sie langsam aus tiefem Nachdenken erwachen. Dann müssen Sie zunächst in zornigem Tone zu mir reden."
Die beiden bewegten sich nicht. Liang-ssi wendete sich zu dem Mandarin: „Du siehst, wie weit sie von hier abwesend sind. Sie hören meine Stimme nicht. Ich muß weiter zu ihnen sprechen."
Nun erzählte er den beiden, was er mit dem Mandarin gesprochen habe, und daß er hoffe, man werde sie unbehelligt fortgehen lassen. Dann holte er ein Räucherstäbchen und erklärte den Chinesen: „Ich bin noch immer nicht gehört worden. Vielleicht gelingt es mir, sie durch Wohlgerüche zurückzurufen."
Er schwang das Stäbchen vor den Göttern hin und her. Turnerstick holte tief Atem, klappte seinen Fächer zu, sah im Kreise umher und fragte zornig: „Ist die Komödie nicht bald zu Ende? Es fällt mir gar nicht ein, länger hier sitzen zu bleiben. Heut nur zwei Tassen Thee! Ich habe einen gewaltigen Hunger. Sie nicht auch, Mijnheer?"
Der Dicke that, als ob er zu sich komme, verdrehte die Augen und antwortete: „Ja, het is tijd dat wij an tafel gaan – ja, es ist Zeit, daß wir zu Tische gehen."
„Hören Sie es? Nun machen Sie also, daß wir fortkommen! Wo ist unser Methusalem?"
„Er steht am Gitter hinter Ihnen."
„So hört er also, was wir reden?"
„Ja."
„Nun, so will ich ihm sagen, daß es sehr unrecht von ihm ist, sich da draußen hinzustellen, ohne herein zu kommen und uns in Schutz zu nehmen."
„Das kann er nicht. Die Klugheit verbietet es ihm. Käme er herein, so würde er an allem, was Ihnen geschieht, teilnehmen müssen. Hält er sich aber entfernt, so kann er später alles zu Ihrer Rettung thun."
„Rettung? Steht es so schlimm?"
„Hoffentlich nicht. Doch weiß man nicht, was die Priester und Mandarinen beschließen werden."
„Was haben Sie denn jetzt wieder mit ihnen verhandelt?"
„Ich soll Sie fragen, warum Sie als Lama hierhergekommen sind."
„Weiß ich es? Das müssen Sie doch wissen, der Sie uns zu Lamas gemacht haben."
„Ich weiß wirklich nicht, was ich antworten soll."
„So sagen Sie Ihnen meinetwegen, daß wir hier Nilpferde, suchen, denen wir Filetstricken lehren wollen. Nicht wahr, Mijnheer?"
„Ja, ongelukkige nijlpaarden."
„Oder sagen Sie, daß wir ungeheuer reich sind und mit unserem Gelde so wenig wissen, wohin, daß wir auf den Gedanken geraten sind, ihnen eine Pagode zu bauen, an welcher wir sie alle aufhängen lassen werden."
„Das Aushängen werde ich verschweigen: aber eine Pagode? Der Gedanke ist sehr gut. Warten Sie!"

Sich an den Mandarin wendend, berichtete er demselben: „Die heiligen Lamas waren zornig, daß sie abermals gestört worden sind; aber sie haben sich dennoch herbeigelassen, mir Auskunft zu erteilen. Sie sind gekommen, um hier einen großen Tempel der Wohlthaten zu erbauen, in welchem tausend Arme aufgenommen werden können."

„Wer soll ihnen das Geld dazu geben?"

„Niemand. Sie selbst haben es: sie sind reich genug dazu."

„Thian! So reich bin ich nicht. Aber können Sie auch beweisen, daß sie das wirklich wollen?"

„Wodurch kann man den Willen beweisen, als durch die That? Sie werden, da sie abermals gestört worden sind, jetzt von hier aufbrechen, um sich einen andern Ort zu suchen, an welchem niemand sie aus ihrer seligen Versunkenheit erwecken kann."

„Sie wollen gehen?" fragte der Mandarin, indem ein eigentümliches Lächeln um seine Lippen zuckte. „Wenn sie wirklich so berühmte und heilige Lamas sind, wie du uns gesagt hast, so thut es uns sehr leid, sie von uns lassen zu müssen. Willst du sie nicht fragen, ob und wann und wo wir sie wiedersehen können?"

Diese Worte waren sehr freundlich ausgesprochen worden. Liang-ssi glaubte, gewonnenes Spiel zu haben. Aber es gab einen, dem sie nicht gefielen, und dieser eine war der Methusalem.

Er hatte jedes Wort der Verhandlung vernommen, und, da er alles sehr gut überblicken konnte, die Gesichter genau beobachtet. Da war ihm zunächst aufgefallen, daß die Züge des jungen Mandarins mit denen Liang-ssis eine fast auffallende Aehnlichkeit besaßen. Man hätte sie für nahe Verwandte halten können. Doch das war ein Zufall, welcher gar keine Bedeutung hatte. Wichtiger war das Benehmen dieses jugendlichen Beamten, welcher bereits den viel begehrten Titel eines Moa-sse führte, obgleich er nur sehr wenig über zwanzig Jahre zählen konnte.

Dieser letztere Umstand war ein Beweis, daß er ein sehr unterrichteter, begabter und kluger Mann sei. Das schienen die höheren Mandarinen anzuerkennen, da sie ihm die Untersuchung dieses so außergewöhnlichen Falles überließen.

Er sah nicht aus wie einer, der sich so leicht einer groben Täuschung unterwerfen läßt. Es war trotz seiner nachherigen Freundlichkeit etwas Ueberlegenes, Zuwartendes an ihm zu bemerken, was er nicht ganz zu verbergen vermochte. Degenfeld hatte das Gefühl, daß dieser Mann eine unsichtbare Schlinge in der Hand habe, welche er plötzlich zuziehen werde, um Liang-ssi zu fangen. Und welcher Art diese Schlinge sei, das ahnte der Student.

So geschickt Liang-ssi sich verhalten hatte, war doch eine große Unvorsichtigkeit von ihm begangen worden. Er hatte den Dicken mehreremal Mijnheer genannt, und auch Turnerstick hatte sich dieses Wortes bedient. Es gab in Macao, Hongkong und Kanton Holländer genug, mit denen die Bewohner dieser letzteren Stadt in Berührung kamen, und bei solchen Berührungen gibt es stets gewisse Worte, welche im Gedächtnisse hängen bleiben und sich weiter sprechen. Hört der Deutsche das Wort Monsieur, so wird er den Betreffenden gewiß für einen Franzosen halten. Wird eine Dame Lady oder Miß genannt, so ist sie sehr wahrscheinlich eine Engländerin oder Amerikanerin. Es stand zu erwarten, daß das Wort Mijnheer ein in Kanton nicht unbekanntes sei; wenigstens war anzunehmen, daß ein Mann von den Eigenschaften des Mandarins die Bedeutung desselben kenne. War dies der Fall, so mußte er wissen, daß ein Fremder, welcher Mijnheer genannt wurde, unmöglich ein Lama aus Lhassa sein könne.

Liang-ssi gehorchte der Aufforderung des Beamten. Er wendete sich an Turnerstick und sagte: „Die Angelegenheit steht sehr gut für Sie und wird sogleich zum Abschlusse kommen. Man glaubt mir, daß Sie heilige Lamas sind und das Recht besitzen, den Platz von Göttern einzunehmen. Ich habe gesagt, daß Sie zum Besten der hiesigen Armen von Ihrem eigenen Gelde einen Tempel bauen wollen, und das hat Ihnen Respekt verschafft."

„Na, allzugroß wird er nicht werden!" meinte der Kapitän. „Es sind mir keine Kapitalien zur Feueresse hereingefallen, so daß ich sie hier zum Nutzen dieser Leute verpulvern könnte, Ihnen doch auch nicht, Mijnheer?"

„Neen, mij ook niet, voornaamelijk daarton niet – nein, mir auch nicht, zumal dazu nicht."

„Sie glauben es aber," fuhr Liang-ssi fort. „Man wird Sie jetzt ungehindert gehen lassen. Vorher aber will man wissen, wann und wo man Sie sehen und treffen kann."

„Im Monde, sagen Sie ihnen das," antwortete Turnerstick. „Nicht wahr, Mijnheer?"

„Ja, in den maan, en indien wij buiten zijn, in der maansverduistering – ja, in dem Monde, und wenn wir fort sind, in der Mondfinsternis," antwortete der Dicke, indem er den Mund breit zog und vergnügt über seinen Witz lachte.

„Da haben Sie recht, Mijnheer. Es ist für uns alle am besten, uns schnell zu verdüstern, sobald wir hier fortgekommen sind. Wenn ich Ihnen sage, daß Sie gehen können, so steigen Sie möglichst gravitätisch herab und gehen hinaus, ohne, wie es Göttern geziemt, die Anwesenden eines Blickes zu würdigen."

„Und draußen setzen wir uns in die Sänften?" fragte Turnerstick.

„Nein, das ja nicht! Man würde dadurch erfahren, daß wir zusammengehören, denn es versteht sich ganz von selbst, daß man Sie beobachten wird. Sie gehen vom Tempel aus rechts ab, dann links in die erste Gasse hinein, biegen abermals rechts ab, so daß man Sie von hier aus unmöglich sehen kann, und warten dort auf uns. Wir werden schnell nachfolgen, oder, wenn wir das für vorteilhafter halten, Ihnen zwei Sänften nachsenden, in welche Sie rasch steigen, um heimgebracht zu werden."

Der Mao-sse war dieser Unterredung mit gespannter Aufmerksamkeit gefolgt. Es spielte ein leises Lächeln um seine Lippen, als er sich jetzt an Liang-ssi wandte: „Nun haben die Lamas meine Frage beantwortet?"

„Ja."

„Und wo können wir sie wiedersehen?"

„Sie wissen augenblicklich nicht, wohin sie sich von hier aus wenden werden. Aber sie werden täglich hierher kommen und bei dieser Gelegenheit dem Ta-sse sagen, wo sie ihre Wohnung aufgeschlagen haben. Von ihm kannst du es erfahren."
Der Mandarin nickte ihm freundlich-listig zu und sagte: „Vielleicht werden die heiligen Lamas mir erlauben, ihnen eine Wohnung anzuweisen, welche ihrer hohen Stellung würdig ist?"
„Sie werden dein Anerbieten mit Dank hören, aber keinen Gebrauch von demselben machen."
„Warum sollten sie das nicht?"
„Weil sie dir nicht beschwerlich fallen wollen."
„Davon kann keine Rede sein. Mein Haus ist ein sehr gastliches und hat Platz für viele Leute. Es wohnen in demselben oft über hundert Gäste verschiedenen Ranges. Und sollten die Lamas denken, daß mein Rang zu niedrig sei, als daß sie bei mir einkehren könnten, so will ich dir sagen, wie ich heiße und was ich bin. Mein Dienstname ist Ling; mein Haus wird Huok-tschu-fang genannt, und ich bin in demselben als Pang-tschok-kuan angestellt."
Liang-ssi trat einen Schritt zurück und betrachtete den Sprechenden mit unsicherem Blicke. Da dessen Gesicht aber ebenso freundlich wie vorher war, beruhigte er sich wieder und antwortete: „Da bekleidest du ein sehr wichtiges Amt, welches deine Zeit so sehr in Anspruch nimmt, daß Privatgäste dich nicht behelligen dürfen."
„O, mein Haus steht einem jeden offen, dem es anderswo nicht gefallen will; aber wenn die Lamas mich wirklich nicht begleiten wollen, so lasse ich sie bitten, sich in die Gebräuche dieses Landes zu fügen, wenn sie sich nicht wieder der Gefahr aussetzen wollen, für andere Wesen gehalten zu werden, als sie sind. Aber wie es scheint, sind diese Gebräuche ihnen unbekannt?"
„Das weiß ich nicht, da ich sie hier zum erstenmal gesehen habe und sie also nicht kenne."
„Mache sie ganz besonders daraus aufmerksam, daß jemand, welcher so weit her, aus Tibet nach Kuang-tschéu-fu kommt, einen Paß haben muß, welcher von dem chinesischen Wang in Lhassa ausgestellt und unterzeichnet sein muß. Haben sie einen solchen?"
„Ich weiß es nicht."
„So frage sie! Ich möchte denselben gern sehen."
„Wo denkst du hin! Ich soll zwei heilige Lamas, welche den Göttern gleichgeachtet werden, nach ihren Pässen fragen? Das ist unmöglich!"
„Ich halte es gar nicht für unmöglich, sondern vielmehr, für ganz selbstverständlich. Aber du bist in Lhassa gewesen und mußt das also besser verstehen als ich. Ich will es also dahingestellt sein lassen, ob sie Pässe haben oder nicht, denn ich werde mich sehr hüten, Männer zu beleidigen, welche wirkliche Lamas sind. Aber du selbst bist doch nicht etwa auch ein Lama?"

„Nein."
„Du sagtest, daß Sze-tschuen deine Heimat sei. Kommst du direkt von dort?"
„Ja."
„Diese Provinz liegt sehr weit von hier entfernt, und wenn man eine solche Reise unternimmt, so versieht man sich mit allem, was dazu erforderlich ist. Das hast du doch gethan?"
„Ja."
„Das allernötigste ist da ein Paß. Es ist vorgeschrieben, daß jeder, welcher aus einer Provinz in die andere geht, einen Paß haben muß, damit er zeigen und beweisen kann, wer er ist. Du wirst dieses Gesetz kennen, da du mich erraten ließest, daß du auch ein Mandarin bist und dich im Besitze eines litterarischen Titels befindest. Ich denke also, daß du entweder bei dem Tsung-tu Generalgouverneuroder beim Fu-juen Untergouverneurvon Sze-tschuen gewesen bist, um dir eine solche Legitimation ausstellen zu lassen. Hast du das gethan?"
„Nein."
„Warum nicht?"
„Weil mein Gelübde mich daran verhinderte."
„So hast du ein sehr gefährliches Gelübde gethan, welches dir außerordentlich lästig fallen kann. Oder hast du vielleicht gelobt, legitimationslos aus einem Gefängnisse in das andere zu wandern?"
Jetzt erschrak Liang-ssi. Er begann sich weniger sicher als vorhin zu fühlen, und antwortete: „Das ist nicht meine Absicht gewesen. Wenn ich dir mein Gelübde mitteilen könnte, so würdest du begreifen, daß ich keinen Paß bei mir tragen darf."
„So thut es mir leid um dich, denn ich will dir wohl. Ich erkenne deinen Rang an, ohne daß du mir beweisen kannst, daß du ihn besitzest. Ich bin dir auch dankbar für die Gefälligkeit, jetzt unser Dolmetscher zu sein, und werde dich nicht weiter belästigen. Aber andere Mandarinen werden anders denken und sich nicht an dein Gelübde kehren. Sei also von jetzt an vorsichtig, und halte dich besonders von Leuten fern, welche vorgeben, heilige Lamas zu sein! Du könntest sonst leicht in den Verdacht kommen, als Genosse von Männern behandelt zu werden, von denen du behauptest, daß sie dir fremd seien. Jetzt kannst du gehen; sage aber vorher diesen Heiligen aus Lhassa, daß ich auch ihnen die Erlaubnis erteile, diesen Tempel zu verlassen!"
Als er das gesagt hatte, erhob sich hinter ihm unter den Priestern, Bonzen und anderen Mandarinen ein unwilliges Gemurmel. Diese Leute waren mit der Entfernung der Lamas nicht einverstanden. Der Ta-sse trat herbei und sagte: „Ihre junge Würde vergißt, daß ich als Oberer dieses Tempels auch ein Wort mit den Fremden zu sprechen habe. Ich muß mich genau überzeugen, daß sie wirklich heilig sind. Wäre dies nicht der Fall, so hätten sie die Sitze der Götter entweiht, so daß diese nicht wieder darauf Platz nehmen könnten. Ich verlange also, daß die Lamas hier bleiben."

Der Mandarin gab ihm mit den Augen einen heimlichen Wink, der ihn beruhigen sollte, und antwortete: „Ich bitte Ihre fromme Würde, ihnen doch das Thor öffnen zu lassen! Wir können ihnen nicht beweisen, daß sie keine Lamas sind, und dürfen sie also nicht belästigen. Uebrigens werden sie täglich nach hier zurückkehren, wobei vollauf Gelegenheit vorhanden ist, mit ihnen zu sprechen."

Liang-ssi hatte den Einwand des Ta-sse gehört und war stehen geblieben, um die Antwort des Mandarins abzuwarten. Nun, da dieselbe so vorteilhaft ausfiel, wendete er sich an Turnerstick: „Sie können gehen. Man wird Ihnen sogleich das Thor öffnen. Aber entfernen Sie sich ja so würdevoll wie möglich!"

„Soll nicht an Würde fehlen! Ich werde diesen Leuten mein stolzestes Gesicht schneiden. Kommen Sie, Mijnheer; stehen Sie auf! Ich habe die Komödie satt!"

„Ik ook. Ik wil ook met opstaan en voortgaan; ik heb Honger!"

Er arbeitete sich aus seiner sitzenden Stellung empor und stieg vom Postamente, um hinter Turnerstick nach der Thür zu schreiten.

Jetzt war der entscheidende Augenblick gekommen. Der Methusalem stand hinter dem Gitter, um, vor Erwartung fast zitternd, zu sehen, ob man sie wirklich gehen lassen werde.

Langsam und gemessenen Schrittes, die Häupter hoch erhoben und weder nach rechts noch nach links blickend, bewegten sich die beiden nach der Thür. Der junge Mandarin ließ Turnerstick an sich vorüber, dann aber legte er seine Hand schnell auf den Arm des Dicken und fragte: „Mijnheer, gij zijt en Nederlander, niet?"

Der Dicke ließ sich übertölpeln. Er blieb stehen und antmottete, freundlich nickend: „Gewisseglijk, ik ben een Hollander."

Da stieß der Mandarin ihn zurück, ergriff den Kapitän schnell beim Zopfe, um ihn festzuhalten, und rief den Polizisten zu: „Laßt niemand fort; sie sind Betrüger! Sie sind Fu-len Holländerund haben diese heilige Stätte entweiht. Ich arretiere sie!"

Diesem Befehle folgte eine außerordentlich lebhafte Scene. Turnerstick hatte zwar die chinesischen Worte nicht verstanden, aber doch begriffen, was gemeint war. Er wollte nach der Thür springen, welche noch gar nicht geöffnet worden war; dabei wurde ihm ganz selbstverständlich die Mandarinenmütze vom Kopfe gerissen, weil sein Zopf in der Hand des Gefängnisbeamten hängen blieb. Die Bonzen warfen sich ihm schreiend entgegen; er wehrte sie mit wütenden Faustschlägen von sich ab, warf ihrer mehrere nach rechts und links, kam aber nicht hindurch, da ihrer zu viele waren. Er wurde überwältigt und von zehn, zwölf, sechzehn Händen festgehalten. Sein Widerstand war so kräftig, so wütend gewesen, daß er dabei sogar die chinesischen Schuhe verloren hatte.

Was den Mijnheer betrifft, so war er keineswegs ein Feigling. Er hatte sich vorhin nicht aus wirklicher Mutlosigkeit hinter Turnerstick versteckt, sondern dieser schnelle Rückzug war aus reiner Ueberraschung geschehen und infolge der außerordentlichen Seltsamkeit der Lage, in welcher er sich befand. Er verstand kein Wort chinesisch und fühlte sich in dieser Beziehung auf Turnerstick angewiesen, welcher ja stets behauptet hatte, dieser Sprache mächtig zu sein. Aber jetzt, als er von dem Mandarin zurückgeschleudert wurde und zugleich sah, daß die Bonzen sich feindselig auf Turnerstick warfen, sagte er sich, daß die Rettung nicht mehr durch List zu erzielen, sondern nur durch Gewalt zu erzwingen sei. Er warf den Regenschirm, der ihm nur hinderlich sein konnte, weg und stieß die beiden geballten Fäuste dem Oberpriester, welcher ihm am nächsten stand, mit solcher Gewalt an die Magengegend, daß der Getroffene an eine der Bahren flog und, den darauf befindlichen Gott herunterreißend, über dieselbe hinwegstürzte. Dann fuhr er mitten unter die Mandarinen und Priester hinein und schlug in solcher Weise um sich, daß sie nach allen Seiten auseinander stürzten.

„Tapper, maar gedurig tapper, Mijnheer Turnerstick!“ rief er dabei dem Kapitän zu. „Wij willen dezen Heidenhoofden onze vuisten an de neusen wrijven – tapfer, nur immer fort tapfer, Herr Turnerstick! Wir wollen diesen Heidenköpfen unsre Fäuste unter die Nasen reiben!“

Liang-ssi war aufs heftigste erschrocken, als er die holländische Frage des Mandarin und darauf die unvorsichtige Antwort des Mijnheer hörte. Er mußte nun das gefährliche Spiel verloren geben und vor allen Dingen für seine eigene Sicherheit sorgen. Dies erkennend, eilte er dem Eingange der großen Halle zu, um sich da hinaus nach dem Hofe und von da aus weiter zu retten. Er berücksichtigte dabei nicht, daß man ihn verfolgen und seine noch hinter dem Gitter stehenden Gefährten entdecken werde.

Aber mit derselben Schnelligkeit hatte der junge Mandarin seinen Befehl, niemand fort zu lassen, ausgerufen. Infolgedessen sprangen die Polizisten Liang-ssi entgegen, um ihn fest zu halten. Er konnte sich nicht einer großen Körperstärke rühmen, wehrte sich aber doch aus Leibeskräften, so daß es den acht Männern nicht allzu leicht wurde, ihn zu überwältigen. Dann hielten drei ihn fest, während die andern fünf zum Mijnheer sprangen, welcher noch immer mit einer wahren Berserkerwut um sich schlug und stampfte. Sie überfielen ihn von hinten und rissen ihn nieder.

„Brand, brand!“ schrie er auf. „Zij hebben mij! Help, Help, Mijnheer Turnerstick – Feuer, Feuer! Sie haben mich! Zu Hilfe! zu Hilfe, Herr Turnerstick!“

„Unmöglich, denn sie haben mich auch,“ antwortete der Kapitän, vor Anstrengung noch atemlos. „Das hat man davon, wenn man Götze spielt!“

Der Regenschirm und die schottische Mütze des Dicken, der Fächer, die Schuhe, die Perücke mit dem Zopfe und die Kopfbedeckung Turnersticks lagen auf dem Boden. Ein Glück war es, daß dem Kapitän nicht der Gedanke gekommen war, sich seiner Waffen zu bedienen!

Der Methusalem hatte Zeuge dieser aufregenden Scene sein müssen, ohne den Bedrängten zu Hilfe eilen zu können. Als sie jetzt überwältigt waren, ergriff der Tong-tschi ihn bei der Hand und raunte ihm hastig zu: „Jetzt fort, schnell fort, denn nun werden sie auch hier herein kommen!“

„Aber wohin?“
„Ich weiß es, denn ich kenne diesen Tempel. Zunächst hinaus in den Hof.“
Sie eilten fort, gefolgt von Gottfried und Richard. Im Hofe war niemand zu sehen, auch der Bonze nicht, welcher sie vorhin begleitet hatte. Zwischen den Wohnungszellen, welche ihnen vorhin gezeigt worden waren, führte ein Gang in einen kleinen Gemüsegarten, welcher an denjenigen eines Häuschens stieß, in dem ein Vertreter des Tempels Räucherstäbchen verkaufte. Die beiden kleinen Gärten waren durch eine Pforte verbunden, und das Häuschen gehörte zu einer engen Hintergasse, welche mit derjenigen Straße, in welcher der Tempel lag, parallel führte. In diese Gasse gelangten die Vier, indem sie durch die Pforte und den Laden gingen.
Eine unmittelbare Gefahr drohte ihnen nun nicht mehr. Aber nun galt es, ohne Aufsehen zu erregen zu den Sänften zu gelangen. Der Tong-tschi führte seine Begleiter durch eine Quergasse, durch welche sie auf die Tempelstraße gelangten. Von der Ecke aus sahen sie die Musikanten am Eingange des Pek-thian-tschu-fan stehen. Die Sänftenträger hatten dem Zuge Platz gemacht und standen auf der andern Seite der Straße. Einer derselben blickte zufälligerweise her und sah den Mandarin stehen, der ihm sofort einen Wink gab. Er teilte das seinen Genossen mit, welche infolgedessen mit ihren Sänften herbeigetrabt kamen.
„Gehen wir nach Hause?“ fragte der Methusalem.
„Sie, ja, aber ich nicht,“ antwortete der Mandarin. „Ich werde einsteigen, aber mich nur eine kurze Strecke forttragen lassen und dann halten, um den Polizisten nachzufolgen, welche Ihre Gefährten nach dem Gefängnisse bringen. Ich will wissen, was man mit ihnen thut, und werde Ihnen dann Nachricht bringen. Ich habe Sie wiederholt gebeten, nichts zu unternehmen, was Sie und also mich mit in Schaden bringen kann. Was jetzt geschehen ist, das ist noch viel schlimmer und gefährlicher als das gestrige. Ihre Genossen haben nicht nur die weltlichen, sondern auch die religiösen Gesetze beleidigt und übertreten, und die Vorsicht würde mir gebieten, Ihnen von jetzt an mein Haus zu verschließen. Ich achte aber die Gastfreundschaft und bin meinen Lebensrettern zu sehr zu Dank verpflichtet, als daß ich Sie jetzt in der Gefahr verlassen möchte. Sie werden sich also jetzt unverweilt nach Hause begeben und mir versprechen, die Wohnung nicht eher zu verlassen, als bis ich zurückgekehrt bin und Sie benachrichtigt habe, wie es mit Ihren Gefährten steht.“
„Ist die Gefahr, in welcher sie sich befinden, wirklich so groß?“
„Sehr groß, denn sie haben nicht nur das Gesetz, sondern auch die Aufregung der Priester und des Volkes gegen sich. Ein Glück wird es noch sein, wenn man sie in den Gewahrsam bringt, ohne daß sich das Publikum an ihnen vergreift.“
„Dann erscheint es mir als Feigheit, sie jetzt zu verlassen. Ich kann nicht nach Hause; ich muß sofort zu ihnen, um teil an ihrem Schicksale zu nehmen.“
„Nein, denn Sie würden dadurch sich selbst und auch mich mit verderben. Wir können sie nur dadurch retten, daß wir nicht merken lassen, daß sie zu uns gehören. Verlassen

Sie sich nicht auf sich, sondern auf mich! Ich will Ihnen zu Gefallen es wagen, in den Tempel zurückzukehren. Das wird nicht auffallen, denn ich habe ein Recht, bei der Rückkehr der Götter zugegen zu sein, da ich die Diebe ergriffen habe. Ich hoffe dabei aber, Ihre Gefährten werden so klug sein, nicht zu verraten, daß sie mich kennen."
„Ich denke, daß sie vorsichtig sein werden. Liang-ssi hat es doch den beiden andern gesagt, daß das unbekannt bleiben muß."
„So lassen Sie sich also ruhig nach Hause tragen! Ich werde zunächst versuchen, sie vor Gewalttätigkeiten zu bewahren. Gewinnen wir Zeit, so ist es wahrscheinlich, daß wir sie retten werden."
Er hatte das in einem so energischen Tone gesagt, daß der Student nicht zu widersprechen wagte. Der letztere stieg mit Gottfried und Richard in die Sänften, worauf die Träger derselben davon rannten. Der Tong-tschi aber ließ sich nach dem Tempel tragen. Glücklicherweise hatten die vor dem Thore desselben stehenden Musikanten und sonstigen Leute nicht auf das, was an der Straßenecke vorgegangen war, geachtet. Darum glaubten sie, als der Mandarin jetzt ausstieg, er komme von fern her. Sie wichen aus Ehrfurcht vor seinem Range zurück und machten ihm die Passage frei. Auch diejenigen Teilnehmer am Festzuge, welche sich im Hofe befanden, gaben ihm Platz.
Er sah zu seiner Beruhigung, daß die Thür des Tempels noch von innen verschlossen war. Das war ein gutes Zeichen, da sich daraus vermuten ließ, daß die Menge noch nicht wisse, was im Heiligtume geschehen sei. Um ganz gewiß zu gehen, fragte er diejenigen, welche in der Nähe der Thür standen „Warum ist der Eingang nicht offen? Warum dürft ihr nicht hinein?"
Sie verneigten sich tief vor ihm und einer antwortete: „Ihre Großmut möge erfahren, daß fremde, hohe Götter angekommen sind."
„Woher?"
„Wir wissen es nicht. Wahrscheinlich wollen sie die bisherigen Götter nicht aus ihre Sitze lassen, denn wir hörten großes Geräusch und laute Stimmen, welche nicht freundlich klangen."
Der Mandarin horchte und vernahm eine laute Stimme, in welcher er diejenige des jungen Beamten erkannte. Er klopfte laut an und mußte das wiederholen, bevor drin eine Stimme fragte: „Schui kin – wer ist da?"
„Kuan-fu Tong-tschi – der Mandarin Tong-tschi," antwortete er.
Die Thür wurde augenblicklich geöffnet, hinter ihm aber sofort wieder verschlossen, damit kein andrer außer ihm hereintreten könne. Mit einem schnellen Blicke überschaute er die Lage. Die Gefangenen standen, von den Polizisten festgehalten, nebeneinander, vor ihnen der Gefängnisbeamte, welcher sie, wie zu erraten war, soeben einem scharfen Verhör unterworfen hatte. Man hatte ihnen die im Kampfe verlorenen Gegenstände wiedergegeben.

Da der Tong-tschi ein höheres Amt bekleidete als die anwesenden Mandarinen, so verbeugten sie sich alle vor ihm, und der junge Beamte trat zurück, um ihm bescheiden seinen Platz zu überlassen.
Als Turnerstick den Gastfreund erblickte, rief er erfreut aus: „Gott sei Dank, da ist der Tong-tschi! Nun sind wir gerettet. Ich werde ihm die Sache ausführlich erzählen."
Er wollte auf den Genannten zutreten, um ihm eine seiner berühmten Reden zu halten, aber Ling-ssi zog ihn zurück und sagte: „Bleiben Sie! Was fällt Ihnen ein! Er kommt uns zu retten. Das kann ihm aber nur dann gelingen, wenn niemand ahnt, daß wir seine Gäste sind."
„So! Dann werde ich ihn freilich nicht kennen. Aber übersetzen Sie uns schnell alles, was gesprochen wird. Ich muß doch wissen, was die Kerls verhandeln, und sie sprechen leider ein Chinesisch, welches für einen guten Linguisten ganz und gar unverständlich ist."
Der Tong-tschi musterte die Gruppe mit einem Blick des Erstaunens, ganz wie einer, welcher keine Ahnung hat von dem, was da geschehen ist. Dann fragte er: „Warum ist der Tempel verschlossen? Was ist geschehen? Ich hörte draußen, daß fremde Götter angekommen seien."
„Sie gaben sich dafür aus," antwortete der junge Mandarin, „und wir glaubten ihnen anfänglich. Aber Ihre hohe Würde wird bald erkennen, daß sie Betrüger sind."
„Wie? Können Götter Betrüger sein?"
„Nein; aber diese Leute sind eben keine Götter, sondern Menschen, fremde Fu-len, welche die Sitze unsrer Gottheiten eingenommen und den Tempel geschändet haben."
„Dann müssen sie aufs strengste bestraft werden. Mein jüngerer Bruder mag mir erzählen, was geschehen ist."
Der Gefängnisbeamte gab ihm einen eingehenden Bericht. Der Tong-tschi hörte ihm sehr aufmerksam zu, musterte dann die Gefangenen mit strengem Blicke und sagte: „Also diese Männer geben sich für heilige Lamas aus und sprechen doch die Sprache der Fu-len? Hat sich da mein Kollege nicht geirrt?"
„Nein. Ich hatte amtlich sehr oft mit solchen Fu-len zu thun und habe mir viele ihrer barbarischen Redensarten gemerkt. Dieser eine Fremde ist doppelt strafbar, da er sich ohne alles Recht die Kleidung der Mandarinen angeeignet hat."
„Vielleicht ist er ein Mandarin seines Volkes!"
„Gibt ihm das ein Recht, sich wie einer unsrer Kuan-fu zu kleiden?"
„Sollten sich seine Beamten nicht ebenso kleiden wie die unsrigen?"
„Nein, ich weiß das gewiß. Uebrigens kann ich leicht beweisen, daß er ein Betrüger ist. Er gibt sich für einen Tafutsiang aus und trägt doch den Knopf eines andren Offiziers. Man sehe seine Mütze! Hier ist sie!"
Er nahm dem Kapitän die Mütze vom Kopfe und hielt sie dem Tong-tschi vor die Augen. Dann riß er ihm auch die Perücke mit dem Zopfe vom Kopfe, schwenkte diese „falsche Behauptung" hin und her und sagte: „Und ist dieses Haar sein Eigentum? hat er sich den Kopf scheren lassen, wie es einem Chinesen und ganz besonders einem Mandarin

geziemt? Nein, er trägt die Schande eines vollen Haares, ganz wie ein Barbar, und darüber einen Zopf, welcher nicht auf seinem Kopfe gewachsen ist. Er ist also kein Chinese und noch viel weniger ein Gott, welcher das Recht hat, sich hier zwischen den Anbetungswürdigen niederzulassen!"

„Aber," meinte der Tong-tschi diplomatisch, „ich habe oft gehört, daß die Lamas falsche Zöpfe tragen. Vielleicht ist er dennoch einer!"

Turnerstick ärgerte sich darüber, daß der junge Mann so unehrerbietig mit dem Zopfe umging. Er fragte Liang-ssi leise: „Was will er? Was hat er mit meiner Perücke? Was sagt er?"

Liang-ssi erklärte es ihm ebenso leise wie schnell.

„Alle Wetter! Ich werde ihm sagen, daß mein Kopf mir gehört und ich mit demselben thun und lassen kann, was mir beliebt. Dieser Zopf kostet zwei Dollar; ich habe sie bezahlt und lasse ihn nun nicht wie einen Eselsschwanz behandeln!"

Er trat zwei Schritte vor und fuhr den Jüngling erbost an: „Her mit der Perücking! Her!" Dabei riß er sie ihm aus der Hand. „Sie ist mein Eigentum und du kannst die Hand davong lasseng! Ich kann tragung, was ich will, falsche Perückong und sogar falsche Augeng, ganz nach meinem Beliebang. Da, schau her, junger Frosch! Was wirst du dazu saging? Willst du mir auch das verbieteng?"

Er hatte bekanntlich ein falsches Auge. Indem er den Daumen an den Augenwinkel setzte, bohrte er es aus der Höhle, nahm es zwischen zwei Finger und zeigte es vor, indem er sein Gesicht in höhnisch grinsende Falten legte.

Die Leute fuhren zurück. Die beiden Polizisten, welche ihn gepackt hielten, ließen ihn los und traten erschrocken von ihm weg.

„Nun?" fragte er lachend, „wer kann mir das nachmacheng? Wer vong euch kann so wie ich seine Auging herausnehmung?" Keiner von ihnen hatte jemals so etwas gesehen. Sie alle standen starr und wortlos da. Der Oberpriester bekam zuerst die Sprache wieder; er schrie: „T'ien-ti-jin – o Himmel, Erde und Menschen. Miao-ya, miao-ya – Wunder über Wunder! Er kann seine Augen herausnehmen!"

„Miao-ya mu, miao-ya mu – wunderbare Augen, wunderbare Augen!" fielen die Erschrockenen ringsum ein

„Jip-mo t'a yuet, jip-mo t'a yuet – was hat er gesagt, was hat er gesagt?" fragte der junge Mandarin, welcher ebenso wie die andern erschrocken war, Liang-ssi.

Dieser letztere war vier Jahre lang bei Onkel Daniel gewesen und hatte von ihm viel gelernt Er wußte auch, daß in Europa die Kunst soweit vorgeschritten ist, falsche Augen, welche den echten zum Verwechseln ähnlich sind, hervorzubringen. Um den allgemeinen Schreck zu benutzen, antwortete er: „Er will beweisen, daß er wirklich ein heiliger und wunderthätiger Lama ist. So wie er sich sein eigenes Auge aus dem Gesicht genommen hat, will er auch den andern Anwesenden die Augen und Nasen entfernen. Er ist sogar erbötig, ihnen die Arme und Beine aus dem Leibe zu ziehen und dann wieder anzusetzen. Wer will es versuchen, sich von seiner wunderbaren Macht zu überzeugen?"

„Ngo put, ngo put – ich nicht, ich nicht," rief es rundum, indem die Bonzen und Mandarinen sich noch weiter von Turnerstick zurückzogen.
„Niemand? Es braucht sich aber keiner zu fürchten, denn er setzt jedes Glied, welches er ausreißt, wieder an seine Stelle." Und deutsch fügte er hinzu: „Stecken Sie das Auge wieder hinein und thun Sie dann so, als ob Sie dort dem Oberpriester das Bein herausreißen wollten."
Turnerstick folgte dieser Aufforderung.
„I, miao-ya – seltsam, wunderbar!" riefen die Leute, als sie das Auge wieder an seiner Stelle erblickten und auch sahen, daß es sich bewegte.
Als sich aber nun der Kapitän dem Oberpriester näherte, sich vor demselben niederbeugte und nach seinem Fuße griff, retirierte derselbe erschrocken und fragte: „Was will er? Was hat er vor?"
„Er will Ihrer Heiligkeit beweisen, daß er alles kann, was ich sagte. Er will Ihnen die beiden Beine herausziehen."
Da drängte der Bedrohte sich in die fernste Ecke hinter die Götterbilder und schrie: „Vu, vu! Ngo put yuk ngo; put kam; ngo kiao – nein, nein! Ich will das nicht; ich mag das nicht; ich schrei'!"
Als Turnerstick ihm dennoch bis in den Winkel nachging, rannte der Priester nach der gegenüberliegenden Ecke und brüllte, als ob es ihm an das Leben gehe.
Selbst der Tong-tschi wußte nicht, was er zu dem Wunder sagen solle. Er wußte es sich nicht zu erklären, war aber überzeugt, daß die Sache ganz natürlich zugehe. Der Schreck, welcher alle ergriffen hatte, war ihm sehr willkommen. Er bat Liang-ssi: „Sage ihm, daß wir sein Wunder nicht versuchen wollen. Wir glauben es, denn wir haben es gesehen; aber es ist doch gefährlich, es an andern probieren zu lassen."
Liang-ssi winkte den Kapitän wieder zu sich und erklärte dem Mandarin: „Ein Glück für den Ta, daß er geflohen ist! Der Lama ist von diesen Herren unehrerbietig behandelt worden. Zur Strafe dafür hätte er dem Ta die Beine falsch und verkehrt wieder eingesetzt, das rechte links, das linke rechts und beide mit den Zehen nach hinten.
„Vu, vu!" schrie der Ta aus seiner Ecke. „Ngo put yuk, ngo put yuk – nein, nein! Ich will nicht, ich mag nicht!"
Der Tong-tschi wendete sich mit sehr ernster Miene an den Gefängnisbeamten: „Mein kleiner Verwandter hat da jedenfalls zu schnell gehandelt. Sind Sie schon einmal in Tibet gewesen?"
„Nein," antwortete der Gefragte ein wenig kleinlaut.
„Oder haben Sie schon einmal einen Lama gesehen?"
„Nein."
„Oder kennen Sie die Gesetze, nach denen die Lamas leben, und die Lehren, nach denen sie handeln?"
„Ich habe die betreffenden Bücher noch nicht gelesen. Ich brauchte das auch nicht zu kennen, da ich diese Leute nicht für Lamas, sondern für Fu-len hielt."

„So! Und dennoch haben Sie sich falsch verhalten. Ich muß Ihnen eine Rüge erteilen, werde aber von einer wirklichen Strafe absehen, da Sie noch jung sind und in amtlichem Eifer gehandelt haben. Es sind zwei Fälle möglich. Entweder sind diese Herren wirklich heilige Lamas, welche man wie Götter zu verehren hat. In diesem Falle wußten Sie nicht, wie Sie sich gegen sie verhalten sollten, und mußten sich also den Rat eines höheren Kuan-fu erbitten, welcher in dieser Beziehung erfahrener war als Sie. Das haben Sie aber unterlassen. Ist es denn keinem der anwesenden höheren Kuan-fu eingefallen, Sie zu warnen?"
„Nein."
„So kann ich Ihnen leichter verzeihen, weil die andern die Schuld auch mit zu tragen haben."
„Aber Ihre berühmte und erleuchtete Weisheit mag gnädigst bedenken, daß ich diese fremden Wesen für Fu-len halten mußte, da der eine von ihnen die Sprache der Fu-len redete!"
„Das ist sehr leicht zu erklären. Während er vertieft auf seinem Platze saß und sich in das All versenkte, ist sein Geist durch fremde Länder geeilt und hat da die Sprache der Fu-len vernommen. In diesem Augenblicke haben Sie seine Seele gezwungen, zurückzukehren und sie hat diese Sprache noch in den Ohren und im Munde gehabt. Aber auch angenommen, daß diese verehrungswürdigen Herren Fu-len seien, so will ich meinen jungen Bruder fragen, ob Sie das Recht besitzen, sie ins Verhör zu nehmen?"
Der Gefragte blickte verlegen vor sich nieder und antwortete nicht.
„Sie sind zwar noch jung, aber als Kian-fu und Moa-sse müssen Sie die Grenzen der verschiedenen Amtsgewalten genau kennen. Jeder Fu-len ist für uns ein Y-jin, ein fremder Mann. Hoffentlich wissen Sie, in wessen Amtsbereich die Fremden gehören?"
„In denjenigen des Tong-tschi."
„Kennen Sie diesen Beamten?"
„Ja, Ihre Hoheit ist es."
„Warum haben Sie da nicht sofort nach mir gesandt? Sie sind Pang-tschok-kuan, eine Würde, welche für Ihr Alter so groß ist, daß ich Ihnen ungewöhnliche Kenntnisse zutrauen muß. Darum wundert es mich sehr, daß Sie nicht gewußt haben, daß Sie vor allen Dingen einen Boten zu mir senden mußten. Es gibt zwar auch Unterbeamte, denen ich einen kleinen Teil meiner Gewalt anvertraut habe, doch kommen diese hier nicht in Betracht, da es sich um einen so außerordentlichen Fall handelte."
Sein Ton war sehr streng geworden. Es herrschte die Stille größter Verlegenheit in dem Raume. Der Pang-tschok-kuan stand da wie niedergeschmettert, und auch die andern Mandarinen wagten kaum, ihre Augen zu erheben. Mochten sie dem Tong-tschi recht geben oder nicht, sie hatten keine Erlaubnis, ihm zu widersprechen. Er fuhr in dem bisherigen strengen Tone fort: „Was beabsichtigten Sie denn eigentlich in diesem schwierigen Falle zu thun?"

Das gab dem jungen Beamten Gelegenheit, sich einigermaßen herauszubeißen. Er antwortete: „Eben als Ihre Hoheit kam, war ich entschlossen, einen Boten zu senden, um Ihre große Erfahrenheit zu bitten, sich hieher zu bemühen. Vorher aber war ich jedenfalls gezwungen, die Fremden zu verhören, um die erleuchteten Fragen Ihrer Ueberlegenheit beantworten zu können."

„Aber Sie haben sich an ihnen vergriffen; das durfte nicht geschehen. Sie wissen doch, daß wir keinen Fremden bestrafen dürfen. Wenn ein Ausländer gegen unsre Gesetze handelt, so haben wir ihn seinem Gesandten zur Bestrafung auszuliefern. Selbst wenn diese Leute nur Fu-len sind, so werden sie sich bei dem Vertreter ihres Herrschers über Sie beschweren, und wir sind dann gezwungen, alle, welche eine Klage trifft, auf das strengste zu bestrafen. Wie leicht können Sie dann nicht nur Ihren Rang als Beamter, sondern sogar die Würde Ihres litterarischen Grades verlieren! Aber ich will aus besonderer Rücksicht gegen Ihre Jugend diese Herren bitten, von einer solchen Beschwerde abzusehen, und hoffe, daß Sie ihnen von jetzt an höflich und rücksichtsvoll entgegenkommen, da sie einstweilen unter Ihrer Obhut bleiben müssen."

Und als der andre ihn fragend anblickte, fuhr er in belehrendem Tone fort: „Mein junger Kollege hat die Schuld dieser Herren für größer gehalten, als sie ist. Sind sie Lamas, so trifft sie überhaupt keine Schuld, da ihre Heiligkeit sie berechtigt, sich in jedem Tempel niederzulassen. Und sind sie Fu-len, so ist ihre Schuld nur gering, da sie nicht wissen konnten, daß das, was sie thaten, bei uns verboten ist und sehr streng bestraft wird. Ich werde diesen Fall selbst und sehr genau untersuchen und vertraue Ihnen bis dahin diese Leute an. Geben Sie ihnen eine gute Wohnung im Gefängnisse, und sorgen Sie für alle ihre Bedürfnisse! Wir müssen uns allerdings, bis wir ein gerechtes Urteil fällen können, ihrer Person versichern, aber wir müssen uns hüten, sie jetzt schon als Schuldige und Sünder zu behandeln. Lassen Sie Sänften für sie kommen, auch für diesen jungen Mann, welcher ihren Dolmetscher macht und den wir nötig haben, weil wir ihre Sprache nicht verstehen. Aber das muß heimlich geschehen, damit sie nicht von der draußen stehenden Menge belästigt werden. Ich selbst werde voraneilen, um sie im Huok-tschufang zu erwarten und mich zu überzeugen, daß sie uns sicher sind, ohne sich über uns beklagen zu müssen."

Er entfernte sich, wobei sich alle wieder tief vor ihm verneigten. Die Thür wurde hinter ihm schnell wieder verschlossen.

Turnerstick stand noch frei da. Keiner der Polizisten war so kühn gewesen, die Hand wieder an ihn zu legen. Der Oberpriester hielt noch immer vorsichtig in seiner Ecke und sagte jetzt, den Blick ängstlich auf den Kapitän gerichtet: „Haben Sie es gehört, was geschehen soll? Fort sollen sie. Führt sie in den Hof und schickt nach Palankins. Sie können durch die Hintergasse fort, wo niemand ihnen Beachtung schenkt. Ich aber werde den Tempel verschlossen halten müssen, um abzuwarten, was diese Leute sind. Sind sie Fu-len, so dürfen unsre Götter erst dann wieder auf ihre Sitze, wenn dieselben gereinigt und wieder geweiht worden sind. Führt sie hinaus! Fort mit ihnen!"

Es war ihm nur darum zu thun, Turnerstick nicht mehr zu sehen. Die beiden Beine ausgerissen und verkehrt wieder eingesetzt zu bekommen, das schien ihm das denkbar größte Unglück zu sein.

Jetzt trat der junge Mandarin zu den Gefangenen, machte ihnen eine Reverenz und sagte: „Die hohen Herren haben gehört, was der mächtige Tong-tschi befohlen hat. Wollen Sie die Güte haben, mir zu folgen?"

„Was meint er?" fragte der Kapitän.

„Er will uns fortführen."

„Wohin?"

„In das Gefängnis."

„Fällt mir nicht ein! Wenn er sich selbst einschließen will, so habe ich nichts dagegen, mich aber lasse ich nicht hinter Schloß und Riegel sperren. Nicht wahr, Mijnheer?"

„Neen, ik ook niet. Ich heb Honger; ik wil eten!"

„Das sollen Sie ja," drängte Liang-ssi. „Sie werden es im Gefängnis nicht schlecht haben. Wir bekommen gute Zimmer und auch Essen."

„Aber was für welches!"

„Gutes! Der Tong-tschi hat befohlen, daß man gut für uns sorgen soll. Widerstand würde ganz vergebens sein. Nur wenn wir uns fügen, können wir gerettet werden. Sie können sich darauf verlassen, daß Herr Degenfeld uns nicht stecken lassen wird."

„Ja, das ist freilich sicher. Wollen wir mitgehen, Mijnheer?"

„Ja," antwortete der Dicke, welcher überhaupt nur stets das wollte, was seine Freunde wollten. „Wij willen met gaan."

„Nun gut! Aber vorher will ich diesem Oberpriester noch eine Angst einjagen. Er sieht mich an wie das Karnickel den Eisbär. Der Mann muß einen großartigen Respekt vor mir haben. Was heißt in diesem unverständlichen Dialekt: „Ich verlange Ihre Augen?"

„Ngo yao ling-yen," antwortete Liang-ssi leise.

„Ngo yao ling-yen. Das kann ich mir für diesen Augenblick merken."

Er schritt langsam nach der Ecke, aber so, daß der Oberbonze weder rechts noch links ausweichen konnte, nahm sein Auge heraus, brachte es wieder in die Höhle zurück und sagte dann, die beiden Hände nach dem Gesichte des Angsterfüllten ausstreckend: „Ngo yao ling-yen!"

„Pen yen! T'ien-na, Tieu schin – meine Augen! O Himmel, zu Hilfe!" schrie der Bedrängte auf.

Er stieß, da es keinen andern Ausweg gab, den Kapitän zur Seite und flüchtete sich hinter die Bonzen.

„Schafft ihn fort, schnell, schnell!" gebot er dort. „Wir kommen sonst alle um unsre Augen und um unsre Glieder! Er nimmt uns die Augen und setzt sie verkehrt wieder ein!"

Der Gefängnisbeamte bat den Kapitän in höflichster Weise, ihm nun zu folgen und sich nicht weiter zu bemühen, ein Wunsch, dem nun auch Folge geleistet wurde. Einige

Polizisten wurden nach Sänften geschickt, in welchen die Gefangenen unter Bedeckung nach dem Gefängnisse gebracht wurden, wo der Tong-tschi sie bereits erwartete.

Methusalem und Gottfried als Mandarinen.

Vierzehntes Kapitel

Hinter Schloß und Siegel.

Der Tong-tschi sorgte dafür, daß unsre Helden gute Wohnung erhielten, welche eigentlich für höhere Staatsgefangene bestimmt war, und wies dann den Pang-tschok-kuan an, ihnen eine gute Mahlzeit und alles Erlaubte, was sie verlangen würden, zu verabreichen. Daran fügte er die Bemerkung, daß er zwar heute verhindert sei, morgen aber mit hohen Mandarinen kommen werde, um den Stand und das Herkommen der Gefangenen festzustellen. Bis dahin sollten dieselben gut bewacht werden.

„Ich werde sie nicht aus den Augen lassen," versicherte der Beamte. „Es soll mir nicht so gehen, wie dem Teu dieses Gefängnisses, welcher nun heute selbst Gefangener ist, weil er gestern die drei Götterdiebe entwischen ließ."

„Er hat seine Strafe verdient," sagte der Tong-tschi streng. „Er ist nicht aufmerksam genug gewesen."

„Aber zu mir sagte er, daß ihn keine Schuld treffe. Er weiß nicht, wie es möglich gewesen ist, daß sie entkommen konnten. Ich habe mich heute erkundigt und weiß nun, auf welche Weise sie ihre Freiheit erlangt haben."

„Nun, wie?"

„Gestern spät am Abend ist einer hier gewesen, welcher von den Wachen eingelassen wurde, weil er das hohe Zeichen besaß –"

„Der muß also ein vornehmer Kuan-fu gewesen sein," fiel der Tong-tschi ein.

„Nein, ein Betrüger ist er gewesen, denn er hat die Gefangenen befreit, was ein Kuan-fu nicht thun würde."

„Dieser Mann? Unmöglich! Wer das hohe Zeichen besitzt, der ist ein hoher Mandarin."

„Eigentlich, ja. Aber es ist auch möglich, daß das Zeichen ein falsches, ein nachgemachtes war. Man kann das des Abends wohl nicht genau erkennen. Der Teu hat diesen Mann nicht zu beaufsichtigen gewagt, da er ihn für einen hohen Beamten hielt. Heute nun erfuhr ich von den Wachen, daß derselbe mit den drei Gefangenen durch zwei Mauerpforten hinaus ist."

„So trifft den Teu doch immer die Schuld. Wenn er auch den Kuang-fu nicht beaufsichtigen durfte, so mußte er doch die Gefangenen bewachen. Wenn es so ist, wie

mein junger Kollege sagt, so war dieser Mann allerdings ein Betrüger, dem wir nachforschen werden, und wehe ihm, wenn wir ihn entdecken!"
„Wir würde das nicht geschehen können. Nun ich die Aufsicht über dieses Gefängnis führe, werde ich mir, wenn ein solcher Fall eintritt, das Zeichen sehr genau betrachten. Man muß sehr vorsichtig sein, zumal wenn man solche Gefangene hat wie diejenigen, welche ich jetzt herbegleitet habe."
Der Tong-tschi gab ihm sehr ernsthaft den Rat, diesen Vorsatz ja auszuführen, und entfernte sich dann, um nach Hause zu gehen, wo er von dem Methusalem mit Ungeduld erwartet wurde.
Dieser hatte indessen mit Gottfried und Richard sehr gut zu Mittag gespeist, aber mit wenig Appetit, da er sich in großer Sorge um die Freunde befand. Der Tong-tschi gab sich Mühe, ihn zu beruhigen, doch vergebens.
„Morgen werden sie verhört," sagte der Mandarin. „Bis dahin ist eine lange Zeit, und es wird uns wohl ein guter Gedanke kommen."
„Wenn wir auf die Gedanken warten wollen, so sind meine Gefährten verloren. Wir müssen zwar denken, vor allen Dingen aber auch handeln. Wer wird das Verhör führen?"
„Ich und der Fu-yuen."
„Der höchste Beamte der Stadt, welcher zugleich der Stellvertreter des Generalgouverneurs der ganzen Provinz ist? Da sind meine Freunde verloren. Wird er es glauben, daß sie Lamas sind?"
„Nein; er ist in Lhassa und auch im Lande der Mongolen gewesen. Auch hat er soviel mit Ausländern verkehrt, daß er sofort erkennen wird, wen er vor sich hat."
„So dürfen wir es unmöglich bis zu diesem Verhör kommen lassen. Meine Gefährten müssen schon morgen früh frei sein. Ich muß sie schon heut nacht aus dem Gefängnisse holen!"
Der Mandarin sah nachdenklich vor sich nieder, dann sagte er: „Das beste, was ich Ihnen raten kann, ist, daß Sie die Sache ruhig abwarten. Man darf ihnen ja nichts thun. Man muß sie dem Vertreter ihres Landes ausliefern."
„Aber wie man sie dabei behandeln wird! Und ohne Strafe kommen sie nicht davon."
„Die Strafe wird keine schwere sein; aber mit Ihrer Reise ist es dann aus. Und wer sagt mir, daß ich trotz aller Vorsicht nicht doch auch selbst in die Angelegenheit verwickelt werde!"
„Das haben Sie freilich zu befürchten, denn ich muß leider offen gestehen, daß diese Leute nicht allzu vorsichtig sind, wie sie bewiesen haben."
„Nicht nur unvorsichtig sind sie, sondern auch übermütig trotz aller Gefahr. Sie hätten diesen Tu-lu-ne-re-si-ti-ki sehen sollen, als er die Augen herausnahm."
„Doch mir das eine!"
„Ja. Dann verlangte er das Bein des Oberpriesters. Welcher andre wagt das, wenn er sich in einer solchen Gefahr befindet! Ich habe noch nie einen Menschen gesehen, welcher seine Augen entfernen und sie wieder hineinthun kann, ohne das Gesicht zu verlieren."

Der Student erklärte ihm die Sache und fuhr dann fort: „Sie müssen frei werden, schon um Ihretwillen! Darf ich auf Ihre Hilfe rechnen?“
„Hm! Ich bin Beamter.“
„Sie sind Kuan-fu, sogar Tong-tschi, aber Sie haben trotzdem in der letzten Nacht drei Gefangenen die Freiheit gegeben.“
„Eben deshalb kann ich nun heut nichts thun. Dieser junge Pang-tschok-kuan ist trotz seiner Jugend ein tüchtiger Mann. Er wird sich nicht betrügen lassen.“
„Und es muß doch versucht werden!“
„Wollen Sie es wagen, so begeben Sie sich in eine große Gefahr. Ich will Ihnen weder zu- noch abreden. Ich werde Sie nicht hindern, denn Sie sind verschwiegen und werden mich nicht verraten. Vielleicht gebe ich Ihnen sogar einen guten Rat. Aber verlangen Sie nicht, daß ich mich persönlich beteilige, und führen Sie die Sache so aus, daß ich dabei gar nicht in Betracht komme! Ich werde jetzt in mein Zimmer gehen, um zu überlegen. Denken auch Sie nach! Selbst wenn Sie etwas wagen wollen, ist vor der Nacht nichts zu thun. Bis dahin wird wohl ein Entschluß kommen.“
Auch der Methusalem suchte seine Stube auf. Er ging in derselben ruhelos hin und her. Sie wurde ihm zu eng, und er begab sich in den Garten, wo er den Wichsier und Richard fand, welche sich sehr angelegentlich mit demselben Thema beschäftigten.
Sie setzten sich an einer Stelle nieder, wo sie nicht belauscht werden konnten, und schmiedeten Pläne, ohne aber einen zu finden, welcher Erfolg verhieß.
„Sie müssen heraus und sollte ich sie mit Kanonen herausschießen!“ rief endlich Degenfeld ungeduldig aus. „Es handelt sich nicht nur um Turnerstick und den Mijnheer. Diesen beiden könnte ein kleiner Denkzettel gar nichts schaden; sie haben ihn reichlich verdient; aber daß Liang-ssi nun mit in diese Tinte geraten soll!“
„Es weiß doch niemand, daß er zu ihnen gehört,“ meinte Richard.
„Jetzt noch nicht, aber sie werden es erfahren. Wenn sie morgen vor den Fu-yuen kommen, so werden alle Ausreden hinfällig; das sehe ich voraus. Diesem Beamten machen sie nichts weiß!“
„Dat glaube auch ich,“ stimmte Gottfried bei. „Am allerbesten wäre es, man schickte mir hin, sie zu verhören. Mein Urteil würde lauten: Jebt jedem einen jehörigen Nasenstüber und laßt sie dann laufen, soweit sie wollen! Hier in China Jötters zu spielen! So etwas ist noch aus keine Dachtraufe jefallen! Wie sie nur auf diesen unvernünftigen Jedanken jekommen sind?“
„Jedenfalls hat Turnerstick ihn gehabt, und der gute Dicke ist mit in die Patsche getrollt. Ich wette, daß beide noch gar nicht glauben, daß es ihnen unter Umständen recht schlimm ergehen kann. Hätte sich Liang-ssi nicht so mutig ihrer angenommen, und wäre der Mandarin nicht noch einmal zu ihnen zurückgekehrt, so hätten sie in der Gefahr geschwebt, vom Pöbel gelyncht zu werden. Kommt es nun morgen heraus, daß Liang-ssi zu ihnen gehört, so ist es um ihn geschehen. Er ist ein Chinese; ihn kann kein Konsul und kein Resident retten. Ueber ihm und auf ihn wird sich das ganze Gewitter entladen.

Ich war so froh, ihn gefunden zu haben. Jetzt befindet er sich in der Gefahr, uns wieder entrissen zu werden. Das darf nicht geschehen; ich habe unserm Ye-kin-li mein Kong-kheou gegeben und werde unter Umständen mein Leben daran setzen, es halten zu können. Liang-ssi muß unbedingt befreit werden; er muß heraus!"

„Ja, und sollte er mit Ketten an dat Firmament jebunden sein, wie Wallenstein jeschworen hat. Sollte uns denn keine jute Idee beikommen! Mein Kopf ist doch sonst kein Kohlenkasten!"

„Aber ich wüßte wohl etwas; aber es geht nicht."

„Er weiß etwas, doch jeht es nicht! Nun, da wissen Sie eben nichts, mein oller Methusalem. Wat ist es denn, wat Sie wissen?"

„Wenn der Tong-tschi wollte, so wäre uns geholfen."

„Ja, dat weiß ich auch. Hat er jestern die drei herausjeholt, warum sollte er es heut nicht fertig bringen!"

„Weil man nun klug geworden ist, und weil heut eine andre und schärfere Beaufsichtigung da ist."

„Er hat doch die Medalljen, die ihm dat Thor und alle Thüren öffnen, wie Sie erzählten."

„Ja, aber ich kann es ihm nicht verdenken, wenn er sich nicht persönlich in Gefahr begeben will. Bei ihm steht eben mehr auf dem Spiele als bei jedem andern, und wir können von ihm nicht verlangen, daß er für uns alles, geradezu alles wagt, während es eigentlich seine Pflicht wäre, das gerade Gegenteil zu thun."

„Richtig! Aberst wat er nicht kann oder nicht will, dat können doch wir!"

„Was?"

„Als Mandarinen ins Jefängnis jehen und dann mit die Jefangenen wieder herausspazieren."

„Daran habe auch ich schon gedacht. Aber das ist leichter gedacht als gethan!"

„Dat weiß ich sehr wohl. Es läßt sich ja überhaupt alles leichter denken als thun. Denke ich mich zum Beispiel, daß ich Ihre Hukah rauche, da haben Sie dat Mundstück zwischen die Zähne, und ich kann mich den Rauch inschnuppern. Ich weiß auch ebenso jenau, daß die Sache mit eine jewisse Jefahr verbunden ist, aber ich kann den Jedanken nicht los werden, daß wir unsern „Jeldbriefträger von Ninive" nochmal wiedersehen, und da ist mich sonne chinesische Jefährlichkeit ziemlich schnuppe. Wollen Sie hinein in dat Huok-tschu-fang, so bin ich augenblicklich mit dabei."

„Ich auch," sagte Richard.

„Das glaube ich," antwortete Degenfeld dem letzteren. „Dich aber könnte ich nicht gebrauchen. Du treibst Chinesisch erst seit unsrer Reise; Gottfried aber hat sich schon vorher so oft und eingehend mit seinem guten Freunde Ye-kin-li herumgeärgert, daß, um mit Turnerstick zu sprechen, genug Endungen an ihm hangen geblieben sind, um ihm hier und da einmal über die Lippen zu laufen. Er kann leichter als du für einen Chinesen gehalten werden, ganz abgesehen davon, daß du zu jung und zu klein bist, an so einer Gefahr teilzunehmen."

„Schön!“ meinte Gottfried. „Also mein Jedanke jefällt Ihnen?“
„Er ist nicht allein der deinige. Ich sagte ja bereits, daß ich ihn selbst auch schon gehabt habe. Wenn ich mir die Sache recht überlege, so wird uns wohl nichts andres übrig bleiben.“
„Jut. Ich jehe also mit?“
„Ja. Allein kann ich es nicht wagen. Ich muß einen Soutien haben, auf den ich mich zurückziehen kann.“
„Jottfried und Soutien! Ich avanciere immer höher! Wollen diese Anjelegenheit weiter betrachten. Wenn wir diesen Plan ausführen wollen, so müssen wir chinesische Kleider haben.“
„Mandarinenanzüge sogar!“
„Doch woher nehmen?“
„Freilich hier ist es nicht wie daheim, wo man nur zum Maskenverleiher zu gehen braucht, um alles zu finden, was nötig ist.“
„Werden es auch hier finden!“
„Wo?“
„Davon später. Ferner brauchen wir den Hauptschlüssel in Jestalt von eine Medaille.“
„Den hat der Tong-tschi.“
„Und jiebt ihn nicht her?“
„Ich zweifle.“
„Ferner brauchen wir Sänften, nicht?“
„Ja. Gehen können die drei nicht, wenn es uns gelingen sollte, sie bis vor das Thor des Gefängnisses zu bringen. Die Kleidung des Mijnheer würde auffallen und alles verraten.“
„So müssen wir Sänftenträger bestechen, und dat kostet Jeld.“
„Das Geld würde ich nicht sparen; aber welcher Fremde findet gleich Kulis, denen man trauen darf. Wir wären gezwungen, diesen Leuten unsern Plan mitzuteilen, und müßten gewärtig sein, daß die Kerls zum Pang-tschok-kuan liefen, um ihm alles zu sagen.“
„Wie viele brauchen wir ihrer denn?“
„Zwölf.“
„Zwölf? Warum so viele?“
„Weil wir sechs Personen sind? Es versteht sich ja ganz von selbst, daß wir nicht nach hier zurückkehren könnten. Wir müßten sofort die Stadt verlassen.“
„O weh! Und die Straßen und Jassen sind alle verschlossen!“
„Das würde uns wenig hindern, da ich den Paß habe, welcher alle Thore öffnet, leider aber nicht Gefängnisthüren.“
„Hm! Je länger ich mich die Sache betrachte, desto freundlicher lächelt sie mir an. Ich werbe 'mal einige Augenblicke auf und nieder steigen; dann sollen Sie hören, wat der Jottfried für kein Aujust ist!“
Er stand von seinem Sitze auf und stieg einigemal im Garten hin und her. Dabei warf er die langen Arme um sich und zog allerlei wunderliche Gesichter, lachte dabei laut auf,

brummte wieder sehr ernst vor sich hin und kehrte endlich mit einem höchst pfiffigen Gesicht wieder zurück.
„Ich habe es!“ sagte er. „Die janze Jeschichte liegt hell und klar vor meine jeistige Fähigkeiten; nur mit die Sänftenträger weiß ich noch nicht, woher sie nehmen.“
„Nun, schieß los!“
„Soll jeschehen. Sie wissen wohl, daß ich länger bin als Sie?“
„Natürlich! Was soll diese Frage?“
„Stören Sie mir nicht in meinem Zirkel! Auch werden Sie bemerkt haben, daß Sie dicker sind als ich?“
„Zu meiner Kenntnis ist auch das gekommen, ja.“
„Und wat sagen Sie nun von die Jestalt unsres heutigen Wirtes?“
„Wieso? In welcher Beziehung meinst du das?“
„In Beziehung der seinigen Jestalt auf die unsrige Figur.“
„Nun, er ist nicht ganz so beleibt wie ich und auch nicht ganz so lang wie du.“
„Janz recht! Er steht so mitten inne. Darum jebe ich mir der Ueberzeugung hin, daß seine Anzüge uns beiden so leidlich passen würden, wenigstens für des Nachts.“
„Möglich, sogar wahrscheinlich. Aber denkst du etwa, daß er sie uns leihen würde?“
„Warum nicht?“
„Nein. Er mag von der Sache persönlich nichts wissen.“
„Aberst fragen können Sie ihn doch! Und sollte er sie nicht herjeben wollen, nun, so schafft unser Jottfried Rat.“
„Wieso?“
„Ich mause sie, oder „ek muise zij“, wie der Mijnheer sagen würde.“
„Gottfried, wie lautet das siebente Gebot?“
„Weiß schon: Du sollst nicht stehlen! Doch will ich dat auch jar nicht. Er soll seine Habitussens zurück erhalten. Und diese Medailljens, welche wir brauchen, werben „ook gemuist“, wenn wir sie nicht anders bekommen können.“
„Gottfried, Gottfried!“
„Methusalem, Methusalem! Wenn Sie wat bessers wissen, so sagen Sie es! Sie können nur als Mandarin und mit einem Zeichen versehen sich Eingang verschaffen. Ueberlejen Sie sich den Schlafrock; ich werde Ihnen nicht dabei stören.“
Er ging fort, um seinen Spaziergang wieder aufzunehmen, und kehrte erst nach längerer Zeit zurück, um zu fragen: „Nun, haben Sie einen andern Weg entdeckt?“
„Nein.“
„So muß es bei dem meinigen bleiben.“
„Das fällt mir schwer. Sollen wir das Vertrauen des Tong-tschi in dieser Weise täuschen? Denn was wir ihm heimlich nehmen, können wir ihm dann nicht wieder zustellen.“
„Warum denn nicht?“
„Weil wir keine Zeit dazu haben und die Sachen auch keinem Boten anvertrauen dürfen.“

„Hm! Dann wären sie allerdings jestohlen, und ein Spitzbube ist der Jottfried nie jewesen. Hier, grad hier sitzt der Hase, über den ich nicht jern stolpern möchte. Denken wir also weiter nach!“

Aber das Grübeln war umsonst. Degenfeld sah ein, daß er vor allen Dingen hören müsse, welchen Vorschlag ihm der Tong-tschi machen werde. Dieser hatte ihm ja einen guten Rat versprochen.

Aber der Nachmittag verging, ohne daß der Mandarin sich sehen ließ. Es wurde Abend und man rief die drei zum Mahle in das Haus. Es war für sie allein gedeckt. Degenfeld fragte den servierenden Diener nach seinem Herrn und hörte, daß derselbe Besuch empfangen habe.

„Es ist der Ho-po-so, welcher mit ihm in seinem Zimmer speist,“ fügte der redselige Mann hinzu.

„Der Ho-po-so? Wann ist er gekommen?“

„Vor einer halben Zeit.“

Eine halbe Zeit ist gerade eine Stunde. Also schon so lange war er da! Er aß mit dem Tong-tschi, ohne sich vor den Gästen sehen zu lassen, welche zu begrüßen er gekommen war! Das war sonderbar.

Später hörte Degenfeld die Schritte mehrerer Leute, welche draußen am Speisezimmer vorübergingen. Dann erfuhr er, daß der Ho-po-so sich entfernt habe.

„Das ist beleidigend,“ sagte er zu Gottfried. „Wir haben ihn von der Piratendschunke geholt; er verdankt uns nicht nur das Leben, sondern auch die Ehre und Reputation; er hat auch dem Tong-tschi gesagt, daß er morgen oder sogar schon heut kommen wolle, um uns zu sehen, und nun er da ist, sucht er uns nicht auf und entfernt sich wieder, ohne uns sein mongolisches Angesicht gezeigt zu haben. Was soll man davon denken?“

„Wat ich denken soll, dat weiß ich.“

„Nun, was?“

„Der Tong-tschi wird erzählt haben, wat jeschehen ist, und nun mag dieser liebe Hafen- und Flußmeister nichts von uns wissen. Als er sich in Jefahr befand, waren wir ihm willkommen; nun aber wir uns in Jefahr befinden, beeilt er sich, heiler Haut nach Hause zu gehen. Dat ist so der Lauf der Welt und die Gepflogenheit des Menschenjeschlechtes.“

„Aber feig und undankbar!“

„Wat mir betrifft, so bin ich nicht zu den Chinesigen jekommen, um Mut und Dankbarkeit bei sie zu suchen. Meinetwegen mag dieser Ho-po-so sich – – –“

Er hielt inne, denn der Tong-tschi trat ein, grüßte sehr freundlich und erkundigte sich, wie sie bedient worden seien. Der Methusalem antwortete anerkennend und war dann ziemlich erstaunt, als der Wirt ihm sagte, daß der Ho-po-so dagewesen und soeben fortgegangen sei. Er hatte erwartet, daß er diesen Besuch verheimlichen werde, um seine Gäste nicht zu kränken.

„War er nicht gekommen, uns zu begrüßen?“ konnte der Student sich doch nicht enthalten zu fragen.

„Ja," antwortete der Mandarin ganz unbefangen. „Er hatte sich sehr darauf gefreut, Sie zu sehen."
„So kommt er wieder?"
„Nein."
„Dann ist es mir unbegreiflich, daß er gegangen ist, ohne sich sehen zu lassen!"
„Es fiel ihm plötzlich ein, daß er etwas sehr Wichtiges vergessen hatte; darum mußte er sich beeilen und hat mich gebeten, ihn zu entschuldigen."
„Dessen bedarf es nicht. Wir dürfen ja nicht so unbescheiden sein, ihn von wichtigen Dingen abzuhalten."
Ueber das Gesicht des Tong-tschi glitt ein feines Lächeln. Er wußte gar wohl, wie Degenfeld seine Worte meinte, that aber gar nicht so, als ob er ihn verstehe. Er setzte sich zu den dreien an den Tisch, verlangte Pfeifen und gab, als diese brannten, dem Diener den Befehl, sich zurückzuziehen und jede Störung fern zu halten.
Nach dieser Einleitung wollte der Methusalem vermuten, daß der Mandarin nun von den Gefangenen sprechen und vielleicht einen guten Rat zum Vorschein bringen werde. Dem war aber nicht so, denn der Chinese begann wieder von dem Ho-po-so zu sprechen. Er sagte: „Dieser Mandarin hat über den Hafen von Kuang-tséu-fu und alle Flüsse des Landes zu gebieten. Es darf ohne seine Erlaubnis kein Schiff kommen oder gehen. Vorhin nun besann er sich darauf, daß der Kapitän eines Ts'ein-kiok um die Genehmigung nachgesucht habe, abzusegeln. Der Ho-po-so hatte das vergessen, und da das Schiff morgen schon weit von hier sein muß, so eilte er fort, um das Versäumte nachzuholen."
Ts'ien-kiok heißt wörtlich: Tausendfuß. So werden die leicht gebauten Kriegsdschunken genannt, welche besonders die Flüsse des Binnenlandes und Kanäle befahren. Sie werden außer von den Segeln auch durch eine Menge von langen Rudern fortgetrieben, welche zu beiden Seiten des Fahrzeuges in das Wasser greifen. Die schnelle Bewegung und große Anzahl dieser Ruder ist der Grund, daß man diese Fahrzeuge oft Tausendfüße nennen hört.
Was aber hatte so ein Schiff heute abend für eine Wichtigkeit? Warum sprach der Tong-tschi von demselben, wo man von ihm ganz andres erwartet hatte?
„Haben Sie schon einmal so einen Ts'ien-kiok rudern sehen?" fragte er in einem Tone, als ob dieser Gesprächsgegenstand der vorzüglichste sei, den es nur geben könne.
„Nein," antwortete der Methusalem kurz.
„Sie werden es noch sehen und sich über die Schnelligkeit wundern, mit welcher es in kurzer Zeit große Strecken zurücklegt."
„Später! Heut aber habe ich an ganz andres zu denken!"
„O, warum wollen Sie nicht auch einmal von einem Tausendfuße sprechen oder hören? Er wird zwei Stunden nach Mitternacht abgehen, kann aber auch vorher bereit dazu sein."
„So!" dehnte Degenfeld.

„Er muß nämlich noch in dieser Nacht fort, um einen Yao-tschang-ti nach Schü-juan zu bringen."
„Wohnen dort viele Leute, welche die Steuern schlecht bezahlen?" fragte der Student, um nur etwas zu sagen.
„Ja. Aber wissen Sie, wo Schü-juan liegt?"
„Nein."
„Es liegt jenseits hoch oben am Pe-kiang, wenn man nach Schao-tschéu fährt."
Jetzt wurde der Methusalem aufmerksam, denn die letztgenannte Stadt lag auf der Route, welche er einschlagen wollte. Warum erwähnte der Mandarin sie? Hatte er doch einen Grund, von dem Tausendfuße zu sprechen?
„Dieses Schiff," fuhr er fort, indem er mit den kleinen Augen blinzelte, „ist das schnellste, welches ich kenne. Wenn es heute zwei Stunden nach Mitternacht fortfährt, wird es übermorgen noch vor Mittag den Pe-kiang erreichen, wozu ein andres Schiff zwei volle Tage braucht. Es legt bis dorthin nicht am Ufer an und würde für denjenigen, welcher sehr schnell und rasch weit von hier entfernt sein will, eine vortreffliche Gelegenheit bieten."
Es war klar, er sagte das nicht ohne eine gewisse Absicht. Sollte das etwa der Rat sein, den er hatte geben wollen? Wollte er als Beamter ihn nicht direkt erteilen, sondern ihn erraten lassen? Dies war immerhin anzunehmen, und darum fragte der Methusalem: „Nimmt denn ein Kriegsschiff auch Passagiere mit?"
„Ja, wenn sie dem Kapitän empfohlen sind."
„Auch Fremde?"
„Jeden, der eine Empfehlung besitzt."
„Und muß dieselbe eine schriftliche sein?"
„Ja. Noch besser aber ist es, wenn derselben eine mündliche vorangegangen ist. Aber wer einen Paß besitzt, wie zum Beispiel ich Ihnen ausgestellt habe, bedarf dessen gar nicht. Besitzt er aber außer demselben auch noch eine schriftliche und mündliche Empfehlung, so kann er auf dem Tausendfuße schalten und walten, als ob derselbe sein Eigentum sei."
„Das würde der Kapitän sich nicht gefallen lassen!"
„O, was ist der Kapitän einer Flußdschunke! Nichts, gar nichts! Sie wissen ja, daß China gar keine Seeoffiziere besitzt. Sie existieren nur dem Namen nach. Ein Soldat wird zu Lande oder zu Wasser verwendet, ganz wie es seinem Vorgesetzten beliebt. Landoffiziere kommandieren auf Dschunken, und Seeoffiziere befehligen Landabteilungen, und dabei verstehen sie keins von beiden. Ich bin Chinese, aber ich kenne unsre Mängel und weiß recht gut, weshalb wir in jedem Kriege, den wir mit den Fremden führen, geschlagen werden und geschlagen werden müssen. Der Kapitän dieses Tausendfußes ist ein gewöhnlicher Scheu-hü-tsiang-tsung, auch Scheu-pi genannt, dem kaum seine Soldaten gehorchen. Die eigentliche Führung des Schiffes fällt, wie auch bei den Handelsdschunken, dem Ho-tschang zu."
„Und hat der Yao-tschang-ti etwas zu befehlen?"

„Der Steuereintreiber? Diese Leute treten überall befehlend auf und gebärden sich, als ob sie hohe Mandarinen seien; aber sie haben nur Macht über die säumigen Steuerzahler, sonst über keinen Menschen. Sie brüllen einen jeden an, kriechen aber in dem Staube, wenn er sie noch lauter anschreit."
„Dann muß eine Segel- und Ruderfahrt mit solchen Leuten sehr interessant sein."
„Das ist sie gewiß. Vielleicht haben Sie bald Gelegenheit, eine solche Fahrt zu unternehmen, da Sie ja auch den Pe-kiang hinauf wollen."
„Woher wissen Sie das? Ich erinnere mich nicht, es Ihnen gesagt zu haben."
„Ihr Liang-ssi sprach davon, als ich ihn heute früh zufällig im Garten traf."
„So hat er Ihnen auch gesagt, weshalb ich diese Richtung einschlage?"
„Nein. Er teilte mir nur mit, daß Sie hinauf nach Schao-tschéu wollen."
„Ist Ihnen der Kapitän des Tausendfußes bekannt?"
„Ja. Der Ho-po-so hat mir seinen Namen genannt."
„Und wohl auch der Steuereintreiber?"
„Auch dieser. Ich kenne ihn persönlich. Er ist ein kleiner, dürrer Mann, dünkt sich aber ein Riese von Verstand und Würde zu sein. Er wird von allen ausgelacht, die keine Steuern schuldig sind. Es befinden sich auf diesem Tausendfuße einige Waren, welche ich holen lassen will."
„Wann?"
„Nach Mitternacht."
„Warum so spät und wenn alle Thore der Gassen verschlossen sind?"
Er blinzelte wieder sehr listig mit den Augen und antwortete: „Weil – – nun, Ihnen kann ich es anvertrauen, weil es Waren sind, von denen niemand etwas wissen darf."
„Dürfen die Träger denn durch die Gassen? Wird man ihnen die Thore öffnen?"
„Ganz gewiß, denn ich denke, es wird einer dabei sein, welcher einen guten Paß besitzt."
„Und dieser Mann muß mit ihnen gehen?"
„Gehen? O nein! Ein Mann, welcher einen solchen Paß besitzt, darf nicht gehen. Er ist zu vornehm dazu. Auch muß ich die Waren in Sänften holen lasten, damit sie nicht von den Wächtern gesehen werden."
Jetzt begann der Methusalem zu begreifen. Um sich völlig zu überzeugen, ob er recht vermute, erkundigte er sich noch weiter: „Wie viele Sänften werden Sie senden?"
„Eigentlich nur sechs. Aber es kommt noch eine Doppelsänfte dazu, um die Gewehre und Kleider aufzunehmen."
„Welche Gewehre?"
„Diejenigen, welche ich von hier nach dem Tausendfuße sende. Für sie wäre eine einfache Sänfte nicht räumlich genug. Und dann bekomme ich von dem Schiffe aus Kleider zugeschickt. Es ist ein kleines, heimliches Geschäft, von welchem ich sehr wünsche, daß es gelingen möge."
Jetzt wußte Degenfeld ganz genau, woran er war. Der Mandarin wollte ihm Kleider leihen, um sich unkenntlich machen zu können. In diesen Kleidern sollte er die

Gefangenen befreien. Dann sollte er sich mit seinen Genossen nach dem Schiffe tragen lassen und die Kleider zurücksenden.
„Aber wird man nicht die Sänften und ihre Träger erkennen?“ fragte der Student, um sich genau zu unterrichten.
„Nein, denn die Leute sind wie ganz gewöhnliche Kulis gekleidet, und ich habe auch dafür gesorgt, daß ganz einfache Palankins vorhanden sind.“
„Das ist ja ganz ausgezeichnet. Aber werden die Träger auch so klug sein, ohne anzuhalten nach dem Schiffe zu laufen?“
„Sie brauchen nur ein einziges Mal auszuruhen. Wo das geschehen soll, das hat der Mann mit dem Passe zu bestimmen. Auch habe ich es ihnen schon gesagt. Es ist nicht allzuweit von hier.“
„Sind es viele Kleider?“
„Nur zwei Mandarinenanzüge. Wollen Sie dieselben sehen?“
„Ich bitte, es zu dürfen.“
„So kommen Sie!“
Der Tong-tschi führte Degenfeld in eine Stube, welche für den letzteren nicht bequemer liegen konnte, denn sie stieß an die seinige. Da hingen zwei vollständige Anzüge nebst Mützen mit Knöpfen und Pfauenfedern, welche letztere ein Zeichen großer kaiserlicher Gewogenheit und Anerkennung sind. Nicht das Geringste fehlte. Selbst die Gegenstände, welche trotz ihrer Kleinheit eine so große Wichtigkeit besaßen, waren vorhanden, denn der Mandarin griff in die Aermel, welche in China bekanntlich als Taschen benutzt werden, und zog zwei Medaillen hervor, welche er dem Methusalem zeigte, um sie dann wieder zurückzustecken. Dabei sagte er lächelnd: „Diese Kleider und Münzen sind nämlich für zwei gute Freunde bestimmt, welche einmal versuchen wollen, wie man sich als Mandarin fühlt. Es ist nur ein Scherz, und sie werden mir diese Gegenstände alle sofort zurücksenden, damit mir später nichts davon fehle, denn über diese Münzen habe ich Rechenschaft abzulegen.“
„Wann werden sich diese Freunde ankleiden?“
„Kurz bevor sie gehen. Sie nehmen ihre eigenen Anzüge in der Doppelsänfte mit, um sie dann, bevor sie das Schiff erreichen, wieder zu vertauschen.“
Das war alles genau so arrangiert, als ob der Gottfried dem Mandarin seine Gedanken und Pläne mitgeteilt hätte. Nur handelte es sich darum, die Gefährten glücklich aus dem Gefängnisse und in die Sänften zu bringen. Das war freilich die Hauptsache, zu deren Gelingen aber der Tong-tschi nichts beitragen konnte, wenigstens nicht direkt.
Indirekt aber that er sein möglichstes. Denn als er nun mit Degenfeld in das Speisezimmer zurückgekehrt war, brachte er das Gespräch auf die Gefangenen und beschrieb bei dieser Gelegenheit das Gefängnis so genau und eingehend, daß der Methusalem schließlich auf das allerbeste orientiert war.
Ungefähr eine Stunde vor Mitternacht brach er auf. Er sagte, daß er heute noch einige Stunden zu arbeiten habe und auch auf die Rücksendung der Kleider und Münzen

warten müsse. Er schüttelte den dreien die Hände auf das herzlichste, that ganz so, als ob er nur für diese Nacht Abschied von ihnen nehme, drehte sich aber unter der Thür noch einmal um und sagte in gerührtem Tone: „I lu fu sing!“

Als er dann fort war, schüttelte Gottfried den Kopf und sagte: „Jetzt weiß ich nicht, ob ich ihn recht verstanden habe. Es ist mich janz so, als ob er jelauscht hätte, als wir unten im Garten miteinander sprachen.“

„Das kann nicht geschehen sein, weil der Ho-po-so bei ihm war.“

„Dann ist mich diese Jeschichte ein noch viel jrößeres Rätsel. Was hatten denn seine letzten Worte zu bedeuten?“

„Möge euch das Glück auf eurer Reise begleiten!“

„So hat er gesagt? Donner und Doria, dann ist es richtig! Dann habe ich ihm verstanden! Wir sollen auf das Schiff. Oder nicht?“

„Ja.“

„Und wat war's mit die Kleidage?“

„Kommt! Ich will es euch zeigen.“

Er führte die beiden in die erwähnte Stube. Als Gottfried die Anzüge erblickte, sagte er: „Da ist ja jeder Wunsch erfüllt. Dieser Tong-tschi muß heut mal allwissend jewesen sein. Ich könnte ihn küssen oder ihm ein Morjenständchen off meine Oboe bringen. Nur die Zöpfe fehlen.“

„Brauchen wir nicht, denn wir haben da nicht gewöhnliche Mützen, sondern Regenhüte mit Kaputzen. Er hat eben alles überlegt.“

„Wie soll denn dat allens werden?“

„Das wirst du nachher erfahren. Jetzt will ich einmal sehen, wie es im Hause steht, wer noch wach und munter ist und wo sich die Sänften befinden.“

Im Stockwerke brannte nur eine einzige einsame Lampe. Unten hing zwischen Vorder- und Hinterthür auch eine solche. Die erstere Thür war verschlossen; die zweite stand offen. Als Degenfeld hinaustrat, sah er die Sänften stehen. Ein Mann erhob sich vom Boden, trat nahe zu ihm heran, verbeugte sich und fragte: „Wann befiehlt Ihre hohe Würde, daß wir aufbrechen?“

Der Sprecher war ganz einfach, wie ein Kuli gekleidet.

„Weißt du, wen ihr zu tragen habt?“ fragte der Methusalem.

„Ja.“

„Auch wohin?“

„Auch das.“

„Nun, wohin?“

„Nach dem Schiffe.“

„Direkt?“

„Nein. Wir halten einmal. Zwei hohe Herren steigen aus; der jüngere Gebieter bleibt in seinem Palankin. Dann kommen die beiden Ehrwürdigen mit drei andern Achtunggebietenden zurück; sie steigen ein, und der Weg wird fortgesetzt, bis wir in der

Nähe des Schiffes halten, um die Umkleidung abzuwarten und sie dann auf das Deck des Tausendfußes zu bringen."

„Du hast sehr genaue Befehle erhalten. Aber wo ist die Stelle, an welcher ihr zu halten habt?"

„In der Nähe des Gefängnisses steht die Thür eines Hauses offen, in dessen Hof wir warten werden."

„Wem gehört dieses Haus?"

„Einem sehr ergebenen Diener unsres mächtigen Tong-tschi."

„Gut! In kurzer Zeit werden wir aufbrechen. Haltet euch bereit!"

Degenfeld ging in seine Stube zurück, in welcher er den Gottfried instruierte. Als er mit seiner Weisung zu Ende war, kratzte sich der Wichsier hinter den Ohren und schmunzelte: „Allens ist jut, allens, aberst ob es jelingen wird, dat müssen wir abwarten. Leicht ist es nicht. Es scheint mich vielmehr, als ob wir noch niemals ein so jroßes Wagnis unternommen hätten. Wenn es auch nicht den Kopf kostet, so kann doch der Kragen verloren jehen. Doch, frisch jewagt ist halb ertrunken! Ein tapferer Ritter zaudert nicht. Machen wir uns also in die Jewänder und dann auf die Beine!"

Sie vertauschten ihre Kleider mit den beiden Anzügen, wobei Richard ihnen behilflich war. Dann mußte der letztere die Habseligkeiten der gefangenen Gefährten aus deren Stuben holen. Der Hund bekam seinen Tornister aufgeschnallt, und dann begaben sie sich hinab zu den Sänften.

Dort standen jetzt vierzehn Kulis, welche ihrer warteten. Degenfeld befahl ihnen, die Effekten herabzuholen und in die Doppelsänfte zu thun. Als dies geschehen war, stiegen die drei ein.

Es schien im ganzen Hause außer den Genannten kein Mensch anwesend oder wach zu sein, eine so tiefe Stille herrschte überall. Der Zug setzte sich in Bewegung. Die Thür wurde leise geöffnet und wieder verschlossen; dann ging es im Trabe die Gasse hinab.

Es war dem Methusalem keineswegs allzu behaglich zu Mute. Er stand vor einem Wagnisse, von welchem hundert gegen zehn zu wetten war, daß es übel ablaufen werde; er vertraute aber auf sein gutes Glück und sagte sich, daß sein Vorhaben zwar ein ziemlich leichtsinniges, aber doch nicht unbegründetes sei.

Die Straße war dunkel. Nur ganz vorn, wo sie durch einen Gitterbogen von der nächsten Gasse getrennt war, gab es eine Papierlaterne, bei welcher ein Wächter stand.

„Schui ni-meo – wer seid ihr?" fragte er, als die Träger Degenfelds, welcher in der vordersten Sänfte saß, bei der Pforte anhielten.

Der Student hatte seinen Paß bereit gehalten und zeigte ihn vor. Der Wächter leuchtete mit der Laterne auf die Schrift; als er die ersten Charaktere und dann das Siegel erblickte, riß et die Pforte auf und warf sich, ohne ein weiteres Wort zu sagen oder zu fragen, platt auf den Boden nieder. Sie konnten passieren.

Ebenso ging es am Ende von noch vier andern Straßen. Ueberall ertönte das Schui-nimen, und sobald die Wächter den Paß erblickten, öffneten sie schleunigst und warfen sich dann auf die Erde.
Dann bogen die Träger in ein Haus ein, dessen Thür offen stand, und setzten die Sänften draußen im Hofe ab. Degenfeld, Gottfried und Richard stiegen aus. Es war hier so finster und still wie in einer Kirche um Mitternacht.
„Ich wollte, ich könnte mit euch gehen," sagte Richard. „Mir ist so bange um euch, Onkel Methusalem."
„Pah, bange!" antwortete der Blaurote. „Wer wird da ängstlich sein."
„Aber es ist so gefährlich. Was thue ich, wenn man euch festhält?"
„Da läßt du dich zurück zum Tong-tschi tragen. Aber das kann gar nicht geschehen. Als Mandarinen haben wir das Recht, das Gefängnis zu jeder Stunde, auch des Nachts zu besuchen. Da kann uns niemand etwas thun. Und sind wir drin, so werden wir ja sehen, ob die Sache leicht oder schwer ist. Ist sie unmöglich, so gehen wir unterrichteter Dinge wieder fort. Kopflos werde ich gar nicht handeln. Also den Kopf in die Höhe, Junge! In einer Viertelstunde sehen wir uns wieder."
Richard schlang den Arm um ihn, drückte ihn an sich und trat dann still zurück. Degenfeld ging mit dem Gottlieb durch das Haus zurück auf die Straße. Diese war vollständig dunkel. Nur gerade ihnen gegenüber schimmerten einige geölte Papierfenster.
„Das ist im Gefängnisse," sagte Degenfeld. „Dort muß es liegen."
„Ja, nach der Beschreibung des Tong-tschi liegt es dort. Doch sagen Sie mich erst mal, welches Jefühl Sie in der Magenjegend empfinden?"
„Ungefähr so, als ob ich saures Bier getrunken hätte."
„Mich ist es ebenso. Und oben im Halse habe ich die Empfindung, als ob ich zur Hälfte einen Schangdarm verschlungen hätte. Ist es dat Jewissen, nämlich dat böse, oder die Angst?"
„Wohl beides. Einen Schritt, wie wir ihn vorhaben, kann man unmöglich ohne Sorge und Beklemmung thun. Wer das leugnet, der lügt einfach. Doch je schneller man ins Wasser springt, desto eher ist man naß. Komm, alter Gottfried!"
„Jottfried? Dat verbitte ich mich. Ich bin jetzt der Kuan-fu Ziegenkopf. Verstanden? Ich werde versuchen, mein Chinesisch an den Mann zu bringen."
„Ja nicht! Sprich so wenig wie möglich; am besten ist's, du schweigst ganz."
„Jut, so schweige ich chinesisch. Auch dat habe ich jelernt."
Sie schritten über die Straße hinüber und standen vor einem Thore, welches durch eine hohe dicke Mauer führte. Ueber dem Thore hing ein Gong, an welches der Methusalem schlug.
„Schui-tsi – wer da?" fragte es von innen.
„Ri kuan fu – zwei Mandarinen," antwortete Degenfeld.

Ein Riegel wurde zurückgeschoben und das Thor ein wenig geöffnet. In der Lücke erschien zuerst ein Spieß und dann die Gestalt eines Soldaten, welcher ein kleines Laternchen in der Hand hielt.
„Lao-ye put tek lai – die alten Herren dürfen nicht herein," sagte er.
Da zogen die beiden ihre Münzen vor und zeigten sie ihm. Sofort trat er zur Seite, um sie eintreten zu lassen, und verbeugte sich fast bis zur Erde herab.
Aus der Beschreibung, welche der Tong-tschi ihm geliefert hatte, kannte Degenfeld die Oertlichkeiten des Gefängnisses. Sie schritten über einen schmalen Hof und standen nun vor der Thür des eigentlichen Gebäudes, welches sich lang und nur ein Stockwerk hoch in der Dunkelheit verlor.
Auch hier mußte an ein Gong geschlagen werden, worauf hinter der Thür dasselbe Schui-tsi ertönte. Der Posten öffnete, als er die schon erwähnte Antwort bekam, und ließ sie nach Vorzeigen der Münze eintreten. Jetzt befanden sie sich in einem schmalen Gang, welcher von zwei Laternen erleuchtet wurde.
„Dummes Zeug!" brummte Gottfried.
„Was? Die Angst?"
„Nein, der Anzug. Dat schleppt bis auf die Füße, gerade wie bei sonne Promenadendame mit oblijate Schleppe. Ich bringe die Beine nicht vorwärts."
In der Mitte des Ganges gab es rechts und links eine Thür. Degenfeld wußte vom Tong-tschi, wo die Gefangenen sich befanden. Er klopfte links.
„Schui-tsi?" rief es dahinter.
Die beschriebene Scene wiederholte sich abermals. Auch hier stand ein Soldat, welcher auf Brust und Rücken das Wort Ping zur Schau trug, welches eben „Soldat" bedeutet.
Als die Thür hinter ihnen wieder verriegelt worden war, befanden sie sich in einem breiteten Gang, in welchem zu beiden Seiten niedrige Thüren mündeten. Da lagen die besseren Gefängnisse.
Hinten am Ende des Ganges wurde jetzt eine Thür geöffnet. Der Schein eines hellen Lichtes fiel heraus und beleuchtete die Person, welche erschienen war, um zu erfahren, wer in so später Stunde komme. Es war der junge Mandarin. Das Bewußtsein seiner Verantwortlichkeit hatte ihm den Schlaf verboten. Er wartete, bis die beiden in den Kreis seines Lichtes traten, betrachtete sie mit mißtrauischen Blicken, verbeugte sich nur wenig und fragte: „Sui-tsün, wer sind Sie."
Die beiden zeigten, ohne mit einem Worte zu antworten, ihre Münzen vor.
„Kommen Sie herein!"
Er führte sie in eine kleine Stube, in welcher sich ein Tisch, ein Stuhl und eine niedrige Lagerstätte befand. Auf dem Tische brannten zwei Talgkerzen, bei denen ein aufgeschlagenes Buch lag. Der Mandarin betrachtete die Münzen längere Zeit und sehr genau; dann hatte er sich überzeugt, daß dieselben echt seien. Nun verbeugte er sich tiefer, also höflicher, und fragte: „Welcher Veranlassung habe ich es zu verdanken, daß meine höheren Brüder mich besuchen?"

Das war noch immer nicht diejenige Höflichkeit, welche der Methusalem erwartet hatte. Darum antwortete er in ziemlich barschem Tone: „Sind Sie der Pang-tschok-kuan dieses Hauses?“

„Ja.“

„Gibt es in dieser Stunde noch andre Oberbeamten hier, welche anwesend sind?“

„Nein.“

„Es sind heut zwei Lamas mit einem Dolmetscher eingeliefert worden?“

„Nein.“

„Ich glaube, Sie sprechen die Unwahrheit!“

„Ich sage keine Lüge. Diese Leute sind nicht das, wofür sie sich ausgeben. Der eine ist ein Holländer und der andre ein Deutscher.“

„Wie können Sie das wissen?“

„Ich habe mich überzeugt. Ich habe von Scha-mien einen Dolmetscher kommen lassen, welcher mir genaue Auskunft gab.“

„Hat er mit ihnen gesprochen?“

„Nein, denn in diesem Falle hätten sie sich in acht genommen, sich nicht zu verraten. Er hat an ihrer Thür gehorcht, und da sie laut sprachen, verstand er alle ihre Worte. Der dritte ist ein Chinese, welcher auch deutsch spricht.“

„Wer hat Ihnen denn die Erlaubnis erteilt, einen Dolmetscher kommen zu lassen?“

„Niemand. Ich bedarf dazu keiner besonderen Genehmigung.“

„Da dürften Sie sich irren, besonders da Ihnen schon der Tong-tschi eine ernste Verwarnung erteilt und Ihnen gesagt hat, daß er in dieser Angelegenheit allein zuständig sei.“

„Das habe ich auch geachtet. Ich habe diese Gefangenen nicht belästigt und nur wissen wollen, wer sie sind.“

„Die allergrößte Belästigung für einen Menschen aber ist es, wenn er sich belauschen lassen muß. Die drei Männer wohnen hier?“

Er zeigte auf eine verschlossene Thür, welche nach der Seite hin aus dem Zimmer führte.

„Ja,“ bestätigte der Mandarin.

„Oeffnen Sie! Ich wünsche mit ihnen zu sprechen.“

Anstatt zu gehorchen, musterte ihn der Pang-tschok-kuan abermals genau und antwortete: „Diesem Wunsche kann ich nicht Folge leisten.“

„Wunsch? Von einem Wunsche ist keine Rede; es handelt sich vielmehr um einen Befehl, den ich Ihnen erteile.“

„Dem muß ich widersprechen. Ich kann eine Willensäußerung von Ihnen beiden nicht als Befehl gelten lassen.“

„Warum nicht?“

„Weil ich Sie nicht kenne.“

„Sie sehen es unsrer Kleidung an, daß wir Ihnen vorgesetzt sind. Ihr geblümter goldener Mützenknopf und unsre blauen Kugeln müssen Ihnen sagen, daß wir in die dritte, Sie aber in die siebente Rangklasse gehören. Wir fordern also von Ihnen denjenigen Gehorsam, welchen Sie uns schuldig sind!“

Der junge Mann ließ kein Zeichen von Furcht blicken. Er sah dem Methusalem fest in die Augen und antwortete in ebenso festem Tone: „Dieser Gehorsam soll Ihnen werden, sobald Sie mir beweisen, daß Sie berechtigt sind, diesen blauen Knopf zu tragen.“

„Was! Zweifeln Sie etwa daran.“

„Ich zweifle weder, noch glaube ich daran; aber ich verlange Beweise. Gestern um dieselbe Zeit ist auch ein Mandarin desselben Knopfes hier gewesen und hat drei Gefangene entführt. Mir soll das nicht passieren.“

Der Methusalem hätte diesem braven und furchtlosen Manne am liebsten die Hand drücken mögen, obgleich ihm diese Festigkeit sehr ungelegen kam. Darum zog er seinen Paß heraus und zeigte ihn dem Mandarin, doch so, daß et ihn nicht lesen konnte, da er sonst aus dem Inhalte ersehen hätte, daß der Vorzeiger ein Fremder sei.

„Kennen Sie dieses Siegel?“

„Ja; es ist dasjenige des Himmelssohnes,“ antwortete der junge Mann, indem er zwar sich nicht auf die Erde warf, aber doch niederkniete. „Sie sind also ein Schün-tschi-schu-tse, ein Vertrauter der höchsten Majestät; ich beuge mich vor Ihnen.“

„Stehen Sie auf, und öffnen Sie die Gefängnisthür!“

Jetzt gehorchte der Mandarin. Die Stube, in welche der Methusalem jetzt blicken konnte, war allerdings keines der gewöhnlichen chinesischen Gefängnislöcher. Sie bot für drei Personen Raum genug und hatte einen Tisch, drei Stühle und ebenso viele Lagerstätten. Eine Laterne beleuchtete die Reste eines wohl nicht gefängnismäßigen Abendessens.

Die Gefangenen standen erwartungsvoll inmitten des Raumes; sie hatten die Sprechenden durch die Thür gehört und den Blauroten an der Stimme erkannt. Als sie ihn nun sahen, stutzten sie. Er bot in seiner chinesischen Tracht einen sonderbaren Anblick. Zwar kleidete dieselbe sein Bierbäuchlein gar nicht so übel, aber sein dichter, dunkler Vollbart paßte nicht zu ihr, und eine solche Nase hatte man wohl auch niemals bei einem Mandarin gesehen.

Noch anders, fast komisch, wirkte das Aussehen Gottfrieds. Die weite Tracht hing an seinem langen, hageren Körper wie ein Reisemantel um einen Gartenpfahl, und sein bartloses, vielfaltiges Gesicht nahm sich unter der Mandarinenmütze höchst sonderbar aus.

„Gott sei Dank, da sind sie endlich!“ rief Turnerstick. „Und zwar in Maskerade! Aber, bester Methusalem, wie kommen Sie denn auf den Gedanken, Ihren Studentenanzug mit dieser Tracht zu vertauschen? Sie sehen so lächerlich aus, daß – – –“

„Still!“ fuhr ihn der Blaurote an. „Ich glaube gar, Sie wollen lachen! Damit würden Sie alles verderben. Dieser junge Mann darf nicht ahnen, daß wir uns kennen. Er hält uns für sehr hohe Beamte. Kommen Sie aber mit Vertraulichkeiten, so ist es aus damit.“

„Aber – er versteht uns ja nicht,“ stotterte der Kapitän verlegen.

„Ihr Gesicht und Ihr Ton sprechen deutlicher als alle Worte. Sie scheinen überhaupt keinen Begriff von der Gefahr zu haben, in welcher Sie schwebten und noch schweben. Sie sind geradezu leichtsinnig gewesen und haben gar keine Veranlassung, lustig zu sein. Doch habe ich zu Vorwürfen keine Zeit. Wir müssen handeln. Kommen Sie heraus in die Stube des Mandarins! Läßt er Sie nicht fort, so müssen wir ihn überwältigen."

Indem er das sagte, trat er schnell an die vordere Thür, welche nach dem Gefängnisgange führte, um dem Mandarin diese Richtung abzuschneiden. Ebenso rasch kamen die Gefangenen herein in das Zimmer. Das ging so plötzlich vor sich, daß der Pang-tschok-kuan keine Zeit fand, es zu verhindern. Er stand neben Gottfried, hinter sich die drei Gefangenen und vor sich den Methusalem. Die Situation überschauend, fragte er in betroffenem Tone: „Was soll das? Warum dürfen diese Leute herein?"

„Weil sie mit mir gehen werden," antwortete Degenfeld. „Ich bin gekommen, sie abzuholen."

„Das gebe ich nicht zu!"

„Wollen Sie mir, dem Schün-tschi-schu-tse, ungehorsam sein?"

„Ihnen und jedem andern, und wenn sein Rang noch so hoch wäre! Diese Leute sind mir von dem Tong-tschi anvertraut worden, und nur ihm allein werde ich sie übergeben. Ich rufe sofort die Wache!"

Er trat an das neben der Thür hängende Gong, um ein Alarmzeichen zu geben, doch der Methusalem schleuderte ihn zurück. Da richtete der furchtlose junge Mann sich stolz auf und rief: „Jetzt weiß ich, woran ich bin. Sie sind kein Mandarin. Sie reden die Sprache dieser Gefangenen. Sie sind ein Bekannter von ihnen und wollen sie befreien. Gestehen Sie das?"

Diesem achtunggebietenden Wesen gegenüber konnte der Methusalem sich nicht zu einer Lüge entschließen; er hätte sich dann ihrer schämen müssen. Darum antwortete er: „Sie haben es erraten, können aber die Ausführung unsrer Absicht nicht verhindern. Sie sind einer gegen fünf."

„Sie irren. Ich brauche nur um Hilfe zu rufen, so kommt die Wache!"

„Ja, der eine Mann, welcher draußen im Gange steht; von andern können Sie nicht gehört werden. Und ob wir den mürben Spieß dieses Mannes fürchten, mögen Sie hiernach beurteilen!"

Er zog seine zwei Revolver aus der Tasche, zeigte sie ihm und spannte sie; Gottfried that desgleichen. Der Mandarin erbleichte, denn et wußte wohl, daß er nur von dem nächsten Posten gehört werden könne. Ein Widerstand seinerseits hatte nicht die geringste Aussicht auf Erfolg. Ja, selbst wenn alle wachehaltenden Soldaten hätten herbeikommen können, wären dieselben diesen vier Drehpistolen gegenüber ohnmächtig gewesen. Sie wären wohl schon vor dem selbstbewußten, furchtlosen Auftreten des Methusalem in alle Winkel gekrochen. Die Hauptsache aber war, daß dieser letztere sich in dem Besitze eines Passes befand, welchen jeder Soldat, bis hinauf zum General, zu respektieren gezwungen war. Er brauchte ihn nur vorzuzeigen, so gehorchte man seinen Befehlen,

nicht aber denjenigen eines Gefängnisbeamten. Aus diesen Gründen konnte gar kein Zweifel darüber gehegt werden, daß die Gefangenen aus dem Huok-tschu-fang entkommen würden.
Wenn infolgedessen der Student der Ansicht gewesen war, daß der junge Mandarin sich fügen werde, so hatte er sich dennoch geirrt. Der Beamte zeigte eine sehr ernste, ja entschlossene Miene und sagte: „Herr, Sie sind sehr gut vorbereitet. Ich sehe ein, daß ich zu schwach bin, die Ausführung Ihres Vorhabens zu verhindern. Aber Sie haben etwas nicht mit in Betracht gezogen, was Sie mit in Berechnung hätten ziehen sollen, nämlich das Schicksal, welchem ich erliegen werde, wenn Sie Ihren Vorsatz wirklich ausführen."
„Sie irren. Ich habe daran gedacht."
„So sind Sie wohl der Ansicht gewesen, daß man mich vielleicht nur meines Amtes entheben werde. Es ist sogar möglich, daß Sie angenommen haben, ich werde ganz ohne Strafe davon kommen. Ihnen kann es ja überhaupt gleichgültig sein, was mir geschieht; Ihr Gewissen wird sich nicht davon beschwert fühlen."
Das klang so eindringlich und wurde in so ernstem, traurigem Tone vorgebracht, daß der Methusalem sich davon gerührt fühlte. Er antwortete: „Ich denke nicht, daß Sie ganz ohne Strafe davon kommen werden; aber die Ahndung wird wohl auch nicht allzu hart sein. Man wird Ihnen einen Verweis erteilen."
„Sie irren. Es sind gestern zwei Verbrecher entkommen; an ihrer Stelle sitzt nun der betreffende Beamte im Gefängnisse. Ganz ebenso wird es auch mir ergehen, und ich sage Ihnen, daß mir mein Ehrgefühl verbietet, das geschehen zu lassen. Ich sehe ein, daß ich Sie nicht hindern kann, diese Leute hier zu befreien; aber mich dann einsperren und meines Amtes entsetzen lassen, das kann ich verhüten. Sobald Sie sich entfernt haben, werde ich mich töten, und ich halte Sie nicht für so gewissenlos, daß Ihnen der Gedanke, der Mörder eines pflichtgetreuen Beamten zu sein, gleichgültig ist."
Man sah ihm an, daß es ihm mit diesen Worten vollständig ernst sei. Degenfeld erkannte, daß er es hier mit einem festen Charakter zu thun habe. Er war vollständig überzeugt, daß der Mandarin sich wirklich das Leben nehmen werde. Das brachte ihn natürlich in große Verlegenheit. Die Gefährten sollten und mußten befreit werden; aber sollte ihre Freiheit mit dem Tode eines so braven Mannes bezahlt werden? Das mußte man vermeiden. Aber wie? Er versuchte, ihn durch freundliche und eindringliche Vorstellungen von seinem Vorhaben abzubringen, doch vergebens. Der Mandarin hörte ihn ruhig an und antwortete dann, indem er langsam den Kopf schüttelte: „Ihre Bemühung, mich davon abzubringen, ist vollständig überflüssig. Das Amt, welches ich bekleide, steht so hoch über meinem Alter, daß tausend Mandarinen mich um dasselbe beneiden. Ich habe es durch ernste Anstrengung und treue Pflichterfüllung errungen und weiß, daß mir die höchsten Würden offen stehen. Aber keine einzige dieser Hoffnungen wird sich erfüllen, wenn ich morgen melden muß, daß meine Gefangenen entkommen seien. Man wird mich selbst in den Kerker stecken; dann gehöre ich zu der untersten Klasse des Volkes, zu den Unehrlichen und kann niemals wieder eine

Anstellung finden. Lieber will ich sterben. Sie besitzen einen Paß, den selbst die höchsten Mandarinen respektieren müssen; aber keiner von ihnen darf sich durch denselben zu einer direkten Pflichtwidrigkeit verleiten lassen; bringen Sie mir einen Befehl, dem ich unbedingt zu gehorchen habe, so will ich diese Männer gern frei geben und den Folgen ruhig entgegensehen."

„Das kann ich nicht, denn ich bin nicht im Besitze eines solchen schriftlichen Befehles."

„So thun Sie, was Sie vor Ihrem Gewissen verantworten können. Ich weiche der Gewalt, wiederhole aber, daß das Thor, durch welches Sie Ihre Freunde aus dem Gefängnisse führen, sich morgen auch meiner Leiche öffnen wird."

„Entsagen Sie diesem Gedanken, und denken Sie an Ihre Verwandten, denen Sie damit den größten Schmerz bereiten würden," bat der Student.

„Ehrlosigkeit ist schlimmer als der Tod. Uebrigens habe ich keine Verwandten. Ich weiß nicht, wo meine Eltern und Geschwistern sich befinden, ob sie überhaupt noch leben. Kein Auge wird weinen, wenn das meinige sich geschlossen hat."

Der Chinese hält die Familienbande außerordentlich heilig. Die Verehrung der Ahnen ist bei ihm ein Gegenstand des Kultus, und er hält es für ein großes Unglück, über seine Vorfahren nicht Rechenschaft geben zu können. Die letzten Worte des Mandarinen enthielten also nicht nur ein außerordentliches aufrichtiges Geständnis, sondern sie waren auch ganz geeignet, das Mitgefühl, welches die Anwesenden für ihn empfanden, noch zu erhöhen.

Gottfried von Bouillon verstand Chinesisch genug, um das erraten zu können, was er nicht gerade wörtlich verstand. Er sagte zu dem Blauroten: „Dieser jute Mensch kann mich leid thun. Er macht mit seine Drohung janz jewißlich Ernst. Haben wir keinen Befehl für ihn, so wollen wir es doch wenigstens einmal mit dem Paß des Bettlerkönigs versuchen, den Sie von Hu-tsin empfangen haben. Denken Sie nicht?"

„Nein. Dieser T'eu-kuan ist kein amtliches Schriftstück."

„Aber der Juwelier hat jesagt, dat ein jeder ihm respektieren werde."

„Ja, aber ohne dann den Gehorsam eigentlich verantworten zu können."

„Dennoch rate ich, es zu probieren. Thun Sie wenigstens mich den Jefallen!"

„Meinetwegen! Wenn es nichts nützt, so wird es jedenfalls auch nichts schaden."

Er zog die erwähnte Legitimation hervor, reichte dieselbe dem Mandarin hin und sagte: „Sehen Sie einmal dieses Schriftstück an! Vielleicht hat es die Wirkung, Sie von Ihrem grausigen Entschlusse abzubringen."

Der Beamte griff nach dem Kuan. Als sein Auge auf die Zeichen fiel, nahm sein Gesicht einen ganz andern Ausdruck an.

„Ein T'eu-kuan!" rief er aus. „Und zwar ein derartiger, wie ihn nur ganz bevorzugte Personen bekommen! Herr, Sie sind ein vornehmer Schützling des T'eu. Ich darf mich nicht weigern; ich muß thun, was Sie wollen."

„Das wußten Sie schon vorher, da wir die Macht hatten, Sie zu zwingen. Es handelt sich jetzt darum, ob Sie auch jetzt noch entschlossen sind, sich das Leben zu nehmen?"

„Jetzt nicht mehr, da die Befürchtungen, welche ich hegte, nun nicht mehr zutreffend sind. Welch ein Glück, daß Sie einen solchen T'eu-kuan besitzen! Er entbindet mich ja jeder Verantwortung.“
„Wirklich.“
„Ja, Herr. Wehe dem, welcher mich wegen einer That bestrafen wollte, welche ich auf Vorzeigen dieses Kuan vorgenommen habe!“
„Aber Sie müssen Ihren Vorgesetzten beweisen können, daß Ihnen derselbe gezeigt worden ist?“
„Allerdings.“
„Wie aber wollen Sie das thun?“
„Können Sie mir den Kuan nicht zurücklassen?“
„Nein. Sie sehen ein, daß ich mich von so einem wichtigen Schriftstücke unmöglich trennen kann. Es ist wahrscheinlich, daß ich seiner noch sehr oft bedarf.“
„Aber Sie wissen, wo der T'eu sich jetzt befindet?“
„Nein. Derjenige, von welchem ich den Kuan empfing, konnte es mir nicht sagen. Der T'eu hat ja keinen festen, bleibenden Aufenthaltsort.“
„Das ist wahr. Aber es ist zu erfahren, wo man ihn treffen kann. Wer einen solchen Kuan besitzt, dem muß jeder Unterthan des T'eu genaue Auskunft erteilen. Wohin wollen Sie die Gefangenen bringen?“
„Sie sehen ein, daß Sie der allerletzte sind, dem ich das verraten darf.“
„O nein. Ich bin der allererste, dem Sie es sagen können, denn ich werde mit Ihnen gehen. Ich selbst werde diese Herren aus dem Gefängnisse führen.“
„Darf ich diesen Worten Glauben schenken?“
„Gewiß! Ich muß dem T'eu gehorchen. Aber um meine Ehre zu retten, muß ich nachweisen können, daß er es ist, dem ich zu Willen gewesen bin. Infolgedessen muß ich ihn aufsuchen, ihn oder einen seiner Offiziere, um mir das Zeugnis zu holen, dessen ich bedarf, wenn ich nicht allen meinen Hoffnungen auf die Zukunft entsagen will.“
„Sie wollen also sogleich mit uns fort? Jetzt?“
„Ja, denn wenn ich eingesperrt werde, kann ich den erwähnten Beweis nicht liefern. Und da Sie den Kuan besitzen und nicht aus der Hand geben wollen, ist es mir nur mit Ihrer Hilfe möglich, das Zeugnis zu erlangen.“
„Können Sie es denn verantworten, das Gefängnis ohne Aufsicht zu lassen?“
„Das beabsichtige ich ja gar nicht. Ich werde, bevor ich gehe, die Aufsicht einem Unterbeamten übergeben und ihm zugleich sagen, daß ich auf höhern Befehl die Gefangenen entlassen und persönlich begleiten muß.“
Der Mandarin sprach mit dem Ausdrucke der Wahrheit und zeigte dabei eine so aufrichtige Miene, daß es dem Methusalem schwer wurde, an ihm zu zweifeln. Aber es galt, vorsichtig zu sein. Der so schnelle Entschluß des Mandarinen konnte eine Kriegslist sein. Darum erkundigte sich der Student: „Wenn Sie mit uns gehen wollen, so müssen Sie sich vorher auf eine längere Abwesenheit vorbereiten?“

„Ja."
„Wir sollen Ihnen also erlauben, dieses Zimmer zu verlassen?"
„Ich muß Sie freilich darum bitten."
„Und da haben Sie Gelegenheit, alle Ihre Leute gegen uns zusammen zu rufen! Nein, das kann ich nicht genehmigen."
Der Mandarin antwortete in bescheidenem Tone: „Ich kann es Ihnen nicht verdenken, daß Sie Mißtrauen hegen; aber ich will dasselbe zerstreuen, indem ich Sie bitte, mich nach meiner Wohnung zu begleiten. Sie liegt hier in diesem Gange. Ich werde zwischen Ihnen gehen, und Sie können mich sofort töten, wenn ich das Geringste thue, was Ihren Verdacht rechtfertigt."
„Damit bin ich einverstanden, vorausgesetzt, daß Sie mir erlauben, die bisherigen Gefangenen vorher aus diesem Hause zu bringen."
„Wohin?"
„Ganz in die Nähe, wo unsre Tragsessel halten."
„Wollen Sie mich zurücklassen?"
„Nein. Ich meine es ehrlich mit Ihnen. Hier dieser Mann wird bei Ihnen bleiben, teils um Sie bis zu meiner Rückkehr hier zu beaufsichtigen, wie ich Ihnen ganz offen gestehe, teils aber auch um Ihnen die Sicherheit zu geben, daß ich wiederkehre, um Sie abzuholen."
„Gut, ich werde Ihnen mehr Vertrauen schenken als Sie mir. Ich bleibe in diesem Zimmer, bis Sie wiederkommen. Gehen Sie; aber lassen Sie mich nicht allzulange warten!"
Als der Blaurote von dem Manne sprach, welcher bei dem Mandarin bleiben sollte, hatte er auf Gottfried gezeigt. Dieser sagte jetzt: „Ja, gehen Sie! Ich werde mir jetzt hierher setzen und kein Auge von dem Chinesigen verwenden. Zieht er mich ein falsches Jesicht, so steche ich ihm eine Revolverkugel in den Leib. Ich lasse keinen Spaß mit mich machen."
Er setzte sich nieder, so daß er sich zwischen dem Beamten und der Thür befand. Die andern entfernten sich. Der Methusalem führte sie auf demselben Wege hinaus, auf welchem er in das Gefängnis gekommen war. Keiner der Wächter wagte es, Widerspruch zu erheben. Als sie das Thor erreicht hatten, führte der Student die Befreiten nach dem Hause, in dessen Hofe die Palankinträger warteten, und kehrte dann zu dem Mandarin zurück, indem er die Thüren hinter sich wieder verschließen ließ.
Der Beamte stand gerade noch so wie vorhin mitten in dem Zimmer, und der Gottfried saß mit einer wahren Cerberusmiene auf seinem Stuhle.
„Dat ist schnell jegangen," sagte der letztere. „Es war mich nicht sehr wohl zu Mute, mir so allein in dieses Prison zu wissen. Nun Sie aber wieder da sind, befinde ich mir von neuem bei die jewöhnliche Jeistesjegenwart und Todesverachtung."
Die beiden nahmen den Mandarin zwischen sich und begaben sich mit ihm hinaus auf den Gang. Er führte sie in seine Wohnung, welche sich an der anderen Seite befand und

aus drei kleinen Stuben bestand. Der Raum, in welchem sie bisher gewesen waren, schien nur eine Art Expeditionszimmer zu sein.

Er suchte Kleider, Geld und andere Gegenstände, welche er zur Reise gebrauchte, zusammen und schrieb dann einen Zettel, welcher auf dem Tische liegen bleiben sollte. Derselbe enthielt die nöthige Instruktion für den erwähnten Unterbeamten. Dann bat er um die Erlaubnis, zwei Sänftenträger rufen zu dürfen, welche am Gefängnisse angestellt waren.

„Das ist nicht nötig," antwortete der Methusalem. „Es wäre sogar sehr unvorsichtig, diese Leute zu wecken und ihnen wissen zu lassen, wohin wir gehen. Man würde uns vielleicht verfolgen. Wir haben eine Doppelsänfte, in welcher sich unsere Gewehre befinden. Da ist wohl noch Platz für Sie. Auf welche Weise aber können Sie mich sicher stellen, daß Sie, während wir durch die Stadt kommen, nicht Lärm schlagen und uns festhalten lassen?"

„Herr, ich bin kein Lügner. Ich versprach Ihnen, mit Ihnen zu gehen, und ich werde mein Wort halten. Doch habe ich Räucherstäbchen hier und kann Ihnen mein Kong-kheou geben, wenn Sie nicht damit zufrieden sind, daß ich Ihnen meinen Namen verpfände."

„Wie heißen Sie?"

„Mein Schulname lautet Jin-tsian."

„Und Ihr Geschlechtsname?"

„Pang."

„Pang?" wiederholte der Methusalem überrascht. „Ist das möglich!"

„Warum sollte es nicht möglich sein?"

„Weil ich einen kenne, welcher denselben Namen hat."

„Herr, das ist ja gar kein Wunder, da es nur vierhundertachtunddreißig Geschlechts- oder Familiennamen gibt. Es sind also viele Tausende, deren Namen ganz derselbe ist."

„Aber Sie sehen dem Betreffenden sehr ähnlich. Darf ich Sie nach Ihrem Stamme fragen?"

„Er heißt Seng-ho."

„Wirklich? Seng-ho? Dann hätte meine Ahnung mich nicht getäuscht. Sie sagten, daß Sie nicht wissen, wo Ihre Eltern sich befinden. Vielleicht kann ich Ihnen Aufschluß geben. Stammen Sie aus der Provinz Kwéi-tschou?"

„Ja, diese Provinz ist meine Heimat," antwortete der Chinese schnell. „Herr, warum diese Frage? Sie sprechen von einem Aufschlusse. Kennen Sie meinen Stamm, meine Familie, meine Eltern?"

„Sagen Sie mit erst, ob Ihr Vater vielleicht Ye-kin-li geheißen hat!"

„Ja, ja, Herr! Ye-kin-li war sein Titelname. Sie kennen denselben! O Himmel, o Geist der Welten! Sie sind als Feind zu mir gekommen; Sie haben mich gezwungen, gegen meine Pflicht zu handeln, und nun sprechen Sie von meinem Vater. Vielleicht hat gerade das Glück Sie zu mir geführt. Vielleicht war es der Wille der Allweisheit, daß ich mein Amt verlassen und mit Ihnen gehen soll. Sprechen Sie schnell! Kennen Sie meinen Vater?

Haben Sie von ihm gehört, wohl gar ihn gesehen? Lebt er noch? Wo befindet er sich, und warum hat er nicht nach seinen Kindern geforscht?"

Er hatte die beiden Hände des Methusalem ergriffen und seine Fragen mit großer Hast ausgesprochen. Degenfeld antwortete, indem seine Stimme vor Rührung zitterte: „Er lebt noch, fern von seinem Vaterlande, in welches er nicht zurückkehren darf, weil man ihn da für einen Empörer hält. Mich aber hat er ausgesandt, um nach seinem Weibe und seinen Kindern zu forschen."

„Und wo, wo lebt er? O sagen Sie es mir."

„In Deutschland, welches meine Heimat ist."

„Herr, Sie sind wie ein Stern, der mir in dunkler Nacht erscheint. Sie geben mir meine Ehre zurück. Ich darf sagen, daß ich einen Vater habe. Ich bin nicht mehr ein Mensch, welcher sich schämen muß, wenn man ihn nach seinen Ahnen fragt. Mein Vater lebt. Er kann nicht kommen; aber ich werde zu ihm gehen. Ich werde China verlassen und allen Ehren, welche mich erwarten, entsagen, um bei dem zu sein, dem ich mein Leben, mein Dasein verdanke."

Er hatte die Hände des Methusalem losgelassen und war langsam in die Kniee gesunken. Er legte sein Gesicht in seine Hände und schluchzte laut vor Freude und Seligkeit.

Dem Studenten standen Thränen der Rührung im Auge. Der Gottfried stand da, zog allerlei Gesichter, um seiner Bewegung Herr zu werden, und platzte, da ihm das nicht gelingen wollte, in zornigem Tone los: „Und dieser juten Seele habe ich eine Kugel in den Leib schießen wollen! o Jottfried, Jottfried. wat für dumme Augen hast du jehabt! Wie konntest du dir in diese Weise an dem Sohn deines juten Ye-kin-li verjehen!"

Degenfeld legte dem Chinesen die Hand auf die Schulter und sagte: „Fassen Sie sich jetzt, mein Lieber! Die Zeit ist uns kurz zugemessen. Warten Sie noch eine Stunde; dann sollen Sie alles erfahren."

„Sie haben recht," antwortete der Mandarin, indem er sich erhob. „Wir müssen fort. Ich darf nicht hier bleiben. Erst wollte ich gezwungen mit Ihnen gehen; nun aber bitte ich Sie, mich zu führen, wohin es Ihnen gefällt. Aber sagen Sie mir vorher nur noch, ob Sie etwas von meinen Geschwistern wissen?"

„Ich kenne ihre Namen," antwortete Degenfeld. „Ihr Bruder führt den Namen Liang-ssi; ihre Mutter wurde Hao-keu genannt, und Ihre beiden Schwestern heißen Méi-pao und Sim-ming. Ist das richtig?"

„Ja, ja, es ist richtig. So heißen sie. Sie kennen die Namen ganz genau. Vielleicht wissen Sie auch, ob sie noch leben und wo sie sich befinden?"

„Von dem Bruder weiß ich es, von den andern noch nicht, doch hoffe ich, es auch noch zu erfahren."

„Dann sagen Sie schnell, schnell, wo ich den Bruder zu suchen habe."

„Hier in der Stadt."

„Die ich so schnell verlassen soll! Herr ich gehe nicht fort; ich bleibe hier, bis ich ihn gesehen habe!"

„Das ist nicht nötig. Sie können getrost mit uns abreisen, da Ihr Bruder dieselbe Reise auf dem Tausendfuße mit uns machen wird."
„Ist das wahr? Wirklich? Was ist er, und wohin will er? Haben Sie ihn schon gesehen, mit ihm gesprochen?"
„Ja. Er will auch den Fluß aufwärts fahren, da er sich hier nur vorübergehend aufgehalten hat und in der Provinz Hunan wohnt. Er hat keine Ahnung, daß sich sein verlorener Bruder hier befindet. Ich bin sogar überzeugt, daß Sie sich bereits gesehen haben, doch ohne sich zu erkennen. Man hat mir gesagt, daß Sie sich in Gefangenschaft befunden haben. Darf ich erfahren, wie Sie entkommen sind?"
„Mit Hilfe eines Freundes meines Vaters, welcher ein hoher Beamter war. Leider waren wir im Gefängnisse getrennt worden, so daß es ihm unmöglich war, uns zu gleicher Zeit zu befreien. Als er mir das Thor öffnete, versprach er mir, die Mutter mit den Geschwistern nachzusenden. Den Bruder hatte er bereits gerettet; er gab mir den Ort an, wo ich denselben treffen würde; aber als ich hinkam, fand ich ihn nicht mehr. Ich wartete auf seine Rückkehr ebenso vergeblich wie auf die Ankunft der Mutter und der Geschwister. Da ich nicht in Kwéi-tschou bleiben durfte, weil man dort nach mir forschte, ging ich nach der Provinz Kuang-tung, wo ich sicherer war. Ich zählte damals vierzehn Jahre und mußte mein Leben durch Betteln fristen. Glücklicherweise fand ich immer mitleidige Menschen und dann einen Beschützer, welcher mich lieb gewann und, da er keine Kinder hatte, mich als Sohn bei sich aufnahm. Ihm habe ich alles zu verdanken. Lebte er noch, so würde es mir schwer werden, das Vaterland zu verlassen, um mit Ihnen nach Deutschland zu gehen. Aber wenn es wirklich so ist, daß ich meinen Bruder Liang-ssi auf dem Tausendfuße treffen werde, so lassen Sie uns nicht länger zögern, sondern aufbrechen. Jeder Augenblick, den wir zögern, ist für mich verloren."
Seine Habe war nicht groß, und da er nur das Notwendigste mit sich nehmen konnte, so hatte er nur ein kleines Packet zu tragen, welches den Wachen nicht auffiel. Die drei Männer gelangten glücklich aus dem Gefängnisse und hinüber in den Hof, wo die Gefährten ihrer warteten.
Dort fiel es keinem ein, viele Worte zu machen; es handelte sich darum, nun schnell die Stadt zu verlassen. Man brach sofort auf, nachdem ein jeder seine Sänfte bestiegen und der junge Mandarin in derjenigen Platz gefunden hatte, in welcher sich die Gewehre befanden.
So oft der Zug an ein verschlossenes Straßenthor kam, wurde er von dem betreffenden Wächter angehalten; dann zeigte der Methusalem seinen Paß vor, und die Pforte wurde geöffnet. So wurden alle Hindernisse glücklich passiert, und man gelangte in die Nähe des Flusses.
Da hielten die Sänftenträger an und baten, auszusteigen. Der Anführer derselben deutete nach dem in der Dunkelheit verborgenen Ufer und sagte: „Die würdigen Herren mögen nun noch zweihundert Schritte geradeaus gehen. Da gelangen sie zu dem Ts'ien-kiok, welchen sie daran erkennen werden, daß auf der Mitte seines Verdeckes drei blaue

Papierlaternen dicht nebeneinander brennen. Der Ho-tschang wartet bereits, da er von ihrer Ankunft unterrichtet ist."

Degenfeld gab ihm eine gute Belohnung und schritt dann mit seinen Gefährten in der angegebenen Richtung vorwärts.

Als sie das Ufer erreichten, sahen sie eine Menge von Dschunken liegen; auf jeder derselben brannte eine Laterne. Auf derjenigen aber, welche gerade vor ihnen lag, brannten deren drei von blauer Farbe. Das mußte also die richtige sein.

Im Lichtkreise dieser Laternen saßen zwei Männer. Ein dritter lehnte an der Bordbrüstung. Als er die Ankömmlinge bemerkte, bog er sich vor und rief ihnen zu: „Ho-ja, ho-ja! Hing ni-men lai?"

Ho-ja ist der chinesische Schifferruf, etwa wie bei uns das bekannte Ahoi der Seeleute. Die dann folgende Frage heißt: „Wollt ihr zu uns?"

„Tsche – ja." antwortete der Methusalem.

„Lai schang – kommt herauf!"

Er ließ eine Bambusleiter herab, an welcher die sieben Personen an Deck stiegen. Turnerstick hatte sich vorgedrängt, um der Erste zu sein. Oben angekommen, wandte er sich sofort mit einer Verbeugung an den Mann, welcher der Ho-tschang der Dschunke war: „Tsching tsching, Mongsieu! Singt Sie etwa der Kapitaing vong dieseng Schiffe?"

Der Gefragte antwortete nicht, da er ihn nicht verstand. Darum fuhr Turnerstick fort: „Sie scheineng mich nicht verstandung zu habang. Wir kommeng, um mit Ihning zu fahrong. Lassing Sie sofort die Anker lichteng! Wir müssing beim Anbruch des Morgengs die Stadt weit hinter uns habing."

Jetzt schob Degenfeld ihn ohne Umstände zur Seite und fragte den Ho-tschang in besserem Chinesisch: „Ich sehe, daß Sie uns erwartet haben. Wir sind von dem erlauchten Ho-po-so gesandt. Hoffentlich befinden wir uns an dem richtigen Orte?"

„Die hohen Gönner sind von diesem Augenblicke an die Herren und Gebieter meines Tausendfußes und aller, die sich auf demselben befinden," antwortete der Gefragte. „Ich habe Sie erwartet, und es wurde mir der Befehl, Ihnen mitzuteilen, daß ich Ihnen das Schiff für die ganze Länge des Flusses zur Verfügung zu stellen habe. Ich soll mich allein nur nach Ihren Wünschen richten."

Das war weit mehr, als der Methusalem erwartet hatte. Einer der beiden Männer, welche auf einem Teppiche am Boden saßen, stand auf, kam herbei und sagte, indem er sich tief verbeugte: „Ich bin der Scheu-pi dieses Schiffes und bitte, mir Ihren Namen zu sagen, damit ich Sie dem hochmächtigen Yao-tschang-ti vorstellen kann!"

Er war also der Hauptmann oder Kapitän, welcher von der Schiffahrt nichts verstand, und der andre, welcher stolz sitzen blieb, war der Steuereintreiber, von welchem der Tong-tschi gesagt hatte, daß auf sein Bramarbasieren nichts zu geben sei.

Der Methusalem hielt es für geraten, diesen beiden Männern gleich jetzt zu zeigen, daß er nicht die Absicht hege, sich von ihnen abhängig zu machen. Darum antwortete er: „Wie meinen Sie? Wir sollen ihm vorgestellt werden? Wer ist der Höhere, er oder ich?"

„Ich natürlich, ich!“ rief der Steuerbeamte, welcher alles gehört hatte, indem er aufsprang: „Ich bin der hochgeehrte Yao-tschang-ti des Lichtes aller Könige. Wer kann behaupten, mehr zu sein als ich?“
Er kam säbelrasselnd herbei und richtete seine kleine, dürre Gestalt möglichst hoch vor dem Methusalem auf. Seine Kleidung war diejenige eines chinesischen Beamten, doch trug er auf seiner Mütze eine einfache vergoldete Kugel, das Zeichen des niedrigsten Mandarinenranges. Dafür aber hatte er, um Ehrfurcht zu erwecken, zwei lange Säbel umgeschnallt; der eine hing ihm an der rechten und der andere zu der linken Seite. Ein Bart war ihm nicht gewachsen, um so länger aber war sein Zopf, welcher ihm fast bis zu den Füßen reichte und jedenfalls eine tüchtige Portion falschen Haares gekostet hatte. Während er sprach, ergriff er die Säbel und stampfte mit denselben den Boden, daß es klirrte.
Da trat Jin-tsian zu ihm heran und fuhr ihn an: „Schweig! Was bist du gegen uns? Eine Mücke, welche ich mit dem Finger zerdrücken kann! Siehst du nicht, daß ich die blaue Kugel trage? Und dieser hochgeborene Herr, an welchen du deine albernen Worte gerichtet hast, zeigt nur aus Gnade nicht den kostbaren roten Stein, welchen zu tragen er berechtigt ist. Laß dir zeigen, daß er den Kuan des Himmelssohnes besitzt, und sinke auf die Knie vor ihm!“
Der Steuereintreiber knickte zusammen, als ob er von jemanden niedergedrückt würde. Er kniete wirklich vor Degenfeld hin, senkte das Gesicht fast auf den Boden nieder und bat: „Verzeihen Sie, erlauchter Gebieter, daß ich nicht wußte, welch eines Ranges Zeichen Ihre mir unbekannte ehrwürdige Kleidung ist. Ich bin der geringste Ihrer Sklaven und halte mich bereit, alle Ihre Befehle augenblicklich zu erfüllen!“
Degenfeld ließ ihn knien, ohne ihn weiter zu beachten, und wendete sich an den Ho-tschang, um diesem die Weisung zu geben, die Fahrt so bald wie möglich zu beginnen. Man hatte alles schon dazu vorbereitet; der Anker war bereits aufgezogen, und die Dschunke hing nur noch mit einem Tau am Ufer. Dieses wurde eingenommen, und sofort strebte das Fahrzeug unter dem Geräusch der Ruderschläge der Mitte des Stromes zu. Dort wurden die Segel gehißt, und der günstige Wind richtete den Schnabel des Schiffes gegen den Fluß.
Die dazu nötigen Befehle hatte der Ho-tschang erteilt. Von dem Scheu-pi war nichts zu sehen, und auch der mächtige Steuereintreiber schien verschwunden zu sein.
Nun wies der Ho-tschang seinen Passagieren die für sie bestimmten Räume an. Dieselben waren prächtig eingerichtet und nur für diejenigen Kriegsmandarinen bestimmt, welche den Tausendfuß gelegentlich zu ihren Dienstreisen benutzten.

Ardappelenboschs Fall vom Pferd.

Fünfzehntes Kapitel

Zu Wasser und zu Lande nach Hu-nau.

Unter dem Verdeck lag der Raum für die Ruderer, von denen je vierzig an einer Seite saßen. Zwei Personen gehörten zu einem Ruder, welche eine sehr bedeutende Länge hatten und das Schiff ziemlich schnell gegen den Strom bewegten, wobei sie von dem Winde, wenn derselbe günstig war, unterstützt wurden.

Nun wurde der Methusalem gefragt, ob er das Festmahl in seiner Kajüte oder auf dem Decke aufgetragen wünsche. Er zog das letztere vor, da die Nacht sehr mild war. Als er den andern mitteilte, daß man im Begriffe stehe, sie durch ein Nachtessen zu ehren, rief der Dicke: „Dat is goed; dat is hemelsch! Ik heb Honger; ik moet eten. Gij ook, Mijnheer Turnerstick – das ist gut; das ist himmlisch! Ich habe Hunger; ich muß essen. Sie auch, Herr Turnerstick?“

„Ja,“ antwortete der Gefragte. „Essen muß der Mensch zu jeder Zeit können, und nach den Strapazen, welche wir hinter uns haben, ist eine Stärkung ganz besonders notwendig.“

„Na, wenn Sie es eine Strapaze nennen, sich im Gefängnisse auszuruhen, so nehmen Sie, obgleich Sie es nicht verdienen, mein Beileid entgegen,“ sagte Gottfried.

„Was, nicht verdienen?“ rief der Kapitän.

„Natürlich! Wer ist denn Schuld an die janze Weltjeschichte? Doch nur Sie selbst! Warum kommen Sie auf den horriblen Jedanken, Ihnen als Jötzen Dschaggernats in den Tempel zu postamentieren? Wat hat Ihnen denn eijentlich unter die Haut jekrabbelt, dat Sie aus so eine Association der Jedanken und Mißbegriffe jeraten konnten?“

„Nichts hat uns gekrabbelt. Verstanden!“ rief der Kapitän zornig. „Mich krabbelt überhaupt niemals etwas; das mögen Sie sich merken, Sie Gottfried von der traurigen Gestalt! Wie können Sie von Mißbegriffen sprechen! Heimdall Turnerstick und Mißbegriff! Das ist geradezu eine Majestätsbeleidigung!“

„Ja. Wenigstens war dat Ihrige Aussehen ein höchst majestätisches, als Sie sich mit die Chinesigen herumbalgten. Kommen Ihnen noch mehr solche bunte Raupen in das Jehirn, so können wir nur gleich umkehren und nach Hause pilgern.“

Turnerstick wollte, wie ihm anzusehen war, eine nicht allzu höfliche Antwort geben, doch der Methusalem kam ihm in sehr ernstem Tone zuvor: „Unser Gottfried hat ganz recht! Sie haben sich und uns in die größte Verlegenheit gebracht, und wir können Gott danken, daß die Sache ein so gutes Ende genommen hat. Ich muß Sie wirklich ersuchen, sich nicht wieder solchen augenblicklichen und gefährlichen Einfällen hinzugeben. Ich hatte mir vorgenommen, Ihnen eine tüchtige Strafrede zu halten; da ich aber mit derselben das Geschehene nicht ungeschehen machen kann und Ihr Abenteuer uns ein sehr freudiges Ereignis in Aussicht gestellt hat, so will ich schweigen.“

„Ein freudiges Ereignis? Welches?“ fragte der Kapitän, bemüht, schnell auf ein anderes Thema zu kommen.

„Wir haben die Bekanntschaft eines Mannes gemacht, von welchem ich vermute, daß er mit unserm guten Liang-ssi verwandt ist.“
„Mit mir?“ fiel schnell der Chinese ein.
„Ja, mit Ihnen.“
„Wer ist das?“
„Hier unser wackerer Mandarin, welcher nicht nur in Ihre Befreiung gewilligt, sondern sich auch entschlossen hat, uns bis nach Deutschland zu begleiten.“
„Nach – Deutsch – land?“ fragte Liang-ssi erstaunt und gedehnt. „Wa – rum?“
Sein Blick ging forschend zwischen dem Methusalem und dem Mandarin hin und her.
„Fragen Sie ihn selbst,“ antwortete der erstere. „Fragen Sie ihn vor allen Dingen und zuerst nach seinem Namen!“
Der Mandarin hatte die deutschen Worte nicht verstanden, doch ahnte er, da aller Augen auf ihn gerichtet waren, daß die Rede von ihm sei. Er nannte, als er von Liang-ssi gefragt wurde, seinen Namen. Als der Fragende denselben hörte, fuhr er einen, zwei, drei Schritte zurück und rief: „Jin-tsian! Und ich heiße Liang-ssi.“
„Liang-ssi!“ stieß der Mandarin hervor. „So hieß mein Bruder, welchen ich verloren habe.“
Einige Sekunden lang waren ihre forschenden Blicke gegenseitig aufeinander gerichtet; dann eilten sie aufeinander zu und lagen sich in den Armen.
„Was ist das?“ fragte Turnerstick. „Warum umarmen sie sich?“
„Sie sind Brüder,“ antwortete Degenfeld. „Ich habe entdeckt, daß der Mandarin der zweite Sohn unseres Ye-kin-li ist.“
Diese Worte riefen die freudigste Ueberraschung hervor. Alle drängten sich an die Brüder, welche vor Freude weinten und sich nicht aus den Armen lassen wollten. Es ertönten ihnen in deutscher, niederländischer und chinesischer Sprache die herzlichsten Gratulationen entgegen. Die Freunde waren fast in demselben Grade entzückt wie die Brüder selbst. Gottfried schlang seine langen Atme um die letzteren, zog sie kräftig an sich und rief: „Kommt an meine jefühlsreiche Brust, ihr Söhne der jeliebten Mitte. Ich bin jerührt. Ich fühle mich als eure liebevolle Erzieherin und muß teilnehmen an eurer Seligkeit. Kommen Sie, Mijnheer, und nehmen Sie die Jungens von die andere Seite! Wat glücklich sich jefunden hat, dat muß umärmelt werden.“
„Ja,“ antwortete der Dicke, indem er jenseits seine Arme um die Brüder schlang, was ihm aber wegen seiner Wohlbeleibtheit nicht recht gelingen wollte, „ook ik bin gelukkig; ook mij zwellt de borst; ook ik moet mijne armen om zij wringen. Ik moet mij nagenoeg snuiten, zoo oneindelijk ben ik gevoelig – auch ich bin glücklich; auch mir schwillt die Brust; auch ich muß meine Arme um sie schlingen. Ich muß mich beinahe schneuzen, so unendlich bin ich gerührt!“
Da liefen ihm die Thränen des freudigsten Mitgefühls in hellen Tropfen über die dicken Backen herab. Selbst die kleine Nase wurde in Mitleidenschaft gezogen, so daß endlich das geschah, was er so außerordentlich zart angedeutet hatte: er retirierte in eine Ecke,

setzte sich dort auf einen Stuhl, zog sein „Zakdoek“ hervor und „snuizte“ sich so anhaltend und kräftig, daß die harmonischen Töne, welche er dabei hervorbrachte, alle anderen Laute verschlangen.
Der Methusalem als der eigentliche Schöpfer dieses Glückes stand mit Richard von ferne und schaute still der Scene zu, bis die Brüder zu ihm traten, um ihm Dank zu sagen. Beide waren begierig, ihre gegenseitigen Erlebnisse von einander zu erfahren, doch gab es zu einer solchen Unterhaltung keine Zeit, da der Ho-tschang eben jetzt melden ließ, daß das Mahl aufgetragen sei. Es wurde als Feier des Wiedersehens ein wahres Freudenmahl.
Das Verdeck wurde von zahlreichen Laternen geradezu festlich erleuchtet. Es gab an der improvisierten Tafel nur acht Plätze. Der Ho-tschang bat um die Erlaubnis, mit Platz nehmen zu dürfen, um die Bedienung seiner hohen Gäste besser leiten zu können. Der Kommandant des Schiffes und der Steuereintreiber ließen sich beide nicht sehen. Es war ihnen unheimlich geworden.
Am Himmel glänzten tausend Sterne, und der Mond stieg soeben über dem Horizonte empor. Die Nacht war lau und würzig und die Ruhe derselben wurde nur durch den taktmäßigen Schlag der Ruder und das rauschende Sog unterbrochen. Das Essen bestand aus lauter „Meeresfrüchten“, wie der Italiener sagen würde, alle nach chinesischer Art in verschiedener Weise zubereitet. Es war ein Mahl, eines hohen Mandarinen würdig. Keiner aber ließ es sich so schmecken wie der Dicke. Er hatte seine Rührung vergessen und seine Thränen gestillt. In seinen angestrengt arbeitenden Mund ging alles, aus demselben aber kam nichts als höchstens hie und da einmal ein kurzer Ausruf des Behagens und der höchsten Befriedigung. Als das Mahl beendet war, schnalzte er mit der Zunge und sagte: „Dat was goed; dat was buitengewoon goed! Worden wij hier op den scheepe altijd zoo eten, ook morgen ochtend – das war gut; das war außerordentlich gut! Werden wir auf dem Schiffe stets so essen, auch morgen früh?“
Der Tausendfuß war indessen schnell vorwärts gekommen. Er fuhr jetzt an der Insel vorüber, welche von den Chinesen Lu-tsin und von den in Kanton wohnenden Europäern „das Paradies“ genannt wird und in der Mythe des Landes eine bedeutende Rolle spielt.
Während des Essens waren die Kajüten zum Schlafen eingerichtet worden. Die Gäste bedurften der Ruhe. Bald drang das Schnarchen des Mijnheer wie das Aechzen und Stöhnen einer ganzen Schar Sterbender auf das Deck. Nur zwei blieben munter, die beiden Brüder, welche in einer kleinen, separaten Kabine saßen und einander ihre Erlebnisse erzählten.
Am Morgen waren der Methusalem und Richard Stein zuerst munter. Als sie auf das Deck traten, wurden sie von dem Ho-tschang mit großer Ehrfurcht begrüßt. Er führte sie zu einem Tische, auf welchem ihnen der Thee serviert wurde.

Der Tausendfuß hatte während der Nacht den Hauptfluß verlassen und war in den Pe-kiang eingebogen, zu deutsch Nordfluß, weil sein Lauf im allgemeinen fast schnurgerade von Norden nach Süden gerichtet ist.
Noch während des Frühstücks erschien der Steuereinnehmer. Er hatte ursprünglich nach Ing-te und weiter gewollt, erklärte aber, hier aussteigen zu müssen, um nach Se-hoei zu gehen. Der eigentliche Grund aber war jedenfalls der, daß er sich nicht mehr wohl auf dem Schiffe fühlte und nun lieber trachtete, eine andre Reisegelegenheit zu finden. Das Schiff legte seinetwegen an einem kleinen Orte an, wo er sich unter tiefen Verbeugungen empfahl.
Was den Scheu-pi betrifft, welcher der eigentliche Kommandant des Tausendfußes hätte sein sollen, so ließ er sich während der ganzen Fahrt nur dann einmal auf dem Verdecke sehen, wenn keiner von den Passagieren sich auf demselben befand. Es war, als ob er Angst vor ihnen habe, und der Methusalem erfuhr von dem Ho-tschang, daß der Offizier ein Opiumraucher sei und dem zehrenden Gifte seine Gesundheit und alle seine Energie geopfert habe.
Die Reisenden befanden sich am Tage fast stets auf dem Verdecke, um die Scenerie des Flusses zu betrachten, welche anfangs allerdings keine große Abwechslung bot. Das Land war eben und der Pe-kiang floß zwischen ausgedehnten Reis- und andern Feldern dahin, welche durch zahlreiche Kanäle bewässert wurden. Hie und da sah man die Hütten eines Dorfes am Ufer liegen, oder man erblickte die Pagode einer fernen Ortschaft. Das war die einzige Abwechslung.
Erst später, als der Fluß die Sohle eines Thales füllte, an dessen Seiten sich Berge erhoben, bot die Gegend mehr Interesse. Man sah ganze Oerter und einzelne Häuschen an den Berglehnen liegen, welche sehr gut angebaut waren, da der Chinese es versteht, jedes Stück fruchtbaren Landes möglichst auszunutzen. Man hätte sich an die Elbe oder an den Rhein versetzt denken können. Nur die Schlösser und Burgruinen, auch die Weinpflanzungen fehlten.
Die Passagiere vermochten nicht zu begreifen, wie die Ruderer bei ihrer schweren Arbeit auszuhalten vermochten. Diese Leute waren bei ihrer schmalen Reiskost fast ohne Unterbrechung Tag und Nacht thätig. Nur in Ing-te gab es einen halbtägigen Aufenthalt, den die Reisenden dazu benützten, sich in der Stadt umzusehen. Sie kehrten aber sehr bald wieder nach dem Schiffe zurück, da die Belästigung durch die Bewohner eine ganz ungewöhnliche war. Man hatte hier noch niemals fremd gekleidete Leute gesehen und kaum waren die Passagiere an das Land gestiegen, so sahen sie sich von einer Menschenmenge umgeben, welche sich von Minute zu Minute in der Weise vergrößerte, daß schließlich anzunehmen war, es sei im ganzen Orte kein Mensch daheim geblieben. Diese Leute verhielten sich nicht etwa feindselig, o nein; die Fremden wurden von ihnen mit außerordentlicher Hochachtung behandelt. Alle Köpfe und Rücken beugten sich vor ihnen; aber das Gedränge wurde schließlich so arg, daß an ein Fortkommen gar nicht zu

denken war; man blieb geradezu stecken, und die Rückkehr konnte nur Schritt um Schritt in höchster Langsamkeit bewerkstelligt werden.
Am fünften Tage gegen Abend wurde Schao-tscheu, eine Stadt zweiten Ranges, erreicht, welche am Südfuße das Nan-ling-Gebirges liegt, da, wo dasselbe in den Ta-yü-ling übergeht. Von da aus war der Fluß für den Tausendfuß nicht mehr schiffbar, und es mußte also von der Dschunke Abstand genommen werden.
Die Behandlung war eine sehr ehrfurchtsvolle und die Beköstigung eine ausgezeichnete gewesen. Die Reisenden wollten darum dankbar sein und boten dem Ho-tschang ein entsprechendes Geldgeschenk an. Er wies es aber zurück, indem er sich auf den strengen Befehl des Ho-po-so, kein Geschenk anzunehmen, berief. Er versicherte, daß dieser ihn bereits im voraus reichlich belohnt habe, und so verteilte der Methusalem die Summe unter die Matrosen, Soldaten und Ruderer. Obgleich jeder nach unsern Begriffen nur eine Kleinigkeit erhielt, waren diese anspruchslosen Leute über dieses unerwartete Komtscha so erfreut, daß sie sich an den Spender drängten, um ihm den Saum seines Studentenrockes zu küssen.
Der Methusalem erkundigte sich nach dem höchsten Beamten der Stadt. Dieser war ein Mandarin der fünften Klasse, in welche die Bürgermeister der Städte zweiten Ranges, die kaiserlichen Leibärzte, kaiserlichen Astronomen und alle Beamten gehören, welche zum Tragen der krystallenen Kugel auf der Mütze berechtigt sind. Er wollte sich direkt zu diesem tragen lassen und mietete zu diesem Zwecke die nötige Anzahl von Sänften.
Die Stadt war ein kleines Abbild von Kanton, nur daß der Fluß hier kleiner und die Umgegend eine bergige war. Es gab da ganz dieselbe Straßeneinrichtung, dieselben Häuser und Läden und – dieselbe neugierige Bevölkerung.
Die Träger hielten vor einem palastähnlichen Gebäude, doch stiegen die Reisenden nicht aus. Da der Methusalem sich in dem Besitze eines besondern kaiserlichen Kuan befand, so wäre es gegen seine Würde gewesen, den Mandarin aufzusuchen. Liang-ssi wurde beordert, sich zu demselben zu begeben, um ihm die Ankunft so hoher Gäste zu melden. Er nahm den Kuan mit, um ihn dem Beamten vorzuzeigen.
Glücklicherweise befand sich derselbe zu Hause. Er kam herbeigeeilt, um die Angemeldeten mit unterwürfiger Höflichkeit zu begrüßen und ihnen sich und sein Haus zur Verfügung zu stellen.
Wie aber erstaunte er, als sie aus den Palankins stiegen! Ein so wie der Methusalem gekleideter Mensch schien ihm ein wahres Weltwunder zu sein. Er zog die Brauen so hoch, daß sie unter dem Rande seiner Mütze völlig verschwanden, und seine Züge kamen in eine geradezu unbeschreibliche Bewegung. Man sah es ihm an, daß er vor Erstaunen laut aufgeschrieen hätte, wenn dies mit der gebotenen Hochachtung vereinbar gewesen wäre.
Ebenso erging es den zahlreichen Bediensteten, welche mit ihm erschienen waren, jetzt hinter ihm standen und, die Köpfe tief zur Erde geneigt, sich leise Bemerkungen zuflüsterten.

„Na," meinte der Gottfried in deutscher Sprache, „die sind mal janz paff über uns. Soll ich vielleicht die Pipe anbrennen, jeehrtester Methusalem? Jestopft ist sie schon."
„Ja, brenne sie an," antwortete der Gefragte. „Es ist zwar gegen die hiesige Sitte, aber gerade das dürfte die Hochachtung vergrößern, welche wir uns wünschen müssen."
Der Gottfried machte Feuer und der Methusalem nahm die Schlauchspitze in den Mund und sog aus Leibeskräften. Dann erst, als die Pfeife sich in „Schuß" befand, antwortete er in würdevoller Weise auf die Bewillkommnungsrede des Mandarinen.
Dieser verbeugte sich noch tiefer und lud die erlauchten Herrschaften ein, sich in das Haus zu bemühen. Der Neufundländer verstand die Armbewegung des Beamten sofort und wendete sich dem Thore zu, um langsamen Schrittes und in selbstbewußter Haltung voran zu schreiten. Hinter ihm kam der Methusalem, gefolgt von seinem Gottfried, welcher wie gewöhnlich die Pfeife und die Oboe trug. Beide verschmähten es, einen Blick auf die Bediensteten zu werfen, unter denen sich mehrere Mandarinen niederen Grades befanden. Turnerstick entfaltete seinen Fächer und der Mijnheer seinen Regenschirm; dann reichten sie sich die Hände und schritten, gefolgt von den beiden Brüdern, hinter Richard Stein her, welcher sich auch ein Ansehen gab, als ob er direkt aus der kaiserlichen Residenz Pe-king komme. Die Gewehre und andern Effekten wurden nicht berührt, da diese Gegenstände von der Dienerschaft nachgebracht werden mußten.
Ein solches Verhalten war hier so ungewöhnlich oder vielmehr so einzig, daß der Mandarin gar nicht wußte, wie er sich dazu verhalten sollte. Hinter den Gästen herzuschreiten, das verbot ihm seine Würde. Vor ihnen, also vor dem Hunde herzugehen und dessen Führer zu sein, das vertrug sich ebensowenig mit seiner hohen Stellung. Daher versuchte er, hinter dem Tiere und vor dem Methusalem Platz zu finden. Da aber hielt der Neufundländer an, richtete sich auf und fletschte knurrend die Zähne. Der Mandarin erschrak und wich zurück, um nun doch hinter seinen Gästen herzugehen. Er schüttelte den Kopf und suchte voller Angst in seinem Gedächtnisse nach, ob in der chinesischen Litteratur der Sitten und Gebräuche ein Paragraph zu finden sei, welcher davon handle, wie man sich gegen eine Dschi-ngan, zu deutsch Hunde-Excellenz zu verhalten habe.
Es ging durch einen breiten Flur und dann eine ebenso breite Treppe hinan. Da der Hund nicht wußte, ob er sich nach rechts oder nach links zu wenden habe, so blieb er stehen, und die Herren mit ihm. So erhielt der Mandarin Raum, vorzutreten und nach links zu zeigen, wo ein Diener soeben eine Thür öffnete und sich dann hinter derselben zur Erde warf.
Der Neufundländer verstand den Mandarinen abermals. Er wandte sich nach der angegebenen Richtung, schritt durch die Thür in das große Zimmer, welches als Empfangssaal zu dienen schien, sah sich dort kurz um und legte sich dann lang auf ein sofaähnliches Polstermöbel, welches mit gelber Seide überzogen war. Wäre das daheim geschehen, so würde er jedenfalls mit einigen Hieben bedacht worden sein. Hier aber that Degenfeld gar nicht, als ob er es bemerke. Er schritt vielmehr auf ein ähnliches

Polster zu, deren mehrere rundum standen, und ließ sich gravitätisch auf dasselbe nieder, während der Gottfried sich als getreuer Schildknappe und Pfeifenträger hinter ihm aufstellte.

Die andern suchten sich ähnliche Plätze, so daß der Mandarin der einzige war, welcher stehen blieb. Er machte ein so verblüfftes Gesicht, daß seine Gäste Mühe hatten, ernst zu bleiben. Doch überwand er seine Verlegenheit leidlich gut und fragte dann, was zu den Befehlen der erleuchteten Herrschaften stehe.

Degenfeld that einen tüchtigen Zug aus der Pfeife und antwortete dann: „Wir wollen über die Grenze nach der Provinz Hu-nau gehen und werden, bis wir die dazu nötigen Vorbereitungen getroffen haben, hier bei Ihnen wohnen. Hoffentlich kann ich dann später melden, daß wir Ihnen willkommen gewesen sind!"

Höchst wahrscheinlich war das Gegenteil der Fall, doch antwortete der Beamte in verbindlichstem Tone und unter einer tiefen Verbeugung: „Meine Unwürdigkeit hat bereits gesagt, daß ich den gebietenden Herren mich und mein ganzes Haus zur Verfügung stelle. Jeder ihrer Befehle wird so schnell ausgeführt werden, als ob er über meine eigenen Lippen gegangen sei."

„Das erwarte ich allerdings. Sie werden aus meinem Kuan ersehen haben, daß ich hier fremd bin, und mir nur die beste Auskunft erteilen. Auf welche Weise können Männer unsres Ranges nach Hu-nan reisen?"

„So hohe Herren haben die Wahl zwischen Pferden oder Palankins. Ich werde alles Nötige zur Verfügung stellen, gute Führer mitgeben und auch einen tapfern Tsing-wie Oberlieutenant.gebieten, die ehrwürdigen Gönner zu begleiten und zu beschützen, bis sie sich jenseits der Grenze befinden und dort eine andre Bedeckung erhalten."

„Eine solche militärische Begleitung entspricht allerdings unserm Range, doch möchte ich wissen, ob sie auch, von demselben abgesehen, nötig ist."

„Wohl nicht. Aber ich habe gestern die Meldung erhalten, daß von Kwei-tschou die Kuei-tse "Teufelssöhne", aufrührerische Mohammedanernach Hu-nan gekommen sind. Obgleich ich nicht glaube, daß sie sich bis an die Grenze unsrer Provinz wagen, halte ich es doch für jeden, der nach Hu-nan gehen will, für besser, sich mit Waffen zu versehen."

„Ich fürchte diese Kuei-tse nicht, doch mögen Ihre Soldaten uns begleiten. Welche Zeit brauchen Sie, uns gute Pferde zur Verfügung zu stellen?"

„Das kann sofort geschehen, wenn die ahnenreichen Herren heute noch aufbrechen wollen. Auch für Proviant und alles andre werde ich augenblicklich sorgen."

Er sagte das mit einer Hast, aus welcher zu ersehen war, wie außerordentlich gern er den baldigen Abzug der Gäste gesehen hätte. Doch Degenfeld meinte: „Solche Eile ist nicht nötig. Heute reisen wir nicht ab, doch morgen würde ich gern aufbrechen, wenn bis dahin alles beschafft werden kann."

„Das soll es sein, hoher Herr. Ich werde den edlen Gebietern schon früh die nötigen Reit- und auch Lastpferde vorführen lassen. Und schon heute soll alles andre Nötige

angeschafft werden. Wünschen die Inhaber der langen Stammbäume zusammen zu speisen, oder soll das Essen jedem einzelnen Abkömmling vorgelegt werden?"
„Wir bleiben in unsrer Gesellschaft, bis wir uns zur Ruhe legen."
„So werde ich den Wohlwollenden jetzt ihre Zimmer anweisen lassen. Dann können sie sich im Speisesaale versammeln. Nur muß ich fragen, welche Gerichte ich bereiten lassen soll."
„Das stelle ich ganz in Ihr Belieben. Doch bitte ich, ein Verzeichnis der Speisen, welche wir erhalten, anfertigen zu lassen, auf daß ich es später vorlegen und damit beweisen kann, daß der Kuan des Himmelssohnes hier in Schao-tscheu geachtet wurde."
Dies war ein diplomatischer Kniff des Studenten. Er erreichte damit jedenfalls ein sehr gutes Abendessen. Der Mandarin verbeugte sich zustimmend, wendete sich dann gegen das Sofa, auf welchem der Hund lag, verneigte sich auch in dieser Richtung und fragte: „Soll ich der zwei Paar Füße habenden Excellenz auch ein besonderes Zimmer anweisen lassen?"
„Nein," antwortete der Methusalem ernst, obgleich er lieber laut aufgelacht hätte. „Diese Excellenz ist mein Freund und wird bei mir wohnen und schlafen."
„Aber welche Gerichte wird sie zu speisen belieben?"
„Sie wird mit an unserm Tische essen."
„Vielleicht ist die Seele eines berühmten Ahnen in sie gefahren, denn sie hat eine Größe, wie ich ihresgleichen noch nie gesehen habe. Wahrscheinlich muß man der Excellenz ungewöhnliche Achtung erweisen?"
„Sie ist allerdings an ganz besondere Aufmerksamkeit gewöhnt und vermerkt es sehr übel, wenn man es an derselben mangeln läßt."
„Sie soll mit mir zufrieden sein, denn ich werde für ihre Bequemlichkeit die größte Sorge tragen."
Er entfernte sich rückwärts gehend bis zur Thür und verschwand dann durch dieselbe, nachdem er sich vor jedem einzelnen und auch vor dem Hunde verneigt hatte. Nach einigen Augenblicken traten so viele Diener ein, als Personen vorhanden waren; jeder derselben hatte den Auftrag, einem der Gäste sein Zimmer anzuweisen.
Der Methusalem wurde in eine wirklich prächtig eingerichtete Stube geführt, welche wohl nur für sehr vornehme Gäste eingerichtet war. Es befand sich nur ein Bett in derselben, aber bald brachten zwei dienstbare Geister noch ein zweites hereingetragen, in welchem wohl noch kein gewöhnlicher Mann geschlafen hatte. Auf Befragen, für wen dasselbe bestimmt sei, erklärte der eine: „Der mit dem Schweife wedelnde Urahne soll in demselben schlafen, damit er sich nicht über den Herrn des Hauses zu beklagen habe."
Die guten Leute waren außerordentlich bemüht, die beleidigenden Worte Dschi und Kiuen, welche Hund bedeuten, zu umschreiben, um dem Besitzer der zwei Paar Beine und des Schweifes ihre Achtung zu erweisen. Degenfeld nahm dies als ganz selbstverständlich hin. Ihm machte es ja keinen Schaden, wenn sein Liebling einmal Gelegenheit fand, in einem guten chinesischen Bette zu schlafen.

Als man ihm dann sein Gewehr brachte, wurde ihm gesagt, wo der Speisesaal zu finden sei. Er hatte bemerkt, daß man ihm und seinen Gefährten eine Reihe nebeneinander liegender Zimmer angewiesen habe. Er ging, um sie aufzusuchen, und fand sie bei dem Kapitän versammelt. Sie hatten es vorgezogen, beisammen zu sein. Jeder von ihnen hatte eine brennende Pfeife im Munde, und auf dem Tische stand eine große Porzellanschale, welche Tabak enthielt. Auf die Frage Methusalems erklärte Turnerstick: „Meinen Sie etwa, daß Sie hier allein rauchen können? Wir sind gesonnen, uns ganz dasselbe Relief zu geben. Leider wurde ich nicht verstanden, als ich von der dienenden Kreatur Tabak verlangte. Man scheint hier ein schauderhaftes Chinesisch zu sprechen; aber Liang-ssi hat ihr endlich doch zum Verständnisse gebracht, was wir wollten. Wie gefällt es Ihnen in diesem Hause?"
„Ganz gut, obgleich wir nicht sehr willkommen sind, was ich dem Mandarinen allerdings nicht verdenken kann."
„Pah! Wir zehren hier auf des Kaisers Unkosten, was mir freilich noch nicht passiert ist. Am meisten freue ich mich auf morgen. Ich kann Ihnen sagen, daß ich ein leidenschaftlicher Reiter bin. Darum war ich ganz entzückt, als Sie Pferde bestellten. Auch die andern können reiten; nur unser Mijnheer scheint nicht damit einverstanden zu sein."
„Warum nicht, Mijnheer van Aardappelenbosch?"
Der Dicke faltete die Hände über dem Bauche, warf einen um Erbarmung flehenden Blick gen Himmel und antwortete: „In gevalle dat ik ruiten moet, zoo sterf ik op het oogenblik – wenn ich reiten muß, so sterbe ich augenblicklich."
„Warum denn?"
„Omdat ik niet ruiten kann – weil ich nicht reiten kann."
„Pah! Sie lernen es!"
„Ik? Mijn God een Heer! Ik ben een oongelukkige nijlpaard – ich? Mein Gott und Herr! Ich bin ein unglückliches Nilpferd!"
„Unsinn! Man setzt sich in den Sattel, steckt die Füße in den Bügel und läßt das Pferd laufen."
„O wee! Indien ik het paard loopen laat, zoo leg ik straks onden op der moeder aarde – o weh! Wenn ich das Pferd laufen lasse, so liege ich sofort unten auf der Mutter Erde!"
„Sie müssen es wenigstens versuchen."
„Neen! Ik dank zeer! Ik wil niet onden zitten – Nein! Ich danke sehr! Ich will nicht unten sitzen!"
„Ich sage Ihnen aber, daß die hiesigen Pferde keine arabischen Renner sind!"
„En gesteld dat zij nijlpaarben zijn, ik kan niet ruiten, en ik wil niet ruiten, noch te voet noch te paard – und wenn sie Nilpferde sind, ich kann nicht reiten, weder zu Fuße noch zu Pferde!"
Dabei blieb er. Als auch die andern in ihn drangen, wenigstens einen Versuch zu machen, rief er ganz erbost aus: „Houdt den mond! Geen mensch brengt mij op een paard! Ik wil

niet mijne armen, mijne beenen en mijn nek breken. Ik ben Mijnheer Willem van Aardappelenbosch en ruit van ambtswege op geenen paard, op geenen appe, opp geenen olifant en ook op geenen ooievaar; ik ruit op geenen dier, uitgenomen op mijne muilen of op mijne laarzen – haltet den Mund! Kein Mensch bringt mich auf ein Pferd! Ich will nicht meine Arme, meine Beine und mein Genick brechen. Ich bin Mijnheer Willem van Aardappelenbosch und reite von Amts wegen auf keinem Pferde, auf keinem Affen, auf keinem Elefanten und auch auf keinem Storche; ich reite auf keinem Tiere, ausgenommen auf meinen Pantoffeln und auf meinen Stiefeln!"

Er warf bei dieser Versicherung die Arme so energisch um sich herum, daß man erkennen mußte, es sei ihm heiliger Ernst mit seinen Worten. Dabei standen dicke Schweißtropfen auf seiner Stirn, hervorgebracht von dem bloßen Gedanken, daß er reiten solle.

„Nun gut, so müssen Sie sich tragen lassen," sagte Degenfeld.

„Ja," nickte der Dicke befriedigt. „Ik neem twee Kulis, welke mij dragen mocten – ja, ich nehme zwei Kulis, welche mich tragen müssen."

„Davon werden Sie absehen, da diese Träger auf die Dauer mit den Pferden nicht gleichen Schritt halten könnten. Wir müssen zu Ihrem Tragsessel zwei Pferde nehmen."

„Hoe zal dat gemakt werden – wie soll das gemacht werden?"

„Ein Pferd geht hinten und das andre vorn, und die Tragstangen der Sänfte werden hüben und drüben an den Sätteln festgeschnallt."

„Zoo kom ik betwixt de twee paarden? – so komme ich zwischen die zwei Pferde?"

„Ja."

„Ik dank zeer! Dat vooran slat achten, en bat achten bijt voorn. Ik laat mij noch slaan noch bijten – ich danke sehr! Das voran schlägt nach hinten aus, und das hinten beißt vorn. Ich lasse mich weder schlagen noch beißen!"

„Aber Sie sitzen doch im Tragsessel, und kein Pferd kann Ihnen etwas thun!"

„Zoo! Ik zit in den Dragstoel? Tat is good; da maak ik met – so? Ich sitze in dem Tragstuhle? Da mache ich mit!"

Da er nun überzeugt, daß weder das eine Pferd ihn schlagen, noch das andre ihn beißen konnte, so war er zufriedengestellt.

Er war eben allezeit auf das Heil seines umfangreichen Körpers bedacht.

Noch waren alle beisammen, als ein Diener hereintrat und jedem einen Zettel überreichte, welcher eine halbe Elle breit und zwei Ellen lang war und eine Einladung zum Abendessen enthielt. Diese Zettel waren dann als Servietten oder Mundtücher zu benutzen.

Als sie dann den Speisesaal betraten, wurden sie von dem Mandarin empfangen, welcher sich in großer Gala befand. Er wies einem jeden seinen Platz an. Für die sieben Gäste waren acht Stühle vorhanden. Auf dem achten nahm nicht etwa der Hausherr Platz, sondern dieser letztere postierte sich an die eine Wand des Saales, um die Diener zu dirigieren, von denen jeder Gast seinen besonderen bekam.

Als sich alle gesetzt hatten, deutete der Mandarin auf den Hund und sagte: „Soll der Urahne sich nicht auch setzen. Es ist ja ein Stuhl für ihn vorhanden.“
Degenfeld bemühte sich, ernst zu bleiben. Er gab dem Neufundländer einen Wink und dieser sprang sofort auf den leeren Stuhl und beschaute die schriftliche Einladung, welche sein Diener vor ihn hinlegte. Das sah so drollig aus, daß Turnerstick lachen wollte, was ihm aber von dem Methusalem mit einigen Worten verwiesen wurde.
Nun wurde der erste Gang aufgetragen, welcher aus einer delikaten Fischsuppe bestand. Der Hund beroch seinen Teller. Die beigefügten Gewürze waren seinem Instinkte, seiner Natur zuwider; darum wendete er sich ab; aber auf einen Wink und ein beigefügtes Wort seines Herrn überwand er sich und leckte gehorsam den Teller leer.
Ganz dasselbe geschah bei den übrigen Gängen. Der Neufundländer war wohlgezogen und hatte früher schon manches genießen müssen, was andre Hunde versagt hätten. Wenn ihm eine Speise nicht behagte, so sah er seinen Herrn an, und sobald dieser den Finger hob, fraß er sie auf.
In dieser Weise machte das Tier das ganze Nachtmahl mit durch und wurde dabei mit einem Eifer und einer Ehrerbietung bedient, als ob es den Rang eines hohen Mandarinen bekleide. Ob der Hausherr dieses Arrangement aus Ironie getroffen hatte, das war dem Methusalem sehr gleichgültig. Es wurde alles in ernster Würde verzehrt, ohne daß dabei jemand ein Wort der Unterhaltung hören ließ, und der Hund zeigte diese Würde in nicht geringerem Grade als seine menschlichen Mitgäste.
Am Schlusse des Mahles überreichte der Mandarin dem Methusalem das gewünschte Verzeichnis der Speisen und fragte dabei, ob er sich der Zufriedenheit seiner hohen Gäste erfreuen dürfe. Er erhielt eine bejahende Antwort, und das mit vollem Rechte. Dann bat er um die Erlaubnis, sich zurückziehen zu dürfen, da er zu gering sei, mit seiner Anwesenheit die Erleuchteten belästigen zu dürfen. Es wurde ihm in gnädigen Worten erlaubt. Natürlich war er froh, von dem Zwange befreit zu sein, welchem er bei ihnen unterworfen war.
Nun gab es noch eine Art Wein, aus gegorenem Reis bereitet, welcher heiß präsentiert wurde. Es war kein wohlschmeckendes, sondern ein sehr fades Getränk, welchem die Gäste dadurch zu entgehen suchten, daß sie baldigst aufbrachen, um sich zur Ruhe zu begeben.
Daß der Mijnheer sich mit dem Essen sehr zufrieden zeigte, verstand sich ganz von selbst. Bald schnarchte er ebenso laut wie auf dem Tausendfuße.
Der Neufundländer hatte noch nie ein solches Lager gehabt wie heute. Er blickte seinen Herrn ganz verwundert an, als dieser ihn in das Bett kommandierte, säumte aber gar nicht, diesem Befehle Gehorsam zu leisten.
„Ja,“ sagte der Gottfried, welcher dabei stand, „heut jeht's hoch her bei dich, denn du bist ein urahniger Jebieter mit vier Füße und einem Schweife. Aberst komm nur wieder nach Hause! Da schläfst du wie vorher bei mich auf dem Strohdeckel, und wenn du etwa von China träumst, so jibt es Hetzpeitsche ohne Schmorkartoffel. Jehabt dir wohl, und

verschlafe dir nicht, denn morjen fliegen wir zeitig aus dem Nest! Jute Nacht auch Sie, oller Methusalem! Ich habe noch die Pipe zu reinigen, damit wir morjen hier in Schao-tscheu keinen stänkerigen Eindruck machen."
Er löschte die an der Decke hängende Laterne aus und ging. Noch war es zeitig am Morgen, als er wieder kam, um seinen Herrn zu wecken. Er meldete, daß sich unten im Hofe wohl ein Dutzend Pferde befänden, welche der Mandarin für seine Gäste requiriert habe, um dieselben sobald als möglich abreisen zu sehen.
Im Speisesaale wurde der Thee getrunken, und dann erschien der Hausherr, um die „Herren mit den langen Stammbäumen" zu ersuchen, sich in den Hof zu bemühen. Degenfeld zählte dort fünfzehn Pferde. Sechs waren zum Reiten und zwei zum Tragen des Palankin für den Mijnheer bestimmt. Den übrigen waren Packsättel aufgeschnallt.
Degenfeld untersuchte die Reitpferde. Es waren kleine, häßliche Tiere, die sich aber später als sehr munter und ausdauernd bewiesen. Das Zaumzeug war leidlich, doch zeigten die Sättel eine unbequeme Gestalt, und die Bügel waren schwer und unbeholfen. Dem konnte aber nicht abgeholfen werden.
Der Methusalem bestieg eins der Tiere, um es zu probieren. Von einem Durchreiten der Schule konnte keine Rede sein, weil es eben keine Schule besaß, doch gehorchte es ziemlich willig dem Zügel und dem Schenkeldrucke.
„Nun, wollen Sie nicht auch einmal probieren?" fragte Turnerstick den Dicken.
„Ik?" antwortete dieser, indem er alle zehn Finger abwehrend ausspreizte. „Jk niet, waarachtig niet – ich nicht, wahrhaftig nicht!"
Er kehrte, um ganz sicher zu sein, daß ein solches Ansinnen nicht wieder an ihn gestellt werden könne, schleunigst nach seinem Zimmer zurück.
Alles, was mitgenommen werden sollte, war schon verpackt. Das waren Speisen, einige Flaschen Raki und sodann vorzugsweise eine bedeutende Anzahl von Decken aus den verschiedensten Stoffen, mit deren Hilfe die Reisenden es sich in den Einkehrhäusern möglichst bequem machen sollten.
Dann führte der Mandarin seine Gäste vor das Haus, wo der Oberlieutenant mit zwanzig berittenen Soldaten hielt. Er trug auf der Brust einen Tuchfleck, welcher die Gestalt des Kriegstigers zeigte, hatte aber gar nicht etwa ein tigerartiges Aussehen. Von kleiner, dürftiger Gestalt, saß er auf einem ebenso dürftigen Rößlein, welches Lockenhaare wie ein Pudel hatte. Desto gewaltiger war der Sarras, welcher ihm von der Seite hing. Rechts und links blickten ihm zwei riesige Pistolen aus den Taschen, von denen aber zu vermuten war, daß sie die löbliche Eigenschaft besaßen, gerade dann nicht loszugehen, wenn geschossen werden sollte.
Ein ebenso unritterliches Aussehen hatten seine Kavalleristen. Sie waren verschieden gekleidet und verschieden bewaffnet. Der eine hielt einen langen Spieß und der andre ein Gewehr in der Hand, dessen Lauf wie ein Korkzieher gewunden war. Der dritte hatte eine Mordwaffe, von welcher man nicht wußte, ob sie eine Armbrust oder eine Mausefalle sein solle. Der vierte trug eine Keule, aus welcher verrostete Nagelspitzen

naiv schauten. Der fünfte hatte einen Bogen ohne Pfeile und der sechste einen Köcher, zu welchem aber der Bogen fehlte. In ähnlicher Weise waren auch die andern armiert. Das Kriegerischeste an ihnen waren die martialischen Gesichter, welche sie schnitten und die Schrift, welche sie alle auf dem Rücken trugen. Dort stand nämlich geschrieben „Ping“, das ist „Soldat“.

„Alle Ober- und Unterjötter! Wat sind das für Leute?“ fragte der Gottfried.

„Soldaten, Kavalleristen,“ antwortete der Methusalem.

„Und die sollen mit uns?“

„Jawohl.“

„Weshalb denn?“

„Um uns zu beschützen.“

„Dat glaube ich nicht.“

„Weshalb denn sonst?“

„Wenn ich sie mich so betrachte, so scheint es mich, dat sie mit uns wollen, damit nicht sie uns, sondern wir ihnen beschützen sollen. Nicht?“

„Das letztere ist freilich wahrscheinlicher als das erstere.“

„Und wat bedeutet die baumwollene Schrift auf ihren Hinterfronten?“

„Soldat.“

„Ah, siehst du, wie du bist! Wat die Chinesigen doch für pfiffige Jungens sind!“

„Inwiefern?“

„Nun, dat ist doch leicht zu erkennen. Diese Soldaten brauchen nicht zu fechten und zu kämpfen. Es ist jar nicht nötig, dat sie ihr edles Leben wagen. Sie brauchen nur auszureißen und dem Feinde den Rücken zuzukehren. Dann liest er dat schreckliche Wort „Soldat“ und wendet vor Angst auch um und jeht von dannen. So wird durch eine alljemeine Flucht der glänzendste Sieg jewonnen. Ich werde diese Erfindung mit nach Hause nehmen und sie in einem einjeschriebenen Brief an Moltke senden. Vielleicht blüht mich dafür der schwarze Adler erster Jüte mit Brillanten.“

„Ja, diese Leute werden uns mehr schaden als nützen; aber wir müssen sie mitnehmen. Unser Rang erfordert es.“

„Na, wat würde man in Berlin oder so da in Deutschland herum von unserm Range denken, wenn wir in solcher Jesellschaft anjelangt kämen!“

„Vielleicht würden wir als vagierende Zigeuner per Schub über die Grenze gebracht.“

„Und zwar, ohne dat man sich erst vorher die Mühe jäbe, uns nach unsrem Impfschein zu fragen. O China, wie habe ich mich in dich jetäuscht! Wie hast du mir in meine Bejeisterung betrogen! Deine Köche will ich loben, aber deine Soldaten kannst du nur jetrost wieder in die Schachtel thun!“

Ganz entgegen diesem Urteile fragte der Mandarin in selbstbewußtem Tone Degenfeld: „Hat der erleuchtete Gebieter in seinem Lande auch so tapfere Krieger?“

„Sind diese Leute denn tapfer?“ fragte der Student.

„Ueber alle Maßen. Sie fürchten selbst den Tiger, das einhörnige Rhinoceros und den wildgewordenen Elefanten nicht."
„Hoffentlich bekomme ich während meiner Reise Gelegenheit, ihren Mut zu erproben."
„Das würde vielen Gegnern das Leben kosten. Wann wünschen die ehrwürdigen Herren diese Stadt zu verlassen?"
„Sobald die Vorbereitungen getroffen sind."
„Das ist bereits geschehen, und es ist alles zum Aufbruche bereit; doch vorher mögen die Vielgepriesenen den Morgenreis bei mir verzehren."
Unter Morgenreis ist Frühstück zu verstehen. Dieses bestand nicht aus so vielen Gängen, wie das gestrige Abendessen. Der Mandarin wünschte nicht, die Anwesenheit seiner Gäste zu verlängern. Als er sah, daß sie von den Speisen nur nippten, machte er ein sehr zufriedenes Gesicht. Dasselbe nahm nur dann einen finstern Ausdruck an, wenn sein Blick auf den Mijnheer fiel. Dieser hatte sich festgesetzt, als ob er heute gar nicht wieder aufstehen wolle und langte in einer Weise zu, als ob er befürchte, von heut an bis nach Ablauf der Woche nichts Eßbares mehr vor die Augen zu bekommen.
Endlich klappte er sein Messer zu, schob es in die Tasche und sagte: „Zoo! Heden ochtend word ik niet meer eten; maar vervolgens muet ik een middageten hebben – so! Heut früh werde ich nicht mehr essen; aber nachher muß ich ein Mittagsmahl haben."
Nun begab man sich in den Hof hinab, um aufzubrechen. Eine Rechnung war nicht zu berichtigen. Auch die Trinkgelder kamen in Wegfall, da es einem hochgestellten Chinesen niemals beikommen kann, Dienste zu belohnen, welche er seinem Range nach zu beanspruchen hat. Der Kuan hatte ja sogar die angenehme Wirkung, daß weder für die Pferde noch für die Begleitung oder den mitgenommenen Proviant etwas zu entrichten war.
Unangenehm war nur die häßliche Ceremonie des Verabschiedens. Der Methusalem suchte sie so viel wie möglich abzukürzen, und der Mandarin unterstützte sehr gern dieses Bestreben. Der erstere sagte Dank für die genossene Gastfreundlichkeit und versprach, an geeigneter Stelle derselben rühmend zu gedenken, und der letztere beklagte, die sehr hochwürdigen Gönner nicht noch länger bei sich zu sehen und bewirten zu können. Dann stieg man zu Pferde.
Außer dem Dicken hatten alle schon früher im Sattel gesessen. Selbst Richard hatte den Onkel Methusalem oft in den Tattersall begleitet und da einen kleinen Ritt gemacht. So war also nicht zu befürchten, daß einer sich vor den Bewohnern von Schao-tscheu blamieren werde.
Die Sänfte war in der von Degenfeld angegebenen Weise an zwei Pferden befestigt worden. Der Dicke stieg ein, und der Gottfried machte Feuer, damit die Wasserpfeife in Brand gesteckt werden könne. Dann setzte sich der Trupp in Bewegung, von dem Mandarinen unter tiefen Bücklingen bis vor das Thor begleitet, wobei ihm seine Untergebenen eifrig sekundierten.

Draußen stand eine ungeheure Menschenmenge. Die Ankunft der Fremdlinge hatte nicht so viel Aufsehen erregt, weil man von derselben nichts gewußt hatte. Mittlerweile aber war es ruchbar geworden, daß vornehme Mandarinen aus einem fernen Erdteile bei dem Vorsteher der Stadt eingekehrt seien und am Vormittage wieder abreisen würden. Diese Kunde hatte sämtliche Einwohner aus ihren Häusern gelockt, und nun standen sie Kopf an Kopf, um ihre Neugierde zu befriedigen.

Dies hatte der Mandarin geahnt und danach seine Vorkehrungen getroffen. Um ein Fortkommen durch die dicht gedrängte Menge zu ermöglichen, schritt eine Anzahl Polizisten voran, welche mit ihren Stäben Platz machten, indem sie die nötigen Hiebe und Püffe austeilten. Damit die so geschaffene Lücke sich nicht wieder schließe, ging rechts und links je eine Reihe derselben Sicherheitsbeamten, welche die Köpfe der Zudringlichen ebenso bearbeiteten. Zwischen ihnen bewegte sich der eigentliche Zug.

Voran ritt der Oberlieutenant, gefolgt von zehn seiner Helden, welche grimmig um sich blickten. Dann folgte der Neufundländer, welcher so stolz und sicher schritt, als ob dergleichen Triumphzüge bei ihm zu den Alltäglichkeiten gehörten. Nun kam der Methusalem zu Pferde, das Gewehr auf dem Rücken und die Pfeifenspitze im Munde, aus welchem er dichte Rauchwolken stieß, hinter ihm natürlich Gottfried mit der Pfeife und dem Fagotte. Diesem folgte Turnerstick mit weit geöffnetem Fächer, neben ihm Richard Stein, der hell und lustig über die gaffende Menge hinblickte. Hierauf war die Sänfte zu sehen. Die beiden Pferde, welche dieselbe trugen, wurden von zwei Polizisten geführt. Rechter Hand des Palankins ging ein dritter Polizist, welcher den ausgespannten Schirm des Dicken als Zeichen der hohen Würde des Besitzers trug, denn je größer in China der Fächer und der Schirm, desto vornehmer ist der Herr desselben. Zur linken Hand sah das fette Gesicht des Mijnheer mit der schottischen Mütze aus der Sänfte. Da er auf den Sattel verzichtet hatte, wollte er wenigstens in dieser Weise die Menge von seinem Dasein überzeugen und die Huldigung derselben entgegennehmen. Seine feisten Wangen und der Umstand, daß er getragen wurde, brachten auch wirklich die Ueberzeugung hervor, daß er der vornehmste der fremden Mandarinen fei. Darum verbeugte man sich oft vor dem Kopfe, dem einzigen sichtbaren Teile des Herrn mit dem langen Stammbaume, was von dem Mijnheer stets voller Huld mit einem freundlichen Grinsen erwidert wurde. Hinter der Sänfte ritten die beiden Brüder Liang-ssi und Jin-tsian, welche natürlich wenig Aufsehen erregten, und den Schluß des Zuges bildeten die andern zehn Kavalleristen, hinter denen sich die Menge wieder schloß, um den Fremden nachzudrängen.

So ging es langsam durch die Straßen und Gassen der Stadt und endlich, endlich, nach fast einer Stunde, zum östlichen Thore derselben hinaus, wo die Straße immer am Wasser hin nach Schin-hoa, dem Ziele des heutigen Rittes, führte.

Dort vor dem Thore kehrten die Polizisten um, und der Mijnheer erhielt seinen Schirm wieder zugestellt. Viele Bewohner der Stadt aber folgten noch eine weite Strecke, bis sie

sich schließlich doch überzeugt hatten, daß die Fremden genau so wie sie selbst auch gestaltet seien.
Von jetzt an gebürdete sich der Oberlieutenant ganz als Führer und Beschützer der ihm anvertrauten hohen Herrschaften. Er gab eine Menge ganz unnötige Befehle, welche häufig den geradesten Widerspruch enthielten, kommandierte seine Untergebenen bald vor, bald hinter, bald neben die Reisenden, sprengte weit voran, um auszuschauen, ob die Straße sicher sei, und blieb ebenso häufig zurück, um sich zu überzeugen, daß dort keine hinterlistige Gefahr drohe. Er hielt seine Leute und Pferde fortwährend in Atem, und das alles nur, um den „Erleuchteten“ zu zeigen, welch einen wichtigen Posten man ihm anvertraut habe, und daß er ganz der Mann sei, denselben auszufüllen.
Die Straße stieg bald am steilen Ufer empor, bald senkte sie sich wieder zum Niveau des Flusses nieder. Sie war gut angelegt und leidlich unterhalten. Die chinesische Regierung schenkt zwar dem System der Kanäle mehr Aufmerksamkeit als demjenigen der festen Wege, aber das Land ist trotzdem keineswegs arm an guten Straßen. Oft sind dieselben sogar mit großer Kühnheit angelegt, und die Hindernisse, welche Flüsse, Thäler und Schluchten bieten, werden von Brücken und Viadukten überschritten, welche Jahrhunderte überdauert haben und die Bewunderung selbst eines berühmten europäischen Architekten erregen würden, zumal diese Bauten zu einer Zeit ausgeführt wurden, in welcher bei uns niemand gewagt hätte, so kühne Wege anzulegen.
Die Reisenden erblickten an der Straße, welcher sie folgten, von zehn zu zehn Li, also nach unsrem Längenmaße ungefähr alle fünf Kilometer, Soldatenhäuser, welche mit einem Wachtturme versehen waren. Man hat sie an solchen Stellen errichtet, daß es möglich ist, von einem Turme die beiden nächsten zu erblicken und mit Hilfe von Flaggen, welche an hohen Stangen aufgezogen werden, Signale zu empfangen und weiterzugeben. Diese Wachttürme haben ganz besonders den Zweck, die Nachricht von Empörungen, welche in China sehr häufig sind, schnell zu verbreiten.
In ebenso regelmäßigen Abständen waren Ruhehäuser angelegt, welche auf Kosten des Staates unterhalten werden, jedermann zur Aufnahme dienen, besonders aber von den reisenden Beamten benutzt werden.
In der Nähe jedes dieser Gebäude stehen an einer in die Augen fallenden Stelle drei weiße, steinerne Säulen, um den Reisenden schon von weitem auf das Vorhandensein des Ruhehauses aufmerksam zu machen. Diese Steine gleichen unsern Meilenzeigern, doch enthalten sie keine Bestimmungen der Entfernungen; die letztere ist vielmehr auf Brettern angegeben, welche an Pfählen befestigt sind.
Der Oberlieutenant war am ersten Ruhehause vorbeigaloppiert, ohne es zu beachten; beim zweiten aber hielt er an, verbeugte sich vor dem Methusalem und sagte: „Hier ist ein sehr schönes Sië-kia (Ruhehaus) und ich ersuche die mächtigen Gebieter, abzusteigen.“
Während er das sagte, schwang er sich auch schon aus dem Sattel, und seine Leute folgten diesem Beispiele.

„Wer hat gesagt, daß hier geruht werden soll?“ fragte der Student.
„Ich,“ antwortete der Offizier dumm-erstaunt.
„Sind Sie so ermüdet?“
„Ja.“
„So reiten Sie vernünftiger, und strengen Sie Ihre Leute und Pferde nicht so an! Ich habe keine Veranlassung, abzusteigen.“
„Aber, erleuchteter Herr, es ist hier Sitte, zwanzig Li zu reiten und dann auszuruhen!“
„Diese Sitte gefällt mir nicht.“
„Wir haben ja Speise und Trank bei uns und können essen und trinken. Auch sind Decken genug vorhanden, um uns in aller Bequemlichkeit niederlassen zu können!“
„Wenn wir das thun und Ihrem Gebrauche folgen, so sind wir in zehn Tagen noch nicht am Ziele.“
„Ist es denn nötig, es so bald zu erreichen? Wir haben ja Zeit!“
„Ihr, aber wir nicht. Wie weit ist es von Schao-tschu bis Schin-hoa?“
„Hundert Li.“
„So müßten wir viermal einkehren und würden den letzteren Ort wohl erst übermorgen erreichen. Ich aber will heut noch hin.“
„Das ist unmöglich, hoher Vorfahre.“
„Ich werde Ihnen beweisen, daß es sehr wohl möglich ist. Wir kehren nur einmal ein, nämlich wenn wir die Hälfte des Weges, also fünfzig Li, zurückgelegt haben.“
„So müssen wir verschmachten, und die Pferde werden vor Müdigkeit stürzen.“
„Das sagen Sie, der Sie Offizier und Kavallerist sind? Ich finde diese Tiere sehr brav und getraue mir, mit ihnen ohne allen Aufenthalt direkt das Ziel zu erreichen.“
„O, sie wanken doch schon!“
„Das scheint Ihnen nur so, weil Sie selbst das Gleichgewicht verloren haben. Kehren Sie hier ein, wenn es Ihnen beliebt, wir aber reiten weiter!“
Er trieb sein Pferd an, daß es in Galopp fiel; die andern folgten, und selbst die Packtiere, welche keine besonderen Führer hatten, rannten hinterdrein. Der Oberlieutenant machte ein Gesicht, wie er es wohl noch nie gezogen hatte. So etwas war ihm noch nie passiert. Er hatte große Lust, seinem Kopfe zu folgen, besann sich aber eines Besseren, stieg wieder auf und ritt, gefolgt von seinen Leuten, den Vorausgeeilten nach.
Von jetzt an ließ er sein Tier ruhig gehen und hielt sich schmollend eine kleine Strecke weit zurück.
Am Mittag wurde die Stelle erreicht, an welcher der eine Arm des Flusses rechts ab nach Schi-hing und der andre links nach Schin-Hoa führt. Diesem letzteren folgten die Reisenden, ohne den Offizier zu fragen, ob dies die richtige Richtung sei.
Nun wurde die Gegend immer gebirgiger. Bisher waren die Berge bis zu ihrer Höhe mit Feldern bebaut gewesen; jetzt zeigten sich auch bewaldete Gipfel, ein Zeichen, daß man sich der eigentlichen Masse des Nan-ling-Gebirges nähere.

Als an einer der erwähnten Tafeln zu ersehen war, daß Schin-hoa nur noch vierzig Li entfernt sei, hielt der Methusalem beim nächsten Einkehrhause an. Der Wirt desselben, ein dicker, schmutzig aussehender Chinese, kam heraus, um die Ankömmlinge zu begrüßen. Sein Gesicht war nicht eben ein freundliches. Jedenfalls hatte er die Erfahrung gemacht, daß chinesische Soldaten nicht solche Gäste sind, an denen viel zu verdienen ist. Als er aber nun die fremd gekleideten Herren sah, erhielten seine Züge einen noch ganz andern Ausdruck. Er riß den Mund auf, ebenso die kleinen Schlitzaugen, so weit er konnte, und starrte die Männer an, als ob ihm der Verstand abhanden gekommen sei.
Der Gottfried sprang vom Pferde, hielt dem Manne das Fagott ans Ohr und konstruierte einen so schauderhaften Triller, daß der Wirt vor Entsetzen einen lauten Schrei ausstieß und zu gleichen Beinen davonlief, um hinter der Ecke des Hauses zu verschwinden.
„So!" lachte der Wichsier. „Dem habe ich beijebracht, dat es niemals jeraten ist, jeehrte Herrschaften mit dem offnen Maule anzublicken. Nun rennt er wohl zu Bartheln, um sich Most zu holen, womit ich Verstand und Lebensart bezeichnen will. Wir sind ihm glücklich los. Jehen wir nun rin in dat Vergnüjen!"
Das Gebäude enthielt zwei Abteilungen von sehr verschiedener Größe. Die kleinere war jedenfalls für den Wirt, die größere für die Gäste bestimmt. Als der Gottfried einen neugierigen Blick in die erstere warf, fuhr er schnell zurück und rief: „Pfui Spinne! Von dieser Madame möchte ich nicht essen!"
„Wieso?" fragte Turnerstick.
„Die Familienmutter hat sich neben dem rauchenden Schmertopfe niederjelassen und hält eine junge Lady in ihrem Schoße, mit deren Kopf sie janz datselbige macht, wat die Affen so häufig einander zuliebe thun. Wenden wir uns jrauenhaft auf die andre Seite!"
Dort sah man einen großen, kahlen Raum, in welchem nur ein Tisch und zwei Bänke standen. In kurzer Zeit aber sah es wohnlicher aus. Da es eine Ruhepause galt, waren die Soldaten nicht zurückgeblieben. Sie brachten die Decken und Tücher herein, um sie über den Tisch und die Bänke zu breiten. Einige Matten wurden auf den Boden gelegt, und dann holten die reitunlustigen Kavalleristen die Mundvorräte herein, welche von dem Methusalem verteilt wurden.
Die Herrschaften aßen am Tische und die Soldaten am Boden auf den Matten. Da ein hochgestellter Chinese sich nicht gern von einem tiefer stehenden beim Essen beobachten läßt, so hatten sich die Krieger so gesetzt, daß sie den Reisenden den Rücken zukehrten, was also nicht ein Zeichen eines Mangels an Achtung, sondern gerade das Gegenteil war.
Nach einer halben Stunde hatte man das Mahl beendet, und der Methusalem mahnte zum Aufbruche, welchem Befehle die Soldaten nur sehr langsam Folge leisteten.
Degenfeld wollte, obgleich man von dem Wirte nichts verlangt hatte, diesem doch eine Münze geben. Liang-ssi ging, ihn zu suchen, kehrte aber zurück, ohne ihn gefunden zu haben. Der Mann ließ sich aus Angst vor dem Fagotte zu den Verschollenen zählen, und das Geld mußte seiner Frau ausgehändigt werden.

Nun ging es wieder vorwärts, immer tiefer in die Berge hinein. Bald führte die Straße durch tiefe, enge, finstere Klüfte, bald stieg sie in steilen Windungen wieder zur hellen Höhe empor, um eine Aussicht auf neue Tiefen zu eröffnen.
Die Reisenden strengten jetzt die Pferde möglichst an, um noch vor Nacht das Ziel zu erreichen. Die Soldaten waren gezwungen, ihnen ebenso schnell zu folgen. Der Weg war menschenleer. Kein Wanderer begegnete ihnen. Hier und da gab es einmal ein Haus oder eine einsame Siedelung, deren Bewohner neugierig vor die Thüren gerannt kamen und halb erstaunt, halb erschrocken zurückfuhren, wenn sie die fremdartigen Reiter erblickten.
Der Methusalem ritt voran; er hatte während des ganzen Tages keine Lust gezeigt, sich zu unterhalten. Seine Gefährten hielten zusammen, um sich den Weg durch Gespräch zu verkürzen. Sie bemerkten, daß er der Gegend eine ungewöhnliche Aufmerksamkeit schenkte und bald rechts, bald links blickte, als ob er etwas suche.
So verging der Nachmittag, und der Abend wollte hereinbrechen, als man auf der letzten Höhe anlangte, von welcher aus man die Stadt Schin-hoa am Ufer des hier schmalen Flusses liegen sah. – Degenfeld befahl dem Offizier, voran zu reiten, um dem regierenden Mandarin des Ortes die Ankunft des Inhabers eines kaiserlichen Kuan zu melden, welchem schleunigst Folge geleistet wurde.
Nun ging es langsam bergab. Die Sonne war schon hinter den Bergwänden verschwunden, und die Höhen warfen ihre immer tiefer werdende Schatten in das Thal. Als die Reiter die Sohle desselben erreichten, sahen sie die Wirkung der Botschaft, welche Degenfeld dem Oberlieutenant aufgetragen hatte. Dieser hatte die Neuigkeit wohl laut auf der Straße verkündet, denn es kam ihnen eine dichte Menschenmenge entgegen, welche sich zu beiden Seiten des Weges aufstellte.
Um diesen Gaffern schneller zu entgehen, wurden die Pferde angespornt und im Galopp ging es dem Thore der Stadt entgegen. Dort wartete ihrer der Offizier, um sie nach der Wohnung des Mandarin zu bringen, bis wohin die Einwohner förmlich Spalier bildeten. Und doch war es bereits dunkel, daß man kaum einige Schritte weit zu sehen vermochte. Laternen aber durften noch nicht gebrannt werden, da das Zeichen dazu noch nicht gegeben war.
Die Gäste wurden wie gestern von dem Mandarin an der Thür empfangen und dann in das Innere des Hauses geleitet. Der lange Ritt hatte die Reisenden, welche nicht gewohnt waren, einen ganzen Tag im Sattel zu sitzen, ungemein angestrengt. Am größten mußte die Ermüdung Richards sein. Er konnte kaum die Beine biegen und hatte einen ungemein steifen Schritt, gab sich aber mannhaft Mühe, es nicht bemerken zu lassen.
Noch schlimmer schien der Mijnheer daran zu sein. Er hatte schon während des Nachmittags geklagt, ohne aber sehr beachtet zu werden. Dann waren seine Seufzer tiefer und seine Ausrufungen lauter geworden, und auf Befragen hatte er erklärt, daß er seine Glieder nicht mehr fühle. Es war allerdings nichts Kleines für einen so starkbeleibten Mann, einen Tag lang in der engen Sänfte bewegungslos sitzen zu müssen

und, da dieselbe von zwei Pferden getragen wurde, alle Unebenheiten des Weges zwiefach empfinden zu müssen. Als er nun jetzt aus dem Palankin steigen wollte, war ihm das unmöglich. Zwei Diener des Mandarins zogen und ein dritter auf der andern Seite schob ihn heraus. Als er die Erde unter sich hatte, wankte er, so daß er gehalten werden mußte. Glücklicherweise lag das Empfangszimmer zur ebenen Erde, so daß es keine unüberwindlichen Schwierigkeiten bot, ihn dorthin zu bringen. Da aber sank er sofort in einen Stuhl, faltete die Hände über den Leib, stieß einen langen, stöhnenden Seufzer aus und schloß die Augen, indem er langsam flüsterte: „Ik ben dood; ik ben gestorven. Mijne ziel is ginds, en maar mijn ligcham is hier gebleven. Goede nacht, o boose wereld – ich bin tot; ich bin gestorben. Meine Seele ist jenseits, und nur mein Leichnam ist hier geblieben. Gute Nacht, o böse Welt!"
Ganz so wie gestern wurden den Reisenden Zimmer angewiesen. Der Dicke mußte in das seinige getragen werden, wo man ihn in das Bett legte. Er ließ das mit sich geschehen, ohne auch nur die Augen zu öffnen.
In Rücksicht auf die allgemeine Ermüdung hatte Degenfeld das Abendessen später als gestern bestellt. Jeder wollte vorher ein wenig ausruhen, und so kam es, daß keiner sich um den Mijnheer kümmerte. Man kannte ihn ja und wußte also, daß es ihm mit dem Sterben keineswegs Ernst sei.
Als dann an alle die Aufforderung zum Nachtmahle erging, fanden sie sich in dem dazu bestimmten Zimmer zusammen. Nur Aardappelenbosch fehlte, und so ging der Gottfried ihn zu holen. Er lag noch wie vorher mit geschlossenen Augen auf dem Bette.
„Mijnheer, schlafen Sie?" fragte der Wichsier.
Keine Antwort.
„Mijnheer, wachen Sie auf!" bat Gottfried, indem er ihn rüttelte.
„Ik ben gestorven," antwortete der Holländer in klagendem Tone.
„Sind Sie wirklich tot?"
„Ja, op mijn woord!"
„So müssen wir Sie also begraben?"
„Ja, ik moet in de aard geleid worden – ja, ich muß in die Erde gelegt werden."
„Schade, jammerschade! Gerade jetzt, wo es Leberpastete mit Reispudding gibt!"
„Leverpastet met rijstepudding?" schrie der Dicke, indem er in demselben Augenblicke kerzengerade auf den Beinen und in der Stube stand.
„Ja, das Essen ist serviert."
„Het avondeten? Ik ga met; ik ga soedig met – das Abendessen? Ich gehe mit; ich gehe schnell mit!"
Er faßte den Gottfried beim Arme und zog ihn eilig zur Thür hinaus, obgleich seine noch ungelenken Beine sich gegen diese Eile sträubten. So kam es, daß die Seele des Dicken wieder aus dem „Jenseits" zurückkehrte, und dieses Wunder, diese Auferstehung eines Toten war von zwei sehr einfachen, aber höchst delikaten Worten vollbracht worden – Leverpastet und Rijstepudding.

Wie Schin-hoa kleiner ist als Schao-tscheu, so hatte alles hier einen bescheideneren Anstrich. Der Gemeindepalast war ein gewöhnliches, wenn auch geräumiges Haus. Der Bürgermeister trug die einfache Goldkugel auf der Mütze und floß weniger über von unterwürfigen Redensarten. Das Essen bestand aus weniger und nicht so kostbaren Gängen, und es gab nur zwei Personen, um die Gäste zu bedienen. Der Mandarin getraute sich gar nicht, bei dem Essen gegenwärtig zu sein.

Dies alles war den Reisenden nur lieb. Sie sahen sich nicht unter dem Zwange der Etikette und konnten sich nach Herzenslust unterhalten, obgleich sie dies der beiden Diener wegen mit dem gebotenen Ernste thaten. Als diese aber am Schlusse den Raki brachten und sich dann entfernten, konnte der Gottfried es nicht länger zurückhalten, auf welche Weise er den Mijnheer vom sichern Tode errettet hatte. Sein Bericht erregte natürlich die allgemeinste Heiterkeit, in welche der Dicke endlich selbst mit einstimmte. Doch versicherte er im vollen Ernste: „Ik ben zekerlijk gestorven geweest, op mijne eer – ich bin sicher gestorben gewesen, bei meiner Ehre!"

„So sind Sie unsterblich," lachte der Gottfried.

„Ik? Werkelijk?"

„Ja, denn wenn Sie einst der richtige Tod beim Schopfe nimmt, so bedarf es nur eines Puterbratens oder einer Sardellensemmel, um Sie ihm zu entreißen. Sie werden der zweite ewige Jude sein und können sich also jetrost morjen wieder in ihrer Sänfte zusammenrütteln lassen."

„Ik dank zeer! Da fluit ik niet met. Ik will niet gedragen zijn – ich danke sehr! Da pfeife ich nicht mit. Ich will nicht getragen sein."

„Was denn?"

„Ik word ruiten – ich werde reiten."

„Sie? Reiten? Und gestern waren Sie dagegen? Gestern versicherten Sie aus Leibeskräften, daß Sie sterben würden, falls Sie reiten müßten."

„Dat is ook zoo; maar ruit ik, zo moet ik sterven, en word ik gedragen, zo moet if ook sterven; alzoo wil ik liever op mijnen paard sterven als in dezen ongelukkigen Dragstoel – das ist auch so; aber reite ich, so muß ich sterben, und werde ich getragen, so muß ich auch sterben; also will ich lieber auf einem Pferd sterben als in diesem unglücklichen Tragstuhle."

„Da haben Sie recht," stimmte der Methusalem bei. „Denn dann sterben Sie wenigstens in freier Luft und hauchen Ihre Seele nicht in dem elenden Kasten aus. Wir bekommen hier neue Pferde. Ich werde Ihnen eines auswählen."

„Ik pflieg maar op de aard, zoo dra ik opgestegen ben – ich fliege aber auf die Erde, sobald ich aufgestiegen bin!"

„Ich suche Ihnen ein sehr geduldiges aus."

„Ik geloov an geen paard – ich glaube an kein Pferd!"

„So binden wir Sie fest. Dann kann Ihnen nichts geschehen."

„Dat is goed. Ik word op dat paard gebonden. Da mak ik met; da mak ik zeer geerne met – das ist gut. Ich werde auf das Pferd gebunden. Da mache ich mit; da mache ich sehr gerne mit!“
So war es also beschlossene Sache, daß der Dicke morgen sich als Kavallerist sehen lassen werde. Man war jetzt lustig geworden und hätte sich gerne noch unterhalten; aber in Anbetracht der heutigen und der morgen wieder zu erwartenden Anstrengungen hielt man es doch für geraten, zur Ruhe zu gehen. Der Methusalem ließ dem Mandarin, welcher sich nicht wieder sehen lassen wollte, eine gute Nacht von allen wünschen, und dann begab sich jeder in sein Zimmer.
Am andern Morgen weckte Gottlieb wieder. Der Oberlieutenant hatte bereits für den Umtausch der gestrigen mit frischen Pferden gesorgt, und Degenfeld suchte für den Mijnheer einen starken Gaul aus, dessen Alter vermuten ließ, daß er keine Jugendstreiche mehr begehen werde. Aardappelenbosch wurde in den Sattel gesetzt, und dann führte man das Pferd einige Mal im Hofe herum. Er saß aber so schauderhaft da oben, daß er sich unmöglich vor den Leuten sehen lassen konnte; darum wurde beschlossen, ihn in einer Sänfte voranzuschicken.
Nachdem dies geschehen war, brach die Gesellschaft auf, begleitet von den Wünschen des Mandarins, welcher froh war, von so vornehmen Gästen befreit und wieder Herr seines Hauses zu sein.
Der Auszug aus der Stadt glich, wenn auch in kleinerem Maßstabe, dem gestrigen. Die Menge begleitete die Reisenden bis vor die Stadt und kehrte dann zurück, ganz befriedigt davon, einmal so sonderbare Fremdlinge gesehen zu haben.
Der Weg stieg kurz hinter der Stadt gleich steil an, und kaum hatte man einige hundert Schritte zurückgelegt, so begegnete man den zurückkehrenden Sänftenträgern, welche wenig weiter oben den Mjnheer nach dem ihnen gewordenen Befehle mitten auf die Straße abgesetzt hatten. Er hatte den Regenschirm aufgespannt und trug kreuzweise über dem Rücken die Gewehre, an denen die Tasche hing. Diese letztere enthielt längst die verschiedenen Theesorten nicht mehr, und dennoch behandelte er sie mit unausgesetzter Sorgfalt, als ob sich ganz unersetzliche Kostbarkeiten in derselben befänden.
„Ik heb alreeds langs geroepen en gepepen,“ schrie er ihnen von weitem zu. „Maakt snelst! Ik will ruiten – ich habe schon längst gerufen und gepfiffen. Macht schnellstens! Ich will reiten.“
„Schon jut, und nur Jeduld!“ antwortete Gottfried. „Sie kommen zeitig jenug in den Sattel und vielleicht noch schneller wieder herunter.“
Man hielt bei dem Dicken an und gab sich Mühe, ihn auf das Pferd zu bringen, was bei seinem Gewichte und bei seiner Unbehülflichkeit keine leichte Aufgabe war.
Endlich saß er oben, aber wie! Der Methusalem riet ihm, den Regenschirm zu schließen, worauf er aber nicht einging, weil, wie er behauptete, die ihm etwa Begegnenden ihm seinen Rang nicht angesehen hätten. Den Schirm in der Linken und die Zügel in der

Rechten, begann er den Ritt, und zwar sehr langsamen Schrittes. Dennoch rutschte er, da er nicht fest in den Bügeln stand und die Schenkel nicht anlegte, bald herüber und bald hinüber, so daß er die Zügel an den Sattelknopf, welcher sehr hoch war, band und sich mit der rechten Hand an demselben anhielt. Hätte man einen Gorilla auf das Pferd gesetzt, so wäre die Haltung desselben wohl keine lächerlichere gewesen. Dennoch meinte er in sehr befriedigtem Tone: „Zoo is het goed. Ik ben een bijzonder ruiter – so ist es gut. Ich bin ein vorzüglicher Reiter!"

In der Freude über die Gewandtheit, welche er seiner Ansicht nach entwickelte, machte er eine lebhafte Bewegung und verlor die Bügel. Das Pferd protestierte gegen diese Unruhe, indem es vorn in die Höhe stieg, und infolgedessen rutschte der Mijnheer hinten herab. Es gab einen dumpfen Ton, wie wenn ein Wollsack auf die Erde geworfen wird, und der Dicke kam, alle vier Extremitäten samt dem Regenschirm in die Höhe streckend, auf die Straße zu liegen.

Zum Glück besaß der Gaul kein überflüssiges Feuer. Er drehte sich um, den Reiter anzusehen, und blieb so stehen, ohne sich weiter zu bewegen. Die andern standen erschrocken um Roß und Reisigen und Degenfeld fragte: „Um Gottes willen, Mijnheer, haben Sie sich etwa Schaden gethan?"

„Ik? Zeer grooten!" antwortete er stöhnend, indem er Arme und Beine noch immer in die Luft streckte. „Het dome Nijlpaard heeft mij van achteren verloren. Ik ben dood; ik ben gestorven; ik ben buiten tegenspraak gestorven – ich? Sehr großen! Das dumme Nilpferd hat mich von hinten herunter verloren. Ich bin tot; ich bin gestorben; ich bin ohne Widerrede gestorben!"

„So legen Sie doch wenigstens die Arme und Beine nieder!"

„Dat kann ik niet. Ik ben dood!"

„So müssen wir versuchen, Ihre Lebensgeister aus dem Grabe zu erwecken. Es befindet sich eine Flasche Raki unter unsern neuen Vorräten. Wir werden Ihren Leichnam mit demselben einreiben."

Da sprang der Dicke wie elektrisiert auf, machte eine Bewegung des Entsetzens und schrie: „Raki? Brandewijn? Met den brandewijn zal niet gereuen worden. Ik wil hem drinken. Gedronken is hij beter dan gereven. Waar is de flesch? – Raki? Branntwein? Mit dem Branntwein soll nicht gerieben werden. Ich will ihn trinken. Getrunken ist er besser als gerieben. Wo ist die Flasche?"

Er erhielt sie und that einen solchen Zug, daß den andern angst und bange wurde. Der Methusalem nahm sie ihm aus der Hand und sagte: „Das genügt. Ich sehe, daß Ihre Lebensgeister sich wieder eingefunden haben. Wie aber wird es nun mit dem Reiten stehen?"

„Indien ik mag de flesch dragen, zoo rijd ik straks beter dan een offizier van het paardevolk – wenn ich die Flasche tragen darf, so reite ich straks besser als ein Kavallerieoffizier."

„Gut, wollen es versuchen. Aber ich mache die Bedingung, daß Sie die Bouteille nicht in der Hand, sondern in der Tasche tragen. Und um ganz sicher zu gehen, werden wir, wie schon gestern abend beschlossen, Sie auf das Pferd binden."
„Ja, ik wil op het paard gebonben zijn, diensvolgens kann ik niet van den diere vallen – ja, ich will auf das Pferd gebunden sein, dann kann ich nicht von dem Tiere fallen."
Er bekam die Flasche, welche er in die Tasche schob; dann wurde ihm wieder in den Sattel geholfen. Darauf erhielt er an die beiden Füße eine Leine, welche unter dem Bauche des Pferdes straff angezogen wurde. Dadurch bekam er festen Schluß. Er fühlte das mit großer Befriedigung und sagte vergnügt: „Zoo, nu is het goed. Wij worden rijden als de stormwinden – so, nun ist es gut. Wir werden wie die Sturmwinde reiten."
So schlimm war es nun freilich nicht; aber es ging doch weit besser als vorher, zumal er jetzt auf den großen Schirm verzichtet hatte. Freilich, hätte er die Gesichter gesehen, mit denen die chinesischen Reiter den Vorgang beobachtet hatten, so wäre es um seine gute Laune geschehen gewesen. Diese letztere verließ ihn auch dann nicht, als er bald mittraben mußte und tüchtig zusammengerüttelt wurde. Er lachte vielmehr im ganzen Gesichte und behauptete, der beste Reiter der Welt zu sein. Von dieser Meinung wurde er selbst dadurch nicht abgebracht, daß Turnerstick und der Gottfried sich stets zu seinen beiden Seiten hielten, um ihn, was sehr häufig vorkam, zu unterstützen.
Die Sonne schien nicht heiß; vielmehr war es hier oben im Gebirge ziemlich kühl und dennoch liefen dem Mijnheer die dicken Schweißtropfen von der Stirn. Er pustete wie ein Narwal, blieb aber doch bei guter Laune.
„Das wird Ihrer Gesundheit sehr zuträglich sein," meinte der Methusalem. „Durch das Schwitzen wird das schlechte, dicke Blut ausgeschieden."
„Het bloed? Wordt mij dat niet zwak maken? Word niet de miltzucht, de tering en de beroerte in mij binnen kruipen – das Blut? Wird mich das nicht schwach machen? Wird nicht die Milzsucht, die Verzehrung und der Schlagfluß in mich hineinkriechen?"
„Im Gegenteile! Sie werden ein helles und gesundes Blut bekommen und sich dann viel wohler fühlen."
„Zal ik ook dikker worden – werde ich auch dicker werden?"
„Hoffentlich, da gutes Blut gutes Fleisch ansetzt."
„Goed vleesch! Heiza, voorwarts! Ik rijd al het heelal neder – gutes Fleisch? Juchhe, vorwärts! Ich reite das ganze Weltall nieder!"
Er schlug mit seinem Schirm in der Weise auf das Pferd ein, daß es einen weiten Satz machte und dann im Galoppe davonflog. Das hatte er nicht gewollt. Einen schrillen Angstruf ausstoßend, klammerte er sich an der Mähne fest, während er Mütze, Schirm und den Theeranzen verlor. Man hörte ihn schreien: „Help, help! Voorgezien, voorgezien! Vaarwel, mijn Holland een Nederland! O wee, ik oongelukkige Nijlpaard, ik vlieg in de lucht; ik vlieg in de radijsjes een in de peterselie – Hilfe, Hilfe! Vorgesehen, vorgesehen! Lebe wohl mein Holland und Niederland! O weh, ich unglückliches Nilpferd, ich flieg in die Luft; ich flieg in die Radieschens und in die Petersilie!"

Die andern sprengten hinter ihm her um die verlorenen Sachen aufzulesen und sein Pferd zum Stehen zu bringen. Als das geglückt war, richtete er sich wieder auf, trocknete sich den Angstschweiß aus dem hochroten Gesicht, setzte die Mütze wieder auf, nahm den Schirm an sich, ließ sich den Ranzen wieder auf die Gewehre hängen und fragte dann: „Holla, mijne Heeren, was dat niet nederlandsche dapperheid en heldenmoed? Ben ik niet een roemrijken ruiter – holla, meine Herren, war das nicht niederländische Tapferkeit und Heldenmut? Bin ich nicht ein ruhmreicher Reiter?"
„Ja," antwortete Gottfried lachend. „Ein Glück, dat Sie anjebunden waren, und die Mähne erwischten, sonst wären Sie wirklich in die Petersilie jeflogen. Ik rate Sie, den Heldenmut nicht gleich wieder in Anwendung zu bringen. Galoppieren können Sie noch nicht."
„O, ik moet zoo rijden; ik wil dik worden – o, ich muß so reiten; ich will dick werden."
„Da sind Sie auf dem Holzwege. Vom Schnellreiten wird man dürr. Nur das langsame Reiten setzt Fleisch an."
„Zoo? Werkelijk? Dan zal ik niet meer zoo gaauw rijden. Ik ben namelijk zoo zwak en laar, dat mijn lichaam slap als en rokzak is – so? Wirklich? Dann werde ich nicht mehr so schnell reiten. Ich bin nämlich so schwach und leer, daß mein Körper so schlaff wie eine Rocktasche ist."
Von jetzt an hütete er sich aus Angst vor dem Magerwerden sehr, wieder das „ganze Weltall niederzureiten." Er trieb sein Pferd nur so an, als nötig war, mit den Gefährten gleichen Schritt zu halten. Und da zeigte es sich, daß er das Reiten viel besser vertrug als das Sitzen in dem engen Palankin. Nach einer Stunde hatte er es zu einer ganz leidlichen Haltung gebracht, wohl meist infolgedessen, daß sein Gaul einen sehr glatten, ruhigen Gang hatte.
Ueberhaupt zeigte der Methusalem bei weitem nicht die Eile, die er gestern gehabt hatte. Er ritt immer nur im Schritt voran, schenkte der Gegend aber noch weit größere Aufmerksamkeit als gestern.
Die Gegend war jetzt geradezu hochgebirgig geworden. Man ritt durch düstere Thäler, welche alter Nadelwald füllte; rechts und links folgten dann Grasflächen, über denen die Felsen nackt zum Himmel ragten. War eine solche Schlucht passiert, so stieg die Straße wieder bergan, um sich aus schwindelnder Höhe abermals steil abwärts zu senken.
Auch hier gab es Einkehrhäuser in den bereits angegebenen Abständen voneinander, doch hatte sich der chinesische Offizier die gestern erhaltene Lehre so zu Herzen genommen, daß er nicht wieder zum baldigen Rasten trieb. Erst gegen Mittag hielt der Methusalem vor einem dieser Siē-kia an, um den Pferden und Menschen eine Stunde Ruhe zu gönnen. Es wurde von den mitgenommenen Vorräten ebenso wie gestern ein Mahl genossen. Der Wirt war nicht so menschenscheu wie der gestrige. Er bediente seine Gäste, und Degenfeld erkundigte sich sehr angelegentlich nach dem Wege.
Er erfuhr, daß man nach vier Stunden die Grenze der benachbarten Provinz erreichen werde, nachdem man über eine uralte und weltberühmte Kettenbrücke geritten sei.

Es war so viel Vorrat an Speise mitgenommen worden, daß nicht einmal die Hälfte desselben verzehrt wurde. Weshalb der Blaurote dies beim letzten Gastgeber so angeordnet hatte, das wußte keiner der Gefährten. Doch als die Gesellschaft wieder aufgebrochen war und sich unterwegs befand, fragte Gottfried: „Hören Sie mal, alter Methusalem, Sie machen ein Jesicht wie ein mexikanischer Joldsucher. Schon jestern hatten Sie die Augen überall am Wege. Wat wollen Sie denn eigentlich entdecken?"
„Etwas sehr Wichtiges."
„Und wat ist dat? Doch nicht schon Kue jang, die nächste Stadt, oder jar King, wohin wir wollen?"
„Nein. Und doch hättest du zweimal recht gehabt, wenn du nämlich Kin anstatt King gesagt hättest."
„Wieso? Kin bedeutet ja Jold."
„Allerdings. Ich suche Gold."
„Ist's die Möglichkeit! Sollten die Chinesigen uns Dukaten auf die Straße streuen? Oder wollen Sie einen Schatz heben?"
„Das Letztere."
„So werde ich versuchen, meine Fagottoboe als Wünschelrute zu gebrauchen."
„Du scherzest, mir aber ist es wirklich Ernst. Nämlich hier oben liegt das Vermögen unsres guten Ye-kin-li vergraben."
„Hurrjerum! Und dat sagen Sie erst jetzt?"
„Aus welchem Grunde sollte ich es vorher ausposaunen? Richard habe ich es schon gestern gesagt, und nun weißt auch du es. Ich will aber nicht, daß es noch andre erfahren, auch die Söhne nicht, obgleich sie das größte Recht auf das Geld ihres Vaters haben. Man muß hier so vorsichtig wie möglich sein. Wir werden die Stelle noch vor Abend erreichen und im nächsten Ruhehause die Nacht zubringen."
„Ah, also darum haben Sie für doppelten Proviant jesorgt!"
„Ja, darum. Da Ye-kin-li mir einen sehr genauen Plan mitgegeben hat, so werden wir die Stelle wohl finden, und ich hoffe, daß das Gold noch vorhanden ist."
„Also ist es wirklich Jold?"
„Gold- und Silberbarren, wie sie heute noch in China kursieren."
„Wieviel?"
„Eine ganze Menge. Nach deutschem Gelde wohl für über neunzigtausend Mark."
„Alle juten Jeister! Ist dieser Ye-kin-li so reich jewesen?"
„Ja. Freilich hat er diesen Reichtum geheim gehalten, wie es hier gewöhnlich zu geschehen pflegt, da reiche Privat- oder Geschäftsleute von den Mandarinen so lange angezapft werden, bis sie nichts mehr haben. Kennst du das Gewicht solcher Barren?"
„Nein, denn ich habe noch niemals so viel Jold oder Silber in meine Uhrtasche jehabt, dat es mir zur Erde jezogen hätte. Wieviel Löwen- oder Spatenbräu bekommt man dafür?"

„Solche Fragen kannst du dir ersparen, da wir uns nicht im „Geldbriefträger von Ninive" befinden. Es wird wohl eine volle Ladung für ein Packpferd sein."
„So wollte ich, es jinge unterwegs daran zu Jrunde und setzte mir als Universalerben ein!"
„Da hätte ich ein Wörtchen mitzureden."
„Ja, mit Ihnen ist überhaupt seit jestern nicht jut zu sprechen. Die beiden Brüder wollten sich so jern bei Ihnen erkundigen, auf welche Weise ihre Mutter und ihre Jeschwister jefunden werden können; aberst Sie haben sich so abweisend verhalten, dat sie jar nicht jewagt haben, die Rede darauf zu bringen."
„Weil ich selbst noch keinen bestimmten Plan habe. Ich habe eifrig darüber nachgedacht, ohne einen Weg zu finden. Was nützt da das Reden! Hauptsache ist für uns, den Onkel Daniel aufzusuchen. Haben wir Richard zu diesem gebracht, so können wir uns dann desto mehr der andern Aufgabe widmen."
Damit war das Gespräch abgebrochen.
Die Straße bewegte sich jetzt nur noch an der Seite schroffer, unbewachsener Höhen hin und führte dann durch einen engen, felsigen Paß, welcher die Länge von beinahe einer Stunde hatte. Wahrscheinlich begann jenseits desselben das Gebiet des Lai-kiang, welcher seine Wasser durch den Heng-kiang in den Jang-tse-kiang ergießt.
Dann kam eine kahle Hochebene, auf welcher hie und da ein armer Grashalm zu sehen war, und die sich lang und schmal über einen zweiten Paß niedersenkte. Als dieser durchritten war, hielten sie vor einer Querschlucht von solcher Tiefe, daß man den Grund derselben nicht zu erblicken vermochte.
Die Wände fielen fast senkrecht in den dunklen Schlund. Es gab weder rechts noch links einen Ausweg. Nur geradeaus führte die Straße, quer über den riesigen Spalt hinüber, und zwar auf der Brücke, von welcher der Wirt des Siĕ-kia gesprochen hatte.
Es war wirklich eine Kettenbrücke im eigentlichsten Sinne des Wortes. Sechs starke, parallel laufende Eisenketten waren hüben und drüben fest in dem Gestein verankert. Sie trugen querliegende, hölzerne Bohlen, welche die gefährliche Bahn bildeten.
Die Ketten hatten ihrer Schwere wegen nicht straff angezogen werden können. Sie hingen über der Mitte der Schlucht tief hernieder. Die Bohlen waren alt und ausgetreten. Infolge der Fäulnis waren Löcher und sonstige Zwischenräume entstanden, durch welche derjenige, der sich auf diese Brücke wagte, unter Grauen zu seinen Füßen in die Schwindel erregende Tiefe blicken konnte. Und was die Gefahr verdoppelte, das war der Umstand, daß die kühnen Erbauer dieser Brücke es nicht für nötig gehalten hatten, ein Geländer anzubringen.
Als der Methusalem sein Pferd anhielt und sich diese Passage mit besorgtem Blicke betrachtete, sagte Gottfried, indem er die Mütze auf dem Kopfe hin und her schob: „Sollen wir etwa da hinüber?"
„Natürlich! Wie denn sonst, da ich noch nicht bemerkt habe, daß wir fliegen können!"
„So wollte ich, der Kerl stände da, der diese famose Jasse erfunden hat!"
„Warum?"

„Ich würde ihn auf saure Sahne mit Jurkensalat fordern. Da dies aberst leider nicht stattfinden kann, so will ich ihm nur jerne wünschen, dat seine ruchlose Seele hier mittemächtig spuken und von Zwölf bis Eins in die Jeisterstunde immer über die Brücke hinüber- und herüberlaufen muß. Hat dieser Kerl etwa jedacht, dat wir Seiltänzer oder sonstige Jongleurs und Possenreißer sind!"
„Um Possen zu reißen, ist die Brücke wohl nicht da. Haben Sie Mut, lieber Turnerstick?"
Der Kapitän schob seinen Klemmer auf der Nase hin und her und antwortete: „Ich bin auf manchen Mast geklettert, aber über eine solche Brücke noch nicht. Kommt ein halber Wind, so kentert man unbedingt zur Tiefe nieder. Was sagen Sie, Mijnheer?"
Anstatt, wie vermutet war, mit in die Klage einzustimmen, meinte der Gefragte: „Ik bid, mij aftebinden – ich bitte, mich abzubinden."
„Weshalb?" fragte Turnerstick, indem er ihm die Leine von den Füßen löste.
„Ik bin Mijnheer van Aardappelenbosch, een dapper Nederlander. Ik kan niet goed rijden, maar ik kan goed loopen. Ik word vooraan gaan – ich bin Mijnheer von Aardappelenbosch, ein tapferer Niederländer. Ich kann nicht gut reiten, aber ich kann gut laufen. Ich werde vorangehen."
Er nahm, was keiner ihm zugetraut hätte, sein Pferd beim Zügel und führte es auf die Brücke. Die andern wollten folgen, aber der Methusalem verwehrte es ihnen: „Halt, nicht zu viele! Es steht zu vermuten, daß sich die Brücke wie eine Schaukel bewegen wird. Ich gehe mit dem wackern Mijnheer. Zwei andre mögen uns erst dann folgen, wenn wir uns auf der Mitte befinden."
Er nahm nicht nur sein Pferd, sondern auch dasjenige Richards mit, um dem ihm anvertrauten Jüngling den schweren Uebergang möglichst zu erleichtern.
Die Brücke war ungefähr fünfzehn Fuß breit, was bei gewöhnlichen Verhältnissen gewiß genügt hätte. Aber bei einer Höhe, aus welcher das Auge nicht den Grund der Schlucht zu erreichen vermochte, bei einer Länge von vielleicht über hundertfünfzig Fuß und bei dem schlechten Zustande der Bohlen war diese Breite unbedeutend, zumal die Geländer fehlten.
Dennoch schritt der Mijnheer wacker voran. Sein Pferd folgte mit langsamen, vorsichtigen Schritten. Es schien diese Art der Passage gewohnt zu sein, denn es trat äußerst vorsichtig und – so zu sagen – probierend auf, um ja nicht mit einem Hufe durchzubrechen. Degenfeld ging mit seinen beiden Pferden eng hintendrein.
So ruhig die Schritte der beiden Männer und der drei Tiere waren, die Brücke geriet doch in eine schaukelnde Bewegung, welche am stärksten wurde, als die Genannten sich gerade auf der Mitte befanden.
„Werden Sie nicht schwindelig, Mijnheer?" fragte der Methusalem um den Dicken besorgt.
„Neen," antwortete dieser. „Ik weet, hoe men het maken moet – nein. Ich weiß, wie man es machen muß."
„Nun, wie denn?"

„Ik sluit het eene oog en werp het tweede recht toe voor mij neder. Makt gij het ook zoo – ich mache das eine Auge zu und werfe das zweite gerade vor mich nieder. Machen Sie es auch so!“
Auf diese Weise konnte sein Blick nicht von der Brücke in die Tiefe fallen. Er hatte recht, und der Methusalem folgte seinem Beispiele. Sie kamen trotz des Wankens des schwindelnden Steges glücklich drüben an.
Als sie sich da umdrehten, sahen sie den Gottfried mit Richard in der Mitte. Turnerstick schickte sich soeben mit Jin-tsian an, die Brücke zu betreten. Liang-ssi schien sich mit dem Offiziere im Streite zu befinden. Er berichtete dann, als er jenseits anlangte, daß die Reiter eine ziemlich hohe Summe verlangt hätten, bei deren Verweigerung sie sich nicht auf die Brücke hatten wagen wollen. Er war der sehr begründeten Ansicht gewesen, daß diese für Fremde heikle Passage ihnen gar nichts Ungewöhnliches sei; darum hatte er ihnen ihr Verlangen abgeschlagen und sie auf die Folgen hingewiesen, welche das angedrohte treulose Verhalten für sie haben müsse.
Sie hielten eine ziemlich lange Beratung und kamen dann mit den Packtieren, welche frei folgten, im scharfen Trabe über die Brücke geritten, so daß diese in einer Weise schaukelte, daß man meinen mußte, die Reiter würden in die Tiefe geschleudert werden. Sie hatten diesen Weg gewiß schon viele Male gemacht.
Bei den Reisenden angekommen, machte der Offizier sein Verlangen abermals geltend, wurde aber von dem Methusalem abgewiesen, welcher ihm antwortete: „Sobald wir am Ziele angelangt sind, werden Sie ein Kom-tscha erhalten, eher nicht, und auch dann nur in dem Falle, daß wir mit Ihnen zufrieden sind. Vergeßt ja nicht, in welchem Range wir stehen, und daß ihr gegen uns nur wie Mücken seid, welche ich mit einem einzigen Worte vernichten kann!“
Am Ende der Brücke öffnete sich abermals eine Schlucht, welche aber nur sehr kurz war; dann führte die Straße abwärts nach dem Walde, an dessen Eingange ein Ruhehaus stand, welches größer und freundlicher zu sein schien, als die bisher gesehenen Einkehrstätten. Dort hielt Degenfeld an.
„Unser Tagemarsch ist beendet,“ sagte er. „Wir werden hier übernachten.“
Sofort sprangen die Chinesen ab, griffen zu den mitgebrachten Effekten und Vorräten, trieben die Pferde nach dem hinter dem Hause liegenden Grasplatze und eilten in das Innere des Gebäudes.
Eine kurze Strecke jenseits des letzteren führte die Straße über eine kurze Steinbrücke, welche nur einen Bogen hatte, und ein schmales aber tiefes Thälchen überspannte. Dorthin deutend, sagte Degenfeld leise zu Gottfried: „Nicht weit von jener Brücke, an der Seite der Bodensenkung und nicht ganz auf der Sohle derselben, wo ein kleines Wasser fließt, muß sich die Stelle befinden, an welcher wir zu suchen haben. Es ist jetzt wenig über vier Uhr. und erst nach acht Uhr wird es dunkel. Wir haben also noch vor Abend Zeit, nachzuforschen. Sobald ich mich entferne, kommt ihr einzeln nach; du kannst das Richard sagen. Ihr werdet mich unter dem großen Nadelbaum treffen, dessen

Spitze du dort über die andern Wipfel emporragen siehst. Den andern sage ich, daß ich nach Pflanzen suchen will."

Laute, zornige Rufe der Soldaten und der Klang einer bittenden Stimme veranlaßten ihn, sich in die Stube zu begeben. Dort bildeten die Kavalleristen einen Kreis, in welchem drei von ihnen einen Mann, den sie niedergerissen hatten, am Boden festhielten. Der Offizier hatte seinen Sarras gezogen und schlug mit der flachen Klinge auf den um Gnade Bittenden ein.

„Was geht hier vor?" fragte Degenfeld, indem er sich in den Kreis drängte. „Was hat euch dieser Mann gethan?"

„Sehen Sie nicht, hoher Herr, wer und was er ist?" antwortete der Lieutenant. „Hat er nicht einen halben Mond auf seiner Jacke?"

Der Mißhandelte war nicht mehr jung, fast ein Greis. Seine Züge hatten das chinesische Gepräge, und sein Anzug war der gewöhnliche des Landes. Auf dem jackenähnlichen Stücke, welches er über dem langen, einer Toga gleichenden Unterkleide trug, war ein gelbes Stück Tuch, welches die Gestalt eines Halbmondes hatte, aufgenäht. Von Waffen sah man nichts an ihm. Zwei der Soldaten knieten, noch immer auf seinen Armen und Beinen, während der Dritte ihn am Zopfe niederhielt.

„Ich sehe dieses Zeichen," antwortete der Methusalem. „Was hat es zu bedeuten?"

„Daß er ein Kuei-tse Teufelssohn.ist, den wir tot schlagen müssen."

„Was hat er euch gethan?"

„Uns? Nichts. Aber alle Kuei-tse müssen erschlagen werden."

„Wer hat das befohlen?"

„Der Kaiser, welcher ein Sohn des Himmels und das Licht der Vernunft ist."

„Könnt ihr das beweisen?"

„Beweisen?" fragte der Offizier sehr verwundert. „Alle Menschen, alle guten Unterthanen wissen es."

„Nun gut! Hat der Sohn des Himmels die Macht, seinen Befehl zurückzunehmen?"

„Ja; wer soll ihn daran hindern? Er hat alle Macht."

„Und wo er nicht persönlich sein kann, da erteilt er diese Macht seinen Gesandten. Mein Kuan ist der Beweis, daß ich ein solcher Beauftragter bin. Ich befehle euch von diesem Manne abzulassen!"

Um diese Scene zu begreifen, muß man wissen, daß die Mohammedaner der Provinz Yun-nan gelegentlich des Aufstandes der Thai-ping den Versuch gemacht hatten, sich das Recht der freien Religionsübung zu erwerben. Sie wurden aber überfallen, wobei man über tausend von ihnen tötete. Infolgedessen traten sie einmütiglich zusammen, eroberten die Hauptstadt Jun-nan-fu und bildeten ein selbständiges Staatswesen, dessen die Regierung selbst heute noch nicht ganz wieder mächtig geworden ist. Sie nennen sich selbst Pan-tse, werden aber von den Gegnern Kuei-tse. Teufelssöhne, genannt.

Von allen Seiten bedrängt und bedrückt, unternehmen sie unter kühnen Anführern zuweilen in größerer oder kleinerer Anzahl Züge in die benachbarten Provinzen, um sich für das Erlittene schadlos zu halten. Es war die Rede davon gewesen, daß man diese Leute jetzt in der Nachbarprovinz gesehen habe. Ob der hier am Boden liegende Mann zu ihnen gehörte, das war dem Studenten gleich. In seinen Augen war ein Kuei-tse ein ebenso berechtigter Mensch wie der Buddhist, und da der Arme den Soldaten nichts Böses gethan hatte, so nahm er ihn gegen dieselben in Schutz.

Das schien dem Offizier nicht zu passen. Er schüttelte vielmehr den Kopf und sagte: „Sie sind ein hoher Herr, aber doch ein Fremder. Wir müssen Sie begleiten und beschützen, aber wenn es sich um einen Kuei-tse handelt, dürfen wir Ihnen nicht gehorchen."

„Ah! Wirklich nicht?" fragte der Blaurote, indem seine Augen aufleuchteten.

„Nein. Dieser Sohn des Teufels ist in unsre Hände gefallen, und wir werden ihn töten."

„Das verbiete ich," donnerte Degenfeld ihn an. „Ihr werdet ihn augenblicklich frei lassen!"

„Nein! Wir werden – – –"

Er kam nicht weiter, denn er erhielt bei dem letzten Worte von dem Studenten eine so gewaltige Ohrfeige, daß er zu Boden flog. In demselben Augenblicke riß der Gottfried ihn wieder auf, hob ihn mit seinen langen Armen empor und warf ihn wie einen Ball unter die andern Soldaten hinein, daß diese auseinander flogen.

Ein dritter, nämlich Turnerstick, riß ihn da mit seinen Seemannsfäusten wieder auf, trug ihn in die Ecke, steifte ihn dort nieder und schrie ihn an: „Hier, Starmatz, bleibst du sitzing! Und wenng du es wageng solltungst, dich zu rührang, so fresse ich dich mit Haut und Hearing auf! Master Methusalem, was heißt Soldat im Chinesischen?"

„Ping," antwortete der Gefragte.

„Gut," fuhr der Kapitän fort, indem er sich wieder an den Chinesen wandte. „Denkst du etwang, wir müssang Respekt vor dir habeng, weil du ein Ping bist? Da hast du sehr falsch kalkuliringt. Wenng du nur mit der Wimper zuckst, so reibe ich dich zu Parmesankäse und streue dich auf die Maccaronings, du Ping und Doppelping und Pong-pang-ping!"

Die Soldaten waren auseinander und zur Thür hinausgestoben. Der Mohammedaner hatte sich erhoben. Er näherte sich dem Methusalem, verbeugte sich tief vor demselben und sagte: „Allah segne die Thaten Ihrer Hände und die Tapfen Ihrer Füße, hoher Gebieter. Sie haben mich gerettet. Machen Sie das Maß Ihrer Gnade voll, indem Sie mir erlauben, mich zu entfernen!"

„Sind Sie denn sicher, daß Ihnen nicht unterwegs Aehnliches begegnet?"

„Ja. Ich kehrte in diesem Hause ein, um auszuruhen. Anstatt der Erquickung hätte ich fast den Tod gefunden. Sobald ich es verlassen habe, bin ich vor ferneren Nachstellungen sicher."

„So gehen Sie und hüten Sie sich vor ähnlichen Begegnungen!"

Der Bekenner des Islam entfernte sich unter tiefen Verbeugungen. Die Soldaten sahen ihn nicht gehen, da sie sich hinter das Haus retiriert hatten, von wo sie erst dann zurückkehrten, nachdem Degenfeld ihnen durch Liang-ssi versichert hatte, daß Ihnen nichts geschehen solle.

Der Offizier sah ein, daß er sich eines großen Verbrechens gegen den Kuan des Kaisers schuldig gemacht habe. Er kam förmlich herbeigekrochen, um sich Gnade zu erbitten, die ihm nach einer strengen Mahnung auch zugesagt wurde.

Nun sagte Degenfeld, daß er für kurze Zeit in den Wald gehen wolle, um zu sehen, ob ein botanischer Fund zu machen sei; die Gefährten sollten dafür sorgen, daß das Mal zubereitet werde, und mit demselben bis zu seiner Rückkehr warten. Kurze Zeit, nachdem er sich entfernt hatte, ging der Gottfried ihm nach, welchem dann Richard folgte. Sie fanden ihn unter dem bezeichneten Baume. Er hielt ein Papier in den Händen, den Plan des Händlers Je-kin-li, und schien mit demselben die Gegend aufmerksam zu vergleichen.

Ueberfall der Mohammedaner.

Sechzehntes Kapitel

Hao-Keu und ihre Töchter.

„Gut, daß ihr kommt, und ich also keine Zeit zu verlieren brauche," sagte er. „Hier habe ich die Zeichnung unsres chinesischen Freundes, welche, wie ich sehe, sehr genau angefertigt worden ist. Sie ist freilich schon acht volle Jahre alt, stimmt aber ganz gut auf diesen Ort. Die kleine Veränderung, welche die Situation erlitten hat, ist auf den Einfluß dieser Zeit zurückzuführen und bezieht sich nur auf das Wachstum der Pflanzen. Als Hauptmarke ist ein großer, über tausend Jahre alter Ging-ko-baum angegeben, bei dem fünf Keime zu einem einzigen Stamme verwachsen sind. Das ist der riesige Nadelbaum, unter welchem wir hier stehen und dessen Stamm einen Umfang von über neun Meter hat und sichtlich aus fünf einzelnen Stämmen zusammengesetzt ist. Daneben sind, genau im Westen von ihm stehend, zwei andre Bäume verzeichnet, nämlich ein Ti-mu, Eisenholzbaumum welchen sich die Pflanze Lo Epheuwindet, und ein wilder Sang; Maulbeerbaum; das alles ist, wie ihr sehen könnt, vorhanden, der Eisenbaum mit dem Epheu und auch der Maulbeerbaum. In der Richtung, in welcher diese Bäume stehen, – also nach Westen, hat man vierzig Schritte zu gehen, um an die sogenannte Hoci-Hoei-keu Mohammedanerschluchtzu kommen, wo eine Ku-tsiang Mauerreste.stehen soll, welche wir jetzt zu suchen haben, denn genau von ihr aus müssen wir gerade abwärts in das Thal steigen, um den Lao-hoei-hoei-miao zu finden, um welchen es sich handelt."

Sie schritten die angegebene Entfernung in der betreffenden Richtung ab und gelangten an den Rand des Thales, über welchem in der Entfernung von vierhundert Schritten rechter Hand von ihnen die bereits erwähnte steinerne Bogenbrücke führte. Da, wo sie

die Kante desselben erreichten, sahen sie mehrere halbverwitterte Mauersteine aus dem weichen Humusboden blicken. Das war der Mauerrest, von welchem aus sie abwärts stiegen.
Noch hatten sie die Sohle der Schlucht und den dort fließenden Bach nicht erreicht, so trafen sie auf ein altes, eigentümliches Gemäuer, welches so von Büschen und hohen Farnen umgeben war, daß man es von weitem gar nicht bemerken konnte. Die Mauer bildete einen Kreis, dessen Durchmesser nicht mehr als zehn Fuß betrug. Das Dach, welches man mit der Hand erreichen konnte, war, entgegen dem chinesischen Stile, von Steinen rund gewölbt, und der Eingang war so niedrig, daß man ihn nur in sehr gebückter Haltung passieren konnte. Das Gebäude hatte die halbkugelige Form einer Kaffern- oder Hottentottenhütte und konnte unmöglich ein mohammedanischer Tempel, d. h. eine Li-pai-sse, wie die Moscheen in China genannt werden, gewesen sein.
„Wir sind an Ort und Stelle," sagte der Methusalem, „und wollen zunächst nach dem Tscha-dse suchen, welches Ye-kin-li hier vergraben hat. Ein Tscha-dse ist ein langes, starkes Messer, mit welchem man Häcksel schneidet. Aus einem solchen bestand die einzige Waffe, welche der Händler bei sich trug. Mit ihrer Hilfe konnte er die Grube machen, in welche er seine Barren versteckte, und um dieses Werkzeug später gleich an Ort und Stelle zu haben, verscharrte er es an einer Stelle, welche genau zehn Schritte von dieser Thür aus abwärts liegt, und wo die Wurzel einer Lieu Chinesische Weide.zu Tage tritt."
Er schritt die Strecke ab und traf auf den Baum und die Wurzel, unter welcher er mit seinem Messer grub. Schon nach kurzer Zeit brachte er das Tscha-dse hervor, welches zwar stark angerostet, aber noch fest war.
Die beiden andern hatten ihn bisher still, aber erwartungsvoll angehört und ihm zugesehen. Jetzt fragte Richard: „Und wo soll denn der Schatz vergraben sein?"
„Dort im Gebäude. Ich vermute, daß dasselbe die Begräbnisstelle eines frommen Mohammedaners gewesen ist, also ein sogenannter Marabu, denn Ye-kin-li hat, um Platz für seine Barren zu finden, menschliche Gebeine, welche fast ganz verwest waren, ausgegraben und da unten in das Wasser geworfen. In dieser Gegend des Landes gibt es viele Bekenner des Islam und hat früher deren noch mehr gegeben. Kommt mit in das Mausoleum!"
Sie krochen hinein. Der Raum war so hoch, daß sie in demselben aufrecht stehen konnten, und der Boden mit dicht schließenden, behauenen Steinen belegt. Der Methusalem sah auf seinem Plane nach und sagte dann: „Wir müssen die sechs Steine, welche zusammen ein Rechteck bilden, entfernen. Dann wird es sich zeigen, ob das Gold und Silber noch vorhanden ist, woran ich übrigens jetzt nicht mehr zweifle."
Die Steine waren so genau gefügt, daß es ziemliche Anstrengung kostete, den ersten derselben herauszunehmen; als das dann geschehen war, konnte man die andern fünf ohne Mühe entfernen. Die Unterlage bestand aus fester Erde, welche der Methusalem aufgrub.

Es war den dreien dabei wirklich wie Schatzgräbern zu Mute. Sie fühlten eine Art fieberhafter Aufregung, welche desto mehr wuchs, je tiefer das Häckselmesser in den Boden drang. Endlich, endlich zeigten sich zwei Gegenstände, welche nicht in die Erde gehörten, nämlich zwei lederne Säcke, welche lackiert waren. Nur diesem letzteren Umstände war es zu verdanken, daß sie sich noch in gutem Zustande befanden.

Der Methusalem hob den einen heraus, was einiger Kraftanstrengung bedurfte, und öffnete ihn. Da glänzten ihnen die kleinen, länglichen Barren goldig entgegen. Sie waren alle mit dem obrigkeitlichen Stempel versehen, als Beweis, daß die Legierung die gesetzlich vorgeschriebene sei.

„Gott sei Dank!“ sagte Degenfeld, indem er tief aufatmete. „Dieser Teil unsrer Aufgabe wäre also glücklich gelöst.“

„Das freut mich außerordentlich!“ fügte Richard hinzu. „Ye-kin-li hat nur ein sehr geringes Anlagekapital gehabt; nun werden ihm die Barren sehr zu gute kommen.“

„Dat glaube ich, dat sie zu jute kommen!“ meinte Gottfried. „Mich, wenn ich sie hätte, kämen sie auch zu statten. Ich würde schleunigst meine Oboe und mir selbst verjolden lassen und den Rest sodann in Zacherlbräu und sauren Heringen anlegen. So aber muß ich mir ohne Verjoldung weiter durch mein frugales Dasein schleichen. Wat soll nun jeschehen? Hucken wir die Säcke auf, um sie nach dat Ruhehaus zu bringen?“

„Nein,“ antwortete der Methusalem. „Wir lassen sie hier liegen.“

„Liegen lassen? Sind Sie bei Troste? Dat würde nicht 'mal ein Spitzbube thun, ich noch viel weniger!“

„Und doch können wir nicht anders. Wir haben uns überzeugt, daß die Barren da sind. Das genügt. Mitschleppen aber können wir sie nicht, da wir nicht wissen, welchen Wechselfällen wir noch unterworfen werden. Wir verbergen sie hier wieder und richten es später so ein, daß uns der Rückweg hier vorüberführt. Dann nehmen wir die beiden Säcke mit.“

Die beiden andern waren nicht sofort einverstanden, mußten aber doch die Triftigkeit seiner Gründe anerkennen. Der Sack wurde wieder in die Grube gelegt und mit der ausgeworfenen Erde bedeckt, welche man mit den Füßen feststampfte, um dann die Steine wieder einzufügen. Das geschah so genau, und der kleine Rest übrig gebliebener Erde wurde so sorgfältig entfernt und verwischt, daß kein andrer das Vorhandensein des Verstecks ahnen konnte.

Nun verließen sie das Gebäude, um auch das Häckselmesser wieder zu vergraben. Noch war der Methusalem damit beschäftigt, da ertönte plötzlich hart bei ihnen eine befehlende Stimme aus dem Gebüsch: „Ta kik hia – schlagt sie nieder!“

Und zu gleicher Zeit drangen wohl gegen zehn bewaffnete Männer auf die drei ein. Ihre Armierung war keine sehr furchterweckende, alte Säbel, einige noch ältere Flinten und Piken; einer schwang eine Keule.

Der Methusalem hatte sich, als der Ruf erscholl, blitzschnell aufgerichtet. Er faßte die Gefährten bei den Armen und riß sie, um Raum zu gewinnen und den dicken Stamm der

Weide zwischen sich und die Angreifer zu bringen, mehrere Schritte zurück. Ebenso schnell zog er seine beiden Revolver hervor und richtete sie auf die Feinde, welchem Beispiele Gottfried und Richard augenblicklich folgten. Die Chinesen stutzten und blieben stehen. Einem von ihnen, welcher sein Gewehr zum Schusse anlegte, rief Degenfeld drohend zu: „Weg mit der Flinte, sonst trifft meine Kugel dich eher, als mich die deine! Was haben wir euch gethan, daß ihr uns in dieser Weise überfallt?"
Der Angeredete, welcher der Anführer zu sein schien, mochte seinem Schießholze kein großes Vertrauen schenken; er senkte den Lauf und antwortete mit finsterer Miene: „Ihr entheiligt unser Ma-la-bu! Was habt ihr hier zu graben?"
Also war, wie Degenfeld vermutet hatte, das Gebäude wirklich ein Marabu, das Grab eines durch seine Frömmigkeit ausgezeichneten Mohammedaners. Da dem Chinesen das r nicht geläufig war, verwandelte er es in das leichtere l, also Ma-la-bu.
„Seid ihr Hoei-hoei?" erkundigte sich der Student.
„Ja."
„So habt ihr keine Veranlassung, uns feindselig zu behandeln. Wir achten euren Glauben und ehren Mohammed als euren Propheten."
„Und doch grabt ihr diese heilige Erde auf!"
„Nicht um sie zu entweihen. Wir gingen in den Wald, um nach den Vorschriften der Yithung Heilkunde.Pflanzen zu suchen. Da sahen wir hier den Griff dieses Messers aus dem Boden ragen. Wir zogen es heraus, um es zu betrachten, und eben stand ich im Begriff, es wieder an seine Stelle zu legen, als ihr erschient. Nun sagt, ob wir eine Sünde begangen haben!"
„Zeige das Messer!"
Er nahm es in Empfang, betrachtete es prüfend, untersuchte dann die aufgegrabene Stelle und sagte, als er nichts fand: „Das ist ein ganz gewöhnliches Tscha-dse, welches jedenfalls ein Arbeiter hier versteckt hat, um es später, wenn er es braucht, zu finden. Ich dachte, ihr wolltet nach einem Pao-ngan suchen, welcher bei einem armen Ma-la-bu unmöglich vorhanden sein kann. Die Buddha-min Buddhisten.sind alberne Menschen, welche unsre Gebräuche und heiligen Orte nicht achten."
„Wir gehören nicht zu ihnen."
„Nicht? Was seid ihr denn?"
„Wir sind Tien-schu-kiao-min."
„Wenn das wahr ist, so sind wir Freunde, denn wir und die Christen verehren einen wirklichen Gott, dessen Propheten Mohammed und J-sus (Jesus) waren. Aus eurem Glauben schließe ich, und an eurer Kleidung erkenne ich, daß ihr aus einem fernen Lande kommt. Habt ihr denn einen Paß bei euch?"
„Ja, ich habe einen großen, besondern Kuan des erhabenen Herrschers."
Wie unvorsichtig diese Mitteilung war, sollte Degenfeld sofort erkennen, denn der Chinese sagte: „So hast du mich betrogen, denn einen solchen Kuan bekommt nur ein Chinese. Ich werde das streng untersuchen und ihr habt uns jetzt zu folgen."

„Als Gefangene etwa?“
„Ja. Eine Gegenwehr würde nur zu eurem Schaden sein, denn blickt einmal hinauf nach der Brücke!“
Erst jetzt bemerkten die drei Gefährten, daß oben eine Schar von wohl fünfzig Reitern hielt. Diese konnten von ihrem hohen Standpunkte aus die Scene überblicken. Dennoch antwortete der Student: „Wir fürchten uns gar nicht vor euch, denn wir haben in diesen kleinen Waffen so viele Kugeln, daß wir euch alle töten können. Aber da wir euch die Wahrheit gesagt haben, so ist für uns nichts zu besorgen. Wir gehen also mit.“
„So kommt zum Einkehrhause! Aber versucht ja nicht, uns zu entfliehen; es würde euch nicht gelingen.“
Er wendete sich nach der Brücke und gab mit dem erhobenen Arme ein Zeichen, auf welches seine Reiter sich nach dem Hause hin in Bewegung setzten. Die drei wurden in die Mitte genommen. Während man an der Seite des Thales emporstieg, sagte der Anführer: „Es sind Soldaten in dem Hause, welche einen meiner Leute töten wollten. Er ist ihnen entkommen und hat uns, die wir in der Nähe lagen, herbeigeholt, damit sie bestraft werden.“
„Hat er erzählt, auf welche Weise er der Gefahr entrann?“ fragte der Methusalem.
„Ja. Ein seltsam gekleideter Mandarin hat ihn in Schutz genommen.“
„Kein Mandarin, ich selbst war es.“
„Du? Wenn es sich zeigt, daß dies wahr ist, so ist es gut für dich.“
Man hatte die Höhe erreicht und konnte nun zwischen den Bäumen hindurch das Einkehrhaus an der Straße liegen sehen. Vor demselben standen einige Soldaten. Sie sahen die Reiter kommen und eilten augenblicklich hinter das Haus, indem sie riefen: „Kuei-tse lai, kuei-tse lai. Suk tschu-kiü ni-men – Kuei-tse kommen, kuei-tse kommen. Reißt schnell aus!“
Die andern kamen aus dem Hause gerannt und liefen auch in höchster Eile hinter das Haus nach ihren Pferden. Im nächsten Augenblicke sah man sie im Galopp fliehen, und zwar nach der Richtung, aus welcher sie, die tapferen Beschützer, mit ihren Schützlingen vorher gekommen waren.
„Da jeben unsre Helden Fersenjeld,“ sagte der Gottfried. „Wer weiß, ob wir ihnen jemals wiedersehen!“
„Wohl schwerlich,“ meinte Degenfeld. „Ein Glück, daß sie unsre Pferde und die Packtiere nicht mitgenommen haben!“
„Dazu haben sie sich nicht die Zeit jegönnt. Ich wünsche ihnen Jesundheit und ein langes Leben, uns aberst einen Ausweg aus der Tinte, in welche wir jeraten sind.“
Die Mehrzahl der mohammedanischen Reiter war den Soldaten nachgaloppiert. Die übrigen hielten auf der Straße, um den Anführer zu erwarten. Unter ihnen befand sich derjenige, den Degenfeld in Schutz genommen hatte. Als er den letzteren erkannte, drängte er sein Pferd herbei und sagte: „Sind diese drei Herren gefangen? Sie sind meine Wohlthäter, denn sie haben mich vom Tode errettet.“

„So haben sie mich also nicht betrogen," antwortete der Kommandierende. „Es gilt nun, zu untersuchen, ob sie wirklich Christen sind, was ich nicht glaube, da sie einen besondern Kuan des Kaisers besitzen."

Die auf der Straße haltenden Reiter waren in gleicher Weise bewaffnet wie ihre Gefährten, deren Pferde sie am Zügel führten. Sie stiegen ab.

Turnerstick, der Mijnheer und die beiden Brüder waren aus dem Hause getreten.

„Was soll das heißen?" rief der erstere dem Studenten entgegen. „Das sieht ja ganz so aus, als ob Sie gefangen seien!"

„Es ist auch so," antwortete der Genannte.

„So hauen wir Sie heraus!"

„Nein. Die Sache wird sich friedlich lösen. Kommt nur mit herein!"

Man band die Pferde vor dem Hause an und begab sich in die Stube, deren Besitzer sich aus Angst vor den „Teufelssöhnen" nicht sehen ließ. Dort mußte der von Methusalem in Schutz Genommene erzählen, wie er von den Soldaten überfallen worden war, und in welcher Weise sich der Retter seiner angenommen hatte. Das Gesicht des Anführers wurde dabei immer freundlicher. Er musterte die Fremden mit prüfendem Blicke und fragte dann: „Aus welchem Lande seid ihr denn nach der Mitte der Erde gekommen?"

„Aus dem Lande der Tao-tse-kue," antwortete Degenfeld.

„Ist das wahr? Ich kenne einen Tao-tse-kue, welcher sehr reich und uns freundlich gesinnt ist. Er hat die Unsrigen, welche vertrieben wurden und sich in Not und Gefahr befanden, oft unterstützt."

„Wie heißt dieser Mann?"

„Er nennt sich hierzulande kurzweg Schi, Stein.hat aber in seiner Heimat Sei-tei-nei geheißen."

„Ah! Er ist der Besitzer eines Ho-tsing?" Feuerbrunnen.

„O, mehrerer Ho-tsing. Es gehört ihm eine Gegend, in welcher eine Flüssigkeit aus der Erde dringt, welche Schi-yeu Wörtlich „Steinöl"genannt wird und in Lampen gebrannt werden kann."

„Er wohnt in Ho-tsiang-ting?"

„Ja. So hat er den Ort, aus welchem eine Stadt geworden ist, genannt, der Ho-tsing wegen, welche dort zu Tage treten. Kennst du ihn?"

„Jawohl. Dieser mein Gefährte, welcher Liang-ssi heißt, ist bei ihm angestellt."

„Den Namen Liang-ssi kenne ich, denn er wurde mir von Genossen, welche dort Wohlthat empfingen, rühmend genannt."

„Und dieser Jüngling ist der Bruderssohn von Sei-tei-nei, der ihm geschrieben hat, daß er zu ihm kommen soll."

„Das stimmt, denn ich weiß, daß er keinen Sohn hat und in sein Land nach einem Sohn des Bruders geschrieben hat. So wollt ihr zu ihm?"

„Ja."

„Dann möchten wir euch gern als gute Freunde betrachten, wenn nur der Kuan nicht wäre, von dem du gesprochen hast. Der Kaiser von Tschin ist unser Unterdrücker, und wen er liebt, den müssen wir hassen."
Degenfeld beeilte sich, den Fehler, welchen er begangen hatte, wieder gut zu machen, indem er erklärte: „Ich habe mich vielleicht nicht richtig ausgedrückt, da ich der hiesigen Sprache nicht vollständig mächtig bin. Ich wollte nicht Kaiser, sondern König sagen. Hier ist der Kuan."
Er zog anstatt des kaiserlichen Passes den Kuan des Bettlerkönigs hervor und gab denselben hin. Als der Mohammedaner einen Blick darauf geworfen hatte, rief er überrascht aus: „Ein T'eu-kuan! Das ist ja etwas ganz andres! Der T'eu ist unser bester Freund und Beschützer, und sein Paß wird bei uns heilig gehalten. Aber, da du" – – – er stockte verlegen und fuhr dann, sich tief verneigend, fort: „Da Sie diesen so seltsamen Kuan von ihm besitzen, so müssen Sie ein sehr hervorragender und hoher Gebieter sein und ihm große Dienste geleistet haben. Betrachten Sie uns als Ihre Sklaven und befehlen Sie, was wir für Sie thun sollen."
„Ich befehle nichts," antwortete Degenfeld nun auch in höflicherem Tone als vorher. „Es freut uns, Sie als Freunde von Sei-tei-nei kennen zu lernen, und ich bitte Sie nur um das eine, mir zu sagen, ob ich ihm vielleicht eine Botschaft von Ihnen überbringen kann."
„Ich danke dem erlauchten Fremdling! Von einem so hohen Erretter kann ich das nicht verlangen. Also sind Sie unser nicht bedürftig?"
„Nein."
„Sie kennen den Weg von hier nach Ho-tsing-ting?"
„Liang-ssi muß ihn kennen."
„So gestatten Sie uns, unsern Ritt fortzusetzen, dessen Ziel ich freilich nicht gern sagen würde."
„Ich habe kein Recht, nach demselben zu fragen. Reiten Sie in Allahs Namen!"
„So werden wir sofort aufbrechen und sagen Ihnen unsern geringfügigen Dank. Ich hatte den, welchen Sie erretteten, vorausgesandt, um zu erfahren, ob der Weg für uns und unsre Zwecke frei sei. Dabei wollte ich dem Ma-la-bu einen ehrfurchtsvollen Besuch abstatten und war so verblendet, Sie dort für Feinde und Schänder des Heiligtums zu halten. Ihre beglückende Gnade wird mir das verzeihen. Die Soldaten, welche Ihre Reise verunzierten, sind entflohen und werden nicht wiederkehren. An ihrer Stelle mag Ihr Erretteter bei Ihnen bleiben und Sie bis an das Ziel begleiten. Seine Anwesenheit wird Ihnen, falls Ihnen streitfertige Genossen von uns begegnen, mehr nützen als ein ganzes Heer von feigen Soldaten."
Degenfeld nahm dieses Anerbieten natürlich dankbar an, dann entfernten sich die zu Freunden gewordenen Feinde unter wiederholten Verbeugungen und ritten davon. Ob die Kuei-tse, welche übrigens chinesischer Abkunft waren und sich auch chinesisch kleideten, die flüchtigen Soldaten ereilten, das war nun freilich nicht zu erfahren.

Als sie sich entfernt hatten, ließ der Wirt sich sehen, um demütig nach den Befehlen der Herren zu fragen. Es gab für ihn nicht viel zu thun, da der Mohammedaner die Bedienung übernahm, und alles Nötige, was die Soldaten nun allerdings im Stiche gelassen hatten, mitgebracht worden war. Nur für kochendes Theewasser hatte der Wirt zu sorgen.
Während des Essens fragte der Student den neuen Begleiter nach den Verhältnissen der Kuei-tse und seinen eigenen aus. Er erfuhr, daß derselbe vorher ein Bekenner der Lehre des Kunzfu-tse gewesen und später aus Zorn über Bedrückung seiner Familie zu den Hoei-hoei übergetreten sei. Er stammte aus der Provinz Kwéi-tschou, war dann nach Hunan gezogen, hatte von dort flüchten müssen und war vor einigen Monaten unter dem Schutze seiner Glaubensgefährten und der gegenwärtigen Verhältnisse wieder zurückgekehrt. Er gab an, in einem Dorfe zwischen Kun-jang und Kue-tong zu wohnen."
„Das ist ja ganz in der Nähe unsres Reisezieles," sagte Liang-ssi.
„Allerdings. Sie werden durch mein Dorf reiten müssen und dann nach rechts in ein Seitenthal des Lai-kiang biegen, wo die Steinölquellen entspringen und Sei-tei-nei wohnt. Ich war vor kurzer Zeit bei ihm. Steht nicht auch ein Tao-tse-kue in seinem Dienste?"
„Nein. Der, den Sie meinen, stammt aus einem Lande, welches Belgien heißt."
Der Mijnheer verstand nicht chinesisch; das Wort Belgien aber hörte er sofort heraus. Er fragte gleich, wovon die Rede sei, und als er erfuhr, daß der Onkel Daniel einen Oelingenieur, welcher ein geborener Belgier sei, aus den Vereinigten Staaten habe kommen lassen, um ihm die technische Leitung seines Etablissements anzuvertrauen, rief er aus: „Dat is goed! Dat verheugd mi bij uitnemendheid! Ik bid, spreekt hij ook nederlandsch - das ist gut! Das freut mich ausnehmend! Ich bitte, spricht er auch niederländisch?"
„Ja, er spricht französisch, deutsch, englisch und auch niederländisch."
„Heiza, zoo moeten wij maken, dat wij henkomen en dat ik met hem spreken kan - juchhe, so müssen wir machen, daß wir hinkommen, und daß ich mit ihm reden kann!"
Nach dem Essen rauchte man noch ein Viertelstündchen, und dann wurde aus den vorhandenen Decken, Tüchern und dem Heu, welches der Wirt lieferte, das Lager bereitet. Als die Pferde versorgt und angebunden waren, legte man sich zur Ruhe. Liang-ssi meinte, daß es hier in den Bergen wilde Hunde gebe, gegen welche man die Pferde eigentlich schützen müsse, doch der Methusalem beruhigte ihn durch die Versicherung: „Machen Sie sich keine Sorge! Hören Sie, welchen Lärm der Mijnheer macht? Da wagt sich bis auf tausend Schritte im Umkreise sicherlich kein wildes Tier heran."
Und er hatte nicht unrecht. Der Dicke schnarchte, daß man meinte, das Dach wackeln zu hören. Was der gute Mann einmal that, das that er ordentlich.
Am andern Morgen wurde zeitig aufgebrochen, nachdem der Wirt eine so reichliche Bezahlung erhalten hatte, daß sein Gesicht vor Entzücken glänzte. Der Mijnheer wurde wieder auf das Roß gebunden, und der Hoei-hoei nahm sich der Packpferde an.

Es ging jenseits des Gebirges hinab, was viel leichter war als der Aufstieg während der beiden letzten Tage. Die Scenerie war, doch nun in umgekehrter Reihenfolge, ganz dieselbe.
Der Methusalem hielt sich vorzugsweise zu dem Mohammedaner. Bei Gelegenheit fragte er ihn, ob er Kinder habe, und erhielt die Antwort: „Nein, denn ich habe mir kein Weib genommen. Dennoch besitze ich Familie, denn es wohnt eine Verwandte mit ihren beiden Töchtern bei mir, welche mich vergessen lassen, daß ich kinderlos bin. Der Mann dieser Frau mußte fliehen, weil er ganz unschuldigerweise der Teilnahme am Aufruhr angeklagt war."
„Solche Fälle scheinen in China sehr häufig vorzukommen."
„Leider, Herr. Wer bei einer solchen Gelegenheit auf der Straße betroffen wird, den ergreift und verurteilt man, ohne die wirkliche Schuld oder Unschuld zu untersuchen. Und die Verwandten nächsten Grades müssen dieselbe Strafe erleiden."
„Fand dies auch in dem diese drei Frauen betreffenden Falle statt?"
„Ja. Der Mann war gewiß unschuldig; aber nicht nur er, sondern auch sein Weib und seine Kinder wurden gefangen genommen. Es waren zwei Söhne und zwei Töchter."
Diese letzte Bemerkung erregte die Aufmerksamkeit des Methusalem. Er erkundigte sich: „Hat eine dieser Personen die Todesstrafe erlitten?"
„Nein. Der Mann hat einen Freund, einen Mandarin, der sich der Armen heimlich annahm. Dieser ließ erst den Vater entkommen und später im Zwischenraume von einigen Tagen, da es nicht anders möglich war, auch die beiden Söhne. Diese letzteren sollten an einem bestimmten Orte dann auf ihre Mutter und ihre Schwestern warten."
„Vereinigten sie sich glücklich mit ihnen?"
„Leider nicht. Der Mandarin stieß auf Hindernisse, und die Knaben konnten unmöglich länger warten. Sie sind also fort und spurlos verschollen. Als später die Mutter mit ihren Töchtern befreit wurde und den festbestimmten Ort aufsuchte, kam sie zu spät. Die Söhne waren fort, und sie hat nie wieder etwas von ihnen vernommen."
„Was hat sie dann begonnen?"
„Sie mußte natürlich die Provinz verlassen, da sie dort gewiß ergriffen worden wäre, und zog als Bittende in der Fremde von Ort zu Ort. So kam sie mit den beiden Mädchen auch zu mir. Ich fragte nach ihrem Namen und Herkommen. Ihr Stamm- und ihr Geschlechtsname stimmte mit denen meiner Familie; ich erkundigte mich weiter und erfuhr, daß ihr Vater ein Vetter des meinigen gewesen sei. Ich hatte weder Weib noch Kind und nahm alle drei bei mir auf. Kurz nach dieser Zeit mußte ich Hu-nan verlassen und zog in die Provinz Yu-nan, von wo ich erst seit kurzem zurückgekehrt bin."
„Und die drei Personen sind mit zurückgekehrt und wohnen bei Ihnen?"
„Ja."
„Hat man denn auch von dem Mann nichts vernommen?"
„Nie. Er ist gewiß zu Grunde gegangen."

Die Spannung des Methusalem war immer höher und höher gestiegen. Jetzt wußte er sich seiner Sache so gewiß, daß er direkt fragte: „Ihr Stammname ist Seng-ho?"
„Ja."
„Und Ihr Geschlechtsname Pang?"
Der Chinese sah erstaunt zu ihm auf und antwortete: „Ja, Herr. Wie kommt es, daß Sie als Fremder diesen Namen wissen?"
„Ich glaube, von diesem Falle vernommen zu haben. War der Mann nicht ein Kaufmann Namens Ye-kin-li?"
„So ist es."
„Seine Frau hieß Hao-keu?"
„So heißt sie noch. Sie hat ihren Namen nicht verändert, obgleich dies die Nachforschung nach ihr, den Flüchtigen erleichterte."
„Hießen die Söhne nicht Liang-ssi und Jin-tsian?"
„Herr, Sie wissen ja alles, alles!"
„Und die Töchter Méi-pao und Simming?"
Jetzt machte der Mann ein Gesicht, als ob er das größte Wunder vor sich sehe.
„Hoher Gebieter," sagte er, „ich weiß wirklich nicht, wie ich es mir erklären soll, daß Sie als Fremdling alle diese Namen so genau kennen!"
„Sie brauchen sich nicht anzustrengen, es zu erraten; ich werde es Ihnen später mitteilen. Indem ich Sie nach diesen Verhältnissen und Namen fragte, hatte ich eine gewisse Absicht, von welcher jetzt noch nichts verlauten soll. Ich ersuche Sie infolgedessen, gegen keinen meiner Gefährten etwas von dem, was wir gesprochen haben, zu erwähnen. Es ist niemals gut, von vergangenen, unangenehmen Dingen zu sprechen."
Dies schien den Chinesen, welcher wohl eine Erklärung erwartet hatte, nicht zu befriedigen; er wagte aber nicht, dem Gespräche eine Fortsetzung zu geben. Welche Freude aber empfand der brave Methusalem, die Gesuchten nun endlich, und zwar so ganz unerwartet, ohne alle Anstrengung, ohne sein Zuthun gefunden zu haben. Das war auch schon bei den beiden Söhnen des Händlers der Fall gewesen; er mußte es für Gottes Schickung nehmen.
Es stand bei ihm fest, daß der Mohammedaner den eigentlichen Stand der Sache nicht erraten werde, so lange er verhindert wurde, mit den beiden Brüdern über diesen Gegenstand zu sprechen, was ja nicht schwer erreicht werden konnte. Vielleicht wußte er bereits, daß der eine dieser Brüder Liang-ssi hieß, da dieser Name öfters genannt worden war; da aber dieser letztere in China sehr häufig ist, so brauchte nicht gerade gefolgert zu werden, daß der Träger desselben der verschwundene Liang-ssi sei.
Eigentlich trieb es den Methusalem innerlich, den Brüdern schleunigst mitzuteilen, daß ihre Mutter und ihre Schwestern am Leben und gefunden seien; aber er freute sich auf die außerordentlich freudige Ueberraschung, wenn die Verwandten sich gegenseitig erkannten, ohne vorher etwas davon geahnt zu haben. Daher war er entschlossen, seine

Entdeckung einstweilen noch geheim zu halten, da es sich ja nur um höchstens zwei Tage handelte, welche Zeit man bedurfte, um die angegebene Gegend zu erreichen.
Er kannte die Namen der Familienglieder, weil Ne-kin-li sie ihm mitgeteilt hatte. Die Bedeutung derselben war folgende: Die Mutter Hao-keu = lieblicher Mund; die Söhne Liang-sii = gutes Geschäft, und Jin-tsian = Güte des Himmels; die Schwestern Méi-pao = schöne Gestalt, und Sim-ming = Herzenslicht. Es ergibt sich hieraus, in welcher Weise die chinesischen Eltern ihre Kinder nennen.
Kurz nach Mittag wurde die Stadt Kue-jang erreicht, durch welche man ritt, ohne sich aufzuhalten, da man kein Bedürfnis dazu hatte. Zwei Stunden später gelangten die Reisenden an den Fluß Lai-kiang, dessen Lauf sie aufwärts folgten, um dann die Nacht in einem an der am Ufer hinführenden Straße liegenden Einkehrhause zu verbringen. Am andern Morgen wurde die angegebene Richtung weiter verfolgt.
Dieser Fluß kommt von einem schmalen, langgestreckten Höhenzuge, welcher vom Nan-ling-Gebirge ausläuft und sich bis nach der Stadt Kin-gan erstreckt. An seinem rechten Ufer steigt das Land als schiefe Ebene nach dem Höhenzuge empor, während das linke durch eine Bergkette von einem östlich liegenden weiten und fruchtbaren Becken getrennt wird, in welchem europäische Kenner unbedingt nach Kohle graben würden. Dieses Becken ist mit dem Flusse durch Querthäler verbunden, welche die erwähnte Bergkette durchbrechen. Es wird von dem Flüßchen Dschang durchströmt, an welchem der Wohnort des Onkels Daniel liegen sollte.
Daß in einem kohlenreichen Becken Petroleum gefunden wurde, war leicht erklärlich. Uebrigens ist die Meinung, daß man in China dieses Produkt gar nicht kenne, eine irrige, denn schon in einem Jahrhunderte alten chinesischen geographischen Werke, dem unseren Gelehrten noch wenig bekannten Schen-si-king, lautet eine Stelle: „In dieser Provinz liegt die Stadt Yen-gan-su, wo ein dunkles, übelriechendes Oel aus der Erde fließt, welches man in Lampen und Laternen brennt, da es ein besseres und billigeres Licht als dasjenige der Talgkerzen und gewöhnlichen Oellampen gibt."
Kurz nach dem Mittage dieses zweiten Tages sah man ein kleines Dörfchen am Ufer des Flusses liegen, und der Hoei-hoei erklärte, daß dieses sein gegenwärtiger Wohnsitz sei, wo sich mit ihm noch mehrere Mohammedaner niedergelassen hätten.
Daß hier der Islam eine Stätte gefunden habe, wenn auch nur eine kleine, konnte man aus dem schlanken, hölzernen Türmchen ersehen, welches die Baumwipfel der Gärten überragte. Es war das Minareh der Li-pai-sse, welche die Bekenner der Lehren Mohammeds sich hier errichtet hatten.
Der Methusalem hatte sich seit gestern früh alle Mühe gegeben, ein längeres Gespräch des Hoei-hoei mit den Brüdern zu verhindern. Diese letzteren hatten also nicht die Spur einer Ahnung, daß sie hier ihre Mutter und Geschwister finden würden.
Links von der Straße lag der Fluß, welcher sich hier seeartig erweiterte. Auf dem Wasser hielten Kähne mit Leuten, welche Fische fingen, wozu sie sich aber nicht der Angeln oder

Netze, sondern der bekannten Vögel bedienten, welche Tschu-tsche oder Wasserraben heißen.

Rechts zogen sich die kleinen Häuser und hinter denselben die Gärten längs der Straße hin. Die Fensterhöhlen waren entweder ganz leer, oder sie hatten an Stelle der Glasscheiben jenes starke, sehr durchscheinende Papier, welches in bester Qualität aus Korea bezogen wird. Dennoch hatte das Dorf den Anschein ungewöhnlicher Wohlhabenheit. Die Sauberkeit desselben machte einen sehr guten Eindruck.

Damit stimmte freilich der an Kienöl erinnernde Geruch nicht überein, welcher sich bemerkbar machte. Er kam von mehreren dunklen, fettigen Kähnen, welche am Ufer lagen und mit ebenso dunklen Fässern beladen waren. Das waren Petroleumfässer, welche von hier aus in kleinen Booten nach Kin-gan oder Tschang-scha gingen, um von dort aus auf größeren Flußdschunken den Jang-tse-kiang hinabtransportiert zu werden. Dieser Petroleumgeruch war das erste Anzeichen, daß man sich dem Ziele der Reise, der Niederlassung des Onkels Daniel, genähert habe.

Der Hoei-hoei entschuldigte sich, daß er die Herrschaften nicht einladen könne, die Nacht bei ihm zu verbringen. Sein Häuschen war für so viele Gäste zu klein. Doch versicherte er ihnen, daß sie in dem hiesigen Einkehrhause sehr gut logieren würden, da es genug Raum besitze und die Familie des Wirtes eine ungemein aufmerksame und reinliche sei.

Aber das Mahl bei ihm einzunehmen, bat er, ihm ja nicht abzuschlagen. Man möge ihm nur ein kleines Stündchen Zeit gewähren, das dazu Nötige vorzubereiten. Es wurde ihm bereitwilligst zugesagt. Er brachte die Reisenden nach dem Sie-kia, worauf er sich nach seiner Wohnung begab.

Sehr erklärlich waren auch hier die Bewohner zusammengelaufen, um die Fremden anzustaunen. Es war fast unerklärlich, daß in so wenigen Augenblicken, welche man brauchte, vom Anfange bis in die Mitte des Dorfes zu kommen, sich so viele Menschen versammeln konnten. Selbst die Fischer kamen an das Ufer gerudert, um sich vor dem Ruhehause aufzustellen.

Dieses letztere war wirklich weit sauberer gehalten als diejenigen, in die man bisher eingekehrt war. Der Wirt kam aus der Thür und hieß die Gäste unter fortgesetzten tiefen Verbeugungen willkommen. Er rief einige Schi-tse herbei, welche die Pferde versorgen sollten, und führte dann die Ankömmlinge in ein Gemach, welches augenscheinlich nur für bessere Gäste bestimmt war. Dann entfernte er sich, um sofort den Tscha Thee.des Willkommens zu besorgen. Liang-ssi, den er kannte, begleitete ihn; jedenfalls um ihm zu sagen, was für hohe Leute er bei sich habe, und ihn aufzufordern, dieselben mit größter Hochachtung zu behandeln.

Der Mijnheer ging, anstatt sich müde zu zeigen und zu setzen, in der Stube auf und ab, reckte und streckte sich und fragte: „Hoe is het, Mijnheer Methusalem? Kann ik niet goed rijden – wie ist es, Herr Methusalem? Kann ich nicht gut reiten?“

„Allerdings,“ nickte der Gefragte. „Sie haben sich schneller eingerichtet als ich dachte.“

„Ja, het rijden is zeer goed voor den lichaam. Ben ik niet dick worden – ja das Reiten ist sehr gut für den Körper. Bin ich nicht dick geworden?“
„Es scheint ganz so, als ob Ihr Umfang auf dem Pferde zugenommen habe.“
„Zeer?“
„Ganz beträchtlich!“
Da glänzte das Gesicht des Dicken vor Freude, und er meinte: „Ben ik niet ook gewassen – bin ich nicht auch gewachsen?“
„Um einige Zentimeter, wie es scheint. Die hiesige Luft scheint Ihnen außerordentlich zu bekommen.“
„Ja, de lucht is goed, is zeer weldadig. Ik ben oneindig gezond; ik word gaarne hier blijven – ja, die Luft ist gut, ist sehr wohlthätig. Ich bin unendlich gesund; ich möchte gern hier bleiben.“
„Das können Sie. Sie wollen sich ja hier in China ankaufen.“
„Aanhijeu? Ja, maar wat en waar – ankaufen? Ja, aber was und wo?“
„Kaufen Sie dem Onkel Daniel sein Etablissement ab! Sie können da sich um China verdient machen und ein Millionär, ein Oelfürst werden.“
Der Dicke blieb stehen, öffnete vor Staunen den Mund und antwortete erst nach einer Weile: „Een olivorst, eert olieprins! Seldrement! De Mijnheer van Aardappelenbosch een olieprins! Dat ist goed; dat is zekerlijk goed – ein Oelfürst, ein Oelprinz! Potztausend! Der Mijnheer van Aardappelenbosch ein Oelprinz! Das ist gut; das ist gewißlich gut!“
Er setzte in sehr energischer Weise seinen Spaziergang fort, ohne das Gespräch fortzusetzen, brummte aber zuweilen ein Wort wie „olieprins“ oder „zeer goed“ vor sich hin. Der Gedanke des Methusalem schien auf einen sehr empfänglichen Boden gefallen zu sein, obgleich er nur im Scherze ausgesprochen worden war.
Die beiden Brüder befanden sich noch immer darüber im unklaren, welche Pläne der Methusalem in Beziehung der Nachforschung nach ihren Verwandten verfolge. Er hatte sich ihnen seit gestern ganz und gar entzogen, um zu verhüten, daß das Gespräch auf diesen Gegenstand komme. Darum benutzte Liang-ssi die jetzt eingetretene Pause der Unterhaltung zu der Erkundigung:
„Herr, wie lange werden wir hier verweilen, um dann vollends nach Ho-tsing-ting zu gehen?“
„Bis morgen früh nur.“
„Und wie lange bleiben wir dann dort bei dem Onkel Daniel?“
„Das ist unbestimmt.“
„Aber wird es lange dauern?“
„Es ist möglich, daß sich unser dortiger Aufenthalt auf einige Wochen erstrecken wird.“
„So werden wir Sie um einen Urlaub bitten müssen.“
„Warum?“
„Damit wir während dieser Zeit nach unsrer Mutter und unsren Schwestern forschen können.“

„Ich kann Sie nicht hindern. Aber wo wollen Sie suchen und wie wollen Sie es anfangen, um eine Spur von den Verlorenen zu entdecken?"
„Wir werden nach der Provinz Kwéi-tschou, unsrer Heimat gehen, wo wir gefangen waren und von wo sie damals entflohen sind. Das ist der einzige Ort, wo wir einen Anhalt finden können."
„Aber Sie begeben sich dabei in große Gefahr, da auch Sie von dort entwichen sind. Wenn man Sie erkennt, so wird man Sie festhalten."
„O, es sind seit jener Zeit nun acht Jahre vergangen, und wir waren damals sehr jung. Wir haben uns indessen so sehr verändert, daß es fast unmöglich ist. Uns zu erkennen."
„Das mag sein; aber wie wollen Sie es anfangen, dort eine Spur zu finden? Sie müssen doch forschen und fragen. Dadurch werden Sie die Aufmerksamkeit der Behörde auf sich lenken."
„Wir werden dabei auf das vorsichtigste verfahren."
„Das glaube ich sehr wohl; dennoch hege ich keine Hoffnung, daß Sie zum Ziele gelangen werden. Denn, glauben Sie etwa nicht, daß die Polizei damals sehr eifrig nach den Entflohenen geforscht hat?"
„Das ist sicherlich geschehen."
„Und doch hat man Sie nicht entdeckt. Wie wollen nun Sie nach so langer Zeit eine Spur auffinden, besonders, da Sie Ihre Nachforschungen nur heimlich anstellen können und dabin die größte Sorge tragen müssen, daß Sie nicht selbst ergriffen werden?"
„Herr, wollen Sie uns denn alle Hoffnung rauben? Sie haben ja recht, das muß ich zugeben; aber suchen müssen wir doch, Oder wissen Sie eine andre Art und Weise, zum Ziele zu gelangen? Sie hatten uns versprochen, uns behilflich zu sein. Ja, Sie sind ja auch mit zu dem Zwecke, die Familie unsres Vaters aufzusuchen, in das Land gekommen. Und nun bemerken wir, daß Sie sich gar nicht mehr mit dieser für uns so wichtigen Aufgabe beschäftigen."
„Da irren Sie sich. Ich habe mich bis heute sehr eifrig mit derselben beschäftigt und thue es auch jetzt noch."
„Ja, nachgedacht haben Sie vielleicht. Oder darf ich annehmen, daß Sie auf einen vorteilhafteren Plan gekommen sind, als der unsrige ist?"
„Ja, mein Plan ist besser als der Ihrige. Der Weg, den ich eingeschlagen habe, führt sicher und auch ohne alle Gefahr für Sie zum Ziele."
„Wirklich? Dann, Herr, teilen Sie uns denselben doch mit! Verharren Sie nicht länger in dem Schweigen, welches uns in Sorge versetzt hat!"
„Nun, mein Plan ist sehr einfach, und dennoch werden Sie ihn nicht verstehen, da er sich daraus gründet, daß – wir werden weiter über diese Angelegenheit sprechen. Jetzt bringt der Wirt den Thee."
Der Genannte brachte den duftenden Tscha in kleinen, zierlichen Tassen, von denen jeder nur eine leeren durfte, da es der Willkommenstrunk war. Dann bat er die Herren,

die für sie bestimmten Schlafstuben in Augenschein zu nehmen, damit er erfahren könne, ob es ihm gelingen werde, ihre Zufriedenheit zu erlangen.
Dabei verging die Zeit, welche sich der Hoei-hoei für die Vorbereitung des Mittagsmahls erbeten hatte. Er kam selbst, um seine Gäste abzuholen. Da er ihnen nicht zumuten wollte, den Weg nach seinem Häuschen, so kurz derselbe war, zu Fuße zurückzulegen, so hatte er alle im Dorfe vorhandenen Sänften in Beschlag genommen, um die Herren zu sich tragen zu lassen. Um Träger brauchte er nicht verlegen zu sein. Jeder Bewohner des Dorfes hielt es als eine Ehre für sich, den „hohen Gebietern" diesen Dienst zu erweisen.
Aber dazu kam es gar nicht, denn der Gottfried sagte, als er die Sänften erblickte: „Ich habe keine Lust, mir auf den Händen tragen zu lassen. Es jibt ja keine Reise um die Welt, sondern es jeht nur hübsch von Haus zu Haus. Ich sehe jar nicht ein, warum wir auf unsern jewöhnlichen Festeinzug verzichten sollen. Jehen wir also nicht mit die Beine andrer Leute, sondern mit unsren eigenen! Nicht?"
„Mir ist es sehr recht," antwortete der Blaurote.
„Soll ich die Pipe anzünden?"
„Ja."
„Schön! Dat wird mehr Eindruck machen als dat „Laufen in die Sänfte", wie wir es in Hongkong von einem jewissen Jemand jesehen haben."
„Schweigen Sie!" gebot ihm Turnerstick. „Konnte ich denn dafür, daß der Fußboden unter mir flöten ging?"
„Nein. Aber dafür konnten Sie, dat jerade Sie sich in die Weltjejend befanden, wo die Sänfte flötete. Ich habe allen Respekt vor solchen Kastens. Also jehen wir lieber, als dat wir in den Palankins jegangen werden!"
Das geschah. Der kleine Zug setzte sich vor dem Hause in der schon oft erwähnten Weise und Reihenfolge in Bewegung, was auf die draußen Versammelten einen außerordentlichen Eindruck machte. Sie hatten die Mäuler ebensoweit offen wie die Schlitzaugen und wagten kein lautes Wort zu sprechen. Schweigend und in ehrfurchtsvoller Weise folgten sie den Fremden, um, als dieselben in das Häuschen des Mohammedaners getreten waren, sich vor demselben aufzustellen.
Das kleine Gebäude enthielt ein sehr sauber sich präsentierendes Vordergemach und einen kleineren Hinterraum, welcher zugleich Frauenstube und Küche zu sein schien. Von den weiblichen Bewohnern zeigte sich keine. Dies ist überhaupt chinesische Sitte, an welcher hier um so mehr festgehalten wurde, als der Besitzer des Hauses zum Islam übergetreten war.
Trotz dieses letzteren Umstandes zeigte der Hoei-hoei von den Gebräuchen, welche den Mohammedanern für die Mahlzeiten vorgeschrieben sind, nicht die geringste Spur. Es geschah alles in chinesischer Weise. Er nahm nicht mit an dem Tische Platz, sondern blieb stehen, um seine Gäste zu bedienen.

Es gab das Mahl eines armen Mannes, welcher einmal, wenn er einen Reichen bei sich bewirtet, einen tieferen Griff in seinen Beutel machen muß. Eine große Auswahl hatte das kleine Dorf nicht bieten können, und da die Zeit zur Zubereitung warmer Gerichte zu kurz gewesen war, so waren nur kalte Speisen aufgetragen worden.
Eine lebhafte Unterhaltung würzte das frugale Mahl. Der Wirt sah, daß seine Gäste mit ihm zufrieden seien, und war darüber so entzückt, daß er sich entschloß, den Beutel vollends für sie zu leeren. Er sagte: „Gern hätte ich die hohen Herren besser bewirtet, aber es war mir nur eine sehr kurze Frist zur Vorbereitung gewährt. Doch wenn die hoch Willkommenen mein Haus heute abend abermals beehren wollen, so werden sie ein Mahl finden, welches ihrer würdiger ist."
„Ja. wir werden kommen." antwortete der Methusalem. „Aber ich stelle dabei eine Bedingung, welche Sie zu erfüllen haben."
„Welche ist es?"
„Daß Sie alles aufbieten, dieses Mahl zu einem wirklichen Fest- und Freudenmahle zu machen."
Da wurde dem guten Manne angst. Er blickte verlegen vor sich nieder und sagte dann: „Herr, Sie wissen, daß ich arm bin, und ich weiß nicht, welche Ansprüche in Ihrem Lande an ein solches Festmahl gemacht werden."
„Unsre Ansprüche werden befriedigt werden, trotzdem Sie arm sind. Wir werden mit dem Wirte des Einkehrhauses sprechen. Er soll alles, was wir essen und trinken werden, bei sich bereiten und zu Ihnen senden. Nur unter dieser Bedingung nehmen wir Ihre Einladung an."
Man sah dem Hoei-hoei an, daß ihm ein Stein vom Herzen fiel. Er stimmte schleunigst zu. Noch größer aber als diese gehabte Verlegenheit war diejenige, welche ihm nach dem Essen von dem Methusalem bereitet wurde, denn dieser sagte: „Wir sehen, daß wir Ihnen wirklich willkommen gewesen sind, und sagen Ihnen herzlichen Dank dafür. Bei solchen Gelegenheiten schreibt uns die Sitte unsrer Heimat eine Höflichkeit vor, welche wir auch hier befolgen möchten, wenn Sie uns das erlauben."
„Erlauben? O Herr, Sie haben doch nur zu befehlen, und ich werde gehorchen."
„Wirklich?"
„Ja, augenblicklich."
„Gut, ich verlasse mich auf Ihr Wort. Es ist nämlich bei uns Vorschrift, sich nach dem Mahle bei den Frauen und Töchtern des Hauses persönlich zu bedanken. Wollen Sie darum die drei Blumen Ihrer Familie ersuchen, uns durch ihr Erscheinen zu erfreuen, damit wir ihnen sagen können, welche Dankbarkeit und Ehrerbietung wir ihnen widmen!"
Der Schreck zuckte über das Gesicht des Wirtes.
„Herr, das nicht, nur das nicht!" bat er.
„Warum nicht?"
„Es ist gegen die hiesige Sitte."

„Doch nicht, denn der mächtige Tong-tschi von Kuang-tschéu-fu hat uns auch seine Gemahlin zugeführt."
„So ist es gegen die Satzung meines Glaubens."
„Sind Ihre Damen auch mit zum Islam übergetreten?"
„Nein."
„Nun, so ist auch dieser Grund nicht stichhaltig. Sie haben sich bis jetzt als wirklich gastfreundlich erwiesen. Wollen Sie diesen Ruhm vernichten und uns damit beleidigen, daß Sie uns diese Bitte abschlagen?"
Der Mann antwortete nicht sogleich. Er kämpfte mit sich selbst. Dann sagte er unter einem tiefen Atemzuge: „Nein, mein Gebieter, beleidigen will ich Sie nicht. Lieber entschließe ich mich, gegen die Vorschriften unsres Landes zu handeln. Ich werde also die Frauen herbeibringen."
Er entfernte sich in das hintere Gemach.
„Das hätten Sie nicht von ihm verlangen sollen," sagte Liang-ssi im Tone sanften, bescheidenen Vorwurfs. „Es ist ganz und gar gegen die hiesigen Gewohnheiten."
„Das weiß ich auch sehr gut," lächelte der Methusalem.
„Und dennoch thaten Sie es?"
„Ja. Ich habe triftige Gründe dazu, denen Sie später ganz sicher Ihre Zustimmung erteilen werden."
Diese kurze Wechselrede war in deutscher Sprache geführt und also von den andern verstanden worden.
„Was soll denn geschehen?" fragte Turnerstick. „Was hätten Sie nicht thun sollen?"
„Ich habe verlangt, die weiblichen Bewohner dieses Hauses zu sehen, damit wir uns bei ihnen bedanken können."
„Und ist das hier eine Sünde? Will er sie bringen?"
„Ja."
„Dat is sehr hübsch," meinte der Gottfried. „Wir werden uns gegen sie natürlich als jewandte Kavaliere benehmen. Nicht wahr, Mijnheer?"
„Ja. Ook ik word haar mijne komplimenten maken. Ik kan dat zeer fraai en bij uitstek maken – Ja. Auch ich werde sie bekomplimentieren. Ich kann das sehr schön und ausgezeichnet machen."
Es dauerte längere Zeit, bevor der Chinese wiederkehrte. Die Damen mußten ja ihre besten Gewänder anlegen. Endlich trat er mit ihnen ein und stellte sich an die Seite der Thür, um ihnen Platz zu geben.
Ihre Gesichter zeigten den chinesischen Schnitt und waren nach der Sitte der besseren Stände weiß und rot geschminkt. Die Augenbrauen hatten sie mit Hilfe des Pinsels und schwarzer Farbe so verlängert, daß sie über der Nasenwurzel zusammenliefen. Das Haar war durch Kämme und viele Nadeln hoch und fast in Form eines Schmetterlings gesteckt. Das Obergewand schloß eng am Halse an und fiel in weiten Falten bis auf den Boden herab. Die Hände waren tief in den Aermeln verborgen. Die Füße konnte man

nicht sehen, aber verkrüppelt waren sie nicht, wie man aus dem Gange der Damen und ihrer Haltung ersehen konnte, obgleich sie nur wenige Schritte gemacht hatten.
Sie verneigten sich tief vor den Gästen, ohne aber ein Wort dazu zu sagen. Trotz der Schminke erkannte man die jugendlichen Züge der Töchter. Das Gesicht der Mutter zeigte deutliche Spuren des Grams und der Sorgen.
Die Anwesenden waren alle aufgestanden. Noch bevor Degenfeld zu Worte kam, trat Turnerstick vor, verbeugte sich möglichst chevaleresk und sagte: „Myladies und Mademoiselles, wir fühleng uns außerordangtlich beglückt über ihr Erscheinung. Wir habeng gegessing und getrunkeng und sagung hiermit – – –“
„Ik ook, ik ook,“ unterbrach ihn der Mijnheer eifrig, indem auch er sich verneigte, soweit seine Körperform dies zuließ. „Ook ik heb gegeten en gedronken.“
„Schweigen Sie und stören Sie mich nicht in meinem besten Chinesisch!“ fuhr der Kapitän ihn mißmutig an.
Er wollte fortfahren, doch diesmal war der Methusalem schneller als er, indem er rasch das Wort ergriff, natürlich in chinesischer Sprache: „Ich weiß, daß ich außerordentlich gegen die Sitte Ihrer Heimat verstoßen habe, als ich Sie zu sehen verlangte. Aber ich wollte Ihnen unsern Dank bringen und unsre Entschuldigung für die Sorgen, welche wir Ihnen bereitet haben. Außerdem aber gibt es noch einen zweiten Grund, welcher mich veranlaßt, persönlich mit Ihnen zu sprechen. Ich habe nämlich einen Brief an Sie abzugeben.“
Diese letzten Worte richtete er direkt an die Mutter, welche verwundert zu ihm aufschaute.
„Sie haben ein Recht, zu zweifeln,“ fuhr er fort; „aber ich sage die Wahrheit. Ich habe wirklich einen Brief aus fernem Lande mitgebracht, welcher an Sie gerichtet ist.“
„Einen Brief? Von wem?“ fragte sie.
„Von demjenigen, welchen Sie wohl schon längst verloren glaubten.“
Ihre Augen waren einige Zeitlang starr auf ihn gerichtet, dann stützte sie sich mit beiden Händen auf ihre Töchter und hauchte, die Wahrheit ahnend: „Von meinem – meinem Gemahl und Herrn!“
„Ja,“ antwortete der Methusalem. „Sind Sie stark genug, den Inhalt dieses Briefes zu hören? Bitte, setzen Sie sich!“
Er stellte ihr seinen Stuhl hin, auf welchem Sie sofort Platz nahm. Diese Höflichkeit fand schnell zwei Nachahmer, welche zeigen wollten, daß auch sie gelernt hätten, zuvorkommend gegen Damen zu sein. Turnerstick schob seinen Stuhl der einen Tochter hin und sagte: „Bitte, Fräulein, sich auch zu setzing! Lassong Sie sich angenehme Ruhe wünscheng!“
Und der Mijnheer trug den seinigen der andern Tochter hin, indem er mit seinem süßesten Lächeln bat: „Mejuffrouw, ik bid, dat ook gij op eenen stoel zitten, op mijnen stoel. Ik geef u dezen stoel zeer gaerne. – Fräulein, ich bitte, daß auch Sie auf einem Stuhle sitzen, auf meinem Stuhle. Ich gebe Ihnen diesen Stuhl sehr gern.“

Die beiden Mädchen verstanden kein Wort von dem Gesagten, wußten aber natürlich, wie es gemeint war. Sie setzten sich zu beiden Seiten ihrer Mutter nieder, und die beiden galanten Salonherren traten höchst befriedigt zurück, wobei Turnerstick dem Dicken zuraunte: „Prächtiges Mädchen, wirklich! Hat mich Wort für Wort verstanden. Es scheint, daß man in diesem Hause ein ausgezeichnetes Chinesisch spricht."
Degenfeld hatte seine Brieftasche hervorgezogen und aus derselben ein Couvert genommen, welches den erwähnten, von Ye-kin-li geschriebenen Brief enthielt, für den Fall, daß seine Frau gefunden wurde. Auf seinem Gesichte war der Ausdruck freudigster Genugthuung zu lesen. Da in China selbst die Frauen höherer Stände nicht schreiben und lesen können, weil sie keinen Unterricht erhalten, gab er dem Hausherrn den Brief und sagte: „Bitte, lesen Sie ihn vor!"
Der Mann besah das Couvert, welches unbeschrieben war, und fragte erwartungsvoll: „Das soll ich öffnen?"
„Ja, bitte!"
„Und es ist wirklich ein Brief darin?"
„Gewiß!"
„An diese Frau?"
„Wie ich bereits sagte!"
„Sie müssen irren, Herr."
„Nein; ich bin meiner Sache vollständig sicher. Hier ist ein Messer. Schneiden Sie den Umschlag auf!"
Der Mann ergriff das Messer, fragte aber, ehe er der Aufforderung Folge leistete: „Und der Brief soll in Wahrheit von – von Ye-kin-li sein?"
„Ganz sicher. Ich war dabei, als er ihn in den Umschlag steckte, und habe vorher sogar den Brief lesen dürfen."
Nun schnitt der Wirt das Couvert auf. Während der dadurch entstehenden Pause flüsterte Jin-tsian seinem Bruder zu: „Von Ye-kin-li? Das ist doch unser Vater!"
„Wohl nur ein Mann, der denselben Namen trägt."
„Aber diese Frau kommt mir so bekannt vor! Ich muß sie schon gesehen haben!"
„Mir auch. Es ist mir ganz –"
Er wurde unterbrochen, denn der Hausherr hatte den Brief aufgeschlagen, welcher natürlich in chinesischer Schrift und Sprache verfaßt war, und einen Blick auf die ersten Zeilen geworfen. Er rief mit lauter Stimme: „O Allmacht der Vorsehung! O Güte des Himmels! O Allah, Allah! Es ist wirklich so; dieser hohe Herr hat die Wahrheit gesagt. Soll ich lesen?"
Er hatte diese Frage an die Frau gerichtet, welche sich in größter Aufregung befand. Sie zitterte am ganzen Körper; sie konnte kein lautes Ja hervorbringen; darum gab sie ihm nur durch ein Kopfnicken ihre Zustimmung zu erkennen. Er las: „An Hao-keu, vom Geschlechte der Pang, aus dem Stamme Seng-ho, dem verschwundenen Weibe meiner

Seele und der Mutter meiner verlorenen Söhne und Töchter – – – von Ye-kin-li, dem aus Tschin Entflohenen."

Das war die Ueberschrift des Briefes. Der Vorleser kam nicht weiter; vier Schreie erschollen – – von den beiden Söhnen und den zwei Töchtern. Die Mutter hätte wohl auch einen Ruf des Entzückens ausgestoßen, aber sie konnte nicht, denn sie war ohnmächtig geworden.

Der wackere Methusalem hatte nicht daran gedacht, daß man zarten Frauen solche Nachrichten nicht so unvorbereitet geben darf. Die beiden Töchter schlangen ihre Arme um die Mutter und weinten.

„Es kam zu rasch; es ist zu viel für sie. Kommt heraus mit ihr in euer Gemach," sagte der Hoei-Hoei.

Er hob die Ohnmächtige in seinen Armen auf und trug sie hinaus. Die Mädchen folgten ihm. Die Söhne aber stürzten auf den Methusalem zu, und Liang-ssi fragte ihn in stürmischer Weise: „Herr, der Brief ist von unserm Vater?"

„Ja," antwortete der Gefragte.

„Und dieses Weib heißt Hao-keu?"

„So ist ihr Name."

„Dann ist sie unsre Mutter?"

„Sie ist es. Und ihre Töchter sind Méi-pao und Sim-ming, Ihre Schwestern."

„O Himmel, o Allmacht! Unsre Mutter und unsre Schwestern! Komm, Bruder, komm hinaus zu ihnen!"

Sie eilten ihren Anverwandten nach. Die andern wußten nicht, was geschehen war. Degenfeld erklärte es ihnen mit kurzen Worten. Sein Bericht erfüllte sie mit großer Freude und tiefer Rührung, der sie in fröhlichen Worten Ausdruck gaben. Turnerstick meinte, indem er den Klemmer abnahm und sich die Augen wischte: „Welch ein Wiederfinden! Welch eine Scene! Aber von Ihnen, Methusalem, war es sehr unrecht und hinterlistig, uns zu verschweigen, was Sie wußten. Auch wir waren ganz unvorbereitet; wie leicht konnten wir da aus lauter Rührung auch in Ohnmacht fallen!"

„Wenn auch dat nicht," sagte der Gottfried, „denn ich bin kein Freund von Ohnmacht; überhaupt von allen Wörtern, welche in die erste Silbe mit „ohne" bejinnen, aberst dennoch bin ich ebenso unzufrieden mit Ihnen, oller Methusalem. Wenn Sie mir bei die Joldjeschichte zu Ihren Vertrauten machten, so konnten Sie mich auch in diese weitere Angelegenheit einen jeheimnisvollen, vielsagenden Wink jeben. Es ist janz unverantwortlich, einen erwachsenen Menschen so mich nichts, dich nichts aus die eine Empfindung in die andre zu stürzen! Wie leicht kann da ein weiches Jemüt zu Schaden kommen. Man hat doch auch ein Herz! Nicht wahr, Mijnheer?"

„Ja," antwortete der Dicke, welcher seine schottische Mütze in der Hand hielt und sich mit derselben die Zähren der Teilnahme aus den kleinen Aeuglein wischte. „Ik heb ook een hart, een mijn hart is goed, zeer goed. Ik moet snuivm en snuiten, dat deze menschen zich gekregen hebben. Ik ben daardoor zoo zwak geworden, dat ik zitten moet – ja, ich

habe auch ein Herz, und mein Herz ist gut, sehr gut. Ich muß schnauben und schneuzen, daß diese Menschen sich bekommen haben. Ich bin dadurch so schwach geworden, daß ich sitzen muß."
Er wollte sich niederlassen, aber der Methusalem sagte: „Nicht wieder niedersetzen, Mijnheer! Unsre Gegenwart würde jetzt hier nur belästigen. Ueberlassen wir diese guten Leute vielmehr sich selbst, indem wir uns leise entfernen. Solche Scenen dürfen keine fremden Zeugen haben."
„Schön, jehen wir!" stimmte der Gottfried bei. „Dat wird ihnen einen Beweis liefern, dat wir von diejeniger zartsinnige Noblesse sind, welche bei dergleichen Wiedersehen und sonstige Bejegnungen dat Zeichen einer juten Erziehung ist. Aberst die Pipe muß anjesteckt werden. Sie soll dat Freudenfeuer bedeuten, dat wir dem neubejründeten Glücke unsrer Nebenmenschen bringen."
Er that es nicht anders, der Methusalem mußte das Mundstück nehmen. Dann, als der Tabak glimmte, verließen sie das Haus, um sich nach dem Einkehrhause zurückzubegeben.
Noch immer standen viele Leute draußen, welche ihnen ehrerbietig Platz machten und sie so lange begleiteten, bis die Thür sich hinter ihnen geschlossen hatte.

Siebenzehntes Kapitel

Unter dem Schutze des Bettlerkönigs.

Nun ließ der Methusalem den Wirt kommen, um bei demselben die für das Abendessen nötigen Bestellungen zu machen. Eben als sie beisammen standen und sich berieten, erschollen draußen laute Rufe, und die Menschen, welche vor dem Hause gestanden hatten, eilten davon, die Straße entlang.
„Was ist das? Was ruft man?" fragte Degenfeld den Wirt.
„Ich kann die Worte nicht genau verstehen. Es scheint jemand zu kommen, den die Leute kennen," lautete die Antwort.
„So muß dieser Jemand eine hier beliebte oder gar hervorragende Persönlichkeit sein!"
„Jedenfalls. Ich werde nachschauen."
Er ging hinaus vor die Thür, kehrte aber sofort zurück und rief in freudigem Tone: „Wissen Sie, wer da kommt, hoher Herr?"
„Natürlich nicht. Wer ist es?"
„Der T'eu, der T'eu, kein andrer als der T'eu!"
„Ah! Der Bettlerkönig?"
„Ja, der Bettlerkönig. Da es schon spät am Tage ist, so wird er nicht weiter ziehen, sondern hier bei mir bleiben, was er stets thut, wenn er nach Ho-tsing-ting geht, um Herrn Sei-tei-nei zu besuchen."
„Diesen besucht er?"

„Ja. und oft."
„Was thut er dort?"
„Er kommt aus Liebe und Zuneigung, denn der Bettlerkönig und Herr Sei-tei-nei sind sehr gute Freunde. Aber ich muß hinaus, um ihn zu bewillkommnen!"
Er eilte fort.
Liang-ssi hatte nichts davon erwähnt, daß der Bettlerkönig das Etablissement des Onkels Daniel so oft besuche. Vielleicht war diese Unterlassung ganz ohne Absicht geschehen und nur eine Folge des reinen Zufalls.
Der Methusalem sagte seinen Gefährten, wen man da draußen erwarte, und sie traten mit ihm an das geöffnete Fenster, um diesen ebenso berühmten, wie einflußreichen Mann kommen zu sehen.
Die Stimmen der Nahenden wurden lauter und lauter. Man hörte Pferdegetrappel, und dann erschienen, vom Volke umgeben, zehn sehr gut bewaffnete Reiter, welche nichts weniger als den Eindruck von Bettlern machten. Ihre Pferde waren von einer besseren Rasse als diejenigen, welche der Methusalem während seines Aufenthaltes hier im Lande gesehen hatte, und ihrer Kleidung nach mußte man sie für sehr wohlhabende Leute halten.
Das Gewand des Vornehmsten unter ihnen war ausschließlich aus Seide gefertigt. Er trug einen kostbaren Degen, und das Zaumzeug seines Rosses war mit starkem Silber beschlagen. Er war vielleicht sechzig Jahre alt und hatte ein sehr würdevolles Aussehen, wozu der lange Schnurrbart, welcher ihm rechts und links in starken Flechten bis über die Brust herabreichte, viel beitrug. Er hatte keinen Knopf auf der Mütze, ein sicheres Zeichen, daß er kein Mandarin sei; doch war seine Erscheinung gewiß ebenso ehrfurchtgebietend wie diejenige eines hohen Beamten des Reiches.
Er schwang sich mit jugendlicher Leichtigkeit aus dem Sattel und schritt der Thür des Hauses zu, an welcher ihn der Wirt mit tiefen Verbeugungen empfing. Der T'eu behandelte ihn nicht wie einen tieferstehenden Mann, sondern in sehr leutseliger Weise, indem er, wie es zwischen Gleichberechtigten geschieht, seine Hände ineinander und dann, nachdem er sich verbeugt hatte, auf die beiden Achseln des Wirtes legte.
Welche Worte dabei gesprochen wurden, das konnte der Student nicht hören. Er war vom Fenster zurückgetreten und hatte mit seinen Gefährten auf einer der für die Gäste bestimmten Bänke Platz genommen. Bald darauf trat der Bettlerkönig mit seinen Begleitern ein.
Der Wirt hatte ihm jedenfalls schon draußen gesagt, daß vornehme und ausländische Gäste anwesend seien. Das war aus dem Blicke zu ersehen, mit dem er die Anwesenden musterte, und aus der tiefen Verneigung, mit welcher er sie begrüßte. Sie erhoben sich und verneigten sich ebenso.
„Ich komme, um diese Nacht bei Ihnen zu bleiben," sagte er zum Wirt. „Sind die Stuben frei, welche wir gewöhnlich bewohnen?"

„Leider nicht," antwortete der Gefragte verlegen. „Ich habe sie diesen huldvollen Herren gegeben, da mir Ihre Ankunft nicht bekannt war, hoher Beschützer."
„So werden wir in andern Räumen schlafen?"
Da bemerkte der Methusalem in zuvorkommender Weise: „Das werden wir nicht zugeben. Der mächtige König der Armen und Notleidenden soll nicht unsertwegen auf die gewohnte Bequemlichkeit verzichten. Wir treten ihm sehr gern die Räume ab, welche er zu bewohnen pflegt."
„Wissen Sie denn, wer ich bin?" fragte der König.
„Ich vernahm es soeben und habe auch schon längst gehört, welche Ehrerbietung man Ihnen zu zollen hat."
„Nun, dann werden Sie wohl auch gehört haben, daß der T'eu niemals die Gesetze der Höflichkeit verletzt. Sie kommen aus einem fernen Lande und dürfen erwarten, daß Sie überall auf das gastlichste aufgenommen werden. Es wäre ein Vergehen gegen die gute Sitte, wenn ich Ihr großmütiges Anerbieten mißbrauchte. Darum ersuche ich Sie, die Zimmer, welche für Sie bestimmt sind, zu behalten."
„Aber gebietet nicht eben diese gute Sitte, daß jeder Jüngere vor dem Aelteren zurücktritt?"
„Ja, aber auch der Tiefere vor dem Höheren. Und der letztere sind doch Sie von uns beiden."
„O nein, Sie sind König."
„König der Armen und Elenden, was soviel wie nichts ist. Darf ich vielleicht Ihren glanzvollen Namen erfahren?"
„Unsere Namen sind auf diesem Kuan des Kaisers verzeichnet."
Er gab ihm den Paß, welchen er von dem Tong-tschi erhalten hatte. Der T'eu entfaltete denselben und verbeugte sich, als er das Siegel und die Unterschrift gesehen hatte, dreimal bis fast zum Boden herab. Dann las er die Namen. Als er damit zu Ende war, verbeugte er sich abermals, legte den Paß zusammen, gab ihn zurück und sagte: „Das ist die höchste Empfehlung, welche einem Menschen bei uns werden kann. Dennoch wage ich es, Ihnen auch meine geringen Dienste anzubieten."
„Diese Huld ist mir hochwillkommen, da ich weiß, daß die Freundlichkeit des mächtigen T'eu oft mehr vermag als so ein Kuan."
„Es ist wahr; es ist mir zuweilen möglich, jemand nützlich zu sein. Ihre glanzvollen Namen haben einen sehr fremden Klang. Nur ein einziger ist dabei, welcher unserer Sprache angehört, Liang-ssi. Welcher der hohen Herren trägt denselben?"
„Der Betreffende ist augenblicklich nicht hier, wird aber auch noch die Ehre haben, Ihnen seinen ehrfurchtsvollen Gruß zu sagen. Vielleicht kennen Sie ihn. Er steht im Dienste des Herrn Sei-tei-nei in Ho-tsing-ting."
„Den kenne ich allerdings. Es ist ein sehr tüchtiger junger Mann, welcher sich viel auf Reisen befindet, die er im Interesse des Geschäfts seines Herrn unternimmt. Darum habe ich ihn nur ein einziges Mal bei demselben gesehen. Ich bin oft in Ho-tsing-ting, und der

Besitzer der Feuerbrunnen ist mir ein lieber Freund. Er hat sich sehr um meine Untergebenen verdient gemacht, da er nur solche Arbeiter anstellt, welche sonst kein Unterkommen haben und ihm von mir empfohlen werden. Er steht infolgedessen unter meinem ganz besondern Schutze, und ich werde niemals dulden, daß der Besitzer des Oelwerkes aus dem Grunde, daß er ein Ausländer ist, geschädigt wird. Sie sind also mit Liang-ssi gereist, willkommener Herr?"
„Ja. Wir kommen von Kuang-tscheu-su und wollen morgen früh zu Sei-tei-nei."
„Zu meinem Freunde? Verfolgen Sie bei diesem Besuche eine gewisse Absicht?"
„Ja. Ich will ihm den Sohn seines Bruders zuführen, den er eingeladen hat."
„Wirklich? Ich weiß, daß er nach demselben geschrieben hat. Ist es dieser junge Herr, welcher neben Ihnen sitzt? Ich habe in dem Passe zu meiner Verwunderung den Namen Li-cha-la-da Sei-tei-nei gelesen."
Der T'eu konnte das „r" nicht aussprechen; er verwandelte es in ein „l". Li-cha-la-da oder eigentlich Ri-cha-ra-da ist die chinesische Aussprechung des Namens Richard.
Als der Methusalem die Frage bejahte, begrüßte der Bettlerkönig den Gymnasiasten noch einmal besonders und versicherte ihn seines Schutzes, welcher ihm vielleicht von Vorteil sein könne.
„Daß dieser Schutz ein starker ist, haben wir bereits an uns erfahren," sagte Degenfeld. „Wir befanden uns in großer Gefahr; unsere Feinde verwandelten sich aber sofort in Freunde, als wir ihnen bewiesen, daß Sie Ihre mächtigen Hände über uns halten."
Der T'eu machte eine Bewegung des Erstaunens und fragte: „Wer waren diese Leute?"
„Die Kuei-tse. Sie begegneten uns unterwegs."
„Das sind allerdings Leute, denen ein Bekenner des Buddha und überhaupt jeder Andersgläubige am besten aus dem Wege geht. Aber wie konnten Sie sich auf mich berufen? Wie konnten Sie, von denen ich nichts gewußt habe, ihnen beweisen, daß ich Ihr Beschützer bin? Mir selbst ist das ja unbekannt?"
„Ich zeigte ihnen diesen zweiten Kuan, welchen ich besitze."
Er gab ihm den Schutzbrief in die Hand, und es war im höchsten Grade interessant, das Gesicht zu sehen, welches der T'eu machte, als er denselben erblickte.
„Wie? Mein eigener Kuan!" rief er aus. „Und zwar ein Kuan erster Klasse, von denen ich nur sehr wenige ausgegeben habe! Ich ersehe aus dem nur mir kenntlichen Zeichen, daß es der Kuan meines Schwiegersohns in Kuang-tschéu-su ist!"
„Sie meinen Hu-tsin, den Juwelier. Es gelang uns, ihm einen kleinen Dienst zu erweisen, und da er hörte, daß wir in das Innere des Landes gehen wollten, wo Beschwerden oder gar Gefahren unser warten konnten, so rüstete er uns mit diesem Kuan aus, von dessen Wert wir einen so überzeugenden Beweis erhalten haben."
„Sie haben meinem Hu-tsin einen Dienst geleistet? Das kann kein gewöhnlicher gewesen sein, denn einer alltäglichen Gefälligkeit wegen würde er sich nicht von diesem Passe getrennt haben. Darf ich erfahren, was geschehen ist, und wie Sie mit ihm bekannt

geworden sind? Soeben bringt man den Thee. Ich lade Sie demütig ein, denselben mit uns zu trinken. Dabei können wir von meinem Schwiegersohne sprechen."

„Ich werde Ihnen gern von ihm erzählen, doch handelt es sich um ein Ereignis, welches wir in der Art zu einem glücklichen Ende führten, daß man nur im Vertrauen von demselben sprechen kann."

„Das können Sie. Diese Männer sind meine Offiziere, meine Freunde, vor denen ich kein Geheimnis habe; sie können alles hören, was Sie zu sagen haben."

Der Wirt hatte den schnell bereiteten Thee gebracht. Er hatte auch für jeden der fremden Gäste eine Tasse. Das entsprach der chinesischen Sitte. Es wurden noch Pfeifen bei ihm bestellt; Tabak hatten die Begleiter des T'eu bei sich. Als die kleinen Täßchen geleert, und die Pfeifen in Brand gesteckt worden waren, begann der Methusalem zu erzählen.

Er hielt es für geraten, nicht bloß von der auf den Juwelier bezüglichen Episode zu sprechen, sondern er begann mit dem Auftrage, den er von Ye-kin-li erhalten hatte, und gab einen, wenn auch nur kurzen Bericht alles dessen, was sie bis hierher erlebt hatten.

Die Chinesen waren sehr aufmerksame Zuhörer. Als er geendet hatte, erhob sich der T'eu, machte den Reisenden eine tiefe, ehrfurchtsvolle Verbeugung, welchem Beispiele seine „Offiziere" sogleich folgten, und sagte im Tone der größten Hochachtung: „Was wir jetzt vernommen haben, ist ein sicheres Zeugnis, daß in dem Vaterlande der aufrichtig bewunderten Herren Leute wohnen, welche außerordentlich kenntnisreich, kühn und umsichtig sind. Was Sie gethan haben, ist nicht nur des Lobes, sondern auch der Bewunderung wert, und der Scharfsinn, mit welchem Sie meinen Schwiegersohn gerettet haben, verpflichtet uns zur größten Dankbarkeit. Wir werden uns alle Mühe geben, unsre Erkenntlichkeit zu beweisen, und bitten um die huldreiche Genehmigung, den morgenden Ritt nach Ho-tsching-ting in Ihrer erlauchten Gesellschaft machen zu dürfen. Das Wiederfinden der Familienglieder Ihres achtungswürdigen Ye-kin-li hat uns mit großer Teilnahme erfüllt, welcher ich dadurch Ausdruck gebe, daß ich Sie ersuche, das Abendmahl nicht auf Ihre Kosten bereiten zu lassen, sondern bei demselben meine Gäste zu sein. Ich werde sogleich die dazu nötigen Vorbereitungen treffen."

Der Methusalem erhob Einspruch dagegen, doch vergebens. Der Bettlerkönig begab sich selbst nach der Küche, um dort seine Befehle zu erteilen.

Während dieser Pause erkundigten sich die Gefährten nach dem Inhalte des Gespräches, und Degenfeld teilte ihnen denselben mit. Sie waren natürlich sehr erfreut darüber, sich die Freundschaft dieses Mannes erworben zu haben, und der Dicke sprach die ganz unerwartete Frage aus: „Mijnheer Methusalem, zal deeze guede koning ook mij in zijne armen nemen – Herr Methusalem, wird dieser gute König auch mich in seine Arme nehmen?"

„Sie meinen, ob er auch Sie beschützen werde? Natürlich?"

„Dat is zeer goed, want hij zal mij helpen – das ist sehr gut, denn er soll mir helfen."

„Wobei?"

„In gevalle dat ik het steenolie koop – im Falle, daß ich das Steinöl kaufe."

„Sind Sie denn das gewillt?“ fragte der Methusalem überrascht.
„Ik zal al Ho-tsing-ting koopen. De lucht is hier zonder voorbeeld goed. De lucht makt mij dick. Ik ben zoo dor, zoo in het geheel dor, en ik kan hier weder toe mijnen vleesch komen – ich werde ganz Ho-tsing-ting kaufen. Die Luft ist hier unvergleichlich gut. Die Luft macht mich dick. Ich bin so dürr, so ganz und gar dürr, und ich kann hier wieder zu meinem Fleische kommen.“
„Aber der Preis würde, wenn Onkel Daniel überhaupt verkaufen sollte, sehr hoch sein!“
„Dat zeg ik mij ook, maar ik heb Geld – das sage ich mir auch, aber ich habe Geld!“
„Ich glaube, daß Sie reich sind, doch sind die Zahlungsverhältnisse hier sehr unbequem.“
„Denkt gij, dat ik gouden zilverstukken in mijnen broekzak heb? Zoo dom ben ik niet. Ik heb wissels, zeer goede wissels – denken Sie, daß ich Gold- und Silberstücke in meiner Hosentasche habe? So dumm bin ich nicht. Ich habe Wechsel, sehr gute Wechsel!“
„Auch das glaube ich Ihnen gern. Tragen Sie Ihren Wunsch dem Onkel vor, wenn wir zu ihm kommen!“
Jetzt trat der T'eu wieder herein und machte dem kurzen Zwischengespräch ein Ende. Nach einiger Zeit kamen die beiden Brüder mit dem Hoei-hoei. Sie flössen von Dankesworten über, und es gelang dem Methusalem nicht, dieselben durch die Bemerkung abzuweisen, daß er eigentlich zu ihrem gegenwärtigen Glücke gar nichts beigetragen habe. In der Seligkeit, die Ihrigen gefunden zu haben, dachten sie an nichts anderes, auch nicht an das einstige Vermögen ihres Vaters. Sie hielten es für verloren.
Der T'eu äußerte den Wunsch, daß ihre Mütter und ihre Schwestern auch mit an dem Mahle, welches ein Festessen genannt werden müsse, teilnehmen möchten. Das war eine große Ehrenerweisung, da der Chinese es durchschnittlich verschmäht, mit einer weiblichen Personen zu speisen. Zugleich war er sich bewußt, etwas Seltsames und sehr Schwieriges zu verlangen, da es in China als höchst unpassend für eine gebildete Frau oder ein wohlgesittetes Mädchen angesehen wird, sich Fremden zu zeigen oder gar an einem Tische mit ihnen zu essen. Darum wußten die Brüder nicht, was sie antworten sollten. Die Zurückweisung der Einladung wäre eine Unhöflichkeit gegen den Bettlerkönig gewesen, und die Annahme derselben hätte für die Damen eine Anforderung enthalten, der sie nur mit großer Ueberwindung gerecht werden konnten.
Der Methusalem nahm sich des T'eu an, indem er Liang-ssi fragte: „Ihre Damen werden doch mit uns nach Deutschland gehen?“
„Ja.“
„Und nicht nach China zurückkehren?“
„Nie.“
„So können sie sich ganz gut schon jetzt als Deutsche betrachten. In meiner Heimat ist es eine Ehre für die Gäste, Damen bei sich sehen zu dürfen. Die Damen sind die Blumen im Kranze der Gesellschaft; sie verschönern den Kreis, und ihre Anwesenheit macht, daß die Worte sanfter und lieblicher fließen. Wenn Sie glauben, uns eine kleine Dankbarkeit schuldig zu sein, so bewegen Sie Ihre Mutter und Ihre Schwestern, mitzukommen. Wir

werden ja ganz unter uns sein und dem Wirte befehlen, Fremde von diesem Zimmer fern zu halten."
Da die Einladung auf diese Weise unterstützt wurde, so erklärten die Brüder, daß sie ihre Damen mitbringen würden.
Es war noch nicht Abend, und der Wirt bedurfte einer längeren Frist, das Essen zuzubereiten. Diese Zeit konnte recht wohl durch Unterhaltung ausgefüllt werden. Es gab ja so viel zu fragen, zu erzählen und zu erklären. Das war aber langweilig für diejenigen, welche nicht chinesisch verstanden. Darum suchten sie sich in anderer Weise zu beschäftigen.
Der Dicke war an das Fenster getreten, von welchem aus man eine Aussicht auf die seeartige Erweiterung des Flusses hatte. Er beobachtete das Treiben auf dem Wasser. Die Eigenartigkeit des Fischfangs erregte seine besondere Aufmerksamkeit. Eben als wieder einmal einer der Wasserraben untergetaucht war und ein Beutestück im Schnabel emporbrachte, rief er aus, indem er in die fetten Hände klatschte: „Heiza! Daar heeft weder zoo eene gans eenen haring gevangen – juchhe, da hat wieder eine Gans einen Hering gefangen!"
„Einen Hering?" lachte der Gottfried. „Woher sehen Sie denn, dat es ein Hering ist?"
„De haring is doch eett visch!"
„Ja, ein Fisch ist er freilich; aber nicht alle Fische sind auch Heringe. Ich habe bisher jeglaubt, dat man Heringe nur auf dem Meere fängt. Hier jiebt es andre Fische."
„Wat vor welke? Palingen, zardijnen, snoeken, zeelten of karpen – was für welche? Aale, Sardellen, Hechte, Schleien oder Karpfen?"
„Ik habe jehört, dat es bei den Chinesigen fette Karpfen und auszeichnete Forellen jiebt," antwortete der Wichsier, um dem Mijnheer Appetit zu machen.
„Wat? Karpen en forelen?" rief der Dicke. „Daarvan moet ik eten! Ik ga buiten aan t' water en koop mij vischen. Ik et de vischen zoo gaarn, zoowel de hommers als ook de kuiters – was? Karpfen und Forellen? Davon muß ich essen. Ich gehe hinaus an das Wasser und kaufe mir Fische. Ich esse die Fische so gern, die Milchner sowohl als auch die Rogner."
„Dann würde ich sie mir doch lieber selbst fangen!"
„Vangen? Ik mij zelf? Kan ik dat – fangen? Ich mir selbst? Kann ich das?"
„Warum nicht? Haben Sie denn noch nie gefischt?"
„Neen."
„Das ist ja sonderbar, da Sie die Fische so sehr jern essen; aber es schadet nichts. Wir jehen hinaus und mieten uns einen Kahn und die zu demselben jehörigen Vögel für eine Stunde."
„Ja, wij zullen gaan. Is het vleesch van de vischen goed? Maakt het spek in den lichaam – ja wir wollen gehen. Ist das Fleisch von den Fischen gut? Macht es Speck in den Körper?"
„Ja, sehr. Ich habe mich sagen lassen, dat besonders derjenige, welcher einen Walfisch verzehrt, mariniert oder unmariniert, sehr fett werden soll. Also kommen Sie! Der

Methusalem ist von die Chinesen zu sehr in Anspruch jenommen. Ihn wollen wir nicht stören."

„Maar ik kan niet mit de vischers spreken – aber ich kann nicht mit den Fischern sprechen."

„Das ist auch gar nicht notwendig," fiel Turnerstick ein, welcher zu den beiden getreten war. „Ich gehe mit und werde den Dolmetscher machen. Da es scheint, daß man hier ein ausgezeichnetes Chinesisch spricht, so werden Sie sehen, wie prachtvoll ich mit diesen Leuten auskomme."

Er griff nach seinem Fächer, der Mijnheer nach seinem Schirm, seinen Gewehren und sogar nach dem Ranzen. Der Gottfried bemerkte dem letzteren, daß diese Dinge nicht notwendig und im Gegenteil nur hinderlich seien, doch wurden seine Worte nicht beachtet. Der Dicke war von seinen Sachen eben nicht zu trennen.

Die Menschenmenge hatte sich ziemlich verlaufen, so daß die drei unbelästigt das Ufer erreichten. Dort winkten sie einen der Kähne herbei.

„Master," rief Turnerstick dem in demselben sitzenden Manne zu, „wir wolleng fischang und den Kahn für eine Stunde mietung. Was wird das kosting?"

Als der Fischer den Kopf schüttelte, fuhr er fort: „Fischang, fischeng, fisching, fischang, fischung wolleng wir! Verstanding?"

Er erhielt als Antwort dasselbe erstaunte Kopfschütteln und meinte zornig: „In China scheinen nur Taubstumme in die Fischergilde aufgenommen zu werden. Dieser Mensch schaut mich an wie die Kuh das neue Thor. Was ist zu thun?"

„Wollen mal versuchen, wat ich jelernt habe," schmunzelte der Gottfried.

„Sie? O weh! Da kommen wir auch nicht weiter!"

„Nun einige Worte und Redensarten habe ich mich doch jemerkt. Wat Fisch und Kahn und Stunde heißt, dat weiß ich. Das Wörtchen „mieten" kenne ich auch. Also versuchen wir es!"

Es gelang ihm wirklich sich verständlich zu machen, und als er dem Manne so viel Geld, als er für erforderlich hielt, in die Hand drückte, lachte derselbe am ganzen Gesichte und lud die glänzenden Herren durch drei tiefe Verneigungen ein, in das Fahrzeug zu steigen. Gottfried hatte zehnmal mehr bezahlt, als hier gebräuchlich war.

Der Kahn hatte für wenigstens acht Personen Platz. Ueber seine Borde waren Stangen gelegt, auf denen die Wasserraben saßen, welche vor den Fremden nicht im mindesten scheuten. Der Chinese ruderte seine Gäste ziemlich weit hinaus und hielt dann an, um das Fischen zu beginnen. Auf dem Boden des Kahnes standen einige Gefäße, welche die gefangenen Fische enthielten. Ein leeres wurde mit Wasser gefüllt, um die nunmehrige Beute aufzunehmen, welche den Fremden gehörte, da dieselben bezahlt hatten. Auf einen Zuruf ihres Herrn erhoben sich die Raben in die Luft und schossen dann in und unter das Wasser.

Das Wort Rabe ist eigentlich ein falscher Ausdruck für diese zum Fischen gleich vom Ei auf abgerichteten Tschu-tsches. Der richtige Name ist Cormoran oder Scharbe

(Phalacrocorax sinensis). Sie tauchen ausgezeichnet und schießen sogar große Strecken unter dem Wasser fort, um ihre Beute zu ergreifen.
Sie werden nicht nur zum Einzelfischen, sondern auch zur gesellschaftlichen Jagd abgerichtet. Bei dieser letzteren fliegen sie in der Luft auseinander, bis sie einen Kreis bilden; dann stürzt sich jeder Vogel senkrecht in das Wasser und treibt die Beute nach der Mitte des Kreises hin, wo sie mit dem Schnabel ergriffen und in das Boot gebracht wird.
So ein Tschu-tsche kann einen ziemlich großen Fisch festhalten. Ist er ihm jedoch zu schwer, so stößt er ein kurzes Krächzen aus, auf welches ein zweiter, ja ein dritter Vogel herbei eilt, um ihm Hilfe zu leisten.
Damit sie die Beute nicht selbst verzehren, wird ihnen ein eiserner Ring oder ein enger Lederkragen um den Hals gelegt. Ist dann der Fang zu Ende, so nimmt der Fischer seinen Cormoranen diese Ringe ab und erteilt ihnen dadurch die Erlaubnis, nun für sich selbst zu sorgen.
Es währte kaum eine Viertelstunde, so war das Gefäß so gefüllt, daß kein Fisch mehr in dasselbe ging. Es waren einige Aale dabei; die anderen Fische gehörten zu den Karpfenarten; auch sie hatten eine bedeutende Größe.
„Dat ist ein hübscher Fang," meinte der Gottfried. „Wir werden ihn dem Wirte bringen, welcher diese Fische mit für dat Abendessen verwenden kann."
„Ja, deze vischvang is zeer goed," stimmte der Mijnheer bei. „Varen wij aan het land. Ik zelf zal geze vische braden. De vischen moeten in boeter en uijen gebraden worden. Ik zelf moet dat maken – ja, dieser Fischfang ist sehr gut. Fahren wir an das Land. Ich selbst werde diese Fische braten. Die Fische müssen in Butter und Zwiebeln gebraten werden. Ich selbst muß das machen."
Der Gottfried bedeutete dem Fischer, an das Ufer zu rudern. Noch hatten sie dasselbe nicht erreicht, so stand der Kapitän von seinem Sitze auf. Für ihn als Seemann war das nichts Besonderes, vielmehr etwas Selbstverständliches. Auch der Gottfried erhob sich. Er verstand sich darauf, ein Boot zu regieren, und lief also keine Gefahr. Der Mijnheer folgte dem Beispiele der beiden. Die Augen sehnsüchtig auf das Gefäß gerichtet, welches die Fische enthielt, achtete er nicht darauf, daß das Boot im nächsten Augenblicke an das Land stoßen mußte. Er stand vorn am Bug, wo das Fahrzeug am schmalsten war. Jetzt erreichte das Boot das Ufer. Ein Stoß, ein Ruck – der Dicke verlor die Balance. Die Arme weit ausstreckend und einen lauten Schrei ausstoßend, flog er über Bord und in das hier mehr als mannstiefe Wasser.
Der Schiffer warf dem Gottfried sofort den Strick zu, mit welchem der Kahn zu befestigen war, und sprang dem Mijnheer nach. Dieser war für wenige Augenblicke verschwunden; dann aber tauchte der Chinese mit ihm auf und ruderte an das Land, wo er ihn in das Gras legte. Die auf dem Wasser schwimmende schottische Mütze hatte Turnerstick aufgefischt, während Gottfried den Kahn festband.

Der Dicke hatte weder seinen Schirm, seine Flinten, noch den daran hängenden Tornister verloren. Wäre derselbe im Wasser geblieben, so hätte das für den Mijnheer für den Augenblick einen großen Verlust ergeben, da er ... seine „Wissels“ im Futter desselben verborgen hielt. Dies war der Grund, daß er sich nicht von dem Ranzen zu trennen vermochte.

Jetzt lag er lang ausgestreckt da, mit geschlossenen Augen und triefend vor Wasser. Er hatte keineswegs die Besinnung verloren, denn er hustete und pustete in einem fort, ohne aber ein Glied dabei zu rühren, und füllte jede Pause, welche ihm die Anstrengung seiner Lunge gewährte, indem er rief: „Ik been dood; ik ben gestorven; ik ben erdronken en ersoopen – ich bin tot; ich bin gestorben; ich bin ertrunken und ersoffen!“

Alle in der Nähe weilenden Menschen waren herbeigeeilt, und aller Hände streckten sich aus, um den Verunglückten nach dem Einkehrhause zu bringen. Als man ihn dort in die Stube getragen brachte, erschrak der Methusalem nicht wenig und die andern ebenso. Er wurde auf eine Bank gelegt, und Turnerstick erzählte, was und wie es geschehen war. Die kräftigen Interjektionen des Verunglückten ließen keinen Zweifel darüber übrig, daß das ganze Malheur nur in einem kalten Bade bestehe. Das beruhigte den Methusalem vollständig, und er bat den Mijnheer sich von der Bank zu erheben.

„Ik kan niet; ik ben erdronken!“ antwortete dieser und dabei blieb er.

Da trat der Besitzer des Kahnes herein, um die Fische zu bringen. Seiner Kleidung hatte das Wasser nichts geschadet, da dieselbe nur in einem aus Gras geflochtenen Lendenschurze bestand.

„Da kommen die Fische!“ sagte der Gottfried. „Wir können den Tod unsres juten Freundes doch unmöglich durch ein Festessen feiern. Also brauchen wir die Karpfen und Aale nicht. Der Mann mag sie wieder in den Fluß werfen und ihnen die Freiheit jeben!“

Im Nu sprang der Dicke auf und schrie: „De vischen weder in het water werpen? Ik dank zeer daarvoor! Deze vischen moeten in de keuken en in de vleeschschotel; maar gij willen wij in het dolhuis scheppen, want gij hebt het verstand en het vernuft verloren – die Fische wieder in das Wasser werfen? Ich danke sehr dafür! Diese Fische müssen in die Küche und in die Bratenschüssel, aber Sie wollen wir in das Tollhaus schicken, weil Sie den Verstand und die Vernunft verloren haben!“

„Ich denke, Sie sind tot!“ lachte der also Angedonnerte.

„Dood? Ik ben niet dood. Ik moet mijne vischen braden, in boter en in uijen – tot? Ich bin nicht tot. Ich muß meine Fische braten, in Butter und in Zwiebeln!“

„So hängen Sie sich bei diese Jelejenheit gleich mit über dem Feuer auf, dat Sie trocken werden! Sie sind ja zur reinen Dachtraufe jeworden!“ sagte der Wichsier.

Erst jetzt blickte der Dicke an sich herab und auf die Pfütze, welche sich unter seinen Füßen gebildet hatte.

„Rechtwaardige hemel, wat is dat!“ rief er aus. „Ik ben een ongelukkige Nijlpaard. o, mijne kleeren een mijn linnen goed! Mijn rok en mijn broek, mijn vest en mijne fraaie das – gerechter Himmel, was ist das! Ich bin ein unglückliches Nilpferd. O, meine Kleider und meine Wäsche! Mein Rock und meine Hosen, meine Weste und meine schöne Halsbinde!“

„Ja, Sie sehen schön aus! Dat klebt alles nur so an Ihrem dürren Jeknöchel herum. Der leibhaftige Tod kann nicht so zusammjefallen sein!“

„Zoo dun en dor ben ik?“ schrie der Geängstigte auf. „O mijne ledematen, mijn ruggegraat en mijne ribben! Mijnheer Methusalem, wat zegt het woordenboek van het erdrinken en ersoppen – so dünn und dürr bin ich? O meine Gliedmaßen, mein Rückgrat und meine Rippen! Herr Methusalem, was sagt das Wörterbuch vom Ertrinken und Ersaufen?“

„Daß man sofort die Kleider wechseln und einige Tassen heißen Thees trinken soll, wenn man nicht eine Entzündung der Eingeweide riskieren oder gar sterben will,“ antwortete der Gefragte sehr ernst.

„Ik will niet sterven, en ik will ook gerne ontsteking van mijn ingewand. Geest mij tee en kleeren! Helpt mij! Ik hoop, dat ik niet sterven zal, omdat de lucht hier zoo goed en gezond is – ich will nicht sterben, und ich will auch keine Entzündung meiner Eingeweide. Gebt mir Thee und Kleidungsstücke! Helft mir! Ich hoffe, daß ich nicht sterben werde, weil die Luft so gut und gesund ist!“

Diesem angstvollen und dringenden Wunsche wurde Folge geleistet. Degenfeld brachte den Verunglückten zum Wirte, welcher sich seiner annahm. Dann erhielt der Fischer ein Geschenk für seine rettende That. Es war nach deutschem Gelde fast nur eine Kleinigkeit, und doch hatte er eine solche Summe noch nie in der Hand gehabt. Seine Dankbarkeit war außerordentlich.

Als dann der Mijnheer wieder in der Stube erschien, bot er einen höchst eigenartigen Anblick. Eine Hose für ihn zu finden war ein Ding der Unmöglichkeit gewesen. In China wird zwar die Wohlbeleibtheit mit der Schönheit für identisch gehalten; aber es gab leider im ganzen Dorfe und dessen Umgegend keinen Mann, der sich nach dieser Anschauung in Beziehung auf seine Schönheit mit dem Mijnheer hätte messen können. Darum war kein einziges passendes Kleidungsstück aufzutreiben gewesen. Ein Anzug aber hatte doch beschafft werden müssen, und zwar einer, welcher der Würde des „erlauchten“ fremden Herrn angemessen war. Darum hatte der Wirt zu dem Bonzen geschickt, welcher über den einzigen gewebten Gegenstand, der hier in Betracht kommen konnte, zu verfügen hatte; das war nämlich der Vorhang im Götzentempelchen des Dorfes. Glücklicherweise pflegen solche Dorfseelsorger nicht allzu streng zu sein, und so hatte der Mann sich bereit finden lassen, die heilige Gardine zu dem erwähnten profanen Zwecke zur Verfügung zu stellen, aber freilich auch erst dann, als er vernommen hatte, daß der Bettlerkönig anwesend und der Fremdling ein Freund desselben sei.

Dieser Vorhang hatte einen schmutzigen Lackfarbengrund, auf welchem allerlei phantastisches Getier, Götterköpfe und ähnliches aufgetragen war, aber so dick, daß das fast brettsteife Gemälde nur sehr schwer in Falten zu bringen war. Es sah vielmehr aus, als ob der Dicke sich mit einer höchst unregelmäßig gefalzten chinesischen Wand umgeben habe, aus welcher nur vorn die Hände und oben der Kopf sich an das Licht des Tages wagen durften.

Und auf diesem Kopfe saß eine hohe, spitzige, zuckerhutförmige Soldatenmütze, an deren vorderer Seite das Zerrbild eines Drachen befestigt war. Zu beiden Seiten hingen Schutzklappen hernieder, welche der Mijnheer unter seinem Kinn zusammengebunden hatte.

So kam er, um die steife Malerleinwand nicht zu zerbrechen, langsam herein- und vorsichtig näher geschritten. Seine Freunde mußten sich die größte Mühe geben, nicht in ein lautes Lachen zu fallen, denn durch diese schauderöse Umhüllung war der sonst schon außergewöhnliche Umfang des Dicken wenigstens verdoppelt worden.

„Hier ben ik weder, Mijnheeren," sagte er gravitätisch. Mijne gezondheid is weder zeer goed, en ik heb eenen Honger, dat mijn mag bot beneden toe de voeten gat – hier bin ich wieder, meine Herren. Meine Gesundheit ist wieder sehr gut, und ich habe einen Hunger, daß mein Magen bis herab zu den Füßen reicht."

„Nun, dann sind Sie ja nicht tot!" antwortete der Methusalem.

„Neen, daar denk ik niet daaraan. Waaneer eten wij – nein, da denk' ich nicht daran. Wann essen wir?"

„Jetzt noch nicht. Wollen Sie sich nicht setzen?'

„Neen, dat kan ik niet."

„Warum nicht?"

„Omdat mijn keizermantel breekt – weil mein Kaisermantel zerbricht."

„So müssen Sie freilich stehen, bis Ihre Kleidung trocken geworden ist. Uebrigens die Mütze steht Ihnen ausgezeichnet!"

„Ja. Zij is van het kanonenvolk. Waar zijn mijne geweeren – ja, Sie ist von der Artillerie. Wo sind meine Gewehre?"

„Die haben wir einstweilen ab- und auch ausgetrocknet. Ihren Ranzen mußten wir geradezu ausgießen."

„Wat?" fragte er schnell und in besorgtem Tone. „Was zoo vel water daarin – was? War so viel Wasser drin?"

„Ja."

„O mijn ongelukk! Wat zal ik malen?"

Er rief das in einem so jämmerlichen Tone, als ob es sich wirklich um das größte Unheil handle. Der Ranzen lag auf der Bank, von welcher er ihn wegnehmen wollte; aber es ging nicht, da er sich wegen seines steifen „Kaisermantels" nicht bücken konnte.

„Was ist's" fragte der Methusalem. „Warum erschrecken Sie so?"

„Wat het geest? Lieve hemel, ik heb mijne Wissels daarin!"

„Ihre Wechsel? Wohl eingenäht?"

„Ja; ik heb zij daarin geschoben. O, wat ben ik geschrokken – ja, ich habe sie darin versteckt. O, was bin ich erschrocken!"

„Dann nur schnell heraus mit ihnen, sonst werden sie zu schanden!"
„Dat God verhoede! Maakt op. maakt op – das wolle Gott verhüten! Macht auf, macht auf!"
Degenfeld trennte das Futter los, welches glücklicherweise aus Wachsleinwand bestand und die Feuchtigkeit leidlich abgehalten hatte, so daß dieselbe nur bis auf das starke Couvert gedrungen war, in welchem die Werthpapiere steckten.
„Steekt zij de wissels voor korte tijd in uwen zak! In mijnem keizermantel is geen zak – stecken Sie die Wechsel für kurze Zeit in Ihre Tasche! In meinem Kaisermantel ist kein Sack."
So war denn auch in dieser Beziehung der Unglücksfall gut abgelaufen. Selbst der Mütze haben die elementaren Gewalten nichts anhaben können. Turnerstick hatte sie ausgedrückt und dem dicken Hausgötzen, welcher in einer Ecke des Zimmers thronte, auf das kugelrunde Haupt gesetzt, damit sie auf diesem ehrwürdigen Platze trocknen solle.
Mittlerweile wurde es draußen dunkel und der Wirt brachte einige Lampen herein – wirkliche Petroleumlampen mit Breitbrenner und Cylinder, ein zweites sicheres Zeichen, daß man sich in der Nähe des Onkels Daniel befand.
Dann wurden die Tische zum Mahle gerüstet, und Liang-ssi ging, seine Mutter und die Schwestern zu holen. Als sie kamen, wurde der erste Gang aufgetragen, eine dünne Suppe, in welcher geröstete Fischflossen lagen.
Die Damen waren ebenso gekleidet wie am Nachmittage. Sie erhielten die Ehrenplätze, die Mutter obenan und die Töchter ihr zu beiden Seiten, was ihnen bisher jedenfalls noch nie geschehen war. Neben der einen Tochter saß der Bettlerkönig und neben der andern der Methusalem. Beide gaben sich alle Mühe, durch rücksichtsvolle Aufmerksamkeit die Damen von ihrer großen Befangenheit zu befreien, was ihnen aber nicht gelingen wollte. Es wurde ihnen nur sehr selten eine kurze, kaum hörbare Antwort zu teil.
Die Gerichte bestanden aus verschieden zubereiteten Fischen und dem ebenso vielfältig gekochten, gebackenen und gebratenen Fleische jenes Tieres, welches der Mohammedaner ebenso wie der Jude verachtet, während der Chinese es in großen Mengen züchtet; ein österreichischer Dichter hat ihm sogar eine Stotter-Ode gewidmet, deren erste Strophe folgendermaßen lautet:
„Ich kenne ein lie-lie-lie-liebliches Tier;
Dem schenk' ich a-lle A-achtung,
Es lebt auf je-jedem Ba-bauerhof hier
Und auch auf je-jeder Pa-pachtung,
Es stammt aus dem Bako-ko-konyer Wald
Und lebt von dem, wa-was es frißt.
Es schmeckt wa-wa-warm, und es schmeckt ka-ka-kalt,
Wenn's saftig gebraten i-ist."

Daß der Mijnheer es nicht mit den Mohammedanern hielt, sondern mit denjenigen verständigen Völkern, welche dem betreffenden Rüsseltiere die demselben gebührende Ehre gern und voll angedeihen lassen, das bewies er auf das energischste. Er langte zu und ließ sich zulangen, solange es etwas gab. Die andern waren satt, da aß er noch immer. Und als da noch auf einem großen Teller die Krone des Speisezettels hereingetragen wurde, wobei der Wirt mit lauter, triumphierender Stimme rief: „Siao-t'ün!" so verstand der Dicke zwar die chinesische Bezeichnung nicht, aber er erkannte das jugendliche Geschöpf in der knusperig gebratenen Haut und rief entzückt aus: „Een klein, gebraden varken! Dat is goed! Dat eet ik, dat eet ik op; ja wel, ik eet het varken zekerljk al op – ein kleines Bratferkel! Das ist gut! Das esse ich, das esse ich auf; jawohl, ich esse das Ferkel sicherlich ganz auf!"

Er machte sich mit einem Eifer darüber her, als ob er noch gar nichts gegessen habe. Und das that er stehend, da er nicht sitzen konnte. Der Methusalem bekam wirklich Angst, daß er sich Schaden thun werde, und nur aus diesem Grunde verlangte er auch für sich ein Stück und forderte den Kapitän und den Gottfried mit einem bezeichnenden Blicke auf, ein Gleiches zu thun. Das übrige aber wurde von dem tapfern Dicken wirklich „opgegeten."

Zuletzt gab es für die Damen Thee und für die Herren Raki und einen Reiswein, welcher besser war als derjenige, den sie früher getrunken hatten.

Die Damen, welche nur äußerst wenig genossen hatten, da es für eine Chinesin unschicklich ist, vor fremden Augen die Hände wiederholt sehen zu lassen, wurden, nachdem sie sich höchst ceremoniell verabschiedet hatten, nach Tische von Liang-ssi und Jin-tsian nach Hause begleitet. Die Zurückbleibenden hatten sich beim Scheiden auf das höflichste für ihr Erscheinen bedankt.

Nun war es Zeit geworden, zur Ruhe zu gehen. Der T'eu hielt Wort; er ließ sich selbst durch die dringendsten Bitten der Fremden nicht bestimmen, die ihnen zugesagten Räume für sich und seine Begleiter zu nehmen. Er schlief mit denselben in der Gaststube, in welcher gegessen worden war.

Die Schlafzimmer bestanden übrigens aus den leeren vier Wänden, in welchen niedrige Rohrgestelle standen, die mit Hilfe der mitgebrachten Decken in Betten verwandelt werden mußten. Sie waren je für zwei Personen eingerichtet. Der Methusalem war mit Richard und der Gottfried mit dem Mijnheer beisammen. Letzterer fand seine getrockneten Kleider vor und entledigte sich schleunigst des heidnischen Mantels, indem er brummte: „Deze gorbijne hat mij al mijnen lichaam opgewreven. Ik dank daarvoor en word nimmer weder in 't water vallen! Gesteld dat de lucht niet zoo goed ware geweest, zoo ware ik nook voor de middernacht dood; ik ware gestorven aan de onsteking van mijne long en lever – diese Gardine hat meinen ganzen Leichnam aufgerieben. Ich danke dafür und werde niemals wieder in das Wasser fallen! Angenommen, daß die Luft nicht so gut gewesen wäre, so wäre ich noch vor Mitternacht tot; ich wäre gestorben an der Entzündung meiner Lunge und Leber!"

„Ja, dat ist wahr," stimmte der Gottfried heimlich lachend bei. „Die hiesige Luft ist ausjezeichnet; sie scheint in hohem Jrade heilsam zu sein."
„Dat is zij, en daarom zal ik hier blijven – das ist sie, und darum werde ich hier bleiben."
„Ist's Ihr Ernst? Wollen Sie wirklich dat Jeschäft des Onkels Daniel kaufen?"
„Ja, ik koop al de fabriek – ja ich kaufe die ganze Fabrik."
„Notabene, wenn er Lust hat, sie zu verkaufen. Prächtig wäre dat freilich. Er könnte da mit uns nach Deutschland jehen und auf seine chinesischen Lorbeeren dort ausruhen."
„En ik hier op meinen nederlandischen peper. Doch voor hedendaags leg ik mi op dit bed. Ik wil slapen – und ich hier auf meinem niederländischen Pfeffer. Doch für den heutigen Tag lege ich mich auf dieses Bett. Ich will schlafen!"
„Ja, aber nicht schnarchen!"
„Ik? Dat mak ik niets. Ik slaap zeer stil en mooi; dat kunnt gij geloven – ich? Das thue ich nie. Ich schlafe sehr still und artig; das können Sie glauben!"
Aber bereits nach zehn Minuten schnarchte er in der Weise, daß der Gottfried während der ganzen Nacht von Erdbeben und Kanonendonner träumte und am Morgen herzlich froh war, als er sah, daß ihn weder eine Kugel getötet noch die Erde verschlungen habe.
Als die Reisenden am andern Morgen in das Gastzimmer traten, fanden sie den T'eu schon in voller Geschäftsthätigkeit. Er hatte gestern bereits Boten nach den umliegenden Orten gesandt, und die Sian-yos Schultheißen.derselben waren am frühen Tage gekommen, ihm ihre Abgaben zu bringen, durch welche sie sich von dem Besuche seiner Untergebenen, der Bettler, loskauften.
Das war ein sehr lebhaftes Feilschen und Handeln, bei welchem sich aber nur derjenige seiner Offiziere beteiligte, zu dessen Bezirk diese Ortschaften gehörten. Der T'eu sprach stets nur das letzte, entscheidende Wort dazu, und der Methusalem fand, daß die Beträge, welche bezahlt würden, äußerst gering waren. Es würde für die Familie nach unsrem Gelde kaum ein Groschen berechnet. Ledige, selbständige Personen hatten nur die Hälfte zu geben, und dafür waren diese Orte ein ganzes Vierteljahr frei von allen Bettelbesuchen. Ein chinesischer T'eu duldet in seinem Bereiche keinen Armen, welcher auf eigene Rechnung betteln geht.
Nach Beilegung dieser Angelegenheit wurde gefrühstückt, wobei der Mijnheer schon wieder wacker in das Gefecht ging, und dann brach man auf.
Liang-ssi und Jin-tsian ritten natürlich auch mit. Der Dicke bat, ihn heute nicht anzubinden, und hielt sich während des ganzen Rittes auch recht leidlich im Sattel.
Was von der Bevölkerung laufen konnte, begleitete den Trupp bis hinaus vor das Dorf, wo ein Nebenflüßchen ein schmales Seitenthal durch die Bergkette gerissen hatte. Diesem Thale mußte man folgen, um in die erwähnte kohlenreiche Ebene zu gelangen. Der T'eu versicherte, daß man schon am zweiten Nachmittag in Ho-tsing-ting sein werde.
Der Methusalem hielt sich vorzugsweise zu diesem Manne, welcher selbstverständlich ein ausgezeichneter Kenner chinesischer Zustände war. Von ihm konnte und wollte er

lernen und erhielt über alles, was er fragte, die ausführlichste Auskunft und Belehrung. Zuweilen gesellte er sich aber auch zu den Gefährten, welche sich für sich halten mußten, weil sie sich mit den Begleitern des Bettlerkönigs nicht genügend zu verständigen vermochten.

Richard Stein und der Methusalem hatten einige Worte und Redensarten mit ihnen gewechselt. Der Dicke versuchte es gar nicht, seine drei oder vier Worte, welche er sich gemerkt hatte, an den Mann zu bringen. Er unterhielt sich aber trotzdem ganz gut mit ihnen, indem er ihnen zuweilen freundlich zunickte oder ihnen ein sehr wohlwollendes Lächeln von seinem fetten Gesicht entgegenglänzen ließ. Turnerstick aber hatte es nicht lassen können, mit seinen berühmten Sprachkenntnissen zu glänzen, war aber natürlich nicht verstanden worden. Darum sagte er zu dem Methusalem, als dieser sich wieder einmal für kurze Zeit zu ihnen gesellte, in mürrischer Weise: „Da reiten Sie nun immer neben diesem T'eu daher! Ich weiß nicht, was Sie an ihm und seinen Leuten finden!"

„Nun, alles was ich suche, nicht mehr und nicht weniger."

„Ich aber gar nichts. Diese Menschen verstehen nicht einmal ihre eigene Muttersprache!"

„Warum aber verstehen sie denn mich?"

„Weil Sie ein ebenso horribles Chinesisch sprechen wie sie. Ich habe gestern und heute noch nicht eine einzige gescheite Endung zu hören bekommen. Höchstens wenn einmal von dem Wohnorte des Onkels Daniel die Rede war. Ho-tsing-ting, das ist wirklich echt chinesisch. Ing, ang, ong, ung und eng. Merken Sie sich das endlich doch einmal? Ich will herzlich froh sein, wenn wir zum Onkel kommen, denn ich hoffe, daß er so gut und gewandt spricht, daß ich mich mit ihm unterhalten kann."

„Jedenfalls, da er lange genug in China gelebt hat."

„Was wird er für Augen machen, wenn er Deutsche kommen sieht!"

„Deutsche? Meinen Sie, daß er uns sofort als solche erkennen werde?"

„Er wird es aus Ihren Studentenanzügen erraten."

„Dergleichen werden auch an den Universitäten andrer Länder getragen. Uebrigens möchte ich ihm nicht gleich sagen, was wir wollen und wer wir sind."

„Warum?"

„Um ihn dann desto mehr zu überraschen. Er wird allerdings sehen, daß wir des Studiums Beflissene sind, aber –"

„Ik ook?" unterbrach ihn der Dicke.

„Nein, denn Sie sind nur ein der lieben Ernährung Beflissener. Aber wir können uns als englische Bursche ausgeben, welche sich auf einer Studentenfahrt rund um die Erde befinden. Engländern ist so etwas wohl zuzutrauen."

„Gut! Und ich bin der Kapitän, mit dessen Schiffe Sie die Fahrt unternehmen. Nicht?"

„Ja."

„En ik? Wat ben ik?" fragte der Mijnheer.

„Wat sind Sie?“ antwortete der Gottfried. „Sie sind natürlich kein andrer als der dicke Kaffernhäuptling Cetewayo, den wir mit nach London nehmen wollen, um ihm zu lehren, wie ein juter Plumpudding jemacht wird!“
„Zoo! En gij, wat zijt gij, Mijnheer? Gij zijt bat ongelukkige Nijlpaard, dat ik in London zien laten wil, namelijk voor geld, een Schilling van ieden Mijnheer van goeden huize en een halfen Schilling van ieden baardscheerder, penseelmaker en hoogeschoolfagotblazer – so! Und Sie, was sind Sie, Mijnheer? Sie sind das unglückliche Nilpferd, welches ich in London sehen lassen will, nämlich für Geld, einen Schilling von jedem Herrn aus gutem Hause und einen halben Schilling von jedem Bartscherer, Pinselmacher und Universitätsfagottbläser!“
„Sehr gut!“ lachte Gottfried. „Da haben Sie mir jewaltig ablaufen lassen, und ik jestehe, dat ik es wohl verdient habe. Aberst es war nicht so jemeint, und es fuhr mich nur so heraus, weil Sie dick sind und der Kaffer auch. Darum nichts für unjut, oller Schwede! Ich bleibe doch Ihr bester Freund, den Sie haben und wir können uns also janz jut von- und miteinander fürs Jeld sehen lassen. Nicht?“
„Neen! Ik wil weten, wat ik in Ho-tsing-ting zijn zal – nein! Ich will wissen, was ich in Ho-tsing-ting sein soll.“
„Wat Sie für eine Rolle spielen sollen? Essen Sie und trinken Sie! Dat wird wohl das beste sein.“
„Ja, dat is goed; dat laat ik geern gelden. Gij zijt mijn vriend, en ik heb zij zeer liev – ja, das ist gut; das lasse ich gerne gelten. Sie sind mein Freund, und ich habe Sie sehr lieb.“
Bei diesen Worten, welche der gute Mensch nicht etwa ironisch, sondern in vollem Ernste aussprach, reichte er dem Gottfried seine Hand hinüber, welche derselbe herzhaft drückte.
„So ist's recht,“ sagte der Methusalem. „Freunde dürfen scherzhafte Worte nicht auf die Goldwage legen. Aber, Gottfried, hüte deine Zunge besser! Wer sich zu schnell gehen läßt, der muß sich darauf gefaßt machen, einmal derb angehalten zu werden. Du wirst mir, wie schon oft gesagt, zuweilen zu üppig.“
„Davon ist mich nichts bewußt, und wat ich dem Mijnheer sagte, dat war nur eine kleine und sehr jerechte Rache.“
„Wofür?“
„Für seine Dampfsäge.“
„Ah! Hat er heute nacht geschnarcht?“
„Jeschnarcht! Wat dat für ein jelinder und nachsichtiger Ausdruck ist! Jesägt hat er! Baumstämme hat er auseinandergerissen und zu Brettern verschnitten, Baumstämme so stark und so lang wie ein Leuchtturm, dat die Latten und Schalen nur so abgeflogen sind!“
„Neen,“ protestierte der Dicke. „Dat kan ik niet. Daarvan wet ik niets – nein. Das kann ich nicht. Davon weiß ich nichts.“

„Ja, weil Sie schlafen wie ein Faß, welches sich auch dann noch nicht regt, wenn es jeschüttelt wird. Ik habe alles versucht, Ihnen sojar die Nase zujehalten; aberst auch dat half nichts, denn da schnarchten Sie dann mit dem Munde. Wie Sie dat fertig bringen, dat erklärt mich kein Strumpfwirker und kein Schlosser, wat doch sehr geräuschvolle Handwerke sind. Mir bekommen Sie nie wieder als sanften Ruhejenossen! Wenn ich Ihnen wejen nächtliche Ruhestörung anzeige, bekommen Sie drei Jahre Bruchsaler Einzelhaft und müssen auch noch die Kosten tragen. Ich war voller Jift und Jalle, und da ist mich, ohne bat er erst viel um Erlaubnis jefragt hat, der dicke Kaffer entfahren. Er muß selbst im allerschlimmsten Falle, so wie die Anjelejenheiten stehen, bei jedem jerecht denkenden Richter Milderungsjründe finden. Jehen wir also darüber schleunigst zur Tagesordnung über! Wir hatten von Onkel Daniel jesprochen und von dem Plane, ihm uns als englische Studenten anzubieten. Bei welche Jelejenheit aber soll er dann die Wahrheit erfahren?“

„Bei der ersten passenden. Vorher läßt sich das nicht sagen,“ meinte Degenfeld.

„O doch! Der Mensch muß sich seine juten Jelejenheiten immer selbst machen können.“

„Nun, so versuche es, und mache eine!“

„Schön! Ich setze also den Fall, er sei zur Ruhe jegangen und schläft, ohne dat ihm die Sägemühle des Mijnheer um seinen jerechten Schlummer übervorteilt. Er wird träumen, und von wat? Als juter Deutscher natürlich von seine jeeirtigte Heimat. Und während da Preußen und Sachsen, Bayern, Württemberg und Baden, Lippe-Detmold und Vaduz samt den Hansestädten an seinem Jeiste vorüberziehen, stimmen wir unter dem Fenster seines trauten Kämmerleins ein deutsches Ständchen an, ein Terzett, wie wir es ja oft daheim jesungen haben, wenn wir zufälligerweise einmal nicht alle drei zugleich an Heiserkeit litten. Wat sagen Sie zu diese schneidige Idee?“

„Sie ist nicht schlecht.“

„Nicht wahr?“

„Nein, sie ist vielmehr sehr gut,“ stimmte Richard bei. „Wir wählen eins von unsren prächtigen Liedern aus, welche Mutter stets so gern hörte.“

„Aber welches?“ fragte der Methusalem, welcher sich schon im voraus darauf freute, seinen gewaltigen Bierbaß wieder einmal hören lassen zu können.

„Natürlich eins, welches zu die Situation paßt,“ antwortete der Gottfried. „Da die musikalische Widmung an eine nachtschlafende Person jerichtet ist, so schlage ich vor, dat Ruhe bringende Lied:

„Schlaf, Kindchen, schlaf!
Dein Vater kauft ein Schaf“

zu singen. Und wenn er darüber aufjewacht ist, so bringen wir als zweiten jang, wat ihm sofort wieder einschlummern muß, vielleicht dat liebliche:

„Ein Schäfermädchen weidete
Zwei Lämmer an der Hand,

Auf einer Flur, wo fetter Klee
Und Jänseblümchen stand."
Und wenn er dann wieder bei Morpheusens ruht, so – –"

„Schweig!" lachte der Methusalem. „Es muß etwas Kräftiges sein, denn zu etwas anderm paßt meine Kehle nicht. Ein kerniges, echt deutsches Lied, so wie Arndt sie gedichtet hat."

„Da gibt's ja gleich eins, welches paßt," meinte Richard. „Es ist von Arndt und muß jeden Deutschen, welcher es in der Fremde hört, erfreuen, zumal, wenn man ihn damit, daß man ein Deutscher ist, überraschen will. Ich meine nämlich: „Was ist des Deutschen Vaterland?""

„Ja, das ist's, das wird gesungen. Das ist etwas für meinen Baß. „Was ist des Deutschen Vaterland?""

Diese letzten Worte sprach er nicht, sondern er sang sie nach der allbekannten Melodie, und zwar mit so dröhnender Stimme, daß die Pferde stutzten und die Reiter sich erschrocken nach ihm umwandten. Er lachte erfreut über diese Wirkung seines Stimmorgans und fuhr fort: „Wir können alle Verse auswendig, und umwerfen werden wir auch nicht, da wir drei das Lied unzähligemal dreistimmig gesungen haben, du die Melodie, Richard, der Gottfried das Zwischengesäusel und ich die Grund- und Orgeltöne."

„En ik?" fragte der Mijnheer. „Ik wil ook met zingen!"

„Sie?" fragte der Gottfried. „Können Sie denn singen?"

„O, zeer goed, zeer fraai. Ik kan zingen en flueten als eene meerle of nachtegal – o, sehr gut, sehr schön. Ich kann singen und pfeifen wie eine Amsel oder Nachtigall."

„Aber nicht deutsch!"

„Ook duitsch."

„Wo haben Sie das jelernt?"

„In Keulen. Ik was daar metlid van de Lyra – in Köln. Ich war da Mitglied der Lyra."

„Also eines Gesangvereins?"

„Ja. Wij hebben daar saturtag 's avonds gezongen – ja. Wir haben da Samstag abends gesungen."

„So! Aberst dat Lied, welches wir meinen, dat kennen Sie wohl nicht?"

„Wat is des duitschers vaderland? O, dat kan ik ongemeen fraai zingen – o, das kann ich ungemein schön singen."

„Und wat haben Sie für eine Stimme?"

„Eene zeer gunstige een bijzonderc – eine sehr günstige und vorzügliche."

„Ich meine, ob Sie Baß, Tenor oder Bariton singen?"

„Ik zing zeer hoog; ik heb ten minste Diskant en ook nook hooger – ich singe sehr hoch; ich habe mindestens Diskant und auch noch höher."

„Wat! Diskant und noch höher? Dann singen Sie wohl Pikkoloflöte?"

„Ja wel; ik zing ook de fluite; ik zing veel beter als de leeuwerik en de kwaktel – ja wohl; ich singe auch die Flöte; ich singe viel besser als die Lerche und die Wachtel."
„So sind Sie ein wahres Unikum, und ich bin neugierig, Sie zu hören."
„Zal ik straks thans eenmal zingen? Ik ontgin zoofoort – soll ich gleich jetzt fingen? Ich fange sofort an!"
„Ja, singen Sie etwas Schönes!"
„Zoo word ik zingen eene duitsche zangwijze, namelijk; morgenrood, morgenrood. Niet? – so werde ich singen eine deutsche Melodie, nämlich: Morgenrot, Morgenrot. Nicht?"
„Ja. Fangen Sie an; dann leuchtet's mich janz jewiß zum frühen Tod."
Der Dicke hustete einige Male sehr nachdrücklich, um seine Kehle zu reinigen; dann fuhr er sich mit dem Finger hinter die Halsbinde, um sich zu überzeugen, daß dort nichts vorhanden sei, woran die Töne hängen bleiben könnten. Dann machte er die Augen zu und rief: „Voorgezien, voorgezien – vorgesehen, vorgesehen!" als ob für die Zuhörer eine Gefahr nahe sei, und öffnete den Mund, um sein musikalisches Exempel zu statuieren. Da aber bat ihn der Methusalem: „Jetzt nicht, jetzt nicht, Mijnheer! Wir wollen lieber warten bis zum Abend."
Er befürchtete, daß der Dicke sich lächerlich machen werde. Dieser machte den Mund wieder zu und die Augen auf und meinte in gleichmütigem Tone: „Ik heb niets daartegen. Ik kan ook 's avonds zingen. Het klinkt insgelijks goed – ich habe nichts dagegen. Ich kann auch des Abends singen. Es klingt ebenfalls gut."
Von diesem Erfolge befriedigt, lenkte der Methusalem sein Pferd wieder an die Seite des Bettlerkönigs, wo es zwar weniger zu lachen, aber mehr zu lernen gab.

Ein Wiederfinden.

Achtzehntes Kapitel

Bei Onkel Daniel.

Der Trupp hatte die Bergkette längst hinter sich und befand sich auf einem weiten, unabsehbaren Gefilde, aus dessen Grün die Häuser zahlreicher Dörfer hervorblickten. Wald gab es gar nicht, aber in der Nähe der Ortschaften Fruchtbäume genug. Die Felder wurden durch nutzbare Bambushecken voneinander getrennt.
Die gut gepflegte Straße führte an der Seite des erwähnten Nebenflüßchens hin, bis sie dasselbe in östlicher Richtung verließ, um sich nach dem Gebiete des Dschangflusses zu wenden, an dessen nördlichem Quellarme Ho-tsing-ting lag.
Kurz vor Mittag wurde Rast gemacht, doch nur um die Pferde zu tränken. Dann ging es wieder weiter. Man merkte mehr und mehr, welchem Orte man sich näherte. Karren mit

Kohlen oder Petroleumgefäßen begegneten den Reisenden. Einzelne Arbeiter mit geschwärzten Gesichtern kamen vorüber, und in der Luft machte sich jener nicht sehr angenehme Duft bemerkbar, welcher in der Nähe von Petroleumwerken unausbleiblich ist.
„Dat riekt goed," sagte der Mijnheer; „dat heb ik gaarn; dat is zeer gezond voor de borst en de long – das riecht gut; das habe ich gern; das ist sehr gesund für die Brust und die Lunge."
Er hatte sich einmal in diese Gegend verliebt, und nun gefiel ihm alles, was dieselbe bot.
„Ja," nickte der Gottfried zustimmend. „Der Petroleumgeruch soll ein ausgezeichnetes Mittel gegen die Verzehrung sein. Wäre ich kränklich und von schwacher Leibesgestalt, so würde ich hier in China bleiben."
„Ja, gewisselijk! Ik ben zwek, en ik blijf daarom hier."
„Daran thun Sie sehr recht, denn bei dieser gesunden Luft braucht man weder Thee noch Wörterbuch. Sie werden sich hier sehr schnell erholen."
Man ritt jetzt durch ein Dorf, den letzten Ort vor Ho-tsing-ting. Am Einkehrhause stieg soeben ein Reiter auf sein Pferd. Er war ein junger Mann von vielleicht dreißig Jahren und vollständig chinesisch gekleidet; doch trug er keinen Zopf.
„Holla, Monsieur van Berken, treffen wir Sie hier? Reiten Sie heim?" rief ihm Liang-ssi in deutscher Sprache zu.
Der Mann hatte sich nicht umgeblickt und also die Reiter nicht gesehen. Jetzt wendete er ihnen das Gesicht zu. Als sein Auge auf Liang-ssi und den Bettlerkönig fiel, leuchteten seine intelligenten Züge freudig auf; er lenkte sein Pferd zu ihnen hin, reichte dem ersteren die Hand, verbeugte sich vor dem letzteren und sagte, doch in chinesischer Sprache: „Das ist eine Ueberraschung! Endlich, endlich kehren Sie zurück, lieber Liang-ssi! Wir glaubten, es sei Ihnen ein Unglück begegnet, da Sie so viel länger fortblieben, als vereinbart war."
„Da haben Sie sich auch nicht getäuscht."
„Wirklich? Was ist geschehen?"
„Ich geriet unter die Piraten."
„Alle Wetter! Das müssen Sie erzählen. Wie haben Sie sich wieder losgemacht?"
„Mir wäre das unmöglich gewesen. Ich habe meine Befreiung diesen fremden Herren zu verdanken, welche Herrn Stein kennen lernen wollen, vier Englishmen und ein Holländer, Mijnheer van Aardappelenbosch, welcher außerordentlich erfreut war, als er von mir erfuhr, daß er in Ihnen hier einen Herrn aus Belgien sehen werde."
„Wie? Sie sind ein Niederländer, Mijnheer?" fragte der Ingenieur erstaunt, indem er sich der deutschen Sprache bediente, da er wußte, daß Liang-ssi derselben mächtig war.
„Ja, ik ben een Nederlander," antwortete der Dicke. „En gij, wat zijt gij?"
„Ich bin ein Belgier, aus Louvain gebürtig."
„Louvain, dat is Löwen! Zijt gij de machinist, de mechaniker von Mijnheer Stein?"
„Ja, ich bin der Maschinist, der Mechaniker dieses Herrn."

„Dat is goed! Dat is zeer fraai! Spreekt gij ook hollandsch – das ist gut! Das ist sehr schön! Sprechen Sie auch holländisch?"
„Ja."
„Zo moeten wij hollandsch spreeken!"
„Sehr gern! Aber die andern Herren würden uns nicht verstehen. Warten wir also, bis wir allein sind! Ich freue mich sehr, mich wieder einmal dieser Sprache bedienen zu können."
„Ik ook. Wij zullen zeer goed spreeken. Hoe is dat eten in Ho-tsing-ting – ich auch. Wir werden sehr gut sprechen. Wie ist das Essen in Ho-tsing-ting?"
„Das Essen?" antwortete der Belgier, einigermaßen erstaunt über die so unvermittelte Erkundigung. „Ich kann es nur loben. Wir speisen nach chinesischer und auch nach unsrer heimatlichen Küche."
„Dat is zeer goed van dezen oom Daniel – das ist sehr gut von diesem Onkel Daniel!"
„Sie nennen ihn Ohm, also Onkel? Sie wissen auch seinen Vornamen? Wie kommen Sie dazu, ihn Onkel zu heißen?"
„Dewijl – aangezien – – naardien – – – weil –
in Hinsicht, daß – – indem – – –" stotterte der Dicke verlegen, da er im Begriffe gestanden hatte, das zu verraten, was einstweilen noch Geheimnis bleiben sollte.
„Ich will es Ihnen sagen," kam ihm der Methusalem in deutscher Sprache zu Hilfe. „Wir wollten eigentlich noch nicht darüber sprechen; aber Sie werden uns nicht verraten, und vielleicht bedürfen wir auch Ihrer Hilfe. Wir sind nämlich keine Engländer, sondern Deutsche."
„Deutsche, ah! Doch nicht etwa gar – – –?"
Er musterte die studentisch Angezogenen mit unsicherem Blicke.
„Nun, was meinen Sie? Doch nicht etwa gar – –?"
„Aus der Heimat meines Herrn?"
„Ja, daher kommen wir."
„Und ist dieser junge Herr vielleicht ein Neffe meines Herrn?"
Er deutete auf Richard.
„Ja, das ist er. Er heißt Richard Stein."
„Welch eine Ueberraschung! Meine Herren, ich begrüße Sie auf das Herzlichste. Sie können sich denken, daß Sie hoch willkommen sein werden!"
„Das hoffen wir allerdings!"
„Ja, ich kann Ihnen versichern, daß er Sie mit offenen Armen aufnehmen wird."
Er schüttelte ihnen die Hände und fuhr dann fort: „Aber wie ist es Ihnen möglich gewesen, in dieser Kleidung bis hierher zu kommen?"
„Warum sollte das nicht möglich sein?"
„Sie müssen ungeheures Aufsehen erregt haben. Ihre Mützen fallen ja schon in der Heimat auf, um wieviel mehr also hier!"

„Nun, man hat uns allerdings mit großer Aufmerksamkeit betrachtet. Es ist uns das zuweilen lästig geworden, Aber wirkliche Unannehmlichkeiten oder gar Schaden haben wir davon nicht gehabt."
„Das wundert mich! Dieser Herr hat ja sogar ein Fagoti mit!"
„Ja, dat habe ich mit!" nickte der Gottfried. „Und warum sollte ich es nicht mitnehmen? Es ist mich ans Herz jewachsen, denn es stammt von einem Jevatter meines Urjroßvaters her und hat sich so nach und nach von Kind auf Kindeskind jeerbt. Es ist ein Universalstück. Wenn ich den Knauf oben abschraube und die Löcher zuhalte, wozu jrad zwölf Fingerspitzen jehören, so kann ich es als Blasrohr benutzen. Ich kann mir mit ihm jegen Räuber und sonstige Onkels verteidigen, indem ich sie anfagotte und, wenn sie nicht sofort ausreißen, ihnen dat Instrument um die Köpfe schlage. Es ist mich stets treu jewesen, hat mir nie beleidigt und jekränkt und soll mir auch fernerhin durch dat Leben begleiten, bis ik mir zu meinen Vätern versammle und ihm dann auch die Luft ausjeht."
„Es scheint, daß Sie eine lustige Gesellschaft sind?" lachte van Berken.
„Ja, dat sind wir! Und warum sollten wir es nicht sein? Wir haben ein jutes Jewissen, und wir haben Jeld, heidenmäßig viel Jeld, dat heißt, nicht ich, sondern unser Methusalem. Und sodann –"
„Methusalem?" unterbrach ihn der Belgier erstaunt.
„Ja. Wir haben uns Ihnen noch jar nicht vorjestellt. Ich bin nämlich der Jottfried von Bouillon, welcher damals den Ungläubigen so viel zu schaffen jemacht hat."
„Zur Zeit der Kreuzzüge?"
„Ja. Wann denn sonst! Und dieser Herr ist derjenige Methusalem, welcher schon im Alten Testamente sich eine ehrenvolle Erwähnung zujezogen hat. Zwar ist er seitdem noch älter jeworden, aber seine Jeisteskräfte scheinen nicht darunter jelitten zu haben. Er ist ein juter, lieber – – –"
„Schweig!" fiel Degenfeld ihm in die Rede. „Ich werde mich selbst vorstellen, denn aus deinem Gefasel wird niemand klug. Uebrigens sind die Chinesen uns vorangeritten, und wir müssen sie einholen. Sie wollten doch von hier auch nach Ho-tsing-ting, Herr van Berken?"
„Das war meine Absicht," antwortete der Gefragte.
„So kommen Sie! Ich werde Sie unterwegs von allem Nötigen unterrichten."
Der T'eu war mit seinen Leuten langsam weitergeritten, wohl um bei der Begrüßung nicht zu stören. Die andern hatten bisher beim Einkehrhause gehalten; jetzt ritten sie schnell weiter. Dabei erklärte der Methusalem dem Ingenieur die Gründe und den Verlauf der Reise bis zur gegenwärtigen Stunde. Als er geendet hatte, rief der letztere aus: „Das ist ja ein wahrer Roman, über den man ein Buch schreiben könnte! Und, nehmen Sie es mir nicht übel, Sie alle sind ganz sonderbare Menschen!"
„Pst! Das Wort „sonderbar" ist bei uns verboten. Es enthält eine große Beleidigung. Sie haben es aber gut gemeint, und so will ich Sie nicht auf Schläger anrennen. Ja, ein wenig

sonderbar mögen wir sein, aber doch sehr gute Kerls, denen Sie wohl den Gefallen thun werden, einstweilen zu verschweigen, wer sie sind und was sie hier wollen?"
„Natürlich! Ich werde nichts verraten. Aber nehmen Sie sich in acht, daß der Onkel nichts errät! Er ist ein halber Yankee geworden, ein Pfiffikus, welcher den Menschen schnell durchschaut."
„Wir werden vorsichtig sein. Aber, sagen Sie, bereitet es ihm denn keine Schwierigkeiten, hier mit den Chinesen zu verkehren?"
„Früher hat es ganz bedeutende gegeben; jetzt sind sie überwunden, und zwar zumeist mit Hilfe des Bettlerkönigs, welcher einen Einfluß besitzt, von dem Sie keine Ahnung haben, obgleich Sie an sich selbst einen Beweis davon erlebten. Er hat es so weit gebracht, daß mein Herr nicht nur geduldet wird; Stein ist einer der angesehensten Männer der Provinz und darf sich der Freundschaft und des Schutzes der höchsten Mandarinen rühmen. Sein Etablissement hat eine solche Ausdehnung erreicht, daß meine Kräfte nicht mehr zureichend sind. Nächstens wird mein Bruder kommen, welcher auch Ingenieur ist und als zweiter technischer Leiter angestellt werden soll. Die Oelquellen sind eine Wohlthat für die weite Umgegend geworden. Wir beschäftigen nur arme Leute, welche uns der T'eu empfiehlt. Diese Chinesen hängen mit großer Liebe und Dankbarkeit an uns. Wir haben ihnen hübsche Arbeiterwohnungen erbaut und sind eifrig besorgt, daß alle ihre berechtigten Bedürfnisse befriedigt werden. Früher mag es sogar ein wenig gefährlich gewesen sein, unter diesen Leuten zu wohnen; aber Herr Stein hat sich ihrer Weise und ihren Anschauungen anbequemt und es nur im Notfalle merken lassen, daß er anders denkt und fühlt als sie. Später gelang es ihm, die Freundschaft des T'eu zu erlangen, und jetzt steht er sogar unter dem Schutze der Mohammedaner, welche sich empört haben und das Land unsicher machen. Er ist ein geschickter Diplomat, welcher sich selbst die widrigsten Verhältnisse nutzbar zu machen versteht."
„Aber er ist krank?"
„Ja, aber mehr im Gemüt als körperlich. Obgleich er es nicht zugestehen will, so möchte ich doch behaupten, daß es die Sehnsucht nach der Heimat ist, welche heimlich an ihm zehrt. Er würde vielleicht nach Deutschland zurückkehren, aber sein Unternehmen hält ihn hier fest. Er betrachtet es als eine heilige Pflicht, seinen Arbeitern das zu bleiben, was er ihnen jetzt ist. Wollte er verkaufen, so würde er keinen Käufer finden. Ein Chinese würde weder das nötige Kapital noch die Intelligenz besitzen, welche der Besitzer so großartiger Anlagen haben muß."
„O, ik heb geld!" rief da der Mijnheer.
„Sie?" fragte der Belgier.
„Ja, ik heb geld, ten eerste geld, ten tweede geld en ten derde ook weder geld – ja, ich habe Geld erstens Geld, zweitens Geld und drittens wieder Geld!"
„Das klingt ja ganz so, als ob Sie als Käufer auftreten wollten!"
„Dat wil ik ook! Ik heb veel geld! En ik heb ook opvoeding en onderwijs gehad; ik ben niet dom; ik ben een wijse mensch, een zeer wijse mensch – das will ich auch! Ich habe

viel Geld! Und ich habe auch Erziehung und Unterricht gehabt; ich bin nicht dumm; ich bin ein weiser Mensch, ein sehr weiser Mensch!"
„Das glaube ich Ihnen ganz gern; aber ist das der Grund, Ho-tsing-ting zu kaufen?"
„Neen. Ik wil Ho-tsing-ting koopen, dewijl hier de lucht zoo goed en gezond is. Ik ben ziek en zwak; ik wil hier weder gezond werden, gezond en dik – nein, ich will Ho-tsing-ting kaufen, weil hier die Luft so gut und gesund ist. Ich bin krank und schwach; ich will hier wieder gesund werden, gesund und dick!"
Van Berken ließ sein Auge mit verwundertem Blicke über die Gestalt des angeblich Kranken schweifen und meinte lächelnd: „Nun, ich denke, daß Sie sich hier wieder anessen können."
„Dat denk ik ook. Ik wil eten en drinken, dat ik zoo bik hoe een nijlpaard worde – das denke ich auch. Ich will essen und trinken, daß ich so dick wie ein Nilpferd werde!"
Der Belgier schien zu merken, wessen Geistes Kind er vor sich habe. Er warf dem Methusalem einen munteren Blick zu und hätte das Gespräch wohl gern fortgesetzt, wenn sie nicht eben jetzt den T'eu eingeholt hätten, mit welchem er ja auch zu sprechen hatte.
Dieser wollte nur aus freundschaftlichen und nicht aus geschäftlichen Gründen nach Ho-tsing-ting gehen. Er erhob dort überhaupt niemals Forderungen, da Stein weit mehr an seinen Arbeitern und überhaupt an den Armen that, als der von ihm zu erhebende Betrag ergeben hätte.
Von dem Dorfe aus, durch welches man soeben geritten war, hatte man nur noch eine Viertelstunde bis zur Grenze von Ho-tsing-ting. Die Felder hörten auf. Man sah nackte Schutthalden liegen, auf denen hölzerne Zechenhäuschen standen – die Kohlengruben. Weiterhin erhoben sich hohe, eigentümliche Gerüste, meist mit einem Schutzdache versehen. Das waren alte Bohrwerke, welche nun in Ruhe standen.
Auf einer Anhöhe stand ein stattliches Haus. Es war im chinesischen Stile erbaut, mutete aber doch die Deutschen heimlich an.
„Das ist das Wohngebäude des Herrn," erklärte der Ingenieur. „Und da rechts und links sehen Sie die Arbeiterniederlassungen in der Ebene liegen. Sie zeichnen sich, wie Sie bemerken werden, durch große Sauberkeit aus. Sie sind so gesund und bequem, daß ein deutscher Arbeiter froh sein würde, da wohnen zu können."
„Und wat ist dat für eine Menschenmenge da oben vor dem Wohnhause?" fragte der Gottfried. „Dat müssen ja mehrere Hundert Personen sein!"
„Ueber fünfhundert. Es sind die Arbeiter, welche ihren Lohn erhalten. Heut ist zeitig Schicht, da morgen gefeiert wird."
„Jibt's einen jötzendienstlichen Feiertag?"
„Nein, sondern einen privaten. Es ist der Geburtstag des Herrn Stein, an welchem er nie arbeiten läßt."
„Sein Jeburtstag! Hast du es jehört, Richard! Weißt du, wat wir ihm da bescheren? Dat allerbeste, wat er bekommen kann, nämlich dich."

Richard war still. Er pflegte sich überhaupt am liebsten schweigend zu verhalten. Jetzt nahte der Augenblick, an welchem er den Oheim sehen sollte. Das ergriff ihn auf das tiefste. Seine Augen waren feucht, und es that ihm herzlich leid, daß er sich nicht in die Arme des Verwandten werfen konnte. Man hatte die Nahenden gesehen. Die Arbeiter oben vor dem Hause riefen laut und jubelnd, daß der T'eu komme. Viele kamen ihm entgegen, um die ersten zu sein, welche ihn begrüßten. Die andern bildeten eine Gasse, durch welche die Ankömmlinge zu dem Manne ritten, welcher an einem Tische gestanden hatte, der von Münzen ganz bedeckt war. Er kam ihnen entgegen und begrüßte den T'eu auf chinesische Weise, so wie es unter Gleichstehenden geschieht.
Stein war lang und hager, über sechzig Jahre alt. Zwar trug er keinen Zopf, aber sein langes Haar hing unter dem Hute hervor. Es war silberweiß. Sein scharf geschnittenes Gesicht zeigte tiefe Falten, die Spuren langer körperlicher und auch geistiger Anstrengung. Man sah es diesem Gesichte an, daß der Mann einen festen, selbständigen Charakter habe, und doch lag eine freundliche Milde, welche dem Beschauer wohl that, über dasselbe ausgebreitet.
Der T'eu und dessen Leute waren für ihn gewöhnliche Erscheinungen. Als sein Auge aber auf die andern fiel, zog er erstaunt die Brauen empor und rief: „Nguot! Y-jin – was sehe ich? Das sind ja Fremde!“
„Ja, Europäer!“ antwortete van Berken.
„Ihre Kleidung läßt das vermuten.“
„Und ich halte es für meine Pflicht, sie Ihnen vorzustellen, denn ich bin derjenige, welcher die Herren zuerst kennen lernte und ihnen sein Leben zu verdanken hatte,“ fiel Liang-ssi ein. „Sie werden das nachher ausführlich erfahren. Jetzt vor allen Dingen ihre Namen. Dieser Herr, dem es beliebt hat, die Kleidung eines chinesischen Mandarinen anzulegen, ist der Seekapitän Heimdall Turnerstick aus London, auf dessen Schiff die andern Herren eine Reise um die Welt machen. Sie sind Studenten der Universität zu – zu – zu – – –“
Seine geographischen Kenntnisse ließen ihn hier im Stiche.
„Zu Oxford,“ kam ihm der Methusalem zu Hilfe.
„Ja, zu Oxford; ich hatte das schwere Wort schon wieder vergessen. Es sind die Herren – – –“
Und nun nannte er Namen, wie sie ihm gerade einfielen und von denen er wußte, daß das englische seien.
Diese Vorstellung war natürlich in chinesischer Sprache erfolgt. Der T'eu erklärte, daß diese Fremdlinge ihm große Dienste erwiesen hätten, weshalb er ihnen seine ganze besondere Freundschaft schenke. Stein erfuhr von ihm, daß die Engländer gekommen seien, seine berühmten Werke in Augenschein zu nehmen, und sich freuen würden, in ihrer Heimat konstatieren zu können, daß sich in China auch eine in vorzüglicher Weise ausgebeutete Petroleumquelle befinde.

Er bewillkommnete sie auf das herzlichste, und zwar in englischer Sprache, und lud sie ein, seine Gäste zu sein und bei ihm zu verweilen, so lange es ihnen gefalle.
Als sie nun abstiegen, bemächtigten sich die Arbeiter schnell der Pferde, um dieselben nach den Stallungen zu führen; die Gäste wurden von dem Wirte selbst nach dem Empfangssaale geleitet. Dieser, das größte im Parterre gelegene Zimmer, war ganz in chinesischer Weise eingerichtet und enthielt so viele Tische und Stühle, daß zu vermuten war, der Onkel Daniel sehe oft zahlreiche Gäste bei sich.
Er bat sie, sich einstweilen niederzulassen, bis er seine Befehle erteilt habe, und entfernte sich dann. Der T'eu und Liang-ssi gingen mit ihm, ohne daß er sie dazu aufgefordert hatte. Es war jedenfalls ihre Absicht, ihm zu erklären, daß seine jetzigen Gäste alle Rücksicht und Aufmerksamkeit verdienten.
„Dat also ist der Onkel Daniel," sagte der Gottfried. „Wie jefällt er dich?"
Richard, an den diese Frage gerichtet war, antwortete nicht. Er wäre nicht im stände gewesen, ein Wort zu sagen, so groß war seine innere Bewegung.
„Dumme Frage!" zürnte der Methusalem.
„Ja, ich bin jetzt Herr Jones aus Oxford. Wo soll da die Jescheitheit herkommen! Einen jeistreicheren Namen konnte Liang-ssi nicht für mir finden. Uebrijens jefällt es mich hier ausnehmend jut. Nur scheint der Onkel ein sehr unvorsichtiger Mann zu sein. Er hat dat viele Jeld draußen liejen lassen, und die Chinesigen stehen dabei um den Tisch herum!"
„Es wird keiner das Geringste davon nehmen," antwortete van Berken, welcher bei Ihnen geblieben war. „Sie haben den Herrn so lieb, daß sie einen, der ihn nur um einen Li bestehlen wollte, sofort ausstoßen würden. Es ist eben jeder Mensch gut, wenn er richtig behandelt wird."
In kurzem kehrte der Oheim mit dem T'eu und Liang-ssi zurück. Er sagte den Deutschen in doppelt höflichem Tone, daß er erfahren habe, was Liang-ssi ihnen verdanke und wiederholte seine Bitte, möglichst lange bei ihm zu bleiben und sich ganz als zu seiner Familie gehörig zu denken.
„Eigentliche Familie habe ich nicht," fügte er hinzu. „Meine Arbeiter bilden meine Familie, und willkommene Gäste, wie Sie sind, betrachte ich, so lange sie sich bei mir befinden, als Anverwandte von mir. Betrachten Sie sich also als Mitherren meines Hauses und verschweigen Sie keinen Wunsch, welchen ich Ihnen erfüllen kann. Jetzt werde ich Ihnen die Zimmer anweisen, welche Sie bewohnen sollen."
Er führte sie eine Treppe höher. Dort brachte er sie zunächst in seine eigene Wohnung, welche ganz auf europäische Weise eingerichtet war. Sie bestand aus Wohn-, Schlaf- und Arbeitsstube, und es gewährte ihm augenscheinlich großes Vergnügen, als der Methusalem erklärte, daß man sich hier wie daheim im Vaterlande fühlen könne.
„Ich habe noch ein solches Zimmer," sagte er, „für Europäer bestimmt. Es kommt zuzeiten vor, daß ich aus Kanton oder Hongkong den Besuch eines solchen erhalte, oder daß ein Mandarin, welcher sich vorübergehend bei mir befindet, das Verlangen hegt,

einmal auf europäische Weise zu wohnen. Solche Herren erhalten die betreffende Stube, welche Sie bewohnen werden, Herr Williams."

So war nämlich der Student von Liang-ssi genannt worden. Er erhielt ein allerliebstes Gaststübchen, in welchem sich allerdings auch ein Mandarin wohl fühlen konnte. Neben ihm kam Richard mit dem Gottfried und neben diesen Turnerstick mit dem Mijnheer zu wohnen. Der Methusalem sprach sehr gut englisch und hatte es Richard daheim gelehrt. Beide konnten als Engländer gelten. Anders war es mit dem Gottfried, der zwar ein Hundert Worte leidlich radebrechte, aber doch keins hören lassen durfte, weil der Onkel es sonst sofort bemerkt hätte, daß er unmöglich ein Herr Jones aus Oxford sein könne.

Nun entschuldigte sich der Hausherr, daß er sich für einige Zeit entfernen müsse, da er sich mit den Arbeitern zu beschäftigen habe. Er werde ihnen aber Herrn van Berken senden, der ihnen Gesellschaft leisten möge.

Kurze Zeit später wurde ihnen Erfrischung gebracht, und dann kam der Belgier, um ihnen zu melden, daß er ihnen zur Bedienung und als Führer kommandiert sei, falls sie Lust hätten das Etablissement in Augenschein zu nehmen.

„Ja, ik wil het olie zien; ik ga met – ja, ich will das Oel sehen, ich gehe mit," sagte der Dicke.

Die andern stimmten bei. Nach dem langen Sitzen im Sattel war ein Spaziergang ganz angenehm, und so begannen sie denn ihren Rundgang durch die weit ausgedehnten Einrichtungen des Etablissements.

Keiner von ihnen hatte bisher gesehen, in welcher Weise das Petroleum gewonnen und zubereitet wird. Van Berken führte sie überall hin und erklärte ihnen alles. Es war genau, als ob sie sich an einem großen Petroleumorte Amerikas befänden, und sie vermochten sehr bald, sich ein Bild von der Bedeutung zu machen, welche Onkel Daniel für diese Gegend und auch die ganze Provinz hatte.

Am befriedigtsten zeigte sich der Mijnheer. Er war ganz entzückt über das großartige Werk. Er lauschte mit größter Aufmerksamkeit, als van Berken herrechnete, was dasselbe dem Besitzer einbringe. Er betrachtete alles mit doppelter Aufmerksamkeit, sprach mit sich allein, scheinbar das kunterbunteste Zeug, war von manchen Stellen gar nicht wegzubringen und erklärte endlich in entschlossenem Tone: „Ho-tsing-ting is goed, is zeer goed. Jk word het olie koopen – Ho-tsing-ting ist gut, ist sehr gut. Ich werde das Oel kaufen!"

„Das ist doch Ihr Ernst nicht!" meinte der Ingenieur.

„Niet? Zegt gij eenmal, um broeder spreekt ook nederlandsch?"

„Ja."

„En hij komt in waarheid naar Ho-tsing-ting?"

„Gewiß. Er wird schon in nächster Woche in Kanton eintreffen, wo ich ihn abholen werde."

„Zoo blijs ik hier en koop al het olie. Ik heb vervolgens twee menschen hier, met welken ik nederlandsch spreken kan – so bleibe ich hier und kaufe das ganze Oel. Ich habe nachher zwei Menschen hier, mit welchen ich niederländisch reden kann.“
„So würden Sie uns als Ingenieure behalten?“
„Ja, ob mijne eer, derwijl ik niets weet van den olie – ja, auf meine Ehre, weil ich von dem Oele nichts verstehe.“
„Nun, Sie könnten sich auch ganz auf uns verlassen.“
Er sagte das, indem er aus Höflichkeit auf den Gedanken des Dicken einging, glaubte aber nicht, daß es demselben wirklich Ernst damit sei. Dann führte er sie in seine Privatwohnung, welche aus dem Parterre eines netten Häuschens bestand, dessen hübsches Obergeschoß auch schon für seinen Bruder eingerichtet war.
Es waren einige Stunden vergangen, ehe sie wieder nach dem Hauptgebäude zurückkehrten. Der Abend dämmerte bereits stark, und durch die Fenster, welche hier aus Glas bestanden, strahlte das Licht der Lampen. Vor dem Hause war es still und ruhig, aber unten in den Arbeiterwohnungen und vor denselben schien ein reges Leben zu herrschen. Das hatte seinen guten Grund und auch einen ebenso guten Zweck.
Liang-ssi hatte einigen der Werkmeister erzählt, daß er den fremden Mandarinen sein Leben zu verdanken habe. Er war eine sehr beliebte Persönlichkeit. Darum hatten diese Werkmeister die Kunde schnell weiter verbreitet, und nun war die ganze, große Arbeiterkolonie mit gewissen Vorbereitungen beschäftigt, welche darauf hinzielten, den Fremdlingen zu zeigen, daß man sie ehre.
So etwas kann in China unmöglich ohne Feuerwerk geschehen. Der Chinese ist ein geborener Pyrotechniker. Alles, alles muß er befeuerwerken, und die Regierung legt ihm dabei nicht das geringste Hindernis in den Weg. Während es in den andern Staaten aus wohlbegründeter Ursache der obrigkeitlichen Genehmigung bedarf, ein Feuerwerk abzubrennen, sieht man in China täglich alt und jung sich damit belustigen, ohne daß jemand etwas dagegen hat. Man tritt aus seiner Hausthür und wird von brennenden Fröschen umhüpft. Man biegt um eine Ecke, und eine funkensprühende Schlange züngelt einem entgegen. Man erblickt zur Zeit des Neumonds ganz erstaunt den Vollmond am Himmel und bemerkt erst nach einigen Minuten, daß es ein künstlicher, täuschend nachgemachter ist. Bevor die Straßenthore zugesperrt werden, sieht man überall Feuerwerkskörper hüpfen, springen, schießen, fliegen und schwirren, und das in ganz engen Gassen, deren Häuser aus dem ausgedorrtesten Holzwerke bestehen. Wollte die Regierung ein Verbot dagegen erlassen, so wäre mit fast mathematischer Gewißheit eine allgemeine Empörung zu erwarten.
Es verstand sich ganz von selbst, daß auch die Arbeiter von Ho-tsing-ting solche Feuerwerker waren. Sie rüsteten sich, nach eingebrochener Dunkelheit zur Ehren der fremden Gäste ihre Künste sehen zu lassen.
Der Methusalem hatte sich noch nicht lange in seinem Zimmer befunden, so erschien der Onkel in eigener Person, um ihn zur Tafel zu holen. Seine Kameraden wurden ebenso

benachrichtigt und folgten nach dem großen, auch im Erdgeschoß liegenden Speisesaale. Die Wände desselben waren ganz chinesisch; aber die beiden langen Tafeln welche in der Mitte standen, hatten die doppelte Höhe chinesischer Tische und waren ganz auf europäische Art und Weise gedeckt. Es gab Messer, Gabeln und Löffel, aber keine Speisestäbchen. Zwischen dem feinen chinesischen Porzellangeschirr standen gold- und silberhalsige Weinflaschen, bei deren Anblick der Dicke den Gottfried am Arme zupfte, indem er ihm zuraunte: „Ziet gij deze fleschen? Dat is wijn – sehen Sie diese Flaschen? Das ist Wein!"

„Und ob! Ich glaube, dat es sojar Schamplanscher ist. Na, ich werde mir da nicht werfen lassen!"

„Ik ook niet, waarachtig niet – ich auch nicht, wahrhaftig nicht!"

An der einen Seite stand ein Pianino. Van Berken erklärte dem Methusalem, daß er es von Onkel Daniel als Weihnachtsgeschenk erhalten habe, doch unter der Bedingung, daß es hier stehen müsse. Der Onkel war großer Musikfreund, konnte aber nicht spielen. Es bereitete ihm die größte Freude, wenn der Ingenieur die Saiten erklingen ließ.

Der T'eu war mit seinen Leuten schon da. Sie saßen bereits an der Tafel, an welcher der Methusalem den Ehrenplatz bekam.

Die Gerichte waren meist auf europäische Weise zubereitet. In dieser Beziehung befragt, erklärte der Onkel, daß er sich einen französischen Koch aus Hongkong habe kommen lassen.

Die Erzeugnisse dieses Künstlers erhielten von keinem so feurigen Beifall wie von dem Mijnheer. Bei jedem neuen Gange wurde sein rotes Gesicht um einen Ton dunkler. Er fand nicht Worte genug, all die bekannten und unbekannten Gerichte nach Gebühr zu loben, und als gar der erste Champagnerpfropfen gegen die Decke flog, da hätte er am liebsten alle Welt vor Seligkeit umarmen mögen. Da er nicht als Engländer, sondern als Holländer vorgestellt worden war, so konnte er sich getrost seiner Muttersprache bedienen, was zur Folge hatte, daß der Onkel ihm zuweilen einige Worte in deutscher Sprache zuwarf. Dieser letztere stand, als man sich endlich beim Nachtische befand, auf, trat an das Instrument, öffnete es und bat seinen Ingenieur, ein Stück vorzutragen. Dieser kam der Aufforderung gern nach. Er spielte einen leichten Tanz, das beste was er konnte, und doch erregte er das Staunen aller anwesenden Chinesen.

Draußen vor den Fenstern, welche wegen der im Zimmer herrschenden Hitze geöffnet worden waren, versammelten sich die Feuerwerkslustigen. Sie wagten kaum zu atmen. Als aber dann der Methusalem sich unaufgefordert an das Instrument setzte und die Finger kühn über die Tasten fliegen ließ, da war die Bewunderung doppelt groß. Er war ein sehr guter Pianist und ließ hier hören, daß er etwas gelernt hatte. Als sein letzter Ton verklungen war, erbrausten draußen die Zurufe der Hörer, dann aber begann ein Krachen und Zischen, ein Schwirren und Schmettern, daß man sich die Ohren hätte zuhalten mögen. Das Feuerwerk begann.

Die Gäste traten vor das Haus. Was sie sahen, übertraf die Erwartungen, welche sie geglaubt hatten, hegen zu dürfen, da sie keine gelernten oder vielmehr studierten Feuerwerker vor sich hatten.
Die Chinesen begannen mit ganz gewöhnlichen Dingen, mit Fröschen, Kanonenschlägen, Feuerrädern und Leuchtkugeln. Dann gingen sie zu schwierigeren Sachen über. Die Kugeln bildeten Worte und Bilder. Eine große Leuchtkugel stieg empor, ihr nach eine zweite. Beide platzten. Aus der ersten schoß eine lange, feurige Schlange, aus der andern ein glühender Drache, welcher ihr in immer engeren Spirallinien folgte, bis beider Köpfe auch platzten, um hundert und aber hundert kleine Schlangen und Drachen erscheinen zu lassen. Eine kugelrunde Papierlaterne, in welcher ein Lichtchen zu brennen schien, stieg langsam empor. Hoch oben stand sie still, aus ihr stiegen ein Mond, der sie langsam umkreiste, dann Sterne, welche sich in weiteren Kreisen um sie bewegten. Sie bekam Zacken und Strahlen und entwickelte sich zur hellleuchtenden Sonne, bei deren Glanze man die feinste Druckschrift hätte lesen können.
So wie die Arbeiter vorher das Klavierspiel des Methusalem bewundert hatten, so staunte er jetzt ihre pyrotechnischen Leistungen an, welche erst nach Verlauf einer vollen Stunde endeten.
Die Zuschauer kehrten in das Zimmer zurück, wo der Onkel abermals die Pfropfen springen ließ. Degenfeld wurde ersucht, nochmal zu spielen. Er gab Richard einen Wink, und dieser setzte sich an das Instrument. Er war sehr musikalisch veranlagt und konnte sich hören lassen, da er einen ausgezeichneten Musiklehrer hatte. Während er spielte, raunte der Gottfried Turnerstick zu: „Wo alle lieben, soll da Jottfried janz alleine hassen? Ich werde auch wat zum besten jeden."
„Sie?" lächelte der Kapitän. „Doch nicht etwa auf Ihrer Oboe?"
„Auf wat den sonst? Etwa auf dem Wurstkessel? Ich habe doch kein andres Instrument!"
„Na, das würde eine schöne Geschichte werden."
„So! Sie trauen mich nichts zu?"
„Nein."
„Haben Sie mir schon mal jehört?"
„Leider ja!"
„Ja, wenn ich nur so zum Spaße hineinjesiebt habe. Aberst heut sollen Sie mir zum erstenmal richtig hören und dann werde ich Ihnen den Mund zuschieben, denn Sie werden ihn vor Erstaunen ohne diese Hilfe nicht wieder zubringen. Passen Sie auf!"
Er ging heimlich fort, um sein Fagott zu holen und kehrte gerade zurück, als Richard geendet hatte. Er trat zu ihm und fragte leise: „Wollen wir mal, Junge?"
„Ja," nickte der Gefragte. „Aber ja nichts Dummes!"
„Nein, sondern „Benn die Schwalben heimwärts ziehn", weißt's schon! Fang mal an!"
Der Methusalem erhob sich, als er sah, was vorgehen sollte, von seinem Platze. Gottfried sah es und gab ihm einen beruhigenden Wink. Da setzte der Student sich wieder nieder,

denn nun wußte er, daß der Wichsier keine Dummheit machen werde. Gottfried ließ sich nur ganz selten mit einem ernsten Stücke hören, wenn er es aber that, so mußte man ihn bewundern. Er war in seiner Art ein Virtuos auf dem Instrumente, welchem scheinbar kein richtiger Ton zu entlocken war. Der beste Fagotter hatte auf Gottfrieds Fagott nicht die leichteste Melodie fertig gebracht; dieser letztere aber kannte alle guten und schlechten Eigenschaften seines Instruments. Er allein wußte, wo die herrlichsten Töne in demselben zu suchen und wie sie herauszubringen seien. Er hatte sein Fagott studiert wie ein Reiter sein häßliches Pferd, welches keinem gehorcht, aber zum trefflichsten Rosse wird, sobald sein Herr sich in den Sattel geschwungen hat.
Richard hatte oft mit ihm gespielt. Er kannte alle seine Lieblingsstücke, zu deren besten das genannte gehörte. Er begann die Einleitung; dann fiel Gottfried ein. Er blies die Melodie des bekannten, innigen, aber anspruchslosen Liedes in einfacher Weise bis zu Ende. Dann ließ er eine leichte Variation folgen; es kam eine schwierigere, und dann perlten die Töne in Sechzehntel- und Zweiunddreißigstelnoten so zart und lieblich, so rein und eigenartig voll hervor, daß selbst der anspruchsvollste Kenner hätte zugeben müssen, daß er weder diesem Gottfried noch seiner alten Fagottoboe so etwas zugetraut habe. Es war wirklich eine außerordentliche Leistung, und zwar auf einem Instrumente, welchem man die Bedeutung eines Soloinstruments sonst abzusprechen pflegt.
Die Zuhörer saßen lautlos da. Der Onkel Daniel fühlte sich tief ergriffen. Eine echt deutsche Melodie, in dieser Weise vorgetragen, mußte auf ihn, der sich so nach seiner Heimat sehnte, einen mehr als gewöhnlichen Eindruck machen. Er mußte sich Mühe geben, nicht zu weinen, und rief, als der Gottfried geendet hatte, und sein Fagott neben das Pianino lehnte: „Herrlich, herrlich! Ich danke Ihnen außerordentlich, Herr Jones! Das ist eine deutsche Melodie. Sie können auch solche spielen?"
Er hatte englisch gesprochen.
„Yes," antwortete der Gottfried.
„Und die haben Sie in England gelernt?"
„Yes".
„Spielt und fingt man denn dort auch deutsche Lieder?"
„Yes".
„Bitte, würden Sie noch eins blasen?"
Dieses „Yes" war das einzige englische Wort, von welchem er genau wußte, daß er es richtig ausspreche. Der Methusalem befreite ihn aus seiner Verlegenheit, indem er Richard bat, einige deutsche Lieder zu spielen.
Der Gymnasiast folgte dieser Aufforderung, hütete sich aber sehr, diese Lieder zu singen. Der Onkel durfte ja noch nicht wissen, daß seine Gäste des Deutschen mächtig seien.
Dennoch machten die Melodien auf den Hauswirt den Eindruck, daß er ganz schwermütig wurde. Er bemerkte, daß er dadurch die vorherige heitere Stimmung seiner Gäste schädige und entschuldigte sich: „Ich bitte um Verzeihung! Der Deutsche bleibt eben ein Melancholikus, wohin er nur kommen mag. Ich liebe mein Vaterland und bin

doch durch die Verhältnisse abgehalten, es jemals wiederzusehen. Das stimmt mich, so oft ich daran denke, trübe. Lassen Sie also lieber nun etwas recht Munteres, Lustiges hören."

„Ja," stimmte der Methusalem bei, „Mister Jones, blasen Sie doch einmal das famose Dings, welches, glaube ich, „Auf dem Bauernhofe" überschrieben ist!"

Gottfried verstand das Englische weit besser, als er es sprach. Er wußte, was der Blaurote meinte.

„Yes," sagte er, indem er wieder zu seinem Instrument griff.

Und leise flüsterte er Richard zu: „Mach deine Sache jut und falle mich nicht so oft aus die Taktmäßigkeit wie jewöhnlich! Wenn dat Ding jut jespielt wird, sollst du sehen, wie sich diese Chinesigen vor Lachen die Bäuche halten. Also los!"

Richard spielte die sehr ernste, ja würdig gehaltene Einleitung. Dann setzte der Gottfried sein Fagott an, im nächsten Augenblicke wieder ab – ein Hahn hatte gekräht. Das hatte so täuschend geklungen, daß die Chinesen in alle Ecken schauten, um den Hahn zu sehen, und auch der Dicke sagte: „Een Haan! Ik zie hem niet – ein Hahn! Ich sehe ihn nicht!"

Gottfried hatte das Mundstück wieder zwischen den Lippen – eine ganze Schar von Gänsen schnatterte; Enten quakten und Tauben girrten. Nun erst sahen und hörten die mit der Kunst des Wichsiers Unbekannten, daß diese Stimmen aus seinem Instrumente kamen. Ein Ochse brummte, ein Pferd wieherte; dann meckerten einige Ziegen. Das war so vortrefflich nachgeahmt, daß die Hörer meinten, die Tiere vor sich zu sehen. Eine Katze pfauchte, und ein Hund knurrte darauf. Die Katze miaute laut, und der Hund kläffte hinterdrein. Die Katze schrie förmlich auf, und der Hund bellte und heulte aus Leibeskräften. Das gab einen ganz entsetzlichen Lärm, welcher aber so genau nach dem Takte ging, daß jeder Ton mit der Begleitung harmonierte. Diese Stimmen und andre wiederholten sich in der verschiedensten Weise und Reihenfolge, bis sie endlich so rasch hintereinander und scheinbar durcheinander erschallten, daß die Zuhörer sich wirklich die Ohren zuhielten und aus Leibeskräften lachten.

„So," sagte Gottfried, indem er sein Instrument hinlehnte, „dat hast du jut jemacht, Richard. Du bist nicht ein einziges Mal aus das Konzept jekommen, und ich denke, dat wir Ehre einjelegt haben. Nun komm! Wir sind keine Freunde von diejenigte Arbeitsteilung, dat wir nur blasen, wenn die übrigen trinken."

Durch dieses letzte Musikstück war die muntere Laune neu angeregt worden und sie hielt vor, bis niemand, selbst der Dicke nicht, mehr trinken wollte. Der T'eu wünschte, schlafen zu gehen, und so wurde die Tafel aufgehoben.

„Ik eet und drink ook niets meer," sagte der Dicke; „maar slapen kan ik ook nook niet. Ik moet met gij spreken, Mijnheer Stein – ich esse und trinke auch nichts mehr; aber schlafen kann ich auch noch nicht. Ich muß mit Ihnen sprechen, Herr Stein."

„Worüber?" fragte der Onkel.

„Dat word ik gij zeggen. Gaan wij in uw vertrek – das werde ich Ihnen sagen. Gehen wir in Ihr Zimmer!“
„Gern, wenn Sie es wünschen. Doch bitte, hier zu warten, bis ich die andern Herren begleitet habe!“
Da fiel dem Dicken ein, daß ja gesungen werden solle. Er hatte versprochen, mitzusingen. Darum meinte er jetzt: „Ik kan het ook morgen zeggen. Ik wil met slapen gaan – ich kann es auch morgen sagen. Ich will mit schlafen gehen.“
So schloß er sich also den andern an, welche der Onkel in ihre Zimmer brachte. Mit dem Methusalem in der Stube desselben angekommen, bemerkte der Wirt: „Das war ein höchst genußreicher Abend, für welchen ich Ihnen nicht genug Dank sagen kann. Solche Stunden habe ich hier noch nicht erlebt.“
„Haben Sie wirklich ganz darauf verzichtet, die Heimat wieder zu sehen?“
„Ja. Einen Käufer finde ich nicht. Und soll ich meine Schöpfung und meine Arbeiter verlassen?“
„Besitzen Sie nicht Verwandte, welche Sie zu sich rufen können? Die Anwesenheit derselben würde Ihnen doch wenigstens einigermaßen die Heimat ersetzen.“
„Gewiß. Ich habe Verwandte und hegte auch schon denselben Gedanken wie Sie. Ich habe geschrieben.“
„Und werden sie kommen?“
„Das weiß ich nicht, da ich keine Antwort erhalten habe. Vielleicht sind sie verschollen.“
„Nun, in Deutschland ist das doch nicht so leicht.“
„Warum nicht? Ich hatte einen Bruder, welcher Lehrer war. Er ist wohl tot. Seine Witwe hat mit den Kindern nicht von der armen Pension zu leben vermocht. Nun sind sie auseinander gegangen, eins dahin und das andre dorthin, und keins ist mehr aufzufinden. Ich werde dafür bestraft, daß ich ihnen so lange Jahre keine Nachricht von mir zugehen ließ.“
„Nun, man darf die Hoffnung nie ganz aufgeben.“
„Das wohl; aber ich werde morgen, oder vielmehr heut, denn es ist schon nach Mitternacht, und um ein Uhr bin ich geboren, sechsundsechzig Jahre. Da hat man nicht mehr viel Zeit zum Hoffen und Warten übrig. Ihre Gegenwart macht mir den Geburtstag diesmal zum wirklichen Freudentag. Wir werden ihn feiern, denn ich habe Zeit dazu. Meine Leute arbeiten nicht, und ich werde Essen und Trinken unter sie verteilen lassen. Schlafen Sie jetzt wohl und ein frohes Wiedersehen nach dem Erwachen!“
Er ging.
„Noch vor dem Erwachen, ja, noch vor dem Einschlafen,“ lachte der Methusalem leise hinter ihm her.
Er wartete noch eine Viertelstunde, bis im Hause alles ruhig war; dann wollte er zu Richard und Gottfried gehen. Aber da wurde seine Thür leise geöffnet; der letztere steckte den Kopf herein und fragte: „Sie warten auf uns? Dürfen wir eintreten, jeehrter Freund und Ständchenjenosse?“

„Ja, komm herein! Wo sind denn die andern?“
„Sie folgen mich hinterdrein. Da sehen Sie dat janze Corps der Rache.“
Er schob Richard, Turnerstick und den Dicken herein. Draußen aber standen noch Liang-ssi, dessen Bruder, van Berken und auch der Bettlerkönig.
„Gut!“ meinte Degenfeld. „So sind wir nun alle beisammen. Ist der Herr in seiner Schlafstube?“
„Ja. Liang-ssi hat eine Leiter an dat Fenster jelegt und den Spion jemacht. Soeben hat sich der Onkel zur Ruhe jelegt, die wir ihm aber nicht lassen werden.“
„So kommt! Aber leise!“
„Ik ook?“ fragte der Mijnheer.
„Ja. Wir müssen alle beisammen sein.“
„Und ik zal ook met zingen?“
„Nein. Sie schweigen.“
„Waarom?“
„Weil Sie nicht singen können.“
„O, ik kan zingen, ik kan zeer goed zingen!“
„Das ist möglich. Da wir aber noch keinen Beweis davon haben und es uns auch an der Zeit fehlt, uns diesen Beweis geben zu lassen, so ersuche ich Sie, nicht mitzusingen. Bitte, kommen Sie jetzt!“
Die vorher auf dem Korridor brennende Lampe war ausgelöscht worden. Die Herren hatten aber ihre Lichter mitgebracht; also gab es Beleuchtung genug. Sie schlichen sich bis zur Thür, hinter welcher das Wohnzimmer des Onkels lag. Degenfeld klinkte leise; sie ging auf. Die drei, der Methusalem, Gottfried und Richard, traten ein. Links von ihnen führte die Thür in das Schlafkabinet des Onkels. Sie war nur angelehnt; der Schein der Lichter fiel durch die Spalte hinaus. Er sah es und fragte auf Chinesisch: „Wer ist da draußen?“
Anstatt der Antwort erklang der Bierbaß des Methusalem: „Was ist des Deutschen Vaterland?“ Gottfried und Richard fielen kräftig ein. Aber schon nach den ersten zehn oder zwölf Takten lauschten sie selbst erstaunt auf. Sie sangen nicht allein. Zu ihren drei Stimmen hatte sich ein wundervoller Tenor gesellt, ein Tenor, so glockenhell, so rund und trotz aller Zartheit so mächtig, daß sie sich umdrehten.
Da stand hinter ihnen der Dicke und sang mit ihnen:
„Ist's wo am Rhein die Rebe blüht?
Ist's wo am Bett die Möwe zieht?“
Ja, er konnte singen, der Mijnheer, und wie! Er hatte eine Stimme, und was für eine! Der Methusalem nickte ihm aufmunternd zu, und so ließ er diese Stimme nun nicht mehr schüchtern, sondern in ihrer vollen Stärke erschallen. Das gab einen prachtvollen Zusammenklang.
Als das Lied zu Ende war, stand der Onkel unter der Thür. Sein Gesicht war ein einziges großes Fragezeichen. Seine faltigen Wangen hatten sich gerötet, und seine Augen

leuchteten vor Erregung. Mit fast zitternder Stimme rief er: „Sie singen dieses prächtige Lied! Sie singen deutsch! Sie verstehen also auch deutsch! Warum haben Sie mir das nicht früher gesagt?“
„Um Ihnen zu überraschen,“ antwortete der Gottfried voreilig. „Wir bringen Ihnen dieses Ständchen zum Jeburtstage und dazu die Erfüllung Ihres Lieblingswunsches. Sehen Sie sich diesen wohljeratenen Jüngling an, diesen – – – o weh! Hat ihm schon! Da ist es mit meine schöne Rede aus!“
Richard hatte sich nicht länger halten können. Noch während der Gottfried sprach, war er mit den Worten: „Onkel, lieber Onkel, ich bin dein Neffe!“ auf Stein zugeeilt und hatte seine Arme um ihn geschlungen. Der Onkel stand starr vor freudigem Schreck. Die Arme hingen ihm schlaff herab.
„Mein Neffe – – du – du bist mein Neffe?“ stammelte er.
„Hinaus!“ flüsterte Degenfeld den andern zu. indem er sie zurückdrängte. „Hier sind wir von jetzt an überflüssig.“
Er schob die Thür hinter sich zu. Drin erklangen die Stimmen des Oheims und des Neffen, schluchzend und jubelnd zugleich. Auf dem Korridor sagte der Gottfried: „Wohin jehen wir einstweilen?“
„Einstweilen?“ antwortete der Blaurote. „Von einem Einstweilen ist natürlich keine Rede. Wir gehen schlafen.“
„Dat wäre höchst incoulant!“
„Warum?“
„Weil der Onkel uns bald suchen wird, um uns zu danken.“
„Du willst einen Dank haben für deinen zweiten Bänkelsängertenor? Schäme dich!“
„Na, so war's nicht jemeint. Aberst er wird noch mit uns reden wollen. Wir werden ihm erzählen sollen!“
„Dazu ist morgen besser Zeit als jetzt. Uebrigens kann und wird Richard ihm alles erzählen. Lassen wir die beiden allein!“
Er ging nach seiner Schlafstube und legte sich nieder. Die andern mußten wohl oder übel seinem Beispiele folgen. Noch war er nicht eingeschlafen, so klopfte man an seine Thür. Auf seine Frage antwortete Richards Stimme: „Onkel Methusalem, du sollst zu Onkel Daniel kommen.“
„Wozu?“
„Wir wollen hinunter in den Speisesaal, du sollst erzählen.“
„Wo sind die andern?“
„Die soll ich auch mitbringen, bin aber erst zu dir gegangen.“
„So laß sie liegen, und entschuldige auch mich. Ihr habt ein Recht, ungestört zu sein, und du kannst ja auch erzählen. Morgen ist ein langer Tag, ein Geburtstag, den wir feiern sollen. Da muß ich ausgeschlafen haben. Gute Nacht!“

Mit diesem Bescheide mußte Richard sich entfernen. Der Methusalem aber schlief mit dem Bewußtsein ein, seine Aufgabe mit der jetzigen Stunde ganz und voll gelöst zu haben.

Am Morgen wurde er durch ein abermaliges Klopfen geweckt. Er sah an die Uhr. Die Sonne schien schon hell, aber es war erst Sieben.

„Wer klopft denn?“ fragte er ärgerlich.

„Ich,“ antwortete der Gottfried.

„Warum?“

„Erheben Sie sich aus die Eiderjänse! Es ist höchst wahrscheinlich ein Malheur passiert, wenn es nicht bloß eine Dummheit ist, die er bejangen hat.“

„Wer?“

„Der Mijnheer.“

„Was ist's mit ihm?“

„Dat ist's eben, wat wir nicht wissen. Er ist verschwunden.“

„Unsinn!“

„Möglich, dat es nur ein Unsinn ist! Aberst er ist wirklich fort.“

„Wann denn?“

„Dat weiß nicht mal Buddha.“

„Warte, ich komme!“

Er kleidete sich schnell an und trat hinaus. Da stand der Gottfried mit Richard und Turnerstick.

„Endlich!“ meinte der erstere. „Sollte man es denken, dat so ein Dicker solche dumme Streiche machen könnte!“

„Er hat doch mit dem Kapitän in einem Zimmer geschlafen, denke ich. Dem muß er doch etwas gesagt haben!“

„Ist ihm nicht eingefallen,“ antwortete Turnerstick. „Er schnarchte wie ein Walroß, so daß ich stundenlang nicht einschlafen konnte. Endlich fand ich ein wenig Ruhe. Als ich dann erwachte, war er fort.“

„Er wird spazieren gegangen sein.“

„Der? So ein Langschläfer? Das ist ihm nicht eingefallen!“

„Wo sind denn seine Sachen?“

„Die hat er mit, die Gewehre, den Ranzen, den Schirm, kurz, alles! Und das ist es eben, was mich so besorgt macht.“

„Pah! Wie können Sie denken, daß der Mijnheer uns durchgeht. Von seinen Sachen trennt er sich überhaupt nie. Daß er sie mitgenommen hat, ist kein Beweis dafür, daß er hat verschwinden wollen.“

„Aber daß er vor uns aufgestanden ist!“

„Das ist freilich höchst ungewöhnlich von ihm. Ist Onkel Daniel schon auf?“

Jedenfalls," antwortete Richard. „Wir haben bis Tagesanbruch in seiner Stube gesessen. Dann schickte er mich schlafen. Er selbst, sagte er, werde aber wohl nicht schlafen können."

„Wollen fragen und suchen."

Sie erkundigten sich bei der Dienerschaft nach dem Dicken. Niemand hatte ihn gesehen. Nun verließen sie das Haus, um nach ihm zu suchen. Das war aber sehr überflüssig, denn kaum hatten sie die Thür hinter sich, so sahen sie ihn kommen, den Schirm geöffnet, die beiden Flinten und den über dieselben gehängten Tornister auf dem Rücken. Neben ihm schritt Onkel Daniel, mit welchem er sich in einem sehr eifrigen Gespräch zu befinden schien. Als beide die Wartenden erblickten, kamen sie schnelleren Schrittes herbei. Onkel Daniel rief schon von weitem: „Guten Morgen, Herr Degenfeld! Guten Morgen, meine Herren! Schon munter? Das freut mich, denn um so eher kann ich Ihnen da sagen, was ich heute früh nicht sagen konnte, weil Sie sich mir entzogen, nämlich, wie außerordentlich Dank ich Ihnen schulde. Wer hätte das denken und ahnen können! Wer – –"

„Bitte!" unterbrach ihn der Methusalem. „Es gibt wirklich keinen Grund zu so besonderer Dankbarkeit. Wir haben Ihnen den Neffen gebracht und genießen dafür Ihre Gastfreundschaft. Wir sind quitt!"

„Das ist nicht wahr. Das kann ich nicht zugeben. Ihre Anwesenheit hat meinem Leben eine ganz neue, glückliche Richtung gegeben, besonders seit ich jetzt mit diesem Herrn gesprochen habe."

„Mit Herrn van Aardappelenbosch? Ja, den suchen wir eben. Sagen Sie uns doch einmal, was Sie heute gemacht haben, Mijnheer!" –

„Heden – heut?" fragte der Dicke.

„Ja, heute früh."

„Daar ben ik opgestaan – da bin ich aufgestanden."

„Schön! Und dann?"

„Daar ben ik voortgegaan – da bin ich fortgegangen."

„So! Warum?"

„Waarom? Dewijl ik al het olie koopen mit – warum? Weil ich das ganze Oel kaufen will."

„Darum sind Sie so zeitig aufgestanden?"

„Ja, darum," erklärte der Onkel Daniel. „Mijnheer van Aardappelenbosch hat vielleicht sonst die Eigenschaft, gut und lange zu schlafen, heute aber hat ihm ein sehr lebhafter Wunsch, welchen er hegt, keine Ruhe gelassen. Ich konnte vor Freude nicht schlafen. Als es hell war, wollte ich einen Spaziergang unternehmen und traf auf der Treppe den Mijnheer, dem ich sehr willkommen war, denn nun fand er Gelegenheit, mir das zu sagen, was er mir vorher nicht sagen konnte, weil er gern mitsingen wollte."

„Wohl, daß er das ganze Oel kaufen will?"

„Ja, das ganze Oel!"

„Al het olie, al het huis en al het land – das ganze Oel, das ganze Haus und das ganze Land!“ nickte der Dicke sehr ernsthaft.
„Aber das ist doch nicht Ihr wirklicher, ernster Wille, Mijnheer?“ fragte Degenfeld.
„Ik wil het, en ik maak het – ich will es und ich mache es!“
„Ich habe es bisher für Scherz gehalten!“
„O nein, es ist sein völliger Ernst,“ sagte der Onkel. „Ich habe ihm sogar schon den Preis genannt. Er will Rücksprache mit dem Ingenieur nehmen und sich in den Büchern orientieren.“
„Das nenne ich Entschlossenheit! Sie sind ein kühner Mann, Mijnheer!“
„Ja, ik ben tapper. Jk ben zwak en ziek, en ik wil dik en gezond worden. De lucht is hier zeer goeb – ja, ich bin tapfer. Ich bin schwach und siech, und ich will dick und gesund werden. Die Luft ist hier sehr gut.“
„Nun, mir kann das sehr recht sein,“ meinte Stein. „Ich habe es für unmöglich gehalten, einen Käufer zu finden. Jetzt, da sich Mijnheer van Aarbappelenbosch bereit erklärt, das Etablissement käuflich zu übernehmen, wird mir das Herz leicht. Meine Arbeiter bekommen einen guten Herrn, und ich kann in die Heimat zurückkehren. Werden wir einig, so sorge ich, soviel es mir möglich ist, dafür, daß er dieselben Erleichterungen findet, welche ich gefunden habe. Ich werde ihn dem Schutz des T'eu empfehlen, und von den Hoei-hoei bin ich überzeugt, daß sie meinem Nachfolger dasselbe Wohlwollen schenken wie mir. Wegen der Sprache braucht es ihm nicht bange zu sein, da der Ingenieur ja die seinige spricht, und so viel Chinesisch, wie man braucht, um sich den Arbeitern verständlich zu machen, ist bald gelernt. Doch, solche Arrangements lassen sich nicht an einem Tage und auch nicht in einer Woche treffen. Wir haben ja Zeit und je länger Sie bei mir bleiben, desto lieber ist es mir. Jetzt wollen wir zum Frühstück, und dann sollen Sie mir von Ihrer Heimat und Ihrer Reise erzählen!“
Sie kehrten in das Haus zurück. Der Dicke ging langsam hinterdrein und sagte für sich: „En ik maak het dook. Jk koop al het olie en al het Ho-tsing-ting – und ich mache es doch. Ich kaufe das ganze Oel und das ganze Ho-tsing-ting!“
Dabei blieb er, heute und auch die kommenden Tage. Er ließ dem Onkel Daniel keine Ruhe. Dieser mußte ihn in seine Bücher einweihen und ihm alles zeigen und erklären. Der Dicke besichtigte und prüfte jeden Gegenstand und entwickelte dabei eine Beweglichkeit und Ausdauer, welche zu bewundern war. Bald erfreute er sich einer großen Beliebtheit bei den Arbeitern. Er konnte zwar nicht mit ihnen sprechen, aber er kannte den chinesischen Gruß, und sein Tsching-tsching klang einem jeden, der ihm begegnete, schon von weitem entgegen. Dabei nickte er so freundlich mit dem Kopfe und lächelte jeden so herzlich an, daß sie geradezu gezwungen waren, ihn lieb zu gewinnen.
Als drei Wochen vergangen waren, wurde der Kauf abgeschlossen. Das gab wieder einen festlichen Tag für die bisherigen Gäste, für die Mandarinen, welche den Kaufkontrakt abzufassen und zu unterzeichnen hatten, und für die Arbeiter. Der Mijnheer hatte alles

gekauft, wie es stand und lag, so daß dem Onkel das Fortziehen leicht gemacht wurde. Er brauchte nicht viele und große Kisten zu füllen.
Es versteht sich ganz von selbst, daß Richard indessen an seine Mutter geschrieben hatte. Auch der Methusalem hatte an Ye-kin-li geschrieben und ihm gemeldet, daß es ihm gelungen sei, sein Kong-Kheou zu lösen. Ebenso hatten Liang-ssi und Jin-tsian an ihn geschrieben. Onkel Daniel sandte diese Briefe durch einen sicheren Expressen nach Kanton zu seinem Geschäftsfreunde, welcher sie mit nächstem Schiffe abgehen lassen sollte.
Es läßt sich denken, daß ein Mann wie Stein nur mit Wehmut von seiner Schöpfung Abschied nimmt. Doch wurde ihm derselbe durch den Gedanken erleichtert, daß er der geliebten Heimat entgegen ging.
Auch die Deutschen schieden nur schwer von Ho-tsing-ting. Der Dicke war ihnen sehr lieb geworden, und als sie von ihm gingen, war es in der festen Ueberzeugung, daß sie ihn im Leben niemals wiedersehen würden. Doch Gott führt die Seinen wunderbar.
Sie hatten zunächst die Sorge gehegt, daß er nicht der Mann sei, ein solches Etablissement mitten in China ohne Schaden weiter zu leiten. Aber bald überzeugten sie sich, daß er bei all seiner Güte und scheinbaren Unbeholfenheit ein sehr tüchtiger und energischer Geschäftsmann sei. Seine Befangenheit erstreckte sich nur auf private Verhältnisse. Als Kaufmann suchte er seinen Meister. Das beruhigte sie in Beziehung auf seine Zukunft.
Er weinte helle Zähren, als sie nun auf der Pferden vor seinem Hause hielten und Abschied von ihm nahmen.
„Ik kaan niet met rijden; ik moet hier blijven," sagte er. „Ik kaan mij niet helpen, ik moet snuiven en snuiten. Reizt met God, mijne lieven, goeden vrienden, en denkt somtijds aan uwen zwaken Aardappelenbosch – ich kann nicht mitreiten; ich muß hier bleiben. Ich kann mir nicht helfen, ich muß schnauben und schneuzen. Reist mit Gott, meine lieben, guten Freunde, und denkt manchmal an euren schwachen Aarbappelenbosch!"
Er hatte sie ein Stück zu Pferde begleiten wollen, was aber von ihnen zurückgewiesen worden war. Das hätte nur die Wehmut verlängert und den Abschied erschwert.
In dem Dorfe, in welchem die Frau und die Töchter Ye-kin-lis wohnten, gab es abermals Abschied zu nehmen. Der Hoei-hoei, welchem sie so viel zu verdanken gehabt hatten, war von ihnen aufgefordert worden, mit nach Deutschland zu gehen, hatte sich aber nicht dazu entschließen können. Nun mußten sie von ihm scheiden.
„Wäre ich reich oder wenigstens wohlhabend, so würde ich ihn belohnen," sagte Liang-sii.
„Womit?"
„Mit einer Summe, die es ihm ermöglicht, seine Lage zu verbessern und sich von den Aufrührern loszusagen."
„Wie hoch würde diese Summe sein?"
„o, hätte ich das Geld, so würde ich ihm hunderttausend Li geben!"

Diese Summe klingt ungeheuer, beträgt aber nach deutschem Gelde nur 641 Mark. Der Methusalem griff in eine geheime Tasche seines Rockes, zog einen Beutel hervor und entnahm demselben eine Anzahl englischer Goldstücke. Diese gab er dem Chinesen, indem er sagte: „Das ist etwas mehr als hunderttausend Li. Geben Sie es ihm!"
Liang-sii machte ein Gesicht, als ob er eine Unmöglichkeit habe möglich werden sehen.
„Herr," rief er aus, „das ist ja eine ganz entsetzliche Summe!"
„Für den Hoei-hoei wird sie hinreichend sein."
„Und die wollen Sie ihm schenken?"
„Nein."
„Aber Sie sagten doch, daß er sie erhalten solle!"
„Von Ihnen, aber nicht von mir. Ich leihe sie Ihnen."
„Aber wissen Sie denn, daß ich sie Ihnen jemals wiedergeben kann?"
„Ja."
„Wohl weil mein Vater ein gutes Geschäft in Deutschland besitzt?"
„Nicht allein deshalb. Hunderttausend Li sind in Deutschland nicht viel. Dort schlachtet zum Beispiel mancher Fleischer einen Ochsen, welcher so viel kostet, und es gibt Pferde, welche mehr als eine Million Li kosten. Ihr Vater würde mir das Geld also zurückerstatten können. Aber Sie haben doch auch hier in China Geld."
„Wir? Hier?"
„Ja. Sie wissen es nicht, und ich habe bisher nicht davon gesprochen. Ihr Vater ist hier sehr reich gewesen."
„Das war er. Aber man hat ihm bei der Verhaftung alles abgenommen."
„Nein. Er hatte sein Geld sehr klug beiseite gebracht, und als er entflohen war, vergrub er es."
„Ist das wahr? Hat er es Ihnen gesagt? Wissen Sie, wo es liegt?"
„Ja."
Die Brüder, denn Jin-tsian stand auch dabei, waren Feuer und Flamme geworden. Bei dem Chinesen hat kein Wort so guten Klang wie die eine Silbe „Geld".
„Aber ob es nicht indessen ein andrer, ein Fremder gefunden hat!" rief Liang-ssi.
„Es liegt noch da."
„Wissen Sie das so genau?"
„Ich könnte es beschwören!"
„O Himmel, o Welt, o Erde! Und das sagen Sie so ruhig! Müssen Sie da nicht vor Freude springen?"
„Nein. Es ist recht gut, wenn man Geld besitzt; aber es gibt noch höhere Güter. Man kann reich sein an Ehre und Ruhm, an Zufriedenheit, an Glück, an Gesundheit, ja an noch viel höherem. Ich habe den Ort aufgesucht und mich überzeugt, daß das Geld sich noch da befindet."
„Wann?"
„Auf unsrer Herreise."

„Wo?“
„Oben in den Bergen, als wir in dem Siĕ-kia einkehrten und ich von den Hoei-hoei überfallen wurde.“
„Und davon haben Sie uns nichts gesagt!“
„Ich hatte meinen guten Grund dazu. Erstens hätte Ihnen die Kunde, daß Sie einen Schatz da liegen haben, die Ruhe geraubt, und zweitens gehört das Geld nicht Ihnen, sondern Ihrem Vater. Nicht für Sie, sondern für ihn habe ich es aus dem Verstecke zu holen, und nur ihm allein werde ich es aushändigen. Aber Sie sehen, daß ich Ihnen ohne Gefahr die hunderttausend Li leihen kann.“
„Wenn es so ist, dann nehme ich sie an, um sie dem Hoei-hoei zu geben. Er wird dadurch sein Glück machen!“
Die Freude des Mannes, als er die Goldstücke empfing, war allerdings geradezu unbeschreiblich. Er tanzte in der Stube hin und her, machte die tollsten Kapriolen und küßte allen, die er erreichen konnte, die Hände und die Kleidersäume. Diese Gabe milderte in hohem Grade die Wehmut, mit welcher er die Frauen scheiden sah, die er einst als flüchtige Bettlerinnen bei sich aufgenommen hatte.
Man hatte die Nacht wieder im hiesigen Einkehrhause zugebracht, denn der T'eu hatte gebeten, ihn hier zu erwarten, da er die Reisenden begleiten und sicher nach Kanton bringen wollte. Er kam des Nachts mit mehreren Berittenen, und am Morgen brach man auf, die Männer zu Pferde, während sich die Damen dreier Sänften bedienten. Ihr Gepäck war schon mit demjenigen des Onkel Daniel vorher nach Kanton geschickt worden.
Ganz selbstverständlich erregten die Fremden auch jetzt überall dasselbe Aufsehen, dessen Ursache sie herwärts gewesen waren. Sie zogen es vor, nicht in Ortschaften, sondern in alleinstehenden Ruhehäusern einzukehren.
Als sie dasjenige erreichten, von welchem aus der Methusalem mit Gottfried und Richard das alte Marabu untersucht hatte, war der Abend nahe, so daß sie hier bleiben mußten. Degenfeld unterrichtete die Gefährten alle, daß jetzt der Augenblick, an welchem der Schatz gehoben werden solle, nahe sei. Er führte sie in die Schlucht und an das Häuschen. Jeder kroch einzeln hinein, um zu erraten, wo man suchen müsse. Sie klopften auf den Boden und an die Wände, um eine hohle Stelle zu finden – vergebens. Dann hob der Methusalem die Steine aus und zog die beiden Säcke hervor. Die Brüder stürzten sich auf dieselben, um sie zu öffnen. Degenfeld ließ es geschehen, bemerkte ihnen aber: „Diese Barren gehören Ihrem Vater. Sie sollen sie sehen und zählen, um mir später zu bezeugen, daß kein Stück abhanden gekommen sei. Dann aber nehme ich sie ausschließlich in meine Verwahrung. Ich habe zu diesem Zwecke ein Packpferd mit Sattel und Decken mitgenommen.“
Die Barren wurden gleich an Ort und Stelle gezählt; dann band Degenfeld die Säcke zu und ließ sie in das Einkehrhaus tragen. Von diesem Augenblicke an war es mit der Nachtruhe der Brüder aus. Sie hatten Angst vor Räubern, die es gar nicht gab, und hüteten mit Argusaugen die Stelle, an welcher der Methusalem neben den Säcken schlief.

Die Reise wurde ganz auf derselben Straße, auf welcher man hergekommen war, fortgesetzt. Man gelangte am Morgen über die gefährliche Brücke und am Abend nach Schin-Hoa, doch ritt man dieses Mal durch die Stadt, um jenseits derselben im ersten Sië-kia zu übernachten.
Dadurch wurde ein kleiner Vorsprung gewonnen, welcher es ermöglichte, schon am nächsten Nachmittage Schao-tscheu zu erreichen, wo die Reisenden auf dem Herwege die militärische Begleitung erhalten hatten.
Der Methusalem ritt bei dem Mandarin vor und wurde von demselben noch viel ehrerbietiger als vorher empfangen, eine Folge davon, daß sich der Bettlerkönig in Person bei ihm befand. Da es galt, hier ein flußabgehendes Schiff zu bekommen, so mußten sie daselbst über Nacht bleiben. Der T'eu fand auch wirklich eine Dschunke, deren Führer solchen Respekt vor ihm hatte, daß er sich bereit erklärte, sein Fahrzeug bis zum Morgen klar zu machen.
Der Methusalem stellte dem Mandarin die Pferde und alle Utensilien, welche die Soldaten im Stich gelassen hatten, zurück. Zu bezahlen hatte er nichts dafür. Als er nach dem Oberlieutenant fragte, erhielt er eine ausweichende Antwort, und da ihm die Bestrafung des mutlosen Menschen nichts nutzen konnte, so zog er es vor, diesen Gegenstand nicht wieder zu berühren.
Am Morgen wurden die Reisenden mit ihrem Gepäck und großem Pomp nach dem Flusse gebracht, wo die Dschunke für sie bereit lag. Da sie dieselbe vor Kanton nicht verlassen wollten, so hatten sie sich reichlich mit Proviant versehen.
Der Ho-tschang des Fahrzeuges ließ sich bewegen, auch während der Nacht zu fahren. Dadurch, und weil es nun stromabwärts ging, wurde eine sehr schnelle Rückreise ermöglicht.
Es war eines frühen Morgens, als man Kanton erreichte. Eigentlich durften sich die Fremden hier nicht sehen lassen. Ganz dasselbe war mit Jin-tsian der Fall, da er aus dem Amte entflohen war. Aber der letztere wünschte zu wissen, ob man irgend welche Maßregeln zu seiner Ergreifung angeordnet habe, und der Methusalem wollte den Tong-tschi und den Ho-po-so benachrichtigen lassen, daß er seine Reise batik ihrer Unterstützung glücklich beendet habe. Der T'eu übernahm es, die Wünsche beider zu erfüllen.
Bereits nach zwei Stunden kehrte er mit dem Ho-po-so zurück und meldete, daß von einer Verfolgung Jin-tsians nicht die Rede gewesen sei, und der Ho-po-so bat, Kanton schleunigst zu verlassen, wozu er eine besondere Dschunke zur Verfügung stellen wolle. Er habe den betreffenden Befehl bereits erteilt.
Es dauerte auch gar nicht lange, so kam ein Schnellsegler herangerudert und legte sich Bord an Bord mit der Dschunke aus Schao-tscheu. Auf diese Weise konnte die Umquartierung vor sich gehen, ohne daß die Aufmerksamkeit der auf den nahe liegenden Schiffen befindlichen Chinesen mehr als gewöhnlich erregt wurde.

Nun galt es, Abschied von dem Bettlerkönig und dem Ho-po-so zu nehmen. Man hatte dem letzteren viel und dem ersteren noch weit mehr zu verdanken. Der Ho-po-so machte, nachdem er dem Führer der Dschunke seine Befehle erteilt hatte, die Sache mit einigen Verbeugungen ab. Er war, obgleich er diesen Fremden das Leben verdankte, doch herzlich froh, sie nun auf der Heimreise zu wissen. Degenfeld wollte dem Bettlerkönig den T'eu-kuan zurückgeben, doch bat derselbe, den Paß als ein Andenken an ihn zu behalten. Dann reichte er allen die Hände, versprach, seinen Schwiegersohn und den Tong-tschi zu grüßen und vor allen Dingen sich des Mijnheer anzunehmen, und verabschiedete sich dann mit einer Herzlichkeit, aus welcher zu ersehen war, daß er die Fremdlinge aufrichtig liebgewonnen hatte.

Kurze Zeit später zog die Mannschaft die beiden Segel auf, und die Dschunke setzte sich nach Whampoa zu in Bewegung, um durch die Bocca Tigris nach Hongkong zu gehen, dessen Hafen man beim Grauen des nächsten Morgens erreichte.

Dort wurde die Dschunke, nachdem das Gepäck aus derselben an Bord von Turnersticks Klipperschiff geschafft worden war, abgelohnt; die Reisenden selbst aber begaben sich nach dem Hotel, in welchem sie den braven Mijnheer kennen gelernt hatten. Der Wirt lächelte vergnügt, als er sie, den Neufundländer voran, sich durch das Menschengewühl Bahn brechen und auf sein Haus zusteuern sah. Turnerstick zog es dieses Mal vor, zu gehen. Er hatte nicht Lust, wieder „Sänfte zu laufen". Die Damen jedoch wurden per Palankin nach dem Hotel gebracht.

Infolge des ungeahnt schnellen und glücklichen Verlaufs des Unternehmens schlug der Gottfried vor: „Es jiebt zwar hier kein Faß; aberst ich möchte mich nicht nachreden lassen, dat ich diesem China wie ein durstiger Pudel den Rücken jewandt habe; darum ist es meine höchst maßjebliche Vorder- und Seitenansicht, dat wir einige Flaschen des heimatlichen Jerstensaftes ausstechen. Wer thut mit?"

„Ich!" antwortete der Methusalem, und die andern hatten nichts dagegen.

Als dieses löbliche Vorhaben ausgeführt war, begab sich Turnerstick nach seinem Schiffe, um nachzusehen, ob der Steuermann seinen Instruktionen nachgekommen sei. Bei seiner baldigen Rückkehr meldete er, daß die Ladung gelöscht und neue Fracht an Bord genommen sei und man schon am nächsten Tage unter Segel gehen könne.

Die Reise hätte per Dampfer schneller und wohl auch bequemer zurückgelegt werden können; aber der gute Turnerstick hatte so lange gebeten, bis es ihm versprochen worden war, daß man sich auch auf der Rückfahrt seines Schiffes bedienen werde. Er wollte, und sollte es zu seinem größten Schaden sein, die Freunde bis in ihre Heimatsstadt begleiten, um dort Ye-kin-li und Richards Mutter kennen zu lernen und – was er aber kaum sich selbst eingestand – auch seinen Anteil an dem Ruhme zu haben, der die Heimkehrenden dort erwartete.

An Bord des Klippers sollte ein ausführlicher Bericht über das Erlebte verfaßt und mit dem ersten vorüberlaufenden Dampfer vorangeschickt werden.

Turnerstick schlief die Nacht schon an Bord. Die andern blieben im Hotel. Als sie sich am Morgen auf dem Klipper einfanden, hatte er seine chinesische Mandarinenkleidung ab- und den Südkarolinafrack samt Halstuch mit Schmetterlingsschleife wieder angelegt. Seine eigene Kabine war während der Nacht ganz allerliebst für die Damen eingerichtet worden, und ebenso hatte er sehr ausgiebig dafür gesorgt, daß die männlichen Passagiere gute Plätze fanden.
Seine Kommandostimme erscholl munter über das Deck. Die Anker wurden angezogen und die Segel gehißt. Getrieben von der Ebbe und einer guten Prise glitt der schlanke Klipper aus dem Hafen.
Die Passagiere standen alle an Deck, die Blicke nach dem Lande gerichtet, von welchem als sicher anzunehmen war, daß sie es nicht wiedersehen würden. Als es verschwinden wollte, nahm Turnerstick den Klemmer ab und sagte, indem er sich mit der Hand über die Augen fuhr: „Sonderbare Erde, und noch sonderbarere Menschen darauf! Können nicht einmal ihre Muttersprache richtig sprechen; haben nicht den mindesten Begriff von einer richtigen chinesischen Endung! Und doch thut es mir leid, daß ich Abschied nehmen muß. Vielleicht nur deshalb, weil wir den Dicken zurücklassen mußten."
„Dat wird es sein!" stimmte der Gottfried bei. „Wäre meine Oboe mich nicht jar so lieb, so hätte ich sie ihm als Andenken an seinen Jottfried zurückjelassen. Auch mich thut dat Scheiden weh; aberst es beseligt mir doch dabei der Jedanke, dat wir unser Kong-Kheou erfüllt haben. Darum weg mit die traurigen Jefühle! Habe ich dat China mit einem Tsching-tsching bejrüßt, so verabschiede ich mir jetzt von ihm mit einem Tsching-lao, wat so viel heißt als: Adje, du Land der jeschlitzten Augen; du thust mich herzlich leid, denn dich jeht soeben dein schönster Jottfried für immer verloren!"

Am Ziele.

Neunzehntes Kapitel

Wieder im Pfeffergäßchen.

Unbegreiflich, vollständig unbegreiflich! Die Herren Professoren und Dozenten standen da, schüttelten die Köpfe und brachten es doch zu keiner Erklärung der ungeheuerlichen Thatsache, daß heute auch nicht ein einziger Hörer erschienen war. So etwas war noch nie dagewesen. So etwas spottete sogar der Weisheit des sonst unwiderleglichen alten Ben Akiba!
Und doch wäre die Erklärung so leicht gewesen, wenn man im „Geldbriefträger von Ninive" nachgefragt hätte. Die Sache hatte einfach folgenden Grund: Die Aufregung der akademischen Welt über das plötzliche Verschwinden des Methusalem hatte sich nach

und nach gelegt. Man vermißte ihn zwar, aber man sprach nicht mehr davon. Da kamen aus China die Briefe an Frau Stein und Ye-kin-li, die Berichte über den glücklichen Verlauf des abenteuerlichen Unternehmens. Die Adressaten waren entzückt und brachen in ihrer Freude ihr bisheriges Schweigen. Nun erfuhr man, wohin der Blaurote sei und was er dort wolle. Hätte man es eher erfahren, so hätte man darüber gelacht; da aber die Aufklärung zugleich mit der Kunde des Gelingens kam, so war des staunenden Rühmens kein Ende, und man erwartete mit Spannung die Heimkehr des Helden. Man erachtete es für ganz selbstverständlich, daß ihm ein solenner Empfang bereitet werde.
Das hatte der Methusalem geahnt und war, um dem vorzubeugen, mit seinen Gefährten dahin übereingekommen, daß sie ganz heimlich kommen und die Ihrigen überraschen wollten. Alle hatten zugestimmt, auch Gottfried von Bouillon; heimlich aber war dieser nicht mit dem Abkommen einverstanden. Er glaubte, einen solchen Empfang verdient zu haben, und so hatte denn heute früh der Telegraphenbote eine Depesche mit der Aufschrift „Geldbriefträger von Ninive" zur Besorgung anvertraut erhalten. Als der Wirt das Telegramm geöffnet hatte, las er:

„Heute abend Zehnuhrzug Methusalem zurück, vier Herren, drei Chinesinnen, zwei Chinesen, ein Halbchinese und ein Hund.
Gottfried von Bouillon."

Die Rückkehr seiner zwei besten Stammgäste versetzte den Wirt in eine so freudige Aufregung, daß er die Depesche sofort in Zirkulation gab, infolgedessen sich seine Aufregung mit außerordentlicher Schnelligkeit der ganzen akademischen Bürgerschaft mitteilte. An eine Vorlesung war nicht zu denken. Man kam in den „Kneipen" zusammen, um wichtigen Beschluß zu fassen, und bald waren sämtliche Seiler der Stadt emsig beschäftigt, aus sanftem Werg und zähem Pech festliche Fackeln zu bereiten.

Der Methusalem ahnte nicht, welch eine Bewegung daheim um seinetwillen herrsche. Er hatte einen ganzen Waggon zweiter Klasse genommen, um sich und seine Gefährten bequem unterzubringen. Die Damen hatten ein abgesondertes Coupé erhalten. Die beiden Säcke mit den Barren, sorgfältig in Decken eingeschnürt, lagen auf dem weichen Plüsch, denn er mochte sie dem Gepäckwagen nicht anvertrauen.

So dampfte er wohlgemut und ahnungslos der Heimat entgegen und stand bereits am letzten Anhaltspunkte von seinem Sitze auf, um durch das geöffnete Fenster die Lichter des Bahnhofs zuerst zu erblicken.

„Soll ich die Pipe anbrennen? Jestopft habe ich ihr schon," fragte Gottfried.

„Ja, denn Ordnung muß sein!"

Der Gottfried lächelte still vor sich hin und gab ihm das Mundstück. Degenfeld begann zu rauchen. Der Wichsier schnallte dem Hunde den Ranzen auf den Rücken und gab ihm das Stammseidel in das Maul. Ein schrilles Pfeifen, ein Glockenzeichen, ein ohrbetäubendes Knirschen und Stöhnen der Räder – der Zug hielt.

„Alle Teufel!" rief der Blaurote. „Was ist das? Draußen wimmelt es von Mützen aller Farben. Wem soll das gelten?"

Aber man hatte bereits seinen Kopf gesehen. Die Thür wurde aufgerissen, und aus mehreren hundert Kehlen ertönte ein donnerndes Salve Methusala! Man zog ihn aus dem Coupé; man umringte ihn jubelnd und drängte ihn fort. Er hörte Rufe wie: „Wo sind die Damen? Wo sind die echten Zöpfe? Wo ist der Halbchinese? Da ist der Hund; laßt ihn durch! Nehmt die Säcke mit! Wetter sind die schwer! Doch nicht etwa Moneten darin?"

Im Nu brannten die Fackeln. Er sah drei Equipagen stehen. Er sah auch, daß man die Chinesinnen höflich geführt brachte und einzeln in die Wagen placierte. Er wollte sich sträuben, doch vergebens. Er wetterte aus Leibeskräften. Lautes Lachen war die Antwort, und er mußte sich fügen.

Voran das Musikkorps, setzte sich der Zug in Bewegung. Zwölf Chargierte folgten mit Schärpen und blanken Schlägern. Hinter ihnen trollte der Hund mit Tornister und Bierglas. Dann kam der Methusalem, vor Aerger dampfend wie ein Vulkan. An seinen Fersen schritt der Gottfried von Bouillon mit der Pfeife und Oboe, ein vergnügtes Lachen auf dem verschmitzten Angesicht. Nun folgte Richard mit dem Onkel Daniel, welcher europäische Kleidung trug. Ihr Hintermann war Turnerstick, in chinesischer Mandarinentracht mit dem Klemmer auf der Nase und den ausgebreiteten Fächer in der Hand. Es war ihm anzusehen, daß er sich mit als Held des Tages fühlte. Nun kamen Liang-ssi und Jin-tsian in ihrer heimatlichen Kleidung, worauf die drei Wagen folgten. Hinter diesen gingen mehrere Packträger, welche die beiden Säcke und diejenigen Gepäckstücke trugen, die sich im Wagen befunden hatten, und an sie schloß sich der schier endlose Zug der fackeltragenden Burschen. Fackelträger gingen auch zu beiden Seiten der Triumphatoren und -torinnen.

So bewegte sich der Zug durch die Stadt, bis man die Wohnung der Frau Stein und Ye-kin-lis erreicht hatte.

Diese beiden hatten natürlich die Ankunft der Ihrigen erfahren. Sie standen miteinander unter der Thür, als die Spitze des Zuges sich unter den Klängen eines Festmarsches nahte. Da aber löste sich die Reihenfolge der so sehnsüchtig Erwarteten schnell auf.

Der Hund war samt Ranzen und Glas mit einigen schnellen Sätzen in das Haus hinein und die Treppe hinauf. Richard warf sich mit einem lauten Freudenrufe in die Arme seiner Mutter. Die chinesischen Brüder traten mit ehrerbietigen Schritten auf Ye-kin-li zu, dessen Kleidung ihn als ihren Vater bezeichnete. Degenfeld, Gottfried und Turnerstick öffneten die Wagenschläge, um die Damen beim Aussteigen zu unterstützen und sie dem Händler zuzuführen. Dann verschwanden alle diese Personen in dem Hause, nach ihnen die Kofferträger mit den Sachen. Diese letzteren kehrten bald zurück, die ersteren aber natürlich nicht.

Welch eine Fülle von Freude und Wonne diese Mauern jetzt umschlossen, das konnten sich die auf der Straße Bleibenden wohl denken. Sie hatten sich während der letzten Scene still verhalten. Sie drängten sich heran und schwiegen auch noch eine geraume

Weile. Dann aber erscholl, erst vereinzelt und dann vielstimmig der Ruf: „Methusalem, ans Fenster!“
Er wurde so lange wiederholt, bis der Blaurote sich droben zeigte.
„In den „Geldbriefträger“!“ rief man ihm zu. „Bring den Jottfried mit!“
„Heute nicht, heute abend nicht!“
„Wir gehen nicht eher. Wir warten. Oder willst du eine Katzenmusik?“
„Tolle Kerls! Nun wohl, wir kommen.“
Er gab nur deshalb seine Zustimmung, weil ihm sein Zartgefühl riet, die beiden glücklichen Familien für jetzt sich selbst zu überlassen. Bald erschien er an der Thür mit dem Hunde, mit Gottfried und mit Turnerstick, welcher sich natürlich für vollberechtigt hielt, die Ovation bis zur Neige auszukosten. Sie wurden wieder in Reih und Glied genommen und unter den Klängen der Musik nach dem „Geldbriefträger“ geführt, dessen großer, hell erleuchteter Saal die Teilnehmer des Fackelzuges kaum zu fassen vermochte.
Was dort getrunken, gesungen, erzählt, bestaunt und – belacht wurde? Hm, das blieb für lange Zeit Geheimnis der Beteiligten. Erst nach Wochen munkelte man hie und da etwas von einem berühmten Tur-ning-sti-king kuo-ngan ta-fu-tsiang, von famosen Endungen, von einem Klemmer, der nie auf der Nase bleiben wollte, von einem talmichinesischen Mandarin, welcher mit allen Anwesenden Schmollis getrunken und sie dann einzeln doch mit „Mijnheer Dicker“ angerufen hat. Was davon zu glauben ist, das werden diejenigen wissen, welche dabei waren. Thatsache ist, daß gerade in dem Augenblicke, als der auf der Humboldtstraße wohnende Bäcker die neubackenen Semmelzeilen in das Schaufenster legte, drei männliche Personen mit einem Neufundländer, der ein leeres Seidel trug, um die Ecke des Pfeffergäßchens gebogen kamen und nach längerem Klirren des Hausschlüssels in dem Hause verschwanden, in welchem der Methusalem seit Jahren seine „Bude“ hatte.
Als sie sich im Flur befanden, wurde die Thür zur Wohnung Ye-kin-lis, deren Insassen alle noch munter waren, geöffnet, und der Händler bat: „Herr Degenfeld, darf ich Sie so spät noch zu mir bitten? Ich habe Sie doch noch gar nicht gesehen und begrüßt!“
„Gleich, lieber Freund. Ich will erst den Kapitän in die Koje bringen.“
Man munkelt ferner davon, daß Turnerstick die Treppe mittels einer vierarmigen Sänfte erstiegen habe, nämlich menschenarmig, was er, wenn es wirtlich geschehen sein sollte, jedenfalls nur der größeren Bequemlichkeit wegen gethan hat. Konstatiert aber ist es, daß er, als er droben in Gottfrieds Bett gelegt wurde, sofort tüchtig zu schnarchen begann und, davon erwachend, zornig ausrief: „Nicht schnarchen, Dicker! Ich will schlafing! Schmollis, Mijnheer! Fiduzit, Methusalung!“
Er blieb noch eine volle Woche bei seinen Freunden, hatte aber bereits am ersten Tage den langen, chinesischen Rock wieder mit dem Südkarolinafrack vertauscht. Dann kehrte er nach Hamburg zurück, wo sein Klipper vor Anker lag.

Wer der Meinung gewesen war, daß der Methusalem seine täglichen, regelmäßigen Gänge nach dem „Geldbriefträger“ wieder beginnen werde, der hatte sich sehr geirrt. Ja. er ging täglich aus, aber nur einmal, mit dem Gottfried und dem Hunde ganz in der früheren Weise und Reihenfolge, aber nicht in das altberühmte Schanklokal, sondern nach einer einsam gelegenen Promenade. Fragte man ihn, warum er diese ungeahnte Neuerung eingeführt habe, so antwortete er: „Ik wil niet drinken. De lucht is hier zeer goed.“

Darüber schüttelte man natürlich die Köpfe und ließ nach einigen vergeblichen Versuchen, ihn wieder in seine alte Bahn zu lenken, ihn ruhig seines Weges gehen. Und „de lucht“ schien ihm allerdings sehr gut zu bekommen. Sein Gesicht nahm nach und nach eine hellere Farbe an, und die Nase näherte sich mehr und mehr der Form solcher Nasen, welche nicht infolge eines „Hiebes“ blaurot angelaufen sind.

Einem intimen früheren Zechbruder soll er gesagt haben: „Ich bin ein Thor gewesen. Der Mensch hat andre Zwecke als das Pokulieren, welches doch mit Leib und Geist zerrüttet. Ich brauche kein Amt, denn ich bin reich; aber ich will dem braven Jungen, dem Richard Stein, als Beispiel leben, damit er nicht auf meine früheren Wege gerät. Er soll doppelt lernen, erstens das Seinige und zweitens das, was ich versäumt habe.“

Onkel Daniel lebt mit seiner Schwägerin und deren Kindern als Rentier von den Zinsen seines Vermögens. Der Methusalem wohnt bei ihnen.

Wer die Hauptstraße entlang geht, dem fällt ein eigentümlich geformtes Schild auf, welches die Firma „Liang-ssi, Droguenhändler“ enthält. Der Laden ist mit Hilfe der bekannten Goldbarren glänzend eingerichtet und die Thür desselben erklingt fast unausgesetzt vom frühen Morgen bis zum späten Abend.

Méi-pao und Sim-ming, die beiden Schwestern, kamen in ein Institut, um schneller Deutsch zu lernen und eine deutsche Erziehung zu erhalten.

Wer nun, da einige Jahre vergangen sind, auf dem Universitätsplatze wohnt, der kann täglich drei Studenten beobachten, welche ein einmal belegtes Kollegium gewiß nicht versäumen. Sie gehen stets Arm in Arm. Der mittlere ist von hoher, starker Figur; er muß die Dreißig schon zurückgelegt haben. Der zweite hat ein hübsches, rotwangiges, offenes Gesicht, dessen Oberlippe sich unter dem Flaume eines leisen Bärtchens dunkelt. Der dritte zeigt mongolische Züge, doch ohne daß der Schnitt derselben auffällig wäre. Diese drei sind der Methusalem, Richard Stein und Jin-tsian. Sie studieren um die Wette, die beiden letzteren aus Eifer für ihren späteren Beruf und der erstere, um sie anzufeuern. Daß er, der Alte, auch während der Vorlesungen zwischen ihnen, den viel Jüngeren, sitzt, das hat erst manches Lächeln hervorgerufen, ihn aber gar nicht stören können. Er hat sich selbst das Ehrenwort gegeben, daß er ihnen als Beispiel voranleuchten wolle, und wie er sein Versprechen in China gehalten hat, so hält er auch dieses Wort, dieses stille „Kong-Kheou“.